世界文学简史

【精编故事版】

孙 鹏◎编著

中国文史出版社

图书在版编目（CIP）数据

世界文学简史／孙鹏编著. －－北京：中国文史出版社，2021. 1

ISBN 978－7－5205－2345－5

Ⅰ. ①世… Ⅱ. ①孙… Ⅲ. ①世界文学－文学史 Ⅳ. ①I109

中国版本图书馆 CIP 数据核字（2020）第 187537 号

责任编辑：蔡晓欧

出版发行：**中国文史出版社**

社　　址：北京市海淀区西八里庄路 69 号院　邮编：100142

电　　话：010－81136606　81136602　81136603（发行部）

传　　真：010－81136655

印　　装：北京新华印刷有限公司

经　　销：全国新华书店

开　　本：720×1020　1/16

印　　张：29. 75　　字数：755 千字

版　　次：2021 年 1 月第 1 版

印　　次：2021 年 1 月第 1 次印刷

定　　价：88. 00 元

世界文学简史　目录 →□　　　Contents →

浪漫的激情——欧洲浪漫主义文学时期 / 167

高扬批判的大旗——欧洲现实主义文学时期 / 219

No.1
神话与诗的时代——
古希腊古罗马文学

—— 生命意识、人本意识和自由观念，是古希腊古罗马文学的基本精神，也成了以后
　　欧洲文学与文化的基本内核。

—— 古希腊古罗马文学在文艺理论上基本形成了以再现说和表现说为哲学基础的两种
　　创作倾向，也为后来欧洲文学的发展奠定了基础。

—— 古希腊文学是人类文学的童年时代，这是一个想哭就哭、想笑就笑的时代，古希腊
　　人在敬畏命运的同时又大胆地反抗命运，充分体现了人的力量与价值。

—— 古罗马文学在欧洲文学的发展过程中，起了承前启后的作用，它是古希腊文学和
　　后世欧洲文学的中介。就古罗马文学本身来说，在某些方面也有自己的独创，它
　　发展了古希腊文学的成就，对后世希腊文学也很有影响。

●美神和战神　意大利　委罗内塞

>>> 女娲抟土造人

女娲即女阴，生育之神的化名，是中国历史神话传说中的一位女神。

相传女娲在造人之前，于正月初一创造出鸡，初二创造狗，初三创造羊，初四创造猪，初六创造马，初七这一天，女娲用黄土和水，仿照自己的样子造出了一个个小泥人，她造了一批又一批，觉得太慢，于是用一根藤条，沾满泥浆，挥舞起来，泥浆洒在地上，都变成了人。为了让人类永远地流传下去，她创造了嫁娶之礼，自己充当媒人，让人们懂得"造人"的方法，凭自己的力量传宗接代。

拓展阅读：

《古希腊神话与传说》
[德] 施瓦布
《古希腊罗马神话鉴赏辞典》
晏立农/马淑琴

◎关键词：世界文学　神话体系　欧洲文明　荷马史诗

众神的天空——古希腊神话

世界文学的历史仿佛一座曲折悠长而色彩缤纷的画廊，当我们漫步其中时，最先映入我们眼帘的画卷，竟然是那么的神奇瑰丽、潇洒飘逸，那就是容纳了先民惊人智慧和丰富感情的神话。世界上每个民族，无一例外地都有自己的神话体系。令人惊奇的是，各个民族的神话中，竟然有着许多故事和情节的暗合之处，比如黄土造人、兄妹婚、大洪水等，就仿佛散落在世界各地的诸多民族，原本是生活在一个屋檐下的兄弟姐妹一样。神话故事的相似性，是人类文明最大的，也是最难破解的奇迹之一。

在这些神话体系当中，对后世欧洲文明乃至世界文明影响最大的，是古希腊神话。如果说世界文学是一座巨大的花园，那么希腊文学就是春天里最先绽开的一株花朵，而古希腊神话，则是最先吐露芳姿的一颗蓓蕾。

也许是自然的恩赐，在美丽而平静的爱琴海沿岸，富饶的希腊半岛中部，人类文明的火炬放出了璀璨的光芒，古希腊文明在它的幼年期，就创造出了后世无法超越的艺术成就。美国作家约翰·梅西在《文学的故事》一书中，发出了这样的感慨和疑问：

"那是怎样的一种文明啊！在基督诞生前的五个世纪，在雅典这个小城邦里，居住着其他任何地方都不可能有的一群天才人物。直到公元20世纪，还没有哪个城市的文明可与雅典相媲美。为什么有这么多的天才人物在那一特殊的时代聚集于那一特殊的地点呢？"

为了走入古希腊文学艺术恢宏的殿堂，我们必须先了解一下古希腊文明发展的简要历程。远在公元前16世纪至公元前12世纪，爱琴海上的克里特岛和希腊中部的迈锡尼地区，就已经产生了灿烂的上古文化。公元前12世纪末，原先居住在北方的多利斯人大举南下，摧毁了"克里特文化"和"迈锡尼文化"，揭开了古希腊的历史。自此至公元前8世纪，史称"荷马时代"，这是古希腊文化的真正开端。而文化觉醒的第一声春雷，便是古希腊奇妙丰富的神话。

古希腊神话以其丰富多彩和富于青春气息而著称于世。同其他古老民族的神话一样，古希腊神话与当时人们的信仰崇拜密切相关。在古希腊，每年都有许多盛大的节日，如敬奉宙斯的奥林匹亚节和尼米亚节、敬奉阿波罗的皮托节、敬奉波塞冬的伊斯特摩斯节，等等。另一方面，古希腊神话也是当时人们的思维方式的体现，在尚未彻底摆脱原始气息的思维中，人们往往用具体生动的形象，来代替抽象的逻辑概念，用神话的类比方式来解释周围的自然世界。

古希腊神话是古代希腊人的集体创作，最初的文字记载见于《荷马史

●阿波罗与达芙妮
福玻斯·阿波罗是希腊神话中的"太阳神",当他中了小爱神丘比特的金箭后,第一次见到露水之神达芙妮,就深深地爱上了这位漂亮的河神之女。
●淘气的丘比特 法国 柯涅

诗》和赫西俄德的《神谱》,也散见于后世的文学、历史和哲学著作中。古希腊的神话既有神的故事,也有人间英雄的传说。以下几节,就让我们从创世神话开始,慢慢地走入古希腊神话的殿堂,采撷一段段或优美或悲壮的神话故事。

●宙斯塑像 古希腊

>>> 土卫六——泰坦

土卫六是在 1655 年由惠更斯发现的。其间人们一直认为土卫六是太阳系中最大的卫星,并取名为泰坦(在希腊神话里,泰坦是一个巨人家族)。

土卫六是由近一半的冰和一半的岩石物质组成的。它可能被分成许多层,拥有一个直径 3400 千米,被许多由多种冰晶体组成的地层环绕的岩石核心。它的内部可能还是热的。它的密度很大,以至于自身的引力使它向中心压缩。土卫六的大气层很值得注意,在地表,它的压强大于 1.5 帕(比地球的高50%)。

拓展阅读:
《古希腊文化知识图本》
杨俊明/李枫
《古希腊文化史纲》罗静兰

◎ 关键词:创世神话 太古时代 卡厄斯 泰坦十二神

巨人的统治——该亚与泰坦

古希腊神话分为新、旧两个神系。旧神系讲述的是从开天辟地到宙斯之前神族的变化,也就是所谓的"创世神话"。我们就先从旧神系开始讲起,看看在古希腊人心中,世界是从何而来的。

朦胧的太古时代,世界一片混沌,整个宇宙空洞无边。在这一片混沌之中,地球不停地旋转,旋转产生的力量,把天空推向苍穹,把星辰缀满天空,随之诞生了神奇的大地和蔚蓝的海洋,这一切都被包围在阳光和空气之中,世界从此有了天地。

最古老的神是混沌神卡厄斯(Chaos),"Chaos"这个词在现代英语中表示混沌和混乱,在希腊神话中卡厄斯指的是最早存在的宇宙空间,也就是在万物诞生之前的虚无状态。后来卡厄斯分化出黑暗之神、夜晚女神、大地女神该亚以及地狱之神泰塔罗斯。黑暗之神和妹妹夜晚女神结合,生出了光亮之神和白昼女神。这样白天和夜晚、黑暗和光明都诞生了。接着,大地女神该亚凭借自己的神力,生出了苍穹之神乌拉诺斯和大洋神俄卡阿诺斯。该亚又与自己的儿子乌拉诺斯结合生下六男六女,他们就是著名的泰坦十二神,这些泰坦巨神又相互结合,生出了日月星辰。

然而,随着孩子们渐渐强大起来,乌拉诺斯的脾气却越来越暴戾,他认为这些孩子长大后会威胁他的统治权,就把这些孩子囚禁起来。该亚除了这 12 个孩子之外,还生出了三个独眼怪物,他们每个人都有 50 个头,100 只手,被人称为百手神族。看到这些丑陋无比的怪物,作为父亲,乌拉诺斯极为震惊,他认为自己是苍穹之神,是统领宇宙的众神之王,不可能有这么丑陋的孩子,他因此迁怒于该亚,他把他们丢到该亚的肚子里,同时把该亚也关到了地下。

乌拉诺斯的这些行为,引起了该亚的愤怒,她决定报复她的丈夫,当她生下金属神后,她马上打造了一把镰刀,召集所有的儿女,许诺他们,如果谁帮她杀死乌拉诺斯,她将让这个人当上众神之王,她的小儿子克罗诺斯接过了该亚手中的镰刀。

在该亚的帮助下,克罗诺斯趁乌拉诺斯熟睡之时,用镰刀切断了他的喉咙。在乌拉诺斯喷出的鲜血中,又诞生了几名神祇,其中一个就是复仇女神埃利诺斯,她的头发是抖动的蛇群,眼睛里还流着血丝。其职责就是追捕和惩罚罪人,她被后人称为"黑暗行者"。

该亚如约帮助克罗诺斯当上了众神之王。然而与乌拉诺斯一样的命运,又降临在了克罗诺斯头上。

神话与诗的时代——古希腊古罗马文学

● 王者风姿 法国 安格尔

>>> 奥林匹斯山

奥林匹斯山坐落在希腊北部，近萨洛尼卡湾，是塞萨利区与马其顿区间的分水岭。其米蒂卡斯峰，高2917米，是希腊全国最高峰。为了与南面相邻的"下奥林匹斯山"相区别，又称"上奥林匹斯山"。

奥林匹斯山高耸入云，长年云雾缭绕，一年之中有2/3的时间积雪覆盖，其最高峰直插云中。山坡上橡树、栗树、山毛榉、梧桐和松林郁郁苍苍，景色十分优美。古希腊人将奥林匹斯山尊奉为"神山"，他们认为那些统治世界、主宰人类的诸神就居住在这座高山上。

拓展阅读：
《维多利亚时代的奥林匹斯山》
[英] 威廉·刚特
《奥林匹斯星传》(动画片)

◎ 关键词：众神之王 诅咒 农业女神 海神

奥林匹斯山顶的宝座——宙斯

克罗诺斯在当上众神之王后，娶了自己的妹妹瑞亚。起初他们生活得很幸福，但在瑞亚生下孩子之后，克罗诺斯开始变得如他父亲一样的暴戾。在克罗诺斯杀死父亲乌拉诺斯时，他曾经被乌拉诺斯诅咒，乌拉诺斯预言，将来有一天，克罗诺斯也将死在自己儿子的手中。因为害怕这个预言，每当瑞亚生下孩子，克罗诺斯就一把抢过婴儿，把他们吞进自己的肚子，在失去三个女儿和三个儿子之后，瑞亚再也无法忍受克罗诺斯的行为，当她再度怀孕的时候，痛苦的瑞亚决心誓死保护这个孩子。

在即将临盆的时候，瑞亚偷偷跑到克里特岛，在那里，她生下一个男孩。瑞亚将孩子藏在克里特岛的一间岩石筑成的房子里，并且安排了一群年轻的精灵来保护这个男孩。回去以后，瑞亚用婴儿的衣服包裹了一块石头，向克罗诺斯谎称是刚出生的孩子，克罗诺斯看也没看，就把石头当作婴儿，一口吞进腹中。

岛上的精灵们悉心照顾着婴儿，他们日夜守在婴儿身边，或高声唱歌，或用矛和盾互相撞击，唯恐婴儿的哭声被克罗诺斯发现。他们每天还会给婴儿喂阿玛尔特亚山的山羊奶和蜂蜜。这个孩子渐渐长大了，他就是后来的天帝宙斯。

当宙斯长大以后，他母亲瑞亚帮助他接近克罗诺斯，并诱使他父亲喝下呕吐药，喝下药的克罗诺斯把吞进肚里的孩子一一吐了出来。最先被吐出来的是波塞冬，接着是哈得斯，然后是赫拉，以及农业女神，最后是灶神。一场可怕的战争就在老神和新神之间展开了。宙斯与他的兄弟姐妹和他的父亲展开了长达十几年的战争，他们的激战把大海搅得波涛汹涌、大地动摇不定，天空一片哀鸣，这场战争差点儿毁掉整个宇宙。后来宙斯听从了祖母该亚的忠告，释放了被囚禁的百手神族，他们为了感谢宙斯，为新神们打造了锋利的武器。他们送给宙斯的是世间最可怕的武器——雷霆万钧的闪电，送给波塞冬的是一支三叉戟，送给哈得斯的是隐形的头盔。在他们的帮助下宙斯终于取代了父亲，成为新的众神之王。

胜利的新神们重新分配了世界，宙斯成为新的天帝，并娶自己的妹妹赫拉为天后。波塞冬被封为海神，娶了老海神的女儿，从此住在海底的金殿。哈得斯被封为冥王，主管地狱。

●持权杖的赫拉 古希腊

>>> 猎户座

　　猎户座是赤道带星座之一。位于双子座、麒麟座、大犬座与金牛座之间，其北部沉浸在银河之中。星座主体由参宿四和参宿七等四颗亮星组成一个大四边形。在四边形中央有三颗排成一直线的亮星，被设想为系在猎人腰上的腰带，另外在这三颗星下面，又有三颗小星，它们是挂在腰带上的剑。

　　猎户座大星云是一个十分著名的星云，人类自古以来都注视着这片模糊的区域，直待天文望远镜的诞生和今天文学的进步，人们才开始对这片宇宙空间有了更多的了解。

拓展阅读：

《大宇宙百科全书》
　[英] 约翰·格里宾
《趣味天文辞典》阎林山

◎ 关键词：风流之神 赫拉 勒托 猎户座

静夜的清吟——月亮女神

　　主神宙斯是位风流之神，他除了天后赫拉，还在神界和人间拥有众多的情人。他的到处示爱无疑使嫉妒多疑、暴戾残忍的天后赫拉更加狂躁。

　　女神勒托是宙斯的情人之一，宙斯迷恋勒托的美貌，一度竟将赫拉忘在了脑后。天后赫拉妒忌宙斯和勒托的相爱，残酷地迫害勒托，致使她在怀孕中四处流浪。后来总算有一个浮岛德罗斯收留了勒托，她在岛上艰难地生下了一双龙凤胎：阿波罗和阿耳忒弥斯。

　　后来，勒托母子交了好运，赫拉不再与他们为敌，他们又回到众神行列之中。

　　美丽而沉静的阿耳忒弥斯在神界很少有知音，她从没有对任何神界或世间的男子产生过兴趣，谨守着自己纯洁又冰冷的处女心灵。直到有一次，她来到林间狩猎，与一个高大英俊的人间男子不期而遇……

　　这个青年男子一身猎人装扮，身背弓箭，腰挎短刀，他的个子高高的，一头金色的长发披在肩膀上，微微渗出的汗珠反射着阳光，更显出他健壮肌肉的轮廓。这个青年叫奥利安，他是海神波塞冬的儿子，他身怀绝技，擅长射箭，并且能在海面上行走。这天奥利安带着心爱的猎犬西里乌斯去打猎。他并没发现躲在一边的月亮女神阿耳忒弥斯，只是寻找着自己的猎物。他

出众的箭法让阿耳忒弥斯深感惊讶，她有心和这个青年比个高低，于是也在暗中放箭，射击奥利安瞄准的猎物。但是几乎每一次不等她的箭飞到，猎物就已被奥利安的箭放倒了。阿耳忒弥斯有点生气了，她跑出来质问奥利安，为什么和自己争抢猎物，但优雅谦逊的奥利安却用善良真诚的回答打动了阿耳忒弥斯，女神就像被一种神秘的力量所击中，她有生以来第一次失去了内心的平静。

　　命运让月亮女神和一个人间男子一见钟情。但是阿耳忒弥斯的哥哥太阳神阿波罗却深深地嫉妒这个奥利安，他觉得好像这个人会夺走妹妹对自己的感情。有一天，当兄妹俩同在天空巡视时，阿波罗凭他出众的眼力，看到奥利安正在海面上行走，在阳光下看起来很像海中的黑礁石，于是他故意夸耀妹妹的箭法好，让她发箭射海中的礁石，作一次表演。结果，阿耳忒弥斯上当了，她一箭射死了自己的情人奥利安。事后她悲痛欲绝，抱起情人的尸体放声痛哭。最后，阿耳忒弥斯请求父亲宙斯给予帮助。宙斯很同情这对情人，答应了她的请求，将奥利安置于群星之中最显耀的位置，这便是冬季最壮丽的猎户座。

　　从此以后，失去了情人的阿耳忒弥斯变得比从前更加冰冷无情了。

神话与诗的时代——古希腊古罗马文学

◎ 关键词：丘比特 达芙妮 桂冠 吉他

忧郁的六弦琴——太阳神

●阿波罗爱上河神之女 布修

>>> 中国神话中的太阳神

羲和，中国神话中太阳神之母的名字。传说她是帝俊的妻子，与帝俊生了十个儿子，都是太阳（金乌），住在东方大海的扶桑树上，轮流在天上值日。羲和也是她儿子们的车夫——太阳的使者——日御。后来，十个兄弟不满先后次序，十日并出，被后羿射杀了其中的九个。

东君，中国古代楚国神话中的神祇。楚国诗人屈原的著名诗篇《九歌》中的第七篇就名为《东君》。关于东君的神格，历来说法不一。通常认为东君是指太阳神，但也有月神说。

拓展阅读：

《中国古代神话与传说》
潜明兹

《中国古代神话传说研究》
孙作云

年轻的阿波罗被父亲宙斯封为太阳神，他每天驾驶着金色的四驱马车，飞过无垠的蓝天，给人间带来哺育万物的阳光。

这一日，已是薄暮时分，阿波罗驾车走到西方的天边，正遇到小爱神丘比特拎着小弓箭从他头顶飞过，阿波罗对这个拿着弓箭的光屁股小孩说："小孩子，你的弓箭有何能耐，依我看只是你的玩具吧。"丘比特受了他的羞辱，决心要报复阿波罗，弓弦响了一声，一枚金头箭无声地射入了阿波罗的左胸。

阿波罗茫然无知地继续信马由缰，突然看见远处有一架浓密的葡萄，葡萄架下坐着一位少女，粉颈低垂，双手抚胸，显然也是为丘比特的弓箭所伤。他哪里知道，小爱神用求爱的金头箭射中了他，却用拒绝爱的铅头箭射中了这个少女——河神的女儿达芙妮。

阿波罗慢慢走近达芙妮。

达芙妮眼中闪烁着无比的恐惧，她站起来，转身就要离去。

"达芙妮，等等我呀，"阿波罗听见自己的声音有点儿发颤，"我不是坏人，我是宙斯的儿子，天地间最伟大的射手，驾着金马车的太阳神阿波罗呀。我不会伤害你。"然而他听见达芙妮冷冰冰的声音："我知道你是太阳神阿波罗，我也知道你是了不起的英雄，可你为什么要来纠缠我呢！"达芙妮说完这话就开始奔跑。

阿波罗不由自主地跟着达芙妮飞跑起来。

他们之间的距离越来越近，阿波罗的左手已经碰到了达芙妮飞扬起来的长发，他全身的血液直往上涌。他们已经跑到河边，前面无路可去。阿波罗伸出右手，想要揽住达芙妮的细腰。然而就在那一刹那，恐惧万分的达芙妮向她的河神父亲发出了无助的求救："父亲，把我变成一棵树吧！父亲！"

河水哗哗作响。阿波罗看见达芙妮站立的地方开始下陷，泥土翻涌上来，盖住了她秀美的脚踝。她的秀发化成了浓密的枝叶，护住胸脯的双臂伸展成两根主枝，迷人的躯体瞬间就隐入树干里去了。阿波罗看看手里残留的发丝，再看看面前这棵美得出奇的月桂树，生平第一次伤心落泪。

最后，无奈的太阳神只得取下月桂枝编织成桂冠，将它戴在头上，这就是后世"桂冠"的由来。太阳神还伐下月桂树的一枝，制成一把六弦琴，每日弹奏着，寄托自己对心上人的思念，这也就是乐器吉他的由来。

●雅典娜雕像 克罗迪翁

>>> 雅典城的由来

雅典城位于希腊东南部阿蒂卡半岛上，是用古希腊神话中智慧女神雅典娜的名字命名的。公元前8世纪始，爱奥尼亚人就在雅典建立了城邦。到了公元前5世纪，古希腊进入奴隶制全盛时期，雅典城成为当时政治、经济、文化的中心。

公元前447～前431年，雅典政治家伯里克利执政期间，重建雅典城，并用16年的时间在城中建造了一座高150多米的帕提尼神殿。神殿正中安放着高12米的雅典娜神像。公元146年，这座神像被罗马帝国皇帝安东尼·庇乌搬走，至今下落不明。

拓展阅读：

《古希腊文学史》
上海译文出版社
《古希腊文化知识图本》
李枫/杨俊明

◎ 关键词：古希腊 守护神 墨提斯 波塞冬 神像

智慧的力量——雅典娜

雅典娜是古希腊神话中雅典的守护神，守护当地人民丰衣足食、安居乐业、国泰民安。她是聪明、勇敢和智慧的化身。智慧女神雅典娜是宙斯与聪慧女神墨提斯的女儿。传说聪慧女神墨提斯怀孕后，告诉丈夫她将生一个比宙斯更强大的孩子。宙斯听后，非常害怕这个孩子将来会夺取他的宝座，于是把妻子活活吞了下去。不久后的一天，宙斯感到头痛欲裂，他命工匠神赫菲斯托斯用金斧把他的头劈开，没想到从里面跳出来一个手提长矛身披铠甲全副武装的女神，这就是雅典娜。

在众神之中，宙斯是最有威力的，墨提斯是最聪慧的，因而雅典娜具备了这两个神的优点，既是智慧女神，又是女战神，不过，她只赞成防御性的战争，对暴力和流血都深恶痛绝。

有一天，雅典娜女神和伯父海神波塞冬来到希腊半岛南部上空。这天天气晴朗，风和日丽，他们朝下看去，都为这块土地的美丽富饶而惊异，而且同时动了爱恋之心，都想把它作为自己的城市，两人为此争吵不休，互不相让。最后闹到主神宙斯和众神那里，宙斯听了他们的申诉，慎重考虑后，决定要根据他们的行动，让这里的居民自己做出选择。众神也说，谁能赠给人类最有用的礼物，就把城市判给谁。宙斯宣布，两个神可以竞赛，看谁能给这座城市带来繁荣，谁就当该城的保护神。

比赛开始了，波塞冬用他巨大的三叉戟猛击岩石，从山峰中蹦出一匹雪白的战马，这匹马嬉戏奔驰于山谷，如雪的鬃毛在风中飘拂，十分俊美。波塞冬兴奋地说："请看，这就是我的赐物，它能耕地、拉运东西，会给人们带来很多的财富。有谁还能给人类奉献比这骏马更高明的东西呢？"雅典娜没有立即做出回答，她略加思索后，便用手中的长矛在地上一插，只见地面上立刻冒出来两片叶芽，不一会儿就长成一棵枝繁叶茂、果实累累的橄榄树。她对诸神说："这棵树的全身都对人类有用，它的果实既可以食用，又可以酿酒、榨油，它的树身不但能制作药材，还能提炼香料、用作照明。这树必将给人类带来和平与丰收，是健康与强壮的象征、幸福与自由的保证。然而，这匹马，它将会给人类带来战争、争斗和痛苦。难道这座城邑不该用我的名字来命名吗？"众神经过裁判，认为橄榄树是和平的象征，它比用于战争的战马有用得多。就这样，雅典娜夺得了胜利。从此，这座城市就被命名为雅典，橄榄树长遍雅典的各处。至今，在雅典城的帕提侬神庙里，还至诚至尊地供奉着她的巨大金像。这座巨像堂皇富丽，精美绝伦，是全雅典最气派、最壮观的一座神像。由此可见雅典人对自己的保护神是如何的敬仰和崇拜。

神话与诗的时代——古希腊古罗马文学

●智慧女神 意大利 塞巴斯蒂亚诺·里奇

里奇所作的《智慧女神》被描绘成坐立的姿态，她身穿银甲，肩挂红色披风，脚踏长驴耳的山林、畜牧神，正欲将一串项链佩戴在身前跪着的女神脖子上。画面呈对角线构图，众多的天使簇拥在女神的周围，构成一个充满动感的画面。

●阿弗洛狄忒和赫菲斯托斯

>>> 鲁班

鲁班,本名公输般,生活在春秋末期,为鲁国人,是当时最出色的工匠,有着高超的技术,被誉为"天下之巧匠"。传说他面貌和善,衣着破旧,常常四处奔波,为同行排忧解难,是位忠厚的长者。两千多年来,一直被土木工匠尊奉为"祖师"。

香港把农历六月十六这天定为"鲁班节",泥水、木工、搭棚"三行"建筑工人放假一天。白天去鲁班古庙参拜敬香,举行隆重祭祀,晚上则大摆筵席,开怀畅饮,与神同乐。工人们认为喝了先师的诞辰酒,可保全年健康平安。

拓展阅读:

《物原》明·罗颀
《墨子·公输篇》战国·墨子

◎ 关键词:工匠神 黄金宝座 阿瑞斯 丘比特

不和谐的婚姻——阿弗洛狄忒与赫菲斯托斯

工匠神赫菲斯托斯,亦称火神,是宙斯和赫拉的儿子。他生来丑陋并瘸腿,赫拉十分厌恶他,将他扔进了大海。爱琴海女神和瀛海女神把他藏在海底的一个洞窟里,养了九年。

为了报复,赫菲斯托斯给赫拉制作了一个黄金宝座。赫拉一坐上去,就再也起不来了。她不得不派战神去请工匠神。但战神被工匠神用火赶跑了。她又派酒神去。酒神用一瓶好酒把工匠神灌醉,把他带回天宫。赫拉承认了他是她的儿子,允许他参加诸神集会,并把神界最美丽的阿弗洛狄忒嫁给他做妻子,他这才让赫拉从宝座上站起来。

赫菲斯托斯勤劳能干且心灵手巧。天上的宫殿和诸神使用的权杖、武器、车辆都是他制造的,其中"赫菲斯托斯的鼎"尤为著名。每当诸神集会时,装有美味佳肴的鼎,会自动跑到诸神面前,再自动地回去。

美丽的阿弗洛狄忒是神界的爱神,她掌握着人间爱的权力。天后赫拉一方面妒忌她的美貌,另一方面又害怕自己的花心老公宙斯和阿弗洛狄忒勾搭上,便借讨好赫菲斯托斯的机会,将阿弗洛狄忒嫁给了丑陋无比的工匠神。

阿弗洛狄忒无论如何也无法忍受和神界最丑的男子生活在一起,虽然赫菲斯托斯对阿弗洛狄忒爱护有加,但还是没有防住她红杏出墙。

阿弗洛狄忒勾上了战神阿瑞斯。残酷好斗的阿瑞斯虽然一向冷酷无情,可面对这位美丽的爱神时却失去了方寸,两个人忘乎所以地好了起来。阿瑞斯经常趁赫菲斯托斯不在家时,跑到他家里来找阿弗洛狄忒寻欢作乐。

渐渐地,赫菲斯托斯知道了两个人的行径,于是就酝酿了一个狠毒的方法来整治他们。

赫菲斯托斯凭借自己的手艺,悄悄地制作了一张巨大而结实的网,将网掩藏在自家的床里面。这一天他假装出门,然后躲在屋后等待动静。阿瑞斯果然又来了,两个人正在云雨之际,赫菲斯托斯一动机关收起大网,将两个人牢牢地捆在了网里。然后他叫众神都来参观这一对赤身裸体的男女,好好地羞辱了阿弗洛狄忒和阿瑞斯一番。

后来阿弗洛狄忒怀上了阿瑞斯的孩子,不久生下一个白白胖胖的小男孩,身上长着翅膀,这就是小爱神丘比特。阿弗洛狄忒将司爱的弓箭交给丘比特,于是这个小男孩就成了人间传播爱的使者。

神话与诗的时代——古希腊古罗马文学

◎ 关键词：宙斯 塞墨勒 萨提尔 海豚

常春藤与狂欢——酒神狄俄尼索斯

●酒神祭 意大利 提香

>>> 酒神节

酒神节，指在希腊罗马宗教中，为酒神巴克斯举行的一个节日，它最初可能是为了丰产之神举行之祭仪。这个节日从意大利南部传入罗马后，起初秘密举行，共3日，只有妇女参加，后来男子也被允许参加，成了狂欢酒宴的节日。

在崇祀酒神的节日上要唱即兴歌，此时歌唱队"由于受酒力的冲击而神态恍惚"，由50名成年男子和男孩组成的合唱队环绕狄俄尼索斯的祭坛翩翩起舞，领舞者为发表开场白的人，并有芦笛伴奏。酒神节后来在古希腊基本上还是"主情"的，而非"纵欲"的。

拓展阅读：

《中国酒文化》
北京大学音像出版社
《中华酒文化百科大辞典》
中国农林出版社

狄俄尼索斯是宙斯与塞墨勒的儿子。塞墨勒本是人间的女子，与宙斯相爱后生下了小狄俄尼索斯。一次，可爱的塞墨勒提出要看看丈夫宙斯最有威力的武器——雷电。宙斯告诫她，作为一个人间的女子，是无法承受雷电巨大能量的冲击的。塞墨勒不相信，坚持要看丈夫的雷电。宙斯只能张开手，使出神威，顿时一阵巨响，苍白的亮光瞬间划破苍穹。没想到雷电过后，塞墨勒已被巨大的能量击死了。

狄俄尼索斯自小失去母爱，宙斯怕赫拉害死这个孩子，于是在他自己的肚子上开了一个口子，把这个孤儿放在里面。后来又交给其他神使抚养，其间，曾换过好几个抚养人。待到狄俄尼索斯长大成人后，他变成一个勇猛善良而又贪玩的无拘无束的青年。在诺沙山受伊诺与瑞亚教养期间，曾受到山林畜牧神潘的儿子西勒诺斯（身体短粗、秃顶、扁鼻、一对马耳，有尾巴）的保护。他们常坐着豹子拉的车四处狩猎，故自小与潘族子弟萨提尔以及山林水泽女妖宁芙们十分友好。每当酒神节时，狄俄尼索斯就与无忧无虑的萨提尔、美丽而活泼的宁芙们喝得酩酊大醉，在山野里狂欢作乐。他首创用葡萄酿酒，把它献给奥林匹斯山诸神，诸神欢欣。从此，每年春季葡萄发芽和秋收时节，人们都要与神一起举行酒神节。

一次狄俄尼索斯从卡里岛乘船到纳库哨斯岛去。船员都是海盗，他们不知道狄俄尼索斯是酒神，以为他只是个普通的小孩子。船未到纳库哨斯岛停泊，而是向亚洲驶去，海盗们想把他诱骗到亚洲当奴隶卖掉。海盗们用铁链拴住了狄俄尼索斯的双脚，并奸笑着看着他。酒神明白了这一切，立刻举起手中缠绕着常春藤的木棒，立刻，船停在海上，一动也不动，好像搁浅似的，不管水手们如何用桨划水，都无法前进。不一会儿，常春藤缠住了船桨，藤蔓攀上了桅杆。就见狄俄尼索斯脚上的铁链完全松开了，他神采奕奕地站在船头，前额束着葡萄叶做成的发带，手中握着缠着常春藤的木棒，在他的周围伏着猛虎、山猫和山豹。香甜的葡萄酒味传遍全船。水手们吓得跳了起来。第一个人刚要叫喊，发现他的嘴唇和鼻子已连在一起，变成了鱼嘴。其他人还没来得及发出惊叫，就遭到了同样的命运：他们身上长出了蓝色的鳞片，脊背弯曲起来，双臂缩成了鳍，而两只脚早就变成了尾巴。所有的人都变成了鱼，从甲板上跳入大海，上下漂游。海盗们全都变成了海豚，从此成为再也不能对人有任何危害的动物了。

●维纳斯与潘 勒莫安

>>> 摩梭人祭牧神节

每年的农历正月十二日，是摩梭人祭祀牧神的节日。摩梭语为"耕旦"。届时所有摩梭人家都要做很丰盛的早餐。早餐食谱中必须有猪心、香肠、猪蹄子、灌猪脚、猪舌以及油煎粑粑等肉食品种。吃饭前须先烧香焚烛，将所有的食品，各取一小勺献祭牧神，再由达巴开始念诵祭祀牧神的经文。念毕，将祭品散向四方，然后给所有的放牧人员用餐。

牧神节这一天，放牧人员最受优待，穿上新衣新袄，吃最好的肉食，连续数日醉酒欢歌，彻夜不眠。

拓展阅读：

《牧神的午后》（交响乐）
《西方神话学读本》
[美] 阿兰·邓迪斯

◎ 关键词：另类 汉密斯 牧羊人 守护神 魔羯座

森林与草原的精灵——牧神潘

森林与放牧之神潘，可以算得上是神界的一个另类。他是众神传信天使汉密斯与人间国王的女儿私通生下的儿子，因此他是个半神。潘长得十分丑陋，几乎可以用狰狞来形容。头上生了两只角，而下半身该是脚的部分却是一对羊蹄。这样丑陋的外表，让牧神潘十分难堪与自卑，不能随着众神歌唱，不能向翩翩的仙子求爱。谁能了解他丑陋的外表之下，也藏有一颗热情奔放的心呢？

由于不能和奥林匹斯山上的众神为伍，于是潘选择了人间的森林与旷野，他以牧神的身份成为牧羊人的守护神，他充满朝气活力，最爱唱歌和跳舞。有一天他在河畔巧遇仙子裘林克丝，潘对这位身姿窈窕的仙女一见钟情，他想跟踪裘林克丝时，山羊蹄发出的声音被裘林克丝听到了，仙子看到丑陋的潘，惊慌而逃。潘穷追不舍，被追的裘林克丝越来越害怕，眼看就要被丑陋的牧羊人追上，她只得向神祷告，将自己变成植物。就在潘即将追上裘林克丝的一瞬间，裘林克丝突然消失踪影，只见河岸边多了一枝芦苇在风中摇曳。失望的潘就摘下芦苇制成笛子，每日吹奏思念之歌。

一日，众神聚在幼发拉底河源聚会，大家开怀畅饮，放声欢笑，天神宙斯知道潘吹得一口好芦笛，便召他来为众神演奏助兴。

当凄美的笛声淙淙地流泄在森林、原野之中，众神和妖精们正随着歌声如痴如醉的时候，森林的另一头，一只多头的百眼兽突然率领着一大群怪兽，呼天啸地、排山倒海地向众神冲过来。仙子们吓得花容失色，纷纷抛下手中的竖琴化成一只只的蝴蝶翩翩而去。而众神也顾不得手中斟满的美酒，有的变成了一只鸟振翅而去，有的跃入河中变成了一尾鱼顺流而去，有的干脆化成一道轻烟，消失得无影无踪了。而牧神潘，看着众神仓皇的样子，也害怕了起来，他纵身跳入一条溪中，想变成一只鱼。奈何，他选的这条溪实在太浅了，无法完全容纳他庞大的身体，所以下半身变成鱼尾，而上半身仍是一个山羊头。这个形象实在是滑稽极了，事后宙斯就命人将潘的这个形象画下来，并将星座之一的摩羯座设定为这个形象。

●山林女神与牧神 克罗迪翁
牧神潘不但爱歌舞，对于女性也颇为喜爱，他经常吹奏动听的乐曲，招来山林女神前来倾听。牧神样子太难看，即使沉醉音乐的女神也不愿和他共舞，常常酿成悲剧。

神话与诗的时代——古希腊古罗马文学

◎ 关键词：三叉戟 养马业 守护神 和平 正义

海中的三叉戟——海神波塞冬

●海之神 拉斐尔

>>> 妈祖

妈祖是我国闽南沿海一带民间信仰的神祇。"妈祖"或"妈祖婆"乃民间一般性的俗称。宋代以降，历代帝王常有敕封，尊之为"圣妃""天妃""天后"或"天上圣母"等，故官立妈祖庙又称"天妃宫"或"天后宫"。

妈祖真名林默诞，生于宋建隆元年（960）三月二十三日，为福建莆田九牧林六房之后。宋太宗雍熙四年（987）九月初九逝世。妈祖逝世后乡人为感其生前普度济世的恩惠，于同年在湄洲岛上建庙祀之，这就是闻名遐迩的湄洲妈祖庙。

拓展阅读：

《海神波塞冬号》（电影）
《天妃显圣录》明

波塞冬是天神宙斯、天后赫拉和冥王哈得斯的兄弟。波塞冬常常手执三叉戟，驾着马车，驰骋于大海上。他能呼风唤雨，可引起地震。神话中说他又是马的创造者，被养马业尊为保护神。

波塞冬虽然住在海中，但他不时出现在奥林匹斯山上参加众神之间的斗争。他同赫拉、雅典娜一起阴谋推翻天神宙斯，失败后被罚与阿波罗一起修筑特洛伊城墙。他同女神雅典娜争夺雅典的占有权，用三叉戟在岩石上打出一股泉水。波塞冬的儿子独目巨人曾吃掉俄底修斯的一些伙伴，俄底修斯弄瞎了巨人的眼睛后逃走，从此，波塞冬就百般迫害俄底修斯，使他历尽艰辛。

还有一种传说，据说在极为遥远的年代，人类与神一起居住在地上，过着和平快乐的日子。而正义女神和波塞冬在长时间的相处中也产生了感情，他们彼此尊重，互相爱慕。正义女神有着男子一样的气质，坚毅而热情；波塞冬像大海一样深邃，冰冷。宙斯有无数的妻子，因此也有数不清的儿女，而波塞冬是他唯一的兄弟，是他和天后赫拉用泪水造出来的。不仅宙斯和天后疼爱他，神殿里所有的神祇都视他如掌上明珠。正义女神却十分独立，有自己的思想。

人类很聪明，他们逐渐学会了建房子、铺道路，但与此同时也学会了钩心斗角和欺骗。战争和罪恶开始在人间蔓延，许多神无法忍受纷纷回到天上居住，只有正义女神和波塞冬留了下来。女神没有对人类绝望，她认为人类终有一天会觉悟，回到过去善良纯真的本性。但是波塞冬却对人类丧失了信心，他悲观地劝女神回到天上去。女神自然不听，于是两人生平第一次争吵。他们争执得很激烈，从人类的问题上不断升级，最后竟吵到了彼此的身世上。正义女神鄙夷波塞冬不过是一摊咸水，而波塞冬则抖搂出宙斯的丑闻及女神私生的事实。正义女神受到极大的侮辱，找到父亲宙斯评理。天后赫拉建议两人比赛，看谁能更让人类感受和平，谁输了谁就向对方道歉。赫拉偏爱波塞冬，又嫉妒正义女神的母亲，她知道水是生命的源泉，一定会让人类感到和平。

比赛的地点设在天庭的广场，由海神先开始。只见波塞冬朝墙上一挥，裂缝中就流出了非常美的水，晶莹剔透，让人看了以后感到无限的清凉与舒适。这时候正义女神变成了一棵树，这棵树有着红褐色的树干、苍翠的绿叶以及金色的橄榄，任何人看了都感受到爱与和平。波塞冬朝女神微笑着，他知道女神的心愿终于实现了。

人类认识到和平的重要，正义女神与波塞冬也和好如初。

● 被抢的田野女郎 普莱

>>> 古印度神话中的阎王

阎王在古代印度的起源至少可以追溯到公元前2000年左右。当时，古代雅利安人的一支开始了在印度北部地区的统治。雅利安人使用比梵文更古老的语言写成吠陀经，其中最早的是《梨俱吠陀》。

在《梨俱吠陀》中，耶摩(Yama)神居住在天界的乐土，人死后的灵魂都要到那里去见耶摩神。耶摩神有两个使者，它们是两条狗。这两个使者经常在人间巡游，当用嗅觉发现有人快死的时候，就把他的灵魂引到天界。耶摩神就是阎王的最初来源。

拓展阅读：

《古印度神话》黄志坤
《西游记》明·吴承恩

◎ 关键词：冥界 西西里岛 农业女神 得墨忒尔

地府的统治者——冥王哈得斯

冥王哈得斯，是宙斯兄弟几人中的老大，他分管冥界，而较少来到人间。

一天，冥王哈得斯驾车巡视西西里岛，突然看到田野间有一位美丽的女子，立刻产生了冲动要娶这个少女为妻。但他一打听才知道，这个少女名叫佩尔塞福涅，是农业女神得墨忒尔的女儿。他明白得很，这个远近闻名的美人儿，绝不会跟他到冥府中去。他想出一个阴毒的办法，准备使用抢夺的手段。

一天，佩尔塞福涅在田野里正欲弯腰采摘一朵野花时，大地突然裂开了一条宽宽的地缝。随后，一辆闪闪发光的金车，冲上了地面，驾车的就是威风凛凛的冥王。他不由分说，一把抱起佩尔塞福涅，放到他身边的座位上，一声吆喝，马车便以迅不可及的速度沉入地下。得墨忒尔在很遥远的地方，听到了女儿撕心裂肺般的呼救声。但当她以最快的速度飞回来时，女儿已经不见了。她只知道女儿被"强盗"劫走了，但是，这个强盗是谁，却一点蛛丝马迹也寻不出来。那些知道佩尔塞福涅下落的神灵们，全都缄口不言。就这样，得墨忒尔走遍了世界上的每一个角落。但是，她的女儿仍然踪影全无。

最后，得墨忒尔只得拖着疲惫的身子，返回了西西里岛，佩尔塞福涅失踪的地方。奔波了这许多天，连罪魁祸首是谁都不知道，女神的气恼可想而知。于是，她便把一肚子的怨气，都撒到了西西里农人身上。她杀死了岛上所有的耕牛，命令土地坚如钢铁，封住地里的种子，让所有的植物都枯黄凋零，把这个地域辽阔的大岛弄得赤地千里，饿殍遍野。

太阳神阿波罗怜悯女神的遭遇，又无须畏惧冥王的权势，便把哈得斯抢亲的情况，仔细描述了一番。得墨忒尔恍然大悟，但为时已晚。

得墨忒尔知道自己受了众神的欺骗、愚弄，愤懑和气恼又加深了一层。她干脆下了一道命令，让全世界的植物一起凋零，所有的庄稼全部枯死，大地上不允许出现一丝绿色。这样一来，天上地下全部乱了套。老百姓没有粮食吃，每天都有成千上万人饿死。成群结队的亡魂拥入冥府，吵吵闹闹，把哈得斯弄得心烦意乱，狼狈不堪。众神也因为得不到人间的祭祀和礼物，一个个饿得面黄肌瘦。宙斯没办法，只好让佩尔塞福涅每年有四个月时间住在冥府，八个月时间则返回人世，侍奉她的母亲。以后，每当佩尔塞福涅留居冥土时，得墨忒尔便愁眉不展，大地也是一片冬季的萧条。而女儿一旦和她团聚，女神便喜笑颜开，人间也重现草木复苏、群芳争艳的春天。

●女陶俑 希腊 新石器时代

>>> 燧人氏

燧人氏是传说中发明钻木取火的人，这在先秦的古籍中已有记载。

相传一万年前，有燧明国，不识四时昼夜。其人不死，厌世则升天。国有燧木，又叫火树，屈盘万顷，云雾出于其间。有鸟若鹗，用嘴去啄燧木，发出火光。有位圣人，从中受到启发，于是就折下燧枝钻木取火，人们就把这位圣人称为燧人氏。人工取火的发明结束了人类茹毛饮血的时代，开创了人类文明的新纪元。所以，燧人氏一直受到人们的敬重和崇拜，并尊他为"三皇"之首，奉为"火祖"。

拓展阅读：
《中国史稿》郭沫若
《韩非子·五蠹》

◎ 关键词：泰坦 希弥斯 万神之王 高加索山

反抗神权的盗火者——普罗米修斯

普罗米修斯是泰坦神与正义女神希弥斯之子，算是宙斯的堂兄。"普罗米修斯"在希腊语中的意思是"先知"。他仇视暴虐，蔑视权威，敢于主持正义，是人类的始祖，也是人类的第一个英雄。他和雅典娜是非常要好的朋友，他们经常一起游玩。一天普罗米修斯来到大地上，他看到蓝天、大地，一切都是那么美好，只是单调了些，于是就用泥和水捏了一些和神一样的泥人，雅典娜向泥人吹了口气，泥人们立刻有了生命，这就是最初的人类。

那时宙斯和他的兄弟们正与其父克罗诺斯交战，普罗米修斯的母亲能够预知未来，她知道宙斯在这场战争中会获胜，于是与儿子一起帮助宙斯。不久后，宙斯和他的兄弟们击败了克罗诺斯，但是新的秩序如何建立呢？宙斯和他的兄弟们互不相让，眼看他们之间又要开战，这时普罗米修斯提出用拈阄来决定。结果，宙斯做了天上的王，波塞冬做了海里的王，哈得斯做了冥界的王，普罗米修斯不愿做神，就离开了奥林匹斯山，来到了人间。

作为万神之王的宙斯，能驾驭自然界的一切，四时更迭、昼夜交替都受他的调遣。他还统治着众神和人民，支配人间的善恶，洞察未来的变化。宙斯确定了人间的秩序，赐给人类法律，监督习俗和宗教仪式的执行。在战争和竞技中，他是胜利的赐予者，也是维护正义之神。如果有人反抗，他就给以严酷的惩罚。

然而普罗米修斯却丝毫不惧怕宙斯的权威，他要作为人类的代表为人类争取应得的利益。当宙斯等天神战胜泰坦神以后，人们希望减少祭神的供品。于是在祭祀过程中，普罗米修斯为诸神设置了一个骗局：将祭祀用的大公牛宰杀以后，亲自动手分为两堆，较小的一堆用毛茸茸的牛皮包着牛肉、内脏和脂肪，而较大的一堆则用雪白的牛板油包着牛骨头，他试图以此引诱首先挑选的诸神上当。宙斯早已看出了这两堆祭品都是什么，但阴险的他却将计就计挑选了牛骨头那一堆，然后以此为借口，要对人类进行惩罚。"你们不是想要牛肉吗？"宙斯咆哮着，"让我看看你们怎样吃这些牛肉吧！"宙斯将火种从人间全部取走，再不授予人类，这样人类就没法取火做饭。

可是普罗米修斯想出了巧妙的办法，他拿来一根又粗又长的茴香秆，扛着它走近驰来的太阳神的马车，将茴香秆伸到太阳的火焰里点燃，然后带着闪烁的火种回到地上。

在人与神的较量中，普罗米修斯又胜了一个回合。他开始带领人类修

●阿弗洛狄忒的诞生 古希腊 大理石雕像
●推倒的巨人雅典娜 古希腊 大理石雕像
●狄俄尼索斯 古希腊 大理石雕像

建一架通往奥林匹斯山顶的天梯，希望能够带着人们登上那座神山。眼看着人类就要进入神的领地，宙斯恼羞成怒，他感到这个普罗米修斯不仅使自己的王权受到威胁，而且使整个奥林匹斯神系的地位都摇摇欲坠。他命令工匠神赫菲斯托斯打造了一副结实无比的铁链，然后派出自己的两名仆人，这两名仆人的绰号叫作克拉托斯和皮亚，即"强权"和"暴力"。这两个仆人把普罗米修斯用铁链锁在高加索山的悬崖上，宙斯每天派一只恶鹰去啄食被缚的普罗米修斯的肝脏。肝脏被吃掉多少，很快又恢复原状。他忍受着这种痛苦的折磨，直到将来有人自愿为他献身为止。千年后的一天，人类的英雄赫拉克勒斯为寻找赫斯珀里得斯来到这里。他看到恶鹰在啄食可怜的普罗米修斯的肝脏，便取出弓箭把那只残忍的恶鹰一箭射落。然后他松开锁链，解放了普罗米修斯，带他离开了山崖。但为了满足宙斯的条件，赫拉克勒斯把半人半马的肯陶洛斯族的喀戎作为替身留在悬崖上。喀戎是一位永生的神，为了解救普罗米修斯，他甘愿牺牲。最后，为了彻底执行宙斯的判决，普罗米修斯必须永远戴一只铁环，环上镶上一块高加索山上的石子。这样，宙斯可以自豪地宣称，他的仇敌仍然被锁在高加索山的悬崖上。

●正义之神雅典娜

>>> 禹王锁蛟井

　　禹王锁蛟井位于河南禹州市城内古钧台南街中段东侧。相传上古洪水泛滥是蛟作怪，禹决心除掉这个凶猛的水兽。他到处寻找蛟的踪迹，经过多年艰苦奋斗，终于降服了蛟，将蛟锁在都城阳翟（今禹县）的深井中，使它永远不得残害人民。

　　传说，井深莫测，与海底相通。井口石柱上系有千钧锁链，下垂井内。用铁锁锁住的蛟，其相凶险，人们不敢轻易抽动铁链，动辄井水翻滚，腥风阵阵，血沫喷溅，一旦恶蛟腾跃而出，便会带来水灾。

拓展阅读：

《尚书·禹贡》
《论禹治水故事书》顾颉刚

◎关键词：宙斯 毒计 "礼物" 灾难 希望

众神对人类的报复——潘多拉的魔盒

　　在惩罚普罗米修斯的同时，为了惩罚接受了天火的人类，宙斯还想出了一条毒计，他要带给人类永恒的灾难。宙斯命令他的工匠神赫菲斯托斯用黏土做成了地上的第一个女人，那是一个"脸孔像那些永远年轻的女神一样美丽，能够激发人们欲望的处女"。然后命令众神都赐予这个女子一样礼物。

　　雅典娜亲自给她穿上雪白的长袍，给她戴上下垂的面网和美丽的花冠；火神为她纺织了一条金发带；阿波罗送给她音乐的天赋，还有其他种种，以使她臻于完美。而神使赫尔墨斯则给她一个背信弃义的本性，在她胸中安放的不是一颗善良的人心，而是许多的谎言、谄媚和骗术；爱与美的女神阿弗洛狄忒在她的头上喷洒了"爱恋"的迷雾，给她种下那最折磨人的性欲，以便去消磨男人的意志和体力。就这样，一个最完美而最可怕的女人诞生了，给她取名叫"潘多拉"，意思是"很多的礼物"。一方面因为众神给予了她很多的"礼物"，另一方面也因为她是众神送给人类的"礼物"。

　　宙斯还特别制造了一个密封的盒子，里面暗藏了众神赐予的祸害、灾难和瘟疫等对人类有害的东西，只有雅典娜在盒子底层放了一样东西，名字叫作"希望"。宙斯把这个盒子交给潘多拉，并让她送给娶她的男人，还一再叮嘱她，千万不要把盒子打开。

　　接受了这些禀赋后的潘多拉被送到人间交给了普罗米修斯的弟弟厄庇透斯。普罗米修斯深信宙斯对人类不怀好意，告诫他的弟弟厄庇透斯不要接受宙斯的赠礼。可厄庇透斯无法拒绝潘多拉的美丽诱惑，他不听哥哥的劝告，娶了潘多拉为妻子。

　　结婚后的潘多拉倒还算老实，她的谄媚、谎言与淫乐，并没有在人间传播开来。但是她头脑中却越来越强烈地闪现着一个念头，就是想打开宙斯所赐的盒子，看看里面究竟装了些什么东西。终于有一天，她再也克制不了自己的好奇心，打开了盒子。刹那间，饥荒、疾病、贪婪、嫉妒、悲惨等一齐跑了出来，迅速飞散在空中，传播到了人类世界的每一个角落。折磨人肉体的痛风、风湿、腹痛，折磨人心灵的忌妒、怨恨、复仇，这些神的所赐给人类带来了永无尽头的灾难。

　　惊恐的潘多拉立刻关闭了盒子，于是盒子底层的"希望"就被留在了人间。正是依靠着雅典娜所赐的"希望"的力量，人类才有信心抵抗重重的灾难和祸患，不论邪恶多么猖狂，总有"希望"的力量来与之平衡。

●直立的骑手 古希腊

>>> 《格萨尔王传》

《格萨尔王传》是中国藏族人民集体创作的一部英雄史诗。它原是西藏民间流传千余年的口头文学，代表着古代藏族文化的最高成就，现已整理成书。全书共有120多部，100多万诗行，2000多万字。

《格萨尔王传》描绘了主人公格萨尔一生不畏强暴、不怕艰难险阻，以惊人毅力和神奇力量征战四方、降伏妖魔，抑强扶弱、造福人民的英雄业绩，热情讴歌了正义战胜邪恶、光明战胜黑暗的斗争。国际上有人称它为"东方的《伊利亚特》"。

拓展阅读：
《西藏的文明》[法] 石泰安
《古希腊文学史》
上海译文出版社

◎ 关键词：宙斯 忒提斯 皇权 荣耀

金苹果的灾难——《伊利亚特》

主神宙斯钟情于老海神的女儿忒提斯，他从预言中得知，他与忒提斯生出的儿子会比他更强大，为了保住权力，宙斯放弃了忒提斯，将她下嫁给凡间的一个英雄珀琉斯，并为二人举办盛大的婚礼。奥林匹斯众神都去参加，只有爱惹麻烦的纷争女神没有受到邀请，为了发泄愤怒，她想出一条挑拨是非的计策。她向婚宴扔下一枚金苹果，上面写着"给最美的女神"。

天后赫拉、智慧女神雅典娜、美神阿弗洛狄忒都认为自己最美，应该得到金苹果，争执不下，就去找宙斯。宙斯让她们去找特洛伊王子帕里斯评判。三位女神找到帕里斯，都答应给他最大的好处。赫拉许他成为最伟大的国王，雅典娜许他成为最勇敢的战士，阿弗洛狄忒许他娶到世界上最美丽的女子为妻。好色的帕里斯拒绝了皇权和荣耀的诱惑，而选择了美女，于是把金苹果判给了阿弗洛狄忒。

后来，帕里斯到斯巴达做客，偶然间见到了斯巴达王墨涅拉俄斯的妻子，被誉为人间第一美女的海伦。帕里斯对她一见钟情，决心要娶海伦为妻。他要求阿弗洛狄忒兑现她的诺言，于是在阿弗洛狄忒的帮助下，拐走了斯巴达王墨涅拉俄斯的妻子海伦，还掠去了许多财物。这一行为，激起了希腊各部落的公愤，他们推举迈锡尼国王阿伽门农为首领，调集10万大军和1000多条战船，渡海攻打特洛伊。特洛伊人也联合附近的部落，以特洛伊王子帕里斯的哥哥赫克托耳为统帅，与希腊联军抗衡。奥林匹斯山上的众神也各助一方，宙斯保持中立。战争进行了10年。

《荷马史诗》的上部《伊利亚特》描写的就是这场战争。前面的金苹果之争，就是这场战争的源头。史诗《伊利亚特》描绘了这场规模宏大、旷日持久的战争的高潮，即十年战争最后51天发生的故事，特别渲染了战争中涌现出的几位英雄人物。阿喀琉斯是其中最富光彩的一笔。

阿喀琉斯是忒提斯与珀琉斯婚后生下的孩子，先知告诉忒提斯，这个孩子将成为人类的英雄，但却会在特洛伊城下，死于阿波罗的神箭。忒提斯不愿相信这个宿命，她带着小阿喀琉斯来到冥河边，提着孩子的脚跟浸在冥河水中洗浴，从此阿喀琉斯全身刀枪不入，但是因为脚跟被母亲握着没有被冥河水浸过，所以留下一个致命的弱点。

特洛伊战争开始后，愤怒的阿波罗抽出他百发百中的神箭，趁阿喀琉斯激战正酣之际，一箭射中了他的脚后跟。阿喀琉斯就这样被阿波罗的暗箭射死。

神话与诗的时代——古希腊古罗马文学

●荷马吟诗图

>>> **亚里士多德**

亚里士多德（前384~前322）是古希腊哲学家、教育学家，柏拉图的学生。曾任亚历山大大帝的老师。创建吕克昂学院。他的学派称为逍遥学派。他认为教育的目的是使体育、德育与智育三方面和谐发展。他提出教育是公共事业而非属私人。他首次提出按年龄分阶段教育的思想。研究了不同阶段教育的内容、方法及步骤。

亚里士多德的教育观点对后世有较大影响。其主要著作有《工具论》《形而上学》《物理学》《诗学》等。

拓展阅读：
———————————
《美学与艺术丛书》
北京大学出版社
《西方哲学史》[美]罗素

◎ 关键词：古典史诗 典范 特洛伊 伊塔卡

俄底修斯还乡——《奥德赛》

《荷马史诗》上部《伊利亚特》写到阿喀琉斯的死亡就结束了，但特洛伊战争并未结束，据说《荷马史诗》还有一部已经失传的中部《特洛伊的陷落》，讲述了战争的结局。

希腊联军中有一位将领，也是伊塔卡城邦的国王，名叫俄底修斯，他想出一个好主意来攻破坚固厚实的特洛伊城。他们造了一个巨大的木马，里面藏有精锐士兵，然后将木马遗弃在战场上。特洛伊军将它当成战利品带回了城内。夜晚，木马中的士兵溜出来打开了城门，希腊联军里应外合攻陷了伊洛伊，然后就开始了对特洛伊的烧杀抢掠。辉煌的特洛伊城变为一片废墟，特洛伊人民遭受了灭顶之灾。

战争结束后，希腊将领们纷纷率军回乡，其中俄底修斯历经十年海上漂泊、返回故乡伊塔卡的故事，构成了另一部史诗《奥德赛》。《奥德赛》长12110行，由24卷组成，亚里士多德在《诗学》中称其为古典史诗结构的典范。

在回家的路上，俄底修斯经历了许多艰难困苦，波塞冬的爱子独眼巨人吃掉了他的同伴，俄底修斯刺瞎独眼巨人后，躲在公羊肚子底下才得以逃出山洞。回家的愿望那样强烈，以至于他到地狱去问卜，最后仙女卡吕普索允诺他长生不老，这一切磨难和诱惑，都没能泯灭俄底修斯回家的坚定信念，神祇们终于决定让俄底修斯返回故乡。俄底修斯离开女神卡吕普索之后，途中遇到海神波塞冬掀起的风暴，史诗中描述道：

"陡然间隆起一个巨澜，可怕地从上盖下，把筏船打得团团转。他自己被从筏上抛出，抛出很远，舵柄从手里滑脱，桅杆被各种风暴混合旋起的强大风流拦腰折断，船帆和帆桁一起被远远地抛进海里。他被久久地打入地下，无力迅速地向上浮起，身受狂涛巨澜的重压，神女卡吕普索所赠的衣服也增添分量。他很久才浮出水面，嘴里不断喷吐咸涩的海水，海水顺着他的头流淌。他虽然精疲力竭，但没有忘记筏船，他在波浪中向筏船游去，把它抓住，坐地筏体中央，逃避死亡的结局。巨浪把木筏随潮流忽上忽下地抛掷。有如秋天的北风吹动原野上的蓟草。"

俄底修斯回到家乡，发现当地的贵族正在向他的妻子求婚，并企图杀死他的儿子，夺取他的王位和财富。为了难倒求婚人，他们设计了一场射箭比赛，谁能在很远的地方，一次射过12把铁斧上的洞，谁的求婚就能成功，化装成乞丐的俄底修斯接过强弓，一箭射穿12把铁斧，夫妻相认，一家团圆。

神话与诗的时代——古希腊古罗马文学

●希腊军队的将领很聪明地使用了诈败术，不过，尽管战争中将军的作用很重要，但战争的主要参与者是那些普普通通的士兵，他们的勇气或怯懦书写了千百年来的战争史。

●狮子门 迈锡尼

>>> 迈锡尼人

　　迈锡尼人在公元前18世纪开始从马其顿北部或者更远的地区开始向希腊半岛迁移，他们逐渐控制了希腊半岛，并通过联姻，逐步控制了克里特岛的米诺斯文明核心区，在克里特文明因火山爆发而衰落后，迈锡尼成为东南欧最强大的文明，他们不仅控制希腊本土，并且还远征到爱琴海对岸的小亚细亚，特洛伊战争便是典型的例子。

　　在希腊本土，迈锡尼人建立了多个国家，其中最强大的是在伯罗奔尼撒半岛东部的迈锡尼城，迈锡尼文明便是以迈锡尼城而命名的。

拓展阅读：

《特洛伊之歌》
　　[澳]考琳·麦卡洛
《特洛伊的海伦》（电影）

◎关键词：希腊半岛 特洛伊城 战争 史诗

从传说到历史——荷马与《荷马史诗》

　　公元前12世纪末，在希腊半岛南部及克里特岛地区的阿开亚人和小亚细亚西北部的特洛伊人之间爆发了一场为期十年的战争，最后希腊人毁灭了特洛伊城。这是一场部落之间的战争。战争结束后，在希腊和小亚细亚一带便流传着许多歌颂这次战争中英雄事迹的短歌。在传诵过程中，英雄传说又同神话故事交织在一起，由民间艺人口头吟唱，世代相传，每逢盛宴或节日，在氏族贵族的官邸中咏诵。约公元前9世纪、前8世纪时，盲诗人荷马以短歌为基础，对此予以加工整理，最后形成了具有完整情节和统一风格的两部史诗——《伊利亚特》（又名《伊利昂纪》）和《奥德赛》（又名《奥德修纪》），这就是《荷马史诗》。

　　《荷马史诗》开始时是以口头形式出现的，约公元前6世纪雅典执政者庇士特拉图下令记录史诗，才有文字依据。公元前3世纪至前2世纪，又由亚历山大里亚学者编订，两部各24卷。

　　《荷马史诗》不仅是一部诗作，也是一部百科全书，它从各方面向我们展示了古希腊社会，古希腊的宗教思想、伦理观念，以及国家的观念在史诗中都有所体现。在古希腊凡是受过良好教育的公民，大都熟悉《荷马史诗》，荷马几乎成为诗人的代名词。同时《荷马史诗》也给后人留下许多疑问：荷马其人是否存在？两部史诗是否出于一人之手？史诗记载的内容是否确有其事？从前，人们都认为这两部史诗不过是民间的神话和英雄传说，从未有人认真地将它们看作历史来考证。直到19世纪以来欧洲考古学家的发现，才证明这段史诗中记载的历史是有根据的。

　　德国人亨利·谢里曼是一个有些天真又很执着的科学家，他从小就喜爱《荷马史诗》，并深深地相信，荷马所描述的伟大战争是真实的历史事件。他依照史诗的线索进行发掘，终于得到了震惊世人的发现。

　　1873年，谢里曼在土耳其挖掘出特洛伊被焚烧的遗址，这些发现使人们开始相信，《荷马史诗》所记载的战争，曾经真实地发生过。1876年，谢里曼在迈锡尼发现了古代陵墓和巨石砌成的城址，这是希腊的阿开亚人创造的文明，他们是特洛伊战争的一方。狮子门威严肃穆，显示出当年迈锡尼国王的强大。谢里曼甚至找到了一副棺木，里面是盛装华服包裹的墓主，纯金的面具仍然完好无损。谢里曼相信，这个墓主很可能就是史诗中的希腊联军首领，迈锡尼的阿伽门农王。在公元前1300年以后，埃及商业的突然衰退给迈锡尼经济带来打击，特洛伊是迈锡尼人通往东方的必经之地，为了获取东方的财富，他们多次冒险渡海攻打这个要塞。荷马正是根据这些史实，创作了史诗。

神话与诗的时代——古希腊古罗马文学

◎ 关键词：奴隶 故事 拟人化 动物 哲理性

智者的教诲——《伊索寓言》

● 微笑的尼开 古希腊

>>> 牧羊人与羊

牧羊人赶着一群羊来到橡树林里，看见一棵高大的橡树上长满了橡子，十分招人喜爱，便高兴地脱下外衣，铺在地上，再爬上树去，使劲摇落橡子。羊群跑过来尽情享受这些橡子，不知不觉把牧羊人的外衣也啃吃完了。牧羊人从树上下来，见到如此情形，说道："这些没用的坏东西，你们把羊毛给他人做衣服穿，而我辛辛苦苦地喂养你们，你们却把我的外衣吃掉了。"

这故事是说，有些糊涂无知的人善待外人，却损害自己人的利益。

拓展阅读：
《读〈伊索寓言〉》钱钟书
《伊索寓言精选》
人民文学出版社

公元前 6 世纪的雅典，某一年的夏天，在炎炎的烈日下，一群贫民和奴隶正在为贵族们修建住宅。大家累得实在难受了，便决定停下来休息一下，喝点水。刚刚在荫凉地坐下，突然有人喊了一声："那不是伊索老头吗？"大家转头一望，一个身材瘦削、衣衫破旧的老头正拄着拐杖向这边走来。人们立刻恢复了精神，大家纷纷朝他挥手，并叫他："伊索老头，过来！""过来，伊索，给我们开开心！"

这个老头子就是后来举世闻名的寓言家，世界文学史上第一个故事大王——伊索。他原本是一个奴隶，后来碰到好心的主人，喜欢听他讲故事，并且看他年纪大了就恢复了他的自由。老伊索在希腊各个城邦间游历，走过了很多村庄城镇，看到了很多世态炎凉，也积攒了一大堆的故事。后来人们都知道有一个会讲故事的老头，讲的故事能够让人开心，每次碰到他，都要让他讲上几个故事，才能放他走。

伊索见有人叫他，就慢慢地走了过来，找了一块平整的石头，放下拐杖坐了下来。人们聚拢到他身边，立刻有几个人叫他来上一段。伊索并不着急，直到有人给他递来一壶水，他喝了几口，才缓缓地开了腔……

不论在什么地方，伊索的故事总能博得人们的开怀大笑或是赞赏的目光。老伊索离开了雅典，继续他的游历。后来他到达了撒狄吕底亚，在那里他的才华受到国王克洛伊斯的重用。国王派他作为克洛伊斯的特使去德尔斐，结果在那里，他被当地居民指控亵渎神灵，惨遭杀害。

伊索留下的寓言陆续经后人加工，以诗或散文形式发表，成为现在流传的《伊索寓言》。《伊索寓言》共收集了三四百个小故事，主角大多是拟人化的动物。作者通过描写动物之间和人与动物之间的相互关系，反映当时的社会生活，表现奴隶、平民反抗压迫的斗争经验和生活教训。有的揭露和批判了统治者和富有者的专横霸道，对贫弱者的苦难处境寄予同情，如《狼和小羊》《狮子和野驴》等，把贪婪、残暴的统治者，比拟为豺狼、狮子，无情抨击了他们的凶残本性；有的描写机智的弱者战胜凶顽的强者，如《狮子和狐狸》《猫与鸡》等，给被压迫者以巨大的鼓舞和有益的启迪；许多作品具有深刻的哲理性，如《农夫和蛇》，告诫人们不能怜惜像蛇一样的恶人；还有不少故事经常被后人引用，如著名的《龟兔赛跑》《狐狸和葡萄》等。《伊索寓言》是世界上最早的寓言体故事集，对于后世的欧洲文学的影响非常大，直到今天，其中的一些故事仍在世界各地被人们讲述。

●希腊神话中的缪斯女神

>>> 木乃伊身藏萨福诗作

2005年6月，在一具刚刚出土的埃及木乃伊上，人们首次发现了古希腊时期最伟大的抒情诗人萨福的第四首完整诗篇，此项发现被称为近年来欧洲考古史上最罕见的发现。

这首写于2600多年前的诗篇共有101个古希腊单词，被印在柔软的纤维织片和纸草上，覆盖在木乃伊经处理过的身体表面。萨福的这首"新诗"经牛津大学教授马丁·威斯特的翻译后发表。马丁·威斯特教授是最著名的萨福研究者，他还为此诗撰写了一篇注释性的评论。

拓展阅读：
《柏拉图的梦》[法] 伏尔泰
《欧美文学史论》张志庆

◎ 关键词：作家文学 抒情诗 悲剧 琴歌诗人

人间的文艺女神——萨福

如果说神话与史诗是古希腊民间文学的光辉遗产，那么代表古希腊作家文学最高成就的就应是抒情诗与悲剧。

琴歌是古希腊的抒情诗中的一种，因为按那个时代的风俗，诗人要弹奏七弦琴吟咏自己的诗作，故称其作品为"琴歌"。古希腊有一批优秀的琴歌诗人，其中成就最高的就是女诗人萨福。

缪斯是主管诗与音乐的女神。柏拉图曾经这样评价萨福："粗心的人们声称缪斯只有九位，须知，累斯博斯岛的萨福是第十位文艺女神。"萨福，公元前7世纪出生在小亚细亚的累斯博斯岛上。据说，她17岁时曾与当时的著名诗人阿尔开奥斯在赛诗会上相互酬唱而赢得了诗名。长大后萨福嫁给一个富商，生有一女，取名克利斯。她的财富使她有机会选择自己的生存方式，而她选择在累斯博斯岛研习艺术。

在公元前7世纪，累斯博斯岛是文化的中心，比起很多希腊城邦来，这里不那么歧视女人，岛上的女人可以和男人自由来往。女人接受很高的教育。为了研究诗与音乐，她们组织了"俱乐部"。萨福的大半生就生活在这岛上，她同时也旅行，足迹遍及希腊各地。

萨福写诗，同时又被人称为七弦琴演奏家，她的表演沉着自如，所作的乐曲精致而优雅，那种以抒情见长的诗歌韵律，被后人称作"萨福体"。她改进了抒情诗的两方面，其一是技巧，其二是风格，将希腊抒情诗推进至一个新高潮。她写诗，且使诗歌在那个时代离开对外部世界的观察，继而转向抒发个人的思绪。她的诗歌有强烈的感性甚至官能特征，语言优美、纯朴，抒发感情时而细腻、含蓄，时而热烈、大胆，具有很高的艺术价值，对古罗马诗歌，乃至整个欧洲的诗歌产生过很大影响。英国诗人拜伦在长诗《唐璜》中称她为"如火焰一般炽热的萨福"，更有批评家认为："萨福在诗歌中给予世界的，如同米开朗基罗在雕刻中、达·芬奇在绘画中给予世界的一样——尽善尽美。"她被公认为世界文学史上女性诗歌的第一人。因此，后世常以"萨福"来褒称各个时代在诗歌中有出色表现的女诗人。

萨福的诗歌创作全部来源于自己的真实感情经历，她的情人既有男人也有女人。据说萨福因为失恋，而对人生失去了留恋，最后在美丽的小亚细亚海边蹈水自尽了。正像她的一首短诗所描写的那样："哪儿去了，甜的蔷薇？哪儿去了，甜的蔷薇？一旦逝去，永难挽回。我不复归，我不复归。"

神话与诗的时代——古希腊古罗马文学

●掷铁饼者 古希腊 米隆

>>> 奥林匹克

有关古代奥运会的起源的传说有很多，最主要的有以下两种：一是古代奥林匹克运动会是为祭祀宙斯而定期举行的体育竞技活动。另一种传说与宙斯的儿子赫拉克勒斯有关。赫拉克勒斯因力大无比获"大力神"的美称。他在伊利斯城邦完成了常人无法完成的任务，不到半天工夫便扫干净了国王堆满牛粪的牛棚，但国王不想履行赠送300头牛的许诺，赫拉克勒斯一气之下赶走了国王。为了庆祝胜利，他在奥林匹亚举行了运动会。

古代奥运会从公元前776年起，到公元394年止，经历了1168年，共举行了293届。

拓展阅读：

《安东尼奥·萨马兰奇》
刘平安／刘京胜
《西方文学理论史》董学文

◎ 关键词：氏族社会 奴隶制城邦 抒情诗体 古典主义

琴歌诗人——阿那克瑞翁与品达

公元前8世纪至公元前6世纪期间，氏族社会进一步解体，奴隶制城邦逐渐形成。氏族社会解体之后，人们失去了氏族的庇护，不得不独自谋生，面临生存的困难。这时候，集体情感被阶级的分化和不平等的社会地位冲淡了，个人的遭遇引起了种种复杂的情感，这些情感的抒发便促进抒情诗在这个时期特别繁荣。抒情诗来源于民歌，分为双管歌（或称哀歌）、琴歌和讽刺诗。双管歌的题材多样，有军事政治的、道德教诲的和爱情的，大都用双管伴唱；琴歌分为独唱琴歌和合唱歌，以竖琴伴唱；讽刺诗用短长格诗体写成，可以用双管或竖琴伴唱。双管歌体比较安静柔和，讽刺诗比较活泼、激昂、锋利。双管歌中最著名的是提耳泰俄斯（前7世纪末）为斯巴达人写的战歌、雅典立法家梭伦（约前639～前559）为自己的政策辩护而写的政治诗，以及西摩尼得斯（约前556～前468）为温泉关之役（前480）中殉国的300名斯巴达健儿所写的墓志铭。讽刺诗用于讽刺或诅咒，最著名的作者是阿耳喀罗科斯（约前714～前676），他的讽刺尖锐有力。

几种抒情诗体中，成就最为突出的是琴歌。独唱琴歌除萨福外，另一个著名的诗人是阿那克瑞翁（约前550～前465），他写了五卷诗，歌颂醇酒和爱情，其中有独唱琴歌、双管歌和讽刺诗，但只流传下一些短诗和残句。古代和后世有许多人模仿他的诗体，称为"阿那克瑞翁体"。

独唱琴歌抒写个人的情感，只流行于狭隘的贵族圈子里。而合唱琴歌和舞蹈配合，结构复杂而谨严，抒写多数人的情感，为广大人民所喜爱。合唱琴歌的最著名的作者是职业诗人品达（约前522～前442）。当时，希腊盛行体育竞技，竞技活动又和敬神的节日结合在一起，品达在诗中歌颂奥林匹克运动会及其他泛希腊运动会上的竞技胜利者和他们的城邦。他写过十七卷诗，只传下四卷。他的诗里有泛希腊爱国热情和道德教诲，他歌颂希腊人在萨拉米之役（前480）中获得胜利，认为人死后的归宿取决于他们在世时的行为。他的诗风格庄重，辞藻华丽，形式完美。品达的合唱歌对后世欧洲文学产生了很大影响，在17世纪古典主义时期被认为是"崇高的颂歌"的典范。

● 悲剧面具

>>> 民主时代

所谓的"民主时代",是指公元前6世纪到公元前4世纪这段时期。这一时代是古希腊的全盛时期,各城邦都得到繁荣的发展,而地处海湾、交通便利的雅典在工商业方面日益发达,并建立了奴隶主民主制。在雅典,国家不设国王,最高权力机构是全体公民大会,大会代表由公民抽签产生,共同对国家事务进行商议。

此外,对外战争的胜利也在一定程度上强化了这种繁荣的局面。民主时代,雅典的经济和政治日益欣欣向荣,古希腊文学也迎来了黄金时代。

拓展阅读:

《古希腊戏剧选》
人民文学出版社
《古希腊悲剧喜剧全集》
译林出版社

◎ 关键词:酒神祭 合唱 戏剧节 悲剧大师

悲剧的时代——古希腊悲剧

公元前534年秋天的雅典,平静的城邦迎来了一个重大的节日,这就是希腊人一年一度的狂欢节——酒神祭。

一大清早,公民们扛着成筐的葡萄,抬着整坛的美酒,欢笑着聚集到城市中央的空地上,认识与不认识的都开心地打着招呼,互相邀请品尝自家的水果,痛饮美酒。

这时,一队队身穿白色拖地长袍的高大男人走到空地中央的土台上。公民们知道,歌舞表演"酒神颂"马上就要开始,酒神祭的高潮即将到来。合唱队在土台上列队完毕,准备开始演唱"酒神颂",全场的希腊人都安静了下来。这时只见一个头戴羊角,身披羊皮,臀戴羊尾的青年男子蹿上了土台,人们看到他的怪异形象,纷纷开怀大笑。

这个穿着怪异的男子名叫克斯比斯,他带来了今年"酒神颂"特别安排的新花样。合唱开始了,克斯比斯开始扮演歌词中的各种人物,并不时地朗诵或独唱,与合唱队进行对话,在这种新颖的表演形式中,酒神从诞生、受难、死亡到复活的传奇经历被形象地展现在观众面前。大家纷纷为克斯比斯鼓掌喝彩。从此,这种演员表演与唱队结合的"酒神颂"歌剧就成了每年酒神祭的固定内容。

克斯比斯并不知道,光耀万代的古希腊悲剧,就在他的精彩表演中诞生了。最初的悲剧被称为"特拉基亚",即"羊人剧",因为酒神祭上的演员都像克斯比斯一样身披羊皮。古希腊的诗人们从这种"羊人剧"中得到灵感,开始创作演员与唱队共同表演的诗剧。这些诗剧表现神的传说和英雄的故事,充满了强大的震撼力,能使观众产生同情,起到陶冶感情与净化心灵的作用。

悲剧的演出慢慢地在希腊成为惯例。古希腊每年有三次戏剧节,每次有三个悲剧作品参加演出和比赛。最大的戏剧节是酒神祭大节,演员在演出前同编剧一起到另外地方与观众见面,然后才正式演出。而观众如同过节一样穿起漂亮的衣服,带着好吃的东西,演得不好大家就吃东西,太差的戏观众就冲着演员喊:"下去!下去!"

每个悲剧的演出时间就是从早晨到晚上的一天时间,因此戏剧表现的故事情节也是一天内发生的事情,故事里面充满了倒叙和插叙。时而演员大段地独白,时而唱队与演员进行对话,还有唱队洪亮的合唱,有时还与观众们交流。在演出时,演员头戴面具,演员声音要高亢洪亮,表演要有真情实感。

演出的剧场都是露天的。希腊一年有300天左右不下雨,因此不必担心演出被阵雨打断。剧场大多在山坡上建造,在山坡上挖出一个扇形的观

神话与诗的时代——古希腊古罗马文学

●诸神与巨人的战斗 古希腊浮雕　　●斗猫犬的年轻人 古希腊浮雕

众席位场地，下面建一圆台为舞台，大的可容17000人，而且有很好的声音效果，舞台话音可以清楚地传到最后一排观众那里。

雅典当时分10个区，每一区选出一个评委，共10个评委为演出的悲剧打分。然后等三天表演结束后，这些评委们开始投票，把票丢到一个瓮里，由大会主席从这个瓮里抽出五张票。评出冠军和亚军，而第三名实际上就是失败者。

古希腊悲剧是古希腊人重要的精神生活内容，也是人们关注的焦点。悲剧诗人和演员都非常受公民们的尊重。古希腊产生了三位伟大的悲剧大师，他们是埃斯库罗斯、索福克勒斯和欧里庇得斯。

到公元前3世纪，以雅典为中心的戏剧活动开始萧条。戏剧中心转移到了埃及的亚历山大。在公元前120年，连隆重的酒神祭大节的戏剧也消失了。但是古希腊悲剧对于后世欧洲古典戏剧的形成起到了不可磨灭的作用，而流传下来的古希腊悲剧作品也被历代的戏剧家们改编并搬上舞台，古希腊人的精神和智慧也通过这些伟大的作品感染着全世界的戏剧观众。

●哀悼的雅典娜 古希腊雕刻

>>> 工作与时日（节选）

要提防勒奈翁月，这时气候十分恶劣，能让所有的牛全都脱去一层皮。北风刮过以后，严寒就笼罩了大地。北风自产马的色雷斯袭来，辽阔的海卷起波浪，大地和森林一起号叫。深山峡谷之中，许多高大的橡树，粗壮的松柏，倒在养育人类的大地上。

无边无际的森林，同时发出呼啸。只靠软毛护体的野兽，夹起尾巴，冻得全身不停地发抖，即使前胸毛茸茸的野兽，也全都被北风吹透，甚至穿过牛皮，都不能使它停留。那些有长毛的山羊，北风也能吹透，却吹不透成群的绵羊，绵羊毛实在太厚。

拓展阅读：

《赫西俄德：神话之艺》
[法] 居代·德拉孔波等
《古希腊罗马哲学》
北京大学哲学系

◎ 关键词：文学家 诗人 神祇 正义 时代特点

生活与神——赫西俄德

荷马以后，希腊出现的最重要的文学家就是赫西俄德。他是荷马之后古希腊最早的诗人，也是第一位个人作家（因为荷马的身份存疑，而且其史诗是采录民间歌谣编写的）。这位勤劳、朴素、生活安定的农民和牧人，留下的主要作品是《工作与时日》及《神谱》。

公元前8世纪，工商业和货币经济发达，土地集中在贵族手里，农民迫于贫困，起来反抗贵族。赫西俄德的弟弟珀耳塞斯企图凭借当地贵族的势力侵占他的财产，他写《工作与时日》来规劝珀耳塞斯。全诗共828行。诗中叙述人类生活的艰苦，提到人类的金时代、银时代、铜时代、英雄时代和铁时代。作者认为各个时代每况愈下，铁时代讲强权，不讲公理，农民有如苍鹰爪下的夜莺。诗人劝他的弟弟做事要公正。诗中有一部分描写农民一年的劳作，讲述如何经营农业，十分精彩。最后一节记载每月的吉日和凶日。全诗谴责贵族的骄横，歌颂辛勤劳动的农民，是古希腊流传下来的第一首以现实生活为题材的诗作，风格清新自然，平易简洁。

在赫西俄德的名义下还传下《神谱》一诗，但也有人认为不是他的作品。这首诗描写宇宙的形成和诸神的世系与斗争，诗中关于宙斯和泰坦神之间的斗争写得比较生动。早在希腊诗人希西阿（约前700）生活时期已经出现了明显的神祇体系。而赫西俄德则另辟蹊径，他创立了又一种新颖的神谱体系。赫西俄德在希腊人宗教方面的作用不亚于诗人荷马。赫西俄德的神谱理论给神祇树立了规范。他的理论几乎成为凝聚希腊人的锁链。赫西俄德一方面学习荷马的神祇学说，另一方面又不断地与之发生分歧。他试图让居民们明白他创立神祇世界的初衷乃在于解释神祇的形成和存在，而荷马塑造的神祇则是一些行动着的人。他们之间的区别在于人物神祇化还是神祇人物化。赫西俄德通过宙斯创造了一个权力无限而又正义合理的世界，荷马只强调他是最高的一尊神，但是没有强调神祇体现着正义。这里反映着两代诗人所面临的不同的时代特点。赫西俄德的《神谱》为研究古希腊神话的面貌以及古希腊思想文化的发展提供了重要的材料。

●骑马的行列 古希腊雕刻

●三女神 古希腊雕刻

神话与诗的时代——古希腊古罗马文学

◎ 关键词：雅典 奴隶主民主国家 文坛泰斗 墓志铭

"古希腊悲剧之父"——埃斯库罗斯

●埃斯库罗斯像

>>> 韩愈与"泰斗"之称

韩愈，字退之，唐代南阳（今河南孟县）人。他的诗和文章都很有名，后人把他列为"唐宋八大家"之首。

泰山，在山东，其主峰在泰安县，是我国的五岳名山之一。北斗，即大熊星座，凡七星，列作有柄的斗形（斗，是古人舀酒的用具），终年在北方，所以称为北斗。人们敬仰韩愈，把他看作高大的泰山和指明方向的北斗星。"泰山北斗"用来称颂学问品德高尚或艺术修养精深，可为榜样的杰出人物，也简称为"泰斗"。

拓展阅读：

《埃斯库罗斯悲剧集》
　　辽宁教育出版社
《外国文学史（欧美卷）》
　　朱维之

埃斯库罗斯（约前525～前456）是雅典奴隶主民主国家形成时期的悲剧作家。他出身贵族，但拥护民主制度，反对专制君主，年轻时还亲自参加抗击东方专制帝国波斯侵略的战争。

公元前484年左右，大胆进行悲剧演出形式革新的埃斯库罗斯，成为雅典文坛的泰斗，但他的戏剧作品却经常在戏剧节上输给更年轻的索福克勒斯。公元前469年，他的《七将攻忒拜》赢得了头奖，此后他的《普罗米修斯》三部曲也都成为震动一时的作品。

据说埃斯库罗斯一生共写了剧本90部，但他的流传下来的完整剧本只有7部。其中，《俄瑞斯忒亚》三部曲表现了新的民主制法律裁判对因果报应和血缘仇杀观念的胜利。《波斯人》三部曲，表现在战争到来之际，波斯阴郁灰暗的政治环境。其中生动壮观的战争场景描写，以及悲剧气氛的渲染，都可称得上是后世戏剧艺术的萌芽。《七将攻忒拜》也是一个三部曲，表现了忒拜城下，亲兄弟互相残杀的残酷战斗。阿里斯托芬曾经评价这部戏为"充满战神阿瑞斯精神的戏，使每一个观看过这出戏的人，都愿立即做一个火热的劲敌。"他的代表作《被缚的普罗米修斯》（前465）取材于神话，却曲折地反映了古典时期民主派和专制派的斗争。主人公普罗米修斯是坚强的民主派战士的化身，他把象征光明和智慧的天火偷给人类，却饱受象征专制暴君的宙斯的迫害。但他甘愿为正义事业忍受苦难，揭露暴君的罪恶，成为马克思所赞扬的"哲学的日历中最高尚的圣者和殉道者"。此剧主题集中，人物性格鲜明，场面宏伟，风格崇高，感情强烈，诗句雄浑，但存在着人物性格固定不变、情节简单、缺乏戏剧性等缺陷。

埃斯库罗斯在古希腊悲剧发展中有重大贡献：塑造出英雄性格，首创"英雄悲剧"；把演员数目由一个增加到两个，使演员对话取代歌舞成为主要部分；使用面具、布景、高低靴和色彩鲜艳的戏装，丰富了表演手段。由于他在悲剧艺术上的开拓，被誉为"悲剧之父"。尽管他在戏剧上取得了如此之大的成就，但他自己却并没有将剧作看成是自己足以传世的业绩。在他的墓志铭上，他只字不提他的剧作，而是说：

"马拉松的树丛可以证明他真正的军人的气概，长发的米达人深为他的英雄气概所动容。"

◎ 关键词：宙斯 戏剧性 民主派 专制暴君

人对神的挑战——《被缚的普罗米修斯》

●被缚的普罗米修斯

>>> 高加索山

高加索山脉位于黑海和里海之间，自西北向东南蜿蜒，其中的大高加索山脉是亚欧两洲分界线的一部分。大高加索山脉全长1200公里，可分为东、中、西三段。东、西两段山势较低，一般海拔在4000米以下，山体宽度为200公里左右；中段山体较窄，山势高峻，许多山峰海拔在5000米以上，厄尔布鲁士山为最高峰，海拔5642米，山上气候寒冷，终年积雪。

大高加索山脉自然景观的垂直变化十分明显。海拔2000米为农作物耕种线，2000～2800米为针叶林和高山草甸，2800～3500米为雪线。

拓展阅读：
《解放了的普罗米修斯》
[英]雪莱
《希腊神话故事》[德]施瓦布

《被缚的普罗米修斯》（前479～前478）取材于希腊神话普罗米修斯盗取天火以后的故事。普罗米修斯盗取了天火给人类，激怒了宙斯。宙斯为了惩罚普罗米修斯，派威力神和暴力神把他用铁链钻在高加索山冰冷的峭壁上，让一只老鹰啄食他的心肝。河神的女儿们对他的苦难深表同情，河神则劝他向宙斯屈服，但被他拒绝。普罗米修斯知道一个天地间隐藏的秘密：由于人类新的婚姻制度的发展，人类的力量将会越来越强大，宙斯的权威将被推翻。宙斯派神使赫耳墨斯来逼迫他说出这个秘密。普罗米修斯坚决拒绝，结果被打入深渊。

普罗米修斯遭受的痛苦，可以使整个人类都感到悲痛："海上波涛澎湃号泣，海底深渊呻吟叹息，累累荒冢发出恸哭的哀声，圣河的源泉因哀怜而呜咽。"而河神的女儿们的爱抚，则带出了凄切动人的调子："不，亲爱的，你的牺牲是没有希望的……难道你没有看见小小的行动，无力如梦，在这行动中盲目的人类受着束缚吗？凡人的意志绝不、绝不可能超越宙斯巨大的神力。"

在戏剧艺术上，剧本自始至终贯穿着戏剧动作，在剧中几天的时间里，回溯了过去几个世纪发生的事情。普罗米修斯的内心活动，通过他与唱队的对话得到了酣畅淋漓的表现。《被缚的普罗米修斯》一剧的合唱队，无论在其表现能力方面，还是在其戏剧性的合情合理方面，都可以称得上是古希腊舞台上最出色的合唱队。

在主题方面，埃斯库罗斯赋予这个古老的神话以崭新的意义。悲剧描写的是古希腊神话中神与神的斗争，但是普罗米修斯与宙斯的斗争，实质上是古希腊雅典的奴隶主民主派同专制暴君的斗争。普罗米修斯是为人类正义事业献身的坚强不屈的英雄形象，是当时雅典民主派的代表。宙斯则是残暴、横行、荒淫、邪恶的统治者形象，是反动势力、守旧力量的代表。作者爱憎分明，批判、鞭挞宙斯，歌颂、赞美普罗米修斯。悲剧的政治倾向鲜明而强烈，特别是普罗米修斯的形象已成为世界文学中的著名人物，马克思曾赞誉他为"哲学的日历中最高尚的圣者和殉道者"。

●索福克勒斯雕像

>>> 伯罗奔尼撒半岛

伯罗奔尼撒位于希腊南部，面积21439平方公里。人口98.6万。岛上不仅有丰富的历史典故和古迹，如最早的奥林匹克体育馆、阿伽门农的迈锡尼等，还有细腻优质的海滩、碧绿的海湾，以及原始质朴的马伊纳山区。

伯罗奔尼撒名字来源于传说中的英雄人物帕罗普斯以及希腊文"nisos"岛屿一词，但很少有人把它当作一个岛屿看待。如果你取道阿提卡进入伯罗奔尼撒，不经意会忽视希腊大陆和该岛之间还有一条狭窄的地峡，科林斯运河横越地峡，把该岛屿的一端和大陆相连。

拓展阅读：

《索福克勒斯悲剧二种》
人民文学出版社
《索福克勒斯与雅典启蒙》
刘小枫

◎ 关键词：悲剧作家 戏剧形式 三部曲 传世之作

"戏剧艺术的荷马"——索福克勒斯

索福克勒斯（约前496~前406）是雅典奴隶主民主国家全盛时期的悲剧作家。索福克勒斯出生于雅典近郊克罗纳斯，父亲是一名铸剑师，因此当波斯与伯罗奔尼撒战争几乎使所有雅典人陷入贫困之际，这位剧作家却能过富裕舒适的生活。他从小受到良好的教育，对体育、音乐有特殊才能。他还有聪明的头脑、俊美的仪表和健壮的体魄。但他是一个对命运充满悲观情绪的人，正是因为他的才华和悲观的人生态度，年轻的索福克勒斯开始在悲剧作品中表达他对人生和历史的态度。相传他在60年的创作活动中写了130部戏，但流传下来的只有7部。一生获得24次头奖。

公元前468年，索福克勒斯从埃斯库罗斯手中夺走了悲剧演出的头奖，那时他才27岁。此时恰逢雅典的太平盛世，年轻才俊的索福克勒斯担任过各种政府要职，公元前443年他是帝国的财政部长；公元前440年，他是远征萨摩斯岛时的统率雅典军队的将领之一；自雅典在西那库斯战争中遭到惨败以后，他被任命为公安委员会委员，并投票支持公元前411年的寡头派宪法；他因对神虔诚，也曾担任过祭司的职务。此间他一直没有停止悲剧的创作，并一直是雅典文坛的领袖，到最后一次获得戏剧头奖时已是85岁的白发老人。他主宰雅典戏剧界长达30年之久。

索福克勒斯在前人的基础上，对戏剧形式的发展完善做出了进一步努力。他将演员的人数由原来的2名增加到3名，而且自己也凑上一角，直到他丧失听力才停止演出，他废弃了原来的悲剧三部曲的旧形式，改用三部不连贯的独立剧。他将主题从对宇宙大主题的思索转向对人物性格的探索。

《安提戈涅》是他的代表作之一，该剧反映了氏族社会遗留下来的宗教信仰、风俗习惯与城邦的法制之间的冲突，讴歌了安提戈涅不畏强暴、反对专制暴君的崇高精神。

《俄狄浦斯王》更是一部伟大的传世之作。索福克勒斯不写神而写理想化的人，而且把人放在尖锐的矛盾冲突中加以刻画，使之动作性强，性格鲜明。

索福克勒斯继埃斯库罗斯之后进一步对悲剧进行改革。他第一次将人作为自己命运的主体，展现在舞台上，热情讴歌人的力量，同时解剖人物的性格。他改变了唱队在悲剧中的作用，以人物对白代替合唱成为戏剧的主要成分。古希腊悲剧在索氏手里已经达到了成熟的境界。情节集中，结构完整，人物性格鲜明，语言朴质精练，富有表现力。由于索福克勒斯对希腊悲剧的卓越贡献，他赢得了"戏剧界的荷马"的美称。

●俄狄浦斯王与斯芬克斯

>>> 弗洛伊德

西格蒙德·弗洛伊德（1856~1939），奥地利医生，心理学家，精神病理学家，心理分析理论（即弗洛伊德主义）的创始者。

著作主要有《关于歇斯底里症的研究》《释梦》《日常生活中的精神病理学》《图腾与禁忌》《精神分析学运动史》《群众心理学和自我分析》等。他的学说基础是泛性欲观，认为人类行为的原动力是性欲，性的本能决定人的意识和一切社会活动，把性欲和情感提到心理学的首要地位，他的学说又被称为"享乐主义心理学派"。

拓展阅读：

《弗洛伊德传》高宣扬
《弗洛伊德的智慧》
中国电影出版社

◎ 关键词：古希腊 国王 太阳神 命运 潜意识

"解不开的谜"——《俄狄浦斯王》

在古希腊有一个传说：忒拜的国王生了一个儿子，命名为俄狄浦斯。太阳神阿波罗在这时降下预言，说这个孩子将来要杀死他的父亲，并娶他的母亲。国王害怕预言成真，遂命令将这个孩子扔到野外。好心的牧羊人将俄狄浦斯带走送给了另一个城邦的国王。被丢弃的俄狄浦斯就这样被收养，成为另一个城邦的王子。当他长大后得知自己被预言将要"杀父娶母"时，善良的俄狄浦斯从养父母家出走了。后来在一个十字路口发生的冲突中他打死一位老人，而此人正是他生身父亲。随后他来到忒拜城制服了那里的女妖，当了国王，娶了王后，而王后正是他的母亲。他得知这事实后，感到自己罪孽深重，于是把自己的双眼挖出，自我放逐，到处流浪，而王后则自杀在宫中。

《俄狄浦斯王》（前431）是索福克勒斯的代表作。它取材于希腊神话传说中关于俄狄浦斯杀父娶母的故事，展示了富有典型意义的希腊悲剧冲突——人跟命运的冲突。剧作家无法摆脱当时浓重的命运观念，使俄狄浦斯逃脱不了体现命运的太阳神"神示"的罗网。但他对命运抱有强烈的不满情绪，认为俄狄浦斯并不是有意杀父娶母，本人非但没有罪，反而是一个为民除害的英雄、受人爱戴的君王。俄狄浦斯智慧超群、热爱邦国、大公无私。在命运面前，他不是俯首帖耳或苦苦哀求，而是奋起抗争，设法逃离"神示"的预言。他猜破女妖的谜语，为民除了害。为了把人民从瘟疫灾难中解救出来，他不顾一切追查杀害前国王的凶手，当真相大白时，又勇于承担责任，主动请求将他放逐。对于这样一个为人民、为国家做了无数好事的英雄所遭受的厄运，剧作家深感愤慨，发出了对神的正义性的怀疑，控诉命运的不公和残酷，赞扬主人公在跟命运斗争中所表现出来的坚强意志和英雄行为。因此，尽管结局是悲惨的，但这种明知"神示"不可违而违之的精神，正是对个人自主精神的肯定，是雅典奴隶主民主派先进思想意识的反映。

《俄狄浦斯王》有很高的艺术成就，特别是在情节的整一、结构的严密、布局的巧妙等方面，堪称希腊悲剧的典范。故事集中写俄狄浦斯追查杀害前国王凶手这一中心事件。究竟谁是凶手？这形成了戏剧的"悬念"。接着通过一环扣一环的"发现""突破"，使悬念一个个地揭开，一步步把戏剧冲突推向惊心动魄的结局，紧凑生动，悬念迭起，扣人心弦。

这部伟大的悲剧始终被世人关注并讨论着，究竟为什么会产生这种神奇的"杀父娶母"的故事？俄狄浦斯的命运究竟隐藏了一种什么观念？精神分析大师弗洛伊德曾使用潜意识理论来解释俄狄浦斯，他认为恋母情结是男孩在成长阶段都具有的一种潜意识，而俄狄浦斯的故事就是这种潜意识的流露。结构主义神话学学者则分析了故事的结构，然后认为俄狄浦斯的命运反映了一种早期人类内心中观念的对立：人是从土里来的，还是从父母那里来的。诸如此类对俄狄浦斯命运的解说层出不穷，然而对于每一个读者和戏剧观众来说，究竟是什么力量，冥冥中束缚了俄狄浦斯，使他逃脱不了宿命，这仍是一个解不开的谜。

●黄金时代 老卢卡斯·克拉纳赫
古希腊罗马神话将神创造的时代称作"黄金时代"。当时没有战争和疾病，人们生活在无忧无虑中，无须劳作，饮酒享乐成为日常生活的主要内容。画家克拉纳赫将人们想象中的良辰美景画成具体的画面，其间有天真无邪、自由自在的众男女，也有繁茂的树木，各种飞禽走兽和睦相处，一派生机盎然的景象。

● 希腊服饰女子像 公元前525年

>>> 社会学

社会学是从社会整体出发，通过社会关系和社会行为来研究社会的结构、功能、发生、发展规律的综合性学科。它从过去主要研究人类社会的起源、组织、风俗习惯的人类学，变为以研究现代社会的发展和社会中的组织性或者团体性行为为倾向的学科。在社会学中，人不是作为个体，而是作为一个社会组织、群体或机构的成员存在。

"社会学"一词是由孔德（Auguste Comte）首创的，他的贡献主要是他使得社会科学终于脱离了人文领域。

拓展阅读：

《城市社会学：理论与视野》
    蔡禾
《友爱的政治学》[法]德里达

◎ 关键词：安提戈涅 伊斯墨涅 法律 人性

情与法的冲突——《安提戈涅》

《安提戈涅》的故事紧随《俄狄浦斯王》而来。

在戏的开头，本可以站满几十个人的舞台，却空旷得近乎荒凉，只有两姐妹：安提戈涅和伊斯墨涅。安提戈涅要告诉她的妹妹，她打算不顾国王的法令，掩埋她的兄弟，哪怕是要面对死亡的威胁。她说，"我要躺在我爱的人身旁"。这种爱的努力，"我要到力量耗尽时才住手"。一种无形的氛围让观众感觉到这个弱女子所怀有的巨大的正义和勇气，同时也感到悲剧将无可避免。

当安提戈涅面对颁布法令的克瑞翁的时候，我们才多少明白，两姐妹之间的分歧，既不是放逐者与守望者的对立，更不是勇气与怯懦的对立，而是两种"法"的冲突，这也正是这部悲剧背后的推动力。

克瑞翁指责安提戈涅掩埋了一个"本是回来破坏法律的人"。他斥责道："你胆敢违抗法令吗？"

"我敢，因为向我宣布这法令的不是宙斯，或是那统治冥界的神祇。我并不认为一个凡人的法令有这样的权力，能够取消上天的律法，这种律法尽管从未成文，但却永不失效。"

克瑞翁又发出置疑：你埋葬了一个兄弟，是否就在背弃另一个被他杀死的兄弟，两个仇人之间永远无法和解，因为"好坏不可一视同仁"。然而安提戈涅的回答是"我的天性不喜欢跟着人恨，而喜欢跟着人爱"。

人们将《安提戈涅》剧中所反映的矛盾冲突，即安提戈涅和克瑞翁谁是谁非的问题，理解为"法律和人性之间的冲突""实证法与自然法的冲突"，因此，这部戏被剧团不断上演的同时，也在社会学与法学界引起了不休的争论。安提戈涅所坚持的，是由天性与爱而来的自然习俗，为此她不惜牺牲自己的生命。而克瑞翁则坚持城邦的法令，在他眼中，这个法令也是正义无比的。然而这两种"法"，两种"正义"，看起来是永远无法调和的，等待两个人的同样是悲剧的结局。

安提戈涅基于血缘关系和最基本的伦理，为自己的人道主义而不惜生命，这是戏剧史上第一个光辉的女性英雄形象。别林斯基在评价安提戈涅时指出："高贵的自由的希腊人没有屈服，没有跌倒在可怕的幻影（即命运）前，而是通过与命运勇敢地斗争找到了出路，用这种斗争的凄美的壮伟照亮了生命的阴暗的一面，命运可以剥夺他们的幸福和生命，却不能贬低他们的精神，可以把他打倒，但不能把他征服。"

◎ 关键词：古希腊 悲剧家 民主政治 心理分析

"舞台上的哲学家"——欧里庇得斯

●欧里庇得斯雕像

>>> 伯罗奔尼撒战争

伯罗奔尼撒战争，主要是古希腊两个强大城邦斯巴达和雅典之间为争夺霸权，于公元前431～公元前404年发生的连年战争。在伯罗奔尼撒战争中，斯巴达及其同盟者战胜雅典军队并称霸整个希腊。由于战争损伤了希腊元气，最后所有城邦，包括斯巴达在内，均被马其顿王国的亚历山大大帝所征服。

这场战争结束了雅典的经典时代，希腊的民主时代也随之结束，战争也强烈地改变了希腊的国家。几乎所有希腊的城市国家都参加了这场战争，其战场几乎涉及了整个当时希腊语世界。

拓展阅读：

《欧里庇得斯悲剧集》
人民文学出版社
《伯罗奔尼撒战争史》
[古希腊] 修昔底德

欧里庇得斯（约前485～前406），古希腊三大悲剧家之一。他虽出身贵族，但深受民主思想的熏陶，与反对命运支配一切的诡辩派哲学家交往甚密。他生活的年代，已经处于古希腊民主政治的衰落时期。在智者学派的影响下，他对神和命运之类的观念提出了异议。他认为神往往是荒谬的。在他看来，命运不是生前注定的，而是取决于人们自己的行为。他拥护雅典的民主制度，对它日益暴露出的危机感到忧虑。特别是内战期间的各种现实问题，在他的悲剧中得到了深刻的反映。对于雅典进行的不义战争，对于对外侵略、对内剥削的高压政策，对于压迫和虐待奴隶的问题，对于社会上存在的贫富悬殊、男女不平等、道德败坏的严重现象，他都进行了揭露和批判。

公元前431年，正值欧里庇得斯的创作高峰期，希腊爆发了伯罗奔尼撒战争。欧里庇得斯反对战争，反对雅典胁迫盟邦参战。战争持续了30年，在第16年的时候《特洛伊妇女》上演。在这部悲剧中，作者用《荷马史诗》中希腊人攻打特洛伊的故事，影射雅典人攻占墨洛斯岛的事件，表达了对被侵略者深深的同情。特洛伊主帅赫克托耳的遗孀与儿子生离死别的场面，两千多年后依然打动人心。

欧里庇得斯曾与人谈起，他写三句诗有时要花三天时间。这位跟他谈话的低能诗人惊讶地叫了起来："那么长时间我可写出一百句诗呢！""这我完全相信，"欧里庇得斯答道，"可它们也只会有三天的生命力。"

晚年的欧里庇得斯，因其剧作对雅典政治的揭露和抨击，不能见谅于雅典当局，不得不客居马其顿，并在那里去世。

欧里庇得斯的创作，标志着旧的"英雄悲剧"的终结，他把奴隶、普通人作为主要角色，而且着重关心妇女的命运。欧里庇得斯一生写有90多部剧本，现存18部，三分之二的作品以妇女为主要人物。《美狄亚》（前431）就是这一方面的最出色的悲剧。其他主要的作品有《希波吕托斯》《特洛伊妇女》《酒神的伴侣》等。

亚里士多德说：索福克勒斯是按照人应当有的样子来描写，欧氏则按照人本来的样子来描写。这是两位悲剧家的区别。欧里庇得斯擅长心理分析，着重反映人的情欲，因而被称为"舞台上的哲学家"。他是三位悲剧诗人中，作品传世最多，对后代欧洲戏剧影响最大的一位。

●美狄亚与伊阿宋 法国 莫罗

>>> **古希腊喜剧**

古希腊喜剧起源于祭祀酒神的狂欢歌舞和民间滑稽戏。这种滑稽戏产生于墨加拉城邦民主制建立时代（前600年左右），后来流传到阿提刻，具有诗的形式，成为喜剧。公元前487年，雅典正式确定在春季酒神节庆中增加喜剧竞赛项目。

希腊喜剧大半是政治讽刺剧和社会讽刺剧，产生于言论比较自由的民主政治繁荣时代。早期喜剧批判性较强，称为"旧喜剧"，讽刺的对象是社会的著名人物，特别是当权人物。喜剧通过嘲笑起到教育作用。

拓展阅读：

《美狄亚组曲》（乐曲）
《悲剧的诞生》[德] 尼采

◎ 关键词：誓言 伊阿宋 负心汉 报复

"愤怒的巫女"——《美狄亚》

《美狄亚》是欧里庇得斯最著名的作品，这部作品的震撼力和对后世的影响力不亚于《安提戈涅》与《俄狄浦斯王》。

美狄亚是科尔喀斯城邦国王埃厄忒斯的女儿，也是一个颇有魔力的女巫。那年，伊俄尔科斯城邦国王埃宋的儿子伊阿宋来科尔喀斯取金羊毛，美狄亚疯狂地爱上了这位异邦的小伙子，帮他取得了金羊毛。感激万分的伊阿宋对她发誓，要跟她白头偕老。爱情的魔力使美狄亚要跟随伊阿宋登上阿耳戈船逃走，看见父兄追来，她竟把哥哥阿普绪耳托斯砍成碎块抛到海里。父亲忙着收殓尸体，没有追上他们。

后来，伊阿宋的叔父弑君篡位，又要把伊阿宋置于死地。美狄亚又以神扇救出了奄奄一息的伊阿宋，二人逃到异国他乡，生了两个可爱的儿子，过起了平静的生活。

然而十三年后，在权力与女色的双重诱惑下，伊阿宋暴露出了负心汉的本质。他为了重进王室，抛弃了美狄亚和两个孩子，娶了科林斯公主为妻。

愤怒的美狄亚大声疾呼，控诉伊阿宋的罪责："坏东西，你得到了这些好处，居然出卖我们，你已经有了两个儿子，却还要再娶一个新娘；如是你因为没有子嗣，再去求亲，倒还可以原谅。我再也不相信誓言，你自己也觉得你对我破坏了盟誓！我不知道，你是认为神明再也不掌管这个世界了呢，还是这人间已经立下了新的律条？啊，我这只右手，你曾屡次握住它求我；啊，我的两个膝头，你曾屡次抱住它们求我，它们白白地让你这坏人抱过，真是辜负了我的心。"愤怒与仇恨充斥了美狄亚的心，一条毒计渐渐出现在这个女巫的脑海里……

美狄亚精心制作了一件彩色的袍子和一个玲珑的金冠，让伊阿宋转赠给公主。不明就里的伊阿宋果然中计，公主一穿戴上长袍和金冠，立刻中毒身亡了。

然而这还不是毒计的全部，美狄亚还要除掉伊阿宋的子嗣，也就是自己的亲生孩子，作为对伊阿宋最严厉的报复。她的心在颤抖，手也在颤抖，但她还是咬紧牙关，拿起宝剑冲向屋里，屋里传出两个孩子恐怖的呼救声、痛苦的呻吟声。不一会儿，又像死一般地寂静了。

伊阿宋两手空空了，没有了新娘，又失去了后代。他拼命诅咒着这个比他强悍百倍的女人，他从此不再是英雄，也不再像个男人。美狄亚则驾起龙车，从空中轻蔑地望着他。这目光穿透时空，也望着所有痛恨她的男人和女人们。

●伊凡雷帝杀子 俄国 列宾

油画《美狄亚杀子》将画面定格在美狄亚杀子前，着重刻画她的迟疑和犹豫。而列宾的这幅《伊凡雷帝杀子》，虽同样取"杀子"的主题，但与美狄亚杀子相反，选取的是伊凡雷帝杀子后的情景，作为父亲的伊凡雷帝眼中的悔恨、恐惧和绝望，在画家的笔下表现得淋漓透彻。

◎ 关键词：戏剧节 喜剧 爱国主义 和平

天才讽刺家——阿里斯托芬

● 关于阿里斯托芬剧本情节的描绘

>>> 《阿里斯托芬像》

《阿里斯托芬像》，青铜复制品，高33厘米，现收藏于意大利那不勒斯博物馆，原作创作于约公元前2世纪。

这尊雕像突出地表现了一位富有智慧与激情的长者，他的内在性格十分鲜明，那是一张皱纹重叠的脸庞，犀利的眼神似乎在探索着什么，紧闭的嘴唇使人联想到喜剧家的讽刺与刻薄，贴在头上的稀疏的头发、宽阔的前额和脸上的皱纹似乎夸张地表现了他的智慧。雕塑作者好像在通过他的雕像告诉我们，这是一个性格热情、爱憎分明的智者。

拓展阅读：

《阿里斯托芬评传》
[苏联] 雅尔荷
《古希腊喜剧艺术》[英]勒维

公元前5世纪的希腊，有一年的戏剧节上，人们聚集到剧场等待一出悲剧的上演。而这一次的戏剧演出却出人意料，舞台上的人物没有一个是英雄，而只是一些贫嘴的希腊人，他们时而互相耍笑，时而挖苦当时的社会名人，或拿政治和历史大事来随意调侃。人们渐渐被这种新奇的戏剧形式吸引了，时而捧腹大笑，时而跟着演员一起大骂政治人物。

戏剧结束后，人们纷纷高喊，让剧作家出来和大家见面。这时，一个看上去比实际年龄大不少的瘦削男子走上了舞台。大家立刻被他那张非常"雅典"的脸吸引了。那是一张皱纹重叠的脸庞，犀利的眼神似乎在探索着什么，紧闭的嘴唇使人联想到刚才那些剧中语言的讽刺与刻薄，贴在头上的稀疏的头发、宽阔的前额和脸上的皱纹似乎夸张地表现了他的智慧。

这个小老头就是古希腊喜剧代表作家，阿里斯托芬。

阿里斯托芬（约前445～前385），生于雅典，是个典型的生活悠闲又关心政治的雅典人。他拥护民主制度，主张恢复旧日日抗击波斯侵略时代的爱国主义精神。他不从事悲剧的写作，而是选择了轻松诙谐的喜剧。他认为喜剧诗人应该有严肃的政治目的，要以坚持正义、教育人民为己任。他的流传下来11部喜剧（如《骑士》、《云》、《鸟》和《阿卡奈人》等），内容涉及雅典奴隶主民主国家衰落时期的各种社会问题。代表作《阿卡奈人》（前425）以雅典和斯巴达为首的两个阵营间爆发的伯罗奔尼撒战争为背景，通过雅典农民狄开俄波利斯与敌方斯巴达单独媾和，以及他与主战派将领拉马科斯的冲突，揭示了当时正在进行的内战给人民带来的苦难，表达了作者和广大农民反对内战、要求和平的愿望。

阿里斯托芬的剧本大多取材于雅典的社会生活、文学和哲学思想，或揭露上层统治阶级的残暴虚伪，或谴责希腊各国的混战，或表达老百姓对战争的厌恶和对和平的向往，或抨击社会不平等现象，语言中带有讽刺，意趣横生。

阿里斯托芬的喜剧善于用夸张的手法、荒诞的情节、漫画式的形象来讽刺揭露当权者和各种社会丑恶现象。想象丰富、风格多样、语言诙谐锋利，但剧中人物爱发议论，缺乏个性和内心活动。因阿里斯托芬在喜剧艺术上的成就，被恩格斯称为"喜剧之父"。

神话与诗的时代——古希腊古罗马文学

●尼欧比特雕塑 约公元前425年

>>> 电影《早安，越南》

《早安，越南》是根据一部由自传体小说改编的美国影片。影片讲述了播音员艾德里安来到越南，用幽默的播音方式赢得了大兵们的赞扬，同时，他爱上了一名越南姑娘。就在一切看来十分顺利的情况下，他的上司却想把他赶走。而那位越南姑娘的哥哥，却是美军的敌人。

艾德里安顿时丧失了人生目标，他跑去质问女孩和她的哥哥，得到的答案居然是美国人才是越南人民的敌人。艾德里安最终带着遗憾回到了美国，留在越南的，是他招牌式的一句："早安，越南。"

拓展阅读：
《欧洲戏剧文学史》
郑传寅/黄蓓
《外国文学史（欧美卷）》
朱维之

◎关键词：阿里斯托芬 喜剧 漫画式 阿提克农民

农民的幽默——《阿卡奈人》

《阿卡奈人》（前425）是阿里斯托芬第一部成功的喜剧。在"开场"中，农民狄开俄波利斯看见雅典公民大会不让一个提倡议和的人讲话，他给了那人八块钱，派他替他自己一家人同斯巴达人单独"媾和"。在"进场"中，雅典附近受战祸最深的阿卡奈人（合唱队）用石头追打狄开俄波利斯，指责他叛国。他在"对驳场"中争辩说，他并不想投靠斯巴达人，他本人也受到他们的蹂躏，但雅典人也要对引起战争负责。有一些阿卡奈人不服，请主战派将领拉马科斯来帮忙，狄开俄波利斯当场和他扭打，把他打败，并去和伯罗奔尼撒人通商。接着的"插曲"表现了交易的场面，显示和平的好处。拉马科斯再度出征，在"退场"中，他跛着脚上场，他在战争中负伤，痛苦万分。狄开俄波利斯却由两个吹双管的女子伴着，饱食大醉，得意扬扬。

阿里斯托芬使用漫画式的手法刻画人物，将人物表现得鲜明生动。狄开俄波利斯是个典型的阿提克农民，他头脑清楚、机智、有胆量。拉马科斯是一介武夫，头脑糊涂、虚荣心强、外强中干。同时《阿卡奈人》一剧又通过漫画式的夸张手法和表面上很不严肃的讪笑打诨的场面来反映生活，很像闹剧。狄开俄波利斯和拉马科斯的争辩本来是件正经事，但两人却在台上撒野，通过扭打来解决问题；又如，有一场写一个农民在战乱中丢掉耕牛，几乎把眼睛哭瞎，他来到狄开俄波利斯的市场上买"和平眼药"，谐谑地表现了农民的和平愿望。这些场面都很滑稽。在"退场"中，堂皇的雅典将军在台上哇哇大叫的场面很丑陋。在这些滑稽和丑陋的事件中，寄寓着非常严肃的思想。

《阿卡奈人》通过农民狄开俄波利斯单独与敌人媾和，从而过着幸福生活的荒诞故事，表达了人们要求和平的强烈愿望。剧本还明确指出，战争只能使上层人物得到好处，对人民是灾难。《阿卡奈人》的政治作用在于扫除雅典公民中的主战心理，号召订立和约。诗人在剧中指出，战争对政治煽动家和军官有利，对人民有害。他认为战争双方都有过错，主张各城邦团结友好，发扬马拉松精神，共同对付波斯的侵略威胁。阿里斯托芬正是从这个思想高度去俯视脚下的现实，才把生活中丑陋的本质挖掘出来，尽情地加以嘲笑。

神话与诗的时代——古希腊古罗马文学

●希腊喜剧演员雕塑

>>> 《鸟》诗二首

徐湘毅《鸟》

在水上起落
鸟 使用 自己造巢的方式
深入内容
水打湿羽毛
依然盘旋成一种邀请
迎来季节
或者风 或者雨
十指简化的语言
逐渐退缩
隔着水
雾气泛起
鸟儿为我送来
远古的讯息
鲜花铺路
长长的影子
断截为一本袖珍词典

白居易《鸟》

谁道群生性命微，
一般骨肉一般皮。
劝君莫打枝头鸟，
子在巢中望母归。

拓展阅读：

《鸟》（电影）
《中国云南野生鸟类》季维智

◎ 关键词：喜剧 抒情诗 自然经济 鸟国

希腊人的聪明——《鸟》

阿里斯托芬的喜剧中，不仅有俚俗的笑话，还有优美的诗句。德国诗人海涅说，阿里斯托芬的喜剧像童话中的一棵树，上面有思想的奇花开放，有夜莺歌唱，也有猢狲爬行。《鸟》剧便是一首绚丽的抒情诗。公元前415年，雅典军队远征西西里岛，整个舰队中了埋伏，全军覆没。遭到这样沉重的打击，雅典一蹶不振，社会状况日益衰落，令阿里斯托芬倍感失望。他厌倦了雅典的生活，希望建立理想的城邦。《鸟》正表达了诗人这样一种向往。剧中人物和歌队化装成各种各样的鸟，出入林间，他们和睦相处，俯瞰人世。

阿里斯托芬的戏剧《鸟》（公元前414年上演）是"阿里斯托芬最著名的剧本"。《鸟》的主人公珀斯忒泰洛斯（意为"说服者"）和欧厄尔庇得斯（意为"满怀希望的人"）厌恶了纷繁紧张的城市生活，幻想恢复黄金时代的农村自然经济，只想找个安静的地方，在那儿过着逍遥自在的生活。他们听说一个雅典的国王忒瑞乌斯变成了戴胜鸟，加入了鸟类的乐园，便决定去寻找他，想要建立一个伟大的鸟国。

珀斯忒泰洛斯是个了不起的人物，他不仅能随遇而安，感化每一个对手，而且擅长随机应变，拥有一副伶牙俐齿。他用美丽的语言安抚住鸟儿们，化解了鸟儿们对他们的敌意。他巧妙地东拉西扯，编出一大堆美丽的谎话，让鸟儿们心悦诚服地接受了他们，给他们安上了翅膀，并且愿意听从这个聪明的雅典人的"主义"，建立"空中勃鸪国"。

珀斯忒泰洛斯凭借出众的口才，赢得了鸟儿们的信任，他为鸟国制定宪法，设计公共建筑物和防御工事，接纳和拒绝许多申请成为鸟国公民的人。空中王国的建立，断绝了天与地的联系，同时也切断了众神的香火供应。宙斯的使者伊里斯来到鸟国的领土，却被鸟儿们逮捕。珀斯忒泰洛斯使这个可怜的姑娘叫喊起来。众神提出条件，进行和解。但在谈判之前，却跑来一个"奸细"给鸟国通风报信。这个人就是盗火者普罗米修斯。他藏在大伞下躲开宙斯的耳目，悄悄跑来告诉珀斯忒泰洛斯，由于众神失去了人间的供奉，一个个已经饿得虚弱不堪了。

宙斯派来了波塞冬为首的使者团，却被珀斯忒泰洛斯使用欺骗加诱惑的手段"搞定了"，最后无奈的宙斯只能将统治世界的权力交予鸟国，并将美丽的女儿巴西勒亚嫁给了珀斯忒泰洛斯。

●希罗多德在朗诵《历史》

>>> 希波战争

希波战争，是公元前500年左右波斯帝国为扩张领土而对希腊发起的侵略战争。战争以希腊胜利、波斯失败而告终。

希波战争是亚洲与欧洲之间的一场规模大、时间长的战争。战争结果使希腊获得了自由、独立与和平，雅典一跃上升为爱琴海地区的霸主，控制了通往黑海的要道，夺取了爱琴海沿岸包括拜占庭在内的大量战略要地。希腊在爱琴海上称霸，对沿岸国家进行掠夺，获得了巨大利益。战争进程和结局也促进了雅典民主政治制度和奴隶制的发展，对于后来希腊历史的发展有重大影响。

拓展阅读：

《斯巴达300勇士》（电影）
《西方文明史》[美] 勒纳

◎ 关键词：意大利 塔林敦海湾 希波战争

"历史之父"——希罗多德

公元前400多年，在意大利南部的塔林敦海湾岸边的高地上，一座新的坟墓面向着大海。经过的人，都会在坟前肃立致敬。墓前的石碑上刻着这样的铭文：

"这座坟墓里埋葬着吕克瑟司的儿子希罗多德的骸骨。他是用伊奥尼亚方言写作的历史学家之中的最优秀者，他是在多里亚人的国度里长大的，可是为了逃避无法忍受的流言蜚语，他使图里奥伊变成了自己的故乡。"

这位客死异乡的人，是伟大的古希腊历史学家、《历史》一书的作者希罗多德，他因《历史》一书受到了人们无比的崇敬。从古罗马时代开始，希罗多德就被尊称为"历史之父"，这个名称一直沿用到今天。

大约在公元前484年，希罗多德诞生在小亚细亚西南海滨的一座古老的城市。那是古希腊人早年向海外开拓时建立的一座殖民城市。希罗多德的父亲是一个富有的奴隶主，他的叔父是本地一位著名诗人。希罗多德从小学习勤奋，酷爱史诗。当时，他们城邦的统治者是一个通过阴谋篡夺了政权的家伙。成年后的希罗多德随叔父等人积极参与推翻篡位者的斗争。斗争遭到镇压，他的叔父被杀，他被放逐。后来，篡位的统治者被推翻，他一度返回故乡。不久，又再度被迫出走，从此再也没有回去过。

大约从30岁开始，希罗多德开始了一次范围广泛的旅游，其间为了维持生活，他还长途行商贩卖物品。每到一地，希罗多德就到历史古迹名胜处游览凭吊，考察地理环境，了解风土人情，他还喜爱听当地人讲述民间传说和历史故事，他把这些都记下来，随身带着。

公元前445年前后，希罗多德来到了希腊的政治、经济和文化中心雅典。当时的雅典，经历了希（腊）波（斯）战争，政治、经济都获得了高度发展，一派欣欣向荣的景象，学术文化更是称雄于希腊世界。希罗多德感到异常兴奋，他积极参加各种集会和政治文化活动，并很快同政治家伯里克利、悲剧家索福克勒斯等人结下了深厚的情谊。一次他写的诗还得了奖，赢得了大家的赞誉。

希罗多德崇拜雅典的民主政治，对于以雅典为首的希腊城邦，在希腊波斯战争中的胜利十分钦佩。他不停地向有关的人打听战争的各方面情况，收集了很多的历史资料。在伯里克利和友人们的鼓励和支持下，希罗多德决心写一部完整叙述希波战争的历史著作以流传后世，这就是史学名著《历史》，又名《希腊波斯战争史》。可惜的是《历史》还没有最终完稿，希罗多德就于公元前425年离开了人间。

●希腊和波斯的士兵正在厮杀

>>> 波斯帝国

　　波斯人原居中亚一带，约公元前20世纪末叶迁到伊朗高原西南部。公元前6世纪于米堤亚统治下形成强大的部落联盟。公元前550年部落首领居鲁士灭米堤亚建国，定都苏萨。公元前6世纪中叶，征讨小亚细亚和两河流域南部，并远征中亚，形成帝国。

　　在冈比西斯（前529～前522）和大流士一世（前522～前486）统治时期，疆土东抵印度河，西迄巴尔干，北及中欧，南至埃及，形成古代最大的横跨欧、亚、非三洲的奴隶制军事大帝国。公元前4世纪左右，国势转衰。公元前330年，被马其顿亚历山大所灭。

拓展阅读：

《〈历史〉导读》杨俊明
《波斯帝国》于卫青

◎关键词：希腊史学 著作 百科全书 丰碑

西方史学的丰碑——《历史》

　　希罗多德的《历史》在希腊史学史上是第一部堪称为历史的著作。全书按内容基本上分为两大部分。前半部分叙述了黑海北岸的西徐亚人、希腊城邦及波斯帝国的历史、地理、民族和风俗习惯等，并记述了希波战争爆发的原因。第二部分，主要记述希波战争的经过和结果，从小亚细亚各希腊城邦举行反对波斯的起义，一直到公元前478年希腊人占领塞斯托斯城为止。后来又有人把全书分成九卷，还根据当时的惯例，用古希腊神话中掌管文学和艺术的九位缪斯女神的名字，给各卷命名，所以这部书有时又被称作《缪斯书》。《历史》非常生动地叙述了西亚、北非以及希腊等地区的地理环境、民族分布等自然与社会状况，为我们展示了古代近20个国家和地区的民族生活图景，宛如古代社会一部小型"百科全书"。

　　希罗多德对历史事件和社会现象的记叙分析有可取之处。关于希波战争，他谴责波斯远征希腊，说波斯"不应当再贪求任何其他土地，不应当再奴役那些丝毫没有招惹它的人们"。他认为波斯之所以失败，是因为它的军队成分太复杂，以及外线作战的困难；雅典之所以获胜，是因为它实行民主政治，每个人都"尽心竭力"，为自由而战。

　　希罗多德推崇希腊，称颂雅典，向往奴隶主民主政治，但并没有对波斯一概否定。他反对的只不过是波斯人入侵希腊的不义之举，反对它的君主制度。有时他甚至把波斯描绘成英雄的国度，并对它的文化做了选择和歌颂。

　　《历史》中首次提到了"在法律面前，人人平等"。《历史》记载，约公元前522年，波斯国内集中商议选择政治形式时，有三派分别主张采用民主政治、贵族政治和君主政治，三种意见各执一词，互不相让。在激烈的辩论中，一个名欧塔涅斯的波斯人说："人民的统治的优点首先就在于它的最美好的名声，那就是，在法律面前，人人平等。"

　　《历史》的文学价值也很高，它常常被认为是西方第一部著名的散文作品。希罗多德采用了一种在东方文学中常见的结构形式，即在大故事中套小故事，环环相扣，变化无穷，具有迷人的魅力。他还很善于刻画人物，他笔下的国王、大臣、政治家、学者、士兵等，大多性格鲜明，形象生动。如第一卷，描绘希腊政治家梭伦和吕底亚王克洛斯相见的对话，鼠目寸光的吕底亚王和聪颖贤达的梭伦形成了鲜明的对照，人物的性格特征表现得惟妙惟肖。

　　《历史》是西方史学上的第一座丰碑，为西方历史编纂学"开辟了一个新时代"。

神话与诗的时代——古希腊古罗马文学

●波斯帝国派遣大军进攻希腊，希腊人也不甘示弱，英勇地抗击波斯人，书写希波战争的历史学家宣称超过100万士兵参加了战斗。图为希腊波斯战争时的三名希腊士兵，中间手持矛和盾、穿着护身盔甲的是重装备步兵。重装备步兵是希腊军事机器的中坚力量，是希腊军队的威力所在。

神话与诗的时代——古希腊古罗马文学

●柏拉图像

>>> 柏拉图主义

柏拉图主义是数学历史上影响最大的数学哲学观点，它起源于古希腊的柏拉图，此后在西方数学界一直有着或明或暗的柏拉图主义观念，19世纪，它在数学界几乎占了统治地位。

柏拉图主义的基本观点是：数学的对象就是数、量、函数等数学概念，而数学概念作为抽象一般或"共相"是客观存在着的。柏拉图认为它们存在于一个特殊的理念世界里，后世的柏拉图主义者并不接受"理念论"，但也认为数学概念是一种特殊的独立于现实世界之外的客观存在。

拓展阅读：

《甜蜜柏拉图》（歌曲）
《柏拉图的梦》［法］伏尔泰

◎ 关键词：古希腊 唯心论 贵族 苏格拉底

伟大的思想者——柏拉图

柏拉图（前427～前347），是古希腊最著名的唯心论哲学家和思想家，是西方文学史上第一个文艺思想家。他的著作和思想对后世有着十分重要的影响。

柏拉图出生于雅典一个大贵族家庭。据说他的名字源于他的宽额头，他的真实姓名却渐渐被人淡忘了。柏拉图生于伯罗奔尼撒战争期间，青年时期和其他贵族子弟一样受过良好的教育，并接触到当时的各种思潮。

对柏拉图一生影响最大的是苏格拉底。柏拉图20岁拜苏格拉底为师，跟他学习了10年，直到苏格拉底被雅典民主派处死。老师的死给柏拉图以沉重的打击，他同自己的老师一样，反对民主政治，认为一个人应该做和他身份相符的事，农民只管种田，手工业者只管做工，商人只管做生意，平民不能参与国家大事。苏格拉底的死更加深了他对平民政体的成见。他说，我们做一双鞋子还要找一个手艺好的人，生了病还要请一位良医，而治理国家这样一件大事竟交给随便什么人，这岂不是荒唐？

老师死后，柏拉图不想在雅典待下去了。28岁至40岁期间，他都在海外漫游，先后到过埃及、意大利、西西里等地，他边考察边宣传他的政治主张。公元前388年，他到了西西里岛的叙拉古城，想说服统治者建立一个由哲学家管理的理想国，但目的没有达到。返回途中他不幸被卖为奴隶，他的朋友花了许多钱才把他赎回来。

柏拉图回到雅典后，开办了一所学园，一边教学，一边著书。这个学园成为古希腊重要的哲学研究机构，开设四门课程：数学、天文、音乐、哲学。柏拉图要求学生不能生活在现实世界里，而要生活在头脑所形成的观念世界里。他的哲学的根本观点，就是绝对观念的假说，即存在一种纯粹而正确的观念，客观世界是对绝对观念的模仿。他形象地说："画在沙子上的三角形可以抹去，可是，三角形的观念，不受时间、空间的限制而留存下来。"

在文艺思想上，柏拉图认为文艺的本质是对现实生活的模仿，而现实生活又是对绝对观念的模仿，因而文艺不过是绝对观念的"二重镜像"。在《理想国》《伊安》诸篇中，柏拉图提出了著名的"灵感说"。他强调文艺创作的非理性，认为诗人创作是靠灵感、天才，而不是靠技艺和生活积累。这种理论对后代欧洲唯心主义美学和浪漫主义文学乃至现代主义文学都产生了重大影响。

● 《安菲特律翁》中的插图

>>> 四大吝啬鬼

文学作品形形色色的人物中总是不乏吝啬鬼形象，其中莎士比亚喜剧《威尼斯商人》中的夏洛克、莫里哀喜剧《吝啬鬼》里的阿巴贡、巴尔扎克小说《欧也妮·葛朗台》中的葛朗台，以及果戈理小说《死魂灵》里的泼留希金，堪称为欧洲文学中不朽的四大吝啬鬼典型。

贪婪、嗜钱如命是这四个吝啬鬼的共同特点，在四位名家笔下，他们又分别展现出鲜明的个性特征。泼留希金的猥琐，夏洛克的凶狠，阿巴贡的多疑，葛朗台的狡黠，形象尤为生动，给人们留下了深刻的印象。

拓展阅读：

《欧洲戏剧文学史》
　　　长江文艺出版社
《古罗马戏剧选》
　　　人民文学出版社

◎ 关键词：罗马 奴隶 米南德 三只手

可笑的罗马人——普劳图斯与《一坛黄金》

罗马奴隶制共和国始建于公元前510年，公元前3世纪以后，罗马通过连年战争，不仅统一了意大利，而且征服了希腊、北非和地中海广大地区，成为横跨欧、亚、非的奴隶制国家。罗马在军事上征服了希腊，希腊却在文化上征服了罗马。光辉灿烂的希腊文学，成为罗马人学习、借鉴的榜样，对罗马文学的发展产生了巨大影响。罗马文学一般分为三个时期：共和国时期，共和国晚期和奥古斯都时期，帝国时期。

共和国时期的罗马文学，全面吸收了希腊文化的影响，不仅参照希腊的神话传说，建立了一套自己的神系，而且涌现出一些诗人和剧作家。古罗马第一位有完整作品传世的作家是戏剧作家普劳图斯。

普劳图斯（约前254~前184）出身于意大利中北部平民阶层，早年到罗马，在剧场工作。后来他经商失败，在磨坊做工，并写作剧本。他写过100多部喜剧，流传下来的有20部。这些剧本都采用希腊新喜剧，尤其是米南德喜剧的题材和背景，来反映罗马社会生活。他的主要作品有《孪生兄弟》，这出戏通过幼年失散的兄弟被人错认的情节，反映了罗马上层社会的生活和精神面貌。喜剧的主人公对妻子不忠，偷窃她的衣服首饰赠给妓女。作者通过一个为阔人帮腔帮闲的食客的形象，说明这种人才是真正的奴隶，奴隶的锁链可以打断，而食客却被饮食的链条永远锁住。

《一坛黄金》是普劳图斯的代表作，这部戏叙述老人尤克里奥发现藏金失而复得的故事，刻画了一个吝啬鬼患得患失、疑神疑鬼的心理，最后他把金子送人，心里才得安宁。普劳图斯的喜剧从平民观点讽刺社会风习，特别针对当时淫乱、贪婪、寄生等现象，予以针砭。他嘲笑富人、贵族，对奴隶表示同情。他所创造的人物完全是罗马社会的人物。他生动地刻画了军官、士兵、水手、大小商人、高利贷者、奴隶、婢女、食客、庸医、老鸨、妓女、浪荡青年、老父、主妇、吝啬鬼、战俘、厨师等形象，也刻画了天神、家神等神话人物。

第四幕第四场中，老吝啬鬼尤克里奥丢失了一坛金子，他怀疑仆人。仆人伸出手给他查看，看了一只手，又看另一只，最后不甘心还要看"第三只"。于是，"三只手"作为小偷的代名词，便被沿用至今。

普劳图斯的喜剧减弱了希腊喜剧的政治色彩和严肃气氛，增加了不少更加通俗浅显的滑稽成分和热闹场面，因此受到了罗马平民观众的欢迎。

神话与诗的时代——古希腊古罗马文学

◎ 关键词：罗马文学 黄金时期 民族风格 古典散文

语言的魅力——演说家西塞罗

● 西塞罗像

>>> 法的善恶之分

西塞罗关于法的善恶之分的观点是由其论述自然法与人定法的关系中推理出来的，他认为自然法是普遍存在又至高无上的，视法律理性为最高的命令，法律权威不是来源于规则本身而是来自理性的力量。自然法理性或理性与神同在，自然法是先于人定法而存在是最高的理性。

西塞罗在《论法律》第一卷完成关于法的本质问题的分析后，便转而研究自然法与人定的关系，他认为人定法是有善恶之分的，邪恶的法律终究不会因其法律的形式变成善良的，人定法只有服从自然法才是有权威的、能让人们遵守的法律。

拓展阅读：

《西塞罗》［法］格里马尔
《论共和国》［古罗马］西塞罗

从公元前1世纪至公元1世纪，特别是获得"奥古斯都"（"神圣、崇高"之意）称号的屋大维执政期间，是罗马文学的黄金时期。屋大维大力提倡文学创作，促进了具有独立民族风格的罗马文学正式形成。罗马共和末期，雄辩术和散文在激烈的政治斗争中得到了巨大发展。西塞罗（前106～前43）便是当时煊赫一时的演说家，留下的法庭演说辞和政治学说辞有58篇，这些演说辞堪称优美的古典散文的典范。

西塞罗是古罗马共和国末期一位颇有影响的政治家、哲学家和神学家，他曾大力呼吁创建拉丁文化，建立罗马人自己的哲学和神学，是基督教诞生以前最重要的拉丁理性神学家，为后世留下了一批重要的哲学和神学著作。但更重要的是，他是罗马史上最著名的演说家，其演说辞结构严谨，文采斐然，逻辑性强，富有说服力，并且建立了所谓的"西塞罗文体"。

西塞罗出生于拉丁地区阿尔皮诺的一个富裕家庭，但不属于元老阶层。在共和国时代末期的罗马政治生活中，他是一个"新人"。

他的文化培养主要着眼于辩才，他经常与跟自己同时代的一些非常著名的演说家交往。他从青年时代末期起便表现出对诸多人文学科研究的兴趣和才智，如哲学、文法学、文学、诗歌等，对法学研究也表现出兴趣。他曾前往希腊完成自己的学业。他训练过诉讼辩才。作为律师，他在公元前80年便获得巨大的成功，由于他的声望，西西里人把控告盖尤斯·维勒斯的复杂案件委托给他，此人在管理西西里期间大肆滥用职权。七篇对维勒斯的控告辞成为演说的杰作和控告同样因私利而滥用公务管理权力的诉状的典范。

非凡的辩论才能为他打开了政治生涯的大门。他担任过各种行政职务：公元前75年任财政官，公元前69年任市政官，公元前66年任裁判官，公元前63年任执政官，公元前51年任行省执政官即总督。他在元老阶层中的保守派的支持下，达到执政官职位。任执政官期间，他处理和镇压了一位民众派首领组织的阴谋，并在此期间发表了四篇著名的演说。

在恺撒被布鲁图斯、卡西乌斯等人刺杀后（前44），西塞罗站在后者一边，重新投入政治斗争，发表了多篇非常著名的抨击"民众派"的演说，而"民众派"与恺撒的继承人屋大维结成联盟，并最终赢得了第二次内战的胜利。西塞罗被"民众派"视为敌人，于公元前43年12月3日遭杀害。

神话与诗的时代——古希腊古罗马文学

◎ 关键词：共和国晚期 罗马文学 世界声誉 艺术形式

田园牧歌——维吉尔

●维吉尔像

>>> 外国田园诗二首

创造的夜

我们在一石桥边相遇，白桦
树站着观望，溪流蜿蜒向海
犹如一条闪光的鳗鱼。我们
互相缠绕以创造上帝，秋天
播种的麦地叹息着而黑麦射
出一片波浪。

秋日

田野迎面向我走来
带着马匹和坚毅的农夫
瞧着海洋那边望去。
在秋日稻禾割后的金黄残株中，
铁犁分挖住黝黑的条纹，
把狭长的早晨扩散成长方形
的白日
再不断地扩散直至白日溶入
黄昏，
把黄昏的黯黑带进夜晚。

拓展阅读：
《田园诗注析》李健/康金声
《古罗马文学史》王焕生

共和国晚期和奥古斯都时期，罗马文学最大的成就，是涌现出了享有世界声誉的维吉尔、贺拉斯和奥维德三位大诗人。

维吉尔（前70～前19）是罗马最重要的诗人。他生于阿尔卑斯山南高卢的曼图亚附近的农村。维吉尔先世务农，但家境比较富裕。幼年曾去克雷莫纳、罗马、意大利南部学习修辞和哲学，受到良好的教育。因体弱多病，内战期间未服兵役。维吉尔专心写作，他最早的重要作品是《牧歌》十章，写成于公元前42年至前37年间。《牧歌》反映因内战失去土地的农民的怨愤，讴歌屋大维振兴农业的政策带来的希望，描写年轻牧人理想化的爱情和田园生活。他第二部重要作品是他在公元前29年发表的四卷《农事诗》。《农事诗》讲述节令与农业的关系，传播农业和畜牧业知识。他用生命的最后十年完成了他最重要的著作12卷史诗《埃涅阿斯纪》。

《埃涅阿斯纪》是维吉尔的代表作。这部史诗描写了传说中的罗马祖先特洛亚王子埃涅阿斯在神的庇护下，率领幸存者逃离家园，在海上被风暴吹到北非迦太基，在那里与女王狄多相爱成婚，但神王朱庇特要他去意大利重建邦国。他忍痛离去，女王绝望自尽。埃涅阿斯率领船队登上意大利海岸，拉丁姆国王友好地接待他，并把女儿嫁给他。这一决定引起早来的求婚者图尔努斯的嫉恨，双方发生战争，众神各助一方，最后埃涅阿斯杀死对手。

《埃涅阿斯纪》借鉴《荷马史诗》的艺术形式。前6卷模仿《奥德赛》，写埃涅阿斯在海上漂流历险；后6卷模仿《伊利亚特》，写主人公在意大利同图尔努斯的战斗。它不但有《荷马史诗》那种崇高壮美的格调，而且在布局和表现手法上也留有《荷马史诗》的痕迹，如采用倒叙手法和"荷马式比喻"等。但是，《埃涅阿斯纪》毕竟是体现拉丁民族特色的罗马史诗。它不再是对民间口头传说的加工整理，而是诗人独立创作的"文人史诗"；语言风格不再是质朴自然、明朗活泼，而是讲究辞藻，追求音律，注意庄重典雅，塑造人物形象从单纯描写外貌、动作、气势发展到深入刻画内心世界，向近代文学跨近了一大步。

维吉尔死于公元前19年，他在生前就已被公认为是继荷马以后最重要的诗人，在他死后，始终声名不衰。他在中古时代一直享有特殊地位，但丁在《神曲》中以维吉尔为他的老师和带路人。文艺复兴以后，许多用史诗体裁写作的欧洲著名诗人，如塔索、卡蒙斯、弥尔顿等都以维吉尔的史诗作为范本。

● 奥德赛的风景 古罗马

>>> 《贺拉斯兄弟宣誓》

　　故事写的是罗马城和阿尔贝城之间发生战争，画面所描绘的是贺拉斯三兄弟向代表罗马王的父亲老贺拉斯宣誓效忠祖国的庄严场面。构图以老贺拉斯为中心，其他人物分列两边成视觉对称式均衡。老贺拉斯高举宝剑，三个儿子伸出有力的手臂作接纳状，人们手脚相对；在老人身后是一组陷入悲痛的女子，她们低首相依、无可奈何。

　　人物的动势和组合都以直线和金字塔式构成，造成视觉上的单纯、沉着、稳定和强健的冲击力，全部人物被置于罗马圆柱式建筑大厅，这更增加了画面庄严神圣的气氛。

拓展阅读：

《贺拉斯》［法］乔治·桑
《诗艺》［古罗马］贺拉斯

◎ 关键词：古罗马 自我写照 抒情诗 寓教于乐

生活诗人——贺拉斯

> 我立了一座纪念碑，它比青铜
> 更坚牢，比国王的金字塔更巍然，
> 无论是风雨的侵蚀，北风的肆虐，
> 都不能把它摧毁，或是岁月的
> 不尽轮回和光阴的不停息的流逝，
> 我不会死亡，我的大部分
> 将躲过死神，虽死而犹有生机，
> 死后的荣誉将会使我继续生存。
> ……人们将会永远提起我，
> 在我那狂暴的奥吉杜斯河喧闹的故乡，
> 在缺水的道努斯王统治过的牧民中间。
> 我来自底层，首先把爱奥尼亚诗歌
> 引进意大利，请接受我费尽心血
> 得来的这一荣誉，墨尔帕墨那诗神，
> 慷慨地给我戴上德尔斐的桂冠。

　　这是古罗马诗人贺拉斯的诗作《纪念碑》，也是他的自我写照。贺拉斯生于意大利南部的韦努西亚（今韦诺萨）一个获释的奴隶家庭。他起初在罗马求学，后去雅典深造，学习文学和哲学。从青年时期起就非常推崇希腊文化。公元前40年他开始写作诗歌，早期的创作是讽刺诗歌和类似讽刺诗歌的长短句。他的诗歌才能很快引起维吉尔等人的注意。后来他从事抒情诗创作，自称为“歌”。后人根据他庄重的风格，将这些作品称为“颂歌”。他以古希腊诗歌为典范，广泛地吸收了希腊抒情诗的各种格律，成功地运用拉丁语进行诗歌创作，他的诗歌在形式上达到了相当完美的程度，把罗马抒情诗的创作推向了高峰。

　　贺拉斯一生从未做过官，晚年有时住在罗马，有时住在庄园。他的作品有《讽刺诗集》2卷、《长短句集》、《歌集》4卷、《世纪之歌》和《书札》。其中在《书札》中给皮索父子的信又称《诗艺》，继承和发展了亚里士多德倡导的“模仿说”，强调诗人要熟悉生活，要到生活中去寻找题材，要重视文艺的社会教育作用，并提出“寓教于乐”的重要主张，曾经对欧洲文艺理论的发展产生过不小的影响，对欧洲古典主义的影响尤为明显，他的许多主张为欧洲古典主义作家所继承。

●奥维德《爱的艺术》手稿插图

>>> 《变形记》（节选）

我扬帆远航
航行在无垠的大海上
我想告诉你们的是，
世上的一切皆是偶然。
一切都在运动，
在运动中变形。
岁月如水，川流不息，如汹
涌之波浪。
追逐着，也被追逐着，转瞬
即逝，永远是新的。
曾经存在的消失着，尚未
存在的诞生着。
一切都在变形，一切都在
更新。

拓展阅读：

《爱的艺术》[古罗马]奥维德
《奥维德》
上海外语教育出版社

◎ 关键词：古罗马 骑士家庭 诗歌天赋 神话传说

沉沦的天才——奥维德与《变形记》

古罗马三大诗人的第三位是奥维德。奥维德于公元前43年出生在意大利东部苏尔莫的一个古老的骑士家庭。就在奥维德出生的那一年，罗马爆发了内战。久欠粮饷的饥饿士兵起来暴动，杀死了两位元老，因此引起了统治阶层的政治斗争。内战延续了十年之久，成为罗马史上灾祸最残酷的年代。

殷实的家境使奥维德很早便去罗马求学，后来又去雅典深造。奥维德的父亲希望儿子能从政发迹，奥维德起初担任过一些低级官职，但政坛的喧嚣和混乱不合他的性格，他毅然弃官从文，以富有的家境为后盾，往来于上流社会，以诗歌创作为乐。

为了获得一个青年诗人需要的社交生活，他来到首都罗马。运用他的美丽的辞藻和热烈的情感，写了许多诗篇，呈献给各阶层的美貌女人，从名门闺秀、公主贵妇到歌伶名妓。没过多久，他声名鹊起，罗马城中所有的女人都对他张臂欢迎。于是他先后写出了《情诗集》《神与巨人的战斗》《女杰传》《妇女美容剂》等名篇，为当时众多罗马女士所喜爱，这正是罗马的颓废时间，在酣歌恒舞、醇酒妇人的高级社会中，奥维德的诗是投其所好的。

青年时期的奥维德表现出很高的诗歌天赋。他的早期诗歌轻松、优美，使古罗马的爱情哀歌发展到鼎盛。充分表现奥维德的诗歌才能的是他的神话长诗《变形记》和记述古罗马历法、风俗的《岁时记》。《岁时记》每月一卷，只写至第6卷，显然是在公元8年诗人突然被奥古斯都流放黑海边时中断。诗人在流放期间撰有《哀歌》5卷、《黑海零简》4卷，抒发自己的孤寂、哀怨，请求奥古斯都宽赦，但未能如愿，最后于公元18年死于流放地。

奥维德的代表作诗体故事集《变形记》取材于古希腊罗马神话传说，包括大小故事250多个，其中主要是爱情故事。诗中以时间为顺序，以变形为共同点，由开天辟地一直叙述到诗人当代。诗人根据希腊哲学家毕达哥拉斯的"灵魂轮回"理论，用变形（即人由于某种原因被变成鸟兽、花草、树木、星辰、石块等）这一线索贯穿全书。故事按时间顺序，从开天辟地、人类起源，到罗马建国、恺撒遇刺变成星辰和屋大维顺应天意建立统治为止。诗人通过叙写神和英雄的故事，曲折地讥讽罗马贵族的荒淫、暴虐，颂扬恺撒、屋大维的光辉业绩，赞美男女之间的真挚爱情。《变形记》想象丰富，情节生动，手法多样，成为后代欧洲作家选取创作素材的"神话辞典"。

● 罗马共和国市民 赤陶

>>> 罗马文学的语言

　　罗马文学的语言是拉丁族的语言——拉丁语。它包含了作特鲁利亚、希腊、高卢等语言因素。文学语言和日常生活所用的口语相差颇为悬殊，文学语言的特点在于简练有力，语法结构严谨。

　　拉丁语原有轻重音，在希腊诗歌影响下，罗马诗歌也采用了以长短音为准的"音量制"。随着帝国的扩张，到了公元4世纪，拉丁语在西方各省代替了当地的土语，最后发展为法兰西、西班牙、葡萄牙等"罗曼斯"语种。东方各省仍以希腊语为主要语言。

拓展阅读：

《古罗马文学史》王焕生
《古罗马戏剧选》
人民文学出版社

◎ 关键词：帝国时期 散文体小说 浪漫色彩 真相

自我的拯救——阿普列尤斯与《金驴记》

　　鲁齐乌斯·阿普列尤斯（124？~175？）是古罗马帝国时期一位擅长用多种体裁创作的作家。其代表作《金驴记》是罗马保留至今的唯一完整的散文体小说。

　　阿普列尤斯出生于北非一个官吏家庭，后来入了埃及的伊希斯教门，在罗马做过律师。他的主要作品《金驴记》讲述的是青年鲁齐乌斯因事赴希腊北部一个叫帖萨利的地方，这是有名的妖术之邦，他夜宿于高利贷者米罗家中，米罗的妻子是个女术士，青年误敷了她的魔药，变成一头驴子，被一群强盗劫去，后来落到奴隶主庄园，又辗转卖给磨坊主和菜农，后又为军人劫去，卖给贵族厨奴，最后伊希斯女神把他救了，他恢复了人形，就皈依伊希斯教门。通过这一传奇故事，小说广泛地反映了罗马帝国外省的生活，多方面地揭示富人欺负、压迫穷人的社会真相。小说浓厚的浪漫色彩，深受后代欧洲作家的好评。

　　这部小说以主人公的遭遇为纽带，真实而广泛地描写了罗马帝国外省生活。例如贵族地主纵犬咬死小农三个儿子，强占土地；罗马军官强夺人民财产；富人豢养野兽，举办斗兽会等。小说也叙述了不少由于贪图金钱、遗产，或由于情欲而引起的凶杀。作者利用主人公变驴后的遭遇和感受，刻画了穷人和奴隶受奴役和虐待的处境。主人公虽然变成了驴子，但保持了好奇的性格；虽不能说话，但仍是一个能思考、有见识的观察者。由于人们不怀疑他，他能听到、见到人们最卑鄙的思想和行为。同时，小说也写了不少巫术、怪异，贯穿着埃及宗教的神秘精神；主人公历尽苦难，最后终于皈依宗教，找到了自己的善良淳朴和洁身自好的人类天性，从而到达了和平仁爱的彼岸。

　　书中第十卷开头有这样一个故事。一个继母由于自己生了孩子，就千方百计地想要除掉继子。她派一个奴隶去买了一些致命的毒药想毒死继子，不料她自己的儿子误食而死。继母就诬告是继子毒死了她的孩子。为小儿子下完葬之后，痛心的父亲立刻去法庭起诉大儿子。审判官认为证据不充分要求寻找更多的证据。一个奴隶出来做证说，少年曾把他叫去命令他杀死同父异母的弟弟，同时许诺给他一大笔报酬。奴隶拒绝了，少年就威胁要杀死他。最后是被告自己用毒药毒死了男孩。他说得就像真的一样，陪审团不再认为少年是无辜的了。正当陪审团要开始投票决定少年是否有罪时，陪审团中的一员——一位相当受人尊敬的医生出面阻止他人投票。他说，他不希望出现第二次谋杀，因为被告会受到不公正的判决，而他知道实情。这个奴隶不久前来找过医生，要他给点特效毒药，因为一个病人需

神话与诗的时代——古希腊古罗马文学

●欧罗巴被劫 古罗马壁画

●大地之母 古罗马浮雕

要。医生认为他在说谎，但还是给了他一剂药。奴隶给了他一袋子钱，袋子上有奴隶自己印章的记号。医生要求当场证实。法庭上的侍者抓住奴隶，在他身上找到一枚铁制印章戒指，上面的印记和袋子上的正好吻合。医生接着说，他不能容忍奴隶把无辜的少年推向死亡，更不能允许一个卑微的奴隶嘲弄法庭的权威逃脱犯罪的惩罚。他认为如果他拒绝给奴隶毒药，奴隶就会从别人那儿得到毒药或者用其他方式如刺杀来施行犯罪，因此他给了奴隶一剂麻醉剂，用后人会沉睡得像死了一样。如果男孩真的服用了医生的药剂，那么他还活着。如果男孩确实死了，那么还要继续调查。果然，坟墓挖开后，男孩还活着，于是继母和奴隶的罪行也清楚了。继母被判终身流放，奴隶则被钉死在十字架上。人们把医生收的钱仍然给他作为奖赏。

阿普列尤斯的散文小说富于机智、夸张，杂有古语、口语，极为生动活泼。小说奇异的幻想和对现实自然的刻画，对后代欧洲作家的散文体小说创作产生了很大的影响。

No.2

人文的光辉——

中世纪、文艺复兴时期的文学

——→ 中世纪欧洲文学在封建社会所特有的生产力发展的基础上，在独特的社会矛盾作用下，在多种文明和文化的碰撞中，逐渐形成、壮大和成熟起来。

——→ 基督教在中世纪欧洲社会的政治生活中扮演着十分重要的角色，对文化的影响极大，中世纪文学因此染上了浓厚的宗教色彩。

——→ 文艺复兴时期的文学以人文主义文学为主流。它以深刻的思想内容、高度的艺术概括、自由的结构、包罗万象的人物和生动有力的语言，反映了这一时期的真实历史，表达了新兴阶级的理想和广大人民的愿望，推动了欧洲文学的发展，为近代欧洲资产阶级文学奠定了基础，对人类文化做出了贡献。

人文的光辉——中世纪、文艺复兴时期的文学

◎ 关键词：西罗马帝国 封建社会 基督教 圣经

中世纪与中世纪文学

●基督投胎和诸圣人 皮耶罗

>>> 基督教

基督教是以信仰耶稣基督为救主的宗教。天主教、新教、东正教、基督教马龙派，统称基督教——中文中"基督教"往往特指新教（俗称"耶稣教"），三大教派（天主教、东正教和新教）和基督教马龙派的统称一般用"基督宗教"这个词。三大教派基本教义都是相同的。

基督教发源于公元1世纪巴勒斯坦地区犹太人社会，并继承了犹太教耶和华上帝和救主弥赛亚（根据希腊文翻译为"基督"）等概念，以希伯来圣经作为基督教圣经的《旧约》。

拓展阅读：

《欧洲中世纪文学史》
杨慧林/黄晋凯
《欧洲中世纪生活》
东方出版社

公元476年，奴隶制的西罗马帝国在内部的奴隶起义和外部的日耳曼等蛮族入侵的双重打击下，终于轰然倒下。西罗马帝国的灭亡，宣告了一个时代的结束，蛮族的铁蹄无情地摧毁着自古希腊以来已有千年历史的欧洲文明，零星散布在欧洲大地上的教会与修道院成为保存历史典籍和传播文化的火种。与此同时，蛮族也被这种先进的文明迅速同化，欧洲开始了新的时代，这个时代历史上称为中世纪。

从宗教与文化上看，基督教是欧洲中世纪社会的精神支柱。在中世纪的漫长岁月里，教会是文化教育的唯一场所，僧侣是唯一受到正式教育的阶层。很多声名煊赫的国王和贵族骑士都目不识丁，而普通的农夫更是没有受教育的权利。因此，教会制度一方面保存了欧洲文明的火种，另一方面也在一定程度上阻碍了文化的发展。中世纪文化最显著的特征，就是一切文化活动都染上了浓厚的宗教色彩。

欧洲历史上的中世纪，即封建社会，从公元476年奴隶制的西罗马帝国灭亡开始，直到17世纪英国资产阶级革命爆发为止，前后经历了近1200百年，一般分为三个时期：形成时期（5～11世纪）、兴盛时期（12～15世纪）和衰落时期（15～17世纪）。但在文学史上，中世纪文学只包括前两个时期，第三个时期属于文艺复兴时期。

中世纪的文学活动主要体现在四个方面：第一是教会文学。教会文学是直接为基督教神学服务的文学。其基本内容是讴歌上帝的英明伟大，赞美圣徒的高尚德行。基督教的经典《圣经》本身就是宗教文学的光辉典范，除此以外，教会文学还包括耶稣故事、使徒行传、赞美诗、祷告文、奇迹剧与神秘剧，等等。

第二是骑士文学。骑士文学是反映世俗封建贵族中最低一个阶层——骑士阶层的生活理想和道德准则的文学。它的主要内容是写骑士为了维护宗教、君主的利益以及同贵妇人之间的"典雅爱情"，不惜冒险行侠、驱妖除魔、出生入死。骑士文学有骑士抒情诗和骑士传奇之分。

第三是英雄史诗。各民族的英雄史诗往往成为欧洲各国民族文学的开山之作，对各民族语言的形成与发展具有重大的作用。

第四是城市文学。城市文学又名市民文学，是12世纪以后随着城市的兴起而产生的一种反映新兴市民阶级思想情趣的文学。艺术风格生动活泼，语言通俗易懂，生活气息浓郁。

人文的光辉——中世纪、文艺复兴时期的文学

●维文《圣经》中的插图

>>> 《圣经》的执笔者

据考证，《圣经》的执笔者有四十几位之多。他们所处的时代不同，职业、身份也不同。有的是政治、军事领袖，有的是君王、宰相，有的是犹太律法家，有的是医生，还有渔夫、牧羊人和税吏。有的写于战争危难之中，有的写于太平盛世，有的完成于皇宫内，有的则完成在牢狱或流放的岛上……然而，当人们把这66卷书汇在一处时，这些跨越60代人写成的作品，却呈现出前后呼应、和谐一致、浑然一体的风貌来，令人称奇。

拓展阅读：
《基督教文学经典选读》
　[美] 麦格拉思
《中国基督教文学的历史存在》
　　　刘丽霞

◎ 关键词：中世纪文学 精神源头 《圣经》训诫

"从故事到信仰"——早期的基督教文学

要深入地了解中世纪文学，就要先了解它的精神源头，即基督教的经典，也是文学的经典——《圣经》。

《圣经》由《旧约》与《新约》两部分构成。《旧约》是犹太人的经典，用希伯来文写成，它的基本部分形成于公元前5世纪，但其内容不断得到补充。《旧约》从创世纪开始追溯人类的历史，后来便讲述犹太人的历史，一直讲到基督教产生以后。它还包括了劝世文、寓言、教条和法律，是一部希伯来人的文学总集，也是一部包罗万象的著作。《旧约》是希伯来文学和犹太教的根基，亦是基督教的基础。在信仰基督教国家的文学中，《旧约》是源泉之书，在全部人类思想的历史中，再没有一本书能和它比肩而立了，其他民族也都从中吸取了宗教上和文学上的丰富养料。

《新约》是基督教兴起之后的产物，大约形成于公元2世纪，用希腊文写成。《新约》中包含马太、马可、路加和约翰四福音书，使徒行传，圣保罗及其他使徒书，以及默示录（或称默示书）。对于《新约》的各部分的作者，绝大多数我们只知其名甚至不知其名。据传说马太福音是基督的一个名叫该隐的门徒写的，圣马可是圣彼得的一个门徒，圣路加是一名希腊医生，他和圣保罗合作写了一部"行为集和他的福音"，默示录和第四福音是约翰写的，他是耶稣最心爱的信徒。一般认为使徒书是圣保罗所作，其余是圣彼得和其他追随基督的人所作的。圣保罗是一个确有其人的历史人物，他立志要写出一部属于他的使徒书，其中很多部分是在耶稣受难后25年内编成的。

《新约》是曾经存在过或被想象出来的人物的传记。在信仰基督的国家，再没有什么故事能被这样广泛地阅读、默诵和讨论。在宗教和世俗的历史上，没有任何一部传记，像这样影响过千百万的人。即使是不关心基督教信仰，甚至是持敌视态度的人，至少也知道这些故事的轮廓，因为它已经渗入了所有欧洲国家的文学和生活。

《圣经》中充满了各种各样神奇而生动的故事，一些是以记述事件为目的的，而另一些则是利用寓意来进行道德训诫，《旧约》与《新约》都是如此。就让我们从《圣经》中的故事开始，走入中世纪文学的殿堂。

● 《圣经·创世纪》的插图

>>> 人类起源新假说

　　人类起源，存在诸多尚未解开的谜。近些年来，人们根据新的考古发现，对人类的起源又提出了新的假说。

　　加拿大博物馆洛索博士认为："在地球上，首先发展智慧的生物应是爬虫类动物，恐龙就是其中最重要者。"7800万年前，有一种身高约1.5米的长尾肉食恐龙，有三四百万年前人类祖先"类人猿"所拥有的许多特性。洛索博士还把他推想中的这种高级智慧生物称为"类人恐龙"。

　　洛索博士推测和论断，得到了西方一些古人类学家和古生物史学家的支持。

拓展阅读：

《经典人类起源说新辨》
　　　　汪济生
《进化论》[英]达尔文

◎ 关键词：宇宙 耶和华 造人 始祖

上帝造人的传说

　　在宇宙天地尚未形成之前，黑暗笼罩着一切，世界无边无际、空虚混沌，上帝耶和华孕育着生命的灵运行其中，投入其中，施造化之工，展成就之初，使世界确立，使万物齐备。上帝用七天创造了天地万物。

　　第一日，上帝说："要有光！"便有了光。上帝将光与暗分开，称光为昼，称暗为夜。于是有了白天和夜晚。

　　第二日，上帝说："诸水之间要有空气隔开。"便造了空气，称它为天。

　　第三日，上帝说："普天之下的水要聚在一处，使旱地露出来。"于是，水和旱地便分开。

　　第四日，上帝说："天上要有光体，可以分管昼夜，作记号，定节令、日子、年岁，并要发光普照全地。"于是上帝就造了两个光体，给它们分工，让大的那个管理昼，小的那个管理夜。上帝又造了无数的星斗，把它们镶嵌在天幕之中。

　　第五日，上帝说，"水要滋生出有生命之物，要有雀鸟在地面天空中飞翔。"上帝就造出大鱼和其他各种水中的生命，上帝又造出各样的飞鸟，使它们各从其类。

　　第六日，上帝说："地要生出活物来；牲畜、昆虫、野兽各从其类。"于是，上帝造出了这些生灵。

　　第七日，天地万物已经都造齐了，上帝完成了创世之功。于是这一天他便歇息了。因此星期日也成为人类休息的日子。

　　上帝就是这样开辟鸿蒙，创造了宇宙万物。

　　造人，是上帝最后也是最神圣的一项工作。最初的时候，天上尚未降下雨水，地上却有雾气蒸腾，滋生植物，滋润大地。上帝便用泥土造人，在泥坯的鼻中吹入生命的气息，创造出了有灵的活人。上帝给他起名叫亚当。但那时的亚当是孤独的，上帝决定为他造一个配偶，便在他沉睡之时取下他一根肋骨，又把肉合起来。上帝用这根肋骨造成了一个女人，取名叫夏娃。上帝把夏娃领到亚当跟前，亚当立刻意识到这个女人与自己生命的联系，他心中充满了快慰，脱口便说："这是我骨中的骨，肉中的肉啊！可以称她为女人，因为她是从男人身上取出来的。"男人和女人原本是一体，因此男人和女人长大以后都要离开父母，与对方结合，二人成为一体。亚当的含义是"人"，夏娃的含义是"生命之母"。他们是中东和西方人传说中人类的生命之初，是人类原始的父亲和母亲，是人类的始祖。

人文的光辉——中世纪、文艺复兴时期的文学

● 巴比伦塔 德国 布留哥尔

>>> 《圣经》地位的确立

《圣经》中的各卷书均是独立写成，写成后即在各犹太会堂及基督教堂传读。到了公元前250年左右，犹太大祭司以利沙从犹太十二支派中各选出六位译经长老，聚集在亚历山大城，将希伯来文旧约译成当时流行的希腊文，这就是著名的七十士译本。

到公元70年，当圣城耶路撒冷将被摧毁之际，犹太人召开了高级会议，正式确立旧约正典三十九卷书的地位。而在公元382年及公元397年的两次著名会议上，则确立了新约正典二十七卷书的地位。

拓展阅读：

《巴比伦塔》[美]特德·奇昂
《再登巴比伦塔》董小英

◎ 关键词：禁果 罪恶 挪亚 洪水 标记

巴比伦塔

亚当与夏娃偷食了禁果，违背了上帝的旨意，被上帝逐出乐园。从此人类开始了苦难的旅程。

人类有了贪心、邪念和淫欲，因此罪恶开始在人间流行。上帝为了惩罚人类，同时为了拯救世界，降下大洪水。他只将此消息告诉了唯一善良的人类——挪亚，并命挪亚造一座长300尺、宽50尺、高30尺的方舟，带上他的妻子、儿子、儿媳进入方舟。凡洁净的畜类，要带七公七母；不洁净的畜类，要带一公一母；空中的飞鸟也要带七公七母。为了留下生命的种子，将来在地上繁殖。

洪水到来了，凡是在旱地上靠肺呼吸的动物都死了，只留下方舟里人和动物的种子安然无恙。

洪水过后，挪亚放出动物们，恢复了大地的生机。为了重建家园，挪亚又重新干起了农活，他耕种土地，饲养牲畜，栽培葡萄园，人类又重新开始繁衍。

几百年后，人类又繁盛起来。由于他们都是挪亚的子孙，因此他们的语言、口音都没有分别。他们在往东边迁移的时候，在示拿这个地方遇见一片平原，就在那里住下。在平原上，用作建筑的石料很不易得到，他们就发明了制造砖的方法，用泥做成方块，再用火烧透。他们拿砖当石头，又拿石漆当灰泥，建造起繁华的巴比伦城。

人们为自己的业绩感到骄傲，他们决定在巴比伦修一座通天的高塔，来传颂自己的赫赫威名，并作为集合全天下弟兄的标记，以免分散。因为大家语言相通，同心协力，阶梯式的通天塔修建得挺顺利，很快就高耸入云。

上帝是不允许凡人达到自己的高度的。他要再一次制止人类接近自己的狂妄。

上帝离开天国到人间，变乱了人们的语言。人们各自操起不同的语言，感情无法交流，思想很难统一，就难免出现互相猜疑、各执己见、争吵斗殴。这就是人类之间误解的开始，当然这也注定世间要增加一种本属多余的职业——翻译。

修造工程因语言纷争而停止了，通天塔终于半途而废。人们分裂了，按照不同的语言形成许多部族，又分散到世界各地。

上帝在这里变乱了人们的语言。"变乱"一词在希伯来语中读作"巴比伦"。所以，以后人们就管那座城市叫巴比伦城，管那座半途而废的塔叫巴比伦塔。

◎ 关键词：上帝 撒拉 以撒 摩利亚 燔祭

亚伯拉罕献子为祭

● 亚伯拉罕牺牲 安德里亚·沙托

>>> 摩利亚山

摩利亚山又名锡安山，是亚伯拉罕献以撒的地方，后来大卫王购买下来献祭，所罗门王曾在此建筑圣殿。王国灭亡时，迦勒底大军焚毁了圣殿。公元68年，耶路撒冷爆发反罗马暴动；公元70年，罗马军团镇压暴动，焚毁了圣殿及其附属建筑，仅留一堵院墙，因犹太人每逢到此都流泪，被称为"哭墙"。

伊斯兰教建立后，传说穆罕默德曾做异梦，被天使从麦地那带到耶路撒冷锡安山登天堂，于是穆斯林在此建筑阿克萨清真寺，由此埋下伊斯兰教和犹太教冲突的祸根。

拓展阅读：
《圣经故事》段琦
《亚伯拉罕山谷》（电影）

上帝将亚伯拉罕命为犹太人的王，并封他为"多国之父"。但亚伯拉罕直到90多岁时，仍没有子嗣，他为此常向上帝祈祷。

有一天中午，亚伯拉罕坐在帐篷门口纳凉。突然，他听到一串轻盈的脚步声，抬头观看，已有三个人在对面站着。他一见，以为是陌生的旅行者打门前经过，就忙不迭地跑过去迎接。亚伯拉罕看到三位来客相貌异伟，披风轻飘，气度不凡，寒暄几句，才知道是上帝耶和华与两位天使。他马上俯伏在地上，欢迎主的到来。

亚伯拉罕叫妻子撒拉去拿细亚细面调和做饼。他又牵了一只又嫩又好的牛犊来，宰杀、清理，割下新鲜的牛犊肉。他又亲自取来奶油和奶，并把做好的肉端到他们面前。

上帝说："到明年这时候，我必要回到你这里，你的妻子撒拉必生一个儿子。"

撒拉在帐篷门口也听见了这话，就暗暗发笑，说："我既已衰败，我主也老迈，岂能有这喜事呢？"

耶和华察觉到撒拉的笑并听到了她心里的话，对亚伯拉罕说："撒拉不必暗笑，耶和华难道有难成的事吗？到了日期，明年这时候，我必回到你这里，撒拉必生一个儿子。"

亚伯拉罕记着主的祝福，常常眷顾撒拉。三位神光临亚伯拉罕的家以后两三个月，撒拉果然有了身孕。亚伯拉罕喜出望外，翘首以盼，等着抱儿子。到了上帝给亚伯拉罕许诺的那一天，撒拉果然临产了。

亚伯拉罕给这个孩子取名叫以撒。算起来亚伯拉罕此时已经100岁，妻子撒拉也90岁了。

老亚伯拉罕把以撒爱得像心头的肉，这种爱只有老年得子的人才可以体会。

有一天，上帝想考验亚伯拉罕对自己是否忠诚。就在亚伯拉罕祈祷至深夜时呼叫他的名字："亚伯拉罕……"

上帝命令他："你带着你的儿子以撒，往摩利亚去，在我所指示的山上，把他献为燔祭。"

亚伯拉罕把神的指示默记于心。清晨起来，亚伯拉罕只说要到摩利亚去祭神，然后就带着他儿子以撒踏上了去摩利亚的路。

第三日，他们来到神指示的那座山前，亚伯拉罕远远地看了看那山，然后把燔祭要用的柴放到儿子以撒身上，自己手里拿着松明与刀，二人准备一同登山。

儿子有些好奇，便问："父亲哪！请看，火与柴都有了，但燔祭的羊羔在哪里呢？"孩子还蒙在鼓里。亚伯拉罕抚摸着儿子柔软光洁的金发，无限爱惜，他怎么忍心将实情讲出来呢？

"我儿，上帝必自己预备做燔祭的羊羔。"

人文的光辉——中世纪、文艺复兴时期的文学

不多久，父子俩就到了上帝指定的地方。亚伯拉罕在那里筑起坛，把柴摆好，又把儿子捆绑起来放在柴上。小儿子吓得哭了。亚伯拉罕犹豫了一会儿，伸手拿刀就要杀他的儿子。就在这时，耶和华的使者从天上呼叫他说："亚伯拉罕！亚伯拉罕……"

亚伯拉罕拿刀的手在空中停住，他回答道："我在这里。"

天使这才说："你不可在这童子身上下手，一点不可害他！现在我知道你是真正敬畏上帝的了，因为你没有将你的儿子——你的独生子留下不给我。"

亚伯拉罕的诚心上帝已经看到了，燔祭的目的无非聊以表示敬神之意而已。可是既然已经来到这里，也不能白走一趟呀。不用儿子，又用什么做燔祭呢？

"咩咩！"亚伯拉罕听到几声羔羊的鸣叫，回头观看。但见一只公羊的两角被扣在稠密的小树之间，动弹不得，正在挣扎。他就取了那羊的性命，代替他儿子献为燔祭。

亚伯拉罕想，原来上帝只是考验我而已，我的主对一切都早有安排，就把那山叫"耶和华以勒"，意即耶和华必有预备。

《圣经》用亚伯拉罕以子献祭的故事说明信仰和信心的力量可能胜过一切。

●亚伯拉罕弑子 意大利 卡拉瓦乔

人文的光辉——中世纪、文艺复兴时期的文学

● 神秘的诞生 意大利 波提切利

>>> 伯利恒

伯利恒，巴勒斯坦中部城市，位于犹太山地顶部，耶路撒冷以南，海拔680米。据史料记载，公元前3000年吉卜赛人、赫梯人就在此定居。该地最初取名贝特拉马，公元前1350年改用现名。

对于犹太教来说，这里有犹太人始祖雅各之妻拉结的墓地，它也是古希伯来统一王国开国君主大卫王的故乡。1967年第三次中东战争爆发后，以色列占领了伯利恒。1995年圣诞节前夕，根据巴勒斯坦同以色列达成的过渡自治协议，伯利恒又回到了巴勒斯坦人的怀抱。

拓展阅读：

《耶稣和中国》陈蔚中
《伯利恒之星》冰芋

◎ 关键词：耶稣 玛利亚 约瑟 拿撒勒 伯利恒

上帝的独生子

以上我们看到的是《旧约》中的几个故事，下面我们再看一看作为耶稣传记的《新约》。

耶稣的生平事迹，分散地保存在《新约》的各个部分中。最早的新约圣经是保罗书信，他从未和耶稣相处过，他在耶稣受刑20年后，方利用耶稣的故事来写作，而保罗的神学也塑造了大部分的基督教信仰，现在基督徒所信的大部分，皆是保罗的学说，而非耶稣直接的教导。耶稣的故事大多来自四福音书，而写作时间最早的福音书，是写于公元67年至70年间的马可福音，而约翰、路加、马太福音的写作都是参照相同的资料来源。马可之后的写作者，愈写愈细微。例如，马太把耶稣写成了是应验旧约的弥赛亚，路加随后更加润饰，试图把耶稣讲得十分有历史性，三者在内容上形成对照和补充，因而马可、路加、马太三福音又合称对观福音书。约翰福音则十分冗长，富有哲理性而又很抽象，与其他三福音在内容及风格上大有不同。

我们整理四福音书与使徒书等对耶稣事迹的记载，大致可以勾画出耶稣一生的行迹：

加利利的拿撒勒城里有位童贞姑娘玛利亚，她和青年木匠约瑟订了婚。

一天，天使奉上帝的差遣，来到玛利亚家，对她说："玛利亚，你不要害怕，你在上帝面前蒙恩了，你将怀孕生子，要给他起名叫耶稣。他将成为无与伦比的人物，被称为上帝的儿子，继承大卫的王位，他的王权也是没有穷尽的。"

约瑟是个正派的人，当他得知未婚妻怀孕的消息，只是想悄悄地和她分手。上帝的天使出现在他的梦中，对他说："不要嘀咕了，把玛利亚娶回家。她怀的孩子来自圣灵。你们给孩子起名叫耶稣，因为他将从罪恶中拯救人们。"约瑟醒来之后，明白了这是上帝的旨意，于是他就按这旨意办了。

当时是希律王执政统治，他命令所有人都必须回到自己的出生地去。约瑟属于大卫家族，所以他就带上已怀身孕的玛利亚从拿撒勒去伯利恒。

到达伯利恒时，天色已晚，所有的客栈都住满了，他们只得在一个马棚里栖身。这天夜里，玛利亚临产了，一个男孩降生了——这就是耶稣。可马棚里找不到干净的地方，约瑟和玛利亚只得把孩子包好，小心翼翼地放在马槽里。

圣子耶稣诞生时，一颗耀眼的巨大新星出现在伯利恒的上空。一群牧羊人正在伯利恒城附近的田野上放牧，这时上帝派的天使出现在他们眼

前，周围闪耀着白光。牧羊人看见天使突然降临，无不大惊失色。"别害怕，"天使说，"我向你们宣布一个和全人类息息相关的大喜讯。今天在大卫王的城里，有一位救主为你们降生了。他就是主基督！你们可以这样认出他，那一位包着布、卧在马槽里的婴孩就是了。"

天使们离去后，牧羊人商量了一下，决定趁夜色赶往伯利恒城里。他们果然找到了天使所说的人——玛利亚、约瑟和躺在马槽里的婴儿。

这件事很快传进了王宫，希律王听了甚是惶恐，就找祭司长和经学家，问那孩子在什么地方。他们回答道，应该在伯利恒。希律王又怒又怕，下令将伯利恒和附近地区两岁以内的男孩全部处死。官军们奉旨来到伯利恒，四处寻找，见到男婴就杀。一时间，哀哭声淹没了整个伯利恒。

●耶稣诞生 意大利 弗朗西斯卡

天使又奉旨在约瑟的梦里显现，对他说："快起来，带上孩子和他的母亲，到埃及去，住在那里等我的吩咐。希律王一定会来寻找这孩子，想除掉他。"约瑟惊醒后，立刻带着孩子和玛利亚逃往埃及。

约瑟、玛利亚和圣子在埃及住了很久，一直到希律王死后，约瑟在梦里接到上帝的告谕后，才返回到故乡伯利恒。

人文的光辉——中世纪、文艺复兴时期的文学

◎ 关键词：耶稣 埃及 逃亡 撒旦 天使

责任与诱惑

● 基督受洗礼 意大利 弗朗西斯卡

>>>《撒旦诗篇》改变生活

萨曼·拉什迪于1948年在印度出生，后在英国长大。1989年初，拉什迪的小说《撒旦诗篇》在英国出版，因小说中有亵渎伊斯兰教先知和《古兰经》的内容，激怒了伊斯兰世界。1989年2月，伊朗前精神领袖霍梅尼号召穆斯林在全世界追杀拉什迪。

伊朗总统哈塔米1997年执政后，曾表示不会派人追杀拉什迪。但伊朗民间激进组织仍不断有人出资悬赏追杀拉什迪。尽管拉什迪现在可以自由旅行，受隔离的日子也过去，但是他的安全问题依旧受到关注。

拓展阅读：

《撒旦起舞》[俄]布尔加科夫
《撒旦的条件》心岚

耶稣基督出生后便在恐怖的威胁中逃亡埃及，回国后定居拿撒勒城，跟着父亲做木工，渐近成年时，他来到约旦河畔，找到了当时最大的先知约翰。约翰知道这个年轻人就是经上说的救世主"弥赛亚"，于是为他做了洗礼。

耶稣受了约翰的施洗以后，离开绿草如茵的约旦河畔，进入了冷漠荒芜的旷野。这里沟壑纵横，怪石林立，到处是荆棘、蒿莱和蒺藜。干涸的河道上，虺蛇与蜥蜴蠢蠢蠕动着，枯树林里偶尔传来几声狮吼，仿佛要与呼啸的狂风争个高下。这是人迹罕到之处。

耶稣独处天涯，远离尘寰，该是何等的寂寞而空虚啊！更何况他在荒野里整整四十个昼夜，一点东西没吃，腹中早已饥饿难忍。

正在这时，魔鬼撒旦走过来，吹着耶稣的耳朵，对他说：

"你若是上帝的儿子，可以吩咐这些石头变成食物！"

人生在世，物质上的第一需要便是食物，尤其对于饥饿之人，食物的诱惑力，实在是难于抗拒的。撒旦明明知道，只要耶稣一闪念，石头就会立刻变成美餐。可是耶稣断然拒绝了。他这样回答说：

"经上记载着——人活着，不是单靠食物，而是靠上帝口里说出的一切话。"

魔鬼看一计不成，又生一计，

他把耶稣带进了耶路撒冷，叫他站在圣殿顶上，对他说：

"你若是上帝的儿子，可以跳下去，因为经上记载着——主要为你吩咐他的使者，用手托着你，免得你的脚碰在石头上。"

撒旦企图以此来试探人子，看他有没有逞强好胜之心。

然而耶稣却平静地对他说：

"经上说：不可试探主——你的上帝。"

撒旦的诱惑又失败了。魔鬼并不甘心，他把耶稣带上一座高山，那山峰云雾缭绕，立在天际。

撒旦在耶稣面前指指点点，将世界上的万国，以及万国里的荣华富贵，全都指给他看。看遍之后，魔鬼最后对他说：

"看见了吧，上帝已经把这一切全都交给我了。如果你俯伏在地，向我跪拜，我就把这一切全都赐给你！"

可是耶稣视荣华富贵如同粪土，毫不为之所动，他对撒旦说：

"经上记载着——当拜主，你的上帝，单要侍奉他。堂堂人子，焉有跪拜撒旦之理！撒旦，退去吧！"

魔鬼撒旦三次试探耶稣基督，全都失败了。各样试探尽数用完了，只好灰溜溜地暂时离开耶稣，退到幽暗的角落里，不见了。天使又出来伺候耶稣。

人文的光辉——中世纪、文艺复兴时期的文学

●12世纪羊皮纸插图《基督受难》

>>> 逾越节

逾越节开始于尼散月十四日(宗教历的正月,即西历3月至4月期间),连续七天,每天要献许多祭,头一日和第七日休息。逾越节是三大节日中的第一个(其他两个是七七节和住棚节)。犹太男丁每年要在这三个大节上示罗守节。

逾越节原本分为逾越节和除酵节,但后来犹太人将两个节期合为一个。这两个节期是关联的。逾越节是纪念在离开埃及的前一夜,天使击杀埃及地区所有的长子,却越过以色列人的房屋,拯救了以色列各家。

拓展阅读:
《耶稣受难记》(电影)
《耶稣的故事》
　[英] 威廉·帕森

◎关键词:十字架 犹大 逾越节 福音 教义

伟大的复活

耶稣受洗直至走上十字架,仅仅三年半时间。最初,耶稣在旷野40天不吃不喝,经历了魔鬼的试探而不为所动。最终他被自己的门徒出卖。

耶稣的12个门徒中,有一个加略人犹大,他去见祭司长,说:"如果我把耶稣交给你们,你们愿意给我什么?"他们就拿了30块银钱给他。从那时候起,犹大就找机会要出卖耶稣。

逾越节的第一天,门徒依照耶稣的吩咐,去安排逾越节的晚餐。傍晚,耶稣跟12个门徒坐席。在用饭的时候,耶稣说:"我告诉你们,你们当中有一个人要出卖我。"

耶稣还在说话的时候,12门徒之一的犹大来了。有一大群人带着刀棒跟他一起来,他们是祭司长和民间的长老派来的。那出卖耶稣的人先给他们一个暗号,说:"我去吻谁,那人就是你们所要的人,你们就抓他。"

犹大一到,立刻走到耶稣跟前,说:"老师,你好。"然后吻了他。于是那些人上前抓住耶稣,把他绑起来。

清早,所有的祭司长和犹太人的长老商议,要处死耶稣。他们把耶稣绑起来,解交给罗马总督彼拉多。每逢逾越节,总督照惯例会为群众释放一个囚犯。那时,刚好有一个囚犯叫巴拉巴,彼拉多问聚集的群众:"你们要我为你们释放哪一个呢?是巴拉巴,还是那称为基督的耶稣?"祭司长和长老挑唆民众,让他们要求彼拉多释放巴拉巴,把耶稣处死。彼拉多为了讨好群众,就将巴拉巴释放,又命令鞭打耶稣,然后交给人去钉在十字架上。

耶稣就这样死在十字架上,后被埋葬。安息日一过,耶稣的母亲玛利亚买了香料,要去抹耶稣的遗体。然而耶稣的遗体却消失不见了。天使向人们宣布,耶稣基督已经复活。

耶稣三次向他的门徒们显现复活的自己。耶稣最后一次向门徒显现时,对他们说:"你们要到世界各地去,向全人类传福音。信而受洗的,必然得救;不信的,要被定罪。信的人会有行这些神迹的能力:他们能够奉我的名赶鬼;会说灵语;用手拿蛇;喝了有毒的东西也不受伤害;按手在病人的身上,病人就得医治。"

耶稣举手给他们祝福,而后在他们的注视中被接升天,有一朵云彩围绕着他,把他们的视线遮住了。

门徒们见证了耶稣的复活,因此恢复了信心,他们分散到各个地方去传播耶稣的教义,并用文字记载下他们的所见所闻的圣迹。

●天使报喜 意大利 克列迪

>>> 《第二个牧羊人剧》

行会剧《第二个牧羊人剧》反映了英国戏剧在中世纪的初步发展。它的剧情是：牧羊人麦克偷了一只羊回家，放在妻子吉尔的床上，其他牧羊人追到麦克家查问。这时吉尔呻吟着，麦克唱着催眠曲，好像吉尔真的生了孩子。追查的牧羊人准备离去。但其中一个人忽然记起要给孩子六个便士，作为见面礼。于是发现这孩子就是他们丢失的羊。

剧中牧羊人诉说生活的艰苦，吉尔诉说妇女的悲惨遭遇，反映了中世纪欧洲的社会生活。

拓展阅读：

《西方戏剧·剧场史》李道增
《戏剧艺术通论》周安华

◎ 关键词：宗教活动 戏剧形式 弥撒 世俗化 专业化

光辉的力量——中世纪戏剧

古希腊古罗马文化的衰落和蛮族的入侵阻断了古希腊和古罗马的戏剧传统。而随着宗教活动的开展，几种新的戏剧形式开始在教堂中诞生。10世纪初叶的弥撒，已具有完整、复杂的形式。从晨祷到晚祷，历时八小时。无论是教士和歌唱队之间的对歌，或歌唱队两部分之间的应答轮唱，都已是对话的雏形。弥撒的内容包括耶稣的生平大事，从圣母领报起，到耶稣升天止。弥撒的动作富有象征意义。以14世纪耶路撒冷教堂为例，在耶稣升天节，副天使手持棕榈枝，报喜天使加百利从屋顶下降，已初步具有戏剧的动作。

中世纪的教堂分前殿、中殿、后殿三部分，有小门相通。前殿靠大门，是歌唱队的席位。中殿面积最大，这里有为演出用的若干戏台。中世纪在教堂中演出的戏剧主要有三种：神秘剧、奇迹剧和道德剧。

礼拜时演出的来自《圣经》的戏剧称为神秘剧。代表作《圣墓》保存有完整抄本。《圣墓》的角色都是化装扮演的。扮演是戏剧的重要因素，如果说，戏剧从扮演开始，则中世纪戏剧就从礼拜剧《圣墓》开始。

礼拜剧中还有以圣徒故事为内容的奇迹剧。代表作如《三个大学生》，这部剧曾在圣尼古拉斯节演出，现在保存的有法国修道院的12世纪抄本。

道德剧于14世纪末叶出现，它的题材仍然是宗教性质，但处理的角度不同。它着重人类的行为和最后的命运，采用寓言的手法，以抽象名词为剧中人物命名，说明善与恶为了影响人类而进行着斗争。神秘剧和奇迹剧起源于教堂的礼拜，而道德剧则起源于教堂的布道。

教堂中的戏剧演出往往干扰礼拜的进行，因为演戏比做礼拜更能吸引人。后来演出地点就移至户外，如教堂大门前或教堂墓地。再远一点，还可以移至集市或牧场。随着演出地点的改变，戏剧演出也增强了世俗性，而减少了神圣感。剧本的内容更加丰富，结构也更加灵活。

教堂放弃了对戏剧演出的管理权后，接管的是市镇的各业行会。他们演出的戏剧通称行会剧。作为俗人的各业人员，他们关心的是把自己从罪孽中超度出来，同时也想通过演出繁荣自己的业务。行会剧通常在四轮或六轮马车上演出。一个市镇设几个站，马车从一个站赶往另一个站。马车分两层：下层蒙有帘子，为化妆室。上层为舞台，分作两半，可作两个台使用。台上备有布景。

随着戏剧演出的逐渐世俗化与专业化，戏剧开始脱离了宗教的藩篱。在中世纪的戏剧演出中，欧洲古典戏剧的胚胎正在孕育。

人文的光辉——中世纪、文艺复兴时期的文学

◎ 关键词：封建贵族 生活理想 道德准则

亚瑟王和他的圆桌骑士——骑士传奇

● 14世纪描绘骑士宣誓效忠君主

>>> **骑士授予制度**

青年武士在成为骑士之前，必须先经过见习期，一般是给上级领主当侍从，学习武艺、礼仪。礼仪基本是由领主夫人传授，所以"女士优先"自然成为骑士第一信条。当见习骑士立下功勋，或在比武大会上夺得荣誉后（大多数是随便考一下），就可以封为骑士。

受封时，见习骑士跪在地上，领主或国王拔出佩剑，在受封者的左、右肩膀上各轻点一下，有的还要赏赐代表骑士身份的腰带、马刺等。据说现在英国女王封爵也还是这个套路。

拓展阅读：

《十字军骑士》
　[波兰] 显克维奇
《骑士文学 ABC》 玄珠

中世纪的骑士文学反映了世俗封建贵族中最低一个阶层——骑士阶层的生活理想和道德准则。它的主要内容是写骑士为了维护宗教、君主的利益以及同贵妇人之间的"典雅爱情"，不惜冒险行侠、驱妖除魔、出生入死。骑士文学有骑士抒情诗和骑士传奇之分。

骑士传奇采用荒诞不经的冒险故事形式，赞美忠于国王，锄强扶弱，为捍卫宗教、荣誉或爱情而献身的骑士精神。按照题材的来源不同，可以分为古代希腊罗马系统、不列颠系统和拜占庭系统三类，其中以不列颠岛凯尔特族领袖亚瑟王和他的圆桌骑士的传说最为典型。

亚瑟王是优瑟·班德拉冈的儿子。出生后不久就由巫师马林抱出宫外，寄养在黑克德骑士家里。长大后，获得神剑伊斯卡利波而继承王位，平定乱世，被认为是智勇双全的英国古代君王。妮碧雅王后是卡迷利雅国的公主，在巫师马林的安排下，成为亚瑟王后。妮碧雅的父亲有张大的圆桌子，供他麾下的骑士聚会使用，在结婚时亚瑟王从岳父那里得到了桌子和武士。那之后圆桌骑士就成为亚瑟王麾下代表性的骑士群体。

亚瑟王的主要事迹是同罗马皇帝作战。罗马皇帝要亚瑟纳贡，亚瑟不肯，于是向皇帝宣战，他把王后妮碧雅和国事托付外甥摩德瑞德，自己动身去罗马。骑士高文同罗马谈判决裂，亚瑟进军罗马，正在这时他听说摩德瑞德篡夺了王位并霸占了王后，亚瑟王立刻和高文回国。高文在战斗中阵亡，亚瑟也战死了，王后无奈出家。

圆桌骑士中最主要的人物之一是朗斯洛，他是布列塔尼王的儿子，幼年被"湖上夫人"窃走养大，送到亚瑟宫廷，故称"湖上的朗斯洛"。他是第一名圆桌骑士。他和王后妮碧雅秘密相爱，但随后又爱上阿斯特洛封主的女儿艾莲。艾莲死后，他和王后又言归于好。亚瑟发觉之后，朗斯洛就同王后逃跑，亚瑟围攻朗斯洛的城堡。朗斯洛交出王后，自己退到布列塔尼。他听说亚瑟因摩德瑞德篡位，只得回国。朗斯洛再度回来准备援助亚瑟，发现亚瑟已死，王后已出家，于是他也决定出家，同王后一起看守亚瑟的陵墓。

以亚瑟王和圆桌骑士故事为代表的骑士传奇，既有荒诞不经、神秘色彩浓厚、歪曲现实的缺陷，也有想象丰富、情节引人、注意人物心理刻画等优点，这对于后来的浪漫主义文学的发展颇有影响。

人文的光辉——中世纪、文艺复兴时期的文学

● 14 世纪欧洲骑士授封仪式画

>>> 十字军东征

十字军东征是自公元 11世纪末至13世纪下半叶，西方基督教世界在教皇的号召下，以从东方异教徒手中夺回圣地耶路撒冷为名，对地中海东部的中、近东地区进行了时间长达近200年的战争。

参加这些战争的基督徒身缀十字标记，故称十字军。这场战争既是宗教性质的，同时也是一场为掠夺土地和财富而发动的侵略战争，是西方封建社会向外扩张和获得财富的手段。1291年，十字军丧失其在东方的最后据点阿卡，宣布东征以彻底失败而告终。

拓展阅读：

《外国文学史》马晓华
《十字军骑士》
　　[波兰] 显克维奇

◎ 关键词：骑士制度 封建主 十字军 东方文化

普罗旺斯的诗人——骑士抒情诗

骑士制度是中世纪封建制度的产物。最早的骑士主要来自中小地主，后来领主的家臣和富裕农民也有成为骑士的。他们替大封建主打仗，得到大封建主赏赐的土地和金钱，成为小封建主。在几次十字军东征中，由于战争的需要，同时也由于他们在东征中接触到了较高的东方文化，长了见识，骑士的地位大为提高，形成了固定的骑士阶层和骑士精神。12世纪时，随着骑士团的建立，骑士的地位显著提高，封建主的子弟从小就接受军事训练，以便长大成为一名合格的骑士。骑士的信条是"忠君、护教、行侠"。在骑士制度的发展过程中，还为骑士制定了一系列的道德标准。除"忠君、护教、行侠"的信条外，还要求骑士"文雅知礼"，甚至学习音乐和作诗。骑士把自己的"荣誉"看得高于一切。

最能体现这种骑士精神的文学作品，是12世纪在宫廷里出现的抒情诗。这类抒情诗主要流行于法国南部的普罗旺斯一带，因此称为"普罗旺斯抒情诗"，它深深地根植于民间诗歌的传统中。主要抒写骑士与贵妇人之间在黎明时缠绵悱恻、依依惜别的恋情，讴歌骑士对贵妇人的爱慕和崇拜，以及他们为了爱情而去冒险征战、建功立业的骑士道德。

最常见的普罗旺斯抒情诗的种类有：写骑士在乡间百般追求牧羊女的牧歌、写骑士和贵妇幽会黎明时依依惜别的破晓歌、以两诗人对话方式写的关于典雅爱情问题的辩论诗以及情歌、夜歌、怨歌等。其中以破晓歌最为有名。恩格斯曾称破晓歌是"普罗旺斯诗歌的精华"。他说："它用热烈的笔调描写骑士怎样睡在他的情人——别人的妻子——的床上。门外站有侍卫，一旦晨曦初上，便通知骑士，使他能悄悄地溜走，而不被人发觉。接着是叙述离别的情景，这是歌词的最高潮。"

讴歌骑士之爱，是骑士抒情诗的最普遍主题，也是其最突出的特色。非爱情题材的抒情诗主要有讥讽时事的感性诗和激发骑士战争热忱的十字军歌。总的来看，前期普罗斯旺抒情诗在民间诗歌的影响下，风格比较明快。

从12世纪末开始，追求稀奇韵律和形式主义的倾向日益严重，出现了所谓"隐晦的风格"。隐晦风格的泛滥，是普罗旺斯抒情诗进入末期的征兆，这也从一个侧面反映了骑士精神的衰落。13世纪前三十年中，法兰西北方的封建主阶级以讨伐封建异端为名，对南方发动了两次掠夺性战争，使南方经济和文化受到严重破坏，普罗旺斯抒情诗也从此衰落。

在艺术上，骑士抒情诗注意心理描写，感情细腻，对早期文艺复兴时期的抒情诗产生过重要的影响。

人文的光辉——中世纪、文艺复兴时期的文学

●15世纪的抄本装饰画

>>> **盎格鲁－撒克逊人**

　　盎格鲁－撒克逊人属于日耳曼民族，原居北欧日德兰半岛、丹麦诸岛和德国西北沿海一带。公元5～6世纪，盎格鲁、撒克逊两部都有人群南渡北海移民大不列颠岛，在此后的三四百年间，两部落才融合为盎格鲁－撒克逊人。

　　通过征服、同化，盎格鲁－撒克逊人与大不列颠岛的"土著人"（克尔特人），再加上后来移民的"丹人""诺曼人"经长时期融合，才形成近代意义上的英吉利人（包括苏格兰人）。从"二战"时看，盎格鲁－撒克逊人与日耳曼人已经疏远，反倒和英伦的原住民（土著）融为一体。

拓展阅读：

《希腊人》［英］基托
《中世纪的秋天》
　　［荷］赫伊津哈

◎ 关键词：民间 动态文学 静态文学 氏族社会 封建化

英雄的故事——英雄史诗

　　中世纪规模最为宏大、影响最为广泛的文学作品，既不是宗教色彩浓厚的戏剧，也不是浪漫抒情的骑士文学，而是诞生于民间的英雄史诗。

　　史诗是一种特殊的民间文学类型。民间艺人们以歌唱的形式世代口耳相传，形成一门独特的技艺。史诗的歌词并不固定，一般都是围绕某一位英雄人物讲唱他的事迹，而内容上有大量重复出现的模式和套语。很多民族都有自己的英雄史诗，并将之作为本民族的历史来加以敬重。一些史诗从民间的田野中焕发出绚丽的色彩，引起了文人的注意，对它们进行整理，并用文字记述下来，这样史诗就从民间口头流传的动态文学，变成了书写印刷的静态文学。

　　欧洲中世纪是人类历史上英雄史诗最为繁盛的时代。一方面欧洲的很多民族初步形成于这一时期，因此产生了许多讲述本民族历史，加深本民族认同感的史诗作品；另一方面，日耳曼的蛮族学习了欧洲的先进文化，开始将本民族中早有传唱的英雄史诗整理记录下来。因此这一时代产生了大量规模宏大、内容丰富的史诗作品。

　　欧洲中世纪的英雄史诗大致可以分为两类：一类反映了处在氏族社会末期的蛮族部落的生活，他们基本上还未封建化，一般也没有受到基督教的影响。这类代表作有日耳曼人的《希尔德布兰特之歌》、日耳曼人的一支——盎格鲁－撒克逊人的《贝奥武甫》，以及冰岛的《埃达》和《萨迦》。这类史诗和《荷马史诗》同是氏族社会末期的产物，歌颂的多是部落的贵族英雄，而自由贫民和奴隶都不占重要地位。它们的内容多以神话或历史事件为依据。神在故事中干预人的命运，但人对神已开始失去敬仰。这些故事在民间口头流传，写定的人物往往不可考稽。

　　另一类英雄史诗也以历史人物、民间传说为基础，如《罗兰之歌》《熙德之歌》《尼伯龙根之歌》和《伊戈尔远征记》等，但这类史诗是欧洲各民族高度封建化以后的产物。各部落先后从分散状态走上趋于统一的封建国家的道路。国家的统一是符合人民的愿望的，是进步的。史诗中的英雄反映了这种愿望。他们和前一时期的英雄不同，他们的荣誉观念已不限于部落英雄的复仇义务，而开始具有国家观念的内容。他们是要求团结、抵御外侮的英雄。同时，在他们身上，封主、封臣的关系体现得很明显。在基督教的影响下，他们的爱国行为往往表现为反对异教徒的斗争。在这类史诗里，多神教的神话因素相对减少。但欧洲各主要国家的历史发展不尽相同，史诗题材本身的发展情况和写定的年代也不同，因此上述特点在各国的英雄史诗中很不一致。

人文的光辉——中世纪、文艺复兴时期的文学

◎ 关键词：不列颠岛 古英语 手抄本 基督教思想

盎格鲁—撒克逊人的史诗——《贝奥武甫》

●电影《战狼》的海报

>>> 古英语与现代英语

古英语与现代英语差异
很大，现代英文读者读起来
非常困难。它有高的曲折变
化形式，像近代德文那样，它
的意义不取决于词的位置而
是词尾的变化。

古英语中有很多同义
词，常用"隐喻复合字"，如
把海称为"鲸鱼之路""水街"
"海豹浴场"。长诗中便是如
此，对"兵士"就用了"执盾
者""战斗英雄""挥矛者"等
说法。诗人常用一些不同的
形容词来重复描写同一事
物、现象，如国王洛兹加被
称为"丹麦人的国王""贤明
的统治者""善良的父亲""施
予赏赐的恩主"，等等。

拓展阅读：

《英国文学史》陈嘉
《英语史》李赋宁

第一类英雄史诗中最早、最完整的作品是《贝奥武甫》。全诗长3000
余行，其中所记的历史事件属于6世纪，反映盎格鲁－撒克逊人在欧洲大
陆的生活。盎格鲁－撒克逊人是日耳曼人的一支，后来他们渡过海峡，来
到不列颠岛定居，形成了现在的英格兰民族。史诗《贝奥武甫》，在8世纪
盎格鲁－撒克逊人定居不列颠之后，以古英语写定，它成为英格兰民族第
一部史诗，现存唯一手抄本属于10世纪。

全诗共分两部分。第一部分写瑞典南部耶阿特族贵族青年贝奥武甫渡
海到丹麦，替丹麦人消灭了为害百姓的巨妖格伦德尔和巨妖的母亲。诗中
特别强调主人公见义勇为、徒手搏斗的英雄行为。第二部分写50年后贝奥
武甫作为国王为杀死焚烧人民房屋的火龙而牺牲的事迹，歌颂了主人公忘
我无私、具有高度责任感的道德品质。他虽然是部落贵族，但不脱离人民，
体现了氏族社会瓦解时期部落人民的理想。

诗中写火龙发怒是因为一名犯罪的奴隶逃避法律，躲进龙窟，偷了一
个金杯。奴隶把金杯献给主人（贝奥武甫的臣属），赎了罪。奴主又将金
杯献给了贝奥武甫。从这幻想和现实交织而成的情节中，可以看出奴隶同
氏族贵族的关系，以及当时法律的痕迹。

诗中常用对比、对话和插语，突出主人公英勇正直的性格。对于
巨妖格伦德尔敌视人间欢乐、巨妖之母所住的水底魔窟、火龙失宝以
后的焦急、愤怒等场景的描写，是这部史诗的精彩部分。诗人写道：

当龙醒来，斗争又重新燃起。
它嗅嗅岩石，勇猛的心发现了敌人的脚印。
……
宝物的守卫者沿着地面一路搜寻，
贪婪地想发现在他睡眠时欺侮他的那个人。
龙心中燃烧着凶猛的烈火，
它围绕着墓墩转来转去。
荒野里，杳无人迹。
……
它强烈要求战斗。
它又沿着墓穴，看看那被盗的宝藏。
愤怒在心中沸腾，
它焦急地等待着黑夜的来临。

诗的末尾，当贝奥武甫即将离开人世时，他留下了这样的遗言：

为了跟前这些瑰宝明珠，
我要感谢那光荣的王，
感谢万物的授予者和永恒的主，
在我临死之前，能为自己的人民
获得这么多的财富！
既然我用自己的残生换来这一切，
你务必拿它去供养百姓：
也许我的生命已经有限。
请你在我火化之后吩咐士兵，
让他们在海岸上为我造一穴墓，
好让我的人民前往悼念。
这墓要建得显眼，高过赫罗斯尼斯，
这样，当航海者迎着大海的浪花
驾驶他们那高大的帆船航行，
就可称之为"贝奥武甫之墓"。

●克莱德瀑布 英国 雅各布·摩尔

●桑勒福尔德的小修道院 英国 海特莱

　　诗中还描写了部落贵族生活，如宴会、说唱等，都极生动。史诗的结构比较集中精练。它用头韵体写成，使用一种特殊的形象比喻，这些是北欧史诗共有的特点。这部史诗在一定程度上也反映出基督教思想的影响，如把氏族社会的命运观念同上帝的概念混同起来，把格伦德尔称为该隐的族类等。

●英雄万奈摩宁与女巫争夺"三宝"

>>> 图尔库

图尔库位于芬兰国境西南端海岸，是国内最古老的城市，在1216~1809年间，是芬兰首都和最大城市，素有"芬兰文化摇篮"的美誉。

图尔库古迹很多，建于1290年的大教堂是芬兰最有名的古老建筑之一。中世纪古城堡是北欧保存最完好的大学城堡之一，其建筑工程持续了近300年，瑞典的14个国王都曾以这里为王宫。还有19世纪建造的瑞典语剧院和希腊正教教堂等名胜。1827年城市遭到大火的袭击，地位衰退。

拓展阅读：

《西方文化史鉴》叶胜年
《西方文化史论》高福进

◎ 关键词：民族色彩 古代神话 多神教信仰

民谣中的"英雄国"——《卡勒瓦拉》

芬兰人民的史诗《卡勒瓦拉》（又名《英雄国》）是中古欧洲著名的史诗之一，它既不同于日耳曼人和北欧的史诗，也不同于法国和西班牙的史诗，它具有芬兰民族的特点。这部巨著是芬兰人民在长期历史过程中所创造的。从7世纪末、8世纪初起，芬兰人民中就流传着各种有关本民族的古代神话和传说，一般都是歌谣形式，有些是12世纪瑞典人把基督教传入以后的产物。到了19世纪，民俗学运动在欧洲兴起，各国都纷纷到民间挖掘属于本民族的民间文化遗产。芬兰的一个医生艾里阿斯·隆洛特（1802~1884）为了发掘本民族的民间史诗，长期深入田野，收集了大量的歌谣，编成一部完整的史诗，题名《卡勒瓦拉》，于1835年出版。此后他又继续收集补充，1849年出版了史诗的最后定本，包括50支歌曲，22795行诗句。

《卡勒瓦拉》以争夺"三宝"的故事为核心，描写了卡勒瓦拉的英雄们和北方黑暗国波赫尤拉之间的斗争。"三宝"指的是一座能自动制造谷物、盐和金币的神磨。史诗成功地描绘了两个人民英雄的形象，他们都是人民的战士和劳动能手，为了卡勒瓦拉人民的幸福，他们和波赫尤拉凶暴贪婪的女族长娄希进行了艰巨的斗争。诗中的主要英雄是享有极高威望的老歌手万奈摩宁，他的歌曲能感动神人鸟兽，同时他又是能耕作善渔猎的农民。他懂得各种咒语，具有无比的智慧和勇气，在争夺"三宝"的战斗中建立了丰功伟绩。另一个重要英雄是铁匠伊尔玛利宁，他沉默寡言，埋头工作，锻造出各种工具、武器和艺术品，"三宝"就是他的伟大创造。除了这两个英雄以外，活泼轻率的青年战士勒明盖宁也是夺取"三宝"战斗中的重要人物。

史诗歌颂了创造性的劳动和英雄们为人民幸福而进行的斗争。这部史诗虽有神话因素，但以直接具体地描摹现实生活和人物为特色，反映了芬兰人民在氏族制度瓦解时期的社会生活和思想意识。史诗不仅写了氏族之间的斗争和氏族制瓦解时期的种种社会现象，而且还有许多日常生活和风俗的细致描述，带有浓厚的民族色彩。这部史诗虽然形成于基督教思想统治时期，但是仍然保留着芬兰人民原有的多神教信仰，只有在少数歌谣中可以看到基督教的影响（如结尾部分关于圣母的故事）。

这部史诗全部都用四音步扬抑格头韵体写成，经常运用重复的诗句和夸张的手法，具有人民诗歌的特点。它对芬兰民族文学和民族语言的发展起过巨大作用。

人文的光辉——中世纪、文艺复兴时期的文学

◎ 关键词：欧洲 氏族社会 冰岛文学 基督教色彩

冰岛古传奇——《埃达》和《萨迦》

●海盗像

>>> 冰岛语

冰岛语是斯堪的纳维亚诸语言中的一种。斯堪的纳维亚诸语言是构成日耳曼语族的一支。日耳曼语族属于印欧语系。

冰岛语和斯堪的纳维亚人的古诺尔斯语很相似，后者是在9世纪时从挪威传到冰岛的，其他斯堪的纳维亚语言曾受到邻国语言的强烈影响，然而，由于冰岛语是岛国语言，和其他语言没有联系，所以几百年来仍然保持着原始状态的特点。因此，冰岛儿童现在阅读古诺尔斯语写的伟大史诗《埃达斯传奇集》时，毫无困难。

拓展阅读：
《冰岛萨迦选集》商务印书馆
《北欧神话传说》阿海

反映欧洲氏族社会末期生活的民间文学，以冰岛为最丰富。最初，挪威的"海盗"和农民于9世纪后半期到10世纪初叶开始定居于冰岛。当时他们还处于原始公社解体阶段。居民中有自由人，有奴隶。在自由人中，氏族贵族掌握立法和司法大权，形成贵族共和国，贵族军事民主持续了很久。12世纪初，封建关系逐渐形成。9、10世纪之交，爱尔兰基督徒也定居冰岛，至12世纪氏族贵族同教会合流，他们占有土地日广，到14、15世纪进入封建全盛时期。

最早从挪威迁来的定居者带来了古代北欧的神话和英雄传说，形成独特的冰岛文学，从形式上它可以分成诗歌和散文两种。冰岛诗歌绝大部分（30首）收在诗集《埃达》里边。这些口头诗歌约在12世纪写定，17世纪发现的唯一留存的手抄本大约是13世纪写的。《埃达》中的诗歌可以分为三类：神话诗、教谕诗和英雄史诗。

《埃达》中的英雄史诗都很短，有的残缺不全。其中主要诗篇以佛尔松族的传说为中心，但在《埃达》里，这个传说的每个片段都具有独立性，可单独作为歌唱的单位，并更多地保存了氏族社会的面貌。

更加完整地记述了佛尔松族传说的是冰岛的散文叙事文学——《萨迦》。"萨迦"意为"话语"，所包含的作品数量很多，包括历史、英雄传说、王朝史话、家族史话。《萨迦》写成于12～13世纪，也有属于14世纪的，但大都反映氏族社会生活。其中对后来欧洲文艺影响较大的是《佛尔松萨迦》，写佛尔松家族和纠奇家族的传说。中心故事写佛尔松族的英雄西古尔德杀龙得宝，遗弃了未婚妻布仑希尔特，娶了纠奇族女子古德伦，布仑希尔特嫁给古德伦的哥哥巩纳尔，并唆使他杀死西古尔德。西古尔德死后，布仑希尔特的哥哥匈奴王阿提拉觊觎纠奇族宝物，强娶了古德伦，并杀死巩纳尔。古德伦为哥哥报仇，杀死第二个丈夫阿提拉和他的儿子，然后自杀。这部《萨迦》保留了这一传说的许多氏族社会特点。

《尼奥尔萨迦》是《萨迦》中的另一巨著。主人公尼奥尔是一个平民"执法人"，他是个贤德老人，希望氏族之间和平相处，但由于儿子杀了人引起血仇，结果老人一家被仇人烧死在家里，若干年后女婿卡利为他报了仇。故事发生在10、11世纪之交，13世纪写成。作品描述了复仇观念与要求和平法治的思想之间的矛盾，已经初步带有了基督教色彩。

人文的光辉——中世纪、文艺复兴时期的文学

●中世纪德国人的盔甲

>>> 《英雄史诗》

2009年5月7日，德国德累斯顿国家交响乐团在北京国家大剧院，为观众献上了一场名为《英雄史诗》的音乐会。

德国德累斯顿国家交响乐团位列世界十大交响乐团之中。曾于2007年4月在比利时布鲁塞尔举行的典礼上，成为第一个被授予"欧洲文化基金会世界音乐遗产保护奖"的交响乐团。

这支成立于1548年的老牌交响乐团是当今世界上最古老的管弦乐团之一。无论处于哪个时代，德累斯顿国家交响乐团始终在古典音乐界独领风骚，并且在超过四个半世纪的岁月中始终保持着自己的那份独特韵味。

拓展阅读：

《尼伯龙根的指环》（歌剧）
《德国文学史》冯至

◎ 关键词：德国 大迁移 封建阶级 尼伯龙根诗体

德国英雄史诗——《尼伯龙根之歌》

德国的英雄史诗《尼伯龙根之歌》在思想内容上属于第二类史诗，但它在艺术风格上接近早期英雄史诗，它通过讲述公元5世纪日耳曼民族大迁移时代的传说，来反映12世纪封建社会的社会现实和思想意识，保留了大量民间演唱、集体创作的痕迹。

《尼伯龙根之歌》共9516行，分为上、下两部，上部名《西格夫里特之死》，下部名《克里姆希尔特的复仇》。

尼德兰王子西格夫里特是一个有名的勇士，他早年曾杀死怪龙，并占有尼伯龙根族的宝物。他爱慕布尔艮特国王巩特尔的妹妹克里姆希尔特的美貌，想和她结婚。他帮助巩特尔打败敌人，又帮助他娶得冰岛女王布仑希尔特，巩特尔才允许他和克里姆希尔特成婚。10年后，布仑希尔特和克里姆希尔特发生纠纷，她发现巩特尔是依靠西格夫里特的力量才娶得她的，感到自己受了侮辱，便唆使巩特尔的侍臣哈根在打猎时杀害了西格夫里特。西格夫里特死后，哈根把尼伯龙根宝物沉入莱茵河。克里姆希尔特为了复仇，在寡居13年之后，同意嫁给势力强大的匈奴王埃采尔。又过了13年，她借故约请巩特尔等亲戚来匈奴国相聚，在一次骑士竞技大会上，对布尔艮特人大肆杀戮。最后哈根被俘，她要求他说出尼伯龙根

宝物的所在地，遭到拒绝，于是把哈根杀死了。她的部下希尔德布兰特不能容忍她的残暴，也杀死了她。

《尼伯龙根之歌》以氏族社会部落之间的血仇为基础，所写的是12世纪封建社会。它围绕尼伯龙根宝物的争夺，反映了封建主之间的权势之争。更重要的是它塑造了西格夫里特这一骑士理想形象。他在接受爵位的典礼上就表示立志要把一切危害国家的外侮弭平；他忠诚勇敢，模范地遵守和克尽封建义务。诗中的哈根阴险、凶残，同西格夫里特形成对比。诗中处处强调封建等级关系，例如布仑希尔特因为她的婚姻是由"侍从"西格夫里特撮合而成的便感到耻辱。诗中反映了宫廷生活，如宴会、婚礼、丧礼等，骑士道，如打猎、比武、对妇女的殷勤，宗教生活，如望弥撒、洗礼，基于政治利益的婚姻，如第十歌中巩特尔决定把妹妹克里姆希尔特许配给一位尚未宣布名字的骑士时，她竟表示愿意接受。又如巩特尔向布仑希尔特求婚，埃采尔向克里姆希尔特求婚，而他们都未见过对方本人——这一切都说明这部诗反映的是封建阶级上升时期的生活和理想。

这部史诗所用的诗体，后来称为尼伯龙根诗体，每四行一节，每行中有一停顿，便于民间艺人朗诵。

人文的光辉——中世纪、文艺复兴时期的文学

● 阿拉伯轻骑兵

>>> 《罗兰之歌》（节选）

奥德之死

查理大帝从西班牙归来。回到艾克斯，法国最美的地方，他登上宫殿，走进大堂。奥德，一位佳丽，向他迎来。

"罗兰在哪？他答应娶我为妻。"查理痛苦不堪，泪流满面。他拔着白胡子："妹妹呀，好朋友。你说的那个人他已不在人间，但作为补偿，我将给你一个更好的男人，他叫路易，我不知怎么对你说才好，他是我儿子，将拥有我的王国。"奥德答道："这话我听来离奇。上帝、圣人和天使，你们有眼，罗兰既死，我还怎能苟生？"她脸色苍白，死在查理的脚下。愿上帝怜悯她的灵魂！法兰西的众臣为她哭泣，替她惋惜。

拓展阅读：

《法国文学史》郑克鲁
《外国文学史导学》蒋连杰

◎ 关键词：封建化 咏唱方式 历史根据 重叠法 对比法

法兰西的战神——《罗兰之歌》

法国的《罗兰之歌》是欧洲各民族高度封建化时期的英雄史诗中最重要的作品之一。它在11世纪曾以咏唱方式在民间流传，现在我们读到的最古的本子是19世纪发现的12世纪手抄本。最后一行诗提到杜罗勒都斯这个名字，他可能是民间艺人或这个本子的抄写人，也可能是在民间创作基础上加工的诗人。史诗用诺曼语写成，共291节，4002行，每行10音，尾音是谱音，不是押韵。这个形式是由诗的咏唱性质决定的。

这部英雄史诗的主人公罗兰是法兰克国王查理大帝的12位重臣之一。查理大帝在西班牙跟阿拉伯人作战，萨拉哥萨山国国王马尔西勒遣使求降。查理大帝指派加纳隆做使臣，去和马尔西勒议定投降条件。叛徒加纳隆却向马尔西勒献策，在查理大帝班师回国时，袭击他的后卫部队。罗兰是后卫部队的主将，为了完成殿后的使命，保卫国王的安全，他在危急时拒绝吹响求援的号角。他和他的战友们以及2万精兵在英勇战斗中击毙了无数敌人后，最后全都壮烈牺牲。最后，查理大帝为法兰克军队报仇，消灭了全部敌人，并将加纳隆处死。

《罗兰之歌》的内容有一定的历史根据。公元778年，查理大帝从西班牙回国，法兰克部落巴斯克人袭击了他的部队，把他们全部杀死。史诗说罗兰和他的战友们死于阿拉伯人的背信弃义，这是人民根据自己的需要，而把他们刻画成抵抗外族、忠君爱国的英雄。人民的幻想还创造了加纳隆这个人物，为了表明如果没有这个卖国贼，阿拉伯人绝不可能有力量打败法兰克军队。

恩格斯在谈到《罗兰之歌》时指出，查理大帝体现了法兰西的统一，体现了一个理想的、还不存在的封建王国。诗中的查理是新兴封建阶级统一国家的象征和理想。

诗中写罗兰同阿拉伯人作战也是为了基督教的利益，他死后被天使接到天堂，这正好说明封建统治阶级同基督教的合流。

《罗兰之歌》的描写简要确切，鲜明突出，勾画人物性格一般只用三言两语。诗中有好几处采用重叠法，例如奥利维埃三次建议罗兰吹响号角，罗兰三次拒绝。作者也喜欢用对比法。查理大帝为国操劳，爱将士胜于爱自己的生命；马尔西勒则懦弱卑鄙，使他悲恸的不是将士的牺牲，而是儿子的死亡；罗兰忠心耿耿，为"可爱的法兰克"流尽了最后一滴血；加纳隆为了个人恩怨不惜出卖自己的国家。重叠法和对比法是民间文学的艺术特色。《罗兰之歌》是中古时期法国人民的优秀作品。

人文的光辉——中世纪、文艺复兴时期的文学

●摩尔人的城堡

>>> 《熙德之歌》（节选）

……人们只见到刀枪在上下飞舞，许多面盾牌被刺穿，许多件铠甲被撕烂，许多面白旗被血染红，许多匹无主的骏马在狂奔。摩尔人高呼："穆罕默德！"基督徒高呼："圣雅各！"

又如描述熙德与妻女告别的情景：美髯公这时伸出双手，将一对女儿抱在怀里，让她们紧紧地贴着自己的前胸——他是多么疼爱她们！一声长叹，两眼早已泪如泉涌。"堂娜·希梅娜啊，我的贤妻，我爱你犹如爱我自己。我将远行，你却留在此地，生生分离已昭然若揭。求主和圣母玛利亚同意，让我亲自办理女儿的婚事。愿我此生有幸得到长生，好回来陪伴你——我忠诚的夫人。

拓展阅读：

《西班牙文学史》沈石岩
《简明西班牙文学史》白安茂

◎关键词：传说 民族英雄 爱国主义 民间口语

西班牙的英雄史诗——《熙德之歌》

和《罗兰之歌》类似的是西班牙英雄史诗《熙德之歌》（约1140）。西班牙从8世纪初被阿拉伯人的一支摩尔人占领以后，人民进行了长期的反抗外族的斗争，斗争到11、12世纪进入高潮。熙德就是这一斗争中产生的英雄。熙德死后出现了一系列关于他的传说和谣曲，史诗《熙德之歌》就是其中一部杰出的作品。史诗主人公罗德里戈·德·比瓦尔，是西班牙光复运动的民族英雄，他曾攻占巴伦西亚，成为这个地区的统治者。由于罗德里戈英雄善战，被摩尔人尊称为"熙德"，意即主人。史诗以上述史料为依据，通过熙德与国王、封建贵族、摩尔人的多重矛盾冲突，表达了渴望民族独立、国家统一的理想，闪耀着爱国主义和英雄主义精神的光辉。

全诗长3700行，分为三章。第一章写卡斯提尔王阿尔芳索听信谗言放逐熙德，让熙德和摩尔人作战。在最初的几次战斗中，熙德就夺回了被摩尔人占领的几个重镇。他把获得的战利品卖给当地居民以换取军需，接着又深入敌占区，为国王夺得骏马数十匹。第二章写国王为了表彰熙德的功绩，亲自给熙德的两个女儿说亲，但两个女婿都是贪生怕死的公子哥。熙德根据封建义务勉强答应了婚事。第三章写两个女婿对妻子的暴行。熙德的部下嘲笑两个女婿胆小无能，两人怀恨在心，他们谎称带妻子回家休养，却把熙德的两个女儿带到荒郊野岭，残忍地剥去她们的衣服，对她们进行残酷的虐待、毒打，然后扬长而去。幸而熙德的手下发现并救了她们。熙德为给女儿报仇，与两个公子哥进行决斗。熙德轻而易举地战胜了他们。此后，两位王子向熙德的女儿求婚，熙德高兴地答应了。

熙德在诗里首先是一个战胜侵略者的英雄，他向摩尔人讨索贡赋，夺取他们的城池、财货，连同俘虏献给国王，强迫各摩尔国王臣服于西班牙国王，体现了他的爱国思想。在熙德身上，封主封臣的观念很强。同时，他也是信奉基督教而反对异教的一个英雄。

为了突出熙德的英雄性格，作者创造了两个怯懦的女婿的形象，作为对比，他们"只想获得财富，不想去冒风险"。作者承认国王是"天然尊长"，但也反映了国王和封臣、封臣和封臣之间的矛盾。从《熙德之歌》里，我们也可以看出封建骑士的掠夺生活。

《熙德之歌》是西班牙第一部用民间口语——卡斯蒂亚语（西班牙语）写成的文学作品，在西班牙文学史上占有重要地位。善于用简练含蓄的语言描写场面、塑造人物形象，可以说是《熙德之歌》的基本特点，熙德的智勇双全、密那亚的机智勇敢，以及克里翁公子的卑鄙无耻都栩栩如生，跃然纸上。

人文的光辉——中世纪、文艺复兴时期的文学

● 《列那狐传奇》插图

>>> 《玫瑰传奇》

《玫瑰传奇》是法国城市文学中的一部重要作品，作者是威廉·德·洛利斯（？～1235），他未把全诗写完就去世了，由若望·德·墨恩（1240～1305）续完。这部传奇采用寓意手法，人物除诗人本人外都以概念为名，如爱情、美丽、理智、吝啬、嫉妒等。

《玫瑰传奇》分前、后两部分，主题思想是对立的。前半部基本上继承了骑士文学的传统，宣扬骑士爱情观点。后半部反映了市民的思想感情。它批判禁欲主义和蒙昧主义，强调要以理智和自然的原则对待爱情和生活。这部作品在中古时期产生过广泛的影响。

拓展阅读：
《列那狐传奇》[法] 季洁夫人
《列那狐》[德] 歌德

◎ 关键词：市民阶级　城市文学　讽刺作品

市民的艺术——《列那狐传奇》

西欧各国从 11 世纪起，由于手工业和农业的分工、商业的发展，产生了城市，形成了从事工商业的市民阶级，同时也产生了与之相应的城市文学。城市文学又名市民文学，是随着城市的兴起而产生的一种反映新兴市民阶级思想情趣的文学。城市文学多数是民间创作，有强烈的现实性和乐观精神，描写市民生活或提出市民最关心的社会问题。它歌颂市民或农民的个人机智和聪敏，反映了萌芽中的新阶级的精神特征。它的主要艺术手法是讽刺，有时尖锐，有时温和，这要看作者是站在城市上层还是下层的立场。此外，它在一定程度上也接受了封建文学和教会文学的隐喻、寓言、梦境等手法。

城市文学中最重要的一种民间创作是《列那狐传奇》。这个故事在西欧各国传播甚广，12、13 世纪法国有很多民间诗人用它写诗，保留下来的有 27 组诗，共 3 万多行，这 27 组诗组合起来构成全部故事，主要情节是列那狐和依桑格兰狼之间的斗争。他们因个人恩怨，互相仇恨。依桑格兰尽管力气大，但每一次都遭到列那的暗算，吃了大亏。他向诺布勒狮控告列那。诺布勒很想敷衍了事，但在商特克雷公鸡和班特母鸡的哭诉之下，他不得不传列那到庭受审。《列那狐的审判》是 27 组诗中最精彩的一组，故事性强，讽刺尖锐，性格描绘也很精彩。列那被判有罪，但凭他的狡猾智慧，终于逃脱，获得最后胜利。

《列那狐传奇》是一部讽刺作品。它以兽寓人，并且赋予群兽以人的行动、语言、思想和感情，这样来揭露封建统治阶级的丑恶和腐败。诺布勒狮是国王，横行霸道，独断独行；依桑格兰狼和布伦熊等是贵族廷臣，为非作歹，强取豪夺；贝拿尔主教是一头笨驴；教皇代表缪萨尔是一只骆驼；普利莫在祭坛上大唱弥撒，是一条嗜酒的狼；下层社会也有代表人物，像鸡、兔、蜗牛等。列那狐的形象特别复杂。尽管故事说他是贵族廷臣之一，但在他和狼、熊、狮等斗争中，他却是一个反封建人物，至少是一个封建逆臣。他是智力的象征，他的胜利表示市民智慧战胜了封建暴力。27 组诗都把市民的机智狡猾作为优良品质而加以肯定。另外，列那狐和下层社会的普通人也有矛盾。他欺压他们，他们抵制他、反击他。在这些斗争中，列那总是失败者，他欺压弱小的行为受到谴责。这部作品贯彻了小人物可以战胜大人物的思想。在这一意义上，列那狐又是城市贵族上层分子的形象。

《列那狐传奇》问世后，法国有好几个诗人为它写续篇，德国、英国、意大利都有译本或模仿作品。18 世纪 90 年代，歌德根据这则故事写成叙事诗《列那狐》。

人文的光辉——中世纪、文艺复兴时期的文学

◎ 关键词：中古时期 英雄气概 现实意义

失败的英雄——《伊戈尔远征记》

●伊戈尔远征图

>>> 基辅罗斯

基辅罗斯是9世纪中叶至12世纪初在东欧平原上建立的以基辅为首都的早期封建国家，又称古罗斯、罗斯国。公元882年诺夫哥罗德王公奥列格征服基辅及其附近地区后建成。

10世纪初，基辅罗斯不断扩张，版图东至伏尔加河口，经克里米亚半岛迄多瑙河口，北起拉多加湖，循波罗的海沿岸，南临黑海，初步奠定俄罗斯国家的领土规模。从11世纪起，陷于封建混战，分裂为18个公国。13世纪20年代，为蒙古金帐汗国征服。此后罗斯人的发展中心转移至东北部莫斯科一带。

拓展阅读：

《俄罗斯文学简史》
　　　北京大学出版社
《俄罗斯文学肖像》乌兰汗

俄罗斯英雄史诗《伊戈尔远征记》是中古时期另一部出色的史诗。史诗应该是12世纪某位作家独立完成的，但具体作者不详。直到18世纪末才发现这部作品的16世纪抄本。全诗是根据1185年基辅罗斯王公伊戈尔一次失败的远征的史实写成的，除序诗外分为三部分；第一部分写伊戈尔出征和被俘；第二部分，作者通过基辅大公的"金言"，号召各王公团结起来捍卫祖国；第三部分，俄罗斯大地响应人民的呼吁，帮助伊戈尔逃出囚禁，重返祖国，象征罗斯的复兴。

在第一部分中，史诗一方面谴责伊戈尔贪图个人荣誉、孤军出征的轻率行动，另一方面却热烈歌颂他敢于抗御敌人的英雄气概。"钢铁铸成的"伊戈尔不顾日食的凶兆，誓师出征。他的战士个个都是"在号角声中诞生，在头盔下长大，用长矛利刃进餐"的健儿。

面对威胁着基辅罗斯安全的强大的突厥族波洛夫人，伊戈尔虽然有些立功心切，但他却勇猛无畏地率领他的勇士们进入了敌人的领地：

啊，俄罗斯的国土！你已落在岗丘的那边了！
幽暗的长夜降临了。
晚霞失去了光辉，
大雾遮没了原野。
夜莺的啼啭入睡了，
寒鸦的噪语已经苏醒。
俄罗斯人以红色的盾牌遮断了辽阔的原野，
为自己寻求荣誉，为王公寻求光荣。

突厥人的骑兵出现在原野上，敌人出乎意料的强大和凶猛，一场血战难以避免，伊戈尔的勇士们誓死作战到底：

俄罗斯的国土！你已落在岗丘的那边了！
现在风，斯特里鲍格的子孙啊，正将一阵阵乱箭
从海上吹向伊戈尔的勇敢的军队。
大地鸣响着，
河水正浊涛滚滚地流，
飞法遮盖了田野，
那些军旗说：

波洛夫人从顿河，
从海上涌来，
从四面八方包围了俄罗斯的军队。
魔鬼的儿女们以呐喊隔断了原野，
而勇敢的俄罗斯人用红色的盾牌遮断了原野。

经过三天的苦战，伊戈尔的部队终于寡不敌众，勇士们一个个地倒下，但即便是壮烈牺牲，他们也没有失去俄罗斯勇士的名誉：

在第三天的晌午，伊戈尔的军旗纷纷倒落，
这时弟兄二人在急湍的卡雅拉河岸分了手；
这时血酒不够了，
这时勇敢的俄罗斯人结束了他们的酒宴：
他们让亲家们痛饮，而自己
却为俄罗斯国家牺牲了。
青草同情地低下头来，
而树木悲凄地垂向地面。

史诗的第二部分，作者通过基辅大公的"金言"和自己的呼吁，要求王公们和人民踏上金马镫，为"罗斯的国王"、为"伊戈尔的创伤"雪耻报仇。基辅大公被写成一个捍卫全罗斯利益的英明统治者，他体现了作者的理想。《伊戈尔远征记》表现的爱国主义思想在当时具有迫切的现实意义，马克思说："这部史诗的要点是号召俄罗斯王公们在一大帮真正的蒙古军的进犯面前团结起来。"

伊戈尔的远征不仅和人民有血肉联系，而且和罗斯土地也是息息相关的。不论伊戈尔出征、战败，还是逃回罗斯，罗斯大地上的飞禽走兽、树木花草甚至山川日月，都积极地分担他的命运，从而加强了史诗的爱国思想和抒情气氛。

基辅罗斯与突厥人的战争结束的600多年之后，史诗《伊戈尔远征记》重见天日，对这部史诗的阅读和研究，对18世纪俄罗斯民族文学的形成与发展又产生了深远的影响。

●手持《神曲》的但丁

>>> 《献给但丁》

任何语言都无法表达对他的评议,在瞎子面前,他显得过分光辉灿烂;对诽谤他的人责备一番并不难,要真心实意赞扬他又谈何容易!

他为了探索苦难才来到人世,为我们造福,然后飞向天边。天国之门不肯为他显现,国家对他的正义要求不睬不理。

我说国家无情无义;他时运不济,结果国家也遭受不幸;

它的致命伤,是对最高尚的人不屑一顾。

千百条理由中,只有一条确切不移;他的放逐虽然极不公平,却从未出现与他相当或更伟大的人。

拓展阅读:

《但丁精选集》吕同六
《但丁俱乐部》 [美] 珀尔

◎ 关键词:佛罗伦萨 中世纪文学 放逐 《神曲》

文艺复兴的曙光——但丁

13世纪中后期,在意大利南部,阳光明媚的佛罗伦萨,诞生了一位伟大的诗人。他的出现,使欧洲中世纪文学登上了辉煌的顶点,同时也宣告了它的终结。这位伟大的诗人就是但丁,他是一位具有划时代意义的文学巨匠。

但丁·阿利吉耶里(1265~1321)出生于佛罗伦萨一个属于圭尔弗党的没落的小贵族家庭。他早年的文学创作属"温柔的新体"诗派。为了歌颂他所爱的女子贝雅特里齐,他写过一系列抒情诗。在这些诗里,他把妇女高度理想化。

但丁30岁左右的时候,年轻的贝雅特里齐不幸早夭。为了表示对她的哀思,但丁把歌颂她的诗用散文串联起来,题名为《新生》。他使用的艺术手法是中古文学所惯用的梦幻、寓意、象征等。除了《神曲》以外,《新生》是但丁最重要的文学作品。但它没有涉及当时社会的主要方面,艺术上还没有完全达到成熟的境界。

青年时代的但丁好学深思,掌握了中古文化领域里的广博知识,这给他后来的创作提供了有利的条件。他曾参加政治活动,1300年当选为佛罗伦萨市的行政官。他坚决反对教皇干涉佛罗伦萨内政,于1302年被放逐。

政治生活使但丁触及了现实社会的重大问题。被放逐期间,他保持了坚强不屈的品行。他看到祖国壮丽的河山,接触到社会的各个阶层,加深了爱国思想,同时他的眼界扩大到意大利全国和整个基督教世界。

放逐初期,但丁写过两部著作。其中《飨宴》(1304~1307)是用意大利文写的,借诠释自己的一些诗歌,把当时各方面的知识通俗地介绍给一般读者,作为精神食粮,故名《飨宴》。另一部《论俗语》(1304~1308)用拉丁文撰写,目的在于引起知识界对于民族语言的注意。这是最早一部关于意大利语及其文体和诗律的著作。从这本书可以看出但丁用意大利语写作《神曲》的理论根据。

在放逐中但丁深刻地认识到祖国的和平与统一在当时的重要性。他在意大利看不到能够实现和平与统一的力量,因而把希望寄托在神圣罗马皇帝身上。他用拉丁文撰写的《帝制论》,以经院哲学的推理方式,系统地阐述了他的政治观点,论证人类社会的目的在于使人类能够充分发挥潜在的才能,而这一目的只有在皇帝统治下的和平自由的环境中才能实现。这种观点带有强烈的空想性质。但同时他强调政教分离,反对教皇干涉政治,表达了新时代的要求。

1321年,放逐途中但丁病逝在拉文那,至死没有重返故乡。

●但丁的小舟 法国 德拉克洛瓦

>>> 克罗狄斯·托勒密

克罗狄斯·托勒密，公元90年生于埃及，父母都是希腊人。公元127年，年轻的托勒密被送到亚历山大去求学。在那里，他阅读了不少书籍，并且学会了天文测量和大地测量。他曾长期住在亚历山大城，直到151年。有关他的生平，史书上少有记载。

托勒密于公元2世纪，提出了自己的宇宙结构学说，即"地心说"。他认为宇宙的运动是由上帝推动的。托勒密全面继承了亚里士多德的地心说，并利用前人积累和他自己长期观测得到的数据，写成了八卷本的《伟大论》。

拓展阅读：
《意大利文学》沈萼梅
《意大利文学大花园》肖天佑

◎ 关键词：放逐 梦幻文学 三部曲 寓意

从地狱到天堂——《神曲》

《神曲》的写作开始于但丁放逐初年，直到他逝世前不久才完成这部巨著。

《神曲》的故事采用中古梦幻文学的形式。诗里叙述但丁在林中迷路，忽然被三只野兽（豹、狮、狼）挡住去路。正危急时，罗马诗人维吉尔出现，他受贝雅特里齐的嘱托来救但丁，引导他游历了地狱和炼狱，接着贝雅特里齐又引导他去游天国。游历的过程构成《地狱》、《炼狱》和《天国》三部曲。

《神曲》全书的情节充满了寓意，在解释上引起很多争论，可是但丁在作品中所要贯彻的主题思想相当明确：在新旧交替的时代，个人和人类怎么样从迷惘和错误中经过苦难和考验，到达真理和至善的境地。

《神曲》中塑造的人物，性格鲜明，形成一座丰富多彩的人物形象的画廊。作为《神曲》的主人公，诗人自己的性格和精神面貌描绘得最为细致入微。但丁常常（特别在《地狱篇》里）通过人物在戏剧性场面的行动和对行为动机的挖掘来刻画性格。他勾勒人物形象的特征，有时只用寥寥数语。

《神曲》对于地狱、炼狱、天国的描写不像中古一般文学作品那样模糊混乱，而是构思明确，想象丰富。诗人幻想地狱在北半球，是一个巨大无比的深渊，从地面通到地心，形状像圆形剧场；炼狱是一座雄伟的高山，耸立在南半球的海洋中，山顶是地上乐园；天国由托勒密天文体系里的九重天和超越时间空间的净火天构成，这九重天环绕着大地旋转，净火天则是永恒静止的。三个境界细分为若干层，体现出作者根据哲学、神学观点所要阐明的道德意义。三个境界的性质不同，因而色调也各不相同。地狱是痛苦和绝望的境界，色调是阴暗的或者浓淡不匀的；炼狱是宁静和希望的境界，色调是柔和爽目的；天国是喜悦的境界，色调是光辉耀眼的。在《地狱》篇中但丁只以自然景象为陪衬，主要描绘人物受苦的场面，《炼狱》篇才直接写了自然景色，《天国》篇则广泛利用自然界空灵的现象——光来表现精神喜悦的程度。这些境界都记述得非常真实，使人如身历其境。对自然的描写也往往富有高度的画意，足见但丁对自然之美极为敏感。这一点也是他作为新时代诗人的特征。

《神曲》既是中世纪封建文学的终结，又是文艺复兴时期人文主义文学的序曲。它集中反映了新旧交替时代的社会矛盾，以及由此带来的但丁世界观的矛盾，即基督教神学思想和资产阶级人文主义思想的矛盾。更重要的，《神曲》是用意大利语撰写的，这对于解决意大利的文学用语问题和促进意大利民族语言的统一起了很大的作用，因此但丁成了意大利第一个民族诗人。

●薄伽丘像

◎ 关键词：传奇 叙事诗 共和政体 心理小说

"人文主义的先驱"——薄伽丘

1371年的佛罗伦萨，但丁逝世之后整整半个世纪，诗人的英名已经被他故乡的人们广泛地称颂，人们传阅着他的《新生》与《飨宴》，热情地朗诵他的三韵句诗歌。

一个中年人从佛罗伦萨的市政厅走出来，他刚刚参加了一场关于共和政体的辩论，正准备赶回家去料理一下生意上的事情。他名叫乔万尼·薄伽丘，他既是一个富商，也是一个积极的社会活动家，同时还是一个小有名气的作家。他不仅每天忙碌于政治上的活动和生意上的杂务，还在悄悄地撰写一部巨著——《但丁传》。

此时，出于对前辈诗人但丁无限敬重而辛苦写作的薄伽丘并没有想到，在他身后不久，他就成为继但丁之后意大利最伟大的文学家。

乔万尼·薄伽丘1313生于佛罗伦萨。虽然与大诗人但丁同生在一个城市，但年幼的他却从来没有机会一睹这位同乡的真容。但从小对但丁著作的阅读，让薄伽丘心中种下了爱好文艺、关心现实社会的种子。

薄伽丘出生于富商家庭，他的父亲是佛罗伦萨有名的大商人。长大后子承父业的薄伽丘在那波利经商，他熟悉商人和市井生活，同时他也接触宫廷和贵族骑士的生活，丰富的阅历使他拥有开阔的视野和广博的知识，也让他看到了意大利封建社会中的很多丑陋和虚伪。勤奋的薄伽丘在业余时间刻苦读书，他通晓希腊、罗马古代文学和中世纪意大利文学，是个博学的人文主义者。他翻译过《荷马史诗》，也阐释过但丁的《神曲》。

饱受古典文学作品熏陶的薄伽丘开始了自己的创作。他最初的作品是一些以爱情为主题的传奇和叙事诗。主要作品有传奇小说《菲洛柯洛》、牧歌式传奇《亚美托的女神们》、叙事长诗《菲洛特拉托》和《菲埃索拉的女神》，等等。写作的成功与生意的顺利使年轻的薄伽丘在佛罗伦萨的政治地位迅速上升，他开始积极地参与一些政治活动，他积极参加了佛罗伦萨城市共和国的政治斗争，并坚决地拥护共和政体，反对封建贵族的腐朽统治。

1344年，31岁的薄伽丘写出了一部重要的作品——书信体小说《菲娅美达的哀歌》。在这部作品中，薄伽丘摆脱了古典和神话题材的模式，开始描绘现实生活中的人物。小说用被抛弃的少妇菲娅美达自述的口吻，追忆当初幽会时的欢乐、恋人别有所爱后的痛苦，以及期望恋人回心转意的心情。这部作品写得细腻深刻，被称为欧洲最早的心理小说。

凭借这部《菲娅美达的哀歌》，薄伽丘获得了一定的名气，并有人开始将他与他的前辈但丁相提并论。但是年轻的薄伽丘并没有因此而满足，一部规模更宏大、内容更深刻的作品正在他的头脑中酝酿。

人文的光辉——中世纪、文艺复兴时期的文学

◎ 关键词：薄伽丘 故事集 禁欲主义 平等思想

欧洲近代小说先驱——《十日谈》

● 《十日谈》插图 克利威利

>>> 《金瓶梅》

《金瓶梅》是中国第一部文人独创的长篇小说。它的成书大约在明代万历年间，作者署名兰陵笑笑生。《金瓶梅》的题材由《水浒传》"武松杀嫂"一段故事演化而来。全书以土豪恶霸西门庆发迹暴亡为中心情节线，从多方面描绘了上自封建最高统治机构，下至市井无赖所构成的一个鬼蜮世界。

小说的结构颇为讲究，地方风土人情描写也很生动，具有一定的民俗学价值。不过，小说中淫秽描写太多，使其美学价值受到严重损伤，并对后世的淫秽小说创作开了不良的先例。

拓展阅读：

《王汝梅解读〈金瓶梅〉》
时代文艺出版社
《欧洲文艺复兴史》蒋百里

1350年到1353年，薄伽丘用三年时间写出了一部重要的作品——《十日谈》。当他完成这本厚重的书时，他自己只是觉得写出了一部生动而有趣的故事集，而人们最开始也确实是这样评价这本书的。但在他身后不久，《十日谈》却迅速地被译成西欧各国文字，从14世纪末直到16、17世纪，全欧洲的人们都满怀兴趣地阅读这本书，而到了16世纪，意大利短篇小说风行一时，短篇小说家都学习薄伽丘的创作手法，刻画当时资产阶级所喜爱的接近现实而又复杂曲折的新故事。可以说《十日谈》对16、17世纪西欧现实主义文学产生了很大的影响，堪称欧洲近代小说的先驱。

《十日谈》叙写10名男女青年为躲避瘟疫，住在佛罗伦萨郊区一个风光明媚的别墅里所发生的故事。这些青年除了唱歌跳舞以外，每人每天各讲一个故事作为消遣，住了10天，共讲100个故事，故名《十日谈》。

《十日谈》揭露天主教会的腐败，僧侣的贪婪、荒淫和虚伪。在薄伽丘的笔下，那些道貌岸然，大讲禁欲主义的主教、神父、修士、修女，实际上却是无恶不作的淫棍、歹徒。有的神父冒充天使，诱奸信女，被人抓住，当众出丑；有的修士让一个农民在屋子里过禁欲的苦修生活，自己则乘机在隔壁房间里和农民的妻子寻欢作乐。作者甚至把批判的矛头直指罗马教廷，指出教皇、主教，直到神父、修士，从上到下都是爱钱如命的恶棍和贪图酒色的无耻之徒。教皇的驻地罗马根本不像个"神圣的京城"，而是藏污纳垢之所、寡廉鲜耻之乡。充分表达了人文主义者强烈的反对封建教会的进步思想。

《十日谈》赞美男女之间的爱情，宣扬现世享乐。薄伽丘认为爱情是人性的自然流露，是健康有益的正常感情，它不但带给人们愉快幸福，而且还给人以智慧和力量。

《十日谈》反对封建等级、门第观念，主张人与人之间的自由平等。作者在抨击封建等级观念的同时，又塑造出才貌双全、体魄健壮、品德超人而地位不高的商人、手艺人和仆人的形象，进一步表达了作者要求人类一律平等的思想。

《十日谈》在100个故事中，塑造出不同身份而又各具性格特征的人物形象，描绘了广阔的社会生活场景，它那生动有趣的故事，通俗、精练的语言，以及故事中套故事的严整、新颖的框架结构，都别具一格，开创了欧洲近代短篇小说的先河，对后代作家产生重大影响。

人文的光辉——中世纪、文艺复兴时期的文学

●彼特拉克像

>>> 十四行诗

十四行诗是欧洲的一种抒情诗体。原系中世纪民间流行并用于歌唱的一种短小诗歌。

最初流行于意大利，彼特拉克的创作使其臻于完美，又称"彼特拉克体"。

16世纪初，十四行诗体传到英国，风行一时。16世纪末，十四行诗已成了英国最流行的诗歌体裁，产生了锡德尼、斯宾塞等著名的十四行诗人。莎士比亚进一步发展并丰富了这一诗体，主题更为鲜明丰富，思路曲折多变，起承转合运用自如，常常在最后一副对句中点明题意。

拓展阅读：

《意大利文学》沈萼梅
《西方文化史鉴》叶胜年

◎ 关键词：先驱 叙事诗 抒情诗集 意大利俗语

人文主义诗人——彼特拉克

弗兰齐斯科·彼特拉克是与薄伽丘同时代的意大利作家，是人文主义的另一位先驱。

彼特拉克1304年生于佛罗伦萨，他父亲是当地一个公证人，和但丁同时被流放。彼特拉克本人早年旅居普罗旺斯多年，曾漫游法国、佛兰德斯和莱茵河流域。他喜欢搜集希腊、罗马古籍抄本，研读罗马著名作家的著作，说西塞罗和维吉尔是古典学问的"两只眼睛"。看透了教会统治的腐朽和利用宗教欺骗人民、压抑人性的本质，彼特拉克第一个提出要以"人学"来和"神学"对抗，号召人们从对神的研究转向对人的研究。1374年罗马市民群众起义，反对贵族的暴虐统治，彼特拉克写信给起义首领科拉·底·里恩佐表示支持。

彼特拉克的大部分著作是用拉丁文写的，如他的叙事诗《阿非利加》(1342)。诗中颂扬了古罗马西皮奥击败汉尼拔的英雄事迹，他希望这部作品能使他"永垂不朽"。但他最优秀的作品是用意大利文写的抒情诗集《歌集》。

《歌集》是彼特拉克献给他的恋人劳拉的一部抒情诗集，收集了他一生写作的360首十四行诗和抒情短诗。《歌集》主要歌咏他对女友劳拉的爱情，也包括少量政治抒情诗，诗中赞颂祖国，号召和平与统

一，揭露教会的腐化。《歌集》反映出诗人内心的矛盾：热爱生活和自然、渴望人间的幸福、追求爱情和荣誉，但又不能和宗教传统及禁欲主义思想决裂；有爱国热情和民族意识，而又脱离人民、轻视群众。这些矛盾正是从中古过渡到新时代的人文主义者的矛盾。他的抒情诗继承普罗旺斯和"温柔的新体"诗派的传统，克服了抽象性和隐晦的寓意，表现了新的人文主义精神，使爱情诗接近生活。诗人在劳拉身上寄托了他关于美和精神品质的理想，同时也对她的形体之美一再加以歌颂。彼特拉克对于自然之美也很敏感，有些诗把歌颂劳拉和描绘自然结合起来，《清、凉、甜蜜的水》这首诗就是显著的例子。彼特拉克善于叙述内心的变化和抒写爱情的经验，超过以前的诗人。这些诗都表现了人文主义者以个人幸福为中心的爱情观念。

《歌集》用意大利俗语写成，风格清新，语言优美，特别是他采用的十四行诗体，在吸收"温柔的新体"诗派传统的基础上发展到完美境界，以善于表现男女青年之间的浪漫恋情和追求人生欢乐的思想著称，因而为各国诗人所仿效，风行一时。《歌集》在内容和形式方面为欧洲资产阶级抒情诗开创了道路。

●拉伯雷像

>>> 人文主义

人文主义是一种哲学理论和一种世界观。人文主义以人，尤其是个人的兴趣、价值观和尊严作为出发点。对人文主义者来说，人与人之间的容忍、无暴力和思想自由是人与人之间相处最重要的原则。

现代的人文主义开始于启蒙运动，在启蒙运动中人文主义被看作是不依靠宗教来回答道德问题的答案。在启蒙运动的人文主义中，超自然的解释一般被忽略，人们将这种人文主义也称为"世俗人文主义"。在各个主要的宗教中也有人文主义，在这里一般人文主义与该宗教的信仰和传统相结合。

拓展阅读：

《巴赫金全集——拉伯雷研究》
河北教育出版社
《人文主义：全盘反思》
生活·读书·新知三联书店

◎ 关键词：文艺复兴 人文主义 禁书 《巨人传》

伟大的人性——拉伯雷

15世纪，文艺复兴的火种从意大利蔓延到了整个欧洲。在欧洲最大的封建中央集权国家——法国，人们也开始对封建的高压强权和宗教的思想禁锢产生怀疑。随着新兴资产阶级力量的渐渐强大，资产阶级知识分子逐渐形成了自己的思想意识。在意大利的影响下，人们开始钻研希腊文学和哲学，人文主义思想得到传播。毕代、拉伯雷、杜尔奈伯、拉缪等人是法国最早的人文主义者。

但是教会和巴黎大学仇视新思想，有时甚至企图使用消灭肉体的野蛮手段来消灭人文主义思想，1546年里昂的语言学家、印刷商多雷被处绞刑和火刑，就是这种迫害的著名例子之一。

文艺复兴运动中产生的人文主义文学是16世纪法国文学的主流。它继承了中世纪法国市民文学的传统，宣扬人文主义思想，反对封建思想意识，在形式上进行创新，为法国近代文学奠定了基础。法国人文主义文学在小说、诗歌、散文、戏剧方面都取得了成就，最能体现文艺复兴精神的是拉伯雷和蒙田的创作。

弗朗索瓦·拉伯雷（1495？～1553）是欧洲文艺复兴时期重要的人文主义作家之一。他出生于律师家庭，早年受僧侣教育，在僧院里就已研读古希腊文学和哲学。此后，他和毕代通信，到法国各地游学，和散居各地的人文主义者讨论问题。游学时期，他有机会接近人民，增加了对社会的认识。他对数理、医药、考古、天文、植物等都做过钻研。1520年，他成为修士，但受人文主义吸引，暗地里仍研读希腊罗马文学作品，多次受到迫害。1530年，进蒙彼利埃医学院学习，并开始在里昂行医，是法国最早研究解剖学的医生之一。他不仅用医药减轻病人的痛苦，还写些故事供他们消遣，他的文学创作就是这样开始的。

长篇小说《巨人传》共五部，1532年后陆续出版。虽然拉伯雷考虑到可能遭受的迫害，而用假名出版了第一、第二部，但作品仍被巴黎大学和法院宣布为禁书。拉伯雷先后到意大利和法国小城躲避。生性机敏的拉伯雷在随后的三卷中都题上了"献给国王"的卷首语，于是这部书才得以用真名出版。

《巨人传》是拉伯雷传世的唯一作品，但这一部作品就"足以奠定他在法国文学史上不可动摇的地位"，并使他获得了"法国的塞万提斯"之称。

● 《巨人传》第二卷首版封面

>>> 讽刺小说

"讽刺"一词，最早是由鲁迅提出的。继明代出现神魔小说后，清朝出现了借鬼怪嘲讽现世的作品，即讽刺小说。作者往往以夸张的形象、荒诞的情节、滑稽的笔调，借鬼怪的口吻痛骂、揭发奸臣的恶行和皇帝的昏庸，并直接抨击科学制度。讽刺小说在清朝时空前繁荣，有大量作品问世。

吴敬梓的《儒林外史》、蒲松龄的《聊斋志异》、李宝嘉的《官场现形记》、吴趼人的《二十年目睹之怪现状》被称为中国四大讽刺小说。

拓展阅读：

《法国文学史》郑克鲁
《外国文学史》马晓华

◎ 关键词：人文主义 享乐人生观 巨人思想 夸张

卡冈都亚与庞大固埃——《巨人传》

《巨人传》第一部的主人公是巨人国王格朗古杰的儿子卡冈都亚。他生下来便会说话，喝17000多头母牛的奶，他的衣服用12000多尺布制成。这种夸张的描写是要说明人的力量是巨大的。卡冈都亚最初受中古经院教育的毒害，后来人文主义教育才把他解救出来。他到巴黎旅行，在实际生活中得到锻炼。这时，他的国家受到邻国国王毕可肖的侵略，他率领若望修士等人击退了敌人。他建立德廉美修道院酬答若望的功劳。第二部的主人公是卡冈都亚的儿子庞大固埃。他一开始就受人文主义教育。祖孙三代巨人，一代比一代受到更好的教育，一代比一代幸福，反映了作者的人类不断进步的思想。第三部用很多篇幅讨论巴汝奇要不要结婚的问题，在这里作者对宗教迷信加以揭露和嘲笑。随后庞大固埃、若望修士和巴汝奇等一起出发到世界各地寻找"神瓶"。第四、第五两部写他们在旅行中遇到无数骇人听闻的事。

拉伯雷的巨人思想贯穿在整部作品中，体现在三个巨人的形象上。他们一方面食量过人，饕餮好酒，纵情享乐。作者以赞赏的口吻肯定他们的享乐人生观，这是对僧侣主义和禁欲主义的嘲讽。另一方面，他又把一些优良品质赋予他的巨人。格朗古杰爱和平，爱人民。他

的国土被敌人侵略时，他首先想到的不是自己的统治地位，而是人民的利益。卡冈都亚对教会很不恭敬。巴黎圣母院是教会权威的象征，卡冈都亚却把它的大钟从钟楼上取下来，作为马铃，使巴黎大学的神学家们惊慌失措，乱成一团。他指出教会是是非丛生之地，修道生活是违背自然的。他主张人们自由发展，不受宗教教条的束缚。庞大固埃体现出文艺复兴时期的好奇心理和创造精神，他游历冒险是为了探索宇宙的秘密，寻求真理。这三个巨人的形象虽然表面上荒诞不经，甚至不可思议，但实际上作者是把他们作为人的力量的象征来塑造的。

在艺术上，《巨人传》用极度夸张的手法塑造了巨人形象。小说以主人公的游历为线索，把众多的人物、生动的故事串联起来，广泛地展现了社会现实，开创了欧洲长篇小说新形式。小说以人民大众口语为基础，大量使用俗语、俚语，清新活泼，富于变化。同时把法兰西民族的幽默同对现实的深刻洞察结合起来，通过冷嘲热讽，化庄严为滑稽，融哲理于诙谐，体现了拉伯雷式的讽刺特色。但是，《巨人传》结构松散，内容庞杂，人物形象缺乏典型性，反映出长篇小说初创时期的缺陷。

● 中世纪的法国镶嵌橱柜

>>> 龙沙十四行诗选一

　　再见了，美丽的加桑德拉，还有你，美丽的玛丽。因为你们，我在布尔革伊服役三年：

　　你们俩，一个活下来，另一个死了，天空感到喜悦，大地觉得懊悔。四月一日，出于爱的渴望，我钟情于你的美，而你自尊的骄傲并不因眼泪和忧伤稍稍减弱，爱神用左手编织我的生命。现在是依然悲凉的秋天，却像生活在春天里，怀着恋爱，为着我的一生，始终追随痛苦。但我本该脱下盔甲，接受爱神的派遣，挎上箭袋，重新奔赴伊里洪，去将海伦占有。

拓展阅读：

《外国文学史导学》蒋连杰
《西方文化史论》高福进

◎ 关键词：文学流派 宣言 人文主义思想 模仿

法兰西的贵族诗人——"七星诗社"

　　公元1594年的巴黎，在一所贵族的豪华府邸的宽大客厅里聚集着一位长者和六位衣着光鲜的青年贵族。他们在你一言我一语地讨论诗歌，讨论法兰西的民族语言。天色渐渐暗淡，又一次聚会结束了，其他六个人纷纷乘坐各自的豪华马车离开府邸，而这里的主人，诗人卓阿金·杜·贝雷则心绪久久不能平静，他思考着刚才大家的讨论，突然间有千言万语在他心中涌起，他提起笔，一篇激情洋溢的论文挥毫而就，文章的题目充满了战斗性和鼓动性——《保卫和发扬法兰西语》。不久之后，这七位贵族基于共同的理想和创作倾向成立了"七星诗社"，而贝雷的这篇文章，则成为了七星诗社的宣言书，也成为法国文学史上第一篇文学流派宣言。

　　这七个人是六个人文主义作家和他们的老师希腊语文学者多拉。他们大都出身社会上层，虽属于贵族阶层，但都具有人文主义的思想。

　　杜·贝雷的《保卫和发扬法兰西语》引起了广泛的社会反响，随后诗人龙沙又陆续发表了一些文章和著作，进一步阐述他们的理论。他们表示要为法兰西民族语言的统一，为建立一个可以和希腊、罗马媲美的法国诗坛而奋斗。他们反对用拉丁语或外国语从事文学创作。他们肯定法兰西语可以用来表达高深的学问和思想，但同时也承认法兰西语词汇需要加以丰富，提出以向希腊和拉丁语假借词汇、把旧字改造成新字、创造新词等办法来"发扬"法兰西语。他们主张采用希腊、罗马文学的诗体和意大利十四行诗体，摒弃民间诗歌所使用的诗体，这也暴露了他们轻视民间创作的贵族倾向。他们在法兰西语言文学方面开始的工作，到17世纪才为古典主义作家所完成。

　　七星诗社的诗人中以卓阿金·杜·贝雷的抒情诗写得最好。他的初期作品模仿彼特拉克，但没有做到自然圆融。1558年，他在罗马居住时写了《悔恨集》，以爱情、友谊和乡思为主题，摆脱了初期的模仿作风，写出内心的蕴结和悲伤。

　　这七位诗人中最杰出的是彼埃尔·德·龙沙，他的老师多拉说他会成为"法兰西的荷马"。龙沙的第一部诗集《颂歌集》（1550）是模仿古希腊诗人品达的作品。后来，他转而模仿另一个希腊诗人阿那克瑞翁和意大利诗人彼特拉克。他写过很多作品，运用过各种各样的诗体。在《关于时代灾难的时论诗》（1562）里，他大声疾呼，要求停止宗教内战。龙沙是法国第一个近代抒情诗人。他把爱情作为诗的主题。他热爱现世生活，追求欢乐。他的抒情诗亲切轻松，自然景色的描写和诗的感情相当协调，但过于刻意模仿造作。他在16世纪欧洲有很高的声望，19世纪有些法国浪漫主义诗人也很推崇他。

●蒙田像

>>> 拉丁语

拉丁语原本是意大利中部拉提姆地方的方言，后来则因为发源于此地的罗马帝国势力扩张而将拉丁语广泛流传于帝国境内，并定拉丁文为官方语言。

基督教普遍流传于欧洲后，拉丁语的影响力也随之加深，从欧洲中世纪至20世纪初叶，罗马天主教一直将其定为公用语。学术上论文也大多数由拉丁语写成。现在虽然只有梵蒂冈尚在使用拉丁语，但是一些学术的词汇或文章例如生物分类法的命名规则等尚使用拉丁语。

拓展阅读：

《蒙田大道》（电影）
《蒙田论生活》哈尔滨出版社

◎ 关键词：贵族 平民 人文主义 怀疑论

散文的典范——蒙田与《随感录》

法国人文主义文学有贵族与平民两种思想倾向。七星诗社表现出的是贵族倾向，而散文家蒙田的创作则体现了平民阶层的民主意识。

米舍勒·爱冈·德·蒙田（1533～1592）是法国文艺复兴后期的人文主义作家。他出身贵族，从小便学会了拉丁语。他在读古希腊、罗马作品时不断写心得、做笔记。成年后，蒙田担任了15年文官，先后当过法院顾问和市长。他游历过瑞士、意大利等地，领略了各地风土人情。辞官回乡后，他深居简出，闭户读书思考，并把读书心得、旅途见闻、日常感想记录下来，写成3卷107章的《随感录》。

《随感录》内容丰富，思路开阔，天文地理、草木虫鱼、人情风俗、人生哲理，无所不谈。书中对传统观念进行挑战，探索真理，宣扬解放人性、尊重理智的人文主义思想，同时还表达了人们要求结束内战的意愿。

这部文集是由很多篇长短不齐的文章构成的，每篇有一个题目，讨论一个独立问题，彼此之间不一定有联系。蒙田生活优裕，对当时法国激烈的阶级斗争采取冷眼旁观的态度，同时，动乱的时代又使蒙田深感个人生活受到威胁，产生了怀疑论的思想。在《散文集》中最著名的一篇《为雷蒙·德·塞蓬德辩护》里，他说："人是渺小的，人和禽兽不同之处在于人能够思考，正因如此，人与人之间、民族与民族之间就有分歧意见，有矛盾。人人都自以为掌握真理，别人总是错误的，于是产生争论，甚至导致战争。其实，几百年来，人类追求真理，其结果只是证明自己的无知。"他教人不要说"我懂得"，而要说"我懂得什么呢"，他这种情绪论反映了当时一部分人文主义者的精神状态，他们对旧的信仰失去信心，而对新的事物又缺乏高度热情。蒙田怀疑一切，但不否定一切。他认为生活是真实的，应当尽量享受它。享受生活首先要精神自由，心情恬静，不让习惯、偏见等束缚自己的思想，不让贪婪、吝啬等欲念扰乱自己的心情。《研究哲学就是为了学死》一文教人不要害怕死亡，尽情享受生活。他这种思想是以个人为中心的。对他来说，只要个人真正享受到生活的快乐，什么政治制度、宗教信仰都无足轻重。《论儿童教育》一文也反映了他的怀疑和享乐的思想。他不主张把很多知识教给儿童，认为这会给他们带来痛苦，而不是快乐。他的教育目的是培养所谓道德高尚、悟性高、判断力强的"绅士"。

蒙田用漫谈的口吻写《散文集》，给读者以亲切自然之感。他的文章富有形象性，不乏诗意。《散文集》在法国散文史上有重要地位。蒙田也是欧洲近代散文的创始人。

人文的光辉——中世纪、文艺复兴时期的文学

●绘有西班牙历史人物的装饰画

>>> 哥伦布航海

　　哥伦布(约1451~1506),意大利航海家。生于意大利热那亚,卒于西班牙巴利亚多利德。一生从事航海活动。先后移居葡萄牙和西班牙。相信大地球形说,认为从欧洲西航可达东方的印度和中国。

　　哥伦布在西班牙国王支持下,先后四次出海远航(1492~1493,1493~1496,1498~1500,1502~1504),开辟了横渡大西洋到美洲的航路。在帕里亚湾南岸首次登上美洲大陆。考察了中美洲洪都拉斯到达连湾2000多千米的海岸线;发现和利用了大西洋低纬度吹东风,较高纬度吹西风的风向变化,证明了大地球形说的正确性。

拓展阅读:

《哥伦布传》
　[美]塞·埃·莫里森
《赛莱丝蒂娜》(电影)

◎ 关键词:摩尔人 殖民扩张 对话体小说

一个女人的一生——罗哈斯的《赛莱丝蒂娜》

　　让我们把目光转到欧洲的一角,看看这一时期欧洲最热情奔放的民族和最为强大繁荣的国度——西班牙。在这里,除了绘画、雕塑和建筑等艺术在人文主义的影响下诞生了很多伟大的作品,文学创作也表现出了前所未有的繁荣景象。

　　1492年,西班牙人完成驱逐摩尔人(阿拉伯人)的光复运动,同时走上了对外殖民扩张的道路。受西班牙女王伊莎贝拉的派遣,哥伦布首航到达美洲。开发美洲所带来的巨大物质财富使西班牙迅速成为世界强国,但海外冒险同时使国内工农业凋敝,贵族骄奢淫逸。因此,即使在西班牙人最强盛的16世纪中期,它的资产阶级(市民)力量也是弱小的,封建贵族势力仍然猖獗。由于资本主义关系没有得到充分发展,封建王权很快走向反动,不断发动对外掠夺战争,大量耗费资财。专制王权又和教会勾结,镇压一切进步思想。"西班牙的自由在刀剑的铿锵声中、在黄金的急流中、在宗教裁判所火刑的凶焰中消失了。"但是,西班牙人民从未停止过斗争,反抗专制政府和天主教教会黑暗统治的起义接连不断。

　　16世纪初,西班牙出现了一些人文主义学者,他们创办学校,批判宗教偏见,介绍并模仿古希腊、罗马和意大利的文学,传播人文主义思想。

　　1499年,费尔南多·德·罗哈斯(1465~1541)的对话体小说《赛莱丝蒂娜》(又名《卡利斯托和梅丽贝亚的悲喜剧》)的出现,标志着西班牙文艺复兴的开始。这部小说描写了一个拉皮条的老女人的一生,特别是她凄凉的晚年。她年轻时也曾风光一时,但年老后却无法继续依靠自己的能力来维系生活,在当时的环境下,她学会了一套依靠坑蒙拐骗、挑拨是非来生存的方法。她坑害了很多人,但同时也让自己一步步地陷入了万劫不复的深渊。小说表现了在阴暗腐败的封建王权和教会统治下,种种变态的人生。环境使人性歪曲,同时又将个人同化进来,而每一个个人又在通过自己的力量使这种环境愈加恶化。

　　《赛莱丝蒂娜》这类反映下层人民生活的现实题材的小说在16世纪只是昙花一现。这一时期,人文主义思潮遭到反动统治的摧残,发展迟缓。而受到欧洲其他国家的影响,贵族骑士文学在社会上流行一时,反动的宗教思想对文学也有很大影响。直到16世纪后半期,人文主义文学才繁荣起来,涌现出许多优秀作家。西班牙文学进入"黄金时代",以小说和戏剧的成就最大。

人文的光辉——中世纪、文艺复兴时期的文学

● 乞丐少年 西班牙 牟里罗

>>>《匹克威克外传》

《匹克威克外传》讲述的是一位善良而又不谙世故的老绅士匹克威克带领匹克威克俱乐部的三位朋友和一个仆人到英国各地考察、游历的故事。他们从伦敦开始，到过大小城镇、庄园、旅店、集市以及法院、监狱等许多地方，遇到了三教九流、各式各样的人物，听到了种种故事，遇到了不少麻烦，一路上闹了许多笑话。整部作品洋溢着活泼快乐的气氛。

在《匹克威克外传》中，狄更斯还描写了许多其他的人物与事件，在一定程度上突破了主要人物和主要情节的限制。

拓展阅读：

《杨绛作品精选》
人民文学出版社
《追忆西班牙》徐钟佩

◎ 关键词：下层生活 流浪生涯 现实主义 自传体

流浪汉小说《小癞子》

16世纪中叶，西班牙产生了一种新的小说类型——流浪汉小说。这种小说和中古市民文学有相通之处。西班牙城市发达较晚，流浪汉小说就是城市发达后的产物。它多半描写城市下层生活，并从下层人物的角度去观察和讽刺一些社会现象。这些小说主人公的身份多是仆役，而且不断更换主人，长于行骗偷盗，他们偶尔也有走运发财的时候，但最后总是跌落下来。通过主人公的流浪生涯，揭露了西班牙社会的腐朽、黑暗、弱肉强食，充满了幽默辛辣的讽刺。这些主人公处在封建和资本主义交替时代，靠个人机智谋求生存，抵抗压迫。他们没有什么道德标准来指导自己的行动，往往表现出玩世不恭的态度。这种小说所反映的正是当时西班牙骑士传奇作家所不屑于反映的生活，具有一定的现实主义成分。

西班牙最早、最有代表性的一部流浪汉小说是《小癞子》(1553)，全名为《托美思河的小拉撒路》，作者不详。小说内容是主人公小癞子自述他的经历。他从小就离开贫困的家庭，供人驱使，最初给一个刻薄的瞎子领路。后来他侍候一个吝啬的教士，因为偷吃面包，被赶了出来。第三个主人是绅士，此人穿着漂亮，气派华贵，可是身无分文，靠小癞子每天乞食供养。以后小癞子的主人有教士、出卖赦罪符的僧侣、驻堂神父、公差等。这些人大都贪婪吝啬，靠欺诈为生。他也慢慢学会了欺诈，为求发迹而不顾廉耻。最后，他当了叫喊消息的报子，靠妻子和神父私通发的不义之财，过着富裕的日子。

这部小说通过小癞子的流浪史，写出社会上各个阶层的人物，以幽默俏皮的手法，大胆地讽刺了僧侣的欺骗、吝啬、贪婪、伪善以及贵族的傲慢和空虚，揭露了西班牙社会的腐朽和衰落。作者善于刻画形象，语言简洁流畅，叙述生动自然，笔调辛辣有力，他创造了一种新型的体裁，受到广泛的欢迎。

大约半个世纪以后，西班牙出现另一部重要的流浪汉小说：马提欧·阿列曼（1547～1614）的《阿尔法拉契人的古斯曼》（上、下两部分别发表于1599年和1604年）。他模仿《小癞子》的写法，以更大的规模反映西班牙社会生活。此后，这种小说大量出现，一直延续到17世纪初期。

西班牙的流浪汉小说一般采用自传体的形式，以主人公的流浪为线索，人物性格比较突出，主人公的生活经历和广阔的社会环境描写交织在一起，已初具近代小说的规模。但是主人公的性格没有发展，情节之间缺乏有机的联系。西班牙流浪汉小说对于以后欧洲小说的发展，特别在长篇小说的人物描写和结构方法上，有过深远的影响。

◎ 关键词：民族戏剧 "神童" 人文主义

西班牙戏剧之祖——维加

● 英国击败西班牙 "无敌舰队"

>>> 西班牙 "无敌舰队"

据统计，公元 1545～
1560 年间，西班牙海军从海
外运回的黄金即达 5500 公
斤，白银达 24.6 万公斤。到
16 世纪末，世界贵重金属开
采中的 83% 为西班牙所得。
西班牙为了保障其海上
交通线和其在海外的利益，
建立了一支拥有 100 多艘战
舰、3000 余门大炮、数以万
计士兵的强大海上舰队，最
盛时舰队有千余艘舰船。这
支舰队横行于地中海和大西
洋，骄傲地自称为 "无敌舰
队"。1588 年，无敌舰队征服
英国时，在英吉利海峡惨遭
失败，西班牙失掉了 100 多
艘战舰和 1.4 万多名官兵。

拓展阅读：
《简明西班牙文学史》白安茂
《无敌舰队》（电影）

费力克斯·洛卜·德·维加·
卡尔皮奥是西班牙民族戏剧的主
要代表。1562 年 11 月 25 日，维加
出生于马德里一个农民家庭。他
家祖祖辈辈是普通的农民，其父
因从事供应宫廷的绣金手工业致
富，后来又和一个贵族女子结婚，
得到了贵族的头衔，但家境实际
上并不优越。

维加天资聪明，5 岁就能阅读
传奇文学和拉丁文作品，被人们称
为 "神童"。10 岁时，他便开始学着
创作和翻译剧本。长大后，他写的
第一个三幕喜剧的演出便获得很大
成功。他的名字在一夜之间就传遍
全国。从此，他就全身心投入到剧
本创作中。他才思敏捷，创作速度
惊人。连续许多年，他的剧本几乎
天天在舞台上演出。维加所创作的
三幕喜剧之所以受到广大观众的欢
迎，主要是因为他的作品有着真实
的情节、紧张的冲突、美妙的音乐
和动人的舞蹈。

维加曾在许多贵族手下供职，
他一生命途多舛，却始终保持着乐
观浪漫的精神。1588 年，维加出于
爱国，参加了西班牙的 "无敌舰队"
与英国作战，结果 "无敌舰队" 全
军覆灭，维加在海上漂流了数月，
几乎葬身鱼腹。可是，他在这种九
死一生的惊险生涯中，仍然没有忘
记创作，竟构思了一部长篇抒情
诗。1614 年他接受教职，成为僧侣，

而且还成为了宗教裁判所的成员。
这表明，他虽然是那个时代的先进
人物，但仍有他的局限性，未能同
封建的天主教传统决裂。他 1635 年
去世，享年 73 岁。

他一生写过各种体裁的作品，
主要成就是戏剧。他的著述惊人，
据说他写了 1800 多部剧本，现在还
留下 400 多部（其中有些作品是否
为维加所写，尚有争论），另有宗教
剧 40 多部。

维加的创作取材极为广泛。其
作品表现了人文主义思想，也受到
贵族意识和宗教意识的影响。从内
容来看，他的剧本主要可分为两大
类。一类写爱情和家庭问题，大部
分是被称为 "斗篷加剑" 的喜剧，其
主人公多半是以斗篷与剑为服饰的
贵族。维加把爱情看作一种可以冲
破封建道德和等级偏见的力量，他
歌颂青年追求爱情自由的斗争，如
《园丁之犬》（1618）、《带罐的姑娘》
（1627），有些剧本还描述了人民怎
样为维护自己的爱情与权利而与专
横的贵族展开斗争，如《最好的法
官是国王》（1620～1622）。另一类
剧本是谈社会政治问题的，主要取
材于民族历史和民间传说。这类剧
本揭露了暴君的罪恶，塑造了一些
理想君主的形象，如《塞维利亚之
星》（1623），有些则直接描写西班
牙农民对封建主的反抗，如代表作
《羊泉村》。

●中戏版《羊泉村》剧照

>>> 天主教

天主教是与东正教、新教并列的基督教三大宗教派别之一，亦称公教。又因为它以罗马为中心，所以又称罗马公教。16世纪传入中国后，因其信徒将所崇奉的神称为"天主"，因而在中国被称为天主教。

"天主教"一词来源于希腊文，意思为"普遍的、通用的"，因此也被翻译为"公教"。广义的天主教是指所有正统的(orthodox)基督教，狭义的天主教是指罗马天主教会。多数情况下天主教都是指狭义的天主教，从而将其同正教（东正教）和新教相区别。

拓展阅读：

《中国天主教述评》顾裕禄
《西班牙女儿》（芭蕾舞）

◎ 关键词：反抗领主 人民起义 民主精神

不屈的抗争——《羊泉村》

《羊泉村》（1609～1613）是维加最成功的作品之一，描述了1476年羊泉村人民反抗领主的史实。

剧中写的是西班牙中部地区一个名叫羊泉村的地方的骑士团经常为非作歹，污辱妇女。有一次，卡拉特拉瓦骑士团队长费尔南·戈麦斯在驻地羊泉村企图污辱当地村长的女儿劳伦霞，劳伦霞被青年农民弗隆多索救出。随后费尔南又破坏这对青年的婚礼，劫走新娘，还要把弗隆多索绞死。劳伦霞逃回村中，呼吁乡亲起来抗暴。全村人民起义，攻占城堡，杀死了费尔南。

15世纪初，西班牙光复战争刚刚结束。天主教国王为统一全国，巩固政权，设法削弱国内封建贵族的势力，曾经明确颁布过城镇村镇有权起义反抗领主压迫的法令。那些作恶多端的骑士团团员也曾参加过反对国王的斗争。按理说，国王应惩办骑士团才是，但羊泉村的事件发生后，国王却不问青红皂白，下令拷问羊泉村民，要他们交出凶手。起义农民不怕杀头，紧密团结，坚持不交出凶手，法官严刑拷打他们，全村300多人众口一词说杀死队长的是"羊泉村"，连10岁的小孩也这样坚强。最后，国王不得不下令释放被捕的农民，把羊泉村收归自己管辖，羊泉村胜利了。

剧本揭露了封建主的专横暴虐，歌颂农民为维护自己的荣誉和自由而进行的正义斗争。剧中的农民集体的形象最为动人，他们的反抗情绪随事态的发展而日益高涨，女主人公劳伦霞的形象也很生动，她从一个聪明倔强的姑娘成长为勇敢不屈的女英雄。剧本最后也反映了维加对专制王权的看法：认为人民和国王的利益可以一致，可以共同反对封建主。

维加的这个剧本支持了农民们反抗封建压迫、争取自由权利的斗争，是一部富于民主精神的伟大作品。直到第二次世界大战期间，西班牙人民还经常演出，用它来鼓励人民的反法西斯斗争。

维加的戏剧语言生动幽默，剧情跌宕起伏，有极强的艺术感染力。他的剧本都是三幕诗剧，场次很多，场景经常变换，剧情进展很快，悲剧因素和喜剧因素交织在一起。维加善于安排富于戏剧性的场面，情节引人入胜，结局往往出人意料，偶然因素在情节发展中起着重要作用。维加剧本中人物众多，描写真实生动，但是性格刻画不够深刻。

维加的剧本在当时享有极高的声誉，塞万提斯称他是"自然的奇迹"。他的创作奠定了西班牙民族戏剧的基础，形成一个戏剧流派，并影响到17、18世纪欧洲其他国家的戏剧。

人文的光辉——中世纪、文艺复兴时期的文学

●塞万提斯像

>>> 关于塞万提斯的电影

塞万提斯和莎士比亚两人同时爱上了一位年轻迷人的女子莱昂诺尔。

莱昂诺尔正要离开伦敦到西班牙嫁给奥万多公爵，但她的情人莎士比亚却热情执着地追到了公爵的城堡，并在那里遇见了同样爱上了莱昂诺尔的塞万提斯。两人同时开始为她的婚礼创作戏剧。就在这时，莱昂诺尔却陷入了公爵女儿设下的阴谋，面临生命危险。原本针锋相对的塞万提斯和莎士比亚此时决定将彼此的矛盾暂时抛在脑后，同心协力，共同为争取莱昂诺尔的生命与幸福而努力。(《当塞万提斯遇上莎士比亚》)

拓展阅读：

《塞万提斯》陈凯先
《塞万提斯精选集》
山东文艺出版社

◎ 关键词：西班牙 文艺复兴 现实主义 《堂吉诃德》

传奇人生——塞万提斯

米盖尔·台·塞万提斯是西班牙文艺复兴时期最杰出的现实主义小说家。

塞万提斯出生于一个穷医生家庭，只读过几年中学。1569 年，他作为红衣主教的随从去意大利，接触到意大利的文学和艺术，受到了人文主义的影响。1571 年，塞万提斯作为一名士兵参加了对土耳其的著名的勒班多海战，身负重伤，左臂残废，被誉为"勒班多的独臂英雄"。

1575 年，28 岁的塞万提斯请假回国探亲，总督堂胡安给他写了推荐他做官的亲笔信。塞万提斯带着推荐信，乘帆船返回祖国。当他们经过法国的马赛海岸时，突然遭到柏尔族人的三只海盗船的袭击，船上所有的人都被海盗掳到阿尔及尔。塞万提斯身上的那封本可以使他前途无量的推荐信，使他受尽了折磨。海盗们认定了他是贵族，向他索要巨额赎金，并且给他戴上了脚镣和手铐。因为塞万提斯家无法筹措到巨额赎金，塞万提斯在阿尔及尔被囚禁了五年，直到 1580 年，他才被教士赎得自由。

回国后，因生活所迫，他当过军需员和收税员。1587 年他按规定征收了厄西哈大教堂讲经师囤积的麦子，教会将他革出教门。他因得罪权贵和教会，数次被诬入狱，这使他看到了社会的黑暗和人民的不幸。他的著名代表作《堂吉诃德》，就是在狱中酝酿成熟的。

坎坷的经历为作家提供了丰富的创作资料。塞万提斯 1582 年开始写剧本，1584 年创作了著名历史悲剧《奴曼西亚》和田园牧歌小说《伽拉苔亚》。他的作品还有短篇小说《惩恶扬善故事集》(1613)、长诗《帕尔纳索斯游记》(1614)以及《八出喜剧和八出幕间短剧集》(1615)等。这些作品的基本主题和主要倾向都是反封建的，对受压迫人民寄予了同情。

塞万提斯写作《堂吉诃德》时已 50 多岁。1605 年《堂吉诃德》第一部问世，备受读者欢迎，却引起反动贵族和教会的惊恐。1614 年出现了一部化名伪造的《堂吉诃德》续集，作者化名为费尔南德斯·德·阿维利亚纳达，他代表中世纪的天主教和反动贵族势力，对塞万提斯进行恶毒的攻击，并歪曲作品主人公的形象，使堂吉诃德和桑丘变成了低俗、下流的人物，妄图借此诋毁作家的声誉。塞万提斯愤慨之余，带病赶写续集，于 1615 年出版了《堂吉诃德》第二部，这是对反动势力的一个有力反击。

1616 年 4 月中旬，塞万提斯完成了他最后的长篇小说《贝尔西莱斯和西希思蒙达》。4 月 23 日，这位西班牙乃至全世界最有学识的思想家和最伟大的小说家溘然辞世。

●骑士像 西班牙 格列柯

>>> 《堂吉诃德》400周年庆

2006 年西班牙政府斥资 3000 万欧元（约合 4000 万美元）举办《堂吉诃德》出版 400 周年庆典，纪念活动包括一系列的剧演、研讨、展览、音乐会和电影展映等，活动不仅将遍及西班牙全境，还在美国的达拉斯、墨西哥首都墨西哥城、巴黎、布鲁塞尔、圣彼得堡，以及阿尔及利亚的奥兰等地举行。

首版《堂吉诃德》于 1604 年 12 月 20 日在马德里印制完成，1605 年 1 月 16 日公开发售，不仅成为世界上第一部畅销书，也被公认为有史以来最伟大的西班牙语图书，在世界范围内的影响至为深远。直到今天，它还在被人们广泛阅读。

拓展阅读：
《塞万提斯全集》
　　人民文学出版社
《塞万提斯训诫小说集》
　　重庆出版社

◎ 关键词：乡绅 骑士传奇 圈套 盛誉 财富

荒诞的骑士之梦——《堂吉诃德》

堂吉诃德是一个穷乡绅，本姓吉哈达，他读骑士传奇入了迷，想当游侠骑士。他拼凑了一副破烂不全的盔甲，自称为堂吉诃德，骑上一匹瘦马，而且仿照骑士的爱情，物色了邻村一个养猪女郎为自己的意中人，给她取了一个贵族名字杜尔西内娅·台尔·托波索，决心终身为她效劳。一切齐备，他就离家出走，从事游侠，前后共三次。

最初一次，他单枪匹马出游，结果被人打得"像干尸一样"，被邻居横在驴背上送回家。

第二次，他找了邻居桑丘·潘沙做侍丛一同出去。堂吉诃德满脑子都是骑士传奇中的古怪念头，他把风车当巨人，把旅店当城堡，把理发师的铜盆当作魔法师的头盔，把羊群当军队，把苦役犯当作受迫害的骑士，把皮酒囊当作巨人头，他不顾一切地提矛杀向他心目中的敌人，结果闹出无数荒唐可笑的事情。这些行动不但害了别人，也使自己挨打受苦，弄得头破血流。但是他执迷不悟，直到几乎丧命，才被他的朋友——神甫和理发师装在牛车里送回家。

第三次出游倒是比前两次"幸运"些：堂吉诃德得到一对公爵夫妇的招待。但实际上公爵夫妇只是将他们当成两个怪人来作弄，看他们的笑话。

公爵夫妇命人给他们做了一匹活动木马，然后蒙住二人的眼睛让他们骑上木马"出征"，去挑战危害人类的敌人和怪兽。然后告诉他们，他们已经英勇地胜利了。堂吉诃德实践了他做出一番英雄事业的理想，作为奖赏，成为公爵夫妇的贵客。而桑丘也当上了"海岛总督"，但这又是另一次恶作剧，人们捉弄桑丘，让他忙着处理公务，以至于吃不饱饭，又在半夜让他抵御"入侵的敌人"，将两个盾牌捆在他身体前后当盔甲。不堪其累的桑丘最终放弃了总督的头衔。

为了让堂吉诃德迷途知返，他的亲人们设计了一个圈套，他们让他的朋友加尔拉斯果学士假扮白月骑士，去向堂吉诃德挑战，并提出条件，如果战败，要他永远放弃骑士的身份，回到故乡去。结果堂吉诃德在不会武术的"白月骑士"面前不堪一击，被迫依骑士规矩，信守自己的诺言，回到故乡并终生不得出游。堂吉诃德从此卧床不起，临终前才意识到骑士小说有害。他说，"我从前是疯子，现在头脑清醒了"，"现在知道那些书都是胡说八道，只恨悔悟已迟"。他嘱咐他的外甥女，千万不要嫁给读过骑士小说的人，否则就不能继承他的遗产。

《堂吉诃德》刚一出版就在西班牙风靡一时。据说，西班牙菲利普三世在皇宫阳台上看到一个学生一面看书一面狂笑，就说："这学生一定在看《堂吉诃德》，要不然他一定是个疯子。"差人过去一问，果然那学生在读《堂吉诃德》。

这部旷世杰作虽然在广大读者中享有盛誉，而且很快就传遍了世界各地，但作者塞万提斯并没有因此改变自己的生活困境。

1615年，西班牙大主教为皇室联姻的事去拜访法国大使，大使的几位随员向他询问塞万提斯的情况，这位大主教说："他老了，是一位兵士，一个小乡绅，很穷。"法国大使的随员顿感诧异："这样的人才，西班牙为什么不用国库的银子供养着他？"西班牙大主教说道："假如他是迫于穷困才写作，那么，但愿上帝一辈子也别让他富裕，因为他自己穷困，却丰富了所有的人。"

●《堂吉诃德》的情节虽然滑稽夸张，但别有一番纯朴真实，使现实主义和浪漫主义有机地结合起来，深受世界各国读者的喜爱。图为画家笔下的堂吉诃德。

正如这位大主教所说，一生受穷的塞万提斯所创作的《堂吉诃德》，成了全世界人最宝贵的财富。自这部杰作诞生以来，几乎被翻译成世界上所有的文字，到目前为止，它在西方的发行量仅次于《圣经》。

◎ 关键词：欧洲文学 典型 善良 动机

最渺小与最伟大——堂吉诃德的形象与精神

主人公堂吉诃德是欧洲文学中一个著名的人物形象。他是个矛盾复杂的人物。他按骑士传奇行事，疯疯癫癫，滑稽可笑，被人们当成疯子和小丑，但是他的荒唐行为往往出于善良的动机。他攻打风车，是自以为要清除万恶的巨魔；他释放苦役犯，是为了反对奴役，给人自由。更为可贵的是，堂吉诃德执着地坚持自己美好的理想，不畏惧任何困难。

相对于堂吉诃德的固执头脑和迂腐性格来说，他的崇高品格和勇敢精神更能让人感动。他反对专横残暴，反对压迫，同情被压迫者，向往自由。他把维护正义、锄强扶弱、消除世间的不平作为自己的天职，而且见义勇为，从不怯懦，为了主持正义，个人生死可以置之度外，具有英勇无畏、忘我斗争的精神。

同时，堂吉诃德也是一个具有崇高理想和渊博学识的人，只要不触及骑士这个题目，他的思想和谈吐都很清醒而深刻。只要不提骑士道，堂吉诃德的应答都十分高明，他的见解高于周围的人，俨然一个学识渊博的学者。他对社会的批评，对战争、法律、道德、文学艺术的看法都具有远见卓识，闪耀着人文主义的思想光辉。清醒时的堂吉诃德是一个热情的人文主义思想的传播者。他追求的理想社会是"不懂得什么叫作'我的'什么叫作'你的'的'黄金时代'"。他谈到自由的可贵、奴役的可恨，谈到清廉公正、爱护百姓的政治理想，还谈到文治武功、贵贱等级、教育文艺等，广泛地涉及了人文主义者所关心的各种问题。

就是这样一个品行端正、才华不凡的人，在现实社会中却找不到自己的位置，他纯洁的理想处处与现实碰壁，因此才会转向古老的虚幻的骑士精神中寻求实现理想的途径。他的悲剧实际上不是个人的悲剧，而是社会的悲剧。堕落腐朽的现实社会，将种种自私自利、尔虞我诈、钩心斗角、伪善虚荣等荒谬的现象当成了平常的事情。而堂吉诃德却出于对纯洁的骑士精神的向往，坚决不与这种荒谬的现实妥协，而这种崇高的个人与腐朽的社会之间的斗争看起来是那么痛苦和无望，以至于被人们当成笑柄而悲哀地结束了自己的一生。

桑丘·潘沙是小说的另一主人公。他和堂吉诃德的关系，既是对立的，又是相辅相成的，他们两人的外表和性格都形成鲜明的对比。桑丘具有西班牙农民的特点，作者在他身上也注入了自己的理想。桑丘贪图小利，胆小怕事，时时为自己打算，反映了农民狭隘自私、目光短浅的一面。但是桑丘头脑清醒，随时都提醒堂吉诃德从幻想回到现实中来。他的语言诙谐生动，一出口就是连串的谚语，表现了他的健康乐观的性格。

● 一位全副武装的骑士

>>> 最小版本的《堂吉诃德》

为纪念西班牙文豪塞万提斯所著的《堂吉诃德》问世400周年，哥伦比亚Sic出版社出版了世界上最小的《堂吉诃德》读本。这本书长4厘米，宽3厘米，共346页，这将打破1947年出版的长6厘米，宽4厘米的《堂吉诃德》读本的纪录。出版社希望此举能进入"吉尼斯世界纪录"。

为了方便读者阅读，本书将连同一个小放大镜一起销售。出版社将该书每本定价为20美元，总共只在市场上销售300本。

拓展阅读：

《西班牙文学》陈众议
《外国文学史》马晓华

　　桑丘在当总督的日子里，他的性格显得十分完美。他断案如神，执法无私，"明鉴万里"，改革弊政，废除酷刑，"锄强扶弱"。堂吉诃德为之奋斗一生没有做到的，桑丘却做到了。他观察敏锐，办事果断。他命令把用饥饿疗法来折磨他的"医生"——公爵的奸细立即"关进监牢"。他在忍饥挨饿的情况下，在公爵布置的"反侵略"战争中吃尽苦头。他放弃总督头衔时说："……请告诉公爵大人，'我光着身子出世，如今还是个光身，我没吃亏，也没占便宜'，换句话说，我上任没带来一文钱，卸任也没带走一文钱。这就和别处岛上的卸任总督远不相同了。"这些话显出他在道

●煎蛋的老妇人　西班牙　委拉斯开兹

德上的真正胜利。通过桑丘的遭遇，作者辛辣地嘲讽了封建统治阶级，这说明真正能管理国家的普通人民不知比他们高出多少倍，但在那罪恶的社会里桑丘却没有生存的余地，这是发人深省的。

● 三位一体 西班牙 格列柯

>>> 巴洛克艺术

巴洛克艺术产生于16世纪下半期，17世纪时最为盛行。巴洛克(Baroque)一词原指不规则的、怪异的珍珠，具有贬义。当时人们认为它的华丽、炫耀的风格是对文艺复兴风格的贬低，到后来才被公认是一种伟大的艺术风格。

巴洛克风格在文学上表现为贵族形式主义。这类风格的作品追求形式，内容空虚，语言雕琢浮夸。意大利的马里诺、西班牙的贡戈拉和卡尔德龙、德国的格里美尔斯豪森等人都是巴洛克文学的代表。巴洛克文学与古典主义文学、清教徒文学并称欧洲17世纪三大文学。

拓展阅读：

《西班牙文学简史》孟复
《巴洛克艺术》王瑞芸

◎ 关键词：巴洛克文学 高峰 夸张 隐喻 统治地位

巴洛克时代——贡戈拉

西班牙的巴洛克文学始于16世纪，17世纪时达到顶峰，并分为贡戈拉主义和警句主义两派。贡戈拉主义的代表是诗人贡戈拉（1561～1627），他主张为少数有文化修养的"高雅人士"创作，语言雕琢浮夸，故又称为文化主义或夸饰主义。警句主义的代表是17世纪的诗人卡尔德龙（1600～1681）。

路易斯·德·贡戈拉早期写故事诗和短诗，后期发表了不少风格纤巧的诗歌，如长诗《孤独》(1613)和《波利非莫和伽拉苔亚的故事》(1612～1613)，它们曾产生广泛的影响，形成一个诗派"贡戈拉主义"。

贡戈拉本人的诗歌创作，非常重视词汇的选择和比喻的优雅，他使用大量新奇而优美的比喻描绘常见的自然景象或是内心感情，他的诗歌由于在语言上的精雕细琢，往往能从中读出较为深奥的内涵。但是另一方面，诗歌语言的过分修饰也会产生隐晦难懂的负面效果。

在他的诗《当太阳翻过山冈》中，他的语言特色得到了充分的体现：

当太阳翻过山冈，
我的仙女把绿色平原的花朵掠抢，
她用美丽的手采摘几多，
也就用白皙的脚使多少花儿生长。
……
但当她用裙子中的战利品
把她那美丽的眉头捆绑，
在黄金与白雪间筑起一条边疆

我要发誓说，虽然她的花冠用花朵制就，
却比九颗星装点天空的那个冠冕，
放射出更明亮的光芒。

"贡戈拉主义"诗派轻视人民群众，提倡为"高雅人士"写作，作品堆砌夸张的辞藻，充满各种隐喻和难解的词句，其内容大都是人生无常、终归毁灭等悲观思想。但由于在诗歌技巧上的进步和优美的格律与辞藻，这一风格在17世纪的西班牙诗坛上几乎占了统治地位。

人文的光辉——中世纪、文艺复兴时期的文学

◎ 关键词：流行的抒情诗 天主教 寓意

美丽的忏悔——卡尔德龙与《人生如戏》

●菲利普二世的梦 西班牙 格列柯

>>> 宗教哲学

宗教哲学，狭义指对基督教神学作者哲学考察和解释的学说。广义指用哲学观点解释一切宗教的学说。主要研究宗教的本质和规范、宗教世界观与人生观和道德的关系、宗教语言和宗教的象征意义等。这一概念文艺复兴时期的宗教改革后逐渐产生，由康德最先提出。

施莱尔马赫以情感的经验论观点，开启了宗教哲学的现代阶段。以后的宗教哲学大多以人本主义的、进化论的、社会学的宗教观为准绳。新康德主义、新黑格尔主义和唯意志论也从不同方面对宗教哲学做出解释。

拓展阅读：
《宗教哲学讲演录》
[德]黑格尔
《西班牙文化概况》廉美瑾

17世纪西班牙最重要的作家是戏剧家彼得罗·卡尔德龙·拉·巴尔卡（1600～1681）。卡尔德龙出生于马德里贵族家庭，曾在马德里耶稣会学院学习，后来到萨拉曼加大学攻读哲学和神学。他很早就写戏剧，1635年入宫廷服务，管理宫廷剧院，创作了大量剧本，成为维加以后西班牙最有名的戏剧家。1651年，他入教士籍，一直担任重要的教会职务。他写过120部剧本，另有80部宗教剧和20篇幕间短剧。在艺术技巧上，他继承维加的传统，但是也讲究华丽的布景和服装，运用夸张的言词。他的作品多采用中古题材，有浓厚的天主教色彩。许多剧本探讨宗教哲学问题，直接宣传否定现世、相信来世和忏悔赎罪等宗教思想，他到晚年就专写宗教剧了。但是卡尔德龙的作品中也有肯定现世幸福的人文主义主题，如《精灵夫人》（1629），有的剧本甚至歌颂农民反对贵族迫害的斗争，如《萨拉梅亚的镇长》（1636）。这些矛盾都反映了人文主义的衰落、天主教统治和贵族文学的深刻影响。

《人生如梦》（1635）是卡尔德龙最有代表性的作品之一，主人公是波兰王子西吉斯蒙德。国王从天象中得知王子将是一个凶恶残暴的人，因此从小就把他囚禁在边塞的古塔里，过着半人半兽的生活。一天，国王用药将他麻醉，送回宫中，等他醒来，给了他最高的地位和权力。西吉斯蒙德为了报复他所受的迫害，殴打朝臣，甚至威胁国王。国王认为他野性未驯，又将他麻醉，送回古塔。王子醒来，想起前事，认为这不过是一场梦，人生也不过是一场梦，从此个性大变。不久，国内爆发起义，起义者攻入宫中，擒住国王，西吉斯蒙德被拥戴为首领。但是这一次他却贤明公正，宣布施行仁政，又将王冠归还父亲，而自己则坚定地皈依了天主教，成为心灵纯净的信徒。

这个剧本像卡尔德龙的许多剧本一样，用寓意的手法阐述哲理。西吉斯蒙德是一个象征性的人物，他最初是个性情暴烈的反抗者，他斥责国王不该既给他生命，又把他当野兽看待，实际上这是对天主教哲学的抗议。但是他随即认为人世一切无非是梦幻，希望只在来世，因而变成一个温顺的忏悔者。卡尔德龙通过这个形象提出一个抗议性的问题，而得出的却是宗教忏悔的结论。

卡尔德龙的剧本具有较高的技巧，善于刻画人物内心，富有抒情特点，许多剧本的独白后来都成了流行的抒情诗。这些都大大影响了19世纪初期的许多著名作家。

◎ 关键词：人文主义思想 现实主义 诗歌之父

莎士比亚的"老师"——乔叟

●乔叟在爱德华三世的宫廷里

>>> 乔叟的难题

乔叟在《神父的序幕》中提出了一个小小的天文学问题，用现代语言说起来大致是这样的："太阳从南方子午线降到那样低，在我视线的仰角中它不高于29度，我估计大约是午后4点钟，因为我的个子是6英尺高，而影子已拉长到大约11英尺。在同一时间月亮的高度（它位于天秤座）逐渐上升，当我们走上乡村西方的边缘时，它整个升起来了。"

后来，一个新闻记者读后曾不怕麻烦地算出，当地时间精确到分钟为3点58分，而那天按公历是4月22日或23日。

拓展阅读：

《谁谋杀了乔叟？》
[英]特里·琼斯
《英国史诗》王佐良

资本主义经济的发展和民族国家的形成给资产阶级打开了广阔的前景，也促成了文学的繁荣。人文主义思想在新文学的园地里开花结果，16世纪后半期到17世纪初期，是文艺复兴时代英国文学的全盛期，诗歌、戏剧、小说、散文都很发达。

在意大利人文主义思潮影响下，从14世纪开始，英国文学开始具有人文主义倾向，出现了乔叟、朗格兰和高瓦等作家。

乔叟（约1343~1400）是早期英国人文主义思想的杰出代表，无论在诗歌内容和形式上都为英国文学的发展做出了卓越的贡献，被称为"英国诗歌之父"。乔叟生于伦敦一个中产阶级家庭，早年在宫廷服务，曾参军打仗，当过俘虏，后来当过外交官、海关总监、国会议员，曾多次出使法国和意大利。丰富的生活经验，使他洞悉人生各个方面，对于他日后的创作有很大帮助。

乔叟早期的创作受意大利和法国文学的影响。他把法国文学中的骑士传奇、抒情诗和动物寓言故事等引入英国文学。《公爵夫人之书》是他的早期代表作品。

从1377年开始，乔叟多次出使欧洲大陆，接触了但丁、彼特拉克和薄伽丘等人的作品。这些作家反封建反宗教的精神和人文主义思想，使乔叟的创作思想发生了深刻的变化，开始转向现实主义。他的长诗《特洛伊勒斯和克丽西达》是根据薄伽丘的长诗《菲洛斯特拉托》改写的，叙述特洛伊战争时期特洛伊王子特洛伊勒斯和一个贵族寡妇克丽西达恋爱，后来克丽西达又爱上希腊将领，背弃了特洛伊勒斯。作者从新兴市民阶级的立场出发，肯定个人有追求幸福的权利，反对封建礼教和教会的禁欲主义。作者把爱情看作人的"天性"，嘲笑王子在开始时表现的对爱情的抗拒态度。他歌颂男女主人公的恋爱，同情王子的不幸结局，宽恕女主人公的"变节"。在性格塑造上，作者发挥了传奇文学中的心理刻画手法。故事虽然发生在古代的特洛伊，但诗中描绘的则是14世纪英国贵族的生活图景。这是乔叟的第一部现实主义作品。

乔叟在他生活的最后十五年进行了《坎特伯雷故事集》（1387~1400)的创作。这是他最杰出的作品。

乔叟视野开阔，观察深刻，写作手法丰富多样，真实地反映了不同社会阶层的生活，开创了英国文学的现实主义传统，对莎士比亚产生了重要的影响。

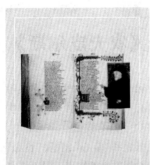

● 《坎特伯雷故事集》手稿

>>> 抄写《坎特伯雷故事集》

2004年，美国莫尼(Linne Mooney)教授宣布她发现了《坎特伯雷故事集》(The Canterbury Tales)抄写员的姓名。教授是通过笔迹鉴定，找到这位抄写员的。她认定，抄写员的姓名为亚当·平克赫斯特。这个发现纯属偶然。一次，她在伦敦图书馆中看到一位中世纪抄写员的签名，笔迹居然和《坎特伯雷故事集》手稿上的一模一样，从而揭开了这个秘密。剑桥大学表示，该发现是可靠的。

莫尼教授是一位笔迹鉴定专家，专门研究中世纪抄写员的笔迹。

拓展阅读：

《剑桥文学指南：乔叟研究》
　　　　上海外语教育出版社
《牛津简明英国文学史》
　　[英]安德鲁·桑德斯

◎ 关键词：朝圣 旅行 线索 民间传说 双韵体

智慧的箴言——《坎特伯雷故事集》

　　乔叟的主要作品《坎特伯雷故事集》(1387～1400)，以一批从伦敦到坎特伯雷去朝圣的客人的旅行为线索，写了24个短篇故事，绝大部分用诗体写成。卷首有总序，是全书最精彩的部分。作者介绍了朝圣的香客，有声有色地刻画了他们的外表、举止和精神面貌。他们之中有骑士、侍从、地主、自耕农、贫苦农民、形形色色的僧侣、女尼、市民、商人、海员、大学生、手工业者等，全书构成了一幅14世纪英国社会的缩影。

　　故事有的取材于民间传说和口头文学，有的取材于骑士文学和宗教文学，但故事反映的生活却属于14世纪英国的现实社会。故事中有很大一部分是写爱情和婚姻问题的，作者的基本态度和《特洛伊勒斯和克丽西达》中所表现的相同。他否定那种诉诸武力的、骑士式的爱情（《武士的故事》），肯定女权（《巴斯妇的故事》）；她对丈夫一再考验妻子表示不以为然（《学者的故事》，取材于《十日谈》最后一个故事），反对买卖婚姻（《商人的故事》），主张夫妇互相敬爱（《自由农的故事》）。另一部分是讽刺僧侣的欺骗（《法庭差役的故事》《船手的故事》《赦罪僧的故事》），揭露教会对人民的压迫（《游乞僧的故事》），也有揭露金钱的罪恶的（《寺僧的乡土的故事》《赦罪僧的故事》）。乔叟的故事体现了反封建倾向和人文主义思想因素，反映出14世纪英国历史的趋势，暴露了封建阶级尤其是教会的腐朽败落，但作者并未能摆脱宗教思想，表现了消极容忍的人生哲学（《梅利比的故事》）。和薄伽丘一样，他在肯定爱情、反对禁欲主义的同时，也流露出对市民阶层纵欲的欣赏。

　　乔叟的现实主义成就很高。他为市民创作，继承了城市文学描写现实的传统。在人物塑造、叙事技巧和语言运用等方面，他都远远超过英国以前和同时代的作家，甚至超过薄伽丘。他所塑造的人物不仅外貌栩栩如生，而且结合外貌展示人物的内心特征。他利用故事之间的插曲，使人物用所讲的故事彼此讽刺，来突出人物之间的矛盾，使这部作品具有很强的喜剧性。在结构上，各个故事的框架并不呆板，作者从现实生活中选出朝圣的场面，予以充分发挥。作品中尽管还有许多题外话，但由于他善于选择和安排情节，因此故事性很强。他的风格特点是幽默和讽刺，在揭露人物的虚荣、伪善、庸俗、愚蠢时，不作强烈谴责，这是和作者的市民立场分不开的。乔叟不用法语或拉丁语写作，而将中世纪英语的伦敦方言提炼成英国文学语言，摒弃了同时代大多数作家使用的头韵诗，而吸收了法国和意大利诗歌的技巧。他的语言生动活泼。他在许多故事中所创的诗体，称为双韵体，成为以后英国诗歌中最通行的一种。

◎ 关键词：英国民间 寓言长诗 押头韵 腐败现象

神秘的诗人——兰格伦与《农夫皮尔斯》

● 爱德华三世率英军迎战法国军队

>>> 1381年英国农民战争

1337年，英国统治集团为了与法国争夺欧洲大陆，发动了侵法战争，史称"百年战争"。英国统治者为了进行战争而不断增税，激起了人民的反抗。1381年5月底，埃塞克斯农民杀死征收人头税的税吏，标志着起义的开始。不久，扩大到全国40个郡中的25个郡。

埃塞克斯和肯特的农民，在瓦特·泰勒的领导下，进军伦敦。起义者强迫国王出来谈判。然而就在谈判之际，瓦特·泰勒被伦敦市长刺死。统治者用诺言欺骗群众，使农民各回家乡，然后派兵到各郡镇压了起义。

拓展阅读：

《英国通史纲要》高岱
《英国诗歌赏析》苏煜

在英国的标准书面语言产生之前，英国民间就出现了一部优秀的民族文学作品，这堪称英国文学的第一个奇迹。这部作品就是《农夫皮尔斯》。《农夫皮尔斯》是一部用中古英语西中部方言写的押头韵的寓言长诗。现存不同的手抄本不下50部，说明当时极受欢迎。

但这部诗歌的作者是谁，至今仍是文学史上的悬案，很多研究者将它与一位同样神秘的诗人联系起来，这位诗人名叫威廉·兰格伦。他出生于英国西部赫里福德－伍斯特莫尔文山附近，据说是一个贵族的私生子，一说他的父亲是自由农。他幼年受过经院教育，后来移居伦敦，任教会低级职务。他是人文主义文学早期的代表作家。

《农夫皮尔斯》从序诗开始，用中古文学惯用的梦境和寓意形象的手法，写诗人在一个5月的清晨在莫尔文山上听着潺潺清泉，不觉入睡。他看到在一片美好的田野里有各式各样的人：农民、各种僧侣、手工业者、商人、骑士、各种艺人、乞丐，这无疑是14世纪英国社会的一个缩影。田野的一端矗立着真理之塔，另一端是死亡之谷。诗人一面描写这些人物，一面评论。接着他看见从塔里走出一个可爱的女子，名叫"神圣教会"，她教导诗人要追求真理，拯救灵魂。诗中"奖赏夫人"要和"虚伪"结婚，许多人附和，唯有"神学"反对。大家争执不下，决定到伦敦去找国王解决。国王主张她和"良心"结婚，"良心"不肯，并揭发她的缺点。国王请来"理智"，"理智"也坚决要国王惩罚她。"奖赏夫人"得到惩罚，只有郡官去安慰她。国王把"理智"和"良心"留下，供他顾问。

作者通过这一寓言批判了僧俗各界的寄生性和社会上贿赂公行、追逐财利的现象，肯定了国王的作用，希望他能凭理性和良心治国。

这首长诗写成于1381年英国农民战争前后，长诗描绘了一幅封建制度后期英国社会的广阔画面，揭发了僧俗两界的种种腐败现象。作者肯定了劳动人民的正直的品质，展现了他们受欺骗、受压迫的处境，反映了当时广大人民的情绪。

梦幻的形式和寓意的形象，无论在中古骑士文学或宗教文学中都被广泛使用，极为通俗，但这并未妨碍此诗有些地方描写的鲜明生动。特别值得称赞的是作品里的现实主义的描写以及讽刺的社会批判。

由于这部作品的人民性，1381年英国农民起义前夕，起义领袖之一的贫苦教士约翰·保尔在他的号召书里就引用了皮尔斯的名字。此后以农夫皮尔斯为主人公的诗歌、故事直至16世纪仍层出不穷。

◎ 关键词：人文主义 代表 理想国 空想社会主义

理想的世界——《乌托邦》

●英国国王亨利八世

>>> 圈地运动

在14~15世纪，在农奴制解体过程中，英国新兴的资产阶级和新贵族通过暴力把农民从土地上赶走，强占农民土地及公有地，剥夺农民的土地使用权和所有权，限制或取消原有的共同耕地权和畜牧权，把强占的土地圈占起来，变成私有的大牧场、大农场。这就是英国历史上的"圈地运动"。

圈地运动牺牲了农民的利益，积累了原始资本，为资本主义提供了廉价的雇佣劳动力和国内市场，为英国发展成为资本主义强国奠定了基础。

拓展阅读：

《英国工业革命史》林举岱
《太阳城》[意] 康帕内拉

15世纪末到16世纪初，英国出现"牛津改革派"，代表人物如研究希腊的学者格罗辛。这一时期英国人文主义的杰出代表是托马斯·莫尔。

托马斯·莫尔（1478~1535）幼年就学于圣安东尼学校。13岁时，寄住在坎特伯雷大主教莫顿家中，学习拉丁文。14岁时，入牛津大学，攻读拉丁文和形式逻辑。在那里，受到人文主义思想的影响。后迫于父命，改学法律。1497年，与荷兰著名人文主义者伊拉斯谟相识，并结为好友。1502年，任伦敦市副执政官。1504年，当选下议院议员。同年，在议会抵制亨利七世索取巨额补助费。国王伺机报复其父，莫尔遂辞去公职。1509年，亨利八世继位，莫尔重返政界，历任要职，并多次出使国外。他曾于1517年担任王室圈地调查委员会委员，1518年任枢密院顾问官和请愿法庭法官。1523年，当选为下议院议长。1529年任英国大法官，成为英王之下最显要的人物。不久，在宗教改革问题上，他反对英国教会脱离罗马教廷，反对国王为英国最高宗教领袖，还反对国王与王后离婚。他在1532年5月10日辞职。两年后，他因不同意"继承法案"而被监禁，又因拒绝承认1534年的"至尊法案"，在1535年7月7日被处死。莫尔写过许多关于宗教改革的论战文章、历史和传记，而主要著作是用拉丁文写的《乌托邦》（1516）。

《乌托邦》全名为《关于最完美的国家制度和乌托邦新岛的既有益又有趣的全书》，分为两部分。第一部分写作者出使尼德兰，遇见一个葡萄牙航海家，通过和他的对话，作者批判了当时的英国和欧洲社会，抨击贵族的好逸恶劳，揭露"圈地运动"导致的羊吃人现象，涉及了法律的残酷、民族主义的野心和贫富不均等问题。第二部分，航海家描写乌托邦的社会制度。《乌托邦》有力地揭露了英国资本主义原始积累的残酷性。作者认为社会罪恶的原因在于私有制，必须废除私有制才能实现社会正义。针对这一情况，他设计了自己的理想国。在他的理想国里，没有私有制，没有人剥削人的现象，人人劳动，产品丰富，按需分配。这里没有专制暴政，没有宗教迷信和宗教狂热，人与人的关系是和谐的。它是一个被美化了的宗法社会、中古生产方式、城邦政体的混合物，纯属空想。这部作品是资本主义产生以后一系列畅想未来的著作的开端，对后来描写理想社会的文学有很大的影响。

莫尔也正是以这些天才性的设想而被世人公认为西欧第一位伟大的空想社会主义者。他当年的很多设想已经变成了今天的现实，有些至今仍是我们不断努力追求的目标。

●斯宾塞像

>>> 清教

清教是欧洲宗教改革后期在英国出现的一支新教教派。"清教徒"源于拉丁文Purus，意为清洁，于16世纪60年代开始称用，指要求清除国教会中天主教残余的改革派。在教义上主要受加尔文宗的影响。

清教先驱者产生于玛丽一世统治后期，流亡于欧洲大陆的英国新教团体当中。清教的兴起则是在伊丽莎白一世时期。17世纪后半期，清教已分裂成许多宗派，作为一个政治团体的清教基本上已不存在。另外，清教对英属北美殖民地的建立曾起过重要作用。

拓展阅读：

《英国清教》柴惠庭
《英国文学新编》郭群英

◎ 关键词：诗人 宗教改革 对话体 理想 信念

"诗人的诗人"——斯宾塞与《仙后》

16世纪后期，英国出现了一位杰出的诗人斯宾塞。

爱德蒙·斯宾塞（1552～1599）出生于伦敦一个布商家庭，少年时期入伦敦布商学校。校长穆尔卡斯特是个新型教育家，教授拉丁文、希腊文、古典文学、希伯来文和音乐，并组织学生排演戏剧。1569年斯宾塞入剑桥大学彭布罗克学院为工读生，1573年获得学士学位，三年后获得硕士学位。这一时期他进一步学习了古希腊、罗马的文学、哲学以及一些自然科学。剑桥大学当时是宗教改革、尤其是清教徒活动的中心，也是传播新柏拉图主义的中心。青年教师哈维的清教思想和强烈的古典文学爱好，以及在社会关系方面，都对斯宾塞产生了相当大的影响。1578年斯宾塞任罗切斯特主教（原彭布罗克学院院长）的秘书，次年通过哈维认识伊丽莎白女王的宠臣莱斯特伯爵，并为他服务，又通过莱斯特认识其内弟——诗人锡德尼，结成了文学团体"诗法社"。1580年斯宾塞随新任爱尔兰总督格雷去爱尔兰，从此直到他死前一年（1598），除两次到伦敦外，在将近20年的时间内都生活在爱尔兰。1599年1月16日逝世。

斯宾塞早在1569年就翻译过法国诗人杜·贝雷的诗歌，并通过法文转译了意大利诗人彼特拉克的诗歌。他的成名作《牧人月历》是仿照罗马诗人维吉尔等人的古代牧歌写成的，共12歌，每歌以一个月份为标题，除首尾两歌外，都是对话体。

斯宾塞的主要作品是《仙后》。前3章从1579年开始写作，约于1589年完成，1590年出版，后3章于1596年出版。他原定写12章，只完成了一半和第7章的一部分，将近35000行。第7章的一部分于1609年问世。诗人是为了"塑造一个有道德和教养的高尚的人"，这个理想人物体现在亚瑟王及各章的主人公身上。全诗以亚瑟追求仙后格罗丽亚娜为引子，写仙后每年在宫中举行12天宴会，每天派出一名骑士去解除灾难，亚瑟参加每个骑士的冒险事迹。已写成的6章依次以红十字骑士代表虔诚、该恩代表克制、布丽托玛代表贞洁、坎贝尔和特里阿蒙代表友谊、阿提戈尔代表正义、卡利多代表礼貌。此诗作是献给作为民族象征的伊丽莎白女王的。诗歌继承了传奇文学、寓言和梦境等传统，表达的是资产阶级的理想和信念。

无论在思想上、语言上、诗歌艺术上，斯宾塞对后世英国诗人（包括弥尔顿）都有很深远的影响。他主要启发了马洛，使十音节诗行在无韵诗体里臻于完美。他也影响了18世纪前期浪漫主义诗人汤姆逊、格雷以及19世纪浪漫主义诗人雪莱和济慈。因为他对后世英国诗人的重要影响，斯宾塞被人们称为"诗人的诗人"。

人文的光辉——中世纪、文艺复兴时期的文学

◎ 关键词：文艺复兴 莎翁 浪漫主义 无韵诗体

大学才子派——格林

●蓝衣少年 英国 庚斯博罗

>>> 道德剧

道德剧产生于14世纪下半叶，从教堂的布道仪式演变而来，也是一种宗教剧，以宣传教义、进行道德劝诫为目的。它采用中世纪常用的寓意手段，把各种道德品质拟人化。

现存最早的一部道德剧是《牢不可破的城堡》(约1440)，此剧写"人类"从青年到老年的生活，描绘了"人类"灵魂中善与恶的斗争，这一主题是以后的道德剧中经常出现的。最著名的道德剧《人》出现于约1495年。其他著名的道德剧还有《安全的摇篮》《人类》等。

文艺复兴时期英国文学的最高成就是戏剧。早在13世纪，教堂就上演宗教神秘剧。此后出现奇迹剧，戏剧走出教堂，步入民间，宗教主题的故事渐渐融入了世俗生活的场景。后来还出现了寓言体的"道德剧"，意在劝善。英国戏剧的主要形式是诗剧，16世纪中叶开始繁荣。出现了一批受过大学教育，富有才华的剧作家，如黎里、基德、罗伯特·格林和马洛等。他们被称为"大学才子派"。他们大都接受了人文主义思想，很有才华。他们并非一个统一的文学社团，创作的倾向性也不尽相同，但都在某些方面对英国戏剧做出了贡献，莎士比亚正是在他们成就的基础上，把文艺复兴时期的英国戏剧推向顶峰。

罗伯特·格林（1558～1592），一生潦倒，为人放荡不羁，传说他死于一次暴饮。他曾和莎士比亚合作写剧，但在英国文学史上他却以对莎士比亚的攻击而闻名，他在自传性的《百万的忏悔换取的一先令的智慧》(1592)中说莎士比亚是"一只暴发户的乌鸦……用我们的羽毛装点自己"。格林写过许多反映社会下层生活的自传体小册子。

在戏剧方面，他以浪漫主义的、田园牧歌式的喜剧见长。代表作《詹姆斯四世》(1598) 描写了富有人情味的、接近普通人民的理想君主形象，也展现了人民维护新兴王权、反对封建诸侯割据的活动。他的剧作也有反对贵族和资产阶级上层的倾向，他希望他们悔悟，进行道德改善，如《伦敦的一面镜子》。他突出平民的高贵品质来和贵族对照，如《僧人培根和僧人本盖》(1590)，剧中的两个僧侣追求知识，是浮士德式的人物。剧中设想用一道铜墙保卫英国，表现了当时普遍高涨的爱国情绪。《威克菲尔的护林人》(1592) 中，民间传说的英雄佐治·格林和罗宾汉成为重要人物。格林把民间传说、民族历史作为素材，在舞台上呈现出纯粹英国乡村的气氛，这是他对当时英国戏剧的贡献。他的剧作《潘多斯托》(1588) 后来被莎士比亚改编成《冬天的故事》。

格林在戏剧方面的主要贡献在于他熟练地运用了无韵诗体，收到和谐、流畅的效果。他所描绘的少女形象，对90年代莎士比亚浪漫喜剧中女主角的纯洁、天真、机智、可爱的特点有启发、示范作用。

拓展阅读：

《道德剧》［英］昂斯沃斯
《英国文学大花园》常耀信

●马洛像

>>> 帖木儿

帖木儿(1336～1405)，生于中亚碣石城(在今乌兹别克斯坦境内)附近一突厥化蒙古贵族家庭。曾任西察合台汗国大臣。14世纪60年代政局动乱时期，周旋于河中地区(阿姆河与锡尔河之间)诸封建主之间。击败政敌后，于1370年杀其同盟者侯赛因，自立为大埃米尔，建都撒马尔罕。

帖木儿经过一系列扩张征战后，建立起东到北印度，西达幼发拉底河，南濒阿拉伯海和波斯湾，北抵里海和咸海的大帝国。1404年率兵20万东征中国。翌年死于进军途中。

拓展阅读：

《明与帖木儿王朝关系史研究》
张文德
《英国戏剧史》何其莘

◎ 关键词：诗人 剧作家 民间故事 巨人性格

莎士比亚的先驱——马洛

马洛是另一位"大学才子派"的诗人和剧作家。

克里斯托弗·马洛（1564～1593）是坎特伯雷鞋商之子，在剑桥大学读书，同基德一样也在伦敦参加过无神论团体。他说宗教是为了使人恐惧而产生的，他叫人不要怕鬼，并鄙视上帝和神父们，他指责圣徒叫人们违反良心向官吏屈服。但从他的作品看来，他并没有完全摆脱宗教束缚。他在酒店与人发生口角，械斗时被杀，有人认为这和政治有关。

马洛共留下《帖木儿》、《马耳他岛的犹太人》和《浮士德博士的悲剧》等六部剧作。《帖木儿》（1587～1588）和《马耳他岛的犹太人》（1590）表现资产阶级追求无限权力和财富的欲望，但作者又指出权力和财富并不能使人幸福。蒙古可汗帖木儿征服了亚、欧许多国家，不可一世，却不能挽回他心爱的皇后的死亡，自己作为"上帝的鞭子"也有死去的一天。马耳他岛的犹太富商巴拉巴斯，贪婪成性，屋里堆满黄金，狠毒地药死自己的女儿，害死他的爱人。财富毁灭了他的"人性"，最后自己也落进沸镬丧命。

《浮士德博士的悲剧》（1592～1593）是马洛最杰出的作品之一。它是根据新译成英语的德国民间故事书而写成的，叙述浮士德把灵魂卖给魔鬼，魔鬼供他驱使24年，到期他的灵魂被魔鬼劫往地狱的故事。在这部作品里，作者肯定知识是最伟大的力量。有了知识就可以获得财富，就能探出"所有外国君主的秘密"，就能"用一道铜墙把德国围起"，"让学生们能穿上绸缎衣服"，一句话，知识能征服自然，实现社会理想。但是要获得知识首先必须和宗教蒙昧主义进行顽强的斗争。浮士德的悲剧反映了人文主义者最终未能从宗教中解放出来的历史真实情况。马洛的剧作风格壮美，比拟大胆，富有时代精神。

马洛对英国戏剧的贡献在于他创造了巨人性格。巨人是中古道德剧中暴君的丑角"罪恶"等形象的新发展。在马洛剧中，巨人占中心地位，这是和人文主义者强调个人作用的思想分不开的。马洛把充满浪漫主义热情的抒情风味带进戏剧，而结构则显得松弛，没有摆脱中古连台本戏的习惯。无韵诗体经过他有力的锤炼，表达能力大大提高。马洛是莎士比亚戏剧创作的最重要的先驱。

人文的光辉——中世纪、文艺复兴时期的文学

●莎士比亚像

>>> 莎士比亚十四行诗

看，当普照万物的太阳从东方抬起了火红的头，下界的眼睛都对他初升的景象表示敬仰，用目光来恭候他神圣的驾临；然后他既登上了苍穹的极峰，像精力饱满的壮年，雄姿英发，万民的眼睛依旧膜拜他的峥嵘，紧紧追随着他那疾驰的金驾。但当他，像耄年拖着尘倦的车轮，从绝顶颤巍巍地离开了白天，众目便一齐从他下沉的足印移开它们那原来恭顺的视线。同样，你的灿烂的日中一消逝，你就会悄悄死去，如果没后嗣。

拓展阅读：
《莎翁情史》（电影）
《莎士比亚戏剧故事》
[英] 兰姆姐弟

◎ 关键词：文学史 戏剧史 三部曲 叙事长诗

人类戏剧史的巅峰——莎士比亚

1623年，英国文学史上最重要的作品，也是人类戏剧史上最重要的作品，第一版二折本的《莎士比亚戏剧集》问世了。但同时问世的还有一个300多年来没有解开的有趣的谜——这部伟大作品的作者莎士比亚究竟是谁？后世的文学史家们经过辛苦的钩沉，将这个伟大的名字和当时一个出色的戏剧家与剧团老板联系在了一起，认为这个人最可能是我们今天所高山仰止的戏剧泰斗。这个人名叫威廉·莎士比亚。

1586年冬天的伦敦，呼啸的寒风吹过高低不平的青砖街道，在一家贵族的豪华剧院门口，一个22岁的年轻人正在看守马车，这些马车的主人都在剧场里观看新上演的喜剧，而这个有志成为英国一流戏剧演员的年轻人却在寒风中瑟瑟发抖。这个青年就是威廉·莎士比亚，半年前他抛下妻子和三个孩子，从家乡斯威伏特镇来到了艺术和文化的中心伦敦，但等待他的只是在剧场门口看马车的差事。他没有气馁，他相信，总有一天他能成为舞台上的主角。这天，老板突然找到他，说缺少一个人在幕后为演员提词，莎士比亚接受了这个机会，他离舞台更近了一步。由于他身材高挑，嗓音洪亮，没过多久就得到了一些剧中的小角色，人类戏剧史上最伟大的戏剧家，英国文学的旗帜莎士比亚，就这样登上了舞台。

凭着他年轻时打下的文学和文化基础，加上他平时用心学习，来到伦敦的第三年，他就开始了创作。先是改编前人的剧本，不久即开始独立写作。他最初的戏剧风格鲜明，语言优美，情节独特，技巧细腻，很快就在伦敦戏剧界造成了轰动。人们纷纷讨论着这个有趣的名字——莎士比亚。

27岁那年，他写了历史剧《亨利六世》三部曲，剧本上演后大受观众欢迎，为他赢得了很高的声誉，让他在伦敦戏剧界站稳了脚跟。

1595年，莎士比亚写了一个悲剧《罗密欧与朱丽叶》，剧本上演后，莎士比亚名霸伦敦，观众像潮水一般涌向剧场去看这出戏，并被感动得流下了泪水。

1599年，莎士比亚倾注全力写成剧本《哈姆雷特》，又获得了巨大的成功。

在以后的几年里，莎士比亚又写出了《奥赛罗》、《李尔王》和《麦克白》，它们和《哈姆雷特》一起被称为莎士比亚的四大悲剧。

莎士比亚活了52岁。在这52年的生涯中，他为世人留下了37个剧本，一卷十四行诗和两部叙事长诗。他的剧本至今还在世界各地演出。在他生日的那天，每年都有许多国家在上演他的剧本纪念他。

● 《仲夏夜之梦》插图

>>> 威尼斯

威尼斯，意大利东北部城市，亚得里亚海威尼斯湾西北岸重要港口。公元452年兴建。8世纪为亚得里亚海贸易中心。10世纪曾建立城市共和国。中世纪为地中海最繁荣的贸易中心之一。新航路开通后，因欧洲商业中心渐移至大西洋沿岸而衰落。1866年并入意大利王国。

威尼斯是一个美丽的水上城市，它建筑在最不可能建造城市的地方——水上，威尼斯的风情总离不开"水"，蜿蜒的水巷、流动的清波，她就好像一个漂浮在碧波上浪漫的梦，诗情画意久久挥之不去。

拓展阅读：

《莎士比亚喜剧选》
 人民文学出版社
《莎士比亚名篇赏析》黄必康

◎ 关键词：历史剧 喜剧 乐观 爱情 仁爱

寻找真实的爱情——莎士比亚的喜剧创作

1590年到1600年是莎士比亚创作的早期，又称为历史剧、喜剧时期。这时莎士比亚的作品基调是乐观的。他的喜剧宣扬爱情与仁爱精神可以战胜一切，提倡个性解放；历史剧则反复批判封建专制和封建割据，宣传开明君主的理想，倡导资产阶级的民族自尊心和爱国主义。其中喜剧的代表作有《仲夏夜之梦》《威尼斯商人》《温莎的风流娘儿们》《无事生非》《皆大欢喜》《第十二夜》等。

《第十二夜》描写孪生兄妹西巴斯辛和薇奥拉在海上航行遇险，先后流落到伊利里亚。这里的统治者奥西诺公爵正在向一位名叫奥丽维亚的贵族小姐求婚，却遭到拒绝。薇奥拉女扮男装，化名西萨里奥做了公爵的少年侍人。从此，爱上奥西诺公爵的薇奥拉作为爱情的使者，奔跑于奥西诺和奥丽维亚之间，没想到她俊朗的男生外貌却让奥丽维亚一见钟情。最后，薇奥拉的哥哥西巴斯辛出现了，奥丽维亚成了西巴斯辛的妻子。而饱受对奥丽维亚单相思之苦的奥西诺公爵在发现他的侍从原来是一个美丽的女孩之后，也认识到她感情的可贵，就和薇奥拉结了婚。全剧充满了对自由的渴望、对生活的热爱和对纯真爱情的赞颂。

《威尼斯商人》则以对社会强烈的讽刺、批判的态度见称。威尼斯富商安东尼奥为了成全好友巴萨尼奥的婚事，向犹太人高利贷者夏洛克借债。由于安东尼奥贷款给人从不要利息，并曾帮夏洛克的女儿私奔，怀恨在心的夏洛克乘机报复，佯装也不要利息，但若逾期不还要从安东尼奥身上割下一磅肉。不巧传来安东尼奥的商船失事的消息，资金周转不灵，贷款无力偿还。夏洛克去法庭控告，根据法律条文要安东尼奥履行诺言。为救安东尼奥的性命，巴萨尼奥的未婚妻鲍细霞假扮律师出庭，她答应了夏洛克的要求，但要求所割的一磅肉必须正好是一磅，不能多也不能少，更不准流血。夏洛克因无法执行而败诉，害人不成还失去了财产。

剧中性格纯朴、富有才华和正义感的鲍细霞是莎士比亚塑造的一个理想的新女性形象。她年轻、貌美、智慧超人，芳名远播，面对纷至沓来的求婚者，她把人的品行作为考虑的第一条件，而并不看重门第财富。她遵从父亲遗训，设置了金、银、铅三个匣子供求婚者挑选，结果攫取金匣的摩洛哥王子得了一张骷髅画，拿了银匣的法国阿尔贡亲王看到的是傻瓜画像，只有聪明、坦诚的巴萨尼奥选中了朴实无华的铅匣，得到了藏在里面的鲍细霞的倩影。鲍细霞毫不犹豫地投入到了这个贫穷的青年人的怀抱。这一婚姻标准实际是对封建等级制度的强烈挑战，体现了鲍细霞的高尚情操和美好心灵。

● 戏剧《哈姆雷特》中的场景

>>> "延宕"艺术手法

延宕的艺术手法是指在尖锐的冲突和紧张的剧情进展中，利用矛盾诸方各种条件和因素，穿插某一情节或场面，使冲突和戏剧情势受到抑制或干扰，出现暂时的表面的缓和，实际上却更加强了冲突的尖锐性和情节的紧张性，加强了观众的期待心理。简言之，延宕手法的应用有利于悬念的形成、保持和加强。

延宕手法的运用还可以缓解观众看戏时的紧张和疲惫，起到调节、酝酿情绪的作用。文学作品中最典型的延宕性格的代表是莎翁剧中的哈姆雷特，其突出表现无疑是他的优柔寡断。

拓展阅读：

《哈姆雷特》电影
《莎士比亚与〈哈姆雷特〉》
　　宛福成

◎ 关键词："悲剧时期" 成熟 深化 人文主义

"说不尽的哈姆雷特"——《哈姆雷特》

莎士比亚创作的第二时期（1601～1607）被称为"悲剧时期"，这是他创作最光辉的阶段，其思想与艺术走向成熟与深化。当时正值伊丽莎白女王统治末期，王权与资产阶级关系开始紧张，宫廷贵族生活日趋腐朽。莎士比亚已看清理想与现实之间不可逾越的鸿沟，创作了一批辉煌而又抑郁愤怒的悲剧剧作，表现出人文主义的美好理想与残酷现实之间的矛盾。剧中的浪漫主义光辉越来越弱，现实主义描写日益突出。其悲剧的主要内容是人与社会、人与人以及人自身的内心深处的冲突，被称为"性格悲剧"和"社会悲剧"的典范。这时期的作品有《哈姆雷特》（1601）、《奥赛罗》（1604）、《李尔王》（1606）、《麦克白》（1606）和《雅典的泰门》（1607）等。

《哈姆雷特》是莎士比亚最重要的作品，这部悲剧就其表现的社会内容和哲学内涵来说，在所有作品中是最丰富的。

主人公丹麦王子哈姆雷特是一个有理想、有魄力、好思索的人文主义者，是个诚实、坦率、正派、道德高尚的人。当他结束求学生涯回国时发现，他的祖国已变成黑暗的牢狱，父亲已被叔父克劳狄斯害死，母亲也被其霸占，王位被篡夺。他父亲的亡魂出现，要求他复仇。哈姆雷特决心杀死奸王但却又顾虑重重，他报仇的愿望逐渐转变成为一种社会责任心：应当改变这个充满犯罪、不仁不义、谎话和虚伪的世界。而要完成这一重整乾坤的神圣使命，哈姆雷特深感自己无法胜任，反之，要同恶势力妥协，他又深恶痛绝。这一切使哈姆雷特陷入犹豫、忧郁和痛苦的自我分析之中。在他下决心动手除去奸王时，不幸误杀了恋人娥菲丽娅的父亲、媚上的御前大臣波洛涅斯。伤心的娥菲丽娅因此丧失了理智，溺死河中。娥菲丽娅的哥哥雷欧提斯要为父亲和妹妹报仇，并在奸王阴谋安排的决斗中用涂了毒药的剑刺中了哈姆雷特，同时哈姆雷特的母亲也因误饮奸王为哈姆雷特准备的毒酒而毙命。哈姆雷特虽然在临死前奋力刺死了奸王，但他改变现实的宏伟理想却没能实现。

《哈姆雷特》不仅仅是一个为父复仇的故事，它有着丰富而深邃的内涵。哈姆雷特对人和对世界曾抱有美好的理想和乐观的信念，然而父亲的被害导致他深刻地反省人性。他反对迷信，崇尚科学，肯定理智，但现实却使他这些信念没有任何用武之地。他反对暴力，痛恨阴谋诡计，但要为父报仇，这些却是最有力的武器。理想的落空是哈姆雷特最大的失落，复仇使命无可选择地落到他的肩上，但实践复仇，也就等于宣告自己理想的彻底失败。

◎ 关键词：人文主义 悲剧作品 仁爱

失落的伦常——《李尔王》

李尔王的故事在16世纪英国历史著作和诗歌中已经流行，也曾被编成戏剧于1594年上演。莎士比亚的《李尔王》就是在这基础上加工改造而成的。它叙述古代不列颠王李尔年老后，想把国土分给三个女儿。长女高纳里尔和次女里根虚伪地吹嘘自己对父亲的爱，得到了国土，三女考狄利娅出言率直，反而激怒李尔，被剥夺份地，远嫁给法国国王。长女和次女与她们丈夫的忘恩负义和冷酷残忍把李尔王逼疯了。在狂风暴雨之夜，他冲出女儿的宫廷，奔向原野和无情的风雨之中。考狄利娅闻讯，兴兵讨伐，但她和李尔都被俘虏，考狄利娅被缢死，李尔也在悲痛疯癫中死去。

与此平行的情节是大臣葛罗斯特听信私生子的谗言，放逐了儿子，自己因为反对李尔长、次女的不义被挖去眼睛，在原野上受到装疯避害的儿子的保护。高纳里尔和里根为了争夺葛罗斯特私生子的爱情，彼此争风吃醋，自相残杀而死。

《李尔王》所要说明的是权威同人文主义者所向往的真正的爱、真诚、理性和社会正义之间的矛盾。李尔王在开始时是一个封建君主，他按照封建继承法把国土分封给三个女儿；在父女关系上，他要求口头的爱，要求绝对服从，表现出专断的特点；他要的不是"真实"的被爱而是虚荣的自尊，他虽把权力交给了女儿们，但仍要维持表面尊严。这样一个带有封建权威观念的人遇到了两方面的挫折：代表"真诚"的爱的考狄利娅伤害了他的自尊心，口是心非、虚伪欺骗的大女儿和二女儿对他冷酷无情，又给他极大打击，使他咒骂她们忘恩负义，以致发了疯。

李尔王的转变过程表现了一个封建君主和封建观念的改造过程。李尔通过一次受酷刑般的痛苦经历才幡然悔悟，他认识到代表仁爱、宽恕等原则的考狄利娅、肯特、爱德伽等是正确的。莎士比亚用浩瀚无际的原野、狂风暴雨的黑夜这样一些原始的大自然的激荡情景，不仅烘托出李尔转变过程中的痛苦心情，同时也批判了李尔王长女和次女违反人文主义原则的冷酷无情。在莎士比亚看来，人类社会或人性中存在着善与恶两个因素，大自然同人性一样，也有善与恶两个方面。在暴风雨一场中，大自然的恶更进一步衬托出人类社会的恶。莎士比亚设计了一个远古时代、荒无人烟、又没有地名的原野，这样一个时间、空间背景使李尔的经历具有更普遍而广阔的意义，暗示人文主义原则是亘古常青。而其之所以为悲剧则是因为他在错误的道路上栖迟不悟，盲目冲撞，造成

● 莎士比亚《麦克白》插图

>>> 莎士比亚故乡

从曼彻斯特出发，东行90公里，即是莎士比亚故乡斯特拉夫德镇。古镇方圆不足两公里，布仑河穿镇而过。紧靠河边的"圣三一"教堂即是莎士比亚的安息地。

莎翁的故居，位于布仑河边一箭之地的镇中心。一栋古旧的二层木制小楼，坐北朝南，临街而建。门楼上挂一铁牌，标明建筑年代为1531年。一楼是客厅和厨房，面包、牛排和刀叉之类摆在餐桌上，咖啡壶和杯子带有几分粗粝。二楼作为卧室和书房。莎士比亚的许多伟大作品，就是在这间书房里完成的。

拓展阅读：

《莎士比亚名言集》张云茂
《莎士比亚全集》译林出版社

●莎士比亚故居，位于曼彻斯特东九十里的斯特拉夫德镇。
●下图所绘为李尔王抱着考狄利娅的尸体悲痛不已的情景。

了不可弥补的损失，待他悔悟过来说："阿谀我的人对我说，我是一切，这是谎话。"但为时已晚了。给悲剧带来一线希望的则是代表真正的"爱"这一人文主义理想的考狄利娅。

在暴风雨之夜的几个场面，李尔开始对受苦的人表示普遍同情："可怜的衣不蔽体的穷人，不论你们在哪里，都在忍受无情风雨的袭击，你们头上没有屋顶遮盖，腹内饥饿，衣衫褴褛像凿着窗洞，你们把自己保护起来吧！我过去照顾你们太不够了！豪华的人应受些教训，暴露你自己一下，感受一下穷人所感受的。"这固然反映作者对穷苦人的同情，但更重要的是通过这一细节来肯定仁爱原则。

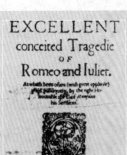

● 《罗密欧与朱丽叶》的封面

>>> 梁山伯与祝英台

梁山伯与祝英台的故事在民间流传已久，诸多的戏曲都改编过这一经典的爱情故事。

相传东晋时，祝英台女扮男装前往杭州（川剧为尼山）求学，路遇梁山伯，因志同道合而结为兄弟并同窗三载。后，祝英台归家，行前托媒师母许婚梁山伯。十八相送，祝英台以"妹"相许。梁山伯知情，往祝家求婚，此时，祝父公远已将女许婚马太守之子马文才。梁、祝二人楼台相会，之后，梁山伯抱病归家，病亡。祝英台新婚之时，花轿绕道至梁山伯坟前祭奠，惊雷裂墓，英台入坟。梁祝化蝶双舞。

拓展阅读：
《莎士比亚十四行诗精选》
    华文出版社
《梁山伯与祝英台》（电影）

◎ 关键词：语言大师 无韵诗 人文主义 典范

永恒的艺术典范——莎士比亚的诗歌

莎士比亚是一位杰出的语言大师，他吸收了人民语言以及古代和当代文学语言的精华，在他的成熟作品中运用得得心应手，与人物当时当地的心情吻合，按人物性格和剧情需要，时而诗体，时而散文。早期语言流于华丽，后期日趋成熟，始终保持生动而富于形象性。他的许多词句脍炙人口，已成为英国全民语言的一部分。

莎士比亚剧作的语言，完全是诗化的语言，柔婉如淙淙流水，激荡如惊涛拍岸，令人回味无穷。据后人统计，莎士比亚所用的词汇在一万五千个之上，并善于用比喻、隐喻、双关语，许多莎士比亚戏剧中的语言已经成了英文中的成语、典故，极大地丰富了英语辞藻。语言形式上既以无韵诗为主，又杂有古体诗、民谣体、俚谚与轻快滑稽的散文体对话。

除了戏剧中的诗句外，莎士比亚还给我们留下了一卷十四行诗和两部叙事长诗。莎士比亚的154首十四行诗，一般认为是他在1592年到1598年的六年间陆续完成的，前126首写诗人与一位贵族青年的友谊的升沉变化，第127到第154首吐露了诗人对一位"黑肤女子"的恋爱，形象生动，富有节奏感，表现了人文主义者对真、善、美的认识与理想。两首长诗《维纳斯与阿多尼斯》《鲁克丽丝受辱记》也是出色的作品。这些作品都是英国诗歌最高成就的代表，也是人类语言艺术永恒的典范。

在悲剧《罗密欧与朱丽叶》中，朱丽叶等待罗密欧前来赴约时，念出了优美的独白：

来吧，黑夜！
来吧，罗密欧！
来吧，你黑夜中的白昼！
因为你将要睡在黑夜的翼上，
比乌鸦背上的新雪还要皎白。
来吧，柔和的黑夜！
来吧，可爱的黑夜，把我的罗密欧给我，
等他死了以后，你再把他带去，
分散成无数的星，把天空装饰得如此美丽，
使全世界都恋爱着黑夜，不再崇拜炫目的太阳。

在《哈姆雷特》一剧中，处在内心矛盾中的哈姆雷特，发出了这样的内心独白：

生存或毁灭，这是个必答之问题：
是否应默默地忍受坎坷命运之无情打击，
还是应与深如大海之无涯苦难奋然为敌，
并将其克服。
此二抉择，究竟是哪个较崇高？

死即睡眠，它不过如此！
……
它令我们踌躇，
使我们心甘情愿地承受长年之灾，
否则谁肯容忍人间之百般折磨，
如暴君之政、骄者之傲、失恋之痛、法章之慢、贪官之侮、或庸民之辱，
假如他能简单地一刀了之？
还有谁会肯去做牛做马，终生疲于操劳，
默默地忍受其苦其难，而不远走高飞，飘于渺茫之境，
倘若他不是因恐惧身后之事而使他犹豫不前？
此境乃无人知晓之邦，自古无返者。

在莎士比亚的十四行诗中，充满了对爱情的歌颂和对生命的感慨。

我怎么能够把你来比作夏天？
你不独比它可爱也比它温婉：
狂风把五月宠爱的嫩蕊作践，
夏天出赁的期限又未免太短：
天上的眼睛有时照得太酷烈，
它那炳耀的金颜又常遭掩蔽：
被机缘或无常的天道所摧折，
没有芳艳不终于凋残或销毁。
……

莎士比亚是人类戏剧舞台上永恒的明星，只要人类还有戏剧和诗歌，他的名字就将被人们传颂，他的作品就将被人们欣赏，他和他创作的丰富的人物形象将永远活在人们的心中。

文学的古典时代——

古典主义文学时期

—— 古典主义文学具有鲜明的政治倾向性，即拥护王权，主张国家统一，歌颂"贤明的君主"。文学的任务被认为在于说教，在于劝善。

—— 古典主义文学要求作家正常地理解世界，并且用明确的方式加以表现，不着重抒发个人的情感，而着重于写一般性的内容。

—— 古典主义文学继承了文艺复兴时期的主张，在创作实践上和理论上以古希腊、古罗马的文学艺术为典范，采用了大量的古典题材，提倡模仿"自然"，即模仿经过主观选择的现象。

—— 古典主义文学要求规范化的艺术形式，遵守"三一律"，即时间、地点和情节（主要指性格）要一致。

●伽利略像

>>> 英国"光荣革命"

光荣革命，是英国一场和宗教有关的非暴力宫廷政变，发生在1688年到1689年。

当时，支持议会的辉格党人与部分托利党人为了避免信奉天主教的詹姆斯二世传位给刚出生的儿子，而把詹姆斯二世废黜。在废黜国王之后，他们把王位传于原本的继承者——詹姆斯二世的女儿玛丽和时任荷兰奥兰治执政的女婿威廉。威廉带兵进入英国，未发一枪，便使詹姆斯二世仓皇出逃。议会重掌大权，而威廉亦即位成为威廉三世。因为这场革命未有流血，故史称"光荣革命"。

拓展阅读：

《告别古典主义》
李洁非 / 张陵
《大国崛起之三：英国》
中国民主法制出版社

◎ 关键词：法国 创作素材 模仿 国家利益 艺术形式

"理性的光芒"——古典主义文学

17世纪到18世纪初期欧洲文学的主潮是古典主义。古典主义文学思潮在法国等欧洲国家流行了200多年，直到19世纪初期才逐步退出欧洲文坛。

17世纪的意大利、西班牙、德国等国，政治分裂，经济凋敝，资产阶级软弱，封建王权不振，教会势力猖獗。而与此同时英国资产阶级革命标志着中世纪的结束和近代的开始，1688年的"光荣革命"最终确立了资产阶级的统治地位，英国经济迅速发展，并出现了资产阶级革命文学。17世纪的法国处于资产阶级与封建贵族势均力敌的阶段，在封建王权的旗帜下双方暂时达成了妥协，古典主义就是在这种政治气候下产生的。

17世纪欧洲各国文化发展是不平衡的。意大利人文主义者继续宣传科学，反对天主教的神秘主义和教会僧侣，受到反动统治的迫害。康帕内拉被关在狱中达27年，伽利略被宗教裁判所判处徒刑，出狱后仍受严密监视。意大利逐渐丧失了它在欧洲文化中的重要地位，文学趋于衰落，"马里诺派"诗歌泛滥一时，这是一种堆砌典故、雕琢辞藻的贵族形式主义作品。在德国，文化也受到摧残，没有产生具有全欧意义的作品，值得注意的只是格里美尔斯豪森的流浪汉小说《痴儿西木传》。在西班牙，人民的精神世界遭到耶稣会和宗教裁判所的严密控制，产生于贵族集团中的"贡哥拉派"作家得到统治阶级的鼓励。西班牙文学急剧衰落，只有卡尔德龙在戏剧方面做出了一些成绩。俄国文化在17世纪仍处于落后状态，但也产生了历史歌谣、讽刺故事等民间文学，戏剧第一次出现了。彼得一世改革后，俄国文学开始发生变化，但总地说来，这个时期没有产生优秀的作品。

古典主义文学潮流最先出现在法国。法国文学在17世纪达到全欧的最高水平，产生了一批古典主义作家。这些作家主张向古希腊、古罗马作家学习创作经验，从古典文学中寻找创作素材，甚至强调模仿古人。这是古典主义名称的由来，也是其基本特点之一。

古典主义文学在政治上拥护王权，强调个人利益服从国家整体利益。虽然王权本质上是代表贵族阶级利益的，但强大的王权消灭了封建割据，统一了国内市场，有利于资本主义的发展，这在当时是进步的因素。古典主义的思想基础是唯理主义哲学。以笛卡儿等人为代表的理性主义思想，主张克制个人感情，服从专制国家的整体利益。古典主义文学创作的基本主题是个人感情与理性的冲突，并且"永远只凭着理性获得价值和光芒"。

古典主义重视艺术形式，对各种体裁做了严格的界定，并把它们分为高级的体裁（如史诗、悲剧）和低级的体裁（如喜剧），禁止混淆，并制

●笛卡儿是将哲学思想从传统的经院哲学束缚中解放出来的第一人。图为瑞典女王克里斯蒂娜和其朝臣正在听笛卡儿讲哲学。
●法国拉吉列尔的古典主义美术作品《树林风景》。

定了种种清规戒律。古典主义文学的主要成就是悲剧和喜剧。

　　17世纪以后，许多国家在不同的时代，在不同的程度和意义上，都有过它们的古典主义文学时期。英国在17世纪末以后出现了古典主义流派。在德国、意大利、俄国等国家发展自己的民族文学时，法国古典主义文学对它们起了借鉴作用。它对欧洲其他国家的影响直到19世纪浪漫主义兴起后才逐渐消失。

●弥尔顿像

>>> 弥尔顿《五月晨歌》

晶莹的早晨 百日的前驱
她舞蹈着从东方带来娇侣
白花的五月，从绿色的
怀中撒下
金黄的九轮花和淡红的
樱草花
欢迎，富丽的五月啊
你激扬欢乐，青春和热
情的希望
林木 树丛是你的装束
山陵 溪谷夸说你的幸福
我们也用清晨的歌曲向
你礼赞
欢迎你，并且祝愿你永
恒无边

拓展阅读：

《弥尔顿抒情诗选》
　　湖南文艺出版社
《弥尔顿传略》
　　[英] 马克·帕蒂森

◎ 关键词：清教徒 人文主义 宗教论战 长诗

"文人史诗的典范"——弥尔顿

　　约翰·弥尔顿 1608 年 12 月 9 日生于伦敦一个富裕的清教徒家庭，自小就爱读书。1620 年左右进入圣保罗学校，刻苦攻读，尤其喜爱文学。1625 年，16 岁的弥尔顿入剑桥大学，开始用拉丁文和英文写诗。在剑桥大学求学和毕业后一段时期，他钻研古代和文艺复兴时期的文学，深受人文主义思想熏陶。后在他父亲的霍顿别墅里进修六年，准备写一部荷马式史诗，以流传后世。他曾说："我要创作一首伟大的诗篇，那不应是一般粗鄙的恋爱诗人或江湖上舞文弄墨之辈，在酒酣耳热之余所写的狂言乱语。"

　　1638 年他旅行到意大利，访问过被天主教会关在狱里的伽利略，并积极和意大利的文人学者交往。1639 年，英国革命形势紧张，他回国参加反对国王和国教的斗争。1641 年，他参加宗教论战，站在革命的清教徒一边，主张取消主教制，写了《反对教会管理的主教制》。在一年多的时间内他连续发表五本小册子，对保皇党和英国国教给予有力打击。1643 年后，可能由于和妻子玛丽·鲍威尔不和，而发表关于自由离婚的小册子，受到保皇党和长老派的攻击。1644 年又为争取言论自由的权利而发表《论出版自由》的小册子。

　　1649 年共和国成立后，新政府任命他为拉丁文秘书。查理一世的儿子（即后来的查理二世）流亡在国外，请欧洲著名的学者撒尔梅夏用拉丁文写《为查理一世声辩》的小册子，向欧洲各国控诉英国的"弑君者"，企图在国际上威胁、孤立英国共和政府。1650 年，弥尔顿也用拉丁文写《为英国人民声辩》加以驳斥，但因劳累过度，双目失明。1654 年他又发表了《再为英国人民声辩》。

　　查理二世复辟回到英国后，弥尔顿受到迫害，著作被焚毁，生活贫困。1660 年 5 月，作为"弑君者"的辩护人，弥尔顿被捕入狱，但旋即被释放。有人说是在共和国时代曾得到弥尔顿援救的达夫南感恩图报，给他以庇护；也有人说是诗人马韦尔暗中搭救了他；还有人认为是由于复辟王朝认为一个失明的文人已不足为患而放过了他。

　　弥尔顿从此深居简出，专心写诗。这是他青年时期的抱负，因从事革命而被搁置了 20 年。他想写的长诗的主题、思想同感情与青年时期所设想的已完全不同。这时他双目失明，写作困难很多，在几个女儿和一些青年的帮助下，完成了三首长诗：《失乐园》（1667）、《复乐园》（1671）和《力士参孙》（1671）。

　　在英国诗人中，弥尔顿的地位常排在莎士比亚之后，而在所有其他诗人之前。他对 18 世纪诗人的创作产生了深刻的影响。

文学的古典时代——古典主义文学时期

● 《失乐园》插图

>>> 弥尔顿《我仿佛看见》

我仿佛看见我圣洁的新妇苍白而昏晕，从死神手中回归，恰似被宙斯的伟大儿子夺回——阿尔克提斯来见快乐的丈夫。我的新妇正如按照古法救赎，由洁净祭礼洗去了产褥的污秽，正如我深信，我必将再有机会在天上看见她，清楚而无拘束，她披着白袍来到，纯洁如她的心灵，她戴着面纱，但我幻想的视觉看见她发出爱、甜而善的光明，再没有别人脸上会有更大的欢悦。但当她想拥抱我的一瞬，我已醒她消失，白昼又把我带回黑夜。

拓展阅读：

《弥尔顿导读》
　　北京大学出版社
《失乐园》（电视剧）

◎ 关键词：叙事长诗 人文主义 清教 革命热情

人类的哀歌——《失乐园》

《失乐园》是弥尔顿的代表作。1655年，弥尔顿在失明的情况下构思这部作品，1658年开始写作，1667年出版。这部叙事长诗分12卷，一万余行，取材于《旧约·创世纪》。作品中描写天使撒旦率众反抗上帝，失败后被打入地狱，变成魔王。听说上帝在创造新的世界伊甸园，里面居住新的种族——"人类"。撒旦决心以引诱人类来完成复仇使命。他飞出地狱之门，来到伊甸园，先是偷听了亚当和夏娃的谈话，知道上帝禁止人吃智慧树的果实。他变形为蟾蜍，使夏娃做了一个想吃智慧果的梦，后又变形为蛇，引诱夏娃偷尝智慧果。亚当为了和夏娃共命运，也吃了禁果。上帝知道后，决定惩罚他们，命大天使迈克尔把他们逐出乐园，在放逐前，迈克尔把人类将要遭遇的灾难告诉了他们。亚当和夏娃擦干懊悔的眼泪，携手踏上孤寂的路途。撒旦及众魔受到上帝的诅咒，蜕变为蛇，用腹行走，终生吃土。

诗人写这首诗的目的在于说明人类不幸的根源。他认为人类由于理性不强，意志薄弱，经不起外界的影响和引诱，因而感情冲动，走错道路，丧失了乐园。夏娃的堕落是由于盲目求知，妄想成神。亚当的堕落是由于溺爱妻子，感情用事。

弥尔顿继承了16世纪的人文主义思想，接受了17世纪新科学的成就，同时对它们采取批判的态度。他肯定人生，但否定无限制的享乐；他肯定人的进取心、自豪感，但否定由此演变出来的野心和骄傲；他肯定科学，但认为科学并不是一切，光有科学而没有正义和理想，人类不会得到和平与幸福。弥尔顿的这种思想也就是革命的清教思想的反映。

在《失乐园》里，弥尔顿显示了高超的艺术。诗人的革命热情和高远的想象使他雕塑出十分雄伟的人物形象，如撒旦、罪恶、死亡等。《失乐园》结构上继承了古希腊、古罗马的史诗传统，描写了天堂和地狱、混沌和人间多种壮阔的场景。他的诗歌风格是高昂的。诗歌的用典设喻，内外古今，无所不包。长诗用素诗写成，简练的英语和古典拉丁语相结合，成就了一种"庄严和崇高的文体"。《失乐园》格调高亢，壮怀激越，气魄宏大，形象雄伟。它是17世纪英国诗坛的一部杰作，是英国资产阶级革命的宏伟史诗，是英国文学中一部杰出的诗作。

文学的古典时代——古典主义文学时期

◎ 关键词：悲剧 以色列 民族英雄 圣经故事

痛苦的英雄——《力士参孙》

● 参孙和大利拉 荷兰 威尔夫

>>> 克伦威尔遗体的惨况

英国查理二世复辟后，下令把克伦威尔的遗体从威斯敏斯特大教堂的墓地里掘出来，并命人拖着它穿过伦敦城。然后，遗体被送到了泰伯恩行刑场，被吊了一整天。

执刑者将吊尸体的绳子砍断以后，把尸体的头砍了下来，并把那颗头颅挑在棍子上游街示众，而尸身则被扔进了坑里。最后，克伦威尔的脑袋被一根长钉子钉在了威斯敏斯特教堂的房顶上，它在上面一待就是25年，后来一场风暴把它刮了下来。

一直到了1960年，那颗高度腐烂的头颅才在剑桥大学西德尼·萨塞克斯学院找到最终的归宿。

拓展阅读：

《圣经故事（插图本）》闻逸
《大学英国文学史》陈嘉

《力士参孙》（1671）是一出悲剧，取材于《旧约·士师记》。参孙是以色列的民族英雄，被妻子大利拉出卖给敌对的非利士人，眼珠被挖掉，每日给敌人推磨。一次节日，非利士人一起庆祝对参孙的胜利。参孙痛苦万分，这时他父亲劝他和解，而大利拉的忏悔、敌人赫拉发对他威胁和侮辱，则激发了他的战斗精神。在敌人威逼他表演武艺之后，他撼倒了演武大厦的支柱，整个大厦坍塌，他和敌人同归于尽了。

这部悲剧隐喻了英国资产阶级革命中，革命者坚强不屈的精神，并表现了王朝复辟后资产阶级革命者内心的痛苦和身受的迫害。歌队这样责难神：

> 你甚至叫他们
> 死在邪门异教的刀剑之下，
> 把他们的尸体丢给野狗、猛禽；
> 或使他们作俘虏，
> 或朝代改了，在暗无天日的法庭里
> 受负义群氓的审判处刑。

从这里可以看出复辟王朝如何残酷地对待革命者，如何杀的杀，放逐的放逐，就连克伦威尔的尸体也被枭首示众。他们痛苦异常，愤怒无比，一定要继续革命：

> 有一天神会把不可战胜的力量
> 放在人民救星的手里，
> 来镇压世间的暴力、人民的迫害者
> 和野兽一般狂暴的恶人。

诗人也指出：深自忏悔，克制骄矜，控制情欲，恢复信心，是资产阶级革命的道路。

《力士参孙》采用了崇高严肃的题材，具有汹涌澎湃的感情、质朴有力的语言和活泼有节的音律。这一悲剧是弥尔顿艺术的新发展。它运用希腊悲剧形式，实际上是一部宏伟的诗剧。

有些读者认为《力士参孙》是弥尔顿长诗中最有力量、最令人满意的作品，是以希腊悲剧为典范的伟大的英国诗剧。剧中在来人报告参孙的悲

●大利拉计诱参孙 英国 鲁本斯

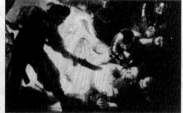

●参孙被剜去双眼 荷兰 伦勃朗

壮结局之前，所有的对话都是心理分析，是参孙心理所经历的整个过程。他想到双目失明，备受凌辱，和奴隶一起劳动的痛苦。这些经历使参孙变得谦虚，使他恢复信心，因而成为神所选定的自我牺牲的英勇战士。这出戏之所以有感人至深的力量，也因为弥尔顿的身世和参孙的相似。他也是双目失明，和全国的奴隶们一样在复辟王朝的压迫之下生存，但是弥尔顿着重表现了参孙的磨炼与克制。剧中一切情节并没有超出圣经故事的范围。《力士参孙》是弥尔顿一生最后的作品，它也成为诗人生命的最后见证。他像参孙那样终于克服了失望，或把失望升华为三篇长诗。这些诗不仅表现出革命的信念，而且表达了对神的引领的祈求、对个人灵魂的重视和对人类终于复兴的信念。

●英国国王詹姆斯一世

>>> 《挽约翰·邓恩》

……

像一只鸟，他睡在自己的巢里，自己纯净的道路和美好生活的渴望都永远地托付给了那颗星星，那星星此刻正被乌云遮挡。像一只鸟，他的灵魂纯净，世俗的道路虽然也许有罪，却比筑在一堆空巢之上的乌鸦的窝更合乎自然的逻辑。像一只鸟，他将在白天醒来。此刻他却在白床单下安睡，用梦境用白雪缝制的空间，隔离着灵魂和熟睡的肉体。一切都睡了，但有三两句诗在等待结尾，它们龇牙咧嘴，说世俗之爱只是歌手的肉体。说精神之爱才是神父的情欲。

……

（节选）

拓展阅读：

《约翰·邓恩诗集》
    北京十月文艺出版社
《英国诗史》王佐良

◎ 关键词：玄学派 爱情诗 神秘思想 宗教诗

"玄学诗派"——约翰·邓恩

在革命和复辟时期，英国诗歌创作方面有两个主要派别，以约翰·邓恩（1572~1631）为首的"玄学派"是其中之一，他们的诗歌一般写爱情、隐居生活或宗教感情。他们脱离现实，强调个人内心感受，诗歌的内容晦涩难解，以意象奇幻取胜，反映了当时一部分文人对于文艺复兴时期的人文主义理想失去信心。

邓恩出生在伦敦一个富有的天主教五金商人家庭，他1584年依靠亲戚资助进入牛津大学，但因宗教原因未获学位。1591年在伦敦学习法律，同时对神学、医学、法学和古典文学均有涉猎。1596年、1597年他先后参加远征西班牙加的斯港和亚速尔群岛战役，在军中结识了掌玺大臣埃格顿的儿子。1598年任埃格顿的秘书，被派往议会工作。1601年他因为秘密同埃格顿夫人的侄女结婚，被投入监狱。获释后，他失去固定职业，生活潦倒，企图自杀，写了《论暴死》（约1608）一文。1610年他接受了德鲁里爵士的资助，并受到国王詹姆斯一世的赏识。在国王的示意和摩顿的鼓励下，他撰写了《假殉教者》（1610）一文，攻击天主教，承认王权的绝对权威，因此获牛津大学硕士学位。1615年，邓恩接受国王的意旨，正式出任教职，成为王室牧师。1621年任伦敦圣保罗大教堂教长，直至逝世。

邓恩的作品大致可分为下列几类：爱情诗歌、讽刺诗歌、诗体散文书简、宗教诗和布道文。

爱情诗歌多是1614年以前的作品，主要收入《歌与短歌》集，共55首，与他的宗教诗同是他最著名的作品。大部分爱情诗都以死亡、离别为主题，充满关于灵魂和躯体的神秘思想（如《出神》）。

在邓恩的后期作品中，神秘主义成分日益浓厚，思想矛盾愈发突出。早在1601年末完成的诗篇《灵魂的进程》即据毕达哥拉斯灵魂轮回说，追溯人类灵魂的历史。1611年和1612年他为德鲁里小女儿忌辰写的《一周年》和《二周年》，则完整地表达了他对人生和世界的悲观看法。在《一周年》里他看出"整个世界的框架脱节"了，人伦沦丧，天地的契合破裂，世界成为"苍白的幽灵"，"人是渺小可怜的"，这个矛盾只有在死亡中解决。《二周年》进一步用中世纪神学灵肉说，表明只有肉体死亡，灵魂才能被解放和获得幸福。

邓恩的诗集于1633年出版，深受读者欢迎，有许多诗人模仿他的作品，19世纪早期浪漫主义批评家柯尔律治和兰姆都欣赏他的诗。到了20世纪，经过格里尔逊和艾略特等人的推崇和宣传，他在文学史上的地位进一步提高。

文学的古典时代——古典主义文学时期

● 英国国王查理一世被斩首的场面

>>> 魏晋玄学

中国魏晋时期出现的一种崇尚老庄的思潮。"玄"这一概念，最早见于《老子》："玄之又玄，众妙之门。"王弼《老子指略》说："玄，谓之深者也"。玄学即是研究幽深玄远问题的学说。魏晋人注重《老子》《庄子》和《易经》，称之为"三玄"。

魏晋玄学的产生有其深刻的社会背景和思想文化背景。它是在汉代儒学衰落的基础上，为弥补儒学之不足而产生的；是由汉代道家思想、黄老之学演变发展而来的；是汉末魏初的清谈直接演化的产物。

拓展阅读：
《玄学与魏晋文学》皮元珍
《英国诗歌从邓恩到马韦尔》
[英] 柯恩斯

◎ 关键词：宗教作品 世俗生活 哲理诗 抒情诗

玄学派的其他诗人——赫伯特与马韦尔

赫伯特（1593～1633），英国诗人，出身贵族。剑桥大学毕业后，于1619年至1627年担任母校接待和负责对外事务的"公共演说员"。后来他放弃出仕之念，当了牧师。

他的诗大多在一生最后的三年写成，死前出版了诗集《寺庙》（1633），共收短诗约160首。他还有一部散文作品《寺庙的牧师》（1652）。他的诗和散文都是宗教作品，他和他母亲的朋友约翰·邓恩颇有交往，他诗歌的风格也受到邓恩的影响。

他的诗歌表面浅显而蕴意丰富。他爱用世俗生活中的形象做比喻，如把自己和上帝比作佃户和地主；有时用住宅、教堂、什物、花草、音乐等形象加以引申，非常亲切。他的诗歌富于音乐性、戏剧性，十分口语化。

他的诗属于"玄学派"，有时流于夸饰，过于雕琢，形式上刻意创新，如把诗行排成鸟翼状。

马韦尔（1621～1678），英国诗人。出身于英国东部赫尔市一个温和派清教徒牧师家庭。他毕业于剑桥大学，1642年至1646年去荷兰、法国、意大利、西班牙等国漫游。1653年任护国主克伦威尔监护下的威廉·达顿的教师。1657年被任命为共和国的拉丁秘书，为已失明的弥尔顿做助手，不久又任议员。复辟后，恢复议员席位，并随使团出使俄国、瑞典、丹麦等国。

马韦尔的诗歌有歌颂自然的哲理诗、抒情诗，有赞美革命领袖的诗以及讽刺诗，此外还有几首用拉丁文写的诗。马韦尔的诗作中以《致羞涩的情人》（1650）最有名，诗中有玄学派的激情、说理的风格、夸张奇妙的意象，是反映人文主义思想的杰出诗篇。《花园》（1650）歌颂宁静的大自然给精神带来的幸福。《贺拉斯体颂歌》（1650）用长短句歌颂克伦威尔"把一个共和国献在人民脚下"，但同时也赞许查理一世从容赴死。《克伦威尔执政一周年》歌颂克伦威尔协调人间的音乐，使之符合天体运行的规律。《克伦威尔之死》寄希望于其子理查。另一些诗如《比尔勃罗的山林》则借山林的平和景色，称赞费尔法克斯的温和。《阿普尔顿府邸》同样借描写费尔法克斯的住宅及其历史，称颂主人的谦逊。这些都说明作者的立场。《百慕大》写一批受迫害的新教徒逃离本土到达百慕大的激动心情。他的长篇讽刺诗《对画家的最后指示》讽刺了复辟时期的各种贵族。

18世纪，马韦尔被看作是讽刺家，斯威夫特曾称赞他的讽刺。19世纪浪漫主义作家华兹华斯和兰姆都很欣赏马韦尔的抒情诗。到了20世纪，由于艾略特的推崇，人们对于马韦尔的诗歌大感兴趣。

● 英国国王查理一世

>>> 君主立宪制

君主立宪制亦称"有限君主制",是资本主义国家君主权力受宪法限制的政权组织形式,是资产阶级同封建势力妥协的产物。有二元制和议会制两种。

二元制的君主立宪制,是君主和议会分掌政权,君主任命内阁,内阁对君主负责,君主直接掌握行政权,而议会则行使立法权,但君主有否决权。在现代,二元制的君主立宪制只有个别国家实行。议会制的君主立宪制,则仍为现代不少资本主义国家所采用,如英国、荷兰、比利时、丹麦、挪威、瑞典、泰国、日本等。

拓展阅读:
————————————
《在班扬的马背后》
[英] 博蒙等
《班扬传》[英] 萨姆·韦尔曼

◎ 关键词:资产阶级 革命诗人 传教士 讽喻小说

清教徒作家——班扬

英国资产阶级革命爆发后,革命力量聚集在国会周围,同国王进行激烈的斗争。国王向国会宣战,国王战败。1649年,查理一世被送上了断头台。国会废除君主制,宣布英国为共和国。1660年,斯图亚特王朝复辟。1688年,资产阶级和新贵族发动宫廷政变,推翻复辟王朝,确立君主立宪制的资本主义制度。英国资产阶级革命的重大变革在文学作品中得到反映。英国文坛除出现了以弥尔顿为代表的革命诗人外,还有约翰·班扬和德莱顿等重要作家。

约翰·班扬(1628~1688)是英国小说、散文家,也是典型的清教徒作家。他生于农村补锅匠家庭,因家境贫困,几乎没受过什么教育,很早就继承了父业。青年时正值英国资产阶级革命,他参加过议会军队,接触了克伦威尔军队中左翼教派的宗教生活和清教徒生活,影响了他日后的创作。他于1648年或1649年和一个清教徒的女儿结婚,家里一贫如洗。他的妻子带来的嫁妆是两本宗教书籍,一本是《普通人的天国之路》,另一本是《敬虔的生活》。

阅读过这些书籍后,班扬开始与他的妻子一道去做礼拜。一个星期天的早晨,他对所听到的布道印象很深。礼拜完了以后,他

马上跑去球场玩板球游戏,在那里他与主以一种奇异的方式首次相遇。他在自传里写道:"当时我刚把球从洞中击出,准备击第二次。突然一个声音从天国里急速地击中了我的心:'你是要离弃你的罪进天国呢,还是要继续犯罪下地狱?'我愣住了,便没去理会那个滚在地上的球,而是举目望天,仿佛心眼大开,我看见主耶稣在那里俯视着我,很不高兴的样子。他似乎在严正地警告我,将来有一天我必为这些和其他不敬虔的行为而受到惩罚。"

受到启示的班扬,加入了浸礼会,并成为传教士。他的传教活动触怒了正规的传教士,他们说他"企图如同补壶补锅一样修补人们的灵魂"。复辟以后,政府禁止不信奉国教的人自由传教,班扬置之不顾,遂于1660年被捕,监禁12年。1672年获释。1676年再次入狱,六个月后出狱,担任浸礼会牧师,外出传教,继续写作,并继续以补锅为业。班扬的主要作品有《罪人蒙恩记》、《天路历程》(第一部写于1678年,第二部写于1684年)、《恶人先生的生平和死亡》和宗教讽喻小说《神圣战争》。班扬的作品简洁、生动、有力,在语言和小说技巧方面为斯威夫特和笛福的小说铺平了道路。

文学的古典时代——古典主义文学时期

● 《天路历程》中文版封面

>>> 福音

"福音"这一概念是在《新约》里才出现的。中文的"福音"是从《新约》希腊文的 evangelion 及英文的翻译 gospel 意译而来。

事实上，在早年的希腊文学里，如荷马的史诗奥笛 Homer's Odyssey 就用 evangelion 这词，作为给予传信息的人的"赏赐"，或指获得好信息后向神明所献的"感恩祭礼"。由于这词的含义，使《新约》的作者很自然地采用并直接表达"good tidings＝好消息＝有福之音"的意思了。所以福音在《新约》中确有它独特的意义，而且属基督教会专用的名词。

拓展阅读：

《新约全书·马太福音》
《英国小说艺术史》李维屏

◎ 关键词：非法传教 讽喻小说 现实主义小说 宗教文学

追寻福音——《天路历程》

1675 年底，班扬第二次被投入监狱。这次又是因为根据法令，传道人必须持有执照才能布道。班扬的罪名是非法传教。幸运的是，这次监禁持续了不到一年。这样，约翰·班扬一生中共有 13 年是在监狱里度过的。他心里常常纳闷：如果神果真呼召我传道，为什么我会在监狱里待这么多年，使我这么多年与会众分离？我本可以布更多的道，帮助更多有需要的人，为什么呢？

如果一个人回首往事，他肯定能发现自己饱经磨难的原因。正是因为狱中对人生和社会的深入思考，班扬开始全力以赴地撰写《天路历程》。班扬在第一次监禁时着手写这本书，他第二次出狱后，《天路历程》首次出版。

这是一部讽喻小说，和中世纪的讽喻文学如兰格伦的《农夫皮尔斯》一脉相承。作者叙述他在梦中看见一个背着沉重包袱的人，名叫基督徒，在路上徘徊，不知何往。经传福音者的指点，他必须离开故乡"毁灭的城市"，朝着"天国的城市"前进。于是基督徒开始了他的天路历程。班扬生动地描写了路途中的重重艰险，基督徒先从"绝望的泥潭"中挣扎脱身，路经"名利场"，爬过"困难山"，越过"安逸"平原，来到流着黑水的"死亡河"畔，"天国的城市"就

在河的彼岸。这些地名的讽喻意义是十分明显的。除宗教意义外，基督徒的历程也象征着人类追求美好未来的进程。同时，班扬运用现实主义方法描写英国乡村公路上的一些景象和许多人物，如"无神论者"、年轻的"愚昧无知"、"世故的聪明人先生"、"马屁先生"、"爱钱先生"和喋喋不休的"话匣子"等，他们既代表抽象的概念，又是有血有肉的活人。班扬通过一系列寓意形象对社会现实有所批判，描绘出对王政复辟时期风尚的一幅讽刺揭露性图画，抨击了当时官场的淫乱和普遍的贪污现象。例如基督徒路过"名利城"时，看到灵魂肉体、功名富贵都在市场出卖，他自己也遭到违法乱纪、荼毒生灵的法官的迫害。

班扬把人物的动作和谈话写得非常生动、具体，因此可以把班扬看成英国现实主义小说的先驱。《天路历程》是宗教文学，它和通俗的布道讲稿性质相近，同时它又属于民间文学，它的渊源还可追溯到中世纪的骑士传奇故事。它还吸收了英语《圣经》的许多特点，行文简洁、明确、生动、有力。此外，《天路历程》在故事情节、细节描写和人物性格塑造等方面，对后来英国小说的发展也产生了重大的影响。它已被译成 100 多种文字和方言，成为世界名著之一。

● 英国资产阶级革命领导人克伦威尔

>>> 辉格党

英国辉格党（Whig）是英国历史上的一个政党。1679年，因约克公爵詹姆斯（后来的詹姆斯二世）具有天主教背景，就詹姆斯是否有权继承王位的问题，议会展开激烈争论。一批议员反对詹姆斯公爵的王位继承权，被政敌讥称为"辉格"。辉格党由此得名。

辉格党得益于1688年光荣革命带来的政治变化。它于1714年之后长期支配英国政治，连续执政达46年之久。18世纪末19世纪初一段时期，在政治上失势，势力衰退。1830年重新掌权。

拓展阅读：

《英国史——国别史系列》
　　阎照祥
《近代文学批评史》
　　[美] 雷纳·韦勒克

◎ 关键词：批评家 古典文学 政论诗 桂冠诗人

英国文学批评第一人——德莱顿

约翰·德莱顿（1631～1700）是与班扬同时代的英国诗人、剧作家、批评家。德莱顿生于北安普敦郡一个清教徒家庭。他在1644年进入威斯敏斯特学校学习，受到良好的古典文学的教育。1650年他就读于剑桥大学，1654年毕业，获得文学学士学位。他于清教徒摄政政体结束前开始文学创作，曾把《纪念护国公逝世的英雄诗》（1659）献给克伦威尔。1660年，斯图亚特王朝复辟，他写了《回来的星辰》一诗歌颂复辟及查理二世复位。他早期著名的诗歌《奇异的年代》（1667），写了1666年伦敦大火、瘟疫以及荷兰战争等重大事件。

1670年，德莱顿受封为"桂冠诗人"，并在宫廷任职。此后，他写了许多政论诗，如《押沙龙与阿奇托菲尔》（1681），攻击力图立蒙茅斯公爵为王位继承人的辉格党人，这被认为是他最优秀的讽刺诗。《奖章》（1682）一诗也攻击辉格党，嘲笑他们在煽惑人民。同年又写了讽刺诗《马克·傅莱克诺》（1682）。德莱顿原是清教徒，1682年他写的《俗人的宗教》一诗斥责天主教，歌颂英国国教，反对不信国教的人。1687年詹姆斯二世企图把英国变成一个罗马天主教国家，德莱顿又改信天主教，并写了《牡鹿与豹》（1687）一诗赞扬罗马天主教会，把它比作洁净、不朽的牡鹿，辱骂英国国教为肮脏凶残的豹。

德莱顿写的颂诗中著名的是他为庆祝圣西西莉亚日而写的两首短诗：《圣西西莉亚日之歌》（1687）和《亚历山大的宴会》（又名《音乐的力量》，1697），诗中把音乐颂扬为美妙无比的艺术。德莱顿的颂诗和讽刺诗标志着英国诗歌中古典主义的确立。

德莱顿是作品丰富的剧作家，他写了将近30部喜剧、悲喜剧、悲剧以及歌剧。他主要模仿法国悲剧诗人高乃依，写了许多"英雄剧"。其中较好的剧作有《格拉纳达的征服》（1672）和《奥伦－蔡比》（1676）等，这些英雄悲剧的主题是爱情和荣誉之间的矛盾。德莱顿还把莎士比亚的悲剧《安东尼和克莉奥佩特拉》改写成《一切为了爱情》（1678）。他虽然仍采用无韵诗体，但严格遵守古典主义的三一律，写出了这部完美的古典悲剧。

同时，德莱顿也是英国文学批评的创始人，他的著名的文学批评著作有《论戏剧诗》（1668）、《寓言集序言》（1700）等。他首先对乔叟、斯宾塞、莎士比亚、琼森、鲍蒙特、弗莱彻做出正确的评价。由于他在文学上的多方面的杰出贡献，文学史家通常把他创作的时代称为"德莱顿的时代"。

文学的古典时代——古典主义文学时期

●英国清教徒摄政时期，牛津大学同情国王处境，在科帕斯·克利斯汀学院设置有国王军队司令部。

●早春 英国 因克保德

>>>《美丽心灵的永恒阳光》

"美丽心灵的永恒阳光"这个名字出自英国诗人蒲柏的诗《艾洛伊斯致亚伯拉德》，它取材于法国12世纪时的一个爱情悲剧。

电影讲诉的是，乔尔和克莱门蒂娜是一对相恋多年的情侣，生活的琐碎渐渐积累了许多矛盾，终于，克莱门蒂娜找了一家洗脑公司，把她记忆中有关乔尔的一切都删除了，乔尔成了陌生人，她以此作为新生。伤心的乔尔也找到这家公司为他删除有关克莱门蒂娜的记忆，希望自己不再那么痛苦，一切就发生在删除程序开始运作的那晚，乔尔的美好记忆一点点展开，他突然发现自己仍深爱着克莱门蒂娜……

拓展阅读：
《英国诗歌赏析》苏煜
《英国诗歌教程》戴继国

◎ 关键词：新古典主义 双韵体 讽刺长诗 职业作家

哲理诗人——蒲柏

18世纪上半叶英国社会安定，新古典主义诗歌进入全盛时期。以英雄双韵体写讽刺长诗仍然是时尚。诗的题材主要是伦敦等大城市上层社会的生活。斯威夫特、约翰逊等诗人都写过此类题材的讽刺长诗。蒲柏是此阶段最重要的诗人之一。

亚力山德·蒲柏（1688～1744）善于以议论和哲理入诗，语言精练犀利，在18世纪初期有较大影响。蒲柏出生于在政治上受歧视的天主教徒家庭，12岁时患重病，健康受到损害，从此居家读书。16岁时开始写诗，23岁发表诗篇《批评论》，受到文坛注意，得以结交著名作家斯威夫特、艾迪生等人。此后他开始以写诗和翻译古典作品为生，成为当时尚不多见的职业作家。

他的成名之作《批评论》（1711）就运用了英雄双韵体。诗中宣扬文学批评家必须有高雅趣味的新古典主义理论，主要论点来自古罗马的贺拉斯和法国的布瓦洛等人，新意不多，但把观点表达得异常机智、精辟，体现了他对好诗的定义："所思虽常有，妙笔则空前。"

《夺发记》（1714）是仿英雄体诗所写，作者故意小题大做，使用罗珂珂式的华丽文笔写一对贵族男女因追逐游戏而交恶的社会新闻，但又意含讽刺，展示了时髦社会中人们生活的空虚无聊。《怀不幸女士之诗》（1717）和《埃洛伊斯致亚伯拉德》（1717）则以真挚的爱情为主题，其中人物都是悲剧性的结局。两诗都写得悱恻动人，后者更见深度。

蒲柏也翻译了古希腊荷马的史诗。《伊利昂纪》译本（1715～1720）与《奥德修纪》译本（1725～1726）的相继出版，为他赢得了更多的读者和收入，但也引起了学者们的非议。他所编辑的《莎士比亚全集》（1725）问世后，也遭受专家的指摘。

蒲柏的对策是，把他的主要论敌当作反面人物写进他的新作《群愚史诗》里。讽刺本是蒲柏所长，这首诗中体现得更为突出。然而诗歌只在作者跳出个人恩怨，将学究之流当作社会之害来鞭挞的时候，诗句才会获得真正的力量。

蒲柏的后期作品还有《人论》（1733～1734）、《致阿勃斯诺特医生书》（1735）和《仿贺拉斯作》（1738）。《人论》是一首哲理诗，它反映了流行在当时上层人士之间的哲学信念。

《致阿勃斯诺特医生书》则是蒲柏后期创作的杰作。这是他的自传和自我辩护词，写得比较真切、自在，风格更为口语化，讽刺也更加入木三分，其中针对艾迪生的一段文字特别犀利，代表了他的讽刺诗句的最高水平。

●春之季 荷兰 台德玛

>>> 汤姆逊《春》（节选）

从湿润的草地到凋零的山冈，随着和风引导，绿茵在滋蔓，在伸延，葱郁浸渐，闯入渴望的双眼。山楂花白了；生机勃勃的果树，含苞欲绽，缓缓吐艳，待到整片林子枝叶茂盛，迎着风的感叹把盎然的生意呈现；那儿小鹿穿过密流的树丛，鸟儿浓阴深处鸣唱。值此时光，让自然轻盈而神奇的双手悄然披上了一年中最鲜艳斑斓的盛装。花园大放异彩，在悠闲的空气中弥漫开浓郁的花香；而希望的果子却已孕育，不知不觉蕴涵在赤红的苞芽之中。

……

拓展阅读：

《四季》（清唱剧）
《春江花月夜》唐·张若虚

◎ 关键词：古典主义诗歌 感伤主义 无韵体

四季诗人——汤姆逊

尽管英国古典主义诗歌在近百年间一直比较活跃，并且在某些方面不无成就，但它重理轻情的倾向一定程度上扼杀了抒情诗的发展，造成诗歌长期脱离抒情这一基本主题，这就注定了它缺乏永久的生命力。从18世纪30年代起，伴随着提倡个性解放的启蒙主义运动的发展，情感在诗中的地位开始明显回升。启蒙运动提倡的个性解放，其中就包含着情感解放的要求。这使古典主义的重理轻情难以维持，渐渐变成了情理并重，甚至情重于理，这是一种浪漫主义的因素。

英国浪漫主义诗歌的突出特色是感伤主义色彩浓重。感伤主义既是对古典主义重理轻情的抗议，又反映了敏感的诗人在产业革命进行过程中所感到的痛苦和彷徨。诗人汤姆逊就是感伤主义诗歌的突出代表。

詹姆斯·汤姆逊（1700~1748）是苏格兰出生的英国诗人。他是牧师之子。长大后，他放弃传教，就读于爱丁堡大学。1725年，汤姆逊去伦敦从事写作。1726年出版了长诗《冬》，一举成名。他与蒲柏、阿巴斯诺特和盖依等交游，并依附在贵族门下，成为家庭教师。此后他又相继发表《夏》《春》《秋》等诗作，于1730年合刊为《四季》，并附上了赞美诗一首。《四季》从初版发行到18世纪末，共印了50版，足见其影响巨大。1735年至1736年出版了长诗《自由》、五部悲剧和一部假面剧《阿尔弗雷德》。1748年，他出版了长诗《怠惰的城堡》。

汤姆逊最著名的诗是《四季》，全诗5000余行，不用流行的双韵体，而用无韵体，写四季自然景色、山林河海、平原峡谷、花草禽兽时，其中也插入了古典文学中的爱情故事，写劳动的欢乐和农民的饥寒时，把描绘、抒情、遐想和说教交织在一起。大自然的淳朴既与贵族的奢华、怠惰对照，又是造物主的化身。诗歌描写大自然的各种变化和诗人的感受，向大自然寄托孤独的心情。文学史家称之为"划时代的作品"，因为它可以称为第一首浪漫派诗歌。

长诗《自由》共分五部分，3000多行，也用无韵体，写自由女神自述在古希腊、罗马和不列颠的经历，并展望未来。诗人谴责现实的奢靡，歌颂古代的淳厚。长诗《怠惰的城堡》仿斯宾塞体，共两章，1400余行。前一章写巫师"怠惰"引诱行人入其宫堡，迷以声色，使之昏昧慵懒，最后疾病缠身，形容可憎，被投入地牢，耗损而死。后一章写骑士"勤奋"征服巫师，消灭城堡。作者用意是要用勤奋抵制贵族的懒惰。这首诗中的环境描写和各色人物形象的描写颇为生动。

他的短诗以《阿尔弗雷德》中的《统治吧，布里塔尼亚》最著名，这首诗歌颂自由，也宣扬英国应统治海洋的思想。

●雇来的牧羊人 英国 亨特

>>> 感伤主义文学

感伤主义文学流派产生于18世纪后期，是与古典主义流派针锋相对的。他们推崇感情，强调个人生活，着重写事物的特殊性，喜欢采取小说、书简、日记等体裁，反对华丽辞藻，喜欢使用日常用语。这一流派创始于英国的理查生、斯特恩，法国的卢梭以及德国歌德的某些作品也属于这一派。

感伤主义文学流派基本上采取了现实主义的艺术方法，但其中某些作家如英国感伤诗人哥尔德斯密斯、扬格、汤姆生和格雷等表现为病态的多愁善感，倾向于宗教。尤其是小说家斯特恩，走入了极端主观感觉世界。他们的作品和以后的消极浪漫主义有密切的联系。

拓展阅读：
《西方文学十五讲》徐葆耕
《西欧文学简史》
香港青年出版社

◎ 关键词：感伤主义诗歌 讽刺诗集 颂歌体 浪漫派

哀伤的小调——扬格与格雷

扬格（1683～1765）是英国感伤主义诗歌的代表诗人之一。他出生于温切斯特附近一个牧师家庭。早年在牛津大学攻读。1725年发表讽刺诗集《普遍的激情》，赢得了声誉。后来加入教会，成为英王宫廷牧师之一。长诗《哀怨，或关于生命、死亡和永生的夜思》（简称《夜思》，1742～1745）出版后，曾轰动欧洲。此诗抒发了诗人在妻女相继亡故的打击下个人的极度痛苦。他认为生活就是痛苦，理性无能为力，诗歌具有浓厚的感伤情绪；作者沉溺于宇宙幻灭的痛苦之中，以灵魂不死之说作为唯一的安慰。他的论文《试论独创性作品》（1759）反对盲目崇拜和模仿古人，力求创新，表达了当时开始影响文学界的前期浪漫主义思潮的一个重要方面。

提到感伤主义诗歌，托马斯·格雷（1716～1771）是绝对不可忽略的人物。格雷出生于伦敦一个经纪人家庭。青年时代入伊顿公学和剑桥大学学习。1739年至1741年陪同学华尔浦尔游欧洲大陆。1742年起定居剑桥，从事创作。1757年被提名为"桂冠诗人"，但未接受。1759年至1761年，格雷去伦敦新建的不列颠博物馆钻研冰岛及威尔士古代诗歌。1768年他任剑桥大学历史和近代语教授。格雷除写诗外，还学过法律，他对考古和植物学、昆虫学都感兴趣。他热爱自然风光，他的英国湖区《纪游》（1775）和《书信集》（1775）都以文字优美见称。

格雷一生只写过十几首诗。他的诗，多半是自娱之作或是写给友人带来快乐的。正如狄更斯所说："他是携着一小卷诗，迈入不朽诗人行列的诗人。"最早的《春天颂》（1742）描写春天的大自然，表现人生短暂、人不论贫富或地位高低都不免一死的思想。《伊顿远眺》（1742）在描写风景的同时，感叹学童未来将经受的不幸。《坎坷》（1742）同样以不论善恶，等待人们的都是厄运为主题。英国批评家阿诺德将格雷评价为吟游诗人，并说："吟游诗人集浪漫主义与古典主义于一身，在他们的身上，威尔士的传统铸就了朋特风味的颂歌。他们回顾德莱顿和弥尔顿，而展望华兹华斯和柯勒律治的浪漫主义时代。"

格雷最著名的诗是《墓园挽歌》（1750），全诗128行，用八年时间写成。诗中突出体现了对默默无闻的农民的同情，惋惜他们没有机会施展天赋，批评大人物的傲慢和奢侈。对暮色中大自然的描写、对下层人民的同情和感伤的情调，使这首诗成为浪漫主义诗歌的先声，而在艺术技巧上又达到古典主义诗艺的完美境界。诗中一些最优美的章节，至今仍被作为歌词来传唱。

格雷还以古希腊诗人品达的颂歌体写了《诗歌的进程》（1759）和《歌

手》(1757)。前者追溯诗歌从希腊到英国的发展变化，称颂莎士比亚、弥尔顿、德莱顿；后者写古代威尔士最后一个歌手对13世纪因吞并威尔士而战死的英王爱德华一世的诅咒。他还翻译了北欧诗歌《命运女神姐妹》(1761)和《奥丁的降世》(1761)，开了浪漫派对北欧文学感兴趣的风气。

●收割 英国 布朗

●威文侯公园 英国 康斯太勃尔
风和日丽的公园，人与动物各得其乐，水光涟漪、云移鸟飞，一派幸福安宁的景象。画家在画中突出表现了宁静而抒情的意境。透过这幅画，人们可以真切地感受到作者对自然的爱，对生活的爱。

● 伐木者的杰作 英国 达德

>>> 苏格兰

　　苏格兰位于欧洲大不列颠岛的西北部，是大不列颠岛联合王国的一部分。苏格兰在历史上曾是一个独立的国家，即使在与英格兰合并之后，也保留着很大的独立性和鲜明的民族传统。

　　苏格兰占有欧洲西北方外海、大不列颠岛北方约1/3的土地面积。虽然在外交、军事、金融、宏观经济政策等事务上，苏格兰受到位于伦敦西敏市的英国国会管辖，但在内部的立法、行政管理上，拥有一定程度的自治空间，也有发行专有货币的权力。苏格兰是联合王国底下，规模仅次于英格兰的国家。

拓展阅读：
《英国文学名篇选注》王佐良
《彭斯诗钞》上海译文出版社

◎关键词：苏格兰 诗人 民歌 地方色彩

"苏格兰人民的儿子"——罗伯特·彭斯

　　在苏格兰南岛的东南海岸、奥塔哥区的首府，有"南岛的爱丁堡"之称的古城达尼丁，在八角形的大广场中心，矗立着一尊高大的塑像，过往的人们都纷纷驻足仰望，从全世界各地来的游客，都在这里合影留念。塑像纪念的就是苏格兰最杰出的诗人，苏格兰文学的骄傲——罗伯特·彭斯。

　　罗伯特·彭斯（1759～1796）是18世纪欧洲最杰出的诗人之一。1759年1月25日，彭斯生于艾尔郡阿洛韦镇一个农民家庭。他只在童年时受过几年教育，从小就开始在田里劳动，利用劳动之余自学。在苏格兰民间传说和歌谣的哺育下，他15岁时就开始写诗。1786年他的第一部诗集《主要用苏格兰方言写的诗集》出版，轰动了苏格兰。

　　后来，彭斯游历了苏格兰北部高原地区，并开始整理和改写民歌。他当过税收员，法国大革命时期，深受革命气氛感染的彭斯，曾拿出自己的积蓄买炮资助法国革命，不幸为英国政府截获。37岁时，彭斯不幸因贫病交困而过早地离开了人世。

　　彭斯的一生，是困顿的一生。但是，他"不问身在何处，只问欢乐有无"，他高唱"君不见酒吐芬芳杯生烟，君不见衣裳虽破乐无边"。因而，他的所有诗歌，始终充满了对生活的热爱和乐观的情怀。他一生短暂，创作了600多首诗歌。他的成功之作都用苏格兰方言写就，其诗歌具有淳厚的民歌风味和浓郁的地方色彩，仿佛是一幅画着干草车的17世纪的乡村油画。他的诗歌成功地运用了苏格兰的方言土语，仿佛不是写出来的诗行，而是从内心深处流出的音乐，而我们吟唱他的诗歌，却又好像由我们自己的心中涌出。正因此，他的诗歌属于全世界。他的许多诗篇被谱成歌曲至今在各国传唱。比如《往昔的时光》（又译为《友谊地久天长》），取材于一首苏格兰民歌，彭斯将它改写，而如今这首歌家喻户晓，仿佛已成了全世界的"国歌"：

　　　　老朋友哪能遗忘，
　　　　哪能不放在心上？
　　　　老朋友哪能遗忘，
　　　　还有往昔的时光。
　　　　……
　　　　我们曾遨游山冈，
　　　　到处将野花拜访。
　　　　但以后走上了疲惫的旅程，

逝去了往昔的时光!

我们曾赤脚蹚过河流,
水声笑语里将时间忘。
如今大海的怒涛把我们隔开,
逝去了往昔的时光!

忠实的老友,伸出你的手,
让我们握手聚一堂,
再来痛饮一杯欢乐酒,
为了往昔的时光!

彭斯一生一直干着"超过体力所容许的苦活",然而他却写出了极为优美的诗歌。他被人称为"天授的耕田汉"。综观彭斯的诗,记农事、诉交往、论事态,均流淌出一股清亮的调子。作为耕夫的彭斯,肉体已疲苦不堪,心灵自然要诉之以愉悦的抚慰,这是生命律的自然调节。所以,彭斯的诗正好应和了文艺的本源,即生命的自然表达。他无意成诗人,生命的自然律却把他造就成诗人;他无意发表诗作,但心灵的声音却会不胫而走。

彭斯的一生虽然短暂,但他却为苏格兰民族文学写就了最为优美的乐章。直到今天,每年1月25日晚上,苏格兰人民都在彭斯的故乡和苏格兰其他地方,举行盛大的纪念彭斯诞辰的活动,这1月25日的夜晚也被命名为"彭斯之夜"。

● 月光下的稻田 英国 帕尔默
● 天堂的平原 英国 马丁
● 汉尼拔穿越阿尔卑斯山 英国 透纳

◎ 关键词：资产阶级革命 自由 平等 爱情诗 浪漫主义

一朵红红的玫瑰——彭斯的诗歌

● 小丘的景色 英国 帕尔默

>>>《如果你站在冷风里》

呵，如果你站在冷风里，一人在草地，在草地，我的小屋会挡住凶恶的风，保护你，保护你。如果灾难像风暴袭来，落在你头上，你头上，我将用胸脯温暖你，一切同享，一切同当。

如果我站在可怕的荒野，天黑又把路迷，把路迷，就是沙漠也变成天堂，只要有你，只要有你。如果我是地球的君王，宝座我们共有，我们共有，我的王冠上有一粒最亮的珍珠——它是我的王后，我的王后。

拓展阅读：

《彭斯抒情诗选》
　　人民文学出版社
《英国诗歌教程》戴继国

彭斯生活在资产阶级革命时期。他写了许多诗篇赞美革命、自由、平等，反对专制压迫、民族压迫。他歌颂美国的独立和法国大革命。《自由树》一诗赞颂在自由鼓舞下的法国人民"砍下国王的狗头"，"使走狗们遁逃"，全诗具有浓厚的革命思想。

尽管彭斯是这样一位热情赞颂革命，歌颂自由平等的革命诗人，但他艺术价值最高的诗歌，还是他的抒情诗创作。

哦，我的爱人像红红的玫瑰，
在六月里初绽。
哦，我的爱人像优美的旋律，
在甜美音符间回荡！
美丽如你，我的姑娘，
我爱你那么深切，
亲爱的，我会一直爱你，
直到大海干涸。
亲爱的，直到大海干涸，
直到烈阳将岩石熔化，
亲爱的，我会一直爱你，
只要生命之泉不断。
再见吧，我唯一的爱人，
短暂的别离，
我会再次回来，我的爱人，
即使相隔万里！

这首诗题为《一朵红红的玫瑰》，是彭斯爱情诗里最有名的一首，作于1794年，发表于1796年。它原来也有几个苏格兰民歌的本子，经过彭斯加工、改写，才去掉它们的芜杂和庸俗，集中它们的精华，成为现在这样的抒情绝唱。它清新，咏美人而无一丝脂粉气；它明白如话，但又有足够的分量与深度，经得起不断玩味、思索；它自然，但又有完整的形式。彭斯的创作在精神和艺术两个方面为英国浪漫主义诗歌运动做了最后，也最充分的准备，他是浪漫主义最直接的先驱。

● 穿过小溪 英国 透纳

>>> 意识流

意识流是心理学家们使用的一个短语。它是20世纪由美国实用主义哲学创始人、心理学家威廉·詹姆斯创造的，指人的意识活动持续流动的性质。詹姆斯认为，人类的思维活动并不是由一个一个分离的、孤立的部分组成，而是一条连续不断的、包含各种复杂的感觉和思想的"流"。

这种理论很适合19世纪末、20世纪初一些侧重描写人物内心生活的作家需要。法国小说家艾杜阿·杜夏丹在1887年所作的《月桂树被砍掉了》一书中首先运用了内心独白的写法，为后期意识流开了先河。

拓展阅读：

《英国小说艺术史》李维屏
《西欧文学简史》

香港青年出版社

◎ 关键词：感伤主义 怪诞 意识流 内心活动

感伤作家——劳伦斯·斯特恩

劳伦斯·斯特恩（1713～1768）是英国感伤主义小说的代表作家。祖父为约克郡的大主教，父亲为下级军官。他出生在父亲的驻地爱尔兰，幼年随军迁徙，其后由亲戚资助入剑桥大学学习。1738年至1759年，斯特恩在约克郡当牧师。1741年结婚，但他用情不专，生活很不检点，最后竟使妻子变成精神病。1759年，他发表了《特·项狄的生平与见解》（或译《项狄传》）第1、2卷，一举成名。1760年前往伦敦，受到上流社会的极大欢迎。同年发表《约立克的布道文》第1卷，并迁往约克郡另一教区当牧师。1761年发表《项狄传》第3至6卷，受到约翰逊、理查逊、华尔浦尔、哥尔德斯密斯等人的攻击，认为不道德，不是文学。1762年，斯特恩去法国养病。1765年出版了《项狄传》第7、8卷，1767年出了第9卷。1768年发表了代表作《感伤旅行》。在伦敦时，他结识了伊丽莎白·德雷珀夫人，伊丽莎白夫去印度之后，1767年他写了一系列书信，即《约立克致伊丽莎白的信》。他的《布道文》第2至4卷、书信集都在死后出版。

斯特恩最主要的作品是《项狄传》和《感伤旅行》。《项狄传》是一部奇书，全书既无主人公的生平，更没有他的见解，第1、2卷写主人公的出世、命名，而到第6卷时，他还只是幼童，以后便销声匿迹。书中的主要人物是：父亲瓦尔特，是个学究，专爱讨论哲学问题；叔叔托比是一个退役军人，专爱回顾、研究他所经历过的战役、工事和火器；叔叔的随从特利姆下士，一个善良而富于同情心的单纯的人；斯洛普医生，是个笃信教条、拥护詹姆斯王的天主教徒，此外还有牧师约立克以及主人公之母和瓦德曼寡妇。这些人物善良、幽默，各有怪癖。作者的怪诞还表现在形式上，全书没有情节，充满了信笔而来的插话、插曲，割断或颠倒时序，序言被放在第3卷中间，并且随时出现博学的考证、论辩和一些滑稽场面。它打破传统小说的格式，打乱了时间、空间的次第。

《感伤旅行》写作者在英法战争时期取道法国到意大利去的经历，没有像一般的游记那样描写自然风光，评价社会生活，而是通过许多细节，夸张地描写主人公的感觉和敏感的内心变化，抒发作者自己的思想情绪，具有浓厚的感伤色彩。这部作品标志着感伤主义文学的兴起。

斯特恩对英国文学的重要贡献在于使小说这一文学类型开始具有新的内容，即人物的极为丰富和复杂的印象和感情。从此以后，小说不仅写事件，而且写人物的内心活动——尤其是颠倒时间顺序的、不合逻辑的、下意识的联想。在这方面，斯特恩启示了20世纪小说的"意识流"的手法。

◎关键词：恐怖 狂想 商业色彩 反常性作品

英国文学的黑色奇葩——哥特式小说

●巴黎圣母院 法国哥特式教堂

>>> 哥特式建筑

哥特式建筑是11世纪下半叶起源于法国，13~15世纪流行于欧洲的一种建筑风格。主要见于天主教堂，也影响到世俗建筑。哥特式建筑以其高超的技术和艺术成就，在建筑史上占有重要地位。

哥特式建筑的特点是尖塔高耸，在设计中利用十字拱、飞券、修长的立柱，以及新的框架结构以增加支撑顶部的力量，使整个建筑以直升线条、雄伟的外观、内部空阔的空间，再结合镶着彩色玻璃的长窗，使教堂内产生一种浓厚的宗教气氛。

拓展阅读：
《外国文学史导学》蒋连杰
《世界文学简史》
北京大学出版社

也许是因为盎格鲁－撒克逊民族远古的游牧记忆，也许是因为不列颠岛潮湿阴冷的气候，从古至今，英国文学始终萦绕着一丝黑暗恐怖的气息，从莎士比亚开始，罗密欧与朱丽叶的家族血仇，麦克白夫人洗不掉血迹的双手，荒野中李尔王疯狂的呼喊……到了18和19世纪，黑暗演变成浪漫主义的狂想，并作为理性主义的对立面有了自己的名称——哥特式小说。古堡、废墟、地牢、预言、折磨、死亡、梦境、幻觉、幽灵是哥特式小说一再出现的意象，犹如哥特式教堂尖锐的屋顶，刺向当时舒适稳定的生活。当然，这里面却包含着一个矛盾，只有安全的现实，才能孕育出带有商业色彩的、从恐惧中寻求快感的哥特式小说。

这一流派的作家有贺拉斯·瓦尔浦(1717~1797)、拉德克里夫夫人(1764~1823)、路易斯(1775~1818)和麦图林(1782~1824)等。他们的小说中常常描写由于争夺财产或满足个人情欲而引起的谋杀、迫害，主要人物往往是病态的。它们多半以中古的城堡为背景，充满恐怖神秘的气氛。

文学史家看来，英国哥特式小说的自觉创作，始于霍勒斯·沃波尔的《奥特朗托城堡》(1764)，其内容是古堡闹鬼的故事。

霍勒斯·沃波尔(1717~1797)

是英国著名小说家。父亲罗伯特曾任首相，他本人袭封为奥福德伯爵。早年就读于剑桥大学，1730年至1741年，由诗人格雷陪同游大陆。1741年至1767年任议员，1747年在伦敦附近筑哥特式城堡，并创办印刷所，自印作品，格雷的一些诗作也由他刊印。他的著作极多，包括有关绘画和雕刻、版画的著作及大量书信。他的百科全书式的书信集(1732~1797)包括有关当时社会政治情况的丰富材料，并以其优美的散文风格著称。

沃波尔的中篇小说《奥特朗托城堡》是英国第一部哥特式小说，写的是12、13世纪篡夺了奥特朗托领地的曼弗列德的故事。曼弗列德的儿子在举行婚礼时突然被巨盔砸死，曼弗列德决定休妻，自己同新娘结婚以延续子嗣，保住领地。后来他又误杀了自己的亲生女儿。最后在合法继承人的怪异现象引起的恐惧之下，他不得不交代自己的篡夺行为。这部小说在一定程度上揭发了贵族的凶残。故事情节曲折，尤以恐怖气氛的渲染为特点，如城堡中的地下通道，幽暗的走廊，暗门，关门声，脚步声，以及巨盔、巨剑等超自然现象，给人以神秘感。

浪漫主义诗人雪莱的妻子玛丽·雪莱创作的《弗兰肯斯坦》(1818)可以称得上是最后一部哥特式小说，同时也是第一部科幻小说。小说写科学家弗兰肯斯坦用尸块拼成一个怪物，却失去了对它的控制能力。怪物本来心地善良，乐于助人，但因为得不到社会的理解和同情，逐渐发展为一个社会秩序的破坏者，变成了一个地地道道的魔鬼。弗兰肯斯坦开始认为自己的行为没有任何错误，后来逐渐变得内疚，最后终于勇于承担责任，与怪物进行决斗，结果与怪物一起同归于尽。小说不再仅仅是充满黑暗想象的"鬼故事"，它向前呼应着"充当造物主的狂妄必受惩罚"的宗教母题，向后预见并质疑了科学主义泛滥可能带来的灾难。

●具有典型哥特式教堂建筑风格的法国夏特尔大教堂

在《牛津简明英国文学史》中，我们还可以找到对哥特式小说的描述：这一批评术语涵盖了大量的反常性作品，这些作品表现了自然力和超自然力的聚合与冲突。这类小说在18世纪的最后几年进入繁荣期，它的影响的余波，它的耸人听闻的手法，从勃朗特到狄更斯时期直至当代的英语文学，可以连续地被感受到。"令人快乐的惊恐"一直在历史的废墟中孕育着。

●一路平安 英国 斯蒂文森

>>> 爱尔兰语

爱尔兰语属于凯尔特语族，与同语族的苏格兰盖尔语、威尔士语密切相关，至今还有不少相通之处。早期的爱尔兰历史以文学形式出现，主要以"诗""赋""史"，以英雄传奇史诗为主。

公元5世纪，基督教传入爱尔兰。中世纪初，爱尔兰没有经受那场摧毁罗马帝国战争的侵扰，一直是一个与外界隔绝的基督教学习中心。6～11世纪，当欧洲大陆还处于黑暗的中世纪，爱尔兰教士已把宗教学习中心建到了欧洲各地，因此爱尔兰被誉为"学者之岛、科学家之岛"。

拓展阅读：

《英国18世纪文学史》
刘意青
《英国小说发展史》蒋承勇

◎ 关键词：天才作家 田园生活 现实主义 劝世诗

天才的作家——哥尔德斯密斯

奥利弗·哥尔德斯密斯（1730～1774）是英国18世纪后期重要的诗人、剧作家、小说家。哥尔德斯密斯1730年11月10日出生在爱尔兰中部的帕拉斯，父亲是牧师。1749年毕业于都柏林大学三一学院。1752年到苏格兰爱丁堡大学学医，1754年又到荷兰莱顿大学继续学医，但他一生从未行过医。他带着一支长笛徒步漫游欧洲。1756年，他回到伦敦时身无分文，此后开始为生活而艰苦奋斗。曾在出版商和小说家塞缪尔·理查逊手下当编辑，又给《每月评论》杂志写稿。1759年给一家小刊物《蜜蜂》撰稿时才作为文学批评家和散文家初露锋芒。他先后结识了托马斯·珀西和约翰逊博士，成为约翰逊博士的文学俱乐部的成员。

哥尔德斯密斯最早的重要作品是一篇用散文写的论文，题目是《关于欧洲纯文学现状的探讨》（1759）。他到1762年发表《世界公民》后才被公认为一位天才的作家。《世界公民》有意识地模仿法国启蒙作家孟德斯鸠的《波斯人信札》，假托一个旅居英国的中国人的通信，讽刺英国社会的虚伪和矫揉造作。它的文体接近口语，流畅自然，充满了幽默和智慧，是英国散文的杰作之一。哥尔德斯密斯在这部小说里歌颂天真、单纯的美德。

他的另一部作品小说《威克菲尔德的牧师》（1766）写一个乡村牧师受尽地主的欺压，女儿遭地主蹂躏，儿子也遭到迫害，全家入狱，最后地主的叔父的出现才使他们全家苦尽甘来。作品批判了地主阶级欺压善良，也讽刺了资产阶级中下层人们的虚荣心。它带有感伤主义成分，极力写主人公的悲惨处境以打动读者。

1765年，哥尔德斯密斯发表了他最早的重要诗歌《旅行者》。这是一篇考察各国不同幸福观的劝世诗，善于运用简单、优美的语言和整齐和谐的韵律，表现出作者非凡的诗歌才能，受到约翰逊博士和文学俱乐部的其他成员的称赞。他最重要的诗作是《荒村》（1770），这是一首怀念过去的田园诗，所写的村落名叫奥本（意思是"金黄色"），可能根据他童年时代所熟悉的爱尔兰农村利索伊而写，也可能是诗人幻想中的英国农村。诗人运用今昔对比的手法，提出他的田园生活理想，同时也尖锐地批判了英国的社会现实。

哥尔德斯密斯还写过剧本，最著名的是喜剧《委曲求全》（1773）。它是英国戏剧史中最完美的喜剧之一，以丰富多彩的人物刻画而著称。喜剧《好脾气的人》（1768）也是一部现实主义喜剧。他的现实主义喜剧纠正了18世纪英国喜剧的感伤主义倾向，使英国喜剧走上健康发展的道路。

文学的古典时代——古典主义文学时期

◎ 关键词：中央集权 重商主义 语言 规范化 哲学基础

从"唯理主义"到"三一律"——法国古典主义文学

● 法国国王路易十四像

>>> 路易十四

路易十四（Louis XIV，1638年9月5日出生于法国圣日耳曼-翁-莱伊，1715年9月1日逝世于凡尔赛），是法国国王，他的执政期是从1643年至1715年。他也被称为"太阳王"（Roi Soleil）。

路易十四是法王路易十三的长子，4岁时就继承了王位，但22岁前一直由他的母亲奥地利的安娜代他执政，直到1661年红衣主教茹尔·马萨林死后他才开始亲政。他的执政期是欧洲君主专制的典型和榜样。他一共执政72年，是世界上执政时间最长的君主之一。

拓展阅读：

《路易十四时代》[法]伏尔泰
《法国文学简史》张彤

17世纪的法国是欧洲最强大的中央集权君主国家。国王路易十四为了巩固统治，在政治上既拉拢天主教僧侣和世袭贵族，又为资产阶级开放部分政权，在经济上实行重商主义政策，发展资本主义经济。羽翼未丰的资产阶级，也需要依靠王权与贵族分庭抗礼，于是便与王权实行了妥协。法国古典主义文学思潮正是资产阶级与王权妥协的产物。

法国古典主义文学的全盛时期是17世纪的六七十年代。马雷伯（1555～1628）是法国古典主义的创始人。他主张文学要为王权服务。他严格要求语言纯洁，反对七星诗社毫无限制地扩大法语词汇。他规定亚历山大诗体的结构，禁止使用跨句。他的理论受到一些人反对，但由于符合时代要求，逐渐占了优势。

17世纪初期，伏日拉（1595～1650）和法国学士院致力于语言的规范化，夏泼兰（1595～1674）进一步探讨了悲剧规律。在哲学方面，笛卡儿（1596～1650）倡导唯理主义，他在《方法论》中提出了理性观念，主张对事物进行科学的分析，肯定了事物的可知性。但是他的天生"良知"和"天赋"观念，实际上仍给"神"留了一个位置。这一哲学反映在文艺上就是要求以"理性"来克制"情欲"，形式上也要有严格的规则。这种唯理主义产生，为古典主义文学的发展提供了哲学基础。

法国古典主义的发展可以分为两期：三四十年代是第一期，是古典主义兴起并显示出新生力量的时期；六七十年代为第二期，是古典主义茁壮成长并产生许多优秀作品的时期。古典主义作家不断地受到旧势力的攻击，他们予以猛烈的回击，谴责贵族沙龙文学。可是，他们在自己的作品中也保留了"典雅"的趣味。

古典主义作家在各种文学体裁上都做出了优秀的成绩，其中以戏剧最为突出。17世纪初期，法国戏剧逐渐繁荣，剧作家辈出，作品很多。不少作家如阿狄（1570？～1631）等采用古希腊、罗马故事写悲剧，但情节结构松散，舞台场景杂乱，戏剧冲突不尖锐，不能集中反映生活。在这种情况下，一些法国古典主义作家为戏剧创作制定了"三一律"，规定一出戏只有一条情节线索，剧情只能发生在同一地点，剧中时间不得超过二十四小时，即时间、地点、情节的整一性。"三一律"使戏剧结构严谨、情节集中，冲突迅速展开并到达高潮，但同时又束缚剧作家的手脚，导致人物形象公式化、概念化，削弱了作品的艺术感染力。到了30年代，黎塞留通过法国学士院攻击高乃依的《熙德》，使三一律成为古典主义悲剧家共同遵守的规律。

◎ 关键词：御用文人 牧歌式喜剧 抒情短诗 戏剧理论

古典主义悲剧的奠基者——高乃依

●高乃依像

>>>《咏国王路易十三之死》

这块大理石下安息无罪君主，只有他的仁慈令法国人不快，他的全部罪孽只是用臣太坏，他成同谋。时间太长，可是无辜。

野心、傲慢、胆大包天，各蓄贪图夺掉他的权，成了我们的主宰，虽然他在内心主张言路广开，他的统治时期却是不义满布。

他是万方之主，却是宫中奴隶，他和我们的暴君一起刚离世，这暴君迫使他随同自己入坟。这样的不幸历来有谁听说过？三十三年在王位上白白消磨，他刚开始统治，就停止了生存。

拓展阅读：

《高乃依戏剧选》
　　上海译文出版社
《高乃依的戏剧三论》余秋雨

1636年冬天，法国巴黎的街道上，一个身着黑色斗篷的青年男子步履沉重地走着，他心事重重，一场激烈的思想斗争正在他心里展开。他叫彼埃尔·高乃依，是红衣主教黎塞留御用创作班子中的核心成员，也是当时颇有名气的剧作家和诗人。几天前，他为黎塞留创作了一部牧歌式的喜剧，但他夸张的想象与浪漫的情节并没有得到大主教的赞同，黎塞留提出了修改意见后让他重新创作，可他再次交上去的剧本仍然与黎塞留的用意背道而驰，甚至偏离得更远。黎塞留生气了，在刚刚结束的晋见中，红衣主教狠狠地批评了高乃依，并且让他自己"想清楚"。

高乃依明白独断专行的黎塞留的地位和影响力，他的势力甚至超过了国王。按照他的意图创作，自然会道路平坦，前途宽广，但却必须牺牲自己在艺术上的抱负和主张。年轻人猛然抬起头来，他忍受这种身为御用文人，为人代笔的痛苦已经很久了，他决定从此和红衣主教分道扬镳，辞去创作班子的职务，坚决走自己的路！

高乃依（1606～1681）是法国剧作家，法国古典主义悲剧的奠基人。他出生于法国诺曼底省鲁昂城一个殷实的资产阶级家庭。父亲是

律师。少年时受天主教影响较深，喜爱拉丁文和拉丁诗人与雄辩家的著作。他先在耶稣会设立的学校念书，毕业后，又潜心攻读法律，继承父业，成为鲁昂的一名官员，任职达22年之久。鲁昂是17世纪初期法国戏剧活动的重要城市，身在这种文化氛围之中，年轻的高乃依饱受诗歌和戏剧的熏陶。高乃依的创作生涯从写抒情短诗开始，1629年发表了喜剧《梅丽特》。1933年，他来到巴黎，他的第一部悲剧《梅黛》在1635年问世。此后，他创作了一系列当代题材的悲剧，声名日增。

1636年，高乃依的悲剧《熙德》上演，取得声誉。但因同行妒忌，他沉默了几年。后改变创作倾向，继续发表了《贺拉斯》《西拿》《波利厄克特》等剧作，完成包括《熙德》在内的四大悲剧。1643年被选入法兰西学院。

高乃依一共写过30多个剧本，大部分是悲剧，也有喜剧、悲喜剧、英雄喜剧、芭蕾剧以及一些戏剧理论方面的文章，如《论戏剧的功用及其组成部分》等。虽然高乃依晚期作品追求离奇曲折的情节，有流于贵族文学的倾向，但他的大部分剧作场面壮观，刻画人物深刻，语言铿锵有力，不愧为古典主义悲剧大师。

●黎塞留像

>>> 黎塞留

黎塞留（1585～1642），枢机主教（红衣主教）、法国枢密院首席枢密大臣（首相）（1624～1642）、航海和商业总监、封布列塔尼公爵、政治家和外交家。生于巴黎一个二流贵族家庭，曾任希龙修道院院长，1607年任吕松主教，1614年作为普瓦图的教士代表出席三级会议，1616年受到摄政王太后 M. de. 梅迪契的赏识，担任王太后家庭总监，1617年被国王路易十三放逐，后又受到重用，1622年任枢机主教，1624年进入枢密院，同年为首席枢密大臣，从此在法国政策中具有控制性影响力。

拓展阅读：

《黎塞留和马萨林》

[英] 杰弗里·特雷休尔

《悲剧批评的基础》

[英] 德莱顿

◎ 关键词：古典主义 悲剧冲突 责任 爱情

英雄的困境——《熙德》

《熙德》、《贺拉斯》、《西拿》和《波利厄克特》是高乃依最著名的四部悲剧。其中最优秀的要数1636年创作的悲剧《熙德》。

《熙德》是法国第一部古典主义悲剧。情节不是取自古希腊、罗马，也不是直接取自中古英雄史诗《熙德》，而是取自西班牙维加派作家卡斯特罗的剧本《熙德的青年时代》。主人公堂·罗德利克是西班牙贵族青年，卡斯提尔王国的老臣堂·狄哀格之子。他和大臣堂·高迈斯之女施曼娜相爱。罗德利克的父亲堂·狄哀格被任命为太子的师傅，堂·高迈斯妒忌他，打了他一个耳光。罗德利克于是处在剧烈的矛盾中：要封建家族荣誉还是要爱情。他终于决心报仇。在一场决斗中，他杀死了堂·高迈斯。父仇报了，爱情却失掉了。他痛苦万分。正在这时候，摩尔人入侵卡斯提尔。堂·罗德利克率众击退敌人，成为民族英雄，获得了"熙德"称号。同时，施曼娜一直不断地要求国王替她报父仇，国王耐心开导她，并最终成全了这一对贵族青年的婚姻。

《熙德》的悲剧冲突是责任和爱情之间的冲突，主要表现在堂·罗德利克和施曼娜二人身上。堂·狄哀格受了堂·高迈斯的侮辱，堂·罗德利克不得不考虑报仇的问题，但他不是没有犹疑的。在父亲和情人之间，他曾经偏向于情人一面，不愿意伤害她的感情。经过痛苦的思考，他才认识到，牺牲个人利益事小，维护封建家族荣誉事大。他又考虑到，如果忍气吞声，他在施曼娜眼里必然是个懦夫，同样也要丧失爱情。他的矛盾得到解决，这全靠理性和坚强意志。在作者心目中，这样的英雄不仅能够克服个人感情，而且一定是封建国家、封建整体利益的捍卫者。

《熙德》演出后受到巴黎观众的热烈欢迎，同时遭到一些人的攻击，黎塞留对它也很不满意。他不仅对高乃依的成功怀有妒意，更重要的是他不能容忍悲剧中的国王以理性方式而不是以专制手段统治国家。而且，黎塞留一向严厉禁止决斗，悲剧中却违反他的政策，三次通过决斗来解决纠纷。黎塞留利用法国学士院攻击《熙德》。夏泼兰执笔的《法国学士院对〈熙德〉的意见书》（1638）是奉他的旨意而写的批评文章，诬蔑法国第一部悲剧杰作为抄袭作品，并谴责它违背了三一律。高乃依被迫接受三一律后，又写出几部优秀悲剧。

高乃依的作品生动地体现了古典主义文学的特征，表现了忠君爱国的政治倾向性，宣扬个人利益服从封建国家的整体利益。他善于运用戏剧的场面刻画人物的内心冲突。他的诗句音律铿锵，气势豪壮。他是法国古典主义悲剧的奠基人。

文学的古典时代——古典主义文学时期

●拉辛像

>>> 拉辛和园艺匠

拉辛在开始写作戏剧《米特里达德》时，有一天，他一个人来到了花园里。花园里有一个很大的池塘，池塘的边上是一块一块的草坪，一位园艺匠正拿着一把剪刀在那里修理。拉辛专心地酝酿着自己的作品，身边的一切似乎都没有看见，一连走了十多个来回。修草坪的园艺匠对他的举动产生了疑心，以为拉辛可能是要寻死，就赶忙跑过来对他说："先生，您有什么事情尽管说，可千万别寻短见啊！"

拉辛愣了半天才对这位好心的园艺匠说："谢谢你！我没想跳水，我连身边有没有这个池塘还没看见呢！"

拓展阅读：
《西方戏剧史话》王新民
《法国文学史》郑克鲁

◎ 关键词：古典主义 戏剧家 悲剧英雄 现实意义

"悲剧诗人"——拉辛

拉辛（1639～1699）是法国悲剧诗人，与高乃依齐名的法国古典主义戏剧家。拉辛出生在法国北部拉费泰米隆的一个财政官家庭。4岁时父母亡故，由祖母抚养成人。拉辛自幼酷爱诗歌。1658年学习结束后，拉辛在巴黎从事文学创作，因写诗祝贺路易十四结婚，博得了国王的嘉许。

1664年，拉辛以其悲剧《德巴依特》及《亚历山大王》在文坛上崭露头角，显示了他非凡的戏剧才能。1667年，他的悲剧《安德洛玛克》上演，轰动了巴黎，拉辛一剧成名，但也遭到了保守派的攻击。以后又写出他唯一的喜剧《讼棍》（1668），以及悲剧《布里塔尼居斯》（1669）、《贝蕾妮丝》（1670）、《巴雅泽》（1672）、《费德尔》（1677）等优秀作品。《费德尔》上演时，反对派的攻击更加激烈，拉辛被迫搁笔10余年之久。1673年，他被选为法兰西学院院士。后任国王侍臣及秘书，并应路易十四宠幸的曼特农夫人之请，写了两出悲剧《爱丝苔尔》（1689）、《阿达莉》（1691），作品抨击宗教，宣扬宽大容忍，因而触怒了国王。晚年的拉辛上书曼特农夫人，陈述人民的痛苦，路易十四更加疏远了他。1699年4月21日，拉辛因病去世。

拉辛的悲剧大多描写王公贵妇丧失理性，放纵感情，结局悲惨。拉辛与高乃依虽并称为古典主义悲剧两大代表作家，但二者迥异。高乃依的代表作写于专制君主政体上升时期，拉辛是在这个政体巩固和衰落的年代进行创作的。高乃依塑造了一系列理想的悲剧英雄形象，其目的是要引起人们的钦佩赞赏，拉辛却着重揭露封建统治阶级的黑暗和罪恶，激起人们的恐惧和愤怒，具有更鲜明的现实意义。拉辛的悲剧简练集中，三一律对他不是束缚，而是使他的艺术才能得到充分发挥的最好形式。深刻的人物心理分析是他的艺术特色，这特色在社会上层妇女身上表现得最为突出。拉辛的语言自然流畅，质朴动人，尤其是在人物感情最激动的时候。

拉辛的文笔细腻、委婉，富于抒情韵味。拉辛的悲剧大部分取材于古代希腊，高乃依的悲剧大部分取材于古罗马的历史传说，这是两个悲剧作家意趣的不同之处。

●18世纪的凡尔赛宫
1665年法国国王路易十四下令开始大规模营建宫殿。他请来了当时法国最有名的建筑师和风景园艺家，经过18年营建，终于建成法国古典建筑的杰作——凡尔赛宫。

◎ 关键词：古希腊传说 悲剧 贵族人物 三一律

欲望的丛林——《安德洛玛克》

● 特洛伊木马

>>> 希腊文学

希腊文学有持续近三千年的悠久传统。古代希腊文学不仅限于今天的希腊本土，而广泛分布在包括小亚细亚、爱琴海群岛和意大利南部、西西里岛等地的广大区域内。在亚历山大里亚时期和东罗马帝国时期，分布的地域范围更广，遍及东罗马帝国所管辖的西亚和北非等地。

现代希腊文学则只限在希腊本土范围内。从公元前八九世纪《荷马史诗》的流传开始，到公元4世纪，是希腊文学最辉煌的时代，对古罗马文学和日后欧洲文学的发展产生了重大影响。

拓展阅读：

《希腊神话》[德] 施瓦布
《法国文学简史》吴岳添

《安德洛玛克》（1667）取材于古希腊传说，主人公是特洛伊英雄赫克托尔的遗孀安德洛玛克。城破家亡时她暗中把儿子藏起来，使他未遭杀害，自己被俘当了皮洛斯的女奴。皮洛斯是希腊英雄阿喀琉斯之子，厄庇洛斯的国王。他爱上了安德洛玛克，因此迟迟不和未婚妻赫耳弥俄涅结婚。悲剧开始时，皮洛斯准备娶安德洛玛克为妻，并解除与希腊公主赫耳弥俄涅的婚约。希腊的全权代表奥雷斯为了斩草除根，前来索取赫克托尔之子，而皮洛斯一方面拒绝希腊人的请求，另一方面又以此威胁安德洛玛克。安德洛玛克不忍心爱子遭毒手，她假意答应皮洛斯，决定一把儿子托付与他后就自杀。赫耳弥俄涅见皮洛斯始终不回心转意，嫉恨交加，敦促正在追求自己的奥雷斯去杀掉皮洛斯，以解心头之恨。皮洛斯惨死后，赫耳弥俄涅自刎殉情。奥雷斯因受过度刺激而精神失常。

在这部悲剧里，拉辛谴责了那些情欲横流、丧失理性的贵族人物。皮洛斯对未婚妻赫耳弥俄涅背信弃义，不惜抹掉自己的光荣历史，做出危害希腊各族人民的勾当，甚至在神庙宣布特洛伊人的敌人即为自己的敌人。这一切无非是要博取一个女子的欢心，而这个女子却是希腊人的死敌赫克托尔的寡妻。他任性专横，是暴君的形象。奥雷斯身为希腊各族的使节，却希望皮洛斯拒绝交出安德洛玛克的儿子，因为这对他自己有利，可以满足他的情欲。他是一个绝望的情人，他在情网里越陷越深，终于做了一个使节所不该做的事，犯了弑君渎神之罪。赫耳弥俄涅是一个性格复杂的人物。皮洛斯在特洛伊战争中显示过英雄气概。赫耳弥俄涅热烈地爱上了他，到厄庇洛斯准备与他结婚，却被冷淡了数年之久，终被抛弃。她最不能忍受的是她竟败于一个女奴之手。拉辛着重描写了她的嫉妒心理。她决心杀死荒淫暴虐的皮洛斯，且不择手段，利用奥雷斯对她的爱情来报仇。最后，她跑到神庙，在皮洛斯尸体旁自杀，殉情成了她对爱情最后的表达。这三个人物的下场不是死亡便是疯狂，在拉辛看来，他们都是欲望的奴隶，他们的理性克服不了感情，燃烧的情欲使他们互相残杀。通过这三个形象，拉辛揭露了当时法国宫廷和贵族的荒淫无耻。

本剧结构谨严，故事的发展合乎逻辑，一切都顺理成章、水到渠成，充分地体现了古典主义三一律的艺术特点，也显示了作者运用这种框架的纯熟技巧。

●古希腊少女雕像 公元前500年

>>> 胡格诺战争

胡格诺战争是1562年至1598年间法国新教胡格诺派和天主教派之间的战争，具有下层的宗教改革运动和封建主内讧相交错的双重性质。

1572年8月24日，巴黎天主教徒趁胡格诺派的领导人为议和而齐集于巴黎之机，向胡格诺派发动突然袭击，杀死胡格诺派2000多人，暴行蔓延至各省，胡格诺派5万多人被杀。战争重起，愈演愈烈，法国四分五裂。1598年，法国国王颁布南特敕令，战争才告结束。南特敕令实行不到百年，于1685年又被路易十四废除。

拓展阅读：

《剑桥插图法国史》
            世界知识出版社
《奥林匹斯星传》
            人民邮电出版社

◎ 关键词：悲剧 心理活动 艺术风格 专制暴政

灵与欲的战斗——《费德尔》

《费德尔》取材于欧里庇得斯的《希波托斯》。雅典国王忒修斯的妻子费德尔爱上了丈夫前妻的儿子希波吕托斯。当她听说丈夫已经在战场上战败身亡，便向希波吕托斯倾吐了自己的爱情。但忒修斯实际上并没有死，而且回来了。这消息使她大吃一惊，慌乱之下，便同意让女仆厄洛娜诋毁希波吕托斯，说他蓄意玷污她的声誉。当她得悉希波吕托斯受父亲的惩罚而死时，便服毒自杀了。临终前，她告诉忒修斯，他的儿子是无辜的。剧中，作者很细腻地描绘了费德尔的矛盾心理。在费德尔身上，情感与理智、欲望与意志反复较量，从而把她那种不可遏止而又不得不压抑的内心激情表现得淋漓尽致。

这部悲剧充分表现了拉辛的艺术才能，他对费德尔的心理活动描写得细致深刻。费德尔由爱到恨，最后起了杀意，是有一定过程的。她和国王忒修斯结婚后，却爱上他的前妻之子，但她假装恨希波吕托斯，来掩盖对他的爱。她极力排挤他，自己的心情也受到压抑，陷在极度苦闷中。悲剧开始时，作者通过她和女仆厄洛娜的谈话交代了她的矛盾心情。这是理性克制感情的阶段。她的丈夫离家半年，毫无音讯，传说他已死亡，她似乎无须再隐藏自己的感情了。在女仆的怂恿下，她向希波吕托斯倾诉她的爱，结果遭到拒绝。此时她的心情由

爱转到羞愧，但还说不上恨。正在这时候，忒修斯忽然回家了。费德尔深深地自责，后悔暴露了自己的感情。她的理性也一度催促她向丈夫坦白。但是，当她知道希波吕托斯爱阿丽西，自己有一个情敌时，心情突然复杂化了。这个发现引起她强烈的嫉妒，同时又害怕希波吕托斯把她的过错告诉忒修斯。她完全丧失了理性，对希波吕托斯的爱终于转而为恨。她决心假手忒修斯去除掉他。他死后，她的理性重占上风。她认识到自己的错误，向丈夫坦白后服毒自杀。作者把她的感情变化写得层次分明，合乎逻辑。她的形象有力地说明拉辛非常善于分析上层社会妇女的心理。

《费德尔》演出时，一部分反对拉辛的贵族用卑鄙手段抵制它。拉辛从此搁笔，表示抗议。他的最后两部悲剧《爱丝苔尔》和《阿达莉》是他十多年后写出的。《爱丝苔尔》（1689）和《阿达莉》（1691）都根据《圣经》故事写成。《爱丝苔尔》提出宗教容忍的思想。1685年，路易十四宣布废除南特敕令，天主教会重新迫害胡格诺教徒。拉辛选择爱丝苔尔的故事作为他的悲剧情节，政治意义很明显。《阿达莉》以人民起来推翻专制暴政为主题，它和拉辛以前的作品中只有揭露而不提出解决矛盾办法比较起来，就显得更有反封建反暴政的倾向。

●莫里哀像

>>> 主教

有关主教的来源观点各有不同，有些人认为是出自新约时代，而另一些人却认为主教制起源于公元2世纪，教会因组织上的需要，学习罗马帝国的军队制，而产生主教制。

主教在教区里是最高的圣职首领，有关该教区之事务，特别是教政与所有紧要教务，均由其决定。但每做教政事务决定时，通常均应与有关部门洽商，且尊重有关单位意见。主教工作，在教会史上各有不同，但最重要的职分，是看守羊群，监督本区之事务。他是代表上帝成为信徒灵性之父长，施行教会仪式及主持封立等事务。

拓展阅读：

《外国文学史》郑克鲁
《外国文学名著题解》
中国青年出版社

◎ 关键词：喜剧家 舞台 观众 丑角

"我与舞台同在"——莫里哀

就在古典主义戏剧达到高峰的时期，法国的舞台上诞生了一位可与莎士比亚比肩的戏剧艺术大师，他就是世界文学史上最伟大的喜剧家莫里哀。

1622年1月15日，巴黎的挂毯商和宫廷室内陈设商让·波克兰的家里传来一声啼哭，他的儿子诞生了，他将儿子起名为让·巴蒂斯特·波克兰，希望这个孩子将来能够继承他的家业，为家族带来财富和光荣。巴蒂斯特10岁丧母，同样身为大地毯商的外祖父经常带他去看闹剧、喜剧和悲喜剧，使他从小就喜爱戏剧。巴蒂斯特15岁时取得他父亲的职位的继承权。据说1642年，巴蒂斯特曾经为路易十三去过南方纳博讷布置行宫，并获得了"国王卫士"的称号。就在一家人欢欣鼓舞地盼望着巴蒂斯特能为祖上增添荣光的时候，在他们看来最不幸的事发生了。巴蒂斯特为了自己心爱的喜剧，放弃了家业，而组织了剧团，并改名"莫里哀"，成了一个专演喜剧的丑角。在当时，戏剧演员本来就不是什么高尚的职业，而喜剧演员就更为卑微，以至于直到莫里哀写出了很多杰出的喜剧作品之后，很多欣赏他才华的人，还是劝他改行，不要辱没了门风。

1673年2月17日，成百上千的观众涌到巴黎的王宫剧场，他们等待在这里观看莫里哀亲自主演的喜剧《没病找病》。演出开始了，人们看到莫里哀脸色苍白，说话有气无力，有时甚至身体颤抖。观众纷纷赞叹他的高超演技，竟将一个病人演得如此惟妙惟肖。剧中幽默的情节和生动的台词不时让全场观众哄堂大笑，人们实在是太喜欢莫里哀了，自从有了他，剧场里就从来不缺少欢笑。但是没有观众知道，此时的莫里哀正在承受着多么巨大的痛苦。

这是这部戏的第三场演出，莫里哀的身体却已经异常疲惫。登台前，他对他的夫人和一位青年（由他培养后来成为大演员的巴隆）说："我这一辈子，只要苦、乐都有份，我就认为幸福了，不过今天，我感到异常痛苦。"他们劝他身体好了再出演，他反问道："你们要我怎么办？这儿有50个人靠每天收入过活，我不演的话，他们该怎么办？"他不顾肺炎，坚持继续演出，勉强把戏演完。夜里10点钟回到家里，他病痛难忍，咳破血管，就此与世长辞了。一代最伟大的剧作家、导演和演员莫里哀，就这样将生命献给了舞台和观众。

1635年，在首相黎塞留推动下，法国成立了法兰西学院。文艺理论家布瓦洛当了院士。他曾对莫里哀说，只要他放弃演丑角这个行当，就让他加入法兰西文学院。但莫里哀谢绝了他的好意。莫里哀去世后，据说路易十四曾问布瓦洛，在他统治期间，谁在文学上为他带来最大的光荣？布瓦

● 17世纪的法国名画《晚餐时的农民》，把一个劳动者家庭的贫苦状态表现得淋漓尽致。

● 黎塞留的三面画 法国 尚帕涅
尚帕涅在描写黎塞留时，着重对人物性格的刻画，尽可能充分揭示黎塞留的外貌和心理特征。

洛回答："陛下，是莫里哀。"莫里哀虽非学院的院士，但学院在大厅里为他立了一尊石像，下面写着这样的话："没有我们，他的光荣什么也不少，而我们的光荣却独独少了他。"

　　莫里哀的去世震动了巴黎。因为他从事演丑角的职业，天主教不给他行终敷礼，也不给他坟地。莫里哀夫人只得向国王请求。最后，大主教勉强批准了出殡，限制在天黑以后，把他埋葬在一个小孩子的墓地。然而这个小小的坟头就像一株小草一样，埋没在了众多墓碑之间，莫里哀的坟墓再也找不到了，这位伟大的戏剧家，没有把他的不朽刻在石碑上，而是留在了舞台上和观众的心中。

文学的古典时代——古典主义文学时期

●莫里哀剧作《唐璜》海报

>>> 外祖父的兴趣教育法

在莫里哀生活的时代，演戏是一件不光彩的事情，但是他的外祖父却不这样认为。外祖父曾经看过莫里哀小时候精彩的模仿表演，他高兴地说："这孩子有观察和模仿事物的天赋，这是做一个杰出剧作家和演员的必备条件呀。"

他的外祖父也是一个戏迷，他几乎每个星期都带莫里哀到剧院去看戏。外祖父与剧院负责人很熟悉，事先会给这祖孙二人在剧院里留下两个免费的位子。在外祖父潜移默化的影响下，莫里哀越来越热爱戏剧了，这为他日后从事戏剧创作和表演奠定了基础。

拓展阅读：

《莫里哀戏剧全集》
　　　文化艺术出版社
《莫里哀喜剧六种》
　　　上海译文出版社

◎ 关键词：还债 戏剧 文学流派 人文主义 代表作

"无法模仿的莫里哀"

1643年，莫里哀和一些青年戏剧爱好者一起组织"光耀剧团"。他们没有演戏经验，也没有自己的剧目。剧团惨淡经营，负债累累，作为剧团的对外负责人，他被捕下狱。靠他的父亲替他还债，他才得以出狱。后来他和他的伙伴们一起到了外省。这位学生出身的有产者，放弃产业，放弃荣誉，放弃现成的社会享受，到人民中间扎了根，锻炼成了一个戏剧事业活动家和受团员爱戴的剧团领导。

1652年，"光耀剧团"的演剧艺术已有较高的水平，莫里哀开始为剧团编写喜剧。1655年，莫里哀在剧团的根据地鲁昂，上演他的诗体喜剧《冒失鬼》，剧情轻快，风格清新，这次演出标志着喜剧正式诞生。1656年，他在贝济耶上演他的诗体喜剧《爱情的埋怨》，同样得到好评。

1658年他回到巴黎，在卢浮宫演出他在外省编写的《多情的医生》，非常成功。路易十四要"光耀剧团"留在巴黎，并把卢浮宫剧场拨给莫里哀剧团使用。

《可笑的女才子》（1659）是他回巴黎后编著的第一部剧本，该剧嘲笑了法国封建社会生活和贵族沙龙的所谓"典雅"的文学流派，指出这个流

●剧作《太太学堂》，道出了莫里哀婚姻的烦恼。

派歪曲自然，违背理性。这部讽刺喜剧刺痛了自命风雅的贵族男女，只演了一场，受到阻挠，便停演了，经过疏通，终于在 12 月 2 日继续演出，票价提高了一倍，观众却热情如旧。1660 年，国王三次观看演出，还赏了剧团 3000 法郎。舆论因此改口，莫里哀就此在巴黎站住了脚。

《丈夫学堂》（1661）和《太太学堂》（1662）标志着莫里哀创作的一个新阶段。他从情节喜剧转向风俗喜剧。他从人文主义观点出发，讨论了爱情、婚姻、教育以及其他社会问题。

嫉妒的人们不放过莫里哀，用种种流言蜚语来中伤他。他写了《〈太太学堂〉的批评》来回答。他在这个戏里谈到他的喜剧理论，他揶揄无理取闹的"侯爵"与装模作样的"学究"。

1664～1669 年是莫里哀创作的全盛时期。他的艺术走上另一个新阶段，把风俗喜剧和性格喜剧结合起来。他一连写了几部思想性和艺术性都很高的作品，有的揭穿宗教欺骗和伪善行为，有的讽刺贵族荒淫无耻和庸俗无聊，有的鞭挞资产阶级，揭露他们的吝啬和虚荣的本质。《达尔杜弗》即是这一时期的代表作。

1666 年 6 月 4 日，剧团上演他的五幕诗体喜剧杰作《愤世嫉俗》。这是一出精致的贵族世态喜剧，受到法兰西学院院士、文艺理论家布瓦洛在《诗艺》中的特别称赞。就语言艺术来说，他把宫廷社会的虚伪和嫉妒写得淋漓尽致，但情节单薄，没有力量吸引普通观众。

莫里哀马上换了一出性质不同的闹剧，背景放在农村，主人公是一个樵夫，耗尽了家当，成天打老婆。老婆生了气，把他说成是名医，于是就被无知的乡绅请去给他变成哑巴的女儿看病。樵夫成全了哑女的爱情。这就是莫里哀著名的剧作《屈打成医》，它的上演纪录仅次于《达尔杜弗》，1669 年后，莫里哀还写过一些优秀喜剧：《贵人迷》（1670）、《司卡班的诡计》（1671）、《女学者》（1672）、《没病找病》（1673）等。

莫里哀虽然有时在题材上走出古典主义的框子，但他的喜剧具备了古典主义的特点，结构形式谨严，戏剧冲突鲜明。他没有受到三一律的束缚，反而以高度的技巧掌握了这个规则。他在形象塑造方面显示出卓越的艺术才能。他的人物特点是集中、夸张、概括性强，他们的一言一行都突出地表现了他们的主导性格。歌德说："莫里哀如此伟大，每次读他的作品，每次都重新感到惊奇。他是一个独来独往的人，他的喜剧接近悲剧，戏写得那样聪明，没有人有胆量想模仿他。"

●北京人艺演出莫里哀的《悭吝人》

>>> 教会

今天在人们生活中常说的教会，一般有两种：其一是与政治联合类的，如三自公立教会，或如天主教的教堂。这一类教会常被人为地影响。比如，三自公立教会不是按《圣经》本意对神对所信的主耶稣负责，相反是对他的上级主管负责。

另一类则按着《圣经》真理，遵守《圣经》原则，完全对神对主耶稣负责，这类教会不隶属其他教会，也不隶属哪个国的教会或哪个人的组织，这类的教会都直接向神向主耶稣负责。

拓展阅读：

《欧洲戏剧文学史》郑传寅
《法国文学史》郑克鲁

◎ 关键词：欧洲喜剧 讽刺 君主专制政体 教会 伪善

伪君子的故事——《达尔杜弗》

莫里哀的作品《达尔杜弗》（又名《伪君子》）在欧洲喜剧里有很高的地位，是莫里哀的最大成就。它的讽刺矛头直接指向了君主专制政体的主要支柱——教会。

达尔杜弗是个手段灵活的宗教骗子，披着虔诚的天主教徒的外衣，进入了奥尔贡的家。奥尔贡和他的母亲白尔奈耳太太受了他的蛊惑，把他看作圣人，颂扬他、供养他。达尔杜弗则尽其所能，在一些琐屑事情上表现他的"崇高"的宗教德行：有一天他祷告的时候捉住一只跳蚤，事后还一直埋怨自己不该生那么大的气，竟把它捏死了。奥尔贡对他五体投地，打算把爱女嫁给他，把财产托付给他，还把不可告人的政治秘密告诉他。由于达尔杜弗的"教导"，奥尔贡说，他可以看着他的兄弟、子女、母亲、妻子一个个死去而无动于衷。由于达尔杜弗的挑拨，奥尔贡狠心驱逐了自己的儿子，并剥夺其财产继承权。可他想不到他所敬爱的"上帝的意旨"的执行者原来是一个卑鄙的小人。达尔杜弗竟然想勾引奥尔贡的妻子艾耳密尔，他对艾耳密尔说："如果上帝是我的情欲的障碍，拔去这个障碍对我算不了一回事。"他的罪行被揭穿后，他不但企图霸占奥尔贡的全部财产，还打算利用奥尔贡出于信任而交给他的政治文件来陷害奥尔贡。他厚颜无耻地说，他之所以这样做，都是为了上帝、为了国王，他试图用上帝和国王来遮盖他邪恶的心灵。

《达尔杜弗》第一次在凡尔赛宫上演时只有三幕，它的尖锐讽刺触犯了圣体会和那些支持圣体会的贵族。他们在路易十四面前攻击莫里哀，说他反对宗教。《达尔杜弗》被禁止演出。后来莫里哀三次修改他的剧本，把三幕剧改为五幕剧，使穿黑袈裟的达尔杜弗改穿世俗服装，但讽刺宗教伪善的主题并未改动。他先后两次向路易十四上陈情表，甚至以不再写喜剧来要挟路易十四，但禁令仍未解除。直到1669年，《杜尔杜弗》才得以第一次公开演出，获得很大成功，从此成为莫里哀的最受观众欢迎的剧本。直到现在，"达尔杜弗"这个名字不但在法国，而且在欧洲许多国家的语言中都成为"伪善"的同义语。

◎关键词：寓言作家 巨型喜剧 抒情诗风味 小独幕剧

拉封丹与《寓言诗》

●拉封丹像

>>> 卢梭"禁读"《寓言诗》

启蒙思想家卢梭在论教育的名著《爱弥儿》里，禁止可怜的爱弥儿阅读拉封丹的寓言诗，以免受到不良的影响。

卢梭的看法有一定道理。例如《蝉和蚂蚁》一篇中，讲夏天里蚂蚁辛勤劳动，蝉却一直在唱歌。到了冬天，蝉没饭吃了，只好到蚂蚁家去借粮食。蚂蚁竟眼看蝉要饿死而拒不借粮。蚂蚁的为人无疑有伤忠厚，缺乏怜悯之心，会使孩子纯洁的心灵蒙上阴影。这些只有成年人才理解的险恶世道，在卢梭看来似乎都不利于儿童的健康成长。

拓展阅读：

《拉封丹寓言》
　　世界图书出版公司
《拉封丹》海燕出版社

若望·德·拉封丹（1621~1695）是欧洲著名的寓言作家之一。拉封丹1621年7月8日生于法国香槟省的一个森林水泽管理人家庭。幼年在农村度过，对大自然兴趣浓厚。19岁时怀着当教士的理想去巴黎学习神学。后改学法律，获巴黎最高法院律师职称。1652年接替父亲的职务，同时潜心作诗，曾在巴黎为财政总监富凯写作诗剧，领取年金。1661年富凯因故被捕，因受牵连拉封丹不得不逃亡到利摩日，从此对朝廷不满。1663年末返回巴黎，先后投靠两位公爵夫人，并出入于上流社会。他受到好友、学者莫克鲁瓦的影响，崇拜古代诗人，同时结识了莫里哀、拉辛和布瓦洛，艺术观渐趋成熟。

1684年，拉封丹当选为法兰西学院院士。晚年依附朝廷，与贵族社会人士过从甚密。在"古今之争"中，站在保守派一边，维护崇古守旧的文艺思想。拉封丹1695年4月13日去世。

拉封丹一生写过悲剧、喜剧、哀歌、民歌、故事诗等众多题材类型，但以《寓言诗》的成就最为突出，享有全欧声誉。《寓言诗》共12部，239篇。拉封丹说，他的《寓言诗》是一部巨型喜剧，幕数上百，以宇宙为背景，以人、神、兽为其中的角色。

在这部"巨型喜剧"里，作者绘制了一幅17世纪法国社会的风情画，塑造了各个阶层人物的性格，分析了他们的心理活动。

《寓言诗》的道德格言并没有道学家的味道，而是作者从实际生活中总结出来的一些立身处世的道理。拉封丹劝人不要损人利己（《鹤和狐狸》《猎狗和她的伙伴》），不要吝啬、贪财（《下金蛋的鸡》《失去财宝的守财奴》）。他说，"劳动就是财富"（《庄稼人和他的孩子们》），"人们必须互助，这是自然法则"（《狗和驴子》），"任何事情都要考虑后果"（《狐狸和山羊》）。有些寓言诗抒发了作者的感情，如对悠然自在的生活的喜爱、对大自然的欣赏、对友谊的珍惜等，因而饶有抒情诗的韵味。

拉封丹还是描绘禽兽的能手，寓言诗中的禽兽在他笔下绘影绘声，给人以真实之感。寓言故事一般简短、集中精练、富有戏剧性，有开场，有发展，有高潮，有收场。他善于采用人民的语言，他的诗的韵律千变万化，突破亚历山大诗体束缚，开创了自由诗体，格律多样，不避俗语，还擅长对话，使每一首诗都像一出小独幕剧，对后世产生了巨大影响。

● 饰演《太阳神》阿波罗的路易十四

>>> 《诗艺》第一章

冒失的作者徒劳思考写诗的艺术，竟然想要攀上帕拿斯神山的高度：假若他丝毫未领受上苍秘密的眷顾，假若星辰没有赐与他诗人的禀赋，他将永远遭受狭隘性情的束缚：对于他，阿波罗是聋子，帕伽索是蹇驴。哦，你的心头燃烧着冒险的热烈，美好的精神大可从事艰难职业，别走上光秃无果的诗径，耗尽生命，也别误认为天才就是热衷于押韵：要提防无益的快乐是诱饵骗人上当，也要把你的心智和能力久久地掂量。

……

（节选）

拓展阅读：

《西方万花筒》
　　　新疆人民出版社
《法国诗学概论》
　　　[法]让·絮佩维尔

◎ 关键词：古典主义 立法者 讽刺诗 文学理论 经典

古典美学的经典——布瓦洛与《诗艺》

尼古拉·布瓦洛·德彼雷奥（1636～1711）是法国诗人、文学理论家，是古典主义的发言人和立法者，生于资产阶级律师家庭。他学过神学和法律，但他对宗教和法律都没有兴趣，而是一心一意要做一个诗人。继承了他父亲的遗产后，他放弃以律师为职业的机会，专心从事文学创作。他年轻时曾和一些自由派的文人来往，其中包括喜剧家莫里哀和悲剧家拉辛。1660年至1669年，他写了若干讽刺诗，对当时某些官方和半官方人士采取讪笑的态度。中年时期开始和权势人物接近，由于路易十四的外室蒙代斯邦男爵夫人的引荐，布瓦洛觐见了"太阳王"。1677年和拉辛同时被任命为"国王的史官"，享受年俸2000金路易的优遇。1684年当选为法兰西学院院士。

布瓦洛开始写作时，古典主义的新生力量已经开始显露，但还不够苗壮。旧派势力感到新派作家的威胁，对他们极力排挤打击。布瓦洛以保卫古典主义作家为己任，他用讽刺的武器来"消除时代的谬误"，揭露那些投靠贵族财主的"文丐"，抨击贵族沙龙中流行的违反现实的作品。他指出，尽管《熙德》为黎塞留所反对，但巴黎观众的赞赏抵消了法国学士院的谴责。《费德尔》上演后遭到旧势力的恶意排挤，布瓦洛写诗简一封安慰拉辛，给他的悲剧以很高的评价。他还用热情洋溢的话赞扬莫里哀的诗才："请你指教我，莫里哀，你的韵是哪里找来的？"他对古典主义的成长和发展起过很大作用。

布瓦洛青年时期的作品主要是《讽刺诗》，第1至7卷发表于1666年，第8、9两卷发表于1668年。1666年还发表了一部《小说人物的对话》，将讽刺的矛头指向当时附庸风雅、咬文嚼字的文人。1669年后陆续写了一些《诗简》及其他诗作。他最重要的作品是用诗体写成的文艺理论著作《诗艺》（1674）。

《诗艺》是布瓦洛的代表作，在文学史上被认为是古典主义文学理论的经典，它对17世纪以及后来的法国文学影响很大。这部用匀整的亚历山大诗体（每句12音缀）写的文学理论，共分四曲：第一曲是一般性的原则，如写作必须有灵感，热爱理性，遵循马莱伯开创的道路，听从一个"贤智的友人的劝告"等；第二曲论述牧歌、挽歌、颂诗、长歌行、十四行诗、歌谣等体裁；第三曲论悲剧、喜剧和史诗等体裁的创作规律，作者反对悲剧用浪漫主义的格调，反对喜剧油腔滑调，也反对在作品中追求十全十美的英雄人物，他重视观察人、描绘人；第四曲对作家们提出一些合乎正常情理的忠告。

文学的古典时代——古典主义文学时期

●以上为凡尔赛宫的镜厅。
●下图是凡尔赛宫前的青铜塑像。

　　布瓦洛明确规定理性是文学创作的基本原则，他说："要爱理性，愿你的写作永远从理性中获得光芒和价值。"他教人"一切要以良知为皈依"，"永远要使良知和韵律符合一致"。在他看来，良知就是理性，理性是构成普遍"人性"的核心。他要求作家注意真实。早在《诗简》里，他就写道："只有真才是美，只有美才可爱。"在《诗艺》里，他进一步指出作家必须观察生活，"把自然奉为唯一的研究对象"，"诗人永远不要离开自然"。他所理解的"自然"，不是自然景色，而是客观世界。

　　《诗艺》中有些观点值得重视，但也有错误的地方，例如他把古典主义美学原则看成是永恒不变的观点。尽管如此，布瓦洛的理论对现实主义美学有一定的贡献，这是无可否认的。

◎ 关键词：德国 宗教改革 工匠歌曲 双韵诗歌

"工匠诗人" ——汉斯·萨克斯

● 芝草 德国 丢勒

>>> 萨克斯诗

......

我的夫人常是我快乐和玩笑所在，又是我抱怨、恐惧和痛苦之源。她是我的家，我视野中的人物，又是我悲伤和苦恼所在。她是我的自由，我的选择，又常成为我的监狱和困境之苑，她是我的希望和安慰，又常使我疑惑、炙热和心寒。

我的夫人是我的光彩和欲望之源，又常使我恐惧而可望不可即，她是我王室的厅堂，又是我的疾病和救济所。

......

（节选）

拓展阅读：

《德国诗选》上海译文出版社
《德国文学简史》佘匡复

德国在 16 世纪时是封建统治下一个落后的农业国，政治上处于分裂状态，经济力量分散，资本主义因素只在个别城市中有所发展。罗马天主教会、神圣罗马帝国的皇权和封建诸侯对人民进行重重剥削，使农民、城市平民甚至部分小贵族都对现存制度感到不满。宗教改革和农民起义标志着资产阶级第一次向封建制度冲击。宗教改革在欧洲产生了很大影响，16 世纪二三十年代，路德派新教已传入北欧以及英、法、波兰等国。德国的民族感情在这一世纪的革命高潮中觉醒起来。德国各地的农民起义此伏彼起，延续数十年之久，他们"所怀抱的理想和计划，常常使他们的后代为之惊惧"，但最后遭到诸侯们残酷的镇压。这时期的文学成就主要表现在以下三方面：人文主义者反教会、争取思想自由的作品，宗教改革和农民起义中富有战斗性的政论文以及从中古时期发展来的民间文学。

这一时期出现了一位来自社会下层的多产作家汉斯·萨克斯（1494～1576）。萨克斯生于纽伦堡一个裁缝家庭，小学毕业后随鞋匠学艺，并开始创作诗歌和戏剧，曾创建了纽伦堡工匠歌曲学校，推动了工匠歌曲的发展。

萨克斯一生写作了 6000 多篇作品，其中工匠歌曲 4275 篇，双韵诗歌 1700 首，短剧约 200 出，世俗和宗教诗歌 73 首，以及散文对话录 7 篇。在戏剧方面，他把中古的宗教戏剧发展为反映人民生活的讽刺戏剧。这些戏剧大都取材于民间故事，描写的对象有市民、农民、奴仆、骑士、流浪汉等。他的作品形象生动，语言通俗幽默，内容和形式都为当时人民所喜爱。但是他反映的生活面狭窄，对现存社会制度表示满足，局限于投合市民阶层的趣味。

在诗歌方面，他的作品生动有趣，语言诙谐幽默，朴素而优美。他最有名的一首诗，是为他的爱人所作藏头情诗，全诗九节，每节的第一个字母抽出来组合在一起，正好是一位女子的名字：玛格达列娜。后人就将这个名字作为这首别致的情诗的标题。

17 世纪宫廷文学兴盛时期，萨克斯未被人注意，直到 18 世纪才被歌德发现了他的才华，赞誉其创作为"教导性的现实主义"。

文学的古典时代——古典主义文学时期

●德国战争期间交战的骑兵形象

>>> 三十年战争

三十年战争（1618～1648），号称"宗教圣战"，以波希米亚民族起义为开端，各国以新教和天主教信仰划分阵营，组成两大对立集团：哈布斯堡集团和反哈布斯堡集团。德意志成为双方争夺的主战场，反哈布斯堡集团最后取胜。1648年10月，参战各方签订《威斯特伐利亚和约》，欧洲领土被重新划分。

战争确立了新教与天主教的平等地位，结束了中世纪以来教皇和皇帝统治欧洲的局面，神圣罗马帝国在事实上不复存在。"三十年战争"是欧洲历史上第一次大规模国际战争，军事在战争中获得了重大发展。

拓展阅读：

《三十年战争》夏龙珠
《德国诗歌名家名作选读》
谭余志

◎ 关键词：宗教战争 民族诗歌 市民文学

德国古典主义诗人——从奥皮茨到格吕菲乌斯

17世纪，德国爆发了残酷的三十年战争（1618～1648）。这次战争又称为宗教战争，实际上是德国的公侯们为了争权夺利，利用新教和旧教的分歧，形成两个阵营，各自勾结国外势力，在德国的国土上烧杀掠夺。战争的结果是：德国人口减去三分之一，城市萧条，田地荒芜，矿山损坏，工商业衰退。大小公侯们只靠着残酷剥削农奴，维持他们的专制统治。这种情形使德国的政治、经济、文化长期处于落后状态。

在文学方面，德国人文主义者的批判精神和民间文学的反封建内容，在这黯淡的时代里也消失了。少数作家关怀人民的痛苦和国家的命运，考虑祖国语言和文学的前途，在文学理论或实践上做出贡献。

马丁·奥皮茨（1597～1639）是德国古典主义诗人，他致力于建立新的诗歌形式。他看到意大利和法国的诗人如彼特拉克、龙沙等向古代诗歌学习，提炼自己祖国的语言，写出格律严谨的民族诗歌，他认为德国的诗人也能够这样。他的《德国诗论》（1624）是德国文学中第一部有广泛影响的文艺理论著作。他在《德国诗论》里吸取了法国、意大利文艺理论和实践的成果，论述诗的原理和作用，区分文学的种类，提倡语言的纯洁性，探讨诗的格律。他制定抑扬格和扬抑格的规则，倡导十四行体和亚历山大体，对于德国诗歌格律的发展有划时代的意义。他还积极支持诗人和学者为纯洁德语而建立"语言学会"的活动。奥皮茨是德国古典诗歌的第一位重要诗人，被称为"德国巴洛克诗歌之父"。

诗人弗莱明（1609～1640）和格吕菲乌斯（1616～1664）都超越了德国文艺界的狭窄范围，开辟了更广阔的诗的领域。前者远游俄国、波斯，扩大了眼界，后者漫游荷兰、法国、意大利，接触到当时欧洲哲学、科学、艺术的新成就。他们在奥皮茨的影响下，运用各种新诗体，写出了反映时代苦难和渴望和平的感人诗歌。

弗莱明和格吕菲乌斯的诗歌标志着市民文学的新发展，其中格吕菲乌斯的十四行诗和颂歌是这一发展的顶峰。格吕菲乌斯的十四行诗《祖国之泪》（1636）概括地叙述了战争的罪恶和恐怖，最后他认为比死亡、瘟疫、火灾和饥馑更为可怕的是许多人丧失了灵魂。这是德国17世纪诗歌中一首有代表性的名篇。

这些诗人都生活在17世纪前半期，有比较丰富的知识，在提高德国语言、制定诗歌格律方面有一定贡献，并为18世纪德国民族文学的形成做了一些准备。

◎ 关键词：民间故事 流浪汉小说 社会面貌 消极

德国的流浪汉小说——《痴儿西木传》

● 德国天主教将领蒂利伯爵

>>> 《太阳国》

《太阳国》是 16 世纪末至 17 世纪初意大利杰出的思想家托马索·康帕内拉的作品。大约写于 1602 年，原文为意大利文，在狱中完成。从狱中传出后，在社会上流传着大量的手抄本。

《太阳国》通过叙事人热那亚的航海家和朝圣香客与招待所管理员的对话形式，揭露和抨击了当时意大利的社会制度，构造了一个"公社的哲学生活方式"。此书倾注了康帕内拉的大量心血，该作品充满了文艺复兴的时代精神，对现实的剥削状况也做了有力的批判，对科学社会主义也有很多合理内核可供借鉴。

拓展阅读：

《德国国家中篇小说选》
杨武能

《德国古典中短篇小说选》
上海译文出版社

小说家汉斯·封·格里美尔斯豪森（1622？～1676）继承 16 世纪民间故事书的传统，在西班牙流浪汉小说的影响下，从平民的立场出发，写出一系列小说，描绘了三十年战争时期德国的社会面貌。这套小说中以六卷的《痴儿西木传》（1668～1669）最为成功，受到广大读者的欢迎，其他的小说都和《痴儿西木传》有一定的联系，但又各自独立成篇。

《痴儿西木传》用第一人称叙述西木从童年到中年的遭遇。他儿时由一对农民夫妇抚养，10 岁左右，军队抢劫了他的村庄，他逃入树林，被一个隐士收容。隐士死后，他卷入混乱的战争中，时而在瑞典的军队里充当"小丑"，时而被科罗亚人俘虏，时而成为远近驰名的猎兵，时而到巴黎过放荡的生活，时而又在旧教的队伍里服务。他在这些遭遇中碰到的形形色色的人物，对他产生了或好或坏的影响。后来他去俄国，后又经过朝鲜、日本、中国澳门、印度洋、君士坦丁堡、意大利回到故乡，他作了一次环球旅行。在第五卷的最后两章里，他给自己过去动荡不定的生活做了总结，并整段引用了西班牙作家古瓦拉（1490～1545）论文中的话，"向世界告别"，要再过隐士生活。第六卷是小说的"续篇"，记载西木第二次远游，流落在一座荒岛上，在那里以劳动为生，决定不再回到充满罪恶、屠杀和欺骗的欧洲。

《痴儿西木传》的主人公从一个淳朴无知的儿童，经过装痴扮傻的"小丑"和冒险的流浪汉的生活，不断地追求荣誉、金钱、爱情、知识，在战争的风雨里吹来卷去，经历了无数的所谓幸福和不幸，最后看破世情，向人生诀别。全书以隐居始，以隐居终，作者的思想是消极的。书中有不少情节是作者亲身经历的，他自己也是从少年时期起就卷入战争的旋涡，切身感受过人民的苦难，亲眼看到社会上种种不合理现象，所以他和当时一般的宫廷诗人迥然不同，能站在同情人民的立场，深刻地描绘这个灾难重重的时代。他的小说反映出被压迫人民的愿望和当时进步的社会思想。他曾通过一个自称尤皮特的老人，梦想将来的德国能解放农奴，豁免税收，消除宗教分歧，建立和平。他叙述再洗礼派在当时的匈牙利组织新村，生产资料收归公有，男女享有同等权利，种种设想和康帕内拉的《太阳国》极为接近。《痴儿西木传》发展了 12 世纪和 13 世纪宫廷史诗以一个人为中心的写作手法，开日后所谓"发展小说"的先河。

●骑士、死亡与恶魔 德国 丢勒

◎ 关键词：戏剧改革 启蒙学者 权威人物 拓荒者

民族戏剧的先声——戈特舍德

德国的民族戏剧改革较晚于诗歌和小说而出现。德国第一位堪称戏剧改革家的人物是戈特舍德。

约翰·克里斯托弗·戈特舍德（1700～1766）是莱比锡大学教授，早年主办过道德周刊。他的主要功绩是改革德国戏剧，并对戏剧理论有所建树。他曾经与女演员卡罗利娜·奈贝尔娜长期合作，开展戏剧改革运动。经过他们的共同努力，莱比锡很快变成德国戏剧演出的中心，对德国戏剧的发展产生了深远影响。

戈特舍德是德国早期的启蒙学者，他主张以法国古典主义戏剧为戏剧改革的依据，把布瓦洛的《诗的艺术》、高乃依和拉辛的戏剧创作视为最高典范，他强调理性和自然的重要性，坚持戏剧应该发挥社会教育作用的观点。在1740年之前，他是德国文学界的权威人物。他推崇德国启蒙哲学家沃尔夫（1679～1754）的唯理主义，接受布瓦洛《诗的艺术》的文艺理论，提倡戏剧创作应以高乃依和拉辛为榜样。他的主要著作《为德国人写的批判诗学试论》（1730）树立了他的文艺理论观点。这部作品分两部分，第一部分论诗的一般规律，第二部分论文学的体裁。戈特舍德和布瓦洛一样，强调文学体裁有等级之分，并且把文学规律看成是固定不变的。他主张戏剧应一律分为五幕，并严格遵守三一律，例如关于时间的一致，他认为一出戏的情节只应在白天的十小时之内进行，因为夜里是睡眠的时间。为了保持所谓真实性，他不容许剧中有独白和冷场，反对丑角出场。他要求语言明确，文字典雅。

戈特舍德的论点主要是针对17世纪以来德国流行的"历史大戏"而发的，这些戏内容庞杂，形式混乱，追求离奇的情节，充满庸俗趣味。戈特舍德认为文学应合乎理性，他说："理性是正确的风格的基础和源泉。"他要求文学创作应以教育人和改善道德为目的。

但是戈特舍德片面强调理性，反对文学创作应有丰富的想象，他机械地用古典主义的规律衡量一切，许多不符合这些规律的作家都遭到排斥，例如他对莎士比亚也表示厌恶，这使他渐渐为同时代人所抵制。

尽管戈特舍德的戏剧理论存在很大的局限，但他的创作实践和理论宣传还是为德国民族戏剧的兴盛初步奠定了基础，在曾经的理论纷争逐渐远去之后，后世的文学家们还是对这位博学而执着的德国戏剧拓荒者表示出了很大的尊敬。

>>> 沃尔夫

克利斯蒂安·沃尔夫（1679～1754）是莱布尼茨唯心主义哲学的直接继承人和近代官能心理学的系统化者。著有《关于人类理解能力的理性思想》《关于上帝、宇宙和灵魂的理性思想》《经验心理学》和《理性心理学》等。他的后两部著作使"心理学"一词流行起来。

沃尔夫认为人的心理不是空白的、被动的，而坚信人心有一种主动活动的、富于理性的固有观念。在他看来，一切心理作用都不过是不同程度的理性，感觉是混乱不明的理性，狭义的理性才是明白清晰的理性。

拓展阅读：
《德国哲学通史》
同济大学出版社
《西方戏剧史话》王新民

●拉奥孔 雕塑 公元前 50 年

>>> 拉奥孔之死

希腊人攻打特洛伊城十年，始终未获成功，后来建造了一个大木马，然后假装撤退，希腊将士却暗藏于马腹中。特洛伊人以为希腊人已走，就把木马当作是献给雅典娜的礼物搬入城中。晚上，希腊将士冲出木马，毁灭了特洛伊城，这就是著名的木马计。

拉奥孔是当时特洛伊城的一个祭祀和预言家，他曾警告特洛伊人不要将木马引入城中。这触怒了雅典娜和众神要毁灭特洛伊的意志，于是雅典娜派出了两条巨蛇将拉奥孔父子三人咬死。拉奥孔之死一向是古罗马文学家和雕塑家们喜爱的题材。

拓展阅读：

《历史与启示：莱辛神学文选》
华夏出版社

《西方戏剧理论史》周宁

◎ 关键词：文学巨匠 民族戏剧 寓言 美学论著

德国民族文学的奠基人——莱辛

在戈特舍德之后，德国出现了一位真正的戏剧大师和文学巨匠，他的地位可以与歌德和海涅比肩，他对德国民族文学的影响之大不可估量，他就是戏剧家、文艺理论家与美学家莱辛。

1729 年，在德国劳西茨地区的卡门茨一个贫苦的牧师家庭里，诞生了一个小男孩，他的名字叫作高特荷德·埃夫拉姆·莱辛。莱辛自幼学习努力，有强烈的求知欲，被老师称为"一匹需要双份饲料的马"。1746 年，17 岁的莱辛入莱比锡大学，同年写出处女作喜剧《年轻的学者》。他在上学期间和莱比锡活跃的戏剧界颇有接触，后来在柏林参加过报刊编辑工作。他终生为了能靠写作维持独立生活而奋斗，但是一生贫困，不得不先后充当一个将军的秘书和一个公爵的图书管理员。虽然贫穷，但他的创作从不迎合宫廷贵族的需要。莱辛在戏剧理论、戏剧创作和美学方面做了杰出的贡献。此外，他还写过诗体和散文体的寓言以及有关哲学和神学的评论文章。

莱辛在 1759 年完成了《寓言三卷集》和《关于寓言的论文》。他推崇伊索寓言，指责拉封丹及其追随者的语言过于雕琢。莱辛这三卷寓言是用散文写成的，语言精练，风格朴素。这些寓言已经显露出莱辛对德国现实的批判的锋芒。

莱辛的重要美学论著是《拉奥孔》（又称《论诗和画的界限》，1766）。作者通过特洛伊祭司拉奥孔父子三人被蛇缠死的故事在古代造型艺术和诗歌中的不同处理，来探讨画和诗反映现实的不同方法。自古以来，文艺理论家对于这两种艺术都未能划清界限。贺拉斯说"诗即画"，古希腊诗人西摩尼得斯认为画是无言的诗，诗是能言的画。这类论点延续了千百年，一向被人接受，德国著名的艺术理论家温克尔曼（1717~1768）在他的古代艺术研究中，也没有摆脱这种观点。莱辛认为诗和画各有特点，雕刻、绘画之类的造型艺术应表达出最精彩的"固定的一瞬间"，而诗则应模拟在时间上连续不断的行动。

莱辛毕生从事戏剧活动。他主张德国必须有自己的民族戏剧，作为争取德国民族统一的有力工具。他认为戏剧是文学体裁中的最高形式。早在《关于当代文学的通信》（1759~1765）中，莱辛已经谈到他对民族文学的主张，尖锐地批判了戈特舍德，提出要以莎士比亚为榜样。

莱辛在德国政治、经济落后的情况下，勇敢地揭露封建统治阶级的腐朽，批判宫廷文艺，宣传启蒙思想，提高民族觉悟，为德国文学开辟了新的阵地，给同时代和后代的作家以深刻的影响。

文学的古典时代——古典主义文学时期

●莱辛像

>>> 赫尔德

赫尔德(1744~1803),生于东普鲁士莫伦根(即波兰莫龙格)。他在经历了穷苦的童年生活后,于1762年进入柯尼斯堡大学研读哲学、文学和神学。1764年至里加担任中等学校教师及德国信义会牧师。1769年离开里加前往法国。1770年,赫尔德在斯特拉斯堡会见年轻的歌德,在艺术与文学上给予歌德深远的影响。1776年前往魏玛担任宫廷牧师及掌管教育和宗教事务的总监察。1803逝世于魏玛宫廷。

赫尔德在德国18世纪文学复兴中扮演了极为重要的角色,同时他也影响了"狂飙及跃进时代"的兴起和浪漫主义文学。

拓展阅读:
《赫尔德传》[德]卡岑巴赫
《体验与诗》
　[德]威廉·狄尔泰

◎ 关键词:市民悲剧 开端 教会论争 启蒙思想

莱辛的戏剧创作

莱辛早年就开始戏剧创作,其中《萨拉·萨姆逊小姐》(1755)可以说是德国市民悲剧的真正开端。这部戏与悲剧《爱米丽雅·迦洛蒂》和诗体剧《智者纳旦》共同构成莱辛的三大名剧。此外他还有喜剧作品《明娜·冯·巴尔赫姆》。

他最出色的剧本是《爱米丽雅·迦洛蒂》,这是德国文学史上第一部杰出的市民悲剧。德国狂飙突进运动的理论家赫尔德曾因此称莱辛是"大丈夫",还建议在这剧本的扉页写上矛头对准封建君主的字句:"好好学习一下,在警告你们呢!"《爱米丽雅·迦洛蒂》的故事发生在15世纪的意大利,叙述一个亲王想诱骗爱米丽雅,采用宠臣玛里内利的计谋,在爱米丽雅去结婚的路上,雇佣一批强盗杀死她的未婚夫,把她骗到宫中。爱米丽雅的父亲奥多雅多为了保护女儿的贞操,忍痛亲手杀死了女儿。剧中的亲王是德国18世纪荒淫无耻的封建统治者的化身。玛里内利是一个长于谄媚、善用阴谋诡计的宫廷侍从。爱米丽雅是市民道德教育下安分守己、未通世故的女子。剧中最有典型意义的人物奥多雅多是一个没落贵族,他具有资产阶级思想,痛恨统治者,不愿和宫廷交往,但他软弱无力,只采取躲避的态度。女儿被骗入宫,在他心里引起"理智

和愤怒"的交战,他要为"受害的道德报仇"。他杀死女儿,便认为保存了她的贞操,取得了道义上的胜利。

《智者纳旦》(1779)是莱辛和德国正统教会论争、反对宗教偏见的作品。故事发生在十字军东侵时代的耶路撒冷。一个信仰基督教的圣殿骑士被回教的苏丹俘虏,一天,犹太富商纳旦家中失火,骑士从火中救出纳旦的养女蕾霞,两人产生了爱情。但他们信仰不同,不能结婚。这时苏丹因国内财政困难,求助于纳旦。谈话之间,苏丹问纳旦,基督教、回教和犹太教中,哪一种是真正的宗教。纳旦用三个戒指的典故说明各种宗教应该彼此容忍,不应互相敌视。作品最后才向读者阐明了人物关系的真相,原来蕾霞和圣殿骑士是兄妹,都是苏丹的侄辈。

《明娜·冯·巴尔赫姆》(又名《军人福》)写的是七年战争(1756~1763)后的一段故事。普鲁士军官台尔赫姆和敌国萨克森一个贵族小姐明娜·冯·巴尔赫姆相爱订婚,随后经过种种波折,终于圆满成婚。作者塑造了一个有理性的、道德完美的理想人物台尔赫姆,来体现他的启蒙思想,强调道德的感化作用。剧中还通过旅馆老板探人秘密的活动,揭露了普鲁士的警察特务制度的黑暗。全剧结构紧凑,对话生动,饶有风趣。

◎ 关键词：民族剧院 教育作用 市民悲剧 逻辑性

戏剧艺术的探索——《汉堡剧评》

●亚历山大之战 德国

>>> 中国戏剧

中国戏剧的历史已有800年了，它现在已经发展到300多个剧种，剧目更是难以数计。世界上把它和印度梵剧、希腊悲喜剧并称为三大古老的戏剧文化。

中国戏剧是以唱、念、做、打的综合表演为中心的戏剧形式，它有丰富的艺术表现手段。如戏剧中的服装和化妆，除用以刻画人物外，还成了帮助和加强表演的有力手段。水袖、翎子、髯口等，不仅是人物的装饰，而且是戏剧演员美化动作、表现人物微妙心理活动、刻画人物性格的重要工具。

拓展阅读：

《莱辛剧作七种》华夏出版社
《中国戏剧史》徐慕云

1767 年，汉堡建立民族剧院，莱辛受聘担任艺术顾问，并创办了一份专门评论上演剧目和表演艺术的小报。他为全年的52场演出撰写了104篇评论，但这个剧院开办一年便倒闭了，莱辛把他的评论辑录出版，分为上、下两卷，每卷各52篇，这就是今天已经成为欧洲戏剧批评经典名著的《汉堡剧评》。

《汉堡剧评》涉及的问题很广。莱辛针对当时戏剧缺乏明确的目标这一情况，强调戏剧的教育作用，主张剧院应当成为改进道德的学校（第1、2篇）。他认为德国应当有自己的民族戏剧，反对许多作家对法国古典主义悲剧的模仿和崇拜，他讽刺这些人"比法国人更法国化"（第59篇）。他要求戏剧反映18世纪德国资产阶级的现实，提倡写市民悲剧，也就是德国式的狄德罗的正剧和英国的市民悲剧，因为市民阶层的普通人也可以有不平凡的命运，更容易引起周围人们的同情。他主张舞台要表现中产阶级，强调戏剧要起到教育作用，要用道德行为和崇高的思想感情来感动观众。他认为"亲王和英雄的名字可以使剧本看起来场面豪华，派头十足，可是绝对不能使它感动观众。那些处境和我们相似的人的不幸遭遇，很自然而且很强烈地影响我们的心灵。如果我们同情国王，那么我们不是把他当作国王，而是把他当作一个人来同情"（第14篇）。

莱辛也批判了从内容到形式都极其混乱的"历史大戏"。他号召向莎士比亚学习，因为莎士比亚的剧作体现了资产阶级的情感和愿望，忠实地再现了丰富多彩的生活（第69篇）。莱辛探讨了"模仿自然"的问题，要求文学反映客观现实。他说，作家在刻画人物性格时，必须合乎"内在可能性"，合乎自然，也就是要有逻辑性和真实性。他反对戏剧中的三一律，说它妨碍了"模仿自然"的原则。莱辛又提出作家在描绘客观现实时，必须善于区分主次，把注意力集中在本质的事物上（第23、70等篇）。关于历史剧，他说剧作家不是历史学家，剧作家采用历史故事，只是为了创作上的需要，不必追究历史细节。他还提出戏剧所要表现的不只是人物做了什么，而且是具有某种性格的人物在环境里照理会做什么事。这说明他已经认识到人物性格和环境之间的必然联系（第18、19等篇）。

席勒在写给歌德的一封信中就这样评价过莱辛的《汉堡剧评》："毫无疑问，在他那个时代的所有德国人当中，莱辛对于艺术的论述，是最清楚、最尖锐的，同时最灵活的、最本质的东西，他看得也最准确。"

文学的古典时代——古典主义文学时期

◎ 关键词：人文主义 异教精神 艺术力量 危机

"文艺复兴的最后一位诗人"——塔索

在彼特拉克和薄伽丘之后，在文艺复兴诞生地的意大利，一位大诗人的出现宣告了文艺复兴时代的结束，这位诗人就是塔索。

托夸多·塔索1544年3月11日诞生在索伦托城一个富有文化教养的家庭，父亲贝尔纳多·塔索是诗人。他6岁时进入那不勒斯耶稣会学校。后在帕多瓦大学、博洛尼亚大学学习法律，积极和人文主义者交往，并研读哲学、古典文化。处女作《里纳尔多》（1562）是用浪漫的情调描写骑士业绩的长诗，从中可以看出阿里奥斯托的影响。从1565年起，塔索在费拉拉城邦担任埃斯泰家族的宫廷诗人。这期间写了牧歌剧《阿明达》和叙事长诗《被解放的耶路撒冷》。

《阿明达》是塔索为宫廷演出而作，抒写牧人阿明达对山林水泽女神西尔维娅的诚挚的爱情。诗剧的语言典雅，情节精练，对牧人高尚品德的赞美，对爱情力量的歌颂，表达了人文主义的思想。

叙事长诗《被解放的耶路撒冷》共计20歌，以11世纪第一次十字军东征为背景。塔索写作时从有关史料中吸取了部分素材，又在艺术上借鉴了荷马的《伊利昂纪》、维吉尔的《埃涅阿斯纪》、阿里奥斯托的《疯狂的罗兰》的某些特点。诗中叙述戈特弗里德·布留尼统率十字军东征小亚细亚，围困回教徒统治下的圣城耶路撒冷。以萨拉丁诺为首的回教徒，借助魔力，陷十字军将士于困境。在神明的庇佑下，布留尼破除魔法，经过血战，占领了耶路撒冷。长诗中还贯穿着另外两条线索：十字军骑士唐克雷蒂同回教徒女战士克罗琳达的爱情以及十字军骁将里纳尔多同回教徒魔女阿尔米塔的爱恋。诗人着力描写爱情对基督教信仰的胜利，表现异教精神，歌颂现世生活的欢乐的场面，富有浓郁的生活气息和感人的艺术力量，闪耀着人文主义的思想光辉。塔索赞颂十字军东征及其对回教徒的胜利，在当时意大利国土充斥外来的强敌、同东方的交往被土耳其切断、工商业衰退的历史条件下，他的目的在于唤起意大利人民的英雄精神，恢复民族的光荣传统，反对土耳其的扩张，具有现实意义。但同时，诗中赞美布留尼统率的十字军的功绩，歌颂基督教信仰的力量，也反映了当时教会势力反对宗教改革运动和镇压异端的要求。《被解放的耶路撒冷》反映了塔索思想上、创作上的深刻矛盾，也表现了文艺复兴晚期尖锐的社会矛盾和人文主义的危机。

1594年，塔索回到罗马，教皇克雷门特八世授予他年金，并且打算举行隆重仪式，在卡皮托利诺山丘上给他戴上桂冠。然而这一计划尚未实现，他就于1595年4月25日病逝了。

● 世界三大宗教圣地——耶路撒冷

>>> 塔索诗选二

繁露、哭泣和眼泪……

我看到黑沉沉的夜幕里以及星星苍白的脸上，尽是繁露、哭泣和眼泪，它们究竟来自何方？为什么那皎洁的月亮在青草的怀里撒下了一抹晶莹清澈的星光？为什么听到习习的清风，在昏暗的空中一直吹拂到天亮，仿佛它有难言的哀伤，莫非这是你离别的象征，我生命中的生命？

我生命中的生命

我生命中的生命，你在我的眼内好比苍白的橄榄树，或是褪色的玫瑰。不过你也不缺乏魅力。

不论你在哪儿你总给我带来了欣慰。不论你跟着我还是远走高飞，你把我甜蜜地消融，溶化，捣得粉碎。

拓展阅读：

《论诗的艺术》[意] 塔索
《意大利诗选》
上海译文出版社

●巴克科斯与阿里阿德涅

>>> 帕里尼《祝酒》

光阴如箭,我生活中那些美
好的日子,转瞬即逝;
峥嵘的岁月如流水,
我已踏上严峻的历程。
美好的一切——唉!
假话连篇且花言巧语,
在我面前,老是重复
这令人厌恶的真情。
眼睛露出冷漠的神色,
一举一动也显得吝啬,
他们一清二楚地说出:
"我们不再把你欢迎!"
……
我把今后的光阴
寄托在酒神和友谊上。
凋谢了,你这桃金娘,
花白的头发还是用常春藤
装饰。
……

拓展阅读:

《意大利文学史》张世华
《意大利、法国诗选》冯国超

◎ 关键词: 马里诺 《阿多尼斯》 帕里尼 讽刺诗

意大利古典主义诗歌——马里诺与阿卡迪亚

　　马里诺诗派的创始人是马里诺(1569~1625)。他出生在那不勒斯。因不愿遵从父命学习法律,被逐出家门。后来进入宫廷,长期在各城邦君主手下任职。由于私生活问题和伪造文件,曾两次被捕。1615年到巴黎,受到路易十三和贵族的器重。1623年回到那不勒斯。他的主要作品有抒情诗集《七弦琴》(1608)、反映宫廷生活情趣的《新婚诗》(1616)、童话诗和描写田园生活的牧歌集《风笛》(1620)等。

　　长诗《阿多尼斯》(1623)是他的成名之作。全诗共20歌。它取材于罗马神话,描述女神维纳斯爱慕美少年阿多尼斯,遭到战神马尔斯报复。他编织了许多故事,穿插其间,情节曲折,又用比喻、对偶以及夸张等手法,雕琢辞藻,追求华丽的形式。他的诗歌反映了17世纪意大利文学衰落时期贵族阶级的趣味。此后,体现这种风格的"马里诺诗派"在意大利盛行一时。

　　从17世纪末期到18世纪中叶,在意大利诗坛上占统治地位的是阿卡迪亚诗派,这个诗派和它所反对的马里诺诗派同样严重地脱离现实,它所提倡的田园诗是一种缺乏思想性的、形式主义的文学。

　　阿卡迪亚诗派的最后一位重要诗人是帕里尼,他的诗里显示出旧的阿卡迪亚诗派的形式和新的启蒙思想内容之间的矛盾。

　　帕里尼1729年5月23日出生在米兰以北的博西西奥镇一个小丝绸商家庭。1738年去米兰求学,在姑祖母帮助下,进入教会学校。在校时,阅读了大量拉丁、希腊和16世纪古典主义作家的作品。1752年发表第一部作品《里帕诺·埃乌比利诺诗选》,不久,被接受为米兰著名的文学团体"转变者学会"会员。1754年成为神父,从这年起受聘在塞尔贝洛尼公爵等家任家庭教师,达八年之久。1763年被解聘后,生活艰难。长篇讽刺诗《一天》的第一部分《早晨》即在这时发表。1765年发表第二部分《中午》,受到奥地利女皇玛丽娅·泰雷西娅(当时米兰在奥地利统治下)的赏识。1768年任《米兰报》主编。1769年任帕维亚大学分院文学教授。1791年兼任公立学校督学。1796年法国军队占领米兰,他接受邀请,参加市政府,后由于反对法国人的专横而被解除职务。1799年8月15日因病逝世。

　　帕里尼受法国启蒙思想的影响,通过自己的创作,使意大利诗歌摆脱了阿卡迪亚诗派的窠臼,重新接近现实,具有劝世内容和教育作用,因而在意大利18世纪文学中占有重要地位。

●圣保罗皈依 意大利 卡拉瓦乔

>>> 阿尔菲耶里致妮娜

妮娜（Nina）最甜蜜的女士！

你知道，我爱你和我的生命一样。我离开你只是由于我很爱你，然而我永不会忘记你。……我和我的一切家畜都好，我希望你人好，你的家畜也顺利。好好地念着我，并且写几行信给我，而信的内容要能使人因其特别从远方来百闻不厌的，虽因此陷入疑似之中，并且更少效力，也不要紧。最亲爱的，祝你好！

拓展阅读：

《西欧戏剧史》廖可兑
《意大利文学大花园》肖天佑

◎ 关键词：启蒙思想 民族意识 思想性 喜剧

民族悲剧的改革者——阿尔菲耶里

从18世纪中叶起，意大利维持了将近半个世纪的和平局面，奥地利统治者和意大利的公侯们在政治上做了一些改革，经济有了起色。资产阶级发展壮大，民族意识日益觉醒，法国启蒙思想传播到进步知识分子中，意大利文学出现新的繁荣。意大利民族意识的觉醒和政治热情的高涨，最鲜明地反映在剧作家阿尔菲耶里（1749~1803）的作品中。他对悲剧进行了改革，用古希腊、罗马和《圣经》的题材以及简练有力的语言写出富有思想性的剧本。

阿尔菲耶里1749年1月6日出生于一个贵族家庭。最初在都灵军事学院学习，因不堪忍受军纪约束，自愿离开。后来遍游意大利各地和英、法、德、荷、俄以及斯堪的纳维亚各国，同时研读古典文学和启蒙主义文学作品。1772年回到都灵。1775年，他的第一部悲剧《克莉奥佩特拉》公演，获得成功，从此专心致力于写作。

阿尔菲耶里文学创作的盛期，正是法国资产阶级革命的前夕，启蒙主义思想和文学正在欧洲广泛流行。他的作品鲜明地体现了这一时代特征。他的论文《论暴政》（1777）是声讨封建专制政权的檄文。《论君主和文学》（1778~1786）一文则批判封建君主对文学艺术名为庇护实为控制的政策，呼吁作家充当自由和真理的旗手。他的主要成就在悲剧，他写有悲剧21部，大多采用古代历史和《圣经》中的题材，贯穿着启蒙主义的精神。《腓力》（1776）描写西班牙国王腓力二世对王子堂·卡洛斯和他的恋人的谋害，揭露国王的冷酷和暴戾。《老布鲁图斯》和《小布鲁图斯》塑造了为维护共和政体、反对专制暴政而大义灭亲的古罗马元老布鲁图斯的形象。《维吉尼娅》描写古罗马平民同暴君的冲突，赞美平民的力量。

阿尔菲耶里后期的某些作品，从歌颂自由思想转而表现个人的孤独和死亡。悲剧《扫罗》（1782）取材于《圣经》，写以色列王扫罗向往权力而又无能为力的内心冲突。取材于古代神话的《弥拉》（1787），描写错综复杂的情感造成的痛苦，反映了阿尔菲耶里贵族自由派的立场。

1786年，阿尔菲耶里迁居巴黎。1789年法国资产阶级革命爆发时，他写了颂歌《打倒巴士底狱的巴黎》，向巴黎人民的革命行动表示敬意。但革命深入发展后，他产生抵触和敌视情绪。1792年他返回意大利。1798年发表诗歌《憎恶高卢》，攻击法国革命。除了爱情诗，阿尔菲耶里的其他短诗、十四行诗、讽刺诗，也体现出同样的反复和倒退。

晚年，阿尔菲耶里定居佛罗伦萨，研究和翻译古典文学作品，写作喜剧，并完成回忆录《阿尔菲耶里自叙的生平》。他于1803年10月8日逝世。

◎ 关键词：改革 即兴戏剧 现实主义 喜剧理论

意大利的戏剧大师——哥尔多尼

●维纳斯和时间老人 意大利

>>> 哥尔多尼雕塑在上海

2006年10月25日，由意大利政府驻沪总领事馆捐赠的哥尔多尼塑像落户上海戏剧大道中外戏剧大师雕塑长廊。

上海戏剧大道坐落在上海戏剧学院旁，这里1.5平方公里的区域内有10个剧场，还有一批著名的艺术院校和院团。根据上海市文化发展规划，"戏剧大道"将安放20位世界著名戏剧大师的雕像，每年推出100台剧目，演出场次达到1000场，成为以戏剧演出为核心的文化产业聚集地。

拓展阅读：

《哥尔多尼戏剧集》
　　　人民文学出版社
《老顽固——哥尔多尼喜剧集》
　　　花城出版社

意大利18世纪的主要文学成就是哥尔多尼的喜剧。

卡尔洛·哥尔多尼1707年2月25日出生在威尼斯，父亲是医生，爱好戏剧。哥尔多尼在家庭的熏陶下，自幼酷爱戏剧，曾跟随一个喜剧团到各地演出。他先后在佩鲁贾、里米尼等地求学，1731年，哥尔多尼从帕多瓦大学毕业，开始在威尼斯、米兰、比萨等城市担任律师。同时开始创作剧本。1748年放弃律师职业，受聘担任威尼斯著名喜剧演员梅德巴克领导的剧团的"诗人"，从此成为职业剧作家。

当时舞台上流行意大利的独特剧种——即兴喜剧，这种喜剧没有固定台词，由演员临时想出对话和独白进行表演。剧中滑稽人物戴着假面具，因而又名假面喜剧。它原来具有社会讽刺性质，但是到了18世纪却变得庸俗鄙陋，缺乏思想内容。哥尔多尼作为启蒙编剧家，要求戏剧对观众有所教益，为此必须改革即兴喜剧，使之成为有固定台词的现实主义喜剧。

为了寻找新型喜剧的方向，他研究了本国和外国的经验。他年轻时受过马基雅维利的喜剧《曼陀罗花》的启发，但对他影响最大的是莫里哀和英国18世纪的剧作家。哥尔多尼在《喜剧剧院》（1749）一剧里阐明了自己的喜剧理论，他要求废除即兴喜剧的假面和"幕表"，

写作有固定台词的文学剧本；主张喜剧从生活中汲取素材，忠实地反映现实生活、刻画人物的鲜明性格，发挥"颂扬美德，嘲讽恶习"的教育作用，摆脱庸俗的趣味。他反对三一律，强调以批判的眼光汲取古代和外国喜剧之长，建立具有民族特色的喜剧。他把这种现实主义喜剧叫作"风俗喜剧"，或者"性格喜剧"。

哥尔多尼把意大利18世纪丰富多彩的社会生活和风尚习俗，真实、形象地展现在喜剧舞台上，塑造了各个社会阶层活生生的、有个性的艺术形象。他的大部分剧本用威尼斯方言写成，语言质朴、诙谐。他从意大利文艺复兴喜剧和法国喜剧中汲取养分，加以创新，奠定了以思想内容丰富、具有魅人的艺术力量为特征的近代意大利现实主义喜剧的基础。

哥尔多尼进行的喜剧改革，遭到了保守势力的围攻。剧作家戈齐等人不断对他诋毁、攻击，并且写作"童话剧"来同他争夺戏剧阵地。1762年，哥尔多尼被迫离开意大利，前往巴黎。他在法国侨居期间，担任过法国国王路易十六的妹妹的意大利语教师，并继续为法兰西喜剧院、意大利喜剧院写作剧本。1784年至1787年，哥尔多尼用法语撰写了《回忆录》，记叙他一生从事喜剧改革的经历。晚年生活穷困，1793年2月6日在巴黎逝世。

●柱廊 意大利 卡纳莱托

>>> 即兴喜剧

即兴喜剧又称"假面喜剧",是16世纪下半叶至18世纪下半叶在意大利广泛流行的一种独特的喜剧形式。

即兴喜剧没有成文的文学剧本,只有很简单的"提纲",或称"幕表"。演员根据"幕表"提示的剧情梗概,在舞台上临时想出对话和独白,即兴发挥。剧中的主要角色及其姓名、性格都是固定的,各有定型的假面、服装。演员在舞台上依靠夸张的形体动作和模拟姿态来取得戏剧效果。每个演员固定扮演一种类型的角色。

拓展阅读:

《欧洲戏剧文学史》
郑传寅/黄蓓
《西方戏剧文化艺术论》
李贵森

◎ 关键词:喜剧 假面人物 民主立场 生活气息

"风俗喜剧"——哥尔多尼的戏剧创作

哥尔多尼一生写过267个剧本,其中包括150多个喜剧。

早期著名的喜剧《一仆二主》(1745)继承了即兴喜剧的某些特点。剧中保留了一些传统的假面人物,但已赋予新的性格特征。台词最初是半即兴式的,后来才完全固定下来。来自社会下层的仆人是这出喜剧的主人公,作者着意刻画他的憨厚、纯朴的性格,热情赞美他的聪明、机智。鲜明生动的人物性格和浓郁的威尼斯生活气息,使这出喜剧获得了成功。

《狡猾的寡妇》(1748)是第一部完全写成文学剧本的喜剧。作者通过几个外国贵族向女主人公求爱而展开的生动风趣的情节,赞美忠实的、理智的爱情,歌颂意大利民族的伟大。

《封建主》(1752)是哥尔多尼站在资产阶级的民主立场上对封建贵族进行讽刺和批判的代表作。剧中描写腐化堕落的侯爵引诱农家妇女,遭到殴打,农民联合起来,决定同贵族做斗争。但剧本最后让一个农家女子和侯爵结婚,以阶级调和告终。

《女店主》(1753)是哥尔多尼风俗喜剧的杰作。剧中通过向女店主求爱的侯爵刻画了一个没落、腐朽的封建贵族阶级的典型。对另一个求爱者——用金钱买得伯爵爵位的商人,作者无情地揭露了信奉金钱万能论的资产阶级暴发户的丑恶嘴脸。女店主米兰多林娜是哥尔多尼塑造得最成功的女性形象。她勤劳、乐观、妩媚动人,在机智地戏弄了那些不怀好意的显贵人物之后,选择了一个诚实的仆人作为终身伴侣。剧中不同阶级、不同身份的人物的性格,都得到了生动的展现。

哥尔多尼也揭露批判了资产阶级的恶习和缺点。《老顽固们》(1760)一剧以新、老两代人之间的矛盾为主题,反映了18世纪威尼斯社会的危机。剧情是在典型的威尼斯商业资产阶级环境中展开的。一个商人的女儿想在结婚前和素不相识的未婚夫见一面,可这违反当时威尼斯的习俗。一位聪明热情的太太帮了她,使她如愿以偿。两家的父亲都是顽固的家庭暴君,竟因为这件事解除了他俩的婚约。那位太太仗义执言,终于成全了这对青年男女。剧本在描绘威尼斯的生活特色和刻画各个顽固人物性格的细微差别上,都较为成功。

在哥尔多尼反映劳动人民生活的剧本中,最出色的是《乔嘉人的争吵》(1762),它描述渔民争吵打架的场面,一位年轻律师使大家言归于好,并帮助他们办理了几件婚事。剧本由一系列鲜明生动的现实生活场景组成,通过争吵的形式写出劳动人民的一些优良品德,同时也流露了作者对人民的同情。

浪漫的激情——

欧洲浪漫主义文学时期

—→ 浪漫主义思潮是法国大革命直接催生的产物。法国大革命不仅产生了巨大的政治影响，也给整个欧洲文化带来了新的思潮。

—→ 浪漫主义文学热衷于描写个人失望与忧郁的"世纪病"，并颂扬以个人与社会的徒劳的对立为表现形式的反抗。

—→ 浪漫主义文学在纵向上，是对文艺复兴时期人本主义理念的继承和发扬，也是对僵化的法国古典主义的有力反驳；在横向上，它和随后出现的现实主义文学共同构成西方近代文学的两大体系，促成了19世纪西方文学盛极一时的繁荣局面，对后来的现代主义和后现代主义文学产生了深远的影响。

●法国启蒙画家夏尔丹作品

>>> 萨缪尔·理查生

萨缪尔·理查生(1689~1761)生在一个细工木匠的家庭。他十五六岁时到印刷店做学徒，并利用闲暇时间自学。后来他自己开店，在当时印刷业中很有名望。他根据别人建议，写了一部尺牍，备人模仿，内容多是劝善修身之道，由此他得到启发，写了他的第一部书信体小说《帕米拉》(1740~1741)，副标题是《美德有报》。

理查生在英国和欧洲小说发展史上有重要的地位。他的小说总是集中描写一件事的始末，且以日常生活中的婚姻、道德等问题为内容，特别注意分析和描写人物的情感和心理，说教气味浓厚。

拓展阅读：

《十八世纪法国启蒙运动》
　　李凤鸣 等
《启蒙运动的生意》
　　[美] 罗伯特·达恩顿

◎ 关键词：法国 唯物主义 无神论 百科全书派 浪漫主义

文化浪潮——启蒙主义运动

在英国，感伤主义是浪漫主义的萌芽；而在法国，启蒙主义是浪漫主义的先驱。

时光进入18世纪，法国在经济上依然是封建生产关系占优势的农业国，政治上仍旧是封建专制国家，波旁王朝依靠军队、警察、法庭、监狱等统治机器苟延残喘。然而随着资本主义经济因素的增长，法国资产阶级对改革社会政治的要求日益强烈。资产阶级的先进思想家大都把目光转向了已经建立资本主义制度的英国，他们羡慕它的社会政治制度、欣欣向荣的自然科学和文学艺术，牛顿的科学成就和洛克的哲学思想被介绍到法国，莎士比亚和理查生在法国也影响很大。

时势造英雄，文化英雄也是如此。就在法国急需进行社会思想大变革的时候，出现了四位伟大的启蒙主义思想家。他们是老一辈的孟德斯鸠、伏尔泰，以及年轻的狄德罗和卢梭。他们在反封建、反教会、争取自由平等的斗争中有共同的目标，但他们之间也有分歧。在政治问题上，孟德斯鸠主张君主立宪制，要求立法、行政、司法三权分立，伏尔泰和狄德罗提倡开明君主制，只有卢梭提出更进步的共和制。在教会的腐败和黑暗的笼罩下，伏尔泰和卢梭自始至终停留在自然神论的水平，狄德罗却从自然神论走到无神论。

关于社会制度，几乎所有的启蒙作家都不触动私有制。卢梭虽然揭露私有制是社会不平等的根源，但他不主张消灭私有制，只要求用法律限制财产集中。

尽管启蒙作家意见有分歧，但他们却曾经一起合作，共同为宣传启蒙思想而斗争。这就是具有深远历史意义的《百科全书》编写工作(1751~1766)，几乎所有的启蒙思想家都为这部著作撰过稿。"百科全书派"可以说是"启蒙活动家"的同义语。《百科全书》总结了资产阶级在科学、技术、文学、艺术各方面的创造发明和成就，是在唯物主义和无神论的进步思想指导下编写的一部反封建、反教会的巨著。它的编写和出版不断受到封建政府和教会的迫害和禁止，由于主编人狄德罗的努力、坚持和进步力量的支援，使之终于全部完成。

以《百科全书》的编写为代表，启蒙思想家宣传无神论的思想，反对传统的宗教，提倡自然神论；反对形而上学，提倡科学和常识知识；反对专制的权威和特权，提出自由、平等和普遍教育的口号。

启蒙运动是继文艺复兴运动以来欧洲历史上的第二次思想解放运动，而且是在更高的理性主义的基础上进行的。这场运动的直接结果，就是导致了轰轰烈烈的法国大革命，而间接结果是对18世纪浪漫主义文学的发展产生了重要的影响。

● 孟德斯鸠像

>>> 三权分立

三权分立，是西方资本主义国家的基本政治制度，主要内容是，立法权、行政权和司法权相互独立、互相制衡。英法资产阶级革命和美国独立战争以后，三权分立成为资产阶级建立国家制度的根本原则。

在当代，尽管西方国家的政治制度发生了很大变化，但三权分立仍然是它的一个根本特点。对于这种制度，西方的政治家和思想家非常推崇，认为只有实行三权分立，才是民主和法治的标志；不实行这种制度，就是专制。

拓展阅读：

《孟德斯鸠及其启蒙思想》
侯鸿勋
《孟德斯鸠评传》
张铭／张桂琳

◎ 关键词：启蒙思想 先驱 三权分立 讽刺作品

虚伪的文明——孟德斯鸠与《波斯人信札》

孟德斯鸠是启蒙思想的先驱，也是对封建教会的攻击最为激烈的启蒙主义作家。

查理·路易·孟德斯鸠1689年1月18日生于波尔多附近的贵族家庭。幼年学习过古希腊语和拉丁语，后来专攻法律。1716年承袭他伯父的爵位和产业，成为孟德斯鸠男爵，并成为他伯父的波尔多议会兼法院主席的职务的继任者。

在工作中，他认识到封建法律是为王权服务的，开始怀疑法律能否做到真正公允。1721年，他的《波斯人信札》在荷兰出版，未署名。这部作品风行一时。1728年，孟德斯鸠辞去法院院长职务，并倾其后半生精力研究政治革新问题。他博览群书，游历欧洲各地，访察风俗人情和政治法律，历时20年，写成《论法的精神》（1748）。在这部著作中，孟德斯鸠认为英国式的君主立宪制，是比较好的政治制度，三权分立可以保障政治清明。

《波斯人信札》是一部书信体的文学作品。内容是两个波斯青年郁斯贝克和黎伽，在路易十四统治的最后五年和奥尔良公爵摄政的头五年旅居巴黎。他们把所见所闻写信报告给在波斯的朋友和家人，后者也写信给他们，向他们报道波斯的消息。

《波斯人信札》是一部讽刺作品。它揭露了法国统治阶级庸俗堕落、荒淫无耻，批判了上流社会的种种恶习和生活方式，指出决斗和赌博等的危害性。它嘲笑资产阶级羡慕贵族地位，出钱雇人替自己伪造家谱，"清洗祖先的名声"。有四五封信是直接攻击法国暴君路易十四的，第37封信谴责他喜欢谄媚、培养伪善、奢侈浪漫、好大喜功。有些信描写摄政王时代的财政总监约翰·劳开设银行，滥发纸币，使全国经济陷于破产，人民受到巨大的损失。作者对罗马教皇的权力提出怀疑，说他只是一个古老的偶像，人们给他烧香，无非因为习惯如此。第24封信说，教皇是一个最强有力的魔法师，统治着人们的精神世界，硬要人们相信"三等于一，人们所吃的面包并非面包，所饮的酒并不是酒"。孟德斯鸠说，《圣经》有多少行字，就有多少可以争辩的地方。他谴责宗教迫害和宗教战争，主张宗教应当有容忍精神。第11至第14封信中的穴居人的故事阐述作者的理想社会，把宗法式生活美化为圆满幸福的生活。

《波斯人信札》没有完整具体的情节，只是叙述一些零星故事，谈论一些人物，借此阐发作者对政治、社会、宗教、道德等方面的启蒙思想。它为18世纪哲理小说开辟了道路。

●伏尔泰像

>>> 1755年里斯本大地震

1755年11月1日发生在葡萄牙首都里斯本城附近的大西洋海域。里斯本城破坏极其严重，损失惨重。死者估计为6万～7万人。这次地震引起海啸，葡萄牙海岸最大潮高估计有15米左右。法国、英国和荷兰的港口受损，远至中美洲海岸也能观测到海啸的影响。震级估计在八级以上。这是欧洲历史上最大的一次地震。

伏尔泰在其小说《公正》一书中写下了他观察里斯本地震后发出的评论："如果世界上这个最好的城市尚且如此，那么其他城市又会变成什么样子呢？"

拓展阅读：

《伏尔泰名言录》陆珊年
《伏尔泰：理性人格》肖雪慧

◎ 关键词：启蒙主义思想 孔子 唯物主义 哲理小说

学习孔子的智慧——伏尔泰与《老实人》

如果我们能够启伏尔泰于地下，问问这位法国启蒙主义思想大师，他精神上的导师是谁，他很可能告诉我们：是中国的孔子。

伏尔泰（1694～1778），原名弗朗索瓦·马利·阿鲁埃，是18世纪声望最高的启蒙作家，生于资产阶级家庭。他青年时代在伦敦研究过英国社会政治、牛顿的科学思想、洛克的唯物主义哲学和英国文学与戏剧，他是第一个把莎士比亚戏剧介绍到法国的人。回国后，他发表《英国通信集》（1732），宣扬资产阶级革命后英国各方面的成就，批判法国封建专制制度，宣传唯物主义哲学，传播自由、平等思想的种子。这部作品被当时的反动政权宣布为禁书。

1755年起，他定居在法国和瑞士边境的费尔奈。他和欧洲各国人士通信，接待他们，并且以实际行动干预社会生活。在政治上，他主张开明君主制；在宗教上，他是自然神论者，他批判教会，但说："如果没有上帝的话，也应该虚构一个，"用以来约束人民，维持社会秩序，保护私有制。伏尔泰是个多产作家。他的全集包括哲学著作、历史著作、史诗、抒情诗、讽刺诗、哲理诗、哲理小说、50多部悲剧和喜剧以及1万多封信札。

伏尔泰对于中国文化非常了解，并且充满了敬佩之情，因为在他看来，中国文化代表了他所追求的，也是欧洲文化进步方向的理性主义的光辉。他曾说："中国人通体闪耀着理性的光芒！"同时，他认为中国政体是世界上最优秀的政体，实现了柏拉图的"理想国"。伏尔泰断言"人类肯定想象不出一个比中国更好的政府：……如果说曾经有过一个国家，在那里人们的生命、名誉和财产受到法律保护，那就是中华帝国。"而中国文化的祖师孔子更是他崇拜的对象，孔子的格言是他的座右铭，孔子被他看作是思想上的带路人。伏尔泰的思想不仅深入18世纪法国第三等级人们的心里，为1789年的资产阶级革命准备了思想条件，而且对19世纪欧洲许多国家争取民族独立自由的斗争起过很大作用。

伏尔泰的文学作品中最有价值的是哲理小说。这是他开创的一种新体裁，用戏谑的笔调讲述荒诞不经的故事，影射和讽刺现实，阐明深刻的哲理。

《老实人》（1759）的主人公是个心地善良、头脑简单的青年。他是一个男爵的养子。男爵家里的家庭教师邦葛罗斯教导他说，这个世界安排得很好，"一切都是十全十美的"。但生活告诉他，世界并不是这么一回事。他爱上男爵的女儿，被男爵驱逐。他流浪到欧洲许多地方，也去过美洲，处处受到折磨。他耳闻目睹的一切都证明邦葛罗斯的哲学思想是错误的。就是邦葛罗斯自己，也受尽种种磨难，当过奴隶，染上恶疾，几乎死于宗教裁判所的火刑。在这部哲理小说里，伏尔泰愤怒地谴责了把自然灾难（1755年的里斯本大地震）解释为对人类罪孽的惩罚这种谬论，他用大量事实证明现实生活充满着邪恶和黑暗，所谓这个世界安排得妥妥当当的说法是没有根据的。

《老实人》反对盲目乐观，但并不悲观失望。在第17、18两章中，伏尔泰写了一个理想世界。老实人旅行到"黄金国"，那里石头就是黄金。人们不受金钱势力的支配，和邻国不相往来，没有教士迫害他们，没有法院

● 在费尔奈，伏尔泰与众多的贵族及思想家保持着密切来往，他也因此被称为"欧洲派店主人"。

和监狱。他们过着富裕幸福的生活，科学文化非常发达。在最后一章，作者指出，"工作可以使我们免除烦恼、纵欲、饥寒这三大灾害"，全书以"要紧的还是种我们的园地"这句名言告终。

◎关键词：思想家 无神论 封建制度 心理特征

"辩证法的杰作"——狄德罗与《拉摩的侄儿》

●狄德罗像

>>> 狄德罗效应

有一天，朋友送狄德罗一件质地精良、做工考究的睡袍，狄德罗非常喜欢。可他穿着华贵的睡袍在书房走来走去时，却总觉得家具不是破旧不堪，就是风格不对，地毯的针脚也粗得吓人。于是，为了与睡袍配套，旧的东西先后更新，书房终于跟上了睡袍的档次，可他却觉得很不舒服，因为"自己居然被一件睡袍胁迫了"，他把这种感觉写成一篇文章叫《与旧睡袍别离之后的烦恼》。

200年后，美国哈佛大学经济学家朱丽叶·施罗尔据此提出了一个新概念——"狄德罗效应"，即"愈得愈不足效应"。

拓展阅读：

《狄德罗论绘画》
        广西师范大学出版社
《狄德罗小说选》
        人民文学出版社

德尼·狄德罗（1713~1784）是另一位启蒙主义思想家。他生于外省一个富裕的刀剪作坊老板家庭。幼年受教会学校教育，后来到巴黎上中学，毕业后充当家庭教师，并给出版商翻译文稿。他的第一部著作《哲学思想录》（1746）因批评宗教和教会，被巴黎法院焚毁。1749年写成的《给有眼人读的论盲人的书简》是一部无神论著作，触犯了当局，被捕入狱。经营救获释后，开始主持《百科全书》的编辑工作，并以此作为毕生的事业，20余年中撰写关于哲学、史学的条目1000多条。

狄德罗的文学创作主要是三部小说《修女》、《拉摩的侄儿》和《宿命论者雅克和他的主人》。

《拉摩的侄儿》写于1762年，这部小说主要是拉摩的侄儿（书中的"他"）和狄德罗（书中的"我"）两人的对话，对话中时常插入作者的感想和对主人公的描绘。主人公实有其人，是18世纪音乐家、作曲家若望·菲利浦·拉摩的侄儿。狄德罗以真人真事为基础，运用他的想象力，加上夸张手法，简洁集中、突出生动地塑造了一个寡廉鲜耻，但又观察敏锐的资产阶级无行文人的形象。

拉摩的侄儿是个音乐家，不乏才能，但穷困潦倒，流落街头，和流浪歌手为伍，终于堕落成为贵族富人的食客。对他说来，生活的意义在于设法把肚子填饱。他早上起来第一件心事是想想在谁家吃午饭，午饭后他便考虑到哪一个有钱人家去吃晚饭。只要吃饱，他就认为这一天过得不错了。为了在豪富人家饭桌上保住一个席位，他乐于充当他们的小丑，装疯卖傻，阿谀奉承，让他们侮辱自己，使他们感到高兴。他要经常压抑自己的自尊心，放弃人的尊严。有一次，他偶然忍不住"表露了理性和诚实"，便立刻被驱逐，重新陷入饥饿之中。

拉摩的侄儿的形象相当复杂。他不是一个单纯的食客，他对音乐、戏剧、文学有一定的修养，对政治、社会、道德、教育各方面有自己的见解。他的谈话中穿插着许多意义深刻的警句。他认识金钱是罪恶的根源，却又承认富人有权利任意使用他们的钱。他也知道社会上的坏现象是封建制度造成的，他未尝不希望有个好制度，但他认为最好的世界，如果他不在里面，也是不足取的。

拉摩的侄儿对当代社会众生的刻画和辛辣的评论不仅反映了封建制度下人与人的真实关系，而且揭示了正在成长中的资产阶级的心理特征。作品通过拉摩的侄儿复杂和矛盾的性格，反映了作者对现实的一些想法。

●卢梭像

>>> 阿尔卑斯山

阿尔卑斯山（Alps）是欧洲最高大、最雄伟的山脉。它西起法国东南部的尼斯，经瑞士、德国南部、意大利北部，东到维也纳盆地，绵延1200千米。宽120~200千米，最宽处可达300千米。山势高峻，平均海拔约达3000米左右。耸立于法国和意大利之间的主峰勃朗峰，海拔4810米，因峰顶终年积雪而得名，是欧洲第一高峰。

阿尔卑斯山，水力资源丰富，欧洲的许多大河都发源在这里。山脉的植物呈带状分布，从山脚向上依次可以看到温湿带阔叶林、寒温带针叶林和高山草地。

拓展阅读：

《社会契约论》［法］卢梭
《卢梭教育思想述评》滕大春

◎ 关键词：启蒙思想 崇尚自我 文学流派 先驱

启蒙的歌声——卢梭

卢梭是法国启蒙思想家中最年轻的一位，也是思想最激进的一位。他的创作对于19世纪法国浪漫主义文学的影响是至关重要的。

若望·雅克·卢梭1712年6月28日生在日内瓦。出生不久，母亲即去世，父亲是耽于幻想的钟表匠。卢梭自幼同他父亲一道阅读，对小说产生了浓厚的兴趣。15岁开始当学徒，因不堪忍受粗暴的待遇，很快就外出流浪。后改信天主教，为德·瓦朗夫人收留。1732年以后，他过了一段相当平静的生活，一边醉心于阿尔卑斯山区的宏伟壮丽的自然景色，一边弥补学业上的缺陷，系统地学习了历史、地理、天文、物理、化学、音乐和拉丁文，并接受了伏尔泰哲学思想的影响。

1741年他到巴黎去，结识了年青一代的启蒙学家狄德罗、格里姆等人，他的启蒙思想逐渐形成。他为《百科全书》写稿，论述音乐问题。在巴黎，他看不惯贵族的奢侈生活，认识到"他们在虚伪的感情掩盖之下，只受利益和虚荣的支配"。

1749年，在狄德罗鼓励下写成的《论科学和艺术》（1750）定下了他以后著作的基调。他提出科学艺术发展并不能给人类带来幸福，反而带来灾难的观点。他指出文化是为腐朽的贵族阶级服务的，他们的豪华生活建筑在大多数人的贫困上面。

他的第二篇论文《论人类不平等的起源和基础》（1755）揭发了私有观念，指出这观念产生了社会不平等，使富人僭夺了统治权力，使千千万万穷人沦为奴隶。

从1756年到1762年，卢梭隐居在巴黎近郊的蒙莫朗西森林附近。在此期间，他发表了《致达朗贝论戏剧书》（1758）。他的《新爱洛伊丝》（1761）、《民约论》（1762）和《爱弥儿》（1762）也先后出版。

《爱弥儿》出版后，卢梭被封建政府和教会迫害，四处流亡，受到很大刺激，几乎精神失常。在流亡的年月里，他感到有必要为自己辩护。1765~1770年，他着手写作《忏悔录》。

《忏悔录》分两部分（1782，1789），是他的自传，是用散文写成的诗篇。卢梭说他写这部作品的目的是忏悔他一生中所犯的过错，但也表现了他的骄傲，他认为自己是世界上最纯洁的人。在完成《忏悔录》之后，他又写了自传的续篇《一个孤独的散步者的遐想》。1778年7月2日，他悲愤的一生结束了。卢梭作为思想家和文学家具有自己鲜明的特色，他崇尚自我感情的抒发、热爱自然。他对19世纪欧洲浪漫主义文学产生巨大影响，被公认为这一文学流派的先驱。

EMILE,
OU
DE L'ÉDUCATION.
PAR J. J. ROUSSEAU,
Citoyen de Genève.

TOME III.

● 卢梭著作《爱弥儿》封面

>>> 阿贝拉尔

阿贝拉尔（1079～1142），欧洲中世纪经院哲学家、法国神学家。生于法国布列塔尼南特附近的巴莱镇。曾先后师从于唯名论者罗瑟林、实在论者威廉和安瑟尔谟。1101年起在默伦、巴黎等地讲授哲学。1115年任巴黎圣母院讲师。他能言善辩，敢于向教会的权威提出诘难，因而受到迫害。1121年，因他的著作论及"三位一体"，背离正统教义，而在苏瓦桑会议上受到谴责，著作遭焚毁。1141年在桑斯会议上，他再次受谴责，被幽困于克律尼修道院，翌年逝世。

他的主要著作有《辩证法》《是与非》《认识你自己》《受难史》等。

拓展阅读：
《启蒙运动百科全书》
[美] 威尔逊等
《剑桥插图法国史》
[英] 科林·琼斯

◎ 关键词：恋爱悲剧 书信体 抒情风味

爱上不该爱的人——《新爱洛伊丝》

《新爱洛伊丝》(1761) 写一对青年男女的恋爱悲剧。卢梭把他的小说叫作《新爱洛伊丝》，因为这对情人和中古时期法国哲学家阿贝拉尔与他的女学生爱洛伊丝的爱情一样，都是以悲剧结束他们的恋爱的。

平民知识分子圣普乐在贵族家担任教师，与他的学生、贵族小姐尤丽发生了恋情。尤丽的父亲是一个封建等级偏见很深的贵族，坚决不肯把女儿嫁给出身第三等级的圣普乐，强行命她和贵族德·伏勒玛结婚。圣普乐无望地离开了尤丽的家。尤丽在婚后把自己过去的恋爱告诉了丈夫德·伏勒玛，丈夫表示对他们信任，请圣普乐回来继续担任教师。尤丽和圣普乐两人虽然得以朝夕相见，却不得不极力克制自己内心的感情，这造成了巨大的痛苦。最后，作者以尤丽的死亡结束了他的小说。卢梭站在资产阶级人道主义的立场上，批判了以门当户对的阶级偏见为基础的封建婚姻，提出了以真实自然的感情为基础的婚姻理想，并对封建等级制度发出了强烈的抗议。作品细致的心理描写，情景交融的美丽篇章，赢得了无数读者的赞赏。

《新爱洛伊丝》是书信体的小说，写信的人除尤丽和圣普乐外，还有德·伏勒玛、尤丽的表姐克蕾尔、圣普乐的好友英国爵士爱德华等。在这些信里，卢梭揭露了封建等级制压抑人的感情的罪恶，主张恋爱自由、感情解放，反映了资产阶级革命前夕法国人民不甘受封建王朝和天主教会的统治，要求获得自由和解放的强烈愿望。同时，作者通过他的人物表达了他对社会、政治、戏剧、音乐等问题的意见，这些意见和他其他作品中的启蒙思想是一致的。

卢梭强调感情在文学中的地位。《新爱洛伊丝》的魅力不在于它的故事情节，而在于对尤丽和圣普乐的爱情的描写。他们的感情自然奔放，不是社会偏见或宗教观念所能压抑的。卢梭对大自然有无限的热爱。在《新爱洛伊丝》里，他用很大的篇幅、热烈的词句描写阿尔卑斯山和莱蒙湖的景色。他不是客观地描写自然，而是情景交融，使自然与人物的感情和谐一致。他对自我作热情的赞颂，这种特征在他的《忏悔录》中表现得更为突出。他描写自我和周围环境的冲突，强调个人在社会中的作用。这种自我赞颂表现了资产阶级要求个性解放的反封建精神。推崇感情、热爱大自然、赞扬自我，这三方面是卢梭文学作品的特点，对19世纪欧洲浪漫主义文学产生了巨大的影响。

卢梭同时也是杰出的法国散文作家。他的散文不仅说理性强，富于雄辩，而且饶有抒情风味。

浪漫的激情——欧洲浪漫主义文学时期

●1762年，卢梭因《爱弥儿》和《社会契约论》被指责与政府和宗教对抗，受到法院通缉和教会声讨，被迫逃往瑞士。1770年法国政府宣布赦免，他才得以返回巴黎。图为卢梭与家人团聚的情景。

●博马舍像

>>> **法兰西第一共和国**

法兰西第一共和国是法国大革命期间建立的法国历史上第一个资产阶级共和国。1792年9月22日，新选出的议会即国民公会开幕。国民公会通过废除君主制的议案，宣布成立法兰西共和国——历史上称为法兰西第一共和国。历经代表工商业资产阶级利益的吉伦特派掌权和雅各宾派的专政。热月政变后，又相继有热月党人、督政府和执政府时期。1804年5月为拿破仑建立的"法兰西第一帝国"所代替。

拓展阅读：

《博马舍戏剧二种》
　　人民文学出版社
《世界艺术史》
　　[法] 艾黎·福尔

◎ 关键词：启蒙思潮　法国文学　喜剧大师　民主倾向

绝顶聪明的戏剧家——博马舍

在启蒙思潮的影响下，法国文学开始出现新的风貌。在戏剧方面，产生了法国第一位具有世界文学史地位的喜剧大师——博马舍。

博马舍（1732~1799）是一个绝顶聪明的人，在生活的各个方面，他都能凭借他聪明的头脑和圆滑的个性取得成功。他生在一个钟表匠的家庭，自幼学习制造钟表的手艺，20岁时发明一种新式零件，获得法国科学院的认可，被接受为皇家钟表师，进入宫廷服务。他靠自己的音乐才能，当了公主们的竖琴教师，当过路易十五的秘书，与王族往来密切。同时和大金融家巴利士·杜威奈合伙经商致富，成为上流社会和金融界中的活跃人物。

博马舍也许吸收了不少启蒙主义的思想，但他是从来不会彻底投身于哪种"主义"的。他自称是伏尔泰、狄德罗的学生。1767年，他写出第一部剧本《欧也妮》，揭露贵族阶级的荒淫无耻。1770年，剧本《两个朋友》在巴黎公演，但没有引起公众注意。

1773年，博马舍与杜威奈的继承人涉讼败诉，几乎破产，还被法官哥士曼控告有贿赂行为。他相继发表四部《备忘录》，向巴黎公众揭穿法庭的黑幕。这些具有讽刺与幽默风格的《备忘录》，在巴黎以至外省引起广泛反响。巴黎法院迫于舆论的压力，撤销了哥士曼的职务，同时下令销毁《备忘录》。

1775年，博马舍的五幕喜剧《塞维勒的理发师》冲破官方阻挠，在巴黎公演，首场演出失败。他立即加以修改，几天后重新公演，竟然获得空前的成功。这出戏塑造了一个不朽的人物形象，即机智、干练的理发师费加罗，他帮助少女罗丝娜摆脱愚顽的监护人霸尔多洛，成全了她与阿勒玛维华伯爵的爱情。本剧宣扬了启蒙思想，表现了打击封建顽固势力的倾向。

1778年，博马舍又一部五幕喜剧《费加罗的婚姻》上演，获得更大的成功。70年代末至80年代初，是博马舍戏剧创作达到高峰，也是他社会活动最为活跃的时期。他曾多次把大批武器装备秘密运往美国，支援美国独立战争。为保障剧作家的合法权益，他发起成立的法国剧作家协会，一直存在至今。他无视政府禁令，出版了法国第一部《伏尔泰全集》。

1792年法兰西第一共和国成立后，嗅觉灵敏的博马舍似乎预感到了资产阶级民主派的执政不可能长久，于是在政治立场上选择了向右转。博马舍写出费加罗三部曲的第三部《有罪的母亲》(1792)。他把伯爵刻画成一个道德高尚的人道主义者，费加罗不再是反封建的英雄人物，却成了伯爵的忠实仆人。这说明博马舍放弃了他的两部优秀喜剧的民主倾向，他的创作生命也就终结了。

●正在上演喜剧的演员们

>>> 伯爵

在英国5级贵族中,伯爵出现最早。个别学者认为伯爵爵位来自欧洲大陆,至迟在公元900年的法国,伯爵已成为公爵的封臣。但更多的学者认为英国伯爵(Earl)与法国伯爵(Count)并无继承或连带关系。大约在盎格鲁－撒克逊时代后期,因王权不够强大,英格兰广大地区曾划为几个较大的伯爵管辖区(great earldom)。而伯爵爵位却是在11世纪初由丹麦国王克努特引进英格兰的。11～12世纪中叶之前的伯爵多是镇守一方的诸侯。他们大多是一人治理数郡,所以又被称为"方伯"。

拓展阅读:

《世界十大古典喜剧故事》
广西人民出版社
《西欧戏剧史》廖可兑

◎ 关键词:续篇 初夜权 古典主义 时代气息

喜剧舞台的典范——《费加罗的婚姻》

博马舍对喜剧舞台最大的贡献就是他的两部作品:《塞维勒的理发师》和《费加罗的婚姻》,其中后一部作品尤其优秀,成为喜剧舞台上永恒的经典。

《费加罗的婚姻》又名《狂欢的一天》,是《塞维勒的理发师》的续篇,1778年写成,1784年演出。它的情节相当复杂,主要矛盾是费加罗和伯爵之间的矛盾。费加罗在伯爵婚后回到伯爵的府邸,当他的仆人。他和伯爵夫人的使女苏珊娜真心相爱,并准备和苏珊娜结婚。伯爵垂涎苏珊娜的美貌,企图诱骗苏珊娜。当初他和伯爵夫人结婚时,曾宣布放弃贵族在农奴结婚时对新娘的初夜权。现在,他又想在苏珊娜身上"赎回"这个可耻的权利。于是,一场激烈斗智而妙趣横生的斗争开始了。

在明白了苏珊娜的心仍然忠贞不渝之后,费加罗决定要让伯爵自食苦果。他首先让伯爵夫人知道了伯爵的色心和企图,伯爵夫人恼羞成怒,立刻决定加入他们的阵营,一起对付伯爵。费加罗知道伯爵不满足心愿是不会善罢甘休的,他是好嫉妒又要顾全体面的人,对待这种性格的人最好是刺激他们一下,等他们气得冒火的时候,用一个小小的诡计就可以牵住他们的鼻子,要他们上哪儿他们就上哪儿。费加罗叫人送给伯爵一张匿名的纸条,警告他说跳舞的时候将有一个情人来与他的夫人约会,同时让苏珊娜假装暗示伯爵,黄昏时分要和他在花园里幽会,然后让一个仆童薛侣班穿上苏珊娜的衣服,去和伯爵赴约。

可是伯爵夫人不满意费加罗的计划,她和苏珊娜将"剧本"改动了一下,不仅将伯爵装了进去,也要折磨并考验一下费加罗。她命苏珊娜偷偷交给伯爵一封信,约好在花园里的大栗树下幽会。费加罗看到了苏珊娜和伯爵传递信件,又气又急,决定到时候去捉奸。月亮初升的时候,费加罗召集了一大群仆人来到伯爵府第花园,果然看到了大栗树下的身影。

伯爵满心欢喜地和其实是自己老婆的"苏珊娜"调情,他们在树丛里追逐,伯爵突然发现了打扮成伯爵夫人的苏珊娜,他看到夫人的身体依偎在一个男仆的怀里。等他怒气冲冲地捉了"奸",才发现,原来被愚弄的只有他自己。费加罗的婚礼在一片笑声中开始,而伯爵却得低声下气地求得夫人的原谅。

小人物费加罗对伯爵的最终胜利,反映了法国大革命前夕人民群众的乐观情绪。而博马舍的喜剧继承古典主义的艺术成就,情节紧凑,冲突鲜明,同时具有狄德罗所提倡的正剧的特点,反映了重大社会问题,充满时代的生活气息。

●夏多布里昂像

>>> 对拿破仑的评论

　　"他只管他自己的命运。他好像知道他的使命是短暂的，从那么高的地方落下的激流将很快流过；他赶紧享用甚至滥用他的荣耀，犹如倏忽即逝的青春。如同荷马的诸神，他想四步就走到世界的尽头。

　　……

　　（拿破仑之死）如布封所说，热带的鸟'套在太阳的车上'，从光明之星上匆匆落下；它今日将在何处休息？它在灰烬上休息，这灰烬的重量使地球倾斜了。"

拓展阅读：

《夏多布里昂精选集》
　　　　山东文艺出版社
《夏多布里昂传》

　　[法] 安德烈·莫洛亚

◎ 关键词：贵族之家 怀疑主义 浪漫主义文学 "世纪病"

忧郁的没落贵族——夏多布里昂

　　夏多布里昂（1768～1848）生于布列塔尼省一个衰而复振的贵族之家，可惜是个次子，世袭的特权大多为哥哥享有，但贵族的荣誉感和对君主的忠诚却被他牢牢地继承了下来。他到过美洲，声称要从北美寻找一条连接两大洋的通道。1786年以士官生投身军界，曾任陆军中尉，由亲戚引荐至巴黎，在宫廷行走。路易十六被推翻，他自以为有"勤王"的资格，从美洲赶回法国，加入孔德亲王的侨民团，参加反革命军事行动，在仅有的一次战斗中受伤，后随军退入比利时。后去英国，在伦敦开始写作，并发表了他的第一部作品《论古今革命》。这时他抱着怀疑主义态度，宣扬个人自由，同时写作《美洲游记》和《纳切兹人》。

　　夏多布里昂一生有过文学上的辉煌、政治上的成功，还有显然被他夸大了的军旅生涯中的壮举，然而更多的是挫折、失败和幻灭。他对传统有着根深蒂固的留恋，他对民族的光荣有刻骨铭心的记忆，然而他却因此在政治上选择了投靠反动的封建王公，而站在了革命的对立面，也因此终生难以摆脱没落阶级的忧郁、失落和怀旧。而这种人生和思想状态，恰恰成就了他浪漫主义的小说和散文的创作。

　　1801年夏多布里昂的中篇小说《阿达拉》问世，震动了法国文学界，标志着浪漫主义文学的开始。小说以美洲的异域风光作为背景，写一对宗教信仰不同的异族青年的爱情悲剧。小说女主角阿达拉是北美洲森林里未开化民族的酋长的女儿，她爱上了在战争中被俘的另一未开化民族的青年夏克达，曾两次冒生命危险救活夏克达，并跟他一同逃跑。阿达拉是基督教徒，不能和非教徒结婚。她怕自己抵不住爱情的侵袭，暗中服毒自杀，成为爱情与宗教矛盾的牺牲品。

　　1811年，夏多布里昂被法兰西学院选为院士。1814年，拿破仑下台，他发表政论《论波拿巴和波旁王朝》，受到路易十八的赞扬。他以极右派面目出现，被选为贵族院议员，先后出使柏林和伦敦，并任外交部长。但他倾向"君主立宪"，为复辟政府所忌，不久，即被挤下台。晚年作品有《论英国文学》《历史研究》《隆赛教士的一生》和译作《失乐园》。最后完成的《墓畔回忆录》是一部6卷本的长篇巨著。

　　夏多布里昂对法国浪漫主义文学的影响是巨大的。他扩大了自然描写的范围，使海洋、山岳、森林、陵阙等巨型景物进入文学领域。他创造了"世纪病"的病态形象，年青一代的浪漫派作家，特别是拉马丁和维尼，都受到这一病态的意识形态的感染。夏多布里昂的散文富于抒情诗的节奏，对浪漫主义诗歌有很大的影响。

●雨果像

◎ 关键词：浪漫主义流派 法国大革命 独立风格

法国浪漫主义的领袖——雨果

1830年七月革命后，法国社会正处于急剧转折之中，革命和反革命、复辟和反复辟的斗争十分激烈和尖锐。封建势力妄图恢复革命前的旧秩序，广大人民群众和资产阶级民主派渴望实现革命的理想。消极的和积极的浪漫主义流派就是上述阶级斗争的反映。消极浪漫主义代表作家是夏多布里昂，以及受他影响的、19世纪20年代开始登上文坛的拉马丁和维尼。而1824年以后，以雨果为中心的积极浪漫主义者开始显示他们的力量。维克多·雨果是法国积极浪漫主义运动的代表。

1802年2月26日，雨果生于法国东部的贝藏松。他的父亲是拿破仑部下的将军。雨果幼年曾随从父亲行军到过意大利、西班牙等以风光明媚著称的滨海地带。11岁时，跟着母亲和两个哥哥返回巴黎，居住在一所古老的修道院里。雨果的母亲信奉旧教，拥护王室，在政治上和她的丈夫正好是对立的。青年时代的雨果同情保皇党，反映出母亲的保守立场对他的影响。雨果从小爱好文学，崇拜法国早期浪漫主义作家夏多布里昂。

1827年雨果发表韵文剧本《克伦威尔》和剧本的序言。剧本的创作完全脱离了舞台艺术的实际要求，因此未能演出，但《序言》却成为当时浪漫主义运动的重要宣言，雨果本人亦因此而被公认为浪漫主义运动的领袖。

1829年发表《东方吟》，表达了雨果对20年代希腊人民争取独立斗争的同情。诗集在语言、格律和描写技巧方面所获得的成就，表明雨果这时已是一个具有独立风格的浪漫派诗人。

1830年2月25日演出他的《欧那尼》。剧本叙述16世纪西班牙一个贵族出身的强盗欧那尼为父复仇、同国王抗争的故事。剧中国王卡尔洛先是一个暴君，后来又成为开明皇帝；强盗欧那尼原来和国王势不两立，当面斥责他暴虐无道，后来又和他妥协，感恩戴德。主要人物的骑士精神和封建社会的荣誉观念在这里受到赞扬。作者一方面反对封建暴君，又一方面又赞扬封建道德，歌颂开明皇帝，这种思想上的矛盾和混乱正是这个时期雨果政治思想矛盾的反映。在戏剧表现形式方面，雨果一反古典戏剧的惯例，大量采用传奇剧的手法，如乔装、密室、毒药、宝剑等，以加强舞台效果，这也是剧本获得成功的重要原因之一。

雨果热情地迎接七月革命。他在《致年轻的法兰西》（1830）中赞扬革命的胜利，又在《赞美诗》（1831）中歌颂为革命英勇牺牲的战士。

雨果在1831年发表长篇历史小说《巴黎圣母院》，这成为了法国浪漫主义文学最重要的一部小说作品。

● 《巴黎圣母院》插图

>>> 吉卜赛人

吉卜赛人最初住在印度北部，10世纪时开始迁移，后来流落到世界各地。同是这个民族，他们却被称作不同的名字。在西班牙被称作"季当人"，在法国被称作"波希米亚人"，在俄罗斯和意大利则被称作"茨冈人"。

吉卜赛人以占卜为生，塔罗牌就是他们所用的其中一种占卜方法。在罗马教廷势力最为强大的时期，正是吉卜赛人的保护才使塔罗牌能够流传到今天。在很长的时间里塔罗牌只有吉卜赛人才能看得懂，许多塔罗牌的牌意都是以吉卜赛人的解释作为基础的。

拓展阅读：

《世界文学名著速读》龙军

《巴黎圣母院》（电影）

◎ 关键词：路易十一 下层社会 反封建 宿命论

"钟楼怪人"——《巴黎圣母院》

小说的故事发生在15世纪路易十一统治下的巴黎。吉卜赛女郎爱斯梅拉达在街头卖艺，巴黎圣母院副主教克罗德·佛罗洛对她产生邪念，指使在教堂撞钟的相貌丑陋的畸形人卡西莫多夜间在街上拦路劫持，但爱斯梅拉达被弓箭队队长费比斯救出，她从此就爱上了这个轻薄的军官。副主教趁这对男女幽会之际刺伤费比斯，并嫁祸于爱斯梅拉达，将她判处死刑。但是卡西莫多对她也怀着爱慕之情，于是将她从教堂前的刑场上抢走，藏在圣母院的顶楼上，由于巴黎圣母院是圣地，即使是国王和法律的力量，也不能强行进入其中加害爱斯梅拉达。巴黎下层社会的乞丐和流浪人为了保护爱斯梅拉达，围住了圣母院。国王派费比斯率领骑兵前去镇压。混战中，佛罗洛抢走了爱斯梅拉达，再一次向她进行威逼，但遭到拒绝。爱斯梅拉达终于落到官兵手里。在她被处决之日，卡西莫多将副主教从楼顶上推下摔死，为她报了仇，然后卡西莫多也失踪了。两年后，人们在墓地发现他的尸骨和爱斯梅拉达的尸骨拥抱在一起。当人们想把他们分开时，已经是一堆灰烬。

作者采用对比的手法，塑造了卡西莫多和佛罗洛两个主要人物形象，一个外形丑怪而心地善良，另一个道貌岸然而心如蛇蝎。佛罗洛追逐爱斯梅拉达，他的"爱"实际上是在道貌岸然的外表掩盖下的罪恶的情欲。佛罗洛一面宣扬禁欲主义，一面对爱斯梅拉达产生邪念，并因劫持未遂而加以陷害，将她置于死地。卡西莫多也爱慕爱斯梅拉达，他虽然外形丑陋，他的爱却是"全心全意"的，雨果把卡西莫多写成一个"忠诚"、"勇敢"、具有"自我牺牲"精神的人。雨果在这里宣扬了"爱情"和"仁慈"可以创造奇迹、改造人的精神面貌的人道主义思想。但是经历一场残酷的搏斗之后，美丑善恶同归于尽，宿命论的思想倾向在这里也是显而易见的。

既体现中古艺术成就，又体现中古基督教偏见的巴黎圣母院，在小说中占有重要地位，它是15世纪巴黎的心脏，同时也是小说情节线索的集结点。书中对教堂钟声所做的淋漓尽致的描绘，具有巨大的艺术感染力。钟声使全城活跃，使遭人唾弃的撞钟人卡西莫多暂时获得了精神上的解放。

在小说中，作者还描写了巴黎无产者的武装暴动。雨果看到，这一群被封建社会唾弃的人不仅是反对法官和领主，而且是反对国王路易十一本人的一支力量。国王为法国的统一而同法官、领主做斗争，但又敌视人民群众。小说充满资产阶级人道主义思想，较之剧本《欧那尼》，具有更为明确的反封建倾向。讽刺的锋芒不只是指向封建贵族，也指向作为封建势力的重要支柱的天主教教会。

浪漫的激情——欧洲浪漫主义文学时期

●1163 年，教皇亚历山大三世在塞纳河中的斯德岛上为巴黎圣母院举行了奠基典礼。1240 年巴黎圣母院基本竣工，被视为法国最伟大的艺术杰作之一。

● 《悲惨世界》的插图

>>> 雨果《蝴蝶的起源》

黎明笑看着玫瑰上如泪的
露水
瞧！这些小小的情人
鼓着白色的羽翼
在茉莉花丛女贞树丛
穿梭往来亲吻蓓蕾
飞翔着窥视着隐藏着
随着低沉的乐音四处咕咕
哝哝
啊！春光之际想想所有那
些诗句
是多梦的情人寄往梦幻的
期许
想想那些牢笼中多情的心
想想那些笔尖伪过的丝纸
写满凡人爱的话语
浸透了欣喜的陶醉
写在那春夏之际
如今却撕碎飘飞如风中的
玩具
……
（节选）

拓展阅读：

《雨果绘画》人民文学出版社
《法国文学史》郑克鲁

◎ 关键词：批判现实主义 拿破仑时代 社会变革

人性的泯灭与复归——《悲惨世界》

1845年，雨果开始写作长篇小说《悲惨世界》，全书共五部，中间经过1848年革命和1851年路易·拿破仑政变的两次耽搁，最终发表于1862年。

小说的主人公冉阿让是拿破仑时代一个穷苦农民，因为偷了一块面包而被捕入狱。后来由于几次越狱而被加刑，共坐了19年的监牢。冉阿让出狱后，无家可归，米里哀主教留他过夜。他在当天晚上又偷了主教家里的银器。主教不予追究，反而加送给他一对银烛台，对他说："但愿你从此做一个老实人，我把你的灵魂买了下来，而且送给了上帝。"主教的"仁慈"使冉阿让深为感动。从此，冉阿让决定"弃邪归正"。

八年后，冉阿让在蒙特猗城开设工厂，救济贫困，促进了该城的繁荣，因而被推选为市长。在他的工厂里，有一个名叫芳汀的女子，遭到情夫的遗弃，她把私生女珂赛特寄养在小酒店主德纳第家里，自己则出来做工。当她的身世被发觉后，她被厂方解雇，而流氓德纳第夫妇又趁机敲诈勒索，她为了自己和女儿的生存，被迫沦为娼妓。当冉阿让知道这一情况时，芳汀已经病入膏肓。为了弥补自己的过失，冉阿让答应负责抚养她的女儿。

在蒙特猗城，唯一敌视市长的是警官沙威，他一直怀疑市长就是他当年看管过的犯人冉阿让。有一次官方抓到一个窃贼，狱中两个老犯人错误地咬定这个窃贼就是失踪已久的冉阿让，法庭就要给他判定终身流放。已经成长为真正的道德家的冉阿让不愿让人代己受过，毅然前去自首。于是冉阿让又被投进监狱，但不久他又越狱逃跑。

1832年，巴黎共和党人起义，反对路易·菲利普政权，冉阿让参加了起义的巷战，并极其英勇地从阴沟中救出在战斗中受伤的共和主义者马吕斯。这时沙威也混进街垒。他被起义者抓住，而冉阿让却把他放了。沙威深受感动，他思想里产生激烈的冲突，他非但不能继续执行逮捕冉阿让的任务，连从前的很多人生信念，在革命的巨大冲击下也全都落空，他在强烈的内心矛盾冲突中投河自杀了。

冉阿让为了表示自己的诚实，将自己一生的经历告诉了马吕斯。马吕斯不能理解他，反而认为他是一个一贯犯法的坏人，对他日渐疏远。后来马吕斯间接了解到冉阿让一生行事的难能可贵，痛悔自己态度粗暴，马上去探望他。此时的冉阿让已病重垂危，但是在临终前能得到这个青年人的谅解，使他感到莫大的欣慰。整个故事是以冉阿让对米里哀主教的回忆而结束的。

1885年5月22日雨果逝世，法兰西举国志哀。他的一生目睹并刻画了法国几次重大的社会变革，他发扬了浪漫主义文学的精神，并开启了批判现实主义文学的大门。

●缪塞像

>>> 缪塞《哀愁》

我失去力量和生气,
也失去朋友和欢乐;
甚至失去那种使我
以天才自负的豪气。
当我认识真理之时,
我相信她是个朋友;
而在理解领会之后,
我已对她感到厌腻。
可是她却永远长存,
对她不加理会的人,
在世间就完全愚昧。
上帝垂询,必须禀告
我留有的唯一至宝,
乃是有时流过眼泪。

拓展阅读:
《缪塞传》[法] 莱斯特兰冈
《乔治·桑与缪塞情书》
　　唐杏英

◎ 关键词:浪漫主义文学 颓废思想 恋爱故事 自我表现

法国的"莎士比亚"——缪塞

法国浪漫主义文学的另一位重要作家是有法国的"莎士比亚"之称的缪塞。

阿勒弗莱德·缪塞(1810～1857)出生于资产阶级家庭。从小受到古典主义文学的熏陶,特别爱读莫里哀、拉封丹和马里沃等人的作品。20岁时加入浪漫主义文社。被朋友们称为浪漫主义的"顽皮孩子",中年以后对人生和社会问题愈发关注。他的第一部诗集《西班牙和意大利故事》(1830)着力鼓吹狂暴的热情,描写荒唐的事迹和奇异的地方色彩,但同时也对这些时髦题材持一种讽刺态度。诗集《坐着扶手椅观剧》(1832)对异国情调和感伤主义的讽刺更为突出。

1835年,在和女作家乔治·桑的感情破裂后,缪塞写了《四夜组诗》,诗中充满颓废思想。

1836年发表的《一个世纪儿的忏悔》是一部以他和乔治·桑的恋爱故事为中心内容的自传体小说。作者在主人公沃达夫的形象中描写19世纪20年代一个感染"世纪病"的资产阶级知识青年。按照作者的解释,拿破仑帝国的崩溃和对拿破仑英雄主义的幻灭,是产生沃达夫的怀疑和忧郁的社会根源。在分析这种根源时,缪塞表达了20年代法国知识青年对拿破仑的怀念和对僧侣当道的复辟王朝的不满。他一方面痛陈了拿破仑发动侵略战争给法国人民带来的巨大的灾难,同时又展示拿破仑失败之后法国社会的黑暗腐朽和了无生趣。在书中,他这样写道:

"那时候,在欧洲,只有一个人真正地活着,而其他的人则是尽量地用此人呼出的空气来充填自己的肺部,以求苟延残喘。每年,法兰西要献给此人三十万个青年。这是向他缴纳的捐税,而此人倘若没有这群绵羊跟在他的身后,他就无法延续他的运道。为了能够横霸世界,他必须有这么一群人,而他也是需要这群人把他送到一个荒凉的小岛上,埋葬在一个小山谷中的垂柳下的坟墓之中。"

缪塞还写过一些剧本,如《喜剧与格言》等,其中有的取材于历史,有的取材于民间故事和日常生活,一般都以恋爱心理描写为主要内容。剧本的中心人物,大多是作者人生经历的缩影。缪塞的剧本继承了18世纪以恋爱心理分析见称的马里沃的传统,在法国浪漫主义戏剧史上别具一格。

● 大仲马像

>>> 大仲马的幽默

大仲马有一次和一位官运亨通的青年政客发生了争执，二人势不两立，并同意用决斗来解决问题。同他俩的坚定各执己见一样，他俩的枪法又都是出了名的好。在中间人的安排下，他们决定抽签，输者必须向自己开枪。结果是大仲马输了。他手里拿着枪，神情严肃地走进另一个房间里，随手关上了门。

在场的同伴们在焦虑中等待着那一声枪响。等了好一会儿，枪声响了。对手和同伴向房间跑去，打开房门，只见大仲马手里拿着冒烟的枪，失望地对来人说："先生们，最遗憾的事发生了——我没有打中。"

拓展阅读：

《大仲马名言》高扬
《大仲马俱乐部》[西]雷维特

◎ 关键词：通俗文学 戏剧创作 转折 历史背景 特色

通俗历史小说家——大仲马

当法国的浪漫主义文学创作达到巅峰之时，另一类与之密切相关却又独具特色的文学类型也取得了辉煌的成就，这就是通俗小说。这一时期法国产生了大仲马这位世界通俗文学第一流的作家。

大仲马生于巴黎附近的县城维莱科特雷。他的祖父是侯爵德·拉·巴那特里，与黑奴结合生下其父亚历山大，受洗时用母姓仲马。亚历山大·仲马是18世纪末法国资产阶级革命军队的一员将领，在革命战斗中屡建奇功，当上共和政府将军。后因他对拿破仑远征埃及的侵略行径不满，遭到拿破仑的排挤和冷遇。

大仲马继承了父亲的资产阶级革命传统，青少年时代就痛恨波旁复辟政权，曾参加1830年七月革命推翻复辟王朝的战斗。第二帝国时期作为拿破仑第三政府的反对派，长期流亡在布鲁塞尔。晚年又曾去意大利协助民族英雄加里波第的战斗。

大仲马只在10岁前上过几年小学，他的学识和文学才能主要靠自学而来。他的文学生涯始于戏剧创作，在家乡时曾与好友自编自演话剧。1823年到巴黎后，在奥尔良公爵府供职，业余时间刻苦写作。他厌恶当时占领法国戏剧舞台的呆板沉闷的伪古典主义戏剧。在莎士比亚戏剧的影响下，他写出浪漫主义历史剧《昂利第三及其宫廷》，于1829年2月11日在法兰西喜剧院上演，获得成功，给伪古典主义戏剧一次猛烈的冲击。从此，大仲马加入了以雨果为首的浪漫派作家的行列。1830年3月成功地上演历史剧《克里斯蒂娜》。1831年5月又以《安东尼》一剧震动巴黎。这部剧本写复辟王朝末期一个叫安东尼的私生子同一位男爵夫人的爱情纠葛，反映了当时一部分青年的生活和精神面貌。

30年代中期，大仲马在创作上做了一次重要的转型，他开始创作通俗的长篇小说。他仿效英国作家瓦尔特·司各特，以历史为题材。他的小说大多是根据报刊的需要而写，先在报刊连载，后编印出版。有许多作品与别人合写。最初几部小说不很出色，1844年问世的《三个火枪手》获得成功。《基度山伯爵》（1844~1845）的发表，使大仲马取得更高的声誉。

此后10余年间，大仲马以极高的速度写作，他自夸写了400部小说，一般统计有200余部。比较著名的有《三个火枪手》的续篇《二十年后》和《布拉日罗纳子爵》、《玛尔戈王后》、《约瑟夫·巴尔萨莫》及其续篇《王后的项链》等。

大仲马说："什么是历史？历史就是钉子，用来挂我的小说。"他的小说都有真实的历史背景，但主旨不在于重述历史，而在于渲染主人公的冒险奇遇，情节曲折生动，处处出人意料，堪称历史惊险小说的典范。异乎寻常的理想英雄、急剧发展的故事情节、紧张的打斗动作、清晰明朗的完整结构、生动有力的语言和灵活机智的对话等构成了大仲马小说的特色。

由于这种特色，大仲马的小说一百多年来被世界各国的读者广泛地阅读着，他成了迄今为止最成功的通俗文学作家，并且在正统文学史上获得了一定地位。别林斯基称他为"一名天才的小说家"，他也是马克思"最喜欢"的作家之一。

● 距法国马赛老港 3 千米处有一孤岛——伊夫岛，相传大仲马《基度山伯爵》一书的主人公就曾被囚禁于此。

●《三个火枪手》插图

>>> 大仲马逸闻

大仲马私生子多，所以，取笑讥讽他的人，往往把他的作品也比作他的私生子。最使大仲马头痛的是巴黎统计学会的秘书长李昂纳，这人是大仲马的朋友，每次举统计数字的例子，总是说大仲马的情妇和私生子有多少。

有一年该统计学会开年会，大仲马参加了年会。李昂纳又举他的情妇和私生子的例子。李昂纳报告完毕，请大仲马致辞。一向不愿在大庭广众之下发表演讲的大仲马，这次却破例登台说："所有统计数字都是撒谎，包括有关本人的数字在内。"听众听后哄堂大笑。

拓展阅读：

《二十年后》[法] 大仲马
《法国文学史》郑克鲁

◎ 关键词：红衣主教 首相 冲突 主帅 私刑

"人人为我，我为人人"——《三个火枪手》

在 17 世纪前半期的法国，统治者争权夺利，矛盾重重。身兼红衣主教和首相的黎塞留与国王路易十三的关系复杂而紧张，路易十三纵情于声色犬马，而黎塞留则大权在握，野心勃勃。国王与红衣主教各蓄私党，致使红衣主教卫队与国王火枪手卫队之间彼此对立，屡屡发生冲突。

达达尼昂出身伽司戈尼一个没落的地主贵族家庭。他怀揣父亲给他的可怜的 15 个埃居，告别家乡来到巴黎拜见他父亲的相识特雷威尔先生。从特雷威尔先生的办公室出来，达达尼昂冒犯了三个火枪手。不打不相识，一架之后，他们成为了如影随形的朋友。

国王对达达尼昂几次打败首相部下暗自褒奖，而首相却怀恨在心。恰逢王后安娜·奥地利的旧时情人英国白金汉公爵对她情丝未断，王后便以金刚钻坠相赠以表怀念。主教遂趁机陷害，向国王屡进谗言，要国王派人组织宫廷舞会，让王后佩戴国王送给她的那条金刚钻坠以证虚实。王后眼见舞会日期逼近，惶然无计，幸得心腹侍女波那瑟献计设法，请达达尼昂帮忙相助。达达尼昂对波那瑟一见钟情，费尽周折及时索回金刚钻坠，粉碎了红衣主教的阴谋诡计。

红衣主教钟情王后，未得垂青，妒火中烧，移恨于情敌白金汉公爵，利用新旧教徒的矛盾引发法英战争，妄图除掉白金汉。为达此目的，他网罗一批心腹党羽，其中最得力的亲信便是佳丽米拉迪。此女天生丽质，但却心狠手辣，毒如蛇蝎。达达尼昂为其美貌所动，巧构计谋，潜入内室，诱她失身。就在云雨交欢之时，达达尼昂偶然发现米拉迪肩烙一朵百合花，那是当时欧洲女子犯罪的耻辱刑迹。隐藏数年的这个秘密的暴露，使她对达达尼昂恨之入骨，几次设陷阱暗害，但均未成功。

在以围困拉罗舍尔城为战事焦点的法英对垒中，黎塞留和白金汉各为两国的主帅。黎塞留暗派米拉迪赴英卧底，趁机行刺白金汉，米拉迪提出以杀死达达尼昂为交换条件。她极尽卖弄风骚和花言巧语之能事，侥幸刺死了白金汉。米拉迪在归法途中，巧进修道院，找到了受王后派人庇护的达达尼昂的情妇波那瑟，将她毒死。达达尼昂、阿托斯、波托斯、阿拉米斯四位朋友昼夜兼程，苦苦追踪，会同温特勋爵和一名刽子手，终于在利斯河畔抓到企图潜逃比利时的米拉迪，并用私刑将她处死。

黎塞留得知心腹被杀，抓住主谋达达尼昂，但感其义勇无双，不但没有将其治罪，还擢升其为火枪队副官，达达尼昂立刻丢下了英雄的义气，投靠在红衣主教旗下。阿托斯、波托斯、阿拉米斯三人或归乡里，或娶嬬妇，或皈教门，萍飘絮飞，全书就此结局。

● 《基度山伯爵》插图

>>> 《基度山伯爵》趣闻

1842年，大仲马陪同一位王子去曾流放拿破仑的意大利厄尔巴岛旅行。游览了该岛后，准备前往邻近小岛打猎，但那儿不向观光者开放。大仲马听说小岛名为"基度山"，便对王子说："为了纪念我们这次旅行，我要把我准备写的一部长篇小叫作'基度山'。"

《基度山伯爵》发表后，因大仲马在书中用伊夫堡代替费纳斯特拉尔堡，所以不少读者前往该处参观，而看守人则趁机胡编乱吹外快。大仲马闻讯后亲临伊夫堡。就在看守人照例乱吹时，大仲马递上名片，看守人顿时尴尬万分。

拓展阅读：

《王子复仇记》（电影）
"卧薪尝胆"典故

◎ 关键词：邓蒂斯 水手 入狱 复仇 传奇色彩

仇恨的力量——《基度山伯爵》

《基度山伯爵》讲述了一个复仇的故事。爱德蒙·邓蒂斯是一个正直勇敢的青年水手，就在他即将和未婚妻美茜蒂丝结婚的时候，却被人陷害成"拿党"，囚禁在地中海一个关押重罪犯人的小岛——伊夫堡的监狱中。邓蒂斯在伊夫堡认识了一个同牢的法利亚长老，他常通过长老挖掘的地道到长老房间，向他学习各门知识和外语，同时，也在他那里接受了宗教的影响。邓蒂斯把自己的身世告诉给长老听，长老帮他分析了被关押的原因：他被自己的仇敌陷害了，那些干坏事的人正是想从中取利的人。押运员邓格拉斯由于妒忌，渔民弗南由于爱情，检察官维尔福由于个人的野心，他们共同迫害他。邓蒂斯如梦初醒，发誓要对自己的仇敌进行复仇。

长老临死前告诉邓蒂斯一个藏金窟的秘密。罗马红衣主教斯巴达把大宗财产埋藏在地中海基度山小岛上，并把埋藏地点密写在一张纸上，法利亚长老已研究出这宗宝藏的埋藏地点，宝藏价值高达1亿3000万以上。法利亚长老死了，按当时监狱的习惯，要把尸体装进麻袋运出牢外。这就给邓蒂斯提供了逃走的机会。他从地道走到法利亚长老的牢房，他钻进尸袋，再把袋口缝

上。邓蒂斯本想黑夜人们将他运出牢外埋葬时，他再从尸袋中钻出逃走。万没料到，当他被掘墓工人搬出牢房时，掘墓人却在麻袋上缚了一个36磅重的铁球，一人抬脚，一人扛头，喊声"一、二、三"把他扔进了大海，进行海葬。幸好，邓蒂斯是个好水手，他在海中用小刀割开了袋口，浮游到附近的一个小岛上。在那儿，他遇见了一艘走私船，他得救了。

邓蒂斯19岁入狱，逃走时已33岁，他在狱中整整度过了十四个年头，当他回想起这些时，他眼睛里射出了仇恨的光芒。他重新对他的仇人发了一个"他在黑牢里发过的誓言，势必要向他们作不共戴天的复仇"。

邓蒂斯到基度山挖取了宝藏，摇身一变成了神秘而富有的基度山伯爵，重新出现在法国。他了解到他的三个仇人都已飞黄腾达，成了当今巴黎社会的头面人物。于是他根据他的三个敌人加给他不同的痛苦，进行不同的报复。三个敌人最终遭到了应有的惩罚。

《基度山伯爵》一书情节紧张生动，富有传奇色彩，引人入胜，因此在世界各国十分流行，成为了家喻户晓的一个复仇故事。

浪漫的激情——欧洲浪漫主义文学时期

●小仲马像

>>> 自立的小仲马

小仲马初学写作时寄出的稿子总是碰壁，父亲便对小仲马说："如果你能在寄稿时，随稿给编辑先生附上一封短信，或者只是一句话，说'我是大仲马的儿子'，或许情况就会好多了。"小仲马固执地说："不，我不想坐在你的肩头上摘苹果，那样摘来的苹果没有味道。"小仲马的长篇小说《茶花女》寄出后，终于震撼了一位资深编辑。当这位编辑得知，作者竟是大仲马的儿子时疑惑地问道："您为何不在稿子上署上您的真实姓名呢？"小仲马说："我只想拥有真实的高度。"

拓展阅读：

《罗密欧与朱丽叶》莎士比亚
《少年维特之烦恼》歌德

◎ 关键词：私生子 恋爱悲剧 浪漫主义 现实主义

女性的悲剧——小仲马与《茶花女》

大仲马不仅给法国文学留下了几部具有世界影响的历史小说，而且留下了一位与他自己成就不相上下的小说家和戏剧家，那就是他的私生子——小仲马。

小仲马（1824~1895）7岁的时候，大仲马通过法律形式认领了他。小仲马能够回到父亲身边固然是件好事，但他却不得不与含辛茹苦把他抚养成人的母亲分开。当小仲马挥泪离开自己的母亲时，他深深地感受到人世间的残酷和不公。

私生子的身世使小仲马在童年和少年时代受尽世人的讥诮。成年后痛感法国资本主义社会的淫靡之风，是造成许多像他们母子这样被侮辱的社会根源，于是决心通过文学改变社会道德。他曾说："任何文学，若不把完善道德、理想和有益作为目的，都是病态的、不健全的文学。"

1848年小说《茶花女》的问世，使小仲马一举成名。根据小说改编的同名话剧于1852年首次演出，获得更大的成功。

《茶花女》通过一个出身贫苦、堕入娼门、苦于不能自拔的妓女的恋爱悲剧，揭露资产阶级道德的虚伪和罪恶。这部作品兼有浪漫主义和现实主义的特色，是法国戏剧由浪漫主义向现实主义演变时期的优秀作品。

故事的女主人公名叫玛格丽特，她是当时巴黎最有名的交际花，每天出入于贵族沙龙舞会和剧院，每天总有一群公卿贵族围着她转，还因她争风吃醋。她与真诚善良的青年阿芒相爱。他们费尽周折终于如愿以偿地脱离了肮脏的贵族社会，搬到巴黎郊外环境幽静的奥德侬。在那里，他们幸福地度过了三个月田园式的清静生活。就在这时，阿芒的父亲找到玛格丽特，要求她为了自己的荣誉，以及阿芒和他妹妹的终生幸福离开阿芒。善良的玛格丽特同意了，并欺骗阿芒自己有了别的情人。玛格丽特回到了风月场，但精神抑郁，身体也一天不如一天。阿芒的父亲来信说他已经将实情告诉阿芒，阿芒即将回来与玛格丽特团聚，这封信支持着重病的玛格丽特。

阿芒终于从远方赶了回来，然而玛格丽特已经到了弥留之际。重逢的欢喜耗尽了她最后一点气力，她幸福地死在了阿芒的怀里。当初作为定情之物的茶花，似乎轻轻叹息一声，萎落了。一片片的花瓣，随风飘落到桌上、地上，飘到玛格丽特圣洁的脸上。

话剧《茶花女》与莎翁之《罗密欧与朱丽叶》及歌德之《少年维特之烦恼》并称为世界三大爱情悲剧。

● 勤勉与忍耐 德国 毛尔贝奇

>>> 克罗卜史托克

弗里德里希·高特里卜·克罗卜史托克，德国诗人。1724年7月2日生于奎德林堡。父亲是律师。从小受虔信派教义的教育。15岁进瑙姆堡的舒尔普福特贵族学校。1745年至1748年先后在耶拿和莱比锡学习神学。1750年前往苏黎世。1751年应丹麦大臣伯恩斯托夫邀请去哥本哈根，丹麦国王给他一笔终身用费，让他完成《救世主》的写作。1754年与梅塔·莫勒结婚。1770年移居汉堡。1771年《颂歌集》出版，在青年中引起强烈反响。1774年前往卡尔斯鲁厄，途经法兰克福时见到歌德。1803年3月14日在汉堡逝世。

拓展阅读：

《德国文学简史》余匡复
《走进德国》王民

◎ 关键词：德国 启蒙主义 个性解放 灵感

"狂飙突进"——德国的浪漫主义文学运动

18世纪70年代，德国经济和文化取得一定发展，民族意识高涨，同时法国启蒙主义的思想已经在德国引起了广泛的影响。在启蒙主义的感召下，德国一批年轻的文学家自发地开展了一场文学运动。当时的作家克林格尔（1752~1831）发表了剧本《狂飙突进》取得成功，这场文学运动也因此而得名。

这场运动并没有共同的纲领或原则，但它的参加者有以下一些共同的倾向或理念：他们都主张发挥人的主观能动性，实现个性解放；在文艺方面主张打破传统成规，强调灵感的作用；他们纷纷将笔调对准大自然，他们拥护卢梭"返回自然"的口号，歌颂理想化的自然秩序，赞扬他们心目中的所谓淳朴的儿童和劳动人民；他们重视感情在文学作品中的作用。这些思想与浪漫主义的文学主张十分接近。

这一派作家从本民族历史中吸取素材，发扬民族风格。为了摆脱封建束缚，他们要求自由和个性解放，但带有狂热的、傲慢的、脱离人民的个人主义倾向。卢梭的《新爱洛伊丝》对他们有很大影响。他们大都是青年人，富有狂热的幻想、奔放的激情，作品中充满浪漫主义气息，也掺杂着感伤主义成分。

"狂飙突进"运动时期产生过许多诗人和作家，首先是1770年至1771年间聚集在斯特拉斯堡的赫尔德、歌德、瓦格纳、棱茨、克林格尔等人。其中批评家赫尔德是"狂飙突进"运动的精神领袖，青年歌德是旗手。赫尔德和歌德合编《德国的风格和艺术》（1773），阐述了"狂飙突进"运动的美学纲领和文艺观点。类属于这一运动的作品大都和当时人们关心的社会问题有密切联系，例如瓦格纳的《杀婴儿的母亲》（1776），描述妇女被人抛弃后的悲惨命运；棱茨的《家庭教师》（1774），反映市民出身的知识分子当家庭教师而受人歧视的境遇。此外，"狂飙突进"运动的另一支流"格廷根林苑派"的诗人们在克罗卜史托克的影响下，写出了反封建的、歌颂自由的诗歌。在戏剧方面，歌德的《铁手骑士葛兹·冯·贝利欣根》（1773）、克林格尔的《狂飙突进》（1776）、席勒的《强盗》（1781）等剧作是"狂飙突进"运动的代表作。

"狂飙突进"运动在反封建和强调文学的民族性方面比启蒙时期更向前跨进了一大步，标志着德国资产阶级民族意识有了进一步的觉醒。80年代后，德国文学开始进入了古典时期，"狂飙突进"运动也退出了文学舞台。

浪漫的激情——欧洲浪漫主义文学时期

◎ 关键词："狂飙突进" 领导者 民间文学 搜集

"狂飙突进"的领袖——赫尔德

●赫尔德像

>>> 人道主义

人道主义是关于人的本质、使命、地位、价值和个性发展等的思潮和理论。它是一个发展变化的哲学范畴。人道思想是随着人类进入文明时期萌发的，但人道主义作为一种时代的思潮和理论，则是在 15 世纪以后逐渐形成的，最初表现在文学艺术方面，后来逐渐渗透到其他领域。

社会主义人道主义要求社会对个人以及人们相互之间要关心和同情，尊重个人对社会做出的贡献，尊重人格，维护社会成员的基本权利，并促进全体社会主义劳动者的全面发展。

拓展阅读：

《赫尔德美学文选》
    同济大学出版社
《多面的历史》
    [美] 唐纳德·R. 凯利

"狂飙突进"运动的纲领制订者和领导者是作为思想家和诗人的约翰·高特夫利特·赫尔德。

赫尔德 1744 年 8 月 25 日生于东普鲁士的莫龙根。他早年学医，后来改习神学和哲学，研究过康德和卢梭，卢梭对他影响很大。1769 年，他旅行法国时在巴黎结识狄德罗，1770 年在达尔姆施塔特认识了梅尔克，回国后又认识了莱辛和歌德，在斯特拉斯堡又得以与歌德长谈。这次旅行大大开阔了他的眼界，丰富了思想，完成了从启蒙运动到"狂飙突进"的过渡，在他的影响下德国掀起了一场新的文学运动。

他在文学上的主要贡献是文艺理论以及对民间文学的搜集和研究。他的《论语言的起源》（1772）驳斥了当时所谓语言起源于上帝的谬论，而重视人民的语言，认为促进德语的发展是德国民族文学的重要任务。这部书中赫尔德提出了他的重要见解。赫尔德的民族文化论极大地激发了德国一代文化人奋起创造"自家独有"的德国文化的热情，使德国从原先欧洲最落后的"文化沙漠"一跃而执欧洲文化的牛耳。

为了推进民族文学的发展，赫尔德搜集和研究德国民歌，他编纂的民歌集《民歌中各族人民的声音》（1778～1779）对德国诗歌产生很大影响。他强调民族感情，打破陈规旧律，推进了"狂飙突进"运动的诗歌写作。

后来他研究各国的历史、风俗、宗教、哲学、艺术和科学，著有《关于人类历史哲学的思想》（1784～1791），阐述了他的人道主义观点和自然与社会科学观点。赫尔德被公认为人类学研究和原始文化科学研究的先驱。他指出"我们的地球经历了许多革命以后才变成它今天的样子"。他运用一种"进化论"的观点说明人类在存在前是一种有缺陷的低级生命形式。但是，这些低级生命形式不一定就是向人类演化的生物的先前的状态。他的人类进化论不是人的生物学发展，而是人的文化发展。他的著作把人类历史解释为"关于随着时间和地点的不同而有所变化的人的力量、行动和爱好的一部纯粹的自然史"，人类的文化发展被看作是一个完全自然的过程，是人与它周围变化着的物质环境之间的相互作用的产物。

赫尔德在理论研究上为"狂飙突进"运动铺平了道路，并且身体力行地为德国民族文学的发展摇旗呐喊。

晚年，赫尔德在魏玛非常孤立，心情压抑，离群索居，于 1803 年 12 月 18 日逝世。

●歌德像

◎ 关键词：古典时代 狂飙突进 席勒

德国文学的巅峰——歌德

不同于英国和法国文学古典主义早于浪漫主义的情况，德国的浪漫主义时期分为前、后两期。前期浪漫主义时期就像狂飙一样短暂而急促，季风吹过之后，迎来了德国文学的第一个真正的高峰——德国文学的古典时代。而横跨前期浪漫主义与古典时代两个时期，德国文学出现了一位巨匠，他就是歌德。

1749年8月28日，约翰·沃尔夫冈·歌德出生在美因河畔法兰克福的一个富裕的市民家庭。他的父亲是法学博士，得到皇家参议的头衔，母亲是市议会会长的女儿。1765年他去莱比锡大学攻读法律，并开始文学创作，写过一些洛可可风格的抒情诗。他对自然科学和艺术发生兴趣，读过温克尔曼的《古代艺术史》。1770年进斯特拉斯堡大学继续攻读，并结识了赫尔德，受其影响，作为青年诗人的歌德成为"狂飙突进"运动的主要参加者。

"狂飙突进"时期，歌德的主要作品是剧本《铁手骑士葛兹·冯·贝利欣根》(1773)、书信体小说《少年维特之烦恼》(1774)和一些优秀的抒情诗。

《铁手骑士葛兹·冯·贝利欣根》的主人公是德国16世纪一个没落骑士，他一度参加农民起义，但最后背叛了农民。歌德把他写成一个对诸侯作战，反封建、争自由的英雄，以此为"狂飙突进"运动的反抗精神服务，表达了德国资产阶级青年一代的革命情绪。

1774年2月，歌德以四周时间完成书信体小说《少年维特之烦恼》，出版后风靡德国乃至整个欧洲。

歌德青年时代的抒情诗克服了德国18世纪中叶内容贫乏、文辞纤巧、缺乏真实感情的诗风。这些诗热情充沛，语言有力，吸取了民歌的精华，对自然界有深切的感受，如《欢迎和别离》《五月歌》等。

1775年，歌德到魏玛宫廷，渐渐脱离了"狂飙突进"运动。此后直到1786年的这段时期里，他成了魏玛公国的重臣，一度主持公国大政，曾力图进行一些改革。1788年6月，他辞去重要的政治职务，此后直到1794年这段时间，他先后完成了戏剧《哀格蒙特》《托夸多·塔索》，并着手写《浮士德》的第一部。

1794年歌德与席勒合作，把德国古典主义文学推向一个前所未有的新高度。歌德创作了小说《威廉·迈斯特的学习年代》、叙事诗《赫尔曼与窦绿苔》，并继续写《浮士德》第一部。1805年席勒的逝世标志着德国古典文学时代的结束。在此后的近30年是歌德创作上的鼎盛时期。他完成了小说《亲和力》(1809)、诗集《西东合集》(1819)、《威廉·迈斯特的漫游年代》(1829)、自传性著作《诗与真》(1831)、《意大利游记》以及耗尽他毕生心血的巨著《浮士德》第二部(1831)。1832年3月22日，歌德在魏玛逝世。

●歌德全家化装像

>>> 歌德的幽默反讥

　　一天，歌德与一位跟其文艺思想相左且生性古怪、态度傲慢的文艺批评家不期而遇。这位文艺批评家见歌德迎面走来，不仅没有有礼貌地打招呼，反而目中无人，高傲地往前直走，并卖弄聪明地大声说："我从来不给傻子让路！"

　　面对这十分尴尬的情景，歌德镇定自若、笑容可掬，谦恭地闪避一旁，并机智而礼貌地答道："呵呵，我可恰恰相反。"故作聪明的文艺批评家顿时怔然，讨了个没趣，只得默然离去。

拓展阅读：

《孔雀东南飞》（古诗）
《啼笑因缘》张恨水

◎ 关键词：卷首语 夏绿蒂 书信体 精神苦闷

苦涩的爱情——《少年维特之烦恼》

　　"关于可怜的维特的故事，凡是我能找到的，我都努力搜集起来，呈献在诸位面前了；我知道，诸位是会感谢我的。对于他的精神和性格，诸位定将产生钦慕与爱怜；对于他的命运，诸位都不免一洒自己的同情泪。"

　　这是歌德为《少年维特之烦恼》一书所写的卷首语。这部浪漫主义文学的传世佳作，其实也是青年歌德自己的激情、冲动和感情失落的人生写照。

　　1772年，一个夏夜，歌德去参加乡间舞会。他的女友叫他邀请同去的一位女伴。这就是夏绿蒂，一个老法官的女儿。夏绿蒂年仅19岁，在家里担负着照顾亡母遗下的一群弟妹的责任。据说夏绿蒂并不怎样美丽，但是她温婉的仪态和贤淑的德行却摄住了歌德的心。从那次舞会后，歌德的脑海里已摆脱不了她的影子。虽然事后知道她是克斯特纳的未婚妻，但这并不能遏制他的情欲。他常去夏绿蒂家，和这对未婚夫妻消度一些时辰。他成了这一对未婚夫妻的密友，这对歌德是痛苦的，这对未婚夫妇也了解到这一点，但是没有办法，豁达的克斯特纳和贞洁的夏绿蒂不愿有所表示而伤歌德的心，因为他们敬重他的才华。自然，三人间存在着微妙的心理芥蒂。据说克斯特纳私下有过放弃夏绿蒂的念头，可是夏绿蒂却坦然表示，她只愿忠于未婚夫。

　　苦恼之下，歌德觉得最聪明的做法是自己离开。在回法兰克福途中，歌德顺访一位女作家。这个女作家有个女儿叫玛克茜美玲，年纪才16岁，有一张美丽的脸和一双迷人的眼睛。于是歌德的心又被打动了。但是最后他仍然是带着失恋的悲哀回家。

　　在家里的日子很沉闷，对夏绿蒂的回忆和想念成了他生活的中心。歌德没有其他方法排遣痛苦的心情，觉得需要写点什么来发泄一下才舒服。恰逢此时，他的一位朋友因失恋而轻生，歌德便将两个人的故事合在一起，写作了这部感伤之作。

　　《少年维特之烦恼》以书信体叙述维特爱上一个名叫绿蒂的姑娘，绿蒂已和别人订婚，引起维特很大的痛苦。他试图在工作中求得精神上的解脱，但是也失败了。因为他和封建社会格格不入，对生活感到无望，终于自杀。

　　小说通过维特和绿蒂之间的不幸的爱情和维特的社会经历，反映出德国知识分子的精神苦闷，而小说对于精神恋爱和失恋的痛苦的淋漓尽致的描写，至今仍感动着一代代的年轻人，在无数骚动的心灵里，引起了情感的共鸣。

◎ 关键词：德国文学 魔鬼 理想人物 心灵满足

永不满足的追求者——《浮士德》

● 莫非斯特再访浮士德 法国

>>> 歌德勉励孙子

有一天，歌德看到孙子在纪念册里写着让·保尔的话："人生在这里有两分半钟的时间：一分钟微笑，一分钟叹息，半分钟爱，因为在爱的这分钟中间他死去了。"歌德的孙子这种对待人生的态度，歌德是根本反对的。于是，歌德在这句话的下边写道："一个钟头有六十分钟，一天就超过了一千。孩子啊，明白了这个道理后，就知道人可做出多少贡献。"

歌德就是这样，勉励孙子珍惜时间，以积极的生活态度，取代消极的生活态度。

拓展阅读：
《德国伟大的诗人——歌德》
高中甫
《浮士德交响曲》（音乐）

歌德留给德国文学最宝贵的财富是他的剧本《浮士德》。《浮士德》取材于16世纪关于浮士德博士的传说，歌德予以加工改造，把浮士德写成一个不断追求、进取的理想人物；把他的知识、爱情、政治、艺术、创业等五大发展阶段，都写成以封建政体腐败、感悟古典美追求的幻灭和"理性王国"蓝图之虚妄为主体内容的悲剧。《浮士德》跟《荷马史诗》、但丁的《神曲》和莎士比亚的《哈姆雷特》并列为欧洲文学的四大古典名著。

在第一阶段知识悲剧里，浮士德年已半百，过的是脱离现实的书斋生活，他探索各种学术领域，得到的却是烦琐的、僵死的知识。他求死未果，求生不能，陷入苦闷的深渊。当他绝望地诅咒世间的一切时，魔鬼莫非斯特乘隙而入。他和魔鬼订下契约，魔鬼帮他实现自己的种种愿望，而只要浮士德一旦获得精神上的满足，他的生命就将中止。

浮士德喝了魔汤，恢复了青春，遇见一个小市民家的女孩子甘泪卿，魔鬼帮助他获得她的爱情。但爱情生活使这个单纯的市民女子因失误而毒死母亲，溺死婴儿，她的哥哥也死在浮士德的剑下，最后她自己发了狂，被囚在狱里。浮士德经历了爱情的享受，也感到极大的良心谴责的痛苦。

浮士德在强烈的刺激下，好像经历了一次死亡，后来在精灵们的歌声中又得到新生。魔鬼把浮士德带到皇帝的宫廷里，让他为一个腐朽的封建王朝服务。他向皇帝建议发行纸币，暂时渡过财政上的难关。皇帝知道浮士德擅长魔术，叫他使古希腊美女海伦的幻影显现出来，供大家欣赏。浮士德看到从未见过的古希腊的美女，大受感动，昏倒在地上。

魔鬼背着昏迷不醒的浮士德回到故居的书斋，然后开始了对"艺术美"的追寻。浮士德和魔鬼到古希腊的神话世界去寻找海伦。浮士德感动了地狱的女主人，她允许海伦复活。象征古典美的海伦在舞台上出现，并和浮士德结了婚，生下一个儿子叫作欧福良。欧福良代表浪漫主义精神，他不受约束，无限制地向上追求，但很快便陨逝了。随着儿子的死亡，海伦也消逝了，她只留下一件衣裳托着浮士德回到北方。

浮士德的最后目标是创造事业。这时国内发生内乱，浮士德借用魔鬼的魔术助皇帝把内乱平息，因此在海边获得一块封地。为了实现他的愿望，他率领这块地方的人民改造自然，向大海索取陆地。此时浮士德已经一百岁，双目失明，魔鬼见他的末日已到，就派遣死灵们给他挖掘墓穴，但他仍然雄心勃勃，听到死灵们的锄头声，还以为是为他服务的群众在筑堤挖沟。在得到心灵满足的时候，浮士德将生命还给了魔鬼，倒在地上与世长辞了。

◎ 关键词：古典主义文学 抒情诗 黄金时代

战斗的舞台——席勒创作的一生

● 席勒的油画肖像

>>> 对席勒遗骨的辨认

席勒死时家境穷困，他的骨骸被安置在教堂地下室。20 年后教堂地下室清理，人们才重新记起席勒遗骸的问题。歌德知道后当即自告奋勇，负责去辨认席勒的遗骨。

在狼藉一片的白骨堆中歌德找到了颅骨，小心翼翼地捧持着前后左右反复端详，最后点了点头。后来歌德在魏玛最尊贵的公侯陵为席勒找了一块比较理想的迁葬之地。

第二次世界大战期间席勒的棺柩被保护性转移，战争结束后打开一看，里面又多了一颗颅骨。此时，对席勒遗骨的辨认又成一难题了。

拓展阅读：

《歌德和席勒的现实意义》
叶廷芳/王建
《席勒文集》人民文学出版社

德国古典主义文学另一位大师希勒，是德国文学史与歌德齐名的伟大诗人和戏剧家。

约翰·克里斯托夫·弗里德里希·席勒生于符腾堡公国的一个外科军医家庭，13 岁时被强行送到有"奴隶养成所"之称的符腾堡公爵的军事学院接受奴化教育八年。八年严酷专制的学院生活使他产生了强烈的反抗情绪，他不但没有成为思想空乏的奴隶，反而成了勇敢的叛逆者。他广泛阅读莎士比亚、卢梭和歌德等人的作品，创作抒情诗，并于1780 年底完成悲剧《强盗》。悲剧借主人公之口说出"药不能治者以铁治之，铁不能治者以火治之"的革命箴言，甚至高呼："德国应成为一个共和国！"1782 年初《强盗》的公演成功，使已经平静下来的"狂飙突进"运动又掀起了新的浪潮。在《强盗》成功的鼓舞下，席勒又完成了悲剧《斐爱斯柯》（1783）和《阴谋与爱情》（1784）。

1785 年 4 月，席勒应友人克尔纳之邀去莱比锡小住数月。席勒深感友情的温暖和人类之爱的伟大，创作了《欢乐颂》这一抒情诗中最辉煌壮丽的篇章。该诗由贝多芬谱曲后传遍全世界。1786 年，席勒完成历史悲剧《堂·卡洛斯》，标志着他的创作由"狂飙时代"向"古典时代"过渡。

席勒在 1792 年至 1796 年研究康德哲学，写了些论美学的著作，其中最重要的是《审美教育书简》（1795）和《论朴素的诗和感伤的诗》（1796）。席勒在《审美教育书简》里批判了封建统治的腐败，也不满资产阶级革命的"粗暴"。他从唯心主义出发，主张通过美育实现所谓"自由王国"。他认为，人只有在审美的艺术活动中，也就是在游戏活动中，感性和理性、主体和客体、个人和社会、本能要求和伦理要求这些对立物才能得到统一，达到真正的自由。

1794 年，席勒开始与歌德的十年合作，共同把德国文学引入黄金时代。他创办了《季节女神》月刊，两年后又出版《文艺年鉴》，并发表《潜水者》《手套》等卓越的叙事诗。1799 年，席勒完成历史剧《华伦斯坦》三部曲，作品描绘了德国 17 世纪三十年，战争时代的图像，刻画出剧中主人公华伦斯坦复杂矛盾的性格，是席勒历史剧中一部代表作。1801 年他又完成历史悲剧《玛丽亚·斯图亚特》《奥尔良的姑娘》和抒情诗《一个新世纪的开始》。1803 年完成模仿古希腊风格的悲剧《梅西那的新娘》。拿破仑的入侵使德国的民族危机日益严重，在这种形势下席勒又写出爱国主义戏剧《威廉·退尔》（1804）。

席勒和歌德曾经合写《警句》，抨击社会上的市侩习气和文艺界

● 图为席勒在为魏玛的奥古斯特公爵朗诵其
"狂飙突进"式文学作品的情景。
● 席勒在生命弥留之际的亲笔书信。

庸俗鄙陋的作风。席勒的著名叙事谣曲《人质》《手套》《潜水者》《伊俾科斯的鹤》等都富有戏剧性，对暴君和暴行提出控诉，但也宣扬了统治者和被统治者之间可以互相宽容的妥协思想。此外，席勒还写了不少哲理诗。

1805 年，席勒的去世，宣告了德国古典主义文学时代的结束。

浪漫的激情——欧洲浪漫主义文学时期

◎ 关键词：市民悲剧 公国 专制制度 政治阴谋

第一部有政治倾向的戏剧——《阴谋与爱情》

● 席勒像

>>> 《阴谋与婚礼》简介

美丽的大学生卡佳拉为了供养家庭，嫁入豪门。丈夫8岁时因不慎从楼梯跌下，导致智力停止成长。

为了妈妈和妹妹的婚嫁，卡佳拉只能苦苦忍受，而同时她渐渐发现丈夫尼拉吉有着一颗善良的心。当她越来越融入到这个豪门家庭的同时，却发现自己陷入了一连串阴谋之中——丈夫告诉她，当年他摔下楼来是因为看见有人正在谋杀年迈的爷爷……卡佳拉决定找出真相，查明当年爷爷的死因。丈夫的病恢复得越来越好，他面临的凶险也越来越多，一切似乎都指向了爷爷的遗产……

拓展阅读：

《凉宫春日的阴谋》
[日] 谷川流
《席勒戏剧故事选》
新世纪出版社

市民悲剧《阴谋与爱情》（1783）是席勒青年时代最成熟的作品，它集中反映了德国市民和封建统治者之间的矛盾。

故事发生在一个公国里，宰相瓦尔特的儿子斐迪南和穷提琴师米勒的女儿露易丝相爱。瓦尔特为了牢牢控制公国的政权，强迫斐迪南娶公爵的情妇米尔福特夫人为妻，遭到斐迪南的拒绝。于是瓦尔特和秘书伍尔牧用阴谋手段破坏他和露易丝的爱情。瓦尔特逮捕了米勒，然后由秘书胁迫露易丝写一封表明自己另有私情的假情书作为释放米勒的条件，并要她发誓保密。露易丝迫于统治阶级的淫威，又意识到自己与斐迪南之间的巨大的门第差距，便屈服了。伍尔牧故意使情书落入斐迪南手中，悲痛欲绝的斐迪南跑来质问露易丝，露易丝遵守誓言，不肯说出真相。斐迪南悲愤之下竟把露易丝毒死，死前露易丝说出实情，斐迪南后悔不及，也服毒自尽了。一对青年恋人就这样双双惨死。

悲剧揭露了德意志封建诸侯的极端腐朽、丑陋、肮脏，抨击了专制制度的黑暗残暴，具有强烈鲜明的反封建性。公爵过着荒淫糜烂的生活，把7000名本国青年的生命"出租"给英国充当炮灰，以满足自己的穷奢极侈。公爵送给斐迪南和米尔福特夫人的结婚首饰就是用这笔钱买的。宰相瓦尔特为巩固扩大自己的权势，不惜牺牲儿子的幸福，强迫他娶公爵的情妇，并用卑鄙的手段残酷迫害露易丝父女。可以说他是造成悲剧的罪魁祸首。悲剧揭示了市民阶级与封建统治者的矛盾，并批判了市民阶级的软弱。路易丝的父亲乐师米勒拥有市民阶级的自我尊严和道德优越感，但谨小慎微，不敢反抗统治者。露易丝代表进步青年追求恋爱自由的理想，并以"平民的纯洁"而自豪，但露易丝有浓重的门第等级观念，自以为她与斐迪南的爱情不可能成功，因而她的形象带有浓厚的感伤色彩。斐迪南则是封建贵族阶级的叛逆者，坚决为捍卫爱情而斗争，因而与露易丝一起成了宫廷政治阴谋的牺牲品。

这部悲剧善于在矛盾发展中塑造人物的丰满个性。悲剧围绕主要矛盾，紧紧抓住真挚爱情与宫廷阴谋之间的冲突，剧情曲折紧张，扣人心弦。《阴谋与爱情》不仅是席勒最成功的剧作，也是"狂飙突进"运动最成熟的果实，它的上演同时也是"狂飙突进"运动的最后一次高潮。恩格斯称赞《阴谋与爱情》是"德国第一部有政治倾向的戏剧"。

浪漫的激情——欧洲浪漫主义文学时期

●雷根岛的白垩岩 德国

>>> 《浮生的一半》

悬挂着黄梨
长满野蔷薇的
湖岸映在湖里
可爱的天鹅
你们吻醉了
把头浸入
神圣冷静的水里

可悲啊，冬天到来
我到哪里去采花
哪里去寻日光
和地上的荫处？
四壁围墙
冷酷而无言，风信旗
在风中瑟瑟作响。
——荷尔德林

拓展阅读：

《怎样看待荷尔德林》冯至
《荷尔德林文集》商务印书馆

◎ 关键词：过渡人物 积极浪漫主义 爱国精神 失常

为爱而狂的诗人——荷尔德林

在席勒影响下成长起来的约翰·克里斯蒂安·弗里德里希·荷尔德林（1770~1843），是德国18世纪末、19世纪初除歌德和席勒以外另一位具有代表性的诗人。荷尔德林是"古典派"向浪漫主义过渡时期的人物，他把古代希腊文化当作理想，同时又富有浪漫气息。他的抒情诗描绘大自然的美丽，憧憬古希腊文明，把凡人的命运与神的极乐生活相对比，色彩绚烂，洋溢着自由和爱国精神。他的诗歌形式完美，语言纯洁明净，节奏鲜明，韵律优美，把读者带到神话般美妙的境界。《献给命运女神》、《故乡》、《德国人的歌》、《尼喀河》和《回忆》等，都是他的名作。除抒情诗外，他写有书信体抒情小说《许贝利翁》（1794~1799）。

他在法国大革命的鼓舞下，于1791年前后写了一系列关于资产阶级所倡导的"美""自由""友谊""爱情""青春"等概念的颂歌。他把古希腊世界看作最完美的世界，认为在那里人与自然是和谐一致的。但是德国的现实给他很大的苦恼。他热爱祖国，渴望希腊精神在

德国再生，同时又越来越感到这种愿望不可能实现。他的诗歌的基调也逐渐从歌颂转为深沉的哀诉。他运用德国语言的能力达到了很高的水平。

1802年，徒步漫游的诗人经过莱茵河的源头所在地"斯卡达娜"，在这里，他仿佛领悟到自己的命运。同年，他得知从前的恋人苏瑟特去世，他感到了无法承受的巨大悲痛，并写下悲痛的诗句。

荷尔德林于1807年完全陷于精神错乱，此后在图宾根——他青年求学的地方——内卡河畔的一座塔楼上静静度过了36年余生。作为活着的幽灵，他留给人们35首"塔楼之诗"，又称"斯卡达内利诗集"。这些诗落署的日期实在混乱不堪，而那些签名，"斯卡达内利"，或许是冥冥中忆起了"斯卡达娜"，他漫游的最后一站，也是他精神失常前到过的印象最深刻的地方。

荷尔德林十几年的创作给德国文学做出不少贡献。德国浪漫主义文学绝大部分是消极的，如果说德国也有积极浪漫主义者，那就是荷尔德林了。

浪漫的激情——欧洲浪漫主义文学时期

●格林兄弟像

>>> 汉诺威

汉诺威位于北德平原和中德山地之间的交汇处。公元1150年首次出现在历史记载中，1241年建市。现在的汉诺威是北德重要的经济文化中心。从两千年前开始直到今天，汉诺威便是一个繁荣的商业中心。

汉诺威是工业高度发达的城市。工业以机械、化工等制造业为主，有全国最大的轮胎厂；并有钢铁、橡胶、钾肥、染料、纺织等部门。制造业尤为突出，拥有全国最大的轮胎厂。

拓展阅读：

《德国民间故事》
[德] 埃·凯斯特纳等
《德国文学简史》余匡复

◎ 关键词：民间文学 想象力 政治改革 是非感

寻找民族的气质——格林兄弟童话

格林兄弟是指雅各布·格林（1785~1863）和威廉·格林（1786~1859）。兄弟二人合作研究语言学和民间文学，并搜集研究民间童话和传说，编成《德国儿童与家庭童话集》。这些童话反映了人民丰富的想象力、美好的内心世界和崇高的道德境界，是德国民间文学的一部重要的作品集，也是一百多年来深受世界各地儿童喜欢的故事集。

格林兄弟生于莱茵河畔的哈瑙，父亲是一名小官吏。他们的青年时代是在拿破仑占领德国时期度过的。当时，德国遭受异族侵略和强大的封建势力的双重压迫。

兄弟二人曾同在马尔堡大学学法律，他们大学毕业后，埋头研究历史，后来同在卡塞尔图书馆工作并任格廷根大学教授，1841年又同时成为柏林科学院院士。

1814年拿破仑战败后，欧洲各国反动势力重新抬头，德国分裂状况仍然十分严重。这使格林兄弟产生政治必须改革的信心。1837年，格林兄弟等七名著名的大学教授因抗议汉诺威公爵违背制宪诺言而失去教授职位。在这个时期，他们努力把研究历史遗产与人民对自由、民主、统一的要求结合起来。他们研究德国语言，编写了《德语语法》和《德国语言史》，还有未完成的

《德语词典》这些研究工作，开创了研究日耳曼语言学的先河，也为德意志民族是个统一的民族提供了论证。

在德国浪漫派作家阿尔尼姆和布伦塔诺合编的民歌集《儿童的奇异号角》的启发下，格林兄弟于1806年开始搜集、整理民间童话和古老传说，并于1814年、1815年、1822年陆续出版了3卷本的《德国儿童与家庭童话集》，即现在俗称的"格林童话"，它包括200多篇童话和600多篇故事。其中的代表作如《青蛙王子》《灰姑娘》《白雪公主》《小红帽》等，均脍炙人口。由于这些童话源自民间故事，其中有许多幻想丰富的神奇故事表达出人民的愿望和是非感：贪婪的富有者得不到好下场；被压迫、被歧视的劳动者和儿童经过重重灾难，最后得到胜利；农民和手工业者在受人轻视或凌辱时显示出惊人的智慧，而暴君、地主自以为有权有势，实际上却愚蠢无知，在人前丢丑；忠诚老实、被"聪明人"嘲笑的"傻瓜"总是得到同情和赞扬。

格林兄弟从1808年起，开始搜集德国民间传说，后出版《德国传说》两卷，共585篇。

1859年，弟弟威廉·格林逝世；1863年，雅各布·格林逝世。

浪漫的激情——欧洲浪漫主义文学时期

● 格林童话深受全世界读者的欢迎，与《安徒生童话》《一千零一夜》并列为"世界童话三大宝库"。到 1887 年为止，《格林童话》已印行 36 版之多。格林童话是童话创作的典范之作，也为后世的儿童插画创作提供了很好的素材。

●霍夫曼像

>>> 芭蕾舞剧《胡桃夹子》

　　芭蕾舞剧《胡桃夹子》是世界上最优秀的芭蕾舞剧之一。《胡桃夹子》剧本是根据德国名作家霍夫曼的童话《胡桃夹子和鼠王》改编的，全剧共分两幕，描绘了儿童的独特天地。舞剧的音乐充满了单纯而神秘的神话色彩，具有强烈的儿童音乐特色。

　　剧情大致为：圣诞节，女孩玛丽得到一只胡桃夹子。夜晚，她梦见这只胡桃夹子变成了一位王子，领着她的一群玩具同老鼠兵作战。后来又把她带到果酱山，受到糖果仙子的欢迎，享受了一次玩具、舞蹈和盛宴的快乐。

拓展阅读：

《霍夫曼小说选》译林出版社
《世界经典爱情小说·德国》
知识出版社

◎ 关键词：浪漫派 病态 荒诞离奇 境界

"幽灵般的神秘"——霍夫曼

　　德国浪漫派成就最高的小说家是霍夫曼。

　　恩斯特·台奥多尔·阿马德乌斯·霍夫曼（1776～1822）生于柯尼斯堡一个律师家庭，早年在柯尼斯堡大学攻读法律，毕业后在柏林当法官，因与当局不合被派往波兰任职，此后流落德国各地，从事过绘画、作曲，当过乐队指挥、家庭教师，与沙米索、布伦塔诺等浪漫派作家过往甚密。霍夫曼晚年全身瘫痪，1822年6月25日逝于柏林。

　　霍夫曼从大学时代开始文学创作，曲折的生活经历加深了他对黑暗现实的认识。同一时期，小说家诺瓦利斯创作了一批以黑夜、死亡和恐怖为主题的小说，获得了成功。霍夫曼也在这一主题上继续发掘。他创作的小说，往往通过荒诞离奇的故事，反映官吏、市侩、小市民的庸俗丑恶的生活，同时在小说中又描绘诗人和艺术家的幻想世界。他的小说经常把拟人化的动物、精神病患者、魔术师、艺术家等作为主人公，描写自然和人生中所谓"夜的方面"，充满阴暗神秘的气氛。但他对待这"夜的方面"和诺瓦利斯不同，他并不把夜和死加以美化，而是使人感到，那些引起悚惧的事物来源于庸俗生活，许多鬼怪其实是丑恶的现实的比喻和夸张。霍夫曼的作品虽有现实主义因素，但归根到底，他和诺瓦利斯都是病态的。因此海涅说："评判他们的著作不是批评家的事，而是医生的事。诺瓦利斯诗中的玫瑰光彩不是健康的，而是患肺病的颜色，霍夫曼幻想故事中火红的炽热不是天才的，而是发烧的火焰。"

　　在霍夫曼的小说里，热情的诗的世界和冷酷的市侩社会经常相互交织，它们彼此对立，不能调和，作者却总是把前者看作更高的真实。他早期的代表作《金罐》（1814），写一个在现实生活中十分笨拙的穷学生内心所里蕴藏着丰富的诗的境界。这个穷学生在星期日出游，误入了魔境，最后却得到了魔术师的女儿的爱情。童话《侏儒查赫斯，绰号朱砂》（1819）的主人公是一个丑陋可怜的侏儒，不能说话，也不能走路，魔女同情他，让他头上长出三根金黄头发。这三根头发发挥了很大的魔力：凡是他周围的人所做的好事，都算在他的分上；凡是他本人所做的坏事，都写在别人的账上。他进入公爵的都城，飞黄腾达，最后那三根头发被人拔掉，群众嘲笑他，他无地自容，跳入手提桶里淹死。这是对不劳而获、专门享受别人劳动成果的剥削者的尖锐讽刺。

　　霍夫曼写过大量的中篇和短篇小说，收在《仿卡洛画风的幻想故事》（1814～1815）和《谢拉皮翁兄弟》（1819～1821）两部集子里。其中的主题也大都是表现艺术和生活的矛盾的。

浪漫的激情——欧洲浪漫主义文学时期

◎ 关键词：总结性 怪诞色彩 创作高峰 讽刺文学

人与猫的世界——《公猫穆尔的生活观》

● 有野花的静物 德国 托马

《公猫穆尔的生活观》（全名为《公猫穆尔的生活观感及乐队指挥约翰内斯·克莱斯勒的传记片段》，1820～1822），是霍夫曼晚期带有总结性的重要作品。书中既写了公猫穆尔的成长，又写了音乐家克莱斯勒在一个小公国的悲剧遭遇，把博学的雄猫穆尔的回忆录和克莱斯勒的自传交错排列，前者是对德国社会种种鄙陋现象的尖锐嘲讽，后者表达了一个狂热的艺术家在现实和理想的矛盾中所感到的痛苦。

《公猫穆尔的生活观》是霍夫曼创作的高峰。这部小说的结构安排是非常独特的。第一卷共分两部分，每部分分为十节，穆尔的自传和克莱斯勒的传记各占一半篇幅，第二卷亦分两部分，第一部分十节，穆尔和克莱斯勒各占五节，第二部分只有四节，穆尔和克莱斯勒各占两节。这种严格的对位法使一个市侩（公猫穆尔）的逐渐成熟与一个艺术家的备受摧残形成两条不同的线索，两个色调不同的声部，把一个无耻市侩的欢乐与一个天才艺术家的悲怆融为一体。阴暗腐败的乌烟瘴气的齐格哈兹小公国钩心斗角、恋爱偷情、暗杀背叛与猫世界的所谓高雅的教育、决斗、恋爱、拉皮条相映成趣。不仅克莱斯勒与雄猫穆尔形成对照，他们各自的环境也形成对比。克莱斯勒有一个关心他、帮助他的机械师亚伯拉罕，有一个狡猾市侩的本聪夫人与他为敌，有一个心爱的情人尤丽亚，穆尔则有一个成熟的公猫穆齐乌斯教给它"骑士"的修养，"老市侩"卷毛狗蓬托教会它世故，还要它与那族类的死敌尖嘴狗斗争、要他追求一个比一个漂亮的猫姑娘。猫的世界简直比人的世界还要丰富多彩。这两条线的交错点在于：齐格哈兹公国的王后（公爵夫人）命名日庆典后，亚伯拉罕师傅救了一只小雄猫（穆尔），穆尔的生长实际上是在命名日以后，直到师傅与被迫离开宫廷的克莱斯勒再次见面，并将它转交穆尔。因此，克莱斯勒及其在齐格哈兹宫廷的故事，其时间跨度较穆尔的故事更长，雄猫穆尔吹得天花乱坠的生活观、生活经验，不过是人世纷争的一个短暂的瞬间，而这个瞬间里克莱斯勒的故事恰成空白，由猫的故事填充空当。两个故事既相互映衬，又相互补充。

霍夫曼的小说创作都具有类似的神秘怪诞色彩，善于利用离奇荒诞的情节来表现幽灵般的神秘力量，揭露和批判黑暗势力，显得轻快、诙谐，发展成为一种别具一格的讽刺文学。

霍夫曼是唯一产生了深远的国际影响的德国浪漫派小说家，巴尔扎克、狄更斯、爱伦·坡、陀思妥耶夫斯基等，都受过他很大影响。

●海涅像

>>> 海涅《伤心人》

看到那苍白的少年，
人人都要忧心悄悄，
因为在他的脸上
铭刻着痛苦和烦恼。
充满同情的微风
扇凉他闷热的额角，
从前那些冷淡的姑娘，
乐意报以宽慰的微笑。
他避开市民的喧嚣，
一直向森林奔逃。
那儿有树叶在欢鸣，
那儿有小鸟在欢叫。
可是当这个伤心人
慢慢地走近森林，
鸟儿都停止歌唱，
树叶也发出悲鸣。

拓展阅读：
《海涅诗集》上海译文出版社
《海涅名作欣赏》
中国和平出版社

◎ 关键词：法国大革命 浪漫主义 凄清悲怆 政治诗

德国民族诗人——海涅

歌德之后，19世纪德国又出现另一位伟大的文学家，他就是德国最杰出的浪漫主义诗人海涅。

亨利希·海涅（1797～1856）生于莱茵河畔的杜塞尔多夫一个日益没落的犹太商人家庭。5岁时海涅就开始写诗，少年时开始接受法国大革命中自由、平等的思想的影响。1816年，海涅到汉堡他叔父的银行事务所经商，业余继续写诗。其间，海涅两次经受了爱情失败，感受了世态炎凉。这些经历使海涅的诗歌创作带有凄清悲怆的色彩。

1819年，海涅进入波恩大学攻读法律，后转入哥廷根大学和柏林大学，获法学博士学位。大学期间，海涅结识了奥古斯特·施莱格尔、沙米索和霍夫曼等浪漫派作家，深受浪漫主义思潮的熏陶。同时，海涅酷爱民歌民谣，他的早期诗作既有浪漫主义情调，又有民歌的曲调和韵味，清新飘逸、纯净质朴。海涅创作于1817～1827年的早期诗歌结集为《诗歌集》（1827），其中有许多诗篇，经音乐家们谱曲后成为脍炙人口、家喻户晓的歌曲。

20年代后期，海涅逐渐从个人生活的小圈子走向社会，文学创作的主旋律由爱情的苦恼变为对社会丑恶和平庸的辛辣讽刺。1830年法国爆发革命，他受到很大鼓舞。1831年5月，海涅前往巴黎，从此长驻法国。在法国，他结识了巴尔扎克、乔治·桑和波兰音乐家肖邦等人，并和圣西门主义者发生密切联系。30年代，海涅主要从事政论写作。1833年发表《论浪漫派》，深刻剖析了德国浪漫派的实质，对于浪漫派作家逃避现实、一味沉溺于中古的消极情调做了激烈的批判。1834年发表《论德国宗教和哲学的历史》，对德国的古典哲学特别是黑格尔的辩证法有中肯的评价。40年代，他和马克思建立了友谊。在马克思的鼓励和帮助下，他写出了许多具有战斗性的政治诗歌。

1841年，海涅完成讽刺长诗《阿塔·特洛尔》。1844年，海涅发表《新诗集》，收入1830～1844年间创作的诗作。

1845年，海涅的健康状况恶化。1856年病逝，遗作编为《落穗集》。

●在森林的草地上 德国 托马
画家以写实的手法，抒情的色调，描绘了在森林草地上一个女孩摘花的情景。绿色的草地、浓密的树林、飘逸的白衣裙，构成了画家"理想中的绘画"的境界。

●德国"铁血宰相"俾斯麦

>>> 海涅墓志铭《何处》

何处是疲倦的流浪者
最后的安息之地?
是那南国的棕榈树下,
还是莱茵河畔的菩提树底?

我将在何处的沙漠中,
由陌生人掩埋尸骨?
还是在荒凉的海岸上,
获得我最后的归宿?

随它去吧!无论何处,
主的蓝天永远把我环抱,
那些挂夜空的万点繁星,
将永远在我坟头闪耀。

拓展阅读:
《德国诗选》上海文艺出版社
《德国诗歌名家名作选读》
谭余志

◎ 关键词:政治长诗 讽刺 嘲笑 理想主义者

献给祖国的悲歌——《德国,一个冬天的童话》

海涅最突出、最重要的作品是政治长诗《德国,一个冬天的童话》。这首诗是海涅别离祖国13年后回国探亲的产物,记述了他在德国的所见所闻所感。诗人亲眼看到祖国仍受专制主义的压迫和奴役,人民仍在艰难困苦和不自由的深渊中挣扎,封建落后的德国社会就像冬天一样阴冷萧条,那里发生的一切就像童话故事一样荒诞可笑。所以长诗被命名为《德国,一个冬天的童话》。

全诗共27章,以冬天象征死气沉沉的德国,通过童话般的幻想,逐章对德国的检查制度、关税同盟、骑士制度、政治上的分裂等现状做了无情的揭露和抨击。反动的普鲁士统治者、目光短浅的资产阶级激进派、奴颜婢膝的市侩、虚伪的宗教、狭隘的民族主义者都遭到海涅的辛辣讽刺和嘲笑。诗一开始就斥责德国消极浪漫主义所唱的"绝望的曲调",反对那种麻痹人民思想的"催眠曲"。作者针锋相对地提出他自己要制作一首"新的歌,更好的歌",要在地上,建立平等自由的"天国"。

第26章把腐朽、分裂的德意志36个封建小邦比作"三十六个粪坑",认为清除这些粪坑绝"不能用玫瑰油和麝香",必须用暴力。诗人把封建专制的堡垒——普鲁士国徽上的鹰称为一只"丑恶的凶鸟",发誓"一旦落入我的手中,我就揪去你的羽毛,切断你的利爪。把你系在一根长竿上……唤来莱茵区的射鸟能手,来一番痛快的射击。谁要是把鸟射下来,我就把王冠和权杖授给这个勇敢的人!"诗人还讽刺封建专制的精神支柱——天主教会,把科隆大教堂比作"精神的巴士底狱",要"把教堂的内部当作马圈使用",把供奉在神龛里的三个"圣王"(比喻俄、普、奥三皇"神圣同盟")"装进那三只铁笼里",挂在教堂的塔顶上示众。诗人为他们找到了自然的归宿——坟墓,表示要用暴力把这些"可怜的迷信残骸"清除。海涅显示了他同反动统治做斗争的坚定性。在第12章里同资产阶级激进派论争时,他指责他们反封建不彻底,他自己绝不是像他们所说的那样逃避斗争,他"不是羊"也"不是狗",而是一只富有战斗性的凶狠的"狼"。长诗集中地体现了海涅艺术风格的特点:夸张的讽刺、离奇的譬喻、民间的传说、个人的幻想和风趣的对话都交织在一起。

长诗既有革命鼓动家的热情,也有理想主义者的沉思,成功地表现了诗人对祖国的爱。长诗嬉笑怒骂,运用自如,显示了诗人卓越的艺术技巧。

◎ 关键词：浪漫主义文学 桂冠诗人 宣言 自然

"湖畔诗人"——华兹华斯与柯勒律治

●华兹华斯像

>>> 华兹华斯《咏水仙》

我好似一朵孤独的流云，高高地飘游在山谷之上，突然我看到一大片鲜花，是金色的水仙遍地开放。它们开在湖畔，开在树下，它们随风嬉舞，随风飘荡。它们密集如银河的星星，像群星在闪烁一片晶莹；它们沿着海湾向前伸展，通往远方仿佛无穷无尽。一眼看去就有千朵万朵，万花摇首舞得多么高兴。

粼粼湖波也在近旁欢跳，却不如这水仙舞得轻巧；诗人遇见这快乐的旅伴，又怎能不感到欢欣雀跃；我久久凝视——却未领悟这景象所给我的精神至宝。

……

（节选）

拓展阅读：

《论边沁与柯勒律治》
[英] 约翰·穆勒
《华兹华斯、柯勒律治诗选》
人民文学出版社

19世纪英国浪漫主义文学最突出的成就，就是产生了一大批伟大的诗人，这批诗人的创作，使得英国成为世界文学中的第一大"诗国"。

英国浪漫主义诗人可以分为两个流派，以华兹华斯和柯勒律治为代表的消极浪漫派和以"浪漫三杰"为代表的积极浪漫派。

华兹华斯与柯勒律治和另一位诗人骚塞，都曾在英国西北部的昆布兰湖区居住，并在思想观点和创作理论上有不少相同之处，因此他们被称为"湖畔派"。这些诗人对法国大革命抱着矛盾的态度，对资本主义的工业文明和城市文明表示厌恶，竭力讴歌宗法制的农村生活和大自然，喜欢描写神秘离奇的情景与异国风光。

华兹华斯1770年4月7日生于英国北部某小城一个律师家庭。8岁时母亲去世，被送到霍克斯黑德寄宿学校，直至1787年。这段时间他得以在当地湖光山色之间随意徜徉，这对他后来思想和艺术风格的形成有很大影响。他童年时能成段背诵诗人斯宾塞、莎士比亚和弥尔顿的作品。后在教师引导下接触了18世纪初期诗人和较后的模仿中古风格的诗人毕蒂和查特顿的作品。华兹华斯曾就读于剑桥大学圣约翰学院，毕业后到欧洲旅行，在法国亲身领略了大革命的风暴。

1795年移居乡间，与诗人柯勒律治相识，共同出版诗集《抒情歌谣集》，1800年诗集再版，华兹华斯为之写的序言，成为英国浪漫主义文学的宣言。华兹华斯晚年时获得了"桂冠诗人"的称号。

柯勒律治1772年10月21日生于英格兰德文郡奥特里·圣玛丽。父亲是教区牧师，在他9岁时去世。他10岁到伦敦基督慈幼学校上学，熟读希腊、罗马文学，精习形而上学。19岁进入剑桥大学攻读古典文学。1794年，与骚塞合写《罗伯斯庇尔的失败》一剧。1796年自办《警卫者》报，不久停刊。后移居英国西部湖区，与华兹华斯过从甚密。1818年作了一系列关于莎士比亚的讲演，后来收集为《关于莎士比亚讲演集》一书。柯勒律治晚年贫病交迫，兼有吸食鸦片癖好。自1816年开始，住在伦敦海格特区吉尔曼医生家。1824年被选为皇家学会成员，1834年7月25日逝世在吉尔曼医生家。

柯勒律治的诗数量不多，但《古舟子咏》、《克里斯特贝尔》和《忽必烈汗》都脍炙人口，是英国诗歌中的佳品。这些诗显示了柯勒律治创作的原则和特色，即以自然、逼真的形象和环境的描写表现超自然的、神圣的、浪漫的内容，使读者在阅读时"自动摒弃其不信任感"，而感到真实可信。

浪漫的激情——欧洲浪漫主义文学时期

●拜伦像

>>> 拜伦《与君相别离》

与君相别离	独坐泪如雨
相思至心碎	别去已经年
君面白且寒	更寒君之吻
不幸而言中	伤悲有如是
清晨有薄雾	低眉竟寒战
似有不祥兆	如我早相知
誓言皆违背	君只寻荣光
据言君名扬	毁誉各参半
妾随夫君姓	丧钟至耳畔
心惊且战栗	情深彻入骨
思君人不知	君名知天下
思君长长悲	情深几欲绝
偷偷与君见	无语极伤悲
君为负心郎	君心怎相欺
若我真见君	当为多年后
无语寄愁思	涕泪更无语

拓展阅读：

《拜伦诗歌精选》
　　北岳文艺出版社
《拜伦情史》［法］莫洛亚

◎关键词：拜伦式英雄 叙事诗 希腊 武装斗争

浪漫主义的旗手——拜伦

　　乔治·戈登·拜伦是英国杰出的浪漫主义诗人。拜伦1788年1月22日出生于伦敦破落的贵族家庭。10岁承继男爵爵位，求学于哈罗中学和剑桥大学。他在学生时代即已开始写诗，第二部诗集《闲暇的时刻》（1807）出版后受到《爱丁堡评论》的攻击，诗人乃答之以《英国诗人和苏格兰评论家》（1809）一诗，初次显示他的讽刺才能的锋芒。1812年他的新作《恰尔德·哈罗尔德游记》一、二两章出版，轰动文坛，风靡全英，诗人自称"一夜醒来，发现自己已经成了名人"。

　　《恰尔德·哈罗尔德游记》是拜伦早期创作的代表作，它结合了游记和抒情诗两者之长。它记录了拜伦在1809年游历西班牙、葡萄牙、阿尔巴尼亚、希腊、土耳其诸国的印象，充满异国风光；而诗中的旅行者哈罗尔德又是一个年轻的多愁善感的神秘人物，他的观察敏锐，对名城胜景、风土人情都颇多欣赏和咏唱，例如对于西班牙斗牛的描写便异常出色。同时，他富于正义感，同情各民族争取自由的斗争，对于暴君和异族统治者则加以抨击。这一切又是通过音乐性很强的富于感染力的诗句写成，因此不仅在当时显示了浪漫主义新诗歌的魅力，直到今天对读者仍有很大吸引力。

　　此后，拜伦又写了《异教徒》、《阿比托斯的新娘》和《海盗》等六部长篇叙事诗，总称为"东方叙事诗"。作品以东欧、西亚一带为背景，充满异国浪漫情调。诗歌中还塑造了一系列高标独举、孤行傲世、富有叛逆精神的主人公形象。他们是海盗、异教徒、造反者、无家可归者等，都具有出众的才华、坚强的意志、反叛的热情，敢于蔑视传统秩序和专制暴政，但是他们的反抗总是和孤独、忧郁结合在一起，乃至傲世独立、离群索居，并以悲剧而告终。最典型的形象是《海盗》中的康拉德。这一类形象被称作"拜伦式英雄"。

　　1816年夏天，拜伦的妻子提出分居的要求，上流社会借此对其进行毁谤和攻击，拜伦愤然移居瑞士。这一时期写的诗剧《曼弗雷德》（1817），反映了诗人心中的苦闷。

　　1816年秋天，拜伦迁居意大利，参加了烧炭党人的反抗奥地利统治的活动。1816年至1824年期间，他创作了大量作品，包括历史悲剧《马里诺·法利哀诺》、诗剧《该隐》、长诗《审判的幻景》等。

　　1823年初，从希腊传来解放斗争高涨的消息，拜伦放下正在写作《唐璜》的诗笔，毅然乘船去希腊一个小岛，参加希腊志士争取自由、独立的武装斗争。他为希腊军筹款、购械、调停内部纠纷，表现了政治家和领导人的才能，然而他的身体却不支了。几个月的劳累，加之一次又被

浪漫的激情——欧洲浪漫主义文学时期

●威尼斯的"卡奴努"船 英国 透纳

●奥菲利亚 英国 米莱斯
此图取材于莎士比亚剧本《哈姆雷特》中的悲
剧人物奥菲利亚。在奥菲利亚的手上、身上和
水面上，几枝鲜花，伴着她漂流，平躺水面上
的奥菲利亚显得那么安详与平静，似乎在感
受某种呼唤。

大雨淋湿，他终于一病不起，1824 年 4 月 19 日死于希腊军中。

拜伦是这一时期欧洲最有影响的作家之一，他的作品引起了广大读者
的共鸣。当时欧洲许多著名作家都对他的作品有很高的评价，而很多大诗
人都受到了他的影响，如俄国的普希金、波兰的密茨凯维奇等。

●唐璜的失事船 法国 德拉克洛瓦

>>> 拜伦《我看过你哭》

一

我看过你哭——滴明
亮的泪涌上你蓝色的眼珠；
那时候，我心想，这岂不就
是一朵紫罗兰上垂着露；我
看到你笑——蓝宝石的火焰在
你之前也不再发闪；啊，宝
石的闪烁怎么比得上你那一
瞥的灵活的光线。

二

仿佛是乌云从远方的太
阳得到浓厚而柔和的色彩，
就是冉冉的黄昏的暗影也不
能将它从天空逐开；你那微
笑给我阴沉的脑中也灌注了
纯洁的欢乐；你的容光留下
了光明一闪，恰似太阳在我
心里放射。

拓展阅读：

《唐璜》（电影）
《拜伦诗集》太白文艺出版社

◎ 关键词：西班牙传说 抒情性 口语体

"绝顶天才之作"——《唐璜》

从1818年至1823年间，拜伦离开意大利去希腊，这期间他一直在创作一部巨著，这就是《唐璜》。《唐璜》共写了16章又14节，约计16000行，虽未最后完成，但仍是世界文学杰作之一。

《唐璜》中的主人公唐璜源自西班牙传说中的人物，多次成为文学作品的主人公。传统的唐璜形象是个玩弄女性，没有道德观念的花花公子。但拜伦把这个形象写成了一个善良的热血青年。主人公唐璜是西班牙贵族青年，16岁时与一位贵族少妇发生爱情纠葛，母亲为了避免丑事远扬，迫使他出海远航。唐璜在海上遇到风暴，船沉后游抵希腊一个小岛，得到海盗女儿海黛的救助。在描述唐璜和海黛的恋爱以及海盗宅中的宴乐时，拜伦写了著名的《哀希腊》一诗，歌颂希腊过去的光荣，哀悼希腊当时受奴役的处境。

但是海盗归来，海黛为了唐璜而死，唐璜被当作奴隶送到土耳其市场出卖。又被卖入土耳其苏丹的后宫为奴，逃出后参加了俄国围攻伊斯迈城的战争，立下战功后被派往彼得堡向女皇叶卡捷琳娜报捷，得到女皇的青睐，成为宠臣。最后唐璜奉命出使英国。

长诗的最后六章是一幅英国社会生活图。通过政论性的插话指出英国是各族人民的狱吏、自由的镇压者。诗中一再抨击托利党大臣镇压人民起义，揭露专制暴政的罪行，申斥那些反动文人。

诗歌痛斥英国贵族卡斯尔累爵士为"恶棍"和"奴隶制造商"，谴责当时备受统治阶级称赞的惠灵顿为"第一流的刽子手"。英国上流社会外表华丽，内部却糜烂透顶，丑陋不堪。

唐璜不同于拜伦其他诗歌中的英雄人物，作者无意将他塑造成"拜伦式的英雄"，其中却不乏诗人自传的成分。唐璜热情、勇敢、拒绝虚伪的道德信条。在面临饿死的危险时，他拒绝吃被打死的人，其中不乏象征的意义。在士兵中，只有他表现出对一个土耳其小姑娘的命运的真正关心。他没有忧郁绝望的天性，但也没有掌握自己命运的能力。他的爱情故事大多是对上流社会虚伪道德的讽刺，而他和海盗女儿海黛的经历，更多的是体现一种充满诗意的理想。

长诗中，叙事者大量的富有抒情性的议论，充满哲理和深刻的思想，以及淋漓尽致的嘲讽，具有很强的艺术感染力。作品不仅揭露现实真实深刻，而且想象丰富奇特。它描写的风暴、沉舟、战火等场景，十分精彩。对大自然壮丽景色的抒情描写非常出色。拜伦善于用各种诗体创作，语言幽默洗练，在口语体诗歌语言的运用上则更达到前无古人的高峰，因此这部作品被后人评价为"绝顶天才之作"。

●雪莱像

>>> 雪莱《往昔》

一

你可会忘记那快乐的时刻，被我们在爱之亭榭下埋没？对着那冰冷的尸体，我们铺了不是青苔，而是叶子和鲜花。呵，鲜花是失去的快乐，叶子是希望，还依然留贮。

二

你可忘了那逝去的？它可有一些幽灵，会出来替它复仇！它有记忆，会把心变为坟墓，还有悔恨，溜进精神底浓雾会对你阴沉地低声说快乐一旦消失，就是痛苦。

拓展阅读：

《拜伦雪莱诗歌精选评析》
王钦峰
《雪莱诗选》湖南人民出版社

◎ 关键词：长诗 传奇故事 爱情 拜伦 罗马新教

早逝的才子——雪莱

波西·比希·雪莱，1792年出生于富裕地主家庭，祖父和父亲在政治上都是顽固的保守派。雪莱6岁学拉丁文，10岁至12岁在赛恩学馆学习算学、拉丁文、法文、地理、天文，听化学和物理的讲演。

雪莱的诗才仿佛是与生俱来的。1809年，他和一个朋友合写长诗《流浪的犹太人》，他自己写了传奇故事《柴斯特罗齐》和《圣安尔温》，还与他妹妹合写了一部诗集。上大学时，他写了《无神论的必然性》这篇颇具挑战性的论文。1811年2月，《无神论的必然性》在牛津的书店出现，被一位教士发现，立即逼着书店老板烧毁。一位教授接到雪莱寄给他的书，急忙赶到学校质询。3月，雪莱被开除出校。父亲要他认错，他予以拒绝。他见弃于家庭，只好暂住伦敦。这时，一个同样也受到家庭压力的姑娘、雪莱妹妹的朋友海里霭·威斯布鲁克找到雪莱，愿意和他出走。雪莱出于同情表示同意。1811年8月，在离开牛津以后5个月，雪莱和海里霭出走，在爱丁堡结婚。

1812年，雪莱赴爱尔兰，支持爱尔兰人民的抗英斗争，发表《告爱尔兰人民书》。1813年，雪莱发表第一首著名的长诗《麦布女王》，长诗用梦幻和寓言的形式，反映了作者对宗教和私有制的谴责和变革社会的愿望。

1814年6月，雪莱访问了《社会正义》一书的作者，社会学家威廉·葛德文，并和他17岁的女儿玛丽成为朋友。玛丽对雪莱产生了爱情。葛德文与海里霭都表示反对。1814年7月27日，雪莱与玛丽出奔瑞士。六个星期后又回到英国。

1816年5月，雪莱再次来到瑞士，并在这里初识拜伦，两人住日内瓦湖畔，驾小艇互访。9月，雪莱回英国。12月，海里霭溺死在伦敦海德公园河中。1818年3月，雪莱离开英国前往意大利，和拜伦同住地中海滨，一起泛舟，骑马，射击，谈诗。雪莱佩服拜伦诗才豪放，拜伦爱雪莱纯洁无邪。这期间，雪莱的创作达到了高峰，他创作的长诗《伊斯兰的起义》(1818)抨击了专制暴政对人民的压迫和血腥屠杀，歌颂了革命者的反封建斗争。诗剧《解放了的普罗米修斯》(1819)是雪莱的代表作。他还写有《钦契一家》(1819)、《西风颂》(1819)、《云雀颂》、《自由颂》和《自由》等大量的诗篇和诗剧，以及著名的论文《诗辩》(1821)等。1822年7月8日，雪莱与友人驾帆船从莱格亨港返回莱里奇港住所，出海后不久，暴风突起，舟沉身死。10天后，尸体在海滨被发现。拜伦参与了火化，骨灰葬于罗马新教徒公墓。

◎关键词：地中海 诗剧 颂歌 英雄气概

自由的呼声——《解放了的普罗米修斯》

●赫拉克勒斯雕像

>>> 雪莱《月光变奏曲》

恰似紫罗兰的温柔的眼睛凝视着湛蓝的天空，直至那色泽变得与目光相同；恰似灰色的渺茫的薄雾，像固体的紫晶一般躺在它所拥抱的西方的群山，山上那皑皑的白雪就是落日沉睡的地方；恰似一个甜蜜动人的曲调，覆盖了周围的轻风，直至无声的轻风也变成乐曲，恰似黑暗、空茫、沉闷的一切，在美丽的物体中寻求乐趣，直至它们充满光芒和爱情……

拓展阅读：

《雪莱抒情诗选》
　　人民文学出版社
《诗人雪莱的故事》郑清文

1818年年底，雪莱从英国移居到意大利居住，从阳光淡薄的岛国进入明媚温丽的地中海。他此时经常以云彩、山花、流水、飞鸟入诗。罗马碧蓝的天、怒放的春花和醉人的春意，触发了他巨大的创作热情。他接连完成了一部三幕诗剧，后来又增写了第四幕，这便是《解放了的普罗米修斯》。

众神之主宙斯在巨人普罗米修斯的帮助下，登上王位，而后实行专制统治，给人类带来痛苦和灾难。普罗米修斯为了拯救人类，从天上偷来智慧之火，宙斯为此惩罚他，将他锁在飞鸟难越的高加索悬崖上，并命令天鹰每日啄他的肝脏，历经3000年，他坚贞不屈，深信宙斯的末日终将来到。后来宙斯果然被打入地狱，普罗米修斯也被大力士赫拉克勒斯从悬崖上解放下来，整个宇宙光明一片，人类万物幸福欢庆。诗歌第三幕结尾时描写了解放后的面貌：

看啊，宝座上已没有君主，人与人
像精灵一样，彼此并肩而行。
……
令人厌恶的假面具已经撕下，人之上
已没有王，人人自由，不受限制，
人人平等，不分阶级、种族、国家，
没有畏惧、崇拜、地位和头上的君主，
人是公正的、温和的、智慧的……

诗剧的最后一幕是整个宇宙欢呼新生和春天再来的颂歌。旧时代被埋葬了，诗歌艺术和科学将为人们所享有，"爱"将替代"恐惧"而使世界成为乐园。温和、美德、智慧和忍耐将重建大地。

诗剧的特点是为普罗米修斯立了新的形象，从一个与天神宙斯妥协者变成不屈的斗士。雪莱在他所写的《解放了的普罗米修斯》的序言中说："我不愿意叫一个人类造福者与一个人类压迫者和解。"他笔下的普罗米修斯，既概括了资产阶级革命派反抗专制统治、争取自由解放的革命精神和不畏强暴的英雄气概，又集中体现了诗人自己坚定的立场和伟大的品格。

诗剧把普罗米修斯同宙斯的矛盾冲突、把人类的苦难和解放安置在整个宇宙范围内，使人物奔驰于人间、天上、洞府、海洋和山谷。诗人给剧中的神仙、精灵、鬼怪以至日月星辰等天体和自然力以人的生命和思想感情，让它们也投入这场斗争。这种手法使剧本显得壮丽雄伟，气势磅礴，浪漫主义气息浓郁。

浪漫的激情——欧洲浪漫主义文学时期

●宙斯为了惩罚盗天火的普罗米修斯,派人将他绑在黑海边的一块岩石上,并让一只鹰每天啄食他的肝脏。这则著名的古希腊神话被许多作家、画家吸收为创作题材。

● 济慈像

>>> 济慈《灿烂的星》

灿烂的星！我祈求像你那样坚定——但我不愿意高悬夜空，独自 辉映，并且永恒地睁着眼睛，像自然间耐心的、不眠的隐士，不断望着海涛，那大地的神父，用圣水冲洗人所卜居的岸沿，或者注视飘飞的白雪，像面幕，灿烂、轻盈，覆盖着洼地和高山—— 呵，不——我只愿坚定不移地 以头枕在爱人酥软的胸脯上，永远感到它舒缓地降落、升起；而醒来，心里充满甜蜜的激荡，不断，不断听着她细腻的呼吸，就这样活着，——或昏迷地死去。

拓展阅读：

《济慈书信集》东方出版中心
《济慈诗选》人民文学出版社

◎ 关键词：浪漫主义 希腊神话 抒情叙事诗 意象派

唯美的歌手——济慈

济慈是浪漫主义的另一位天才诗人。

约翰·济慈1795年出生于伦敦一个小业主家庭，当过药剂师的学徒，他对医学并不厌弃，但更喜好文学，并在中学的好友查尔斯·克拉克的鼓励之下开始写诗，模仿伊丽莎白时代诗人埃德蒙·斯宾塞。1815年10月，济慈进入伦敦一家医院学习。这时他已深受诗人亨特和华兹华斯的影响。1817年出版了他第一本诗集（包括《读恰普曼译荷马》《蚱蜢和蟋蟀》等）。这些诗表现了他对古典诗歌的爱好和描写自然景物的才能。

1818年所写的长诗《安狄米恩》以希腊神话为素材，记述牧人安狄米恩寻找月神的故事，象征诗人追求理想的过程。诗人把现实社会的丑恶同大自然、诗歌、友谊、爱情的美相对比。他写成《安狄米恩》并出版后，有三家保守的杂志进行指摘，甚至对济慈进行人身攻击。但这并没有使他灰心，他更加自信地向友人说："我想在身后是能名居英国诗人之列的。"

1819年是他创作的高峰，他写了许多抒情叙事诗、颂歌和十四行诗。《圣阿格尼斯节前夕》和《伊莎贝拉》两诗写青年的爱情，流露出作者反对封建专制家庭压制自由恋爱的思想。叙事诗《伊莎贝拉》取材于薄伽丘的《十日谈》，这首诗标志着他的思想发生了很大的变化，从强调感官享受转而强调思想深度。在艺术上，济慈极力渲染浪漫主义气氛，追求绘画和雕塑中的色彩感和立体感。《秋日颂》表现秋天丰收的景象和诗人自己的感官陶醉。《希腊古瓮颂》描绘古瓮上被艺术家所凝固了的生活图画，诗人认为这比变幻无常的现实生活更美丽，代表了永恒的美。未完成的诗《海庇里安》（1818～1819）通过新旧两代天神之间的斗争，说明新的更美好的一代必将代替旧的一代。

1819年春夏之间，济慈写成他的传世之作，如颂诗中的《夜莺》《哀感》《心灵》和抒情诗《无情的美人》、十四行诗《灿烂的星，愿我能似你永在》等，它们和上述的《圣阿格尼斯节前夕》以及早期的十四行诗《读恰普曼译荷马》等，成为济慈诗作的精华，也是英国诗歌中的不朽之作。

1820年9月间，济慈遵医生之嘱，由友人陪伴去意大利休养，但终于不起，于1821年2月23日在罗马去世。遵照他的遗言，墓碑上写着："此地长眠者，声名水上书。"

济慈是英国浪漫主义诗人中最有才气的诗人之一，他的诗对后世的影响很大，维多利亚时代诗人丁尼生、布朗宁，后来的唯美派诗人如王尔德以及20世纪的"意象派"诗人都受到他的影响。

●斯威夫特像

◎ 关键词：讽刺作家 浪漫主义 语言作品 贪欲

讽刺与幻想——斯威夫特的《格列佛游记》

乔纳森·斯威夫特（1667~1745）是英国著名的讽刺作家，是浪漫主义文学在小说方面的代表。

斯威夫特两部早期讽刺作品《桶的故事》和《书的战争》是其讽刺才华的最初展现。《桶的故事》表面上讲的是三兄弟背弃了亡父遗嘱的故事，实质上则是对宗教论争的尖刻模仿，讽刺了那些自命为基督教正宗者的道貌岸然，揭露了他们对教义阳奉阴违的事实。该书一直以来都被英国启蒙主义者们用作攻击教会的重要武器。《书的战争》则将矛头直指当时贫乏的学术、浅薄的文学批评和各种社会恶习，对当时学究式的烦琐考证和脱离实际的学术研究提出批评，还提出了文艺与科学应当为人民服务的观点。

在英国当了几年政论家后，斯威夫特的影响达到了顶点。这时，爱尔兰人民在英国政府专制统治之下的痛苦生活得到了他的同情。于是，斯威夫特站在爱尔兰人的立场上，猛烈地攻击英国政府，为爱尔兰人民争取早日独立和自由摇旗呐喊。1720年发表《关于普遍使用爱尔兰货物的建议》，维护爱尔兰发展工业的权利，号召抵制英国货。1727年，斯威夫特写了《爱尔兰状况浅见》一文，揭露英国统治下的爱尔兰的贫困状况。斯威夫特在爱尔兰问题上的立场和他为爱尔兰所进行的斗争，赢得了爱尔兰人民的尊敬，也赢得了"伟大的爱尔兰的爱国者"的称号。1729年，当他从英国回到都柏林时，全城钟声齐鸣，烟火腾空，对他表示热烈的欢迎。

斯威夫特最著名的文学作品是寓言小说《格列佛游记》（1726）。作者以里梅尔·格列佛船长的口气叙述周游四国的情景。格利佛船长到达的第一个国家是小人国，居民身高仅六英寸。君主和大臣贪婪、残忍，党派之间倾轧、争夺以及国家之间战祸连绵不断，都为影射时政而发。格利佛然后来到了大人国，居民身高有如铁塔。格利佛在与大人国国王谈话时竭力宣扬英国政体之完善，军威之无敌，武器之高超，但都受到国王的谴责。随后格利佛来到飞岛国。飞岛国有一块属地，如果居民稍有不顺，飞岛就飞临上空，断其阳光，或降落于国土之上，把属地居民压成齑粉。这是对英国剥削、统治爱尔兰的殖民主义政策的尖锐抨击。最后格利佛来到贤马国，统治者是具有高度理性的贤马，另外有人形动物，它们贪婪、忌妒、凶残、心毒，从外表到内心都令人憎恶，可以说是罪恶的化身。斯威夫特借此表明，如果人类让贪欲战胜理智，人类就可能堕落成为人形动物。

斯威夫特通过这种幻想旅行的方式来影射现实，极尽讽刺之能事，对英国的君主政体、司法制度、殖民政策和社会风尚进行了揭露。

>>> 爱尔兰独立

公元前3000年欧洲大陆移民开始在爱尔兰岛定居。12世纪进入封建社会。1169年英国入侵。1171年英王亨利成为爱尔兰君主。1801年成立大不列颠及爱尔兰联合王国，爱尔兰被英国吞并。

1916年都柏林爆发反英统治的"复活节起义"。1921年12月6日，英国被迫同爱尔兰签约，除北部六郡留归英国外，南部26郡成立"自由邦"，享有自治权。1937年爱尔兰宣布成为共和国，仍在英联邦内。1948年12月21日脱离英联邦。1949年4月18日英国承认爱尔兰独立，但拒绝归还北方六郡。

拓展阅读：

《变化的位面》
[美]厄休拉·勒奎恩
《爱尔兰独立战争》（电影）

◎关键词：英国 乡镇 观察 感悟 爱情与婚姻

细腻地感受生活——《傲慢与偏见》

●简·奥斯汀像

>>> 《劝导》简介

简·奥斯汀《劝导》描写了一个曲折多磨的爱情故事。贵族小姐安妮·埃利奥特同青年军官温特沃思倾心相爱，订下了婚约。可是，她的父亲沃尔特爵士和教母拉塞尔夫人嫌温特沃思出身卑贱，没有财产，极力反对这门婚事。安妮出于"谨慎"，接受了教母的劝导，忍痛同心上人解除了婚约。

八年后，在战争中升了官、发了财的温特沃思上校休役回乡，随姐姐、姐夫当上了沃尔特爵士的房客。他虽说对安妮怨怒未消，但两人不忘旧情，终于历尽曲折，排除干扰，结成良缘。

拓展阅读：
《简·奥斯汀》[英] 科普兰
《简·奥斯汀全集》
南海出版公司

1795年，英国一个小乡镇史蒂文顿的一位年仅20岁的姑娘，做出了一个无论是对她个人，还是对英国文学都至关重要的决定，她开始在她对生活的细腻观察、深切感悟和厚厚的几大本日记、随笔的基础上创作小说。又过了20年，这个姑娘成了英国第一流的浪漫主义小说家，她就是至今仍受各国读者欢迎的女作家——简·奥斯汀。

简·奥斯汀1775年生于史蒂文顿，父亲是当地的教区牧师。她没有进过正规学校，在家由父母指导学习，所受的全部教育就是阅读古典文学作品和流行小说。她终身未婚，家境小康，长期居住在封建保守势力相当强大的农村，生活圈子十分狭窄，所接触的主要是中小地主和牧师。但她以女性的敏锐和细腻描绘周围小小的世界：描写有闲阶级恬静舒适的田园生活，和绅士淑女的爱情和婚姻。她的小说语言清丽，结构严谨，其间没有可怕的灾祸和重大的矛盾，只有日常生活中的风波和人物之间的喜剧性冲突，格调轻松诙谐。

奥斯汀共发表六部小说。1811年出版《理智和感伤》，受到好评。以后接连出版了《傲慢与偏见》(1813)、《曼斯菲尔德花园》(1814)、

《爱玛》(1815)。她逝世后的第二年，《诺桑觉寺》和《劝导》出版，第一次署了作者真名。

《傲慢与偏见》是奥斯汀最优秀的一部作品，小说写爱情与婚姻，生动地反映了当时农村的阶级关系、风俗习惯和社会心理，衬托出18世纪末至19世纪初英国乡村生活的保守和闭塞。作者在这部小说中通过几个乡镇中产阶级少女对终身大事的处理，表达了她的婚姻观：为了财产和地位而结婚是错误的，但结婚不考虑财产也是愚蠢的。《傲慢与偏见》既反对为金钱而结婚，也反对把婚姻当作儿戏，比较强调感情对于缔结理想的婚姻的重要性。

小说女主人公伊丽莎白出身小地主家庭，却为豪门子弟达西所热爱。他克服了门第悬殊的种种顾虑，向她求婚，却遭到拒绝，原来伊丽莎白误信了谗言。后来误会消释，达西又出资帮助她的一个私奔的妹妹完婚，挽回她家的声誉，才赢得她的爱情。作者还写了伊丽莎白的几个姐妹和女友的婚事，以此与女主人公理想的婚姻相对照。小说的情节曲折，富有喜剧性，语言清丽流畅，机智幽默，是奥斯汀小说中最受欢迎的一部。

浪漫的激情——欧洲浪漫主义文学时期

●永久的婚约 英国 阿瑟·休斯
这幅画取材于文学作品，所表现的是一对幽会的男女青年互表衷情、海誓山盟的情景。图中少女渴望而羞涩的神情，表现出了少女对情人依恋与相思的深切。

●麦田 英国 康斯坦布尔

>>> 诚实守信的司各特

有一次，司各特的一个债主看了他写的小说后，专程跑来对他说："司各特先生，我知道您很讲信用，但是您更是一个很有才华的作家，您应该把时间更多地花在写作上，因此我决定免除您的债务，您欠我的那一部分钱就不用还了。"

司各特说："非常感谢您，但是我不能接受您的帮助，我不能做没有信用的人。"这件事之后，他在日记本里这样写道："我的债主说我诚实可靠，他说可以免掉我的债务，但我不能接受……为了保全我的信誉，我可能困苦而死，但我却死得光荣。"

拓展阅读：

《司各特研究》
　外语教学研究出版社
《司各特短篇小说集》
　湖南文艺出版社

◎ 关键词：欧洲历史小说 创始人 叙事诗 中古生活

诗人的历史小说——司各特与《艾凡赫》

瓦尔特·司各特（1771～1832）是英国浪漫主义时期杰出的诗人，同时也是欧洲历史小说的创始人。

1771年8月15日，司各特生于爱丁堡的苏格兰古老家族，父亲是律师。他曾在父亲的事务所当见习生。1789年入爱丁堡大学攻读法律，1792年毕业，成为律师。假日常去苏格兰偏僻地区搜集历史传说和民间歌谣。1799年被任命为塞尔扣克郡副郡长。1802年至1803年，他搜集整理的三卷《苏格兰边区歌谣集》出版，引起了广泛的注意。1806年被任命为爱丁堡高等民事法庭庭长。1805年，第一部长篇叙事诗《最末一个行吟诗人之歌》问世，给作者带来了声誉。

1808年，长诗《玛密恩》出版。它以1513年英格兰和苏格兰进行的弗洛登战役为背景，描写英国贵族玛密恩使用诬陷手段夺取贵族拉尔夫的未婚妻，最后阴谋暴露，玛密恩在弗洛登战死。这部作品被认为是司各特最优秀的长诗。他的另一篇脍炙人口的长诗《湖上夫人》（1810）叙述了中世纪苏格兰国王和骑士冒险的事迹，描绘了苏格兰的自然风光。司各特的长篇叙事诗一般写中古氏族之间、苏格兰和英格兰封建主之间的斗争，情节曲折，带有恐怖、神秘的浪漫主义气氛。

司各特在43岁时开始写小说，一共写了约30部。

《艾凡赫》是作者第一部描述中古生活的作品，背景在12世纪末的英国，生动地表现了12世纪英国"狮心王"理查在位时复杂的阶级矛盾和民族矛盾，揭露了诺曼贵族的骄横残暴和撒克逊劳动人民的苦难。小说中的主要矛盾是撒克逊贵族和诺曼贵族、被征服者和征服者之间的剧烈斗争，作者同情被征服的撒克逊贵族，支持撒克逊的自由农民。小说通过主人公撒克逊贵族后裔艾凡赫的冒险经历，描写了比武、攻打城堡、骑士爱情、绿林侠盗的生活等场面，生动地再现了12世纪英国的民族矛盾、民族风尚和各阶层的生活。作者把国王"狮心王"理查写成正面人物，他英勇、正直，对撒克逊族一贯友好。撒克逊贵族和农民都支持"狮心王"理查，反对傲慢、凶残的诺曼贵族和理查的弟弟、企图篡位的约翰。他们终于粉碎约翰和诺曼贵族的阴谋，"狮心王"理查保住了王位。小说中的自由农民就是民间传说的侠盗罗宾汉和他的伙伴们。他们的活动丰富了小说的人民场面。

司各特的历史小说丰富和发展了19世纪的欧洲文学，对英国的萨克雷、狄更斯、斯蒂文森，法国的雨果、巴尔扎克，意大利的曼佐尼，俄国的普希金，美国的库珀等，都产生过影响。

● 安徒生塑像

>>> "美人鱼"铜像

"美人鱼"铜像位于丹麦首都哥本哈根朗厄里尼港入口处的一块巨大鹅卵石上，它是丹麦雕塑家埃德华·埃里克森于1912年根据安徒生童话《海的女儿》中的女主角用青铜雕铸的。

埃里克森以丹麦皇家剧院芭蕾舞演员埃伦·普赖斯为模特，但是他没能说服这位女演员为制作这一铜像而裸体，这不得不迫使他让自己的妻子充当裸体模特。铜像于1913年8月23日被安置在哥本哈根港，现已成为丹麦的象征。

拓展阅读：

《安徒生剪影》林桦
《年轻的安徒生》（电影）

◎ 关键词：浪漫主义 丹麦 文学史 奇葩 童话集

全世界孩子的朋友——安徒生童话

　　当浪漫主义文学的洪流在英国、法国和德国一次次掀起浪潮的时候，在德国北部的小国丹麦，诞生了人类文学史的一朵奇葩。它的诞生，为浪漫主义文学增添了一份神奇瑰丽而凄美感伤的色彩，因为它的出现，丹麦至今还被人们称为童话的国度。

　　汉斯·克里斯蒂安·安徒生1805年生于丹麦中部小城奥登塞一个贫困家庭，父亲是鞋匠，母亲是洗衣工，这使他从小就体会到下层人民的疾苦。1819年，他在哥本哈根皇家剧院当小配角，后因嗓子失润被解雇，从此开始学习写作。安徒生以长篇小说《即兴诗人》（1835）扬名文坛，但真正使他闻名于世的却是童话。他以其丰富多彩、充满魅力的童话，为北欧文学第一次赢得了世界性的声誉。

　　从1835年发表第一部童话集《讲给孩子们听的故事》起，此后每年的圣诞节，安徒生都要写一本童话集，作为新年礼物送给小朋友。安徒生早期的童话浪漫主义色彩浓郁，想象奇特，天上飞的、地上爬的、水里游的和田里长的，无所不包。代表作有《豌豆上的公主》《海的女儿》《皇帝的新装》《丑小鸭》等，其中以《海的女儿》最为优美感人。故事描写大海的公主小人鱼向往陆地上人类的生活，情愿忍受割舌之苦，以大海里300年自由自在的生活换取人世上短暂的一生。宁愿自己化成泡沫，也不愿伤害所爱的王子，歌颂了小人鱼对美好理想的追求和为了理想甘愿自我牺牲的美德。《皇帝的新装》辛辣地讽刺了皇帝的昏庸无能和朝臣们阿谀逢迎的丑态。《夜莺》和《豌豆上的公主》则嘲笑了贵族的无知和软弱。

　　40年代中期以后，他开始描写现实生活中人民的悲惨遭遇和凄凉身世，童话中夸张和想象的成分减少，思想性、哲理性加强，如《卖火柴的小女孩》《柳树下的梦》《园丁和主人》等接近现实生活的"新童话"。《卖火柴的小女孩》描写圣诞节晚上一个小女孩赤足在雪地里沿街叫卖火柴，用节日之夜小女孩的饥寒交迫与富人的灯红酒绿作鲜明对照，揭示贫富悬殊的社会现实。有些故事如《白雪皇后》则表现了作者对人类理想的看法，即坚信"真善美终将取得胜利"的乐观主义信念。他在最后一部作品《园丁和主人》中，还着力塑造了一个真正的爱国者的形象，反映了作者本人矢志不渝的爱国主义精神。

　　1875年8月4日，安徒生在哥本哈根梅尔彻的宅邸去世。这位童话大师一生坚持不懈地进行创作，把他的天才和生命献给了"未来的一代"，截至去世前三年，共写了168篇童话和故事，被译成80多种语言，广为流传。

No.5
高扬批判的大旗——
欧洲现实主义文学时期

—— 现实主义文学最突出的一个特点是其广阔而真实地展示了社会生活，对特定时代丰富多彩的社会历史画面给予定格，因而具有珍贵的历史文献价值和很高的社会认识价值。

—— 在艺术手法上，现实主义文学继承和发展了18世纪英国小说、法国启蒙运动文学和俄国讽刺文学的传统，也借鉴了19世纪浪漫主义文学的某些艺术经验，同时又有很大的革新。

—— 现实主义作家注意观察生活，分析社会，选择典型的事件，透过集中的情节展示广阔的社会生活场景。在这种典型的社会生活背景下，他们成功塑造了一系列封建贵族、地主和资产阶级的典型形象。

◎ 关键词：现实生活 批判精神 社会矛盾 系列长篇

社会与历史——批判现实主义文学

● 19世纪英国钢铁工厂的工人

>>> 英国宪章派文学

19世纪40至50年代，在英国产生了宪章运动。宪章运动者为了进行鼓动宣传，经常在群众集会上发表演说，创办报刊，撰写诗歌、小说、杂文和文艺评论文章。这些构成了丰富的宪章派文学。宪章派文学的形式多种多样，尤其以诗歌为其最主要的组成部分。

宪章派诗歌的内容丰富，题材广泛，它的特点首先在于鲜明的政治倾向性。它密切配合着宪章运动并为它服务。在为数众多的宪章派诗人之中，比较突出和著名的有厄内斯特·琼斯、威廉·詹姆斯·林顿和杰拉尔德·梅西。

拓展阅读：

《欧洲文学史》商务印书馆
《欧美文学史论》张志庆

从19世纪30年代开始，英、法两国的资本主义力量取得了决定性的胜利，整个欧洲迎来了资产阶级统治的时期。然而，资本主义世界并非革命家宣传的"理性王国"。日益深刻化和明朗化的社会矛盾，使得"人们终于不得不用冷静的眼光来看他们的生活地位、他们的相互关系"。浪漫主义的激情已成强弩之末，时代在呼唤另一种文学潮流的兴起，批判现实主义文学应运而生，终成一股浩荡的潮流，艺术地记录了这一段风云激荡的历史。

这股文学潮流，以人道主义为思想武器，真实地表现现实生活，典型地再现社会风貌，深入解剖和努力揭示种种社会矛盾，因其具有强烈的批判精神而被后人称为批判现实主义。这一时期涌现出一批光耀史册的文学大家，比如法国的司汤达、巴尔扎克，英国的狄更斯、哈代，挪威的易卜生，等等。他们深入生活，敏锐地观察，大胆地批判，力求真实地反映社会矛盾和时代特征。为了取得第一手资料，很多作家都亲自去到所描写的地方进行实地考察，巴尔扎克、果戈理、福楼拜等人都有这方面的故事流传。马克思、恩格斯曾高度赞扬他们对社会现状的深刻理解，认为他们在作品中提供的历史材料比历史学家、经济学家、统计学家等合起来所提供的还要多。在他们的笔下，我们可以看到当时

社会生活的方方面面：底层人民的悲惨生活，上流社会的钩心斗角、尔虞我诈，等等。同时，他们冷眼旁观新兴的资本主义制度，揭露和批判资产阶级的虚伪和残忍，以及他们对下层人民的剥削和压榨，勾勒出一幅幅触目惊心的悲惨图画。

批判现实主义作家在继承以往文艺的现实主义传统的基础上，把现实主义的创作方法推向一个新的高度，为现实主义的文学创作积累了丰富的经验。他们注意观察生活，分析社会，选择典型的事件，透过典型环境中的典型人物展示广阔的社会生活。因此，他们留下的不仅仅是卷帙浩繁的文学作品，也是当时社会生活、历史风情的真实记录，这是他们对后世最重要的贡献。

当时的小说家都认为长篇小说巨大的容量更能够全面地表现社会生活的方方面面。因此，这个时期长篇小说的创作出现了空前繁荣的局面，并且出现了试图再现社会生活全貌的系列长篇。法国现实主义文学大师巴尔扎克的巨著《人间喜剧》，通过90多部小说，2400多个人物，展示了19世纪前半期整个法国社会的生活画卷，被称为"社会百科全书"。受巴尔扎克的影响，左拉创作了《卢贡－马卡尔家族》，它包含20部长篇小说，1000多个人物，反映了10世纪后半期法国各方面的社会生活。

●司汤达像

>>> 司汤达综合征

据精神卫生专家介绍，司汤达综合征是以19世纪法国批判现实主义文学奠基人司汤达名字命名的病种。

曾在拿破仑的军队中任职的司汤达，于拿破仑失败后结束军人生活。波旁王朝复辟后，司汤达甚为不满，便侨居意大利米兰潜心写作。有一次，司汤达游览意大利佛罗伦萨时，精神一度不安。他在参观教堂的米开朗基罗、伽利略和马基雅维利的墓碑后，突然感到心跳十分厉害，走路总怕摔倒。因为这是当时发现的第一例综合征，便以他的名字命名为"司汤达综合征"。

拓展阅读：

《司汤达散文》
　　中国广播电视出版社
《司汤达自传》海燕出版社

◎ 关键词：奠基者 拿破仑 烧炭党 论战

法国现实主义文学奠基人——司汤达

司汤达（1783～1842）是法国批判现实主义文学的奠基者之一，也是"在资产阶级胜利之后，立即就开始敏锐而明确地表现它的特征的第一个文学家"。他生活的时代正是法国历史上最动荡的历史时期。资产阶级大革命、拿破仑政变、波旁王朝复辟及七月革命，这些重大而急遽的历史变革都被他赶上了，而他则用手中的笔为这些历史事件做了记录。

他的原名叫亨利·贝尔，生于法国格勒诺布尔的一个有产者家庭。他的父亲是律师，拥护王权和教会，母亲属意大利血统，思想比较自由，可惜很早就去世了。司汤达是由外祖父教养成人的，外祖父信奉伏尔泰，在他的关心和影响下，司汤达阅读了大量文艺复兴时期和启蒙时期的作品，并在当地中心学校里接受了新思想的影响。

1800年，司汤达参加了拿破仑的军队。两年后离开军队来到巴黎，学习古希腊文和英语，同时大量阅读启蒙思想家和法国人文主义者的著作。1806年司汤达重回军队，在德国布伦瑞克做了三年王室领地总管。1812年他随军远征俄罗斯，亲眼看到莫斯科大火和法国军队的惨败，从此结束了军旅生涯。

波旁王朝复辟后，司汤达移居意大利。那时，"神圣同盟"统治着欧洲，意大利重新沦为奥地利的附庸。司汤达与烧炭党来往密切，热情帮助意大利爱国志士从事的民族解放运动。在此期间，他用笔名发表了《海顿、莫扎特和梅达斯泰斯的生平》《意大利绘画史》等著作。奥地利当局借口这些著作涉及政治问题将他驱逐出境。

1821年司汤达回到巴黎，立刻加入了当时巴黎文坛吵得沸沸扬扬的浪漫主义与古典主义的论战。他随后发表的《拉辛与莎士比亚》高扬现实主义大旗，是法国最早的现实主义美学论著，它的发表对法国批判现实主义文学的发展有重大影响。1827年司汤达的第一部政论小说《阿尔芒斯》问世，反响平平。1829年他又发表的短篇小说《法尼娜·法尼尼》，在革命与爱情的尖锐冲突中，歌颂意大利烧炭党人献身祖国的高尚情操。1830年长篇小说《红与黑》出版，正是这部作品确立了司汤达在文学史上的重要地位。

七月革命后，司汤达在教皇管辖下的一个海滨小城当领事，又陆续创作了几部以七月王朝统治时期的社会生活为题材的长篇小说：《吕西安·娄凡》（未完成）、《一个旅行者的回忆录》（1838）、《巴马修道院》（1839）以及中短篇小说集《意大利遗事》（1837～1839）。

1842年3月23日，司汤达在巴黎中风去世。

●玫瑰 法国 科斯特

>>>《意大利遗事》简介

　　《意大利遗事》是一部中短篇小说集，所收的《瓦尼娜·瓦尼尼》等八篇中短篇小说是司汤达根据在意大利发现的一些手写本故事编写的。故事内容或是社会地位悬殊的青年男女的爱情悲剧，或是宫廷贵族之间因男女私情而引发的阴谋与谋杀。

　　小说中的人物都具有强烈的感情冲动、压倒一切的情欲与由此产生的暴烈行动。司汤达企图以此表现他所喜爱的"意大利的热情性格"和他对"力"的崇拜，用来对照 19 世纪法国社会中利益关系窒息了人身上自然的感情这个现实。

拓展阅读：

《司汤达论爱情》团结出版社
《法国文学史》郑克鲁

◎ 关键词：英雄主义 拿破仑帝国 于连 德·瑞那夫人

批判现实主义文学的奠基作——《红与黑》

　　《红与黑》起初的标题为《于连》，1830 年定名为《红与黑》，并有副标题"1830 年纪事"。作品中的"红"代表军队，代表充满英雄主义的拿破仑帝国时期；"黑"代表教会，代表恶势力猖獗的复辟时期。

　　小说的主人公于连是维立叶小城一家锯木工场小业主的儿子，曾经是"一棵美好的植物"，是具有"惊人的意志力"和非凡聪明的青年。他读过启蒙思想家卢梭等人的作品，接受了他们的自由平等观念和无神论思想。他崇拜拿破仑，羡慕拿破仑时代青年人能凭自己的才干青云直上。然而，在复辟王朝的黑暗现实中，他不过是在家受到父兄嘲笑、在社会上受权贵歧视的弱小青年罢了。为了出人头地，他背熟了一部拉丁文的《新约全书》和墨士德的《教皇传》，决定穿上黑袍，走教会的门路。

　　一个偶然的机会他当上了市长家里的家庭教师。市长把他当用人看待的态度让他非常恼火。他决心找机会进行报复，正是出于这种心理，他向对他颇有好感的市长夫人发起了"进攻"。德·瑞那夫人是个 30 岁的少妇，她端庄秀美，心地纯洁，富有同情心和自我牺牲精神。可惜她的市长丈夫是个粗鲁鄙俗、麻木不仁的贵族官僚，既不爱她更不关心她。于连的出现唤醒了她心中沉睡的爱情，也激发了她对丈夫的憎恶。几番犹豫和挣扎后，她终于抵挡不住诱惑，投进了于连的怀抱。

　　然而，他们的关系终于败露，于连不得不离开市长家，进入阴森可怖的贝尚松神学院学习。神学院内部教派斗争激烈，特务多如牛毛。于连事事提防，处处小心，精神上极度紧张、苦闷，但是教派斗争还是把他卷了进去。他随去职的彼拉院长到了巴黎，当了德·拉·木尔侯爵的私人秘书。由于他才干出众，又能审时度势，迎合主子，很快得到了侯爵的赏识和重用。

　　侯爵的女儿玛特儿小姐是个骄傲而美丽出众的女子，她不满平庸的贵族生活和周围的纨绔子弟，向往富于浪漫气息的中古时代。因为她对于连的态度傲慢，激起了于连征服她的欲望。在于连的紧攻下，一心向往罗曼蒂克爱情的玛特儿小姐疯狂地爱上了他。他们开始准备结婚，于连以为这样就可以挤进贵族的行列。起初，侯爵对这门婚事暴跳如雷，后来也无可奈何，只得承认既成事实。于连因此获得德·拉·伟业骑士的称号、二万零六百法郎年收入的庄园和法兰西陆军中尉的军衔。但正当他踌躇满志之时，市长和教会勾结在一起，威逼德·瑞那夫人写了揭发于连的告密信。木尔侯爵大怒之下取消了他和玛特儿的婚约，毁了他的前程。于连在激愤

高扬批判的大旗——欧洲现实主义文学时期

● 《红与黑》插图

● 《红与黑》插图

之下赶到维立叶，向正在教堂祈祷的市长夫人开枪。市长夫人受了伤，于连被判处死刑。

　　在监狱中，于连认识到德·瑞那夫人才是他真心爱的人。最后他们彼此取得了谅解。于连被杀死之后，玛特儿小姐亲自将他埋葬。在他死后三天，德·瑞那夫人也拥抱着孩子们去世了。

●肖邦像

>>> 肖邦的遗愿

1830年11月，肖邦决定到外国深造，为祖国争光。出发前，肖邦接受了朋友们赠送的装满祖国泥土的银杯，表示永远不会忘记可爱的祖国。

1849年10月，严重的肺病夺走了肖邦的生命。弥留之际，肖邦紧紧地握住姐姐路德维卡的手，喃喃地说："我死后，请把我的心脏带回去，我要长眠在祖国的地下。"他的心脏被运到了波兰首都华沙，保存在圣十字教堂。而那只装满波兰泥土的银杯，一直被肖邦珍藏着，他死后一位朋友把杯中的泥土倾倒在他的灵柩上。

拓展阅读：

《史诗情人》（电影）
《乔治·桑精选集》
　　　　山东文艺出版社

◎ 关键词：肖邦 惊世之恋 多产作家 激情小说

高产的女作家——乔治·桑

年轻的肖邦初到巴黎，无人赏识他的音乐才华。他偶然结识了当时著名的女作家乔治·桑。乔治·桑将他引入自己的沙龙，并且邀请了许多音乐界名流，告诉他们，大音乐家李斯特将为他们演奏钢琴曲。黑暗中，钢琴声令所有的人都陶醉了。一曲终了，乔治·桑手持蜡烛挽着"李斯特"走至钢琴旁。人们这时才发现，演奏者原来并非李斯特，而是一个陌生的年轻人。真正的李斯特站起来说："这位年轻人演奏得好极了！我非常羡佩他的音乐天才！"

这是电影《一曲难忘》的经典镜头。当时的乔治·桑已经30多岁了，是两个孩子的母亲。她喜欢穿男装，被人称为"穿裤子的女人"。她蔑视传统，饮烈酒，抽雪茄，爱骑马。她骂起人来满口粗言秽语，谈情说爱时却百般柔情。当时社会上有很多对她不利的传言，包括她后来的情人肖邦，对她最初的印象也是很恶劣的。然而，交往一段时间之后，他们却不可救药地相爱了。他们一起生活了九年。

乔治·桑是法国文坛上最伟大的女小说家。她原名奥罗尔·杜邦，1804年出生于巴黎，父亲是第一帝国的军官。18岁时她嫁给杜德望男爵，但她的婚姻并不幸福。1831年她只身来到巴黎，开始独立生活。七月革命后不久，她发表了第一部长篇小说《安蒂亚娜》（1832），一举成名，从此一发而不可收。

乔治·桑是一位多产作家，她的一生为我们留下了100卷以上的文艺作品、20卷的回忆录《我的一生》以及大量书简和政论文章。她的小说创作大致可分四阶段：早期作品称为激情小说，主人公大都是对爱情和生活感到失望的女性，她们不懈地追求独立与自由，使小说充满了青春的热情与反抗的意志，代表作有《安蒂亚娜》《华伦蒂娜》（1832）、《莱莉亚》（1833）等；第二阶段作品为空想社会主义小说，在这些作品里，她提出了资本主义社会中妇女的命运问题，攻击了资本主义的财产制度和婚姻制度，进而提出一些具有空想社会主义色彩的设想，代表作有《木工小史》（1840）、《康素·爱萝》（1843）、《安吉堡的磨工》（1845）等；第三阶段作品主要为田园小说，这些小说以抒情见长，善于描绘大自然绮丽的风光，具有浓郁的浪漫色彩，代表作有《魔沼》（1846）、《弃儿弗朗索瓦》（1848）和《小法岱特》（1849）；第四阶段作品为传奇小说，代表作有《金色树林的美男子》（1858）。

1876年6月7日，乔治·桑染病逝世。她的很多朋友从巴黎来参加葬礼，其中包括拿破仑亲王、福楼拜、小仲马等人。

●乔治·桑像 法国 德拉克洛瓦

>>> 雨果《悼念乔治·桑》

乔治·桑虽然与我们永别了，但她留给我们以女权，充分显示出妇女有着不可抹杀的天才。正由于这样，革命才得以完全。让我们为死者哭泣吧，但是我们要看到他们的业绩。具有决定性意义的伟大，得益于颇可引以为豪的先驱者的英灵精神，必定会随之而来。一切真理、一切正义正在向我们走来。这就是我们听到的振翅搏击的响声。

让我们接受这些卓绝的死者在离别我们时所遗赠的一切！让我们去迎接未来！让我们在静静的沉思中，向那些伟大的离别者为我们预言将要到来的伟大女性致敬！（节选）

拓展阅读：

《乔治·桑传》丰木/爱玲
《乔治·桑与缪塞情书》
江苏人民出版社

◎ 关键词：法国乡村 爱情故事 朗德立 法岱特

艺术家的梦——《小法岱特》

乔治·桑的小说《小法岱特》写于1849年，这是她田园小说的代表作，讲述了一个发生在法国乡村的优美的爱情故事。

哥斯村的巴尔波老爹有一对漂亮的双生子，大的叫西尔维遁，小的叫朗德立。他们从小一起生活，感情深厚无比。在他们14岁那年，由于家境衰落，巴尔波老爹只好把朗德立送到卜累西村的卡洛伯伯家去做工。朗德立劳动踏实勤奋，卡洛伯伯一家十分喜爱他。西尔维遁对自己的弟弟有着异乎寻常的爱。有一次，他看见弟弟在跳舞时吻了卡洛伯伯家的一个女孩子，就愤怒地跑了出去。

朗德立出去寻找哥哥，却找不到他的踪影。他想请住在附近的法岱特老妈妈帮忙，因为她知道一点巫术。可是她因为和巴尔波老爹家的关系不好，就拒绝了朗德立的要求。后来法岱特老妈妈的孙女小法岱特帮助他找到了哥哥。小法岱特皮肤黝黑，身体瘦小，而且衣着邋遢。朗德立打心眼儿里不喜欢这个丑姑娘。

节日前夕，朗德立因为河流涨水被阻在回家的路上。又是依靠小法岱特的帮助，朗德立安全渡过急流。当他要求报答小法岱特的时候，小法岱特要求他在第二天的节日舞会上只跟她一个人跳舞，但却引起了朗德立的情人玛德侬的嫉妒和愤怒。玛德侬不再答理朗德立，并且卖弄风情地和她新结识的三个男舞伴轮流跳舞。在狂欢的舞会上，玛德侬又带人嘲笑、辱骂、殴打小法岱特。朗德立义愤填膺，狠狠惩罚了他们。

舞会结束后，朗德立和小法岱特在一起做了一次推心置腹的交谈。朗德立发现小法岱特其实是个很好的姑娘。他情不自禁地吻了她，向她表示了自己的爱情。他们开始恋爱了。爱情让小法岱特变得美丽温婉。巴尔波老爹知道他们恋爱的事情后，雷霆大怒，狠狠教训了朗德立一顿。小法岱特决定到外地的一个亲戚那里工作一段时间。

转眼一年过去了，小法岱特的祖母患了重病，需要她回家照料。小法岱特到家三天后，法岱特老妈妈便溘然长逝。两天后，小法岱特穿上干净的衣服，来到巴尔波老爹的家里。她说自己年幼无知，请求巴尔波老爹替她保管四万法郎的遗产。她之所以这样做，其实是为了表明她爱朗德立并不是贪图金钱。

后来，巴尔波老爹亲自到小法岱特工作过的麦杨堡，做了暗中调查。他得知小法岱特在外地的确获得了很好的声誉，就对她改变了态度。同时，经过小法岱特的耐心劝解，西尔维遁也从对弟弟的病态迷恋中摆脱出来。最后，小法岱特和朗德立终于建立了幸福美满的家庭。

●梅里美像

>>> 拿破仑三世

　　拿破仑三世（1808～1873），即路易·拿破仑·波拿巴，法兰西第二共和国总统、法兰西第二帝国皇帝、拿破仑一世之侄。

　　1848年6月，当选巴黎议员。12月，当选共和国总统。1851年，他成功发动政变，旋即修改宪法，延长总统任期。1852年11月，被元老院尊为"拿破仑三世"。12月，登基称帝，法兰西第二帝国成立。1873年，拿破仑三世因病在伦敦驾崩，享年65岁。

拓展阅读：

《梅里美精选集》
　　北京燕山出版社
《梅里美小说选》
　　人民文学出版社

◎ 关键词：独子 考古 独特魅力

"中短篇小说大师"——梅里美

　　梅里美（1803～1870）生于巴黎一个资产阶级知识分子家庭，祖父是律师，父亲是颇有才能的画家、化学家兼历史学家。他的母亲是18世纪童话作家波蒙夫人的孙女，也擅长绘画。在这种家庭背景的熏陶下，梅里美从小就培养了对艺术的热爱和精微的鉴赏能力。

　　梅里美是家里的独子，深得父母的宠爱，从小生活在优裕的环境中。1812年，他进入父亲任教的拿破仑中学学习。其间，他经历了第一帝国的崩溃和波旁王朝的复辟，眼见他所在的拿破仑中学改名为亨利四世中学。1819年，他中学毕业，按照父亲的安排进入巴黎大学学法律，但他真正的兴趣并不在于此。大学期间，他积极从事语言学的研究，学习并掌握了西班牙语、意大利语、英语以及古希腊语和拉丁语。他还广泛钻研各国的古典文学、哲学以及巫术，积累了丰富的知识，这使他在成为一个作家之前已成了一个学识渊博的学者。

　　大学毕业后不久，梅里美走上了文学创作的道路。他出入巴黎那些文化名流聚集的沙龙，结识了夏多布里昂、司汤达等著名作家。1829年，梅里美在文学创作上找到了更适合他的道路。在一年多的时间里，他连续写出了一批成功的中篇小说，其中最著名的有《马铁奥·法尔哥尼》《塔芒戈》等。从19世纪30年代至40年代，梅里美开始了他生平最大的爱好：旅行。他漫游了西班牙、英国、意大利、希腊及土耳其等国。在西班牙的旅行中，他结识了日后对他的生活道路很有影响的蒙蒂霍伯爵夫人一家，他家的小女儿欧仁妮后来成了拿破仑三世的妻子、法兰西的皇后。

　　1930年以后，梅里美致力于考古，在发掘、整理和保存法国古代文物方面做出了重大的贡献。文学创作方面却不甚活跃，很少有作品发表。不过，最能体现他的思想特点和艺术风格的两篇小说《科隆巴》（1840）与《卡门》（1845）却是在这个时期发表的。这两篇小说的主人公都是个性强烈、敢爱敢恨的野性女子。烈火一般的爱情、紧张刺激的情节，神秘的异域风情，使这两部小说一经发表就受到读者狂热的喜爱。

　　1853年，拿破仑三世任命梅里美为上议院议员，他成了法兰西宫廷的卿客，与拿破仑三世夫妇交往密切，生活优越，可在文学上和学术上却没有什么可以称道的了。1870年普法战争爆发，拿破仑三世于色当战败被俘。同年9月，梅里美出走到南方的小城戛纳，客死在那里。在他的一生中，文学创作并不是他主要的追求，他生前仅仅发表过15篇短篇小说，却被称为"中短篇小说大师"，这不能不归功于他小说的独特魅力。

◎ 关键词：复仇 奥索 卡门 何塞 自由

"永远自由的卡门"——《科隆巴》与《卡门》

●法文版《卡门》封面

>>> 科西嘉岛

科西嘉岛位于法国大陆东南，面积8679.8平方公里。1976年科西嘉岛被分划为两个省：南科西嘉省和上科西嘉省，前者的首府是阿雅克修，后者的首府是巴斯蒂亚。

科西嘉岛是个多山的岛屿，1/2以上面积在海拔396米以上，海拔1980米以上山峰有20座，最高点钦托峰海拔2710米。其山体为花岗岩结构，岩体呈绯红、玫瑰和绛红色。岛上气候属地中海气候，水资源丰富，以农业和畜牧业为主，主要出口产品有乳酪、葡萄酒等。

拓展阅读：

《梅里美全集》
　　　　时代文艺出版社
《梅里美短篇小说精选》
　　　　哈尔滨出版社

《科隆巴》与《卡门》是梅里美最著名的两篇小说。

《科隆巴》讲的是一个复仇的故事。退伍的年轻中尉奥索在返回家乡科西嘉岛的途中，邂逅了英国旅行家内维尔上校和他的女儿莉迪亚。奥索爱上了莉迪亚。回到岛上后，奥索苦恼不已，原本打算享受爱情的他，却时时刻刻被妹妹科隆巴提醒杀父的血海深仇还没有报。多年前，他们的父亲德比·雷比亚上校被人谋杀，临死前将仇人的名字写在一张纸条上，上面写的是一个土匪的名字。科隆巴看出纸条曾被偷换，她还认定凶手就是跟她有着世仇的巴里奇尼律师。她等着哥哥回来复仇。但是，自幼受法国教育的奥索不愿意用杀戮的办法解决他们和巴里奇尼家族之间的纠纷。科隆巴采取了各种办法激起哥哥复仇的火焰。州长赶来调解两家的纠纷时，她当面揭露了巴里奇尼买通一个囚犯提供伪证的事实。奥索知道真相后发誓要报仇。第二天，他在外出的途中，遭到巴里奇尼兄弟的伏击，受了伤。他开枪还击，打死了巴里奇尼家的两兄弟，自己则被科隆巴安排的人救走。经过科隆巴的努力，奥索以正当防卫为理由免予起诉，还如愿以偿和莉迪亚结了婚。几个月后，他们一家到意大利旅游，在比萨遇见了因为失去儿子而变成痴呆的巴里奇尼律师。在科隆巴一双"毒眼"的逼视下，他终

于承认了当年的罪行。

《卡门》的女主人公卡门是一个美丽异常的吉卜赛姑娘，她性格泼辣、无法无天，为一个走私集团当耳目。小说开始，在烟草厂当女工的卡门因为和工友口角，将人砍伤，被工厂警卫何塞押往监狱。在路上，卡门引诱何塞将她放走。何塞因此被囚禁一个月，他出狱后又遇见卡门。卡门为了报答他，做了他的情妇。在一次争风吃醋中，何塞失手打死一名军官，成了杀人犯，只好加入了卡门他们的走私团伙。不久，卡门原来的丈夫独眼龙从监狱中逃了出来，在他的带领下，这个走私团伙更是成了杀人越货的强盗集团。忍无可忍的何塞杀死了独眼龙，并劝卡门跟他一起到美洲去过新的生活。卡门却说："我们的命运是要打外族人的主意来维持自己的生活。"于是，何塞只好同她继续过强盗的生活。后来，卡门爱上了一个斗牛士。妒火中烧的何塞跪在地上求她继续爱他，不然就杀了她。卡门说："继续爱你，这不可能；和你一起生活，我不愿意。"何塞伤心之下杀了她，并打算去投案自首。

小说《卡门》后来被法国作曲家比才改编成歌剧，搬上舞台，后来又被改编成话剧、舞剧、电影等多种艺术形式。"不自由，毋宁死"的卡门成为了文学上和舞台上永远的经典。

●巴尔扎克像

>>> 巴尔扎克的诙谐故事

　　巴尔扎克曾由于奢侈浪费，弄得入不敷出。在这段日子里，还发生了一桩趣事。

　　有一天晚上巴尔扎克醒来，发觉有个小偷正在翻他的抽屉，他不禁哈哈大笑。小偷问道："你笑什么？"巴尔扎克说："真好笑，我在白天翻了好久，连一毛钱也找不到，你在黑夜里还能找到什么呢？"小偷自讨没趣，转身就要走。巴尔扎克笑着说："请你顺手把门关好。"小偷说："你家徒四壁，关门干什么啊？"巴尔扎克幽默地说："它不是用来防盗，而是用来挡风的。"

拓展阅读：
《巴尔扎克的故事》康平思
《巴尔扎克小说故事总集》
上海文艺出版社

◎ 关键词：批判现实主义　代表人物　阁楼　韩斯卡夫人

"人间喜剧"——巴尔扎克

　　奥诺雷·德·巴尔扎克（1799～1850）是法国19世纪批判现实主义文学的代表人物。另一位大作家雨果曾经说："在最伟大的人物中间，巴尔扎克是第一等的一个；在最优秀的人物中间，巴尔扎克是最高的一个；他的一生是短促的，然而也是饱满的；他的作品比岁月还多。从今以后，他和祖国的星星在一起，熠耀于我们上空的云层之上。"

　　1799年5月，巴尔扎克诞生在图尔市一个中等资产阶级家庭。巴尔扎克的父亲原本是个农民，大革命时代靠巧妙经营发了家。1797年，年近50岁的老巴尔扎克娶了一位年仅18岁的银行家的女儿，这就是巴尔扎克的母亲。

　　巴尔扎克出生后不久便被送到图尔近郊，由一个宪兵的妻子喂养，稍大一些又被送到教会学校寄读，几乎没有得到过家庭的温暖。1814年巴尔扎克随父母迁往巴黎。1816年至1819年，他在法科学校学习法律，并在一家律师事务所当文书，毕业前后，曾当过律师的助手。在这三年中，透过律师事务所的窗口，他看到了巴黎社会的黑暗腐败，看到了"很多为法律治不了的万恶的事"；同时，也使他看到了在"平等""公道"的帷幕后面，司法界是怎样进行卑鄙勾当的。这些为他日后的创作提供了最好的素材。

　　巴尔扎克的文学梦想遭到了父亲的强烈反对，他只好搬到巴黎的圣安东郊区的一间阁楼居住。这间阁楼有幸成为一代文豪献身文学的起点。为了生存，他用笔名发表了许多粗制滥造的浪漫小说。他还曾经异想天开，企图赚一大笔钱，然后用这笔钱从事他心爱的文学创作。但是，数次不明智的投资反而筑就了他一生为之所累的债台。

　　1829年3月《朱安党人》的问世，标志着一个伟大的文学家的诞生。以后的20余年中，他夜以继日地辛勤耕耘，创作出了一部部优秀的作品，仅收入《人间喜剧》的长、中、短篇小说就有90多部。巴尔扎克把《人间喜剧》分为三大类："风俗研究"、"哲学研究"和"分析研究"。当我们走进这由2000多个人物组成的《人间喜剧》画廊时，就可以看到一部生动形象的"法国'社会'，特别是巴黎'上流社会'的卓越的现实主义历史"。

　　巴尔扎克一生有许多幻想，娶一位有钱的贵夫人是其中之一。从1832年2月收到俄国贵族韩斯卡夫人的第一封信起，一直到死，他对韩斯卡夫人始终怀着极度的热情。为了能与韩斯卡夫人结婚，他可谓耗尽心血。直到1849年，韩斯卡夫人在丈夫去世，女儿出嫁之后，终于同意与巴尔扎克结婚。1850年3月巴尔扎克终于与他热爱了18年的韩斯卡夫人结婚，完成了自己的夙愿。5个月之后，巴尔扎克与世长辞，离开了他诅咒的世界和他心爱的韩斯卡夫人。

●巴尔扎克笔下的高老头的形象

>>> 巴尔扎克的作业本

一天，一位年逾古稀的老太太拿着一本破旧的作业本，问巴尔扎克："大作家，你给我瞧瞧，这小子将来是不是块当作家的料？"巴尔扎克接过作业本后认真地看了看，胸有成竹地说："嗯，这小子天赋不高，灵气不多，凭这很难当作家。"

老太太听后，发自内心地笑道："好小子，我以为你们当作家的什么都懂，没想到你连自己30多年前的小学作文都看不出来！"巴尔扎克也禁不住笑了。他做梦也没有想到，这个老太太竟是自己30多年前的小学老师。

拓展阅读：

《巴尔扎克全集》
　　人民文学出版社
《巴尔扎克与小裁缝》（电影）

◎关键词：商人 拉蒂斯涅 暴发户 资产阶级

野心家的社会——《高老头》

位于巴黎的伏盖公寓，是一栋廉价的宿舍，里面住着一位姓高的老头，和一位名叫拉斯蒂涅的学生。高老头曾是一个富有的商人，他为了让两个女儿风光地成为侯爵夫人，把自己大部分的财富给她们当了嫁妆，所剩无几的他只能住在廉价的公寓内。青年拉斯蒂涅是一偏僻地区的贫穷贵族的继承人，也是一位急欲出人头地的野心家。个性急躁的他希望能借着女人或学问来达到目的。于是，他住在伏盖公寓，一方面致力于学问，一方面努力取得堂姐鲍赛昂夫人的支援，同时还接近高老头的小女儿——德菲姆·都·蒙希肯男爵夫人。

同住在廉价公寓中的伏脱冷是一个谜一样的神秘男人，他一眼看穿拉斯蒂涅急欲出人头地的心境，便想说服拉斯蒂涅协助他为恶。拉斯蒂涅虽然被这种不劳而获的名利所迷惑，但是最终不忍心害人性命，还是拒绝了伏脱冷。不久，伏脱冷遭一名房客背叛，被警察逮捕，原来他真实的名字叫杰克兰，是一名越狱逃跑的犯人。

高老头仅剩的一点钱财也被两个贪得无厌的女儿榨干净了，再也无法满足女儿索求的高老头一下子从亲爱的父亲变成了令人生厌的老头子。高老头眼睁睁地看着女儿们撕破脸皮，演出丑陋的闹剧，懊恼不已，竟一病不起。病中的高老头茫然地呼唤着女儿的名字，他的女儿们却没有一个来探望他一眼，唯有拉斯蒂涅在一旁照料。高老头终于含恨死去了！目睹了这一幕人间惨剧的拉斯蒂涅，典当了德菲姆送他的一只手表，埋葬了高老头，也埋葬了自己最后一滴眼泪，然后面对着巴黎嘶喊："现在就开始一对一的决战吧！"

拉斯蒂涅的堂姐鲍赛昂夫人是巴黎社交界的领袖，她曾经自恃门第高贵而对资产阶级暴发户不屑一顾，自己却最终成为金钱的手下败将。拉斯蒂涅被引进鲍府的时候，鲍赛昂夫人已到了"被遗弃的关头"。她的情夫阿瞿达先生为了"二十万法郎利息的陪嫁"，要抛弃她，娶一个新起的暴发户的女儿洛希斐特小姐，这可是"上流社会最可怕的祸事"。情场惨败的鲍赛昂夫人决定到乡下隐居，临行前举办了一场盛大的舞会告别巴黎。这场舞会无疑是"上流社会必然崩溃的一曲无尽的挽歌"，也是小说极力刻画渲染的部分。舞会结束，鲍赛昂夫人含着泪眼到乡下隐居去了，而她以前根本不放在眼里的纽沁根太太却成了巴黎新的沙龙皇后。这富有象征意味的一幕，正是贵族社会无可奈何地退出历史舞台、让位给新兴资产阶级的真实写照。

这部小说发表于1834年，是巴尔扎克《人间喜剧》中最负有盛名的作品之一。

●摩特枫丹的回忆 法国 柯罗

>>> 借锤子

很久以前,有两个邻居,一个叫佐藤,一个叫青木。有一天佐藤叫用人去青木家借锤子。用人来到隔壁青木家:"劳驾,我主人想向你借把锤子,敲几只钉子。""好,好,那钉子是铁的,还是木头的?""是铁钉子。"一听铁钉子,青木便哼哼哈哈地说:"真不巧,锤子刚被人家借去了。"

空手而归的用人,把经过告诉了主人。佐藤大声嚷起来:"世界上竟有这种吝啬鬼!别人借锤子还问钉子是铁的还是木头的。真没办法,只好拿我自己的锤子来了。"

拓展阅读:

《巴尔扎克葬词》[法] 雨果
《巴尔扎克传》
　　[奥] 斯蒂芬·茨威格

◎关键词:富翁 金币 文契 克罗旭 暴发户形象

吝啬鬼的时代——《欧也妮·葛朗台》

在古老的索漠县城一座灰暗、阴森的老屋里,住着远近闻名的大富翁葛朗台先生。葛朗台本是一个箍桶匠,他40岁时娶了一个有钱的木材商的女儿,又以400路易贿赂了标卖教会财产的监督官,以极低的价钱买下了县里最好的葡萄园,靠着不断的钻营,成了县里数一数二的富翁。

尽管家财万贯,葛朗台却吝啬得要命。他家中房板都快被蛀成筛子了,他依旧不肯从整箱整箱的金币中拿出那么几个来修修房子;他家每顿饭吃的食物,每天点的蜡烛,都由他亲自定量分发;他给妻子的零用钱每次不超过六法郎;多年来给女儿陪嫁的压箱钱总共只有五六百法郎。

欧也妮23岁的生日那天,葛朗台的侄儿查理因为父亲破产来到他们家求救。葛朗台对侄儿冷若冰霜,欧也妮却爱上了这个年轻漂亮的表弟。她偷偷把自己近6000法郎的积蓄送给查理,资助他到海外经商。查理把装有母亲肖像的梳妆匣交托给欧也妮保管,海誓山盟后离开了索漠。

葛朗台知道女儿把金币送给了查理后,火冒三丈,不顾太太的求情,把女儿关进房里,只给冷水和面包。葛朗台太太挂念女儿病倒了。公证人克罗旭告诉葛朗台,如果太太死了,根据法律,他的财产就要和女儿共有。这句话使葛朗台很震惊,为了财产,他只好向女儿屈服。

不久,葛朗台太太去世。她尸骨未寒,葛朗台就请来克罗旭,要欧也妮在财产文契上签字,全部财产归父亲管理,女儿只保留所有权。单纯的姑娘毫不疑心,在文契上签了字,葛朗台这才放了心。

葛朗台死后,欧也妮继承了庞大的财产,但是她的生活并不幸福。而查理离开索漠后,做生意发了财,起初他还记得欧也妮的情分,后来便把她忘得一干二净。为了日后挤进官场,他决定娶一位宫廷行走的女儿。他给欧也妮写了一封信,随信寄去一张8000法郎的汇票,作为给欧也妮的回报,同时要欧也妮交还他的梳妆匣。欧也妮虽然遭到遗弃,但为了成全查理,让他不会因为父亲的破产而使婚姻失败,仍为查理偿还了400万法郎的债务。查理得知欧也妮如此富有,后悔莫及。

欧也妮在悲愤中嫁给了公证人克罗旭,但条件是始终保持贞操。欧也妮33岁的时候,克罗旭死了,她成了富有的寡妇。她办了不少公益事业:建了一所养老院、八处教会小学和一所图书馆,却始终过着简朴的生活。

这是巴尔扎克最得意的长篇小说《欧也妮·葛朗台》的主要情节。这部小说中,他成功地刻画了葛朗台这样一个资产阶级暴发户的形象,成为世界文坛著名的四大吝啬鬼之一。

● 《欧也妮·葛朗台》的情景绘画
老葛朗台是一个典型的资产阶级暴发户，财产的积累让他愈加贪婪，甚至用女儿作诱饵，诱惑那些求婚者，以便从中渔利。吝啬鬼的形象被刻画得淋漓尽致。

●福楼拜像

>>> 福楼拜精心改稿

福楼拜是一位不知疲倦的"文字劳动者"。一天,法国短篇小说家莫泊桑,带着一篇新作去请教福楼拜。他看到福楼拜桌上放着厚厚一叠文稿,翻开一看,却见每页上都只写了一行,其余九行都是空白。莫泊桑不解地问:"先生,您这样写,不是太浪费稿纸了吗?"福楼拜笑了笑,说:"亲爱的,我早已养成了这种习惯,一张十行的稿纸上,只写第一行,其他九行是留着修改用的。"

莫泊桑听了,恍然大悟。于是立即告辞,回家修改自己的小说去了。

拓展阅读:

《福楼拜评传》李健吾
《福楼拜的鹦鹉》译林出版社

◎ 关键词:文学青年 莫泊桑 历史题材 现实主义创作

"零度创作"的鼻祖——福楼拜

1821 年 12 月 12 日,福楼拜出生于法国卢昂的一个世代为医的家庭。青年时他到巴黎攻读过法律,后来因病辍学。1845 年,父亲去世后,他搬到卢昂近郊的私家别墅居住,靠丰裕的遗产生活,专心于文学创作,直至 1880 年去世。

福楼拜一生致力于文学创作,并且热爱结交文学青年。他的家就是当时著名的文学沙龙,大作家莫泊桑、屠格涅夫、左拉、都德都是他的座上客。每到星期天,福楼拜家就高朋满座,最后小客厅居然坐不下,后来的客人只好坐到厨房里去。莫泊桑的小散文《福楼拜家的星期天》饶有情趣地记录了当时的盛况。而莫泊桑本人与福楼拜的关系更是密切,他 20 多岁的时候就拜福楼拜为师,并且在福楼拜的指导下走上了文学创作的道路。成名后的莫泊桑曾经满怀深情地说:"是福楼拜把我栽培成为当今的一位作家。"

1856 年福楼拜出版了第一部长篇小说《包法利夫人》,这部小说是福楼拜的代表作,也是批判现实主义文学的又一力作。它描写法国内地一个富裕农民的女儿爱玛悲惨的一生,字里行间饱含着作者对现实社会的愤怒和控诉,因而激怒了政府当局,福楼拜受到"有伤风化"的控告。法庭上,经过一番激烈的辩论,福楼拜被宣告无罪,但是被迫转写历史题材的作品。他 1862 年发表了长篇历史小说《萨朗波》。当局对他的监控稍微松弛,他便又开始现实题材的小说的创作,并于 1869 年发表了政治性很强的长篇小说《情感教育》。这部小说以男主人公弗雷德利克一生为主线,反映了那个时代青年人各自的理想、追求和不同的生活道路。弗雷德利克一生如醉如痴地追求阿尔努夫人,渴望获得真正的爱情,到头来,只有一绺白发给他留下了无限怅惘。

福楼拜对他作品中人物的深厚情感和对现实主义创作方法的忠诚历来为人所称道。据说,有一次福楼拜的一位朋友去拜访他,见门虚掩着,可是敲了几次门,都没人答应,仔细一听,里面仿佛有抽泣声。这位朋友以为出了什么不幸,就直闯进工作室,看见福楼拜伏在案前痛哭流涕,连朋友进来也没觉察。朋友走上前去,摇着他的肩膀问:"什么事让您哭得这样伤心呢?"福楼拜悲痛万分地说:"包法利夫人死了!"他的朋友问他:"哪一个包法利夫人?"福楼拜指着桌上一堆几寸厚的书稿说:"就是我的小说《包法利夫人》中的女主人公包法利夫人呀!"朋友这才明白,原来他在为自己小说中的女主人公的死而伤心,就劝他说:"您既然不愿让她死去,就写她活过来嘛!"福楼拜无可奈何地说:"写到这里,生活的逻辑让她非死不可,没有办法呀!"批判现实主义文学的作家对生活的忠诚真是令人感动。

◎ 关键词：独养女 赖昂 虚荣心

爱玛的追求——《包法利夫人》

● 《包法利夫人》插图

爱玛·包法利是外省一个富裕农民卢欧老爹的独女。她从小丧母，13岁的时候，父亲把她送到修道院读书，学习贵族子女的谈吐、仪态，接受贵族思想的教育，希望她能嫁入上流社会。为了打发修道院无聊的生活，爱玛偷偷读了很多浪漫派的爱情小说，完全沉醉于中世纪的幻境之中，成为一个极力寻求刺激、追求爱情的少女。

后来卢欧老爹破了产，只得把爱玛嫁给不苛求嫁资的乡村医生包法利。包法利医生是个容貌一般，安分守己，激不起梦想的人。嫁给他后，爱玛关于爱情的全部幻想都成了泡影。正当爱玛苦闷不已的时候，昂代尔维利侯爵邀请包法利夫妇去参加舞会。这次舞会是爱玛生活道路上的一个转折点。从此，爱玛放弃了对中世纪爱情的幻想，而一心向往腐化堕落、虚假庸俗的巴黎式爱情了。

一次搬家后，爱玛遇到了一个青年学生——赖昂，双方有了好感。赖昂为了摆脱爱情带来的痛苦，离开那里到巴黎上学去了。这时，狡猾的服装商人勒内看出了爱玛是个爱装饰的虚荣的妇女，就主动上门兜揽生意，并赊账给她，满足爱玛的虚荣心。

赖昂走后，爱玛百无聊赖。受到附近一个庄园主罗道夫的勾引，成了他的情妇。罗道夫在厌倦了爱玛的身体之后，就抛弃了她而到卢昂去找另一个情妇。爱玛气得大病一场，病好以后，她想痛改前非，开始重新生活。

可怜的包法利医生为了让爱玛散散心就带她去卢昂看戏，凑巧在剧场里遇到了爱玛曾为之心动的赖昂。分别了三年，赖昂已经成为一个情场老手。两人终于干柴烈火、旧情复燃了。为了取悦赖昂，维持奢华的生活，她挥霍了丈夫的财产，还借了高利贷。债主向她逼债，爱玛走投无路，求助于自己的情人。赖昂溜之大吉，罗道夫则狠狠地拒绝了她。直到这时爱玛才意识到：爱情不过是梦幻中的游戏，当利益交关的时候，它就萎缩了。绝望之下，爱玛吞下了砒霜。包法利医生为了清偿债务，把全部家产都卖尽了。在经受了太多的打击之后，这个可怜的老实人也死了。他和爱玛的女儿被一个远房姨母收养，后来被送进了一家纱厂。

这是福楼拜的代表作《包法利夫人》的故事情节。创作这部小说，福楼拜花了整整四年零四个月的时间，每天工作12个小时，正反两面的草稿写了1800页，最后定稿却不到500页。1856年，《包法利夫人》在《巴黎杂志》上发表，引起了轰动。

● 左拉像

>>> 《娜娜》的影响

左拉的《娜娜》发表后，在法国引起了轰动，小说初版的第一天，其销售量达55000多册，开创了法国出版界前所未有的盛况。小说曾被改编为电视、电影在法国多次播映。

1981年4月5日，法国《世界报》曾发表评论，认为左拉在《娜娜》中"非常真实地描写的19世纪那个巨变的时代，到今天还没有过时，他描绘的那些人物所遇到的一些问题，也正是我们今天所遇到的。"在左拉的全部创作中，《娜娜》是艺术成就较高的一部作品，自问世至今，已相继被译成20多种语言文字。

拓展阅读：

《左拉生平及其代表作》
五洲出版社
《左拉小说故事总集》
上海文艺出版社

◎ 关键词：自然主义 理论家 浪漫主义 国葬

自然主义理论的倡导者——左拉

"他中等身材，微微发胖，一副朴实但很固执的面庞。他的头十分像古时意大利版画中人物的头颅，虽然不漂亮，但表现出他的聪慧和坚强性格。在他那很发达的前额上竖立着很短的头发，直挺挺的鼻子像是被人很突然地在那长满浓密胡子的嘴上一刀切断了。这张肥胖但很坚毅的脸的下半部都覆盖着修得很短的胡须，黑色的眼睛虽然近视，但十分尖锐，透着探求的目光。他微笑时总使人感到其中或有点嘲讽，他那很特别的唇沟使上唇高高地翘起，又显得十分滑稽。"这是莫泊桑在小散文《福楼拜家的星期天》中给爱弥尔·左拉"画"的一幅肖像画。

左拉（1840～1902）是法国著名的自然主义小说家和理论家。他生于巴黎。父亲是威尼斯人，是位有才华的工程师。左拉7岁时父亲去世，母子二人陷入困顿之中。1858年迁居巴黎。中学毕业后，为了糊口经常做些抄写工作，有时还流浪街头，饱尝了贫穷的滋味。后来左拉到书局当打包工，白天工作，晚上练习写诗。他还为报纸写新闻报道和评论文章。不久，书局老板看到他会写诗就将他提升为广告部主任。他和文学界人士的联系日益广泛，从此走上了文学创作的道路。

早期，左拉发表了中短篇小说集《给妮侬的故事》（1864）和长篇小说《克洛德的忏悔》（1865）、《马赛的秘密》（1867）。在前一部作品中，可看出浪漫主义的影响。而在《克洛德的忏悔》中自然主义的创作方法已见端倪。这部小说写的是一个女人的堕落和忏悔。官方认为该书"有伤风化"。警方还调查出左拉在为政府反对派报纸撰稿，并与进步人士有联系，使书局老板甚是恐慌。左拉为此提出辞职，以后专门从事写作。

60年代，左拉潜心钻研生理学、心理学和遗传学的理论，并受泰纳的"决定论"影响，形成了自己的自然主义理论体系。这个理论认为可以用实验的方法认识物质世界、情感和精神生活，主张小说家充当事实的收集者和根据事实进行实验的实验者，从而成为"人和人的情欲的审问官"。这期间左拉根据这一理论创作了中篇小说《黛莱丝·拉甘》（1867）和《玛德莱纳·菲拉》（1868），均受到社会的冷遇。

1868年开始，左拉决定模仿巴尔扎克的《人间喜剧》，创作一部连续性的大型作品《卢贡－玛卡尔家族》。按他的预想，这将是"第二帝国时代一个家族的自然史和社会史"。经过25年的勤奋写作，左拉终于完成了这部包括20部长篇小说的鸿篇巨制。其中的《小酒店》

高扬批判的大旗——欧洲现实主义文学时期

●左拉在他巴黎的办公室里工作。

●左拉塑造《娜娜》的女主人翁娜娜时，对她的外貌描写，曾借助于莫奈的肖像画《娜娜》的原型——女演员昂丽埃特·奥瑟尔，并通过其他人了解到昂丽埃特·奥瑟尔的生活经历和生活细节，对娜娜形象的塑造有很大帮助。

《萌芽》《娜娜》等几部作品突破了自然主义理论的束缚，闪耀出现实主义的光辉。

1902年9月29日，左拉因煤气中毒逝世。1908年，法兰西共和国政府以左拉生前对法国文学的卓越贡献，为他补行了国葬，并让他进入伟人祠。

● 《萌芽》插图

>>> 剩余价值

剩余价值规律是资本主义的基本经济规律，它的内容是：资本主义生产的目的和动机是追求剩余价值，实现该目的的手段是不断加强对雇佣工人的剥削。剩余价值规律揭示了资本主义生产的实质，决定了资本主义生产的一切主要方面和主要过程，是资本主义的基本经济规律。

关于剩余价值，社会主义国家按照马克思主义的观点认为，剩余价值应该归无产阶级所有。剩余价值还有第二种含义，是从价值的载体而言，指物品经利用后所剩的价值。

拓展阅读：

《资本论》[德] 马克思
《萌芽》（电影）

◎ 关键词：煤矿工人 资本家 剥削 斗争 爱蒂安

觉醒的工人——《萌芽》

《萌芽》是《卢贡－马卡尔家族》中的第13部小说，是一部描写煤矿工人为了反抗资本家剥削而奋起斗争的作品。

小说主人公是一个名叫爱蒂安的工人，他因为打了工头的耳光而被开除，不得不到沃勒矿场找新的工作。在那里，他参加了马赫的采煤小组，与马赫的女儿卡特琳共推一辆煤车。爱蒂安非常喜欢马赫一家人，尤其是善良的卡特琳。但卡特琳却成了另一个工人沙瓦尔的情人，爱蒂安目睹了他们亲热的场面，感到忌妒而伤心。

在马赫的支持下，爱蒂安团结了一批工人，并且准备在矿上办一个"准备金库"，参加的工人每人交20个铜子，以便在工人有困难的时候互相帮助。工人们对此很感兴趣，纷纷加入。正当爱蒂安他们不断扩大工人组织的时候，资本家决定用压低每车煤的工价和增加罚金的方式，把经济危机造成的损失转嫁到工人身上。恰巧矿场发生了严重的崩塌事故，一个工人被压死了，马赫的小儿子被压断了腿。工人们的愤怒到达了极点。在爱蒂安、马赫的带领下，罢工开始了。工人代表与资本家的谈判破裂。罢工进行了三个星期，1万多名工人在爱蒂安的努力下加入了"国际劳动者协会"。

一个月以后，资本家仍然不愿满足工人的要求，罢工工人的处境越来越困难。小部分工人坚持不下去，复了工。这其中就有卡特琳的情人沙瓦尔。罢工的队伍走向街头，从一个矿村走向另一个矿村，怒吼着"面包！面包！""打倒资产阶级！"等口号。愤怒的工人捣毁了奸商梅格拉的店铺，因为这个恶棍一向以借贷的名义糟蹋矿工的妻女。正当群情高涨的时候，卡特琳赶来告诉大家，沙瓦尔带着宪兵赶来了。罢工的工人遭到军警镇压，马赫等14名工人和孩子遇难。流血事件激起了全地区群众的愤怒。公司使用阴谋手段，答应工人如果复工，就将考虑他们的要求。很多工人决定重新下井。爱蒂安经过这次打击也变得软弱了，认为这本来就是弱肉强食的社会，失败的一方理当屈服。

然而一个不肯屈服的激进分子苏瓦林，破坏了矿井排水设备，爱蒂安他们下井工作的时候，矿井塌陷了，大部分矿工葬身井下。最后只剩下爱蒂安、卡特琳和沙瓦尔。为了争夺卡特琳，爱蒂安杀死了沙瓦尔。历经苦难后，他终于赢得了卡特琳的爱情。然而，当救援的人们挖开矿井时，卡特琳已经死了，爱蒂安也处于严重的昏迷中。六个星期后，已经被矿上开除的爱蒂安出院了，经过这次生死的洗礼，他又重新振作了起来。

●都德像

>>>《达拉斯贡城的达达兰》

《塔拉斯贡城的达达兰》的主人公达达兰是个典型的庸人，饱食终日，无所事事，常常胡思乱想要创造一番轰轰烈烈的事业。他对世界之大毫无认识，到阿尔及利亚猎狮，却把毛驴当成狮子，又上了骗子的当，打死了一只修道院驯养的瞎眼狮，结果大吃官司，出尽洋相又赔光钱财，好不容易回到故乡，反而被家乡人当成英雄来欢迎。达达兰因此成了夸夸其谈、一事无成的庸人的典型。

小说善意地讽刺了法国南方小城的夜郎自大，刻画了南方人浮夸怠惰的性格。

拓展阅读：

《都德精选集》
　　　山东文艺出版社
《都德小说选》
　　　上海译文出版社

◎ 关键词：现实主义　短篇小说集　日常生活题材　普法战争

"法国的狄更斯"——都德

1840年5月，法国著名的现实主义作家阿尔封斯·都德出生于尼姆城一个破落商人的家庭。由于家境贫困，都德很早就独立谋生。年轻的时候在一所小学校里担任辅导教员，由于体质虚弱，性情温和，常常遭到一些顽童的捉弄。

17岁时，都德来到巴黎，从事文艺创作。他写了具有浓厚乡土气息和传奇色彩的小故事，受到读者的欢迎。在一次皇宫的宴会上，有人表演了他写的一个小故事，博得了皇后的赞赏。皇后差一位公爵将他大大嘉奖了一番，还赐给他一个待遇优厚的闲职。这样一来，他不光可以安心写作，还常常有机会到北非、意大利和故乡旅行，搜集创作素材。但他这时期只写过一些优美的小故事，并没有什么杰出的作品。

1866年，都德发表了著名的短篇小说集《磨坊书简》，以都德故乡普罗旺斯的日常生活为题材，描写那里小人物的苦恼和不幸，抒发了作者对家乡自然景色和风土人情的怀恋之情。这个集子发表两年后，都德的第一部长篇小说《小东西》出版。这是一部半自传性的作品，以轻淡的风格叙述了作者的生活经历和内心感受。这部小说是都德的代表作，它集中表现了作者的艺术风格，不带恶意的讽刺和含蓄的感伤，也就是所谓"含泪的微笑"。因此，都德有"法国的狄更斯"之称。

1867年，都德结婚了。他的妻子裘丽哀·阿拉是个才华横溢的女作家，也写过许多好作品，嫁给都德后，她就放弃了自己的事业，竭尽全力支持丈夫的创作。在她的照顾与帮助下，都德的创作生涯在婚后达到顶峰。这对文坛伉俪的美满姻缘成为法国文学史上的一段佳话。

1870年普法战争爆发，都德应征入伍。战争生活给他提供了新的创作题材。1873年他发表了著名短篇小说集《月曜日故事集》，其中大多反映普法战争时期法国人民的爱国主义情绪。《最后一课》和《柏林之围》都是脍炙人口的名篇。《最后一课》被译成世界各国文字，常被选为中、小学生的语文教材。都德一生写过近百篇短篇小说。每篇都是两三千字文笔简洁生动，题材丰富多彩，构思新颖巧妙，风格素雅清淡。

普法战争以后是都德长篇小说的多产时期，共创作了十二部长篇小说，其中著名的有《塔拉斯孔城的达达兰》《小弟弗罗蒙与长兄黎斯雷》《雅克》《富豪》等。在《塔拉斯贡城的达达兰》中都德塑造了一个自吹自擂的庸人的典型形象，小说以漫画的手法讽刺了资产阶级中某些人虚张声势的"英雄主义"。《雅克》叙述的是一个贫苦男孩的生活经历和奋斗过程，与《小东西》类似。

● 《最后一课》插图

>>> **阿尔萨斯人的语言**

　　阿尔萨斯本是独立小国，处于法国和德语国家的夹缝中。阿尔萨斯人的母语本是德语，而且在法国大革命之前，当地学校一直用德语教学。17世纪法国将阿尔萨斯并吞，法语才是外来占领者后来强加在阿尔萨斯人头上的语言！

　　第二次世界大战之后，法国收回阿尔萨斯，决心对德语下重手。他们驱逐了1871年后移入阿尔萨斯的德裔居民，学校上课一律用法语，街道和店铺名字也只准用法语。把《最后一课》与1945年的现实对照，恐怕故事中的法语和德语要对换位置。

拓展阅读：

《最后一课》郑振铎
《示儿》宋·陆游

◎ 关键词：韩麦尔 法语 巴黎 柏林 悲剧效果

爱国主义诗篇——《最后一课》与《柏林之围》

　　我是一个贪玩而厌学的小学生。那天早晨，我很晚才去上学，心里非常害怕受训斥，因为韩麦尔先生布置过要提问分词，而我一个也背不出来。一时间，我产生个念头：干脆逃学，跑到田野去玩玩。天气多么温暖，多么晴朗！听得见乌鸦在树林边上啼叫，普鲁士人在锯木场后面的里佩尔牧场上操练。这一切对我的诱惑，要比分词的规则大得多，不过最后，我还是顶住了诱惑，加速朝学校跑去。经过村政府时，我看见小布告栏前站了许多人，心里想："又出什么事儿啦？"这两年来，所有坏消息，什么吃败仗啦，征用物产啦，以及占领军指挥部发布的命令啦，我们都是从小布告栏上看到的。我正要跑过广场时，和徒弟一起看布告的铁匠瓦什特冲我喊道："不要那么着急嘛，小家伙，慢点儿上学也来得及！"我只当他是嘲笑我，还照样跑得上气不接下气，冲到了学校。

　　往常刚一上课，教室里总响成一片：掀开再盖上课桌的声响、学生捂住耳朵一齐高声背诵课文的声音，以及老师的大戒尺敲在课桌上的响声，街上都听得见。我本来打算趁着混乱的时候，溜到自己的座位上，谁知这一天教室里出奇地肃静，好似星期天的早晨。我从敞开的窗户瞧见，同学们都已经坐好，还有一些村民也规规矩矩地坐在后面，韩麦尔先生走来走去，腋下夹着那把可怕的铁戒尺。在一片肃静中，我硬着头皮走进教室。韩麦尔先生提问到我时，我一个也回答不上来，原本以为一定会受到惩罚，没想到韩麦尔先生温和地让我坐下，还嘱咐我以后要好好学习。原来，法国战败后，被迫将阿尔萨斯省割让给普鲁士。普鲁士军队开进以后，命令阿尔萨斯人不许再教授法文，而改教德文。这是他们最后一堂法语课了！课堂在庄严而悲壮的气氛中结束了，还不曾体会到亡国之痛的顽童一下子长大了好多。

　　这是都德最著名的短篇小说《最后一课》的主要情节。小说别出心裁地选取小学最后一堂法文课向祖国语言告别的典型情景，集中表现了法国人民在普鲁士统治下的痛苦心情和他们对自己祖国深沉的热爱。

　　同是以普法战争为题材的另一个短篇《柏林之围》的故事更为悲惨。故事讲述法国和普鲁士开战，普军节节胜利，眼看就要打进法国首都巴黎。当过军人的祖父正在病中，对战况十分关心。为了安慰他，孩子们一直隐瞒真情，把普鲁士军队围在巴黎附近说成法国军队正在围攻普鲁士首都柏林。当普军开进巴黎时，老人要在阳台上观看自己的军队凯旋。明白真相后，老人心碎猝死在阳台上。小说起名为《柏林之围》，既表现了人物强烈的爱国感情，又使小说具有一种震撼人心的悲剧效果。

◎ 关键词：巴黎 福楼拜 《羊脂球》

"短篇大师"——莫泊桑

● 莫泊桑像

>>> 莫泊桑受教福楼拜

一天，莫泊桑从邻人那里听来几个故事，觉得既新鲜又生动，便打算在这些故事的基础上写小说。但他又有点拿不准，就来请教福楼拜。福楼拜对这位虔诚的年轻人说："我看你还是别写这些故事为好，希望你做一做这样的练习：骑着马出去走一圈，一两个钟头以后回来，再把自己所看到的一切记下来。"

听了导师的话，莫泊桑按导师的指导骑着马出去跑了一圈，回来后写下自己的所见所闻。他按这种方法坚持练习了一年之久，终于写出了著名的短篇小说《点心》。

拓展阅读：

《风流作家莫泊桑》
[法] 特洛亚
《莫泊桑短篇小说精选》
漓江出版社

1880年的一天，在法国巴黎大作家左拉组织的"梅塘晚会"上，六位作家将朗读自己的作品。前五位都是法国文坛颇有名气的人物，最后却是一位初出茅庐的年轻人。这位年轻人就是莫泊桑——法国最杰出的批判现实主义作家之一。他所朗读的作品就是他的成名作《羊脂球》。这篇小说以普法战争为背景，描写了一群逃离里昂的人们结伴旅行的经过。这些人中有富商、议员、伯爵、他们的夫人和两个修女，还有一个绰号叫"羊脂球"的妓女。虽然一路上她受尽了同路人们的嘲笑，但仍拿出自己的食品分给大家吃。当普鲁士军官扣留全车人的时候，她又在老爷太太们的逼迫下，忍受屈辱换来了全车的通行。第二天，"羊脂球"匆忙中忘记了准备食品，这些忘恩负义的人一边吃着可口的食物，一边咒骂她下贱，丝毫没有分一些食物给她的意思。朗读结束，原先对他不屑一顾的屠格涅夫以及晚会的主持者左拉都给予了他极高的评价。

莫泊桑，1850年8月出生在法国诺曼底省一个没落的贵族家庭，自幼父母离异，在酷爱文学的母亲的熏陶下，莫泊桑从小就培养了对文学浓厚的兴趣。1873年，莫泊桑在参加了普法战争后从军队退役，

到海军部供职。在母亲的推荐下，他拜大文豪福楼拜为师，从此正式走上了文学创作的道路。

福楼拜对莫泊桑的文学创作给予了巨大的帮助。莫泊桑也没辜负福楼拜的教导，总是向福楼拜虚心请教。

1880年，莫泊桑将新近完成的短篇小说《羊脂球》交给老师。福楼拜读后欣喜若狂，他向莫泊桑祝贺说："你的文章已经成熟，可以公开发表了。"不出福楼拜所料，《羊脂球》使默默无闻的莫泊桑一鸣惊人，被人们称为法国文坛的一颗新星。

《羊脂球》发表后，莫泊桑为了更多地熟悉生活和了解社会，开始了他的旅行生活。他的足迹遍及非洲和欧洲。他一路上体察风土人情，搜集创作素材，在此后的10年中，写出了近300篇短篇小说和6部长篇小说，其中《一生》(1883)、《漂亮朋友》(1885)都被列入世界长篇小说名著之中。

莫泊桑笔耕了一生，由于过度劳累，患上了严重的神经衰弱症。1891年底，他精神错乱，发起疯来。在极度痛苦中，他一度想自杀。后来病情恶化，被送进巴黎的一家疯人院。1893年7月6日去世，终年43岁。

● 莫泊桑《一生》法文版插图

>>> 福楼拜与莫泊桑

福楼拜将莫泊桑收为弟子后，经常教导他观察要细致，要能发现所描写对象的特点。他说："当你从一位坐在自己店门口的杂货商的面前、一位吸着烟斗的守门人的面前和一个马车站前走过之后，请你给我画出杂货商和守门人的姿态，用形象化的手法描绘他们包藏着道德本性的身体外貌，使人不会把他们和其他杂货商及守门人混同起来，还请你只用一句话就让我们知道马车站有一匹与众不同的马。"

拓展阅读：
《莫泊桑幽默作品集》
漓江出版社
《在莫泊桑葬礼上的演说》
[法]左拉

◎关键词：政界 新闻界 内幕 冒险家

卑鄙者的通行证——《漂亮朋友》

以"短篇大师"著称于世的莫泊桑，在长篇小说的创作上所取得的成就也是非常可观的。他一生创作了六部长篇，发表于 1885 年的《漂亮朋友》是其中最著名的一部。这部小说把目光投向新闻界和政界，深刻揭露了当时新闻界和政界的黑幕。

小说主人公乔治·杜洛华原是法国在非洲的一个下级殖民军官，在殖民地，他练就了一副残忍的心肠。回到巴黎后，他立刻融入了这个冒险家的乐园，决定不惜一切代价出人头地。他利用自己漂亮的外表博得上流社会贵妇人的芳心，以此作为进入上层社会的敲门砖。他由《法兰西生活报》政治栏主编介绍，进入了报界。在小说中，报纸不过是操纵在财阀和政客手中的工具。《法兰西生活报》是巴黎最重要的报纸，也是内阁的喉舌。它的后台老板瓦尔特是一个实力雄厚的犹太富商。他是金融家，善于利用政治进行投机，同时也是众议院议员，在议院有很强大的势力。他深谙报纸的作用，创办了《法兰西生活报》来支持他的投机事业和他的多个企业。杜洛华一来到这里，立即显现出他作为一个冒险家和投机者的天赋。他敏感地发现原政治版主编福雷斯蒂埃的妻子玛德莱娜与政界人物交往频繁，抓住她便可在报馆站稳脚跟。这时的主编已经病入膏肓，于是杜洛华大胆地向玛德莱娜求爱，主编死后，他便马上和她结婚。这样他不光得到玛德莱娜的帮助，也分得一笔遗产。在他熟悉了报社业务后，便直接参与了瓦尔特帮的倒阁阴谋，他舞文弄墨，大显神通，成为瓦尔特帮重要的笔杆子。报纸舆论下，瓦尔特帮重要成员拉罗舍·马蒂厄上台当了外交部长。倒阁成功后，杜洛华也受到了老板的赏识与提拔，如愿以偿当上了"社会新闻栏"的主编，成为新闻界的知名人物。同时，他还获得十字勋章，他的姓氏变成了有贵族标记的杜洛华。

他为了继续高升，又成功地勾引了瓦尔特的妻子，使她成了他的情妇。当他得知倒阁阴谋使瓦尔特和拉罗舍·马蒂厄发了一笔大财，而自己只分得一点残羹以后，顿时勃然大怒，一个计划在他心里酝酿成熟了。他先是抛弃了瓦尔特的妻子。随后他侦察到自己妻子玛德莱娜与拉罗舍·马蒂厄有染，便导演了一场捉奸的闹剧，一下子把拉罗舍·马蒂厄打倒了，又成功地离了婚，摆脱了妻子。最后，他一步步接近瓦尔特的小女儿苏珊，耍弄手段，使这个单纯的姑娘爱上他，然后把她拐跑，威逼瓦尔特夫妇同意他娶苏珊。老奸巨猾的瓦尔特虽然气恼，但是又认为杜洛华并非等闲之辈，将来一定能当上议员和部长，因此他不顾妻子的坚决

●秋天的樱桃树 法国 卢梭

●奥普特沃兹水闸 法国 杜比尼

反对,应允了杜洛华提出的要求。小说的最后描写了杜洛华盛大的婚宴。而婚礼上的杜洛华心里想的却是在场的另一个女性德·马莱尔夫人与他欢愉后蓬乱的秀发。

小说成功塑造了杜洛华这样一个冒险家的典型。报纸和女人是他晋身的阶梯,漂亮的脸庞和卑鄙无耻就是他横行世界的通行证。

◎ 关键词：禁欲主义 同性恋 象征主义

矛盾的内心世界——纪德

● 纪德像

>>> 纪德《沙漠》

多少次黎明即起，面向
霞光万道，比光轮还明灿的
东方，多少次走到绿洲的边
缘，那里的最后几棵棕榈枯
萎了，生命再也战胜不了沙
漠。多少次啊，我把自己的
欲望伸向你，沐浴在阳光中
的酷热的大漠，正如俯向这
无比强烈的耀眼的光源……
何等激动的瞻仰、何等强烈
的爱恋，才能战胜这沙漠的
灼热呢？

不毛之地；冷酷无情之
地；热烈赤诚之地；先知神
往之地。

啊！苦难的沙漠、辉煌
的沙漠，我曾狂热地爱过你。
（节选）

拓展阅读：

《纪德散文选》
　　百花文艺出版社
《纪德文集·文论卷》
　　花城出版社

　　安德烈·纪德是法国著名作
家。1869年他出生在巴黎一个宗教
气氛十分浓重的家庭。他的父亲是
巴黎法律学院的教授，不过在纪德
10岁的时候就去世了。他的母亲是
富家闺秀，笃信基督教新教。纪德
早年体弱多病，异常敏感，再加上
母亲强加给他的清教徒式的教育，
酿成了他的叛逆性格。过早萌动的
情欲和禁欲主义的冲突成为他一生
纠缠不清的噩梦。小学九年级时他
因手淫的"恶癖"被学校开除。14
岁的时候，早熟的他疯狂地爱上了
自己的表姐玛德莱娜，这段恋情自
然遭到纪德母亲的强烈反对。六年
后，玛德莱娜本人也拒绝了他的求
婚。纪德为此感到非常痛苦。后来，
英国作家王尔德、道格拉斯玩世不
恭的生活态度对他影响很大，他一
反清教徒的禁欲主义，开始追求同
性恋生活。1895年，他的母亲去世
后三个月，他终于如愿以偿地娶了
玛德莱娜。然而他们婚后的生活并
不幸福，因为纪德改不掉同性恋
癖，常常为自己的"性变态"感到
苦恼和焦虑，也使妻子抑郁成疾。

　　纪德20岁的时候结识了著名
的诗人瓦雷里，成为至交。之后又
参加了马拉美等象征主义诗人的集
会，开始写作论文、诗歌和幻想小
说。这些作品都保存着象征主义对
他的影响。1893年至1895年，他
两次游历北非，身心产生巨大变
化。在创作上，他抛弃了象征主义
末期脱离现实、内容贫乏、造作、封
闭的文风，强调对自然人生的强烈
感受，"使文学重新接触大地，赤着
脚随便踩在地上"。

　　纪德一生著述甚丰，除小说
外，还写了不少杂文、文学评论等。
他的几卷文学评论集对文学、美
学、文化等发表了独特的见解，影
响很大。他的《日记》是涵盖半个
世纪文学活动的杰作，可与《蒙田
散文集》及《卢梭忏悔录》相提并
论。小说方面主要有：《帕吕德》《人
间食粮》《背德者》《浪子归来》《窄
门》《伊萨贝尔》《梵蒂冈的地窖》
《田园交响曲》《伪币制造者》《妇女
学堂》《新食粮》《忒修斯》等。其
中，《人间食粮》鼓吹离经叛道，主
张凭本能去享受生活，是纪德影响
最大的作品；《伪币制造者》是他唯
一的一部长篇小说，也是他倾注心
力最大的一部作品。

　　1947年，纪德被授予诺贝尔文
学奖。1951年，纪德因肺炎病在巴
黎去世。

高扬批判的大旗——欧洲现实主义文学时期

●饮马 法国 朱尔斯·阿历克西·米尼尔
宁静的乡村河畔，男青年骑马立于河水中，一位少女在河边与他说
笑，互相呼应，意味深长。静静的河水，安详的村落，乐观的男人和
女人，构成一幅自然、朴实、充满美感的图画。

●罗曼·罗兰像

>>> 罗曼·罗兰爱情诗选

经历过痛苦而成熟的爱情，是最热烈的爱情。精神的沟通用不着语言，只要是两颗充满着爱的心就行了。恋爱是很美的，但老天在上……要是为了爱而死，那就是爱得过分了。

两人的结合不应成为相互的束缚，这结合应当成为一种双份的鲜花怒放。

爱情是一场决斗，如果你左顾右盼，你就完蛋了。通过光明，得到爱。有爱，才有生命……

拓展阅读：

《认识罗曼·罗兰》罗大纲
《罗曼·罗兰精选集》
北京燕山出版社

◎ 关键词：小说家 中产阶级 博士学位 小提琴手

"英雄精神"之歌——《约翰·克利斯朵夫》

罗曼·罗兰（1866～1944）是法国著名小说家。他出生在一个中产阶级家庭中，父亲是公证人，母亲是虔诚的天主教徒。受家庭氛围熏陶，他自幼酷爱音乐，并以一篇关于意大利歌剧起源的论文获得博士学位。小说《约翰·克利斯朵夫》是他最著名的作品，他因这部小说一举成名，并获得1915年度的诺贝尔文学奖。

小说共有十卷，讲述了主人公约翰·克利斯朵夫一生的奋斗历程。他出生在莱茵河畔一座小城一个受人尊敬的音乐世家，祖父曾是王府乐队的指挥，父亲却经常酗酒，以致家境逐步败落。祖父挖掘了小克利斯朵夫音乐上的天赋，而父亲的戒尺却使他对音乐痛恨透顶。6岁的时候，他被大公爵夸为"再世莫扎特"。11岁的时候，他已经被任命为宫廷音乐联合会的第二小提琴手。

少年时期他爱上了参议官的女儿弥娜。这段恋情因为遭到弥娜母亲的极力反对而夭折。随后，一连串的不幸事发生了。但在舅舅的帮助下，他重新振作精神，埋头音乐创作。然而厄运似乎并没有完结，他的事业不断受挫，自己还被人利用。更糟的是，在农庄的节日舞会上，因为打抱不平，他失手打死了一个军官，不得不仓皇逃到巴黎。在巴黎，他过着艰苦的生活，靠教钢琴糊口。

后来，命运似乎出现了转机，他的《大卫》在法、德两国的演出获得巨大成功，以前被喝倒彩的《伊芙琴尼亚》也被重新发掘，受到热烈欢迎。这时，克利斯朵夫痛苦地发现自己和奥里维都爱上了工程师的女儿雅葛丽纳。他主动退出，促成他们的婚姻，并搬到别处居住。克利斯朵夫的名气越来越大，但又一次遭到别人的陷害陷入困境。不过很快，他发现危机化解了，原来他以前的学生葛拉齐亚，当上了奥国的伯爵夫人，在暗中保护他。"五一"节那天，他和奥里维参加游行运动。奥里维为救一个挤倒的孩子被人群踩死，他自己在混战中刺死了一名施暴的警察，不得不逃往瑞士。在瑞士，他和一个医生的妻子发生了关系。事后，他无法原谅自己，于是隐居到一个小村里。在一次散步的时候，他偶遇已经丧夫的葛拉齐亚，两人陷入重逢的喜悦。

很多年过去了，克利斯朵夫的作品在欧洲各地演奏并极受欢迎，晚年的他更是誉满欧洲。他依然从事创作，然而，他的作品已不像早年那样风雷激荡，而是一派和谐恬静。葛拉齐亚去世后，克利斯朵夫也闭门不出，直至去世。

●狄更斯像

>>> 狄更斯故居博物馆

狄更斯故居博物馆位于伦敦市中心道蒂街48号。1837年，狄更斯携妻儿搬到这里。在这里，写下了巨著《雾都孤儿》《匹克威克外传》，并开始着手写作《巴纳比·拉奇》。

1839年，狄更斯一家搬离了道蒂街48号。此后，这座故居被辟为博物馆，收藏了大量的狄更斯著作珍藏版、早期作品的部分手稿、狄更斯书信等物件。不幸的是，2002年8月15日，一帮小偷偷走了狄更斯名著《圣诞欢歌》第一版的三本珍品，给博物馆带来不小的损失。

拓展阅读：

《狄更斯演讲集》
浙江文艺出版社
《狄更斯》钱皮恩

◎ 关键词：批判现实主义 报界 新闻记者 慈善事业 儿童形象

社会解剖家——狄更斯

有一天，在伦敦郊外的一条小河边，一个男子在悠然自得地钓鱼。一个想敲竹杠的人，自称是"鱼塘看守员"，走过来问他："您在钓鱼吗？"那个钓鱼者回答说："是啊！半天没见一条鱼。昨天，就在这个地方，我钓到15条。""鱼塘看守员"听了立即说道："你可知道，此地禁止钓鱼！我是专门负责看守的。"说着就要钓鱼者交罚款。那个钓鱼的人不慌不忙地说道："您知道我是谁吗？我就是作家狄更斯，因此您不能罚我的款，刚才我说的是虚构的故事，而虚构故事正是作家的事业。"

这位机智幽默的狄更斯先生，就是英国19世纪杰出的批判现实主义小说家，他的全名叫查理斯·狄更斯。1812年，他出生于一个贫苦的家庭，父亲是英国海军军需处的小职员。狄更斯12岁时，父亲因债务缠身，被关进负债人监狱，母亲和他的兄弟姐妹跟父亲同住在监狱内。狄更斯在一家皮鞋油公司当学徒，他的工作是洗玻璃瓶和粘贴标签。童年时代这一段艰苦的生活成为他终身辛酸的回忆。由于家境贫困，狄更斯很早就中断了学业，15岁时到一家律师事务所当小职员。律师事务所的工作使狄更斯深入了解到社会的阴暗面，为他日后的创作积累了重要的素材。

1831年狄更斯进入报界，不久就成为当时最出色的记录员和新闻记者。他的任务主要是记录议会对国内外重大事件的辩论。记者的工作使他有机会奔跑于城乡之间，广泛熟悉英国社会生活的方方面面，这也为他日后创作提供了有利条件。狄更斯在做新闻记者的同时，开始了文学创作。1837年狄更斯出版了第一部长篇小说《匹克威克外传》。这部小说使他一举成名，从此他摆脱贫困生活，专门从事文学创作。之后的34年中他又完成10多部长篇小说，著名的有《圣诞欢歌》《大卫·科波菲尔》《小杜丽》《伟大的希望》《双城记》《雾都孤儿》等。

从1844年起，狄更斯长期侨居在瑞士、法国和意大利等国家。除了文学创作外，他还主办过报纸。他在报上宣扬他的政治观点，呼吁改善工人生活和提高工人的文化。他还在报上积极培养和扶植青年作家。他的许多长篇小说都是在他所主办的周刊《家常话》和《一年四季》上分期刊载的。此外，狄更斯热爱戏剧，曾组织业余剧团。他晚年时，还经常在公众面前朗读他的作品，用所得款项资助慈善事业。

狄更斯的童年时代生活贫苦，饱受压迫和欺凌，所以他很喜欢以儿童为他小说的主人公。在他的笔下，一个个善良而受欺侮的儿童形象深深打动了当时英国的小读者。1870年6月9日，狄更斯逝世。

●《大卫·科波菲尔》插图

>>> homely 引起的歧义

狄更斯应邀到美国主持一场讲座,他说到这一句话:I can see many homely faces here.(我在这里见到很多诚恳真挚的面孔。)话音未落,有些人顿生愠色,有些人悻然离席,场面混乱。而这是为什么呢?

原来问题出自 homely 一词的歧义（ambiguity）。英国文坛巨擘狄更斯的本意是"诚恳真挚"（simple and plain）,英国英语是这样理解。殊不知 homely 一词在美国英语中却含贬义,意思是"形秽貌丑"（ugly; not attractive or good-looking）。这种同词反义的现象,日后英、美两国的人都引以为戒。所以研习英、美的英语时应注意区分,免得在重大会议时引起误会。

拓展阅读:

《狄更斯》陈挺
《狄更斯作品三百图》张炜

◎ 关键词：自传性质 偏爱 作家 美好愿望

苦难的童年——《大卫·科波菲尔》

"在我心底深处有一个孩子最为我宠爱,他的名字就叫大卫·科波菲尔。"

这是狄更斯在《大卫·科波菲尔》1860年再版时的序言中写的一句话。从这句充满深情的话,我们可以读出作家对这部带有自传性质的小说的偏爱。在主人公科波菲尔的身上,我们可以看到作家悲惨童年的影子,也可以看到他对幸福家庭的渴望。

小说中的主人公大卫·科波菲尔出生前父亲就去世了。但在母亲和奶妈细心的照顾下,小大卫并不觉得孤单。后来,母亲的再嫁开始了他人生苦难的旅程。继父马特斯顿是个冷酷无情的男人,他一开始就不喜欢小大卫,没过多久就把他送往沙朗好斯寄宿学校。大卫在那里受到了暴力式的屈辱教育。不久,母亲被继父虐待致死,大卫的心灵受到了很大的打击。离开学校后,大卫到马特斯顿经营的酒铺中工作。老板兼继父对他非常差,小大卫甚至连饭都吃不饱,经常要拼命喝水来止饿。一向温顺的大卫,终于无法忍受,而决心逃离。

逃离酒铺后,大卫想前往多佛投靠伯母,一位性情古怪但很有同情心的善良妇人。可怜的少年带着简单得不能再简单的行李和仅有的一英镑,开始了悲壮的旅行。不幸的是,一开始他的行李和钱就被马夫偷走。这样一来,他的处境就更艰难了。他夜以继日地赶往多佛,困了就胡乱找个地方枕着稻草睡一会儿。有时候因为过于饥饿,不得不将外衣卖掉以换取一片面包。每当快要支撑不下去的时候,母亲的幻影便浮现在他的脑海里,成为支撑他继续前进的力量。历经千难万险,他终于来到了多佛,找到了伯母家。

善良的伯母不光收容了他,还送他到康塔贝里的学校读书。学校生活对于大卫的将来有很大的影响。离开学校后,他在史宾罗·秋金斯法律事务所担任书记,还赢得了秋金斯的女儿多拉的爱情。他们结了婚,组织了一个幸福的小家庭。多拉是把她纯真的爱毫无保留地奉献给丈夫的。但没过多久多拉就与世长辞了,留给大卫不尽的思念。经历这么多人事沧桑后,大卫已经不再是单纯的青年,而是一个成熟的男人了。后来他遇到了求学时期在律师威克菲尔特家认识的女孩阿克内斯,两人相爱并结婚。阿克内斯与单纯可爱的多拉不同,是个少有的才女。她不仅是个称职的家庭主妇,而且在精神上给了大卫莫大的鼓励和帮助。在她的鼓励和支持下,大卫成为一个著名的作家。

大卫的故事不光记录了作家童年的苦难经历,也表达了作家拥有幸福家庭的美好愿望。

● 《双城记》插图

>>> 巴士底狱

巴士底狱在法国巴黎市区的东部。200年以前巴士底狱是一座非常坚固的要塞。它是根据法国国王查理五世的命令，按照12世纪著名的军事城堡的样式建造起来的。当时的目的是防御英国人的进攻，所以就建在城跟前。到18世纪末期，它成了控制巴黎的制高点和关押政治犯的监狱。

巴士底狱高100英尺，围墙很厚，有8个塔楼。上面架着15门大炮，大炮旁边堆放着几百桶火药和无数炮弹。反对封建制度的著名人物，大都被监禁在这里。巴士底狱成了法国专制王朝的象征。

拓展阅读：
《攻占巴士底狱》陈增爵 等
《狄更斯作品导读》周乐诗

◎ 关键词：巴黎 伦敦 巴士底狱 批判 珍品

大革命的历史画卷——《双城记》

《双城记》写的是发生在巴黎和伦敦两个城市的故事。法国革命前，贵族厄弗里蒙兄弟强行霸占了一个美丽的农家女孩儿，女孩被他们折磨得气息奄奄，赶来救她的弟弟也被两个恶棍打成重伤。外科医生马奈特被他们绑架来给伤者看病，知道了事情的真相。这对姐弟最终伤重不治，马奈特医生向政府揭发了厄弗里蒙兄弟的罪行，却被有权有势的厄弗里蒙兄弟陷害，平白无故地被投入巴士底监狱，在狱中被关禁了整整18年。狱中，马奈特医生设法记录了自己受迫害的全过程，立誓要向厄弗里蒙家族复仇。后来，厄弗里蒙侯爵失去恩宠，马奈特医生才获释出狱。

巴士底狱中18年的囚禁让马奈特医生丧失了理智，是他的女儿路茜用爱的力量使他恢复了正常。他和女儿路茜到英国伦敦居住。路茜邂逅了一位法国青年查尔斯·代尔那，而他就是把马奈特医生送进监狱的厄弗里蒙侯爵的侄儿。马奈特医生为了女儿的幸福，同意路茜和代尔那结婚。1789年法国大革命爆发，替代尔那在法国管理事务的盖白勒被革命法庭逮捕。为了营救盖白勒，代尔那冒险来到巴黎。当年被害兄妹的姐姐得伐石太太认出了代尔那是厄弗里蒙侯爵的后裔，决心要把他送上断头台。马奈特医生和路茜闻讯后，立即赶到巴黎，力图营救。但在法庭审判的关键时刻，得伐石先生和太太出示了马奈特医生隐藏在巴士底监狱牢房内的控诉书，于是代尔那被判死刑。这位得伐石太太是复仇女神的化身。革命爆发时，她右手拿着斧子，腰间挂着手枪和短刀，率领妇女们攻打巴士底监狱。在恐怖统治时期，她根据编织的图案疯狂地向贵族阶级复仇。她复仇心切，几近疯狂，一心要把厄弗里蒙一家斩草除根，甚至连马奈特和路茜也不肯放过。最后，她在和路茜的女仆普洛斯扭打时，被自己的手枪击毙。而此时英国律师卡尔登热恋着路茜，不忍看到心爱的人难受。临刑前夜，面貌酷似代尔那的他混入狱中，换出了代尔那。当驿车载着代尔那夫妇和马奈特医生远离巴黎的时候，卡尔登英勇地走上了断头台，为他心爱的女子献出了自己的生命。

这部小说在艺术手法上别具匠心，有许多跟狄更斯此前写的小说不同的特色，结构巧妙，构思严密，情节生动、紧张。在风格上也改变了以往小说的诙谐幽默，而代之以严肃、悲愤的批判，反映了作者思想的成熟，观察的敏锐，现实主义力量的增强。小说在作家主编的周刊《一年四季》上连载，一发表就受到读者的热烈欢迎。事实也证明，它的确是英国长篇小说中的珍品。

●四月之爱 英国 修斯

拓展阅读：

《英国文学教程》张伯香
《英国文学名篇选注》王佐良

◎ 关键词：批判现实主义 遗产 素描 小说天才 乐善好施

"十九世纪的菲尔丁"——萨克雷

萨克雷是英国 19 世纪的批判现实主义小说家。1811 年在印度出生，父亲是东印度公司的税务员兼行政长官。他是个独生子，4 岁时父亲去世，母亲改嫁。他靠着父亲留给他的 17000 镑遗产生活。6 岁时他被送回英国上学，进了为有钱人子弟开设的学校。他对功课不感兴趣，只爱读课外书籍。后来他上了剑桥大学，还没有拿到学位就到德国游学，回国后在伦敦学法律。

1833 年冬天，萨克雷存放遗产的银行倒闭，他的财产一夜之间化为乌有，只剩下每年 100 镑的收入。这对他无疑是当头一棒，从来不为钱发愁的公子哥儿一下子感到了生活的艰难。不过，这桩不幸对他来说倒是好事，这使他从懒散中振奋起来，也解除了社会地位给他的拘束。

他从小喜欢绘画，为了谋生，他决定到巴黎去学画。可是他不擅长画正经的油画，只会画夸张滑稽的素描。这种画没有多少销路，一年以后，他觉得学画没有希望，就放弃了。1836 年，他做了《立宪报》的通信记者。之后不久他和一个爱尔兰陆军上校的孤女伊莎贝拉·萧相爱并结婚。伊莎贝拉性情温柔和顺，很像他后来小说《名利场》中的爱米丽亚。可是，新婚的快乐还没有结束，新的打击就又来了——他供职的《立宪报》停刊了，他们一家失去了生活的来源。萨克雷只好带着妻子回到英国靠写稿谋生。虽然生活贫困，但他们夫妻相当恩爱，日子过得倒也很愉快。可是在他们结婚后的第四个年头，不幸的事情又发生了。伊莎贝拉生下一个女儿后精神失常，从此疯疯癫癫直到死。这是萨克雷生平最伤心的事情。

为了养家糊口，萨克雷在报纸杂志发表了很多文章，但都是用的笔名。他也出过几部书，获得过一些好评。但是直到 1847 年《名利场》发表，大家才公认他是个伟大的小说天才，并且把他称为"十九世纪的菲尔丁"。他的作品从此有了稳定的市场，生活渐趋富裕。1859 年他做了《康希尔杂志》的主编，这是他文名最高的时候。可是他为了给妻女多赚点钱，还是一部连一部地写作，又到英国各地和美国去巡回演讲，终于积劳成疾，52 岁便患心脏病逝世。他的小说除了可以列入世界长篇小说名著的《名利场》以外，最有名的就是《亨利·艾斯芒德的历史》和《纽可谟一家》。

萨克雷是个乐善好施的人，一生助人为乐。当他知道朋友有困难时，便常常用别名、假名甚至匿名给人家汇款。据说，有一次他给朋友寄钱时，把钱装在用过的药品盒里，并附有一份"医嘱"，上面写的"服用方法"："每次一粒，必要时'服用'"！

● 《名利场》插图

>>> 《好了歌》

世人都晓神仙好,
唯有功名忘不了!
古今将相在何方?
荒冢一堆草没了!
世人都晓神仙好,
只有金银忘不了!
终朝只恨聚无多,
及到多时眼闭了。
世人都晓神仙好,
只有娇妻忘不了!
君生日日说恩情,
君死又随人去了。
世人都晓神仙好,
只有儿孙忘不了!
痴心父母古来多,
孝顺儿孙谁见了?

拓展阅读:

《和你在一起》(电影)
《南冠草》郭沫若

◎ 关键词:成名作品 美貌 智慧 滑铁卢战役

资本主义的"名利场"——《名利场》

《名利场》是萨克雷的成名作品。小说通过一个平民姑娘在资本主义社会中为了"名利"不断钻营,不断堕落,也不断失败的故事,描画出资本主义社会这个"名利场"中的众生百相。

故事主角利蓓加是一个穷画家的女儿,知道贫穷的滋味和生活的艰辛,她一心要掌握自己的命运,决定要以自己的美貌和智慧为资本向上爬。她的同窗女友爱米丽亚·赛特笠是一个富商的女儿,家境富裕,性格温柔可亲。故事以这两位年轻姑娘的毕业典礼揭开了序幕。爱米丽亚带利蓓加到自己家中小住,利蓓加见识到富裕的资产阶级生活,又是忌妒,又是羡慕。在赛特笠家,利蓓加处处小心谨慎,装出一副纯洁可爱的模样,讨得赛特笠家上上下下的欢心。她还别有用心地讨好爱米丽亚的哥哥乔瑟夫,一个肥胖臃肿、俗不可耐的公子哥儿。原来,她看中了赛特笠家的财富,希望乔瑟夫能爱上她并娶她做少奶奶。就在利蓓加费尽心机勾引乔瑟夫的时候,爱米丽亚和她青梅竹马的朋友、她父亲的干儿子乔治·奥斯本相爱了。而乔治最好的朋友威廉·都宾上尉也爱上了爱米丽亚。利蓓加嫁入赛特笠家的计划最终以失败告终,无奈的她只好离开赛特笠家,到毕脱爵士家担任家庭教师。她原本想勾引毕脱爵士,受到挫折后,放弃了希望,在外面和一个花花公子罗登·克劳莱上尉秘密地结婚了。后来,不知情的毕脱爵士向她求婚,利蓓加后悔不已。

爱米丽亚的父亲经商失败破产,她的未婚夫乔治·奥斯本的父亲不愿意儿子娶一个没有任何财产的姑娘,企图悔婚。通过一直爱慕爱米丽亚的都宾上尉的帮助,爱米丽亚才如愿以偿地和乔治完婚。不久,滑铁卢战役开始,乔治不幸战死,都宾上尉一直热爱并且不断帮助爱米丽亚。但是爱米丽亚却难以忘记死去的丈夫。一次偶然的机会,她发现已故的丈夫生前曾背叛自己,而都宾上尉的真诚终于令她感动,于是两人结婚并开始了新的生活。一直背运的利蓓加也终于交了好运,攀上了高枝,成了社交界的名花,还做了斯丹恩勋爵的情妇。不过好景不长,利蓓加和斯丹恩勋爵幽会时,被丈夫发现,被迫离婚。失去一切的利蓓加落魂地在欧洲大陆各地流浪,遇到爱米丽亚一家后,她又开始向乔瑟夫献殷勤。小说的最后,乔瑟夫破产并且不明不白地死在了外面。爱米丽亚和都宾上尉认为这一切都是利蓓加造成的,不肯原谅她。而利蓓加却摇身一变,成了慈善家。

●艾米莉·勃朗特像

>>> 艾米莉·勃朗特小诗

一

世上唯独我，
活着无人关心，
死后也无人哀悼；
自从出生，
没人为我生一缕忧愁，
露一丝微笑

二

何必问何时何地？
那儿住着我们人类，
从远古便崇拜权力，
对成功的罪恶膜拜顶礼，
对孤苦无援的弱者横加迫害，
摧残正义，
尊崇邪恶，
假如邪恶强大，正义虚弱。

拓展阅读：

《世界名诗导读》吴笛
《英国文坛勃朗特三姐妹》
王国庆

◎ 关键词：三姊妹 拮据 抒情诗 叙事短诗

英国文坛的姊妹花——勃朗特姐妹

《简·爱》和《呼啸山庄》犹如英国文学史上一对颗粒不大却光彩夺目的宝石，吸引着、感动着、震撼着无数读者，尤其是女性读者的心灵。而它们的作者夏洛蒂·勃朗特和艾米莉·勃朗特是一对姐妹花，加上《爱格尼斯·格雷》的作者安·勃朗特，这就是英国文学史上赫赫有名的勃朗特三姊妹。

她们出生在英格兰北部约克郡山区一个与世隔绝的村子里，父亲是个爱尔兰牧师，膝下六个儿女。大女儿玛丽亚，二女儿伊莉莎白，三女儿夏洛蒂，独子勃兰威尔以及之后的艾米莉和安。1820年他们全家搬到豪渥斯地区，在旷野一处偏僻的角落安了家。她们三姊妹就在这个地方度过了一生。1827年，她们的母亲因病逝世，姨母从康沃尔郡赶来帮照顾这个子女很多的家庭。三年后，以玛丽亚为首的四姊妹进了一所寄宿学校读书。因生活条件恶劣，制度严厉苛刻，玛丽亚与伊莉莎白不幸患上肺结核夭折了。幸存的夏洛蒂与艾米莉则被接回家中，与兄弟勃兰威尔一起自学。这个家庭一向离群索居，四个兄弟姊妹便常以读书、写作诗歌及杜撰传奇故事来打发寂寞的时光。

牧师的收入很少，这个家庭的经济相当拮据。三姊妹不得不经常出外打工，以教书或做家庭教师来贴补家用，几年来历尽挫折和磨难。夏洛蒂曾打算开设一所学校，她和艾米莉还为此到布鲁塞尔学习了一年。但是开办学校的计划因招收不到学生而告失败。后来夏洛蒂偶然看到艾米莉的诗，深受触动，便鼓动姐妹动用了姨妈留给她们的遗产，自费合出了《诗集》，结果只卖出两册，再度以失败告终。1846年秋，三人分别写出《呼啸山庄》《艾格尼斯·格雷》和《教师》，前两部被出版商接受，《教师》则被退回。1847年，夏洛蒂又创作了《简·爱》，马上就被出版，勃朗特姐妹终于为世人所知。然而，三本小说只有《简·爱》获得成功。《呼啸山庄》出版后并不为当时读者所理解，甚至姐姐夏洛蒂也无法理解艾米莉的思想。实际上，艾米莉是三姊妹中最富才气的一位。长期离群独居的寂寞生活和家乡野性而粗犷的荒原景象培养了她表面沉默寡言，内心热情奔放的性格和富于幻想的诗人气质。正如夏洛蒂所说，她"比男人更坚强、比孩童更单纯，她的天性是独特的"。艾米莉短暂的一生还留下了近200首抒情诗和叙事短诗。虽然生前并没有得到认可，但死后却备受重视，被誉为"英国三大女诗人"之一。

1848年，她们的兄弟勃兰威尔由于长期酗酒、吸毒，也传染了肺病，于9月死去。他生前性格暴虐、喜怒无常，是家中的暴君。《呼啸山庄》中

●勃朗特三姐妹是英国文坛上享有世界美誉的作家,然而却都英年早逝,给世人留下了永久的遗憾。

●呼啸山庄的原型——哈沃斯基原深处的一处古宅。

的辛德雷就是以他为原型塑造的。同年 12 月,终身未婚的艾米莉病逝,年仅 30 岁。第二年 5 月,小妹妹安在给姐姐留下一句"勇敢些,夏洛蒂"之后,也依依不舍地离开人世。这时,这个家庭只剩下夏洛蒂和她的老父亲了。夏洛蒂独立支撑了几年,也终于因病而死,年仅 39 岁。这三个姐妹,就像春天里奇异的花朵,还没有完全盛开,就过早地凋谢了,留给世人永远的遗憾。

◎关键词：真情告白 呼喊 典范 美德 女性读者

内在的美丽——《简·爱》

● 《简·爱》插图

>>> 《简·爱》被迫修改

经研究发现，因为受到控诉其名誉诽谤罪的威胁，夏洛蒂·勃朗特当年在撰写《简·爱》时，被迫修改书中描述的关于罗沃德学校的部分章节。

研究者在一幢小阁楼里，发现了一批夹杂在旧纸堆中的信件。其中有，在校长威尔逊意识到夏洛蒂对罗沃德的描述，涉嫌影射她对自己以及学校的看法后，校长就写信给这位昔日的学生，威胁要告她名誉诽谤罪。为了避免被起诉，夏洛蒂写了封道歉信，劝说校长不要起诉，并寄给她一份1400字的梗概，删除了书中让她不愉快的章节。

拓展阅读：

《简·爱》（电影）
《中外名著导读（彩图版）》
李杰

"你以为我会留下来，成为你觉得无足轻重的人吗？你以为我是一架没有感情的自动机器吗？能让我的一口面包从嘴里抢走，让我的一滴活水从我杯子里泼掉吗？你以为，因为我穷、低微、不美、矮小，我就没有灵魂没有心了吗？你想错了！——我的灵魂跟你的一样，我的心也跟你的完全一样。我现在跟你说话，并不是通过习俗、惯例，甚至不是通过凡人的肉体——而是我的精神在同你的精神说话，就像两个人都经过了坟墓，而站在上帝的面前，是平等的——因为我们是平等的！"

这段脍炙人口的台词是夏洛蒂·勃朗特的小说《简·爱》中最精彩、最著名的一段话。这是女主人公简的真情告白，也是作家夏洛蒂发自内心的呼喊，后来还成了女权主义者要求尊严和平等的宣言。简·爱这个看似柔弱而内心极具刚强韧性的女子也因为这部作品而成为无数女性心中的典范。

小说中的简·爱在出生后不久，父母就双双过世了，她由冷酷刻薄的姨妈抚养长大，在姨妈家她受尽表姐、表兄的欺负。随后她被送到罗沃德寄宿学校，饱受肉体上和心灵上的摧残。学校的施主罗克赫斯特不但当着全校师生的面诋毁她，而且把她置于耻辱台上示众。但她从好朋友海伦那里获得了一种内在力量，变得格外刚强。不久海伦染病夭折，从此简·爱更为孤独。但她没有在屈辱中沉沦，而是不断奋发进取，终于以优异的成绩毕业。离开罗沃德后，她当过两年教师，18岁那年受聘为罗切斯特先生女儿的家庭教师，来到桑菲尔德。

不久，她爱上了傲慢的男主人。罗切斯特也发现这个身材瘦小、长相普通的女人身上有一种不可战胜的内在人格力量，她正直、高尚、纯洁、善良，具备了除财富和相貌以外的一切美德。他们彼此相爱并且准备结婚了。但在举行婚礼的当天，简得知罗切斯特已经有一个结发的妻子，就是桑菲尔德阁楼上的疯女人。简带着沉痛、仅剩的自尊和破碎的心灵选择了离去。离开桑菲尔德后，简在濒临崩溃时，被有强烈宗教热忱的牧师圣约翰所救，差点儿嫁给他。最后，她得知罗切斯特在大火中为拯救疯妻而双目失明，丧失了所有的财产和独立生活的能力，而他的疯妻也葬身火海的时候，又毅然决然回到了桑菲尔德，投入了曾被她断然拒绝的罗切斯特的怀抱。

多少年来，简的故事就像一簇明亮的火焰，照耀着、温暖着千千万万没有财富和美貌的女性读者，鼓舞她们追求尊严、自由、平等和爱情。

◎ 关键词：恩肖 凯瑟琳 林顿 复仇 画眉山庄

"最奇特的小说" ——《呼啸山庄》

● 《呼啸山庄》插图

>>> 勃朗特的作品《希望》

希望只是个羞怯的友伴——她坐在我的囚牢之外，以自私者的冷眼旁观观察我的命运的好歹。她因胆怯而如此冷酷。郁闷的一天，我透过铁栏，想看到我希望的面目，却见她立即背转了脸！像一个假看守在假意监视，一面敌对一面又暗示和平，当我哀泣时她吟唱歌词，当我静听她却噤口无声。她心如铁石而且虚假。当我最后的欢乐落英遍地，见此悲惨的遗物四处抛撒就连"哀愁"也遗憾不已；而希望，她本来能悄悄耳语为痛苦欲狂者搽膏止痛。——却伸展双翼向天堂飞去，一去不回，从此不见影踪。

拓展阅读：

《勃朗特两姐妹的世界》
[英] 简·奥尼尔
《勃朗特两姐妹全集》
河北教育出版社

《呼啸山庄》是艾米莉·勃朗特留给世人的唯一一部小说。它的故事情节是这样的：

呼啸山庄的主人恩肖先生有一次外出，从利物浦带回一个孤儿，取名希刺克厉夫，把他和自己的孩子辛德雷和凯瑟琳一起抚养。辛德雷一开始就敌视希刺克厉夫，寻找一切机会嘲弄、贬低、辱骂他。但是颇具野性的凯瑟琳却很喜欢他，两人常常结伴在原野里玩耍。辛德雷外出上大学的几年是他们俩最快乐自由的时光，在共同的成长过程中，他们深深地爱上了对方。然而不久后，恩肖先生去世，辛德雷带着未婚妻回到山庄。这时的他性格更加暴虐，处处找茬凌辱、役使希刺克厉夫。

一次偶然机会，凯瑟琳在离呼啸山庄不远的画眉山庄受伤，被山庄主人林顿夫妇留在府中养伤。在那里，她接触到林顿家富裕的生活和温文尔雅的林顿兄妹，思想感情和行为举止发生了很大的变化。回到呼啸山庄后，她有意无意地开始疏远希刺克厉夫。而与此同时，优雅的埃德加·林顿常常到呼啸山庄拜访她，她自己也经常到画眉山庄做客。最后，爱慕虚荣的她接受了埃德加·林顿的求爱。当她把这事告诉女佣人耐莉时，希刺克厉夫在无意中听到，悲愤异常，而后便突然失踪了。凯瑟琳为此大病一场，

为了照顾她，林顿老夫妇双双染病身亡。两年后，凯瑟琳嫁给埃德加·林顿，搬到了画眉山庄。

凯瑟琳嫁到画眉山庄半年后，不知在哪里发了财的希刺克厉夫回到了呼啸山庄。已成绅士的他内心燃烧着对凯瑟琳的爱和疯狂的复仇念头。他逼迫辛德雷，使他自暴自弃，然后引诱他赌博，夺走他的财产。同时，他还虐待辛德雷的儿子哈里顿，并引诱埃德加·林顿的妹妹伊莎贝拉跟他私奔。凯瑟琳为此又大病一场，希刺克厉夫偷偷溜进画眉山庄探望她，两人的爱情比以前更加炽热。半个多月后，凯瑟琳去世，留下刚出生的女儿小凯瑟琳。伊莎贝拉无法忍受希刺克厉夫的虐待，逃出呼啸山庄，在外地生下了希刺克厉夫的儿子，取名林顿。小林顿12岁那年，伊莎贝拉去世，埃德加·林顿将他接到画眉山庄，后来又被希刺克厉夫抢了回去。小林顿和小凯瑟琳长大后，希刺克厉夫为了霸占画眉山庄，强迫他们结婚。没过几年，小林顿和埃德加·林顿相继染病去世。

最终，在一个大雪纷飞的夜里，希刺克厉夫也追随凯瑟琳离开了人世。现在恩肖和林顿两家只剩下了辛德雷的儿子哈里顿和凯瑟琳的女儿小凯瑟琳。他们之间发生了纯净的爱情，结婚后过着平静而幸福的生活。

●哈代像

>>> 哈代《声音》

我思念的女人，我听见
你的声音，一声声地把我呼
唤，呼唤，说你现在不再是
与我疏远的模样，又复是当
初我们幸福的容颜。真是你
的声音吗？那么让我看看
你，站着，就像当年等我在
镇边，像你惯常那样站着：
我熟悉的身姿，与众不同的
连衣裙，一身天蓝！也许，
这不过是微风朝我这边吹
来，懒洋洋地拂过湿润的草
地，而你已永远化为无知觉
的空白，无论远近，我再也
听不到你？

我的周围落叶纷纷，我
迎向前，步履蹒跚。透过荆
棘丛渗过来稀薄的北风，送
来一个女人的呼唤。

拓展阅读：

《哈代评传》李田意
《哈代爱情小说》
　　文化艺术出版社

◎ 关键词：石匠 古典文学 诗歌 浪漫主义

"英国小说中的莎士比亚"——哈代

1840年6月，哈代生于多塞特郡多切斯特市。父亲是个石匠，后来当了小包工头。母亲出生于自耕农家庭，受过良好的教育，很注重对哈代的培养，很早就鼓励他研习古典文学。1856年，年仅16岁的哈代离开了学校，给一名建筑师当学徒。1862年他前往伦敦学习建筑，同时去大学听课，从事文学、神学和近代语言的研究。1867年他回到故乡多塞特郡，当了几年建筑师，后来致力于文学创作。哈代接受的学校教育不多，主要是通过刻苦自学逐步完成了自己的教育。他曾经风趣地说，他是在求平方根的法则和节奏中、在沃金盖姆的《数学问题集》中发现诗的。

哈代最初的兴趣在诗歌方面，后来才转向小说创作。他把自己的小说作品分为三类："传奇和幻想作品""机巧和实验小说""性格和环境小说"。最后一类几乎囊括了他全部重要的小说。这些小说大多以英国西南部农村（古称威塞克斯地区）为背景，因而他又称这些小说为"威塞克斯小说"。

就小说来看，他的创作主要可以分为三个阶段：第一个阶段的小说是抒发田园理想的颂歌，带有浪漫主义的风格，代表作品有《绿荫下》《远离尘嚣》等；第二个阶段的作品描写威塞克斯社会的悲剧，主要有《还乡》《卡斯特桥市长》等；第三个阶段的创作描写威塞克斯破产农民的前途和命运，主要有《德伯家的苔丝》和《无名的裘德》。这些小说反映了资本主义侵入英国农村后社会经济、政治、道德、风俗等方面的变化和破产农民的悲惨命运，对人的命运进行了深入的探索，具有浓重的悲剧意识。因此，著名女作家伍尔芙称他是"英国小说家中的最伟大的悲剧大师"。评论家韦伯则称他为"英国小说中的莎士比亚"。

哈代晚年放弃小说写作，重新致力于创作诗歌。这期间，他创造了史诗剧《列王》和《康沃尔皇后的悲剧》，使他的诗歌创作到达顶峰，成为同歌德和托尔斯泰齐名的人物。1912年，哈代的夫人去世。两年之后，哈代与他的女秘书弗洛伦斯·爱米莉·达洛黛尔结婚，这位夫人后来成为哈代传记的作者。1928年1月11日，哈代逝世。

●詹姆斯·格思里夫人 英国 洛德·莱顿
这是一幅唯美主义的肖像作品，画家将笔力投到夫人豪华的黑褶裙上、雕花的靠椅上、花瓶的鲜花上，夫人的神情姿态颇具古典韵味，表现出了雍容华贵的气质。

◎关键词：宗法制度 黑暗 放荡 绞刑

一个大自然女儿的毁灭——《德伯家的苔丝》

● 《德伯家的苔丝》剧照

>>> 哈代《月食》

地球，现在你的阴影 以均匀的单色和曲线 沿着月亮的柔和的光线 从极点到中心，偷偷潜行。

我怎能把阳光投射的匀称美丽 去联结你的深遭折磨的形象？ 我怎能把那静如神圣悬崖的侧面像 去联结充满苦难和凄惨的陆地？

巨大的人类怎能只能投下 如此之小的阴影？天堂宏伟的人间规划 能否禁闭在那边弧光所指的海岸？这是不是星球的量规，来测量 地球表面，战争的民族，涌现的大脑，英雄，以及比蓝天更美的女郎？

拓展阅读：

《哈代中短篇小说选》
中国文联出版社
《遇见哈代的一个下午》
徐志摩

《德伯家的苔丝》是哈代的代表作，也是欧洲批判现实主义文学的优秀作品之一。它通过一个不幸的女人苔丝短促而悲惨的一生，揭露了英国农村宗法制度的黑暗。

苔丝原本是一位美丽、纯洁、善良而勤劳的姑娘。她在少女时期就开始挑起家庭生活的重担。由于父亲喝醉不能去送货，17岁的她勇敢地承担了替父亲赶集卖蜂窝的担子。谁知在赶集路上，她赶的马车与邮车相撞，老马被撞死，全家的生活没了着落。苔丝为此感到痛苦和愧疚，为了帮助家庭摆脱生活困境，她听从了母亲的安排，去纯瑞脊一个有钱的德伯老太太那里认亲。德伯老太太的儿子亚雷是个花花公子。他一看见美丽的苔丝，便打下了占有她的主意。他要苔丝去他家养鸡场工作，趁机占有了她。苔丝又气又恨，毅然离开了纯瑞脊，回到家乡。回家后她产下一子，不久孩子就病死了。

又一个春天来临了，苔丝第二次离开家，到塔布篱牛奶厂当了一名挤奶的女工。在那里，她认识了牧师的儿子安矶·克莱，两人在共同的劳动中产生了真挚的爱情。新婚之夜，在苔丝还没告诉克莱自己过去的事情前，克莱先说出了他的一段往事。他曾在伦敦和一个素不相识的女人过了48小时的放荡生活。克莱刚说他有罪恶要向苔丝坦白时，苔丝立刻就原谅了他。她听了克莱的讲述后，感到了一种说不出的轻松和喜悦，觉得自己犯下的罪过并不比丈夫的大。但是苔丝说出了自己的遭遇后，克莱却不肯原谅她。他翻脸无情，讥讽苔丝是没落贵族的后裔，乡下女人，不懂什么叫体面。最后他遗弃了苔丝，独自一人去了巴西。苔丝只好重返家乡，在一家农场干着与男人同等繁重的劳动。一次偶然的机会，她又遇到亚雷。那个无赖对她仍是百般纠缠，遭到了苔丝的痛斥。她写信恳求克莱早日回来保护她。但是信件被克莱父母耽误，杳无回音。她觉得自己已被克莱永远抛弃，陷入了绝望之中。后来她的父亲在贫病交加中去世，母亲患病，弟妹们失学，一家人流落街头。苔丝怀着绝望和自我牺牲的精神，接受了亚雷的钱，与他同居。克莱因在巴西经营失败，突然归来。两人见面后，苔丝了解了克莱迟迟不归的原因，悔恨交集，近于疯狂。愤怒中，她用餐刀将毁了她一生的亚雷刺死，然后和克莱逃进森林里过了五天幸福生活。第六天早晨，苔丝和克莱在一个祭坛相拥而眠一夜后，被追随而来的警察逮捕。最后，苔丝被法庭判处绞刑。克莱则按照苔丝的遗嘱，娶了她的妹妹丽莎为妻，开始了新的生活。

●哈代像

>>> 《孤寂屋子外的扁角鹿》

今晚有它在朝屋里看——
透过窗帘的空当；
屋外是白皑皑的一片，
今晚有它在朝屋里看，
当我们坐着思量，
靠近壁炉围栏旁。

我们没觉察那双眼睛
正在雪地里细瞧；
有玫瑰色的灯火照明，
我们没觉察那双眼睛——
红闪闪感到奇妙，
踮着它的四只脚。

拓展阅读：

《哈代诗歌研究》颜学军
《托马斯·哈代诗选》
四川文艺出版社

◎ 关键词：犀利 孤儿 英国社会 批判

时代新人的悲剧——《无名的裘德》

1896年，哈代发表了他最后一部长篇小说《无名的裘德》，揭露和批判的锋芒更加犀利。

小说主人公裘德是个孤儿，受村子里小学老师的启发，梦想进入基督寺大学（影射牛津大学）读书，然后到教会工作。为了能进大学，他刻苦地读书自学。20岁的时候，他受到一个放荡的女子阿拉贝拉的引诱，草率成婚。结婚后，他们过得并不快乐。阿拉贝拉在对他失去兴趣之后，离家出走，并且很绝情地把裘德的照片和礼物连着别的东西一起甩卖掉。

裘德学徒期满之后，来到基督寺大学所在的城市，一边工作，一边勤奋读书。在那里，他见到了他的表妹苏和曾鼓励他上大学的小学教师费乐生先生。苏在费乐生先生的学校里谋了一个教职。亲眼看到费乐生先生追求苏，裘德感到痛苦异常。因为他已经爱上了苏，但是他还和阿拉贝拉保持着婚姻的关系，是没有资格和苏在一起的。这时候，裘德向往已久的大学给他回了一封拒绝的信，仅仅因为他是个石匠。在心灵饱受创伤之际，表妹苏的爱情给他带来了不少希望和慰藉。然而，不久之后，裘德收到苏的一封信，告诉他她马上就要和费乐生先生结婚了。这个消息对他来说可真是五雷轰顶。

在姑婆的葬礼上，裘德遇见了已为人妻的苏。苏的婚姻生活也不幸福，她的丈夫知道她心里真正爱的是裘德之后，对她非常冷淡。裘德知道苏的痛苦之后，将自己所有的神学和伦理学的书都一把火烧了，决心当个"普通的罪人"。苏回家之后和费乐生先生大吵一架，开始在家中分居。裘德与苏最终在爱情的鼓舞下走到了一起。他们像夫妻一样生活并且相爱，却并没有结婚。他们在那个不是同居的时代里同居，必然受到资产阶级法律和道德的谴责。生活中，他们四处碰壁，甚至连求职、住宿也遭到拒绝和刁难。最后，艰难的生活让他们全家对未来失去了信心。裘德和阿拉贝拉生的儿子，一个八岁的小男孩，将裘德和苏生的两个女孩儿杀死，然后自己悬梁自尽了。孩子们惨死之后，苏受到了极大打击，认为这是上帝对她的惩罚，于是又回到费乐生先生身边忍受屈辱的命运，以示赎罪。裘德不久在失望、潦倒中结束了"无名"的一生。

在这部小说里，哈代对当时英国社会的法律制度、教育制度、婚姻制度、宗教制度乃至虚伪的伦理道德等做了多方面的批判。小说通过裘德和苏的命运悲剧，展示了英国社会制度的不合理，控诉了英国社会对有才华青年精神和肉体的扼杀与摧残。小说格调也因其中充斥的悲观主义和宿命论观念显得更为阴郁和低沉。

◎ 关键词：戏剧家 争议 唯美主义 同性恋

"才子和戏剧家"——王尔德

奥斯卡·王尔德，是 19 世纪与萧伯纳齐名的英国戏剧家，也是英国文学史上最具争议的人物之一。1854 年，王尔德出生于都柏林，他的父亲威廉·王尔德是著名的外科医生，母亲则是位作家。王尔德出生后，他的母亲非常失望，因为她原来希望生一个女孩。所以，小时候王尔德老是被母亲当女孩来打扮，不知道这与他后来的同性恋倾向有没有关系。

童年的王尔德就显现出唯美主义倾向，"当大部分小男孩偏好珍藏小刀等玩意儿时，他却对花朵和夕阳情有独钟"，"他最有兴趣的科目是诗作和古典文学，尤其酷爱希腊文学"。青年时期王尔德在都柏林的三圣大学研读古典文学，后来又前往牛津的马达兰大学。在学校期间王尔德就喜欢穿奇装异服，并发表一些奇谈怪论。

牛津毕业之后王尔德前往伦敦谋求发展。初登文坛的他并没有品尝到成功的喜悦：1880 年他写了第一个剧本《薇拉》，根本无人问津；1881 年他出版了第一本诗集，也未引起太大的反响。他是一个喜欢标新立异的人，在以刻板著称的维多利亚时代，他的作品没有得到人们的赞赏，他的行为却成了人们的笑料和关注的对象，成为"伦敦的开心果"。他的古怪很快引起了媒体的注意，《笨拙》杂志经常有关于他的讽刺漫画。多年以后，当他对英国感到失望，声称要加入法国籍时，也是这本杂志很快给他穿上了一身法军的军服。

直到 90 年代，王尔德创作上的辉煌才姗姗而来：他出版了童话《石榴屋》、故事集《萨维尔勋爵的罪行与其他故事》、小说《道连·格雷的画像》、戏剧《温德摩尔夫人的扇子》《理想的丈夫》《莎乐美》等。其中《道连·格雷的画像》遭到了英国报业众口一词的谴责，有报纸批评道："这本书是法国颓废派文学这个麻风怪物的产物，是一本有毒的书，充满了道德与精神沦丧的臭气。"《莎乐美》也遭到禁演。

王尔德的亲密好友艾尔佛瑞·道格拉斯据传是王尔德的同性恋爱人。他的父亲是个侯爵，一向看不惯王尔德的为人，得知儿子与他是朋友后，雷霆大怒，给王尔德留了一张卡片，称王尔德是"装腔作势的鸡奸客"。王尔德一怒之下，向法庭控告这个老头诽谤。而控告的结果却是王尔德因同性恋行为而被判入狱两年，并且还要服劳役。这场牢狱之灾不光让王尔德心力交瘁，还耗尽了他所有的财产。在朋友的援助下，王尔德才得以去法国定居，还改名为西巴斯金·梅莫斯。居住法国期间，他写出最为闻名的诗作《里丁监禁之歌》。1900 年，王尔德死于法国一家小旅馆里。在他安息处的墓碑上，人们称他是"才子和戏剧家"。

● 王尔德像

>>> 唯美主义

唯美主义运动是于 19 世纪后期出现在英国艺术和文学领域中的一场组织松散的运动。通常，人们认为唯美主义和发生在法国的象征主义或颓废主义运动同属一脉，是这场国际性文艺运动在英国的分支。它发生于维多利亚时代晚期，大致从 1868 年延续至 1901 年，通常学术界认为唯美主义运动的结束是以奥斯卡·王尔德被捕为标志。

唯美主义运动的主要特征包括：追求建议性而非陈述性、追求感观享受、对象征手法的大量应用、追求事物之间的关联感应——探求语汇、色彩和音乐之间内在的联系。

拓展阅读：

《王尔德和他的情人》（电影）
《审判王尔德实录》孙宜学

◎ 关键词:《圣经》 希律王 灵感 惊世之作

唯美的歌——《莎乐美》

●莎乐美 科内利斯

>>> 《马太福音》

根据早期的教会历史资料,公认本书的作者为马太。其内证:别的福音书论到马太时比较详细,唯独本书只提一名,即"税吏马太",也未说到他怎样设筵招待主,这是著者自谦、自隐的证明。

马太原名利未,在迦百农城做税吏,替罗马政府向犹太同胞征收税款。当时的税吏,绝大多数狐假虎威,欺压平民,为一般犹太人所不齿,等同罪人。有一天他正坐在税关上,耶稣经过,对他说,你跟从我来,他立即放下旧业,做了主的门徒。他得救后改名马太(原文字义是"神的恩赐"),被主选为12使徒之一。

拓展阅读:

《莎乐美》(电影)
《王尔德作品集》
人民文学出版社

莎乐美的故事源自《圣经新约》,在《马太福音》中,她没有名字,只是被称作"希罗底的女儿"。希律王要娶自己兄弟的妻子希罗底为妻,施洗约翰跑来告诉他说:"你娶这妇人是不合理的。"希律就想要杀他,只是因为施洗约翰在百姓心中的地位太高,才将他收在监狱中。王生日的那天,希罗底的女儿在王的面前跳舞。王非常高兴,许诺给她想要的一切事物。女儿受了母亲的支使,对王说:"请把施洗约翰的头放在盘子里,拿来给我。"王于是斩了约翰,把他的头放在盘子里,拿来给了女子,女子拿去给了她的母亲。公元1世纪罗马帝国史学家约瑟夫所著的《犹太古史》中,出现了莎乐美这个名字。此后关于她的故事也越来越多,越来越丰富。人们把她形容成一个拥有着倾国美貌的女子,她的一支舞让希律王觉得拿人间一切的繁华来换都是值得的,甚至许诺给她半壁江山。

在大画家莫荷的笔下,玉白的莎乐美在希律王面前翩翩起舞,她的胴体像一张紧绷的弓,她右手高举着象征纯洁的百合,画面的右下角蜷伏着一头代表兽性的黑豹。王尔德正是从莫荷的画中得到了灵感,创作了戏剧史上的惊世之作——独幕剧《莎乐美》。只是在他这里,通奸与报复的故事变成了一个血淋林的爱情故事:莎乐美爱上了仅次于耶稣的圣者施洗约翰,她对约翰的男性身体唱出了赞歌:"约翰,你的身子令我痴狂!你的身子如未经耕耘的野地里的百合一般洁白。"她要求约翰吻一吻她的嘴唇,而约翰拒绝了她的请求,莎乐美一心要得到约翰的吻。在继父希律王生日的宴会上,她轻盈地走上来,要向她的继父献上一支舞,旁边站着王的大臣、卫队长和加利利的首领们。她在月光下曼舞,洁白的处子的玉体上裹着如烟雾一样的白纱,像一个妖艳的精灵。她慢慢揭开她的七重面纱,整个世界都被诱惑、被征服了。王许诺她一个愿望,哪怕是他一半的国土,他都会应承。可是她说,她只想要施洗约翰的头。当然她得到了,她的任何要求谁又能拒绝呢?她抱着约翰的头,疯狂地吻它,重新起舞,任那些血沾染了她洁白的面纱。在最初的演出设计中,王尔德就设想让女演员彻底裸露,身上披着层层薄纱,脖子上缠绕着宝石上台。随后就有了演出中著名的"七层纱舞"。

这个血腥的故事结合了爱情、暴力、死亡、亵渎神圣、乱伦欲、性虐待、恋尸症等众多非理性的因素,一经发表就遭到评论界惊恐、愤怒的谴责和批判,加上涉及《圣经》人物,这个戏一直遭遇禁演的命运,直到王尔德死后三十一年,才得以在伦敦演出,并成为不朽的经典。

● 红色的浮筒 法国 西涅克

>>> 红、蓝宝石的产地

红宝石的产地比较少，主要分布于缅甸、泰国、斯里兰卡、越南、印度、坦桑尼亚、中国等地。而且，通常有种"十宝九裂"说法，特别纯净、完美的红宝石非常少见。蓝宝石主要分布于缅甸、泰国、斯里兰卡、柬埔寨拜林地区、印度克什米尔、澳大利亚、美国蒙大拿州、中国等地。它们是世界上公认的两大珍贵彩色宝石品种。

世界上的红宝石和蓝宝石大多被发现于冲积矿床小范围。比如，产于缅甸的红、蓝宝石，通常需要剥去厚达15英尺覆盖层才能达到含宝石的砾石层，然后才能真正进行采矿。

拓展阅读：

《笔杆子、画笔和毒药》
  浙江文艺出版社
《奥斯卡·王尔德作品导读》
  张勤

◎ 关键词：童话集 塑像 小燕子 金叶子

写给纯真的心灵——《快乐王子》

1888年，奥斯卡·王尔德发表了童话集《快乐王子及其他故事》。当时，他34岁，有一位美貌贤淑的太太和一双可爱的儿女，分别为7岁与5岁。这本优美的童话就是当父亲的他送给两个孩子的礼物。《快乐王子》是这本童话集中最美丽、最感人也最著名的故事。

快乐王子的塑像站在城市的中央。他的眼睛是一对美丽的蓝宝石做成的，他的全身贴满了金叶子，他的剑柄上有一块很大的红宝石，闪闪发光。一个秋天的夜晚，一只小燕子飞到了这个城市，它打算在快乐王子的脚边睡一觉，明天继续向温暖的南方飞。

突然，一个水滴落在它的头上，小燕子很奇怪：星星那么多，月亮那么亮，怎么会下雨呢？它抬头一看，原来是快乐王子在伤心落泪。小燕子问："你为什么哭呀？"快乐王子说："我看见一个穷苦孩子在生病，妈妈没有钱给他买东西吃。小燕子，请你把我的红宝石取下来送给那个孩子吧！"小燕子高兴地从快乐王子的剑柄上取下红宝石，向生病的孩子家飞去。小燕子把红宝石放在桌上，用它美丽的翅膀轻轻地为孩子扇风，孩子高兴地喊道："妈妈，我多么凉快呀！我的病就要好了。"小燕子听了很高兴，因为它做了一件好事。第二天，小燕子向快乐王子告别。快乐王子说："小燕子，我看见一个穷孩子，他的房子里没有火，他又冷又饿，请你把我的一只蓝宝石眼睛送给那个孩子吧！"小燕子答应了，轻轻地把那只蓝宝石眼睛放在孩子身边，房子里立刻暖和了，孩子高兴地叫起来。小燕子很高兴，因为它又替快乐王子做了一件好事。

第三天，小燕子再次向快乐王子告别。快乐王子又说："小燕子，我看见一个卖火柴的小姑娘，把火柴丢了，她哭得很伤心，请你把我另一只蓝宝石眼睛送给她吧！"小燕子一听，急得叫起来："没有眼睛怎么行呢？""不要紧！"快乐王子说，"去吧，快去吧！"小燕子把另一只蓝宝石眼睛轻轻放在小姑娘手里，小姑娘不哭了，她高兴地跑回家去了。小燕子飞回来了。快乐王子对小燕子说："我的眼睛没有了，看不见了，请你告诉我，这个城市里还有多少受苦的孩子？"天上下着大雨，小燕子在城市上空飞来飞去，它看见一群穿着破烂衣服的孩子，挤在桥洞里，他们一个个冻得发抖。小燕子把看到的一切都告诉了快乐王子。快乐王子说："小燕子，快把我身上的金叶子取下来，送给那些受苦的孩子吧！""那不行，金叶子是你的衣服呀！"小燕子不愿意取。"不要紧，取吧，快取吧！"小燕子只好把金叶子一片一片啄下来，送给那些穷孩子。

●舞蹈者 德加
这幅作品给人的印象，仿佛是一枝迎风招展的鲜花在舞台上绽放。在动的极致和不可思议的静止相交接的一瞬间，仿佛表现出作者不安定的意识。
●从毕沙罗家眺望奥拉尼 法国 毕沙罗

  快乐王子的眼睛没有了，金叶子衣服没有了，身体变得昏暗了，可是，他还是很高兴，因为穷苦的孩子们有面包吃，有衣服穿了。他催促小燕子飞向南方，因为寒冷的冬天已经很近了。但是小燕子不愿意离开王子，它要永远陪伴着他，为他唱歌、讲故事。冬天到了，天气一天比一天冷，小燕子吻了快乐王子的嘴唇，跌落在他的脚下，死了。这时，在这座雕像里，响起了一个奇怪的爆裂声。原来，王子的那颗心碎了。后来，人们觉得失去金片和珠宝的快乐王子是那么的难看，就把他的像拆掉了。

●萧伯纳像

>>> 萧伯纳的幽默口才

一个英国出版商想得到萧伯纳对他的赞誉，借以抬高自己的身价。他想：要得到萧伯纳的赞誉，必须先赞誉萧伯纳。于是，他就去拜访萧伯纳。当他看到萧伯纳正在评论莎士比亚的作品时，就说："啊，先生，你又评论莎士比亚了。是的，从古到今，真正懂得莎士比亚的人太少了，算来算去，也就只有两个。"

萧伯纳已明白了他的意思，让他继续说下去。"是的，只有两个人，这第一个自然是您萧伯纳先生了。可是，还有一个呢？您看他应该是谁？"萧伯纳说："那当然是莎士比亚自己了。"

拓展阅读：

《萧伯纳与中国》倪平
《萧伯纳》王克志

◎ 关键词：爱尔兰 戏剧家 音乐 绘画 女演员

唯美主义的反对者——萧伯纳

乔治·萧伯纳是爱尔兰著名的戏剧家，1856年生于都柏林。父亲做过法院公务员，后来经商失败，沉湎酒精，成了个喜怒无常的酒鬼。母亲为此带着他离开家到伦敦当了一名音乐教师。受母亲熏陶，萧伯纳从小就爱好音乐和绘画，因为经济状况不好，没能继续深造，很早就开始独立谋生，做过缮写员、会计，还从事过新闻工作。

萧伯纳的文学始于小说创作，不过他的小说并没有引起人们的注意，他的突出成就在戏剧方面，正如1925年他获得诺贝尔文学奖时的颁奖辞所说："他的戏剧使他成为我们当代最迷人的作家。"在他60多年的创作生涯中，他一共完成了51个剧本。前期主要有《不愉快戏剧集》，包括《鳏夫的房产》《荡子》和《华伦夫人的职业》等；《愉快的戏剧集》，包括《武器与人》《康蒂妲》《风云人物》和《难以预料》等。他的第三个戏剧集名为《为清教徒写的戏剧》，其中有《魔鬼的门徒》《恺撒和克莉奥佩屈拉》和《布拉斯庞德上尉的转变》。进入20世纪之后，萧伯纳的创作进入高峰，发表了著名的剧本《人与超人》《巴巴拉少校》《伤心之家》《圣女贞德》《苹果车》《真相毕露》和《突然出现的岛上愚人》等。其中《圣女贞

德》获得空前的成功，被公认为他最好的历史剧，是他"创作的最高峰"。萧伯纳杰出的戏剧创作活动，使他获得了"20世纪的莫里哀"的称呼。

萧伯纳虽然是著名的大戏剧家，为人却非常随和、幽默而且机智。有一次他收到一个小姑娘的来信。这个小崇拜者在信中说："您是一位最使我佩服的作家，为了表达我对您的敬仰之情，我打算以您的名字来命名我心爱的小狗，不知您意下如何？"萧伯纳不忍拒绝这令人哭笑不得的小姑娘，便回信道："亲爱的孩子，我十分赞同你的主意，但你最好和你的小狗商量一下。"

由于职业的关系，萧伯纳与演员打交道很多，加之天性风流多情，他一生与很多位女演员有亲密关系。其中，英国著名女演员爱兰·黛尔一度是他的女神，萧伯纳曾在一年之中给她写了250多封情书，"差不多一日一信"。但是，就在他对这位女性的爱情热度还尚未消退时，萧伯纳又爱上了夏绿蒂·潘旦馨，并很快与之结婚。这位萧夫人是个很有钱的女人，结婚后她细心且严格地照顾萧伯纳的起居生活，他才得以安心创作，虽然他自己常常抱怨失去了自由，但也硬硬朗朗地活到了94岁。

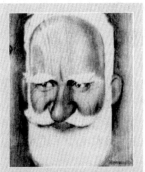

●萧伯纳漫画像

>>> 萧伯纳的幽默

萧伯纳享誉世界后，美国电影巨头萨姆·高德温想从萧伯纳那儿把其戏剧的电影拍摄权买下来。他找到了萧伯纳，对他说："您的戏剧艺术价值很高，但我想如果能把它们搬上银幕，全世界都会被你的艺术所陶醉。"这位电影巨头表示了对艺术的珍爱。

萧伯纳很高兴他这样想，这样做。但到后来，他俩为了摄制权的价格无法达成协议，最后以萧伯纳的拒绝出卖摄制权结束。萧伯纳说："问题很简单，高德温先生，您只对艺术感兴趣，而我，只对钱感兴趣。"

拓展阅读：

《萧伯纳戏剧选》作家出版社
《萧伯纳音乐散文评论选》
生活·读书·新知 三联书店

◎ 关键词：资本主义社会 腐朽 剧作 贵族 混世魔王

"不愉快的戏剧"——萧伯纳的戏剧创作

萧伯纳的三部戏剧：《鳏夫的房产》《华伦夫人的职业》《巴巴拉少校》，都以揭示了资本主义社会的腐朽肮脏而著称。

《鳏夫的房产》是萧伯纳的第一部剧作，剧中的萨托里阿斯是个鳏夫，膝下只有一个女儿白朗琪。这个老鳏夫是个拥有大量房产的资本家，靠剥削贫民窟里的穷人为生。他女儿的未婚夫青年医生屈兰奇发现萨托里阿斯财富的来源后，感到非常的屈辱，他要求白朗琪同她父亲断绝一切金钱关系。白朗琪拒绝了这个要求，他们的婚约也因此取消了。后来屈兰奇发现他自己的收入同样来自萨托里阿斯，便改变了原来的想法，不光答应同白朗琪结婚，而且还同他的岳父合伙做买卖，用牺牲公共利益的方法来发财致富。

《华伦夫人的职业》从另一个角度揭发了资产阶级和贵族们高人一等的生活，那实质上也是靠肮脏的钱来维持的。华伦夫人在欧洲开妓院，获得厚利。她的女儿薇薇是个自命清高的剑桥大学高材生，获得过数学优等奖，即将毕业踏入上流社会。她从来不知道她的父亲是谁，也不知道母亲靠什么给她提供了丰厚的生活费用，使她过着有钱小姐的生活。有一天，薇薇风闻母亲华伦夫人靠开妓院积攒不义之财，就气愤地质问母亲。华伦夫人终于把自己的发家史告诉了她。原来华伦夫人出身贫寒，一个姐姐在工厂做工，中毒而死；另一个姐姐出嫁后生了三个孩子，丈夫酗酒，生活无法维持。华伦夫人自己先后在厨房打杂，在酒吧间当侍女，生活很苦。最后，她到比利时首都布鲁塞尔与人合伙开妓院，才变得富裕起来。华伦夫人向薇薇指出，她没有理由自命清高。薇薇的自尊心受到极大打击，她毅然离开家庭，谋求"独立"生活，做个"有出息"的女人。

《巴巴拉少校》中的大军火商安德谢夫是一个混世魔王，靠战争发财，公开宣称自己没有道德标准，扬言宗教、议会、法律都是为他服务的。他说自己就是英国政府，政府的法令和措施都是为了满足他牟利的要求，战争对他有利，政府就发动战争；和平对他有利，政府就保持和平。安德谢夫的女儿巴巴拉参加宗教慈善事业，在慈善机构"救世军"里任"少校"。她为了拯救人类的肉体，在大街上向穷人施舍，不使他们挨饿受冻，她更要拯救人们的灵魂，甚至劝父亲放弃军火制造，弃邪归正。然而，她终于发现这种慈善机关原来是她父亲这一类的资本家出钱办的，她的幻想破灭了。同时，她看到她父亲的军火工厂管理得井井有条，工厂里也实行了若干改良措施，就同意了父亲的安排，将和她的未婚夫柯森斯一起去继承父亲的军火生意。

◎关键词：挪威 道德观念 艺术才华 民间创作 多面手

从诗人到剧作家——比昂松

●呐喊 挪威 蒙克

>>> 挪威

挪威位于斯堪的纳维亚半岛西部。从9世纪开始，挪威被许多小王国统治而且侵略范围到达诺曼底、冰岛、格陵兰、苏格兰和爱尔兰以外的岛屿，以及新世界海岸。挪威最终于12世纪统一并在13世纪到达它中世纪繁荣的高度。1397年后它被丹麦和瑞典轮流控制。1905年获得独立。

挪威本土属亚寒带针叶林气候，斯瓦尔巴群岛、扬马延岛属苔原气候。首都年平均气温7℃，年降水量740毫米左右。挪威近海岛屿达15万多个，既是优良港口，又是风景优美的游览区。

拓展阅读：

《挪威的森林》[日]村上春树
《西欧文学简论》
新文艺出版社

比昂斯蒂恩·比昂松于1832年生于挪威一个叫克维尼的小村庄，是家中的长子。他的父亲是教区的牧师，母亲是音乐家理查德·诺德拉克的姑妈。正因此，人们说他从父亲那里继承了传统的道德观念，从母亲那里继承了非凡的艺术才华。他的童年一直都是在挪威乡村度过的，这使他心中产生了对故乡深沉的热爱。

比昂松在故乡读完小学后，于1850年到奥斯陆上中学。1852年，他考入皇家弗里德里克大学。大学毕业后为《莫尔根布雷德报》撰写文学戏剧评论，并与易卜生等人交往接触。1857年，他接替易卜生任卑根国家剧院的编导和经理。1860年，比昂松到欧洲大陆旅行，并在罗马生活了几年。1863年他回到挪威，担任克里斯蒂亚娜剧院的导演。1866年到1871年，他任《诺斯克福报》编辑。1874年，比昂松在奥勒斯塔安了家，这便成了他以后活动的主要基地。

比昂松的文学生涯始于他担任卑根国家剧院编导时发表的历史剧《战役之间》。他早期的剧本大多继承了民间创作的优良传统，和易卜生早期的历史剧一样，曾轰动一时，代表作有《西格尔特恶王》《苏格兰女王玛丽·斯图亚特》等。70年代，由于受勃兰兑斯的激进思想影响，比昂松参加了实际斗争，并周游各国作考察，创作了许多反映当代问题的社会剧，著名的代表剧作有《破产》《主编》《皇帝》《挑战的手套》《人力难及》等。在挪威文学史上，比昂松是与易卜生齐名的作家，现实中他们既是文坛上的挚友，又是儿女亲家。他和易卜生等人坚持用民族语言写作，采用民间传说作为创作题材，努力发展植根于本土的挪威现代文学。

比昂松是个文学上的多面手，在诗歌与小说方面成就也很突出。他大学期间就开始写诗，大部分诗歌收在《诗与歌》中，他晚年创作的诗《是呵，我们热爱这块土地》已成为挪威国歌的歌词。他的小说主要有《阿恩尼》《快乐的男孩》《渔家女》《库尔兹的家产》《上帝之道》等，这些作品使作家成为"当代的写实大师"。1903年，为了"颂扬他的高贵、宏伟和才华横溢的作品，它们往往以新颖的灵感和少有的纯洁精神而著称"，比昂松获得诺贝尔文学奖。

比昂松还是一位和平主义者，他支持妇女运动。他为被压迫民族积极活动，一直站在挪威人要求解散挪瑞联盟运动的最前列。在著名的德雷福斯案件中，已经年迈的他还挺身为阿尔弗雷德·德雷福斯辩护。晚年，由于他健康状况不断恶化，不得不到巴黎医治。1910年4月，他在巴黎去世。

高扬批判的大旗——欧洲现实主义文学时期

●挪威的奥尔内斯大教堂建于12世纪下半叶，外观的装饰物既有基督教的十字架，又有根椐北欧神话传说创作的兽头形屋檐顶尖。教堂内保存的12世纪的木雕画，是价值极高的古代艺术品。

◎ 关键词：皇家科学院 赫胥黎 科学技术 处女作 改良主义

"科幻小说之父"——威尔斯

●美国哈勃太空望远镜

>>> 时空隧道理论假说

时空隧道和人类世界不是一个时间体系，进入另一套时间体系里，有可能回到遥远的过去，或进入未来，因为在时空隧道里，时间具有方向性和可逆性，它可以正转，也可以倒转，还可以相对静止。

对于地球上的物质世界，进入时空隧道，意味着神秘失踪，而从时空隧道中出来，又意味着神秘再现，由于时空隧道里时光可以相对静止，故而失踪几十年就像一天或半天一样，这一系列问题，正有待科学家们探索，来解开这自然之谜。

拓展阅读：
《与英国作家威尔斯的谈话》
[苏联] 斯大林
《和平的梦》顾均正

赫伯特·乔治·威尔斯（1866～1942），现代科幻小说之父。他生于小商人家庭，早年贫困，当过学徒、信差、店员，一直在生活底层挣扎，这些经历使他毕生对资本主义采取了批判态度。后来他有幸到英国皇家科学院学习，在赫胥黎的指导下接受高等教育。他一生创作了大量作品，其中以科学幻想小说最为著名。

威尔斯的科幻小说表现了他对科学技术力量不断发展的信念，但他认为在资本主义社会里，科学技术的发达不但不会给人类带来幸福，反而会招致灾难。他的名作《隐身人》和《星际战争》集中地反映了他这种思想。除此之外，他比较著名的作品还有《摩罗博士岛》《神食》《最先登上月球的人》，等等。这些作品大多以科学假说为发端，经严密推理而铺展成章。他当年的许多预言今天已经变成现实，尽管有些被事实证明并不正确，但人们至今仍被他奇特的幻想所感染。除了科学幻想小说以外，威尔斯还写过一些直接反映现实的小说，其中比较著名的有《吉普斯》《东诺—邦盖》《包里先生的历史》等。

他科幻小说的处女作是《时间机器》。这部作品中，作者通过科学幻想表现了他对当代资本主义社会的看法。小说描写一个科学家驾驶一种新机器——"时间机器"，在时间里旅行，来到公元802701年的世界。那时由于资本主义极端发展，人类已经演化为壁垒分明的两种互相残杀的生物：住在地面上的艾洛依是现代资产阶级的后裔；住在地底下的莫洛克则是现代工人阶级的后裔。艾洛依几十万年来养尊处优，四体不勤，以致躯干体格全都缩小了，变成了侏儒。莫洛克由于祖先长期以来在光线暗淡的工厂里操作，终年不见阳光，养成在地下劳动的习惯。莫洛克整日在地底下生产，成果却归地面上的艾洛依所享有，于是每到夜晚他们就出来捕捉艾洛依，把他们吃掉。在这部作品里，威尔斯用一个幻想的未来社会来影射畸形的现代社会主义社会，揭示了资产者和无产者的对立，指出资产阶级的寄生性。

作为科幻小说鼻祖的威尔斯，他所创作的名篇，例如《时间机器》《隐身人》《星际战争》等，几乎都成了现代科幻小说题材的经典。而且他的科幻小说，大都是以科学为推动故事情节的线索，运用高超的艺术手法，或讽喻、或鞭挞、或憧憬未来、或揭示社会矛盾，在表现社会的同时寻找改造社会的方法。传播科学知识不是故事本身的目的，揭露和鞭挞资本主义社会的黑暗才是他的良苦用心。但是，威尔斯夸大了科学技术工作者的作用，而把改造社会的希望寄托在他们身上。他认为实现社会主义不必通过革命，只要依靠科技人员去重新组织经济，逐步改良，就能获得成功。十月革命后，威尔斯曾经两次访问苏联，先后和列宁、斯大林谈过话，他不得不承认当时苏联的成就，但他始终没有放弃自己的改良主义主张。

●航天飞机是一种垂直起飞、水平降落的载人航天器。它以火箭发动机为动力发射到太空，能在轨道上运行，且可以往返于地球表面和近地轨道之间。图为美国"哥伦比亚号"航天飞机从卡纳维拉尔角升空的情景。
●美国在太空中的军事卫星。

◎ 关键词：挪威 戏剧家 斗争精神 诗剧 国葬

舞台上的社会问题——易卜生

●易卜生像

>>> 普、奥对丹麦的战争

1814年的"维也纳会议"，把石勒苏益格及荷尔斯泰因两个德意志小公国划给了丹麦，这使得普鲁士极为不满。

1863年年底，刚即位的丹麦国王克里斯蒂安九世颁布新宪法，正式把上述两个德意志小公国并入丹麦领土。俾斯麦以此为借口，结盟奥地利对丹麦进行战争。1864年2月，普鲁士、奥地利对丹麦宣战，丹麦战败，被迫签订和约。和约规定石勒苏益格由普鲁士管理，荷尔斯泰因由奥地利管理。至此，普、奥对丹麦之战结束。

拓展阅读：

《易卜生精选集》
　　北京燕山出版社
《易卜生戏剧选集》颜元叔

亨利克·易卜生（1828~1906）是挪威著名的戏剧家。他出生于木材商人的家庭，因家庭破产少年时就开始独立谋生。在1843年至1850年中，他当了七年药店的学徒，受尽屈辱。1850年，易卜生离开药店到首都奥斯陆参加医科大学的入学考试，未被录取。当时，"1848年欧洲革命"的浪潮波及挪威，工人和学生的革命运动如火如荼。易卜生认识了当时工人运动的领导人马库斯·特列恩，并且在他的影响下参加了革命宣传工作。

在50年代与60年代之间，他写了《厄斯特罗的英格夫人》《赫尔格兰德的勇士》《觊觎王位的人》等历史剧。这些富有浪漫主义色彩的剧本，取材于古挪威的民间传说和历史，再现了挪威古代英雄的勇敢斗争精神，激发人民的爱国主义感情，从而对当时挪威民族独立运动起了积极的作用。1851年秋，易卜生为卑根剧院创作了一首序曲，得到剧院创办者著名小提琴家奥莱·布尔的赏识，被聘为该院寄宿剧作家，兼任编导。在这里，他参编的剧本有145部，积累了丰富的舞台经验和创作经验。1857年，他转任首都剧院艺术指导。第二年，他与一位名叫苏姗娜·托雷森的姑娘结了婚。可惜好景不长，四年后，首都剧院破产倒闭，易卜生受其牵连，被迫借债度日。

1864年丹麦和普鲁士战争爆发，当时的挪威政府决定袖手旁观，不肯援助丹麦。易卜生为了表示对政府的抗议，移居国外，长期侨居罗马等地，长达27年之久。在国外，易卜生坚持创作，于1866年和1867年，发表了《布朗德》和《彼尔·金特》两部诗剧。这两部诗剧既不同于早期的浪漫主义英雄史剧，也有异于后来的批判现实主义的社会问题剧，它们在易卜生的创作道路上是个转折点，占有重要地位。在此之后，他的创作基本上转向批判现实主义。他憎恶当时的资产阶级政客所鼓吹的虚伪的"自由、平等、博爱"的口号，他认为真正的自由在于个性的解放，于是提出"个人的精神反叛"的口号。他很关心当时挪威的道德、法律、教育和妇女解放等社会问题，为此创作了大量社会问题剧，主要有《青年同盟》《社会支柱》《玩偶之家》《群鬼》《人民公敌》《野鸭》《罗斯默庄》《海上夫人》《海达·加布勒》等九部。这些作品充满了对资产阶级虚伪、利己主义等败行劣迹的深刻批判。

1891年，易卜生以大作家的身份回到祖国。回国后，他又创作了两部自传性质的作品《建筑师》和《当我们死而复醒时》。1900年，72岁的易卜生不幸中风，六年后与世长辞。鉴于他在戏剧上取得的非凡成就和给挪威带来的巨大荣耀，挪威政府为他举行了国葬。

●准备离家出走的娜拉

>>> 君王待遇的易卜生

1885年的一天，易卜生走向奥斯陆的一家咖啡馆，那里为他长年保留着一张别人做梦也不敢占的桌子。他走进来的时候，整个咖啡馆的所有人都站起来向他致敬。在他坐下以前，人们一直站着，就像在国王御驾前一样。一个会说英语的人用虔诚的旁白对咖啡馆里唯一一个外国人说："这就是我们伟大的民族诗人易卜生。"那位外国人是法国散文家理查德·勒·加里安，他把这一幕写进了他的挪威游记。他把易卜生的步伐形容为："君王般的自我克制的步伐。"

拓展阅读：

《易卜生主义》胡适
《易卜生"玩偶之家"研究》
陈瘦竹

◎ 关键词：劳拉 原型 娜拉 妇女问题 妇女解放

"妇女独立的宣言书"——《玩偶之家》

易卜生有个名叫劳拉·基勒的朋友。她爱好文学，重感情，初期婚姻生活十分美满。后来她丈夫基勒得了肺结核，医生劝劳拉让她丈夫去南部欧洲疗养，否则病情不但会加重，且有性命危险。劳拉瞒着丈夫向友人借了一笔钱，为了推迟债期又伪造了保人签字。丈夫病治好后，知道了真相，大发雷霆，谴责劳拉的所作所为败坏了他的名誉，毁了他的前途，无情地同她离了婚。劳拉一片深情却得到如此报应，以致精神失常，一度被亲友们羡慕的家庭就此完结。易卜生根据劳拉这个原型，塑造了娜拉这个艺术形象，将他对善良而受损害的妇女的同情和对虚伪的资产阶级的愤怒表达得淋漓尽致。

娜拉是一个年轻、美丽而又天真的女子，从小就是父亲的"小宝贝儿"。嫁给银行经理海尔茂以后，成为了丈夫的玩偶。从表面看，海尔茂也很爱娜拉，他总是溺爱地叫娜拉"小松鼠""小鸟儿"什么的。有一次，海尔茂生病急需用一笔钱。娜拉为了救丈夫的性命，就像劳拉那样瞒着丈夫冒名签字，借了一笔钱。八年后，海尔茂不肯给一个叫柯洛克斯泰的人工作机会，那人寄来了揭发娜拉伪造签字借款的信，威胁海尔茂。原本体贴温存的丈夫立马像一条疯狗似的乱叫起来，辱骂娜拉是"伪君子""撒谎的人""下贱女人"，还要剥夺娜拉教育儿女的权利。后来在娜拉好友林丹太太的调解下，柯洛克斯泰将借据还给了娜拉，海尔茂立刻改变态度对娜拉说："娜拉，我得救了！"同时希望再度成为娜拉温柔、忠实的"保护者"。但是冷酷的现实生活教育了娜拉，使她看透了海尔茂肮脏的灵魂，认识到自己在家中处于不平等的地位。她愤慨地谴责了海尔茂，然后坚决离开了那个"玩偶之家"。

妇女问题是易卜生一生最关心的社会问题之一。《玩偶之家》就是他主张妇女解放的具体体现。打破不平等的资产阶级家庭关系，解放妇女，提高她们的社会地位，是剧本的基本主题。因此，有人把《玩偶之家》比作"妇女独立的宣言书"。但是，怎样才能使妇女真正获得解放呢？易卜生并不清楚，因此在剧本中也没有明确答案。事实上，妇女的解放是必须以经济上的独立为基础的。而在资本主义社会，妇女是不可能取得经济上的独立的。

作为一个戏剧家，易卜生是一位卓越的革新者，无论在戏剧题材上，还是在艺术技巧方面，都有他的独特之处。在《玩偶之家》中，娜拉的独白只有简短的两次，但娜拉的心理变化却刻画得十分深入细致。高超的艺术技巧和深刻的批判精神使这部戏成为戏剧史上不朽的经典。

突破艺术的枷锁——

现代主义文学

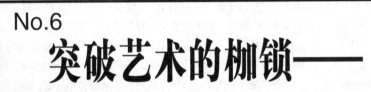

——→ 现代主义文学被看作是19世纪传统的浪漫主义文学向唯美主义文学转变、现实主义文学向自然主义文学转变，均形成危机而另谋出路的结果。

——→ 现代主义文学对垄断资本主义社会中人与社会、人与自然、人与人、人与自我这四种基本关系的对立做了深刻的反映。

——→ 现代主义文学的审美意识有着复杂的倾向，许多作家在作品里表现出颓废或玩世不恭的倾向，在这种观念的支配下，这些作家倾向于表现荒谬、混乱、猥琐、邪恶、丑陋等意识，使作品中的场景总有梦魇的特征。

突破艺术的枷锁——现代主义文学

◎ 关键词：维也纳 疗养院 祖师 自然主义 天才

忧郁的文学天才——卡夫卡

●卡夫卡像

>>> 奥匈帝国

奥匈帝国是匈牙利贵族与奥地利的哈布斯堡王朝在争取维持原来的奥地利帝国时所达成的一个折中解决方法。

它的首府设在维也纳，是当时仅次于俄罗斯的欧洲第二大国。它是一个多民族国家，内政主要由组成它的11个主要民族之间的商议所决定。

虽然奥匈帝国在其成立期间不断有民族起义及其他纠纷，但在它所存在的约50年间整个国家的经济不断发展，国家实现了现代化，许多开明的改革得以施行，有一定进步意义。第一次世界大战后奥匈帝国解体。

拓展阅读：
《海边的卡夫卡》
　[日]村上春树
《卡夫卡的爱》（歌曲）

1924年6月3日在维也纳附近的基尔灵疗养院，在孤独与忧郁中走过了40年人生路程的卡夫卡，此刻如同残灯将灭，枯叶即凋。他知道自己的一生已到了尽头，回首短暂的人生，几乎找不到欢乐与幸福的影子，只有那一大堆纷乱的书稿，那些没人阅读过的小说陪着自己，给他的生命带来一点点微弱的光亮和温暖。他不愿将来有人通过他的小说来了解他这一生，更不愿将来有人诋毁他的小说，歪曲他的人生。卡夫卡叫来自己唯一的朋友勃罗德，请求他在自己死后将书稿全部付之一炬，一点也不要留下。然后，可怜的卡夫卡就撒手人寰了。

我们并不知道同为作家的勃罗德是否完全读懂了卡夫卡的这些著作，也许仅仅是出于对友人的怀念，他做了一件对20世纪世界文学意义无比重大的事，他将卡夫卡手稿全部保存了下来。就是这些书稿，成为了20世纪现代文学最早的也是最出色的经典作品，而生前抑郁终生的卡夫卡，却在身后获得了世界文学史上独一无二的席位——现代文学的开山祖师。

弗兰兹·卡夫卡（1883～1924）是奥地利小说家。他生于捷克的布拉格市（当时属于奥匈帝国）一个犹太人家庭，父亲是百货批发商，"专横有如暴君"，这使卡夫卡从小便形成了懦弱忧郁的性格。

中学时期，卡夫卡对自然主义戏剧和易卜生、斯宾诺莎、尼采、达尔文等人的著作产生了兴趣。中学毕业后，他进入布拉格大学学习文学，后遵从父亲的意志转修法律。其间他常与布拉格的一些作家来往，他还和作家勃罗德夫妇先后到意大利、法国、瑞士和德国游历。不久，卡夫卡又接触到丹麦哲学家、存在主义先驱克尔凯戈尔的著作，深受其影响。

1908年起，卡夫卡在布拉格的一家保险公司里当起小职员。1912年，在勃罗德的帮助下，他发表了短篇小说集《观察》，其中收入1903～1912年创作的18篇短篇小说，此后又连续创作了《判决》《变形记》和《司炉》《在苦役营》《乡村的诱惑》等短篇杰作。1917年发表短篇小说集《乡村医生》，收入了14篇短篇小说。

1922年，卡夫卡辞去保险公司的职务，1923年迁往柏林。其间卡夫卡还写了三部长篇小说：《美国》（原名《失踪者》，1912～1914）、《诉讼》（1914～1918）和《城堡》（1922），但均未写完（后由勃罗德整理出版）。

卡夫卡一生三次订婚却从未结婚，在孤独和寂寞中走完了自己的一生，但他的思考和创作却从来没有停止。50年代勃罗德主编的九卷的《卡夫卡全集》问世，才让世人认识了这位孤独而忧郁的文学天才。

●《变形记》原版封面

>>> 异化作用

生物的新陈代谢包括同化作用和异化作用。简单说，同化作用就是把非己变成自己；异化正好相反，把自己变成非己。

异化作用就是生物的分解代谢，是生物体将体内的大分子转化为小分子并释放出能量的过程。呼吸作用是异化作用中重要的过程。异化作用的实质是生物体内的大分子，包括蛋白质、脂类和糖类被氧化并在氧化过程中放出能量。能量中的部分为ADP转化为ATP的反应吸收，并由ATP作为储能物质供其他需要。

拓展阅读：

《卡夫卡传》
[奥匈] 马克斯·勃罗德
《20世纪外国文学作品选》
吴晓东

◎ 关键词：悲剧化 异化 冷漠 金钱 人性

荒唐与苦涩——《变形记》

马克思曾经提出，发达资本主义社会巨大的压力下，人会产生"异化"，人将失去自己的本性，而成为机器、资本或是社会制度上的一个零件。卡夫卡的《变形记》就夸张而悲剧化地展现了一幅"异化"的图景。

小职员格里高尔·萨姆沙是一个处于社会底层的小职员。五年来，作为一个普通的推销员，他为了养活一家人，没有休息，没有娱乐，承受了巨大的压力。一天晚上他做了一个噩梦，早晨醒来发现自己竟然变成了一只大甲虫！他失去了人的形体，却还保持着自己的思想，他还想着迟到会被扣薪水，想着变成这副模样会失掉工作，然而不幸的事实必须接受，他再也变不回来了，只能趴在墙壁和房顶上，等着别人来养活。他的父亲不得不到一家银行当杂役，母亲夜以继日地替别人缝制衬衣，妹妹只好到一家商店当售货员。一开始家人还能可怜他这个亲人，但随着生活日益艰苦，大家开始失去了同情而变得麻木，开始厌弃这个从前的"养家人"。他们不得不腾出一间房子招租，为了讨好房客，父母在一旁过分谦卑地侍立着，妹妹拉起了小提琴，格里高尔为琴声所感动，

暗怀着一年前就有的送妹妹上音乐学院的梦想，悄悄地爬了出来，表示他最能欣赏妹妹的技艺。但格里高尔的出现吓跑了房客，并使本来就对他冷漠不满的父亲勃然大怒，愤而将他赶回房间。格里高尔经受了一系列冷遇和折磨，最后在孤寂中死去。格里高尔死后，父亲说："唔，现在我们可以感谢上帝了！"全家人也舒了口气，准备开始新的生活。

小说深刻而生动地揭示了现代社会人与人关系的冷漠，在金钱就是一切的社会现实面前，人性变得扭曲，亲情也无以维系。特别是人本身被社会"异化"，失去了作为人的思想的自由和人格的完整。主人公格里高尔既无法主宰自己的命运，又得不到周围人的援助，他除了忍受压力，努力扮演社会强加给他的角色之外，毫无一点自由可言，这样的一个社会的"零件"，与其说是人，不如说更像一只没有思想只会求生的甲虫。这是资本主义社会中一种特殊的异化现象，他的死，正是人被异化之后彻底孤独、失望的必然结果。人变成甲虫，不仅是格里高尔的，无疑也是全人类的一场最可怕的噩梦，是人类最悲惨却又无法摆脱的命运。

突破艺术的枷锁——现代主义文学

●卡夫卡《城堡》手迹

>>> 电影《卡夫卡》简介

　　电影《卡夫卡》并非一部严肃的传记片，而是一部别致的政治惊险片。它以20世纪著名的文学大师卡夫卡为主人公，叙述了当时作为保险公司小职员的卡夫卡的一段离奇遭遇。

　　一天，一位跟他来往密切的同事离奇落水死亡，其未婚妻无法接受警方称其自杀的说法，希望卡夫卡帮忙追查真相。他这位同事是无政府主义革命分子，其组织曾要求卡夫卡也加入并为其撰写传单，被卡夫卡拒绝，但他因此被卷入旋涡的中心，他由此发现了可怕的真相。

拓展阅读：
《从卡夫卡到昆德拉》吴晓东
《西方现代主义文学概论》
曾艳兵

◎ 关键词：长篇小说 内涵 测量员 普通人 行政当局

体味孤独——《城堡》

　　《城堡》(1922) 是卡夫卡晚年创作的一部长篇小说，是一部复杂难懂的著作，但却有着深邃而难以尽述的内涵。

　　主人公K应聘来城堡当土地测量员，他经过长途跋涉，穿过许多雪路后，终于在半夜抵达城堡管辖下的一个穷村落。在村落的招待所，筋疲力尽的K遇到了形形色色的人，他们都是挣扎在社会底层的平民。其中有招待所的老板、老板娘、女招待，还有一些闲杂人员。城堡虽近在咫尺，但他费尽周折，却怎么也进不去。K与当地一个酒馆的女招待仓促地结了婚，却完全过不了正常的生活，带来的只是更多的麻烦和痛苦。K奔波得精疲力竭，至死也未能进入城堡。小说至此戛然而止。据有关资料说，卡夫卡设想的结局是，K在临死前终于接到城堡当局的空洞而荒唐的传谕，传谕说：K虽然缺乏在村中居住的合法依据，但考虑到某些原因，允许他在村中工作与居住。

　　小说描写了普通人与行政当局之间的对立，也描写了在庞大的社会机器中，个人的孤独与渺小。在森严的行政当局、极度官僚主义和令人窒息的社会关系面前，在腐败的奥匈帝国统治下，普通人的普通愿望也常常是可望而不可即的，他们在层层机构的官僚作风下窒息而死。小说中的城堡当局既然没有聘请K，却给他派来了两个助手，K尚未到任，却收到了城堡当局对他工作表示满意的表扬信，而这封信是从废纸篓里捡来的，信差也很久没见过城堡官员了，而且他根本没有资格主动见到那位高不可及的克拉姆。这是一座寒酸的、破败的城堡，"既不是一个古老的要塞，也不是一座新颖的大厦，而是一堆杂乱无章的建筑群"，但对于劳动人民来说仍然高不可及。城堡官员常常到专供他们淫乐的赫伦霍夫旅馆来寻欢作乐，女侍者们竟以此为荣。巴纳巴斯的妹妹阿玛利亚拒绝了某官员的追逐，竟至于全家在村里被人们看不起，因为她竟敢反抗威严可怖的统治者。K的失败在于城堡当局惊人的官僚作风和森严的等级制度，也在于周围人的冷漠。他周围的人没有一个向他伸出过援助之手，也没有表示过丝毫同情心。

　　城堡处在高纬度地区，每天的白天只有不到10个小时，剩下的就是漫长而沉寂的黑夜。这里像是一潭死水，到处有人，却没有一点生机，只有空虚而乏味的日常生活。个人的任何希望都注定会破灭，因为个人的努力在这里就像燃尽的火柴，立刻就会被无边的黑暗吞没。卡夫卡对资本主义的社会结构和人与人之间的关系做了深刻的揭露，对这种社会中个人的地位和处境做了极度悲观的描写。

●德国思想家尼采

>>> 法西斯

"法西斯"一词来自拉丁文fasces，原指中间插着一把斧头的"束棒"（古罗马使用的权力标志棒），象征暴力和强权高于一切。第一次世界大战结束后，墨索里尼在意大利建立了法西斯党，鼓吹和推行法西斯主义，党徒身穿黑色制服，故又称"黑衫党"。1922年，墨索里尼发动政变，夺取政权，在意大利建立了世界上第一个法西斯专政。因此，法西斯成为独裁和暴力的代名词。

第二次世界大战期间，日本、墨索里尼统治下的意大利、希特勒统治下的德国是三个典型的法西斯国家。

拓展阅读：

《茨威格全集》九州出版社
《斯蒂芬·茨威格小说四篇》
人民文学出版社

◎ 关键词：犹太人 安眠药 传记 特写 高尔基

传记大师——斯蒂芬·茨威格

1942年2月23日，巴西里约热内卢附近的小城佩特罗波利斯的一所公寓里，奥地利犹太人作家斯蒂芬·茨威格和他的妻子并排躺在床上，他们已经服下了大量的安眠药，茨威格的头脑中浮现出他这一生到过的很多地方，瑞士、印度、英国、美国、巴西，最后又回到了故乡，回到了维也纳城郊的森林……

大概在1919年，大战结束之后，奥地利正处在巨大的动荡裂变之中，他带着妻子隐居到萨尔茨堡，在那里，他找到了自己创作灵感的源泉，他开始为全世界伟大人物写作传记和特写：他研究小说家，研究巴尔扎克、狄更斯和陀思妥耶夫斯基，为他们写作传记《三大师》；研究托尔斯泰、斯丹达尔和卡萨诺瓦，为他们写作传记《三个描摹自己生活的诗人》；研究德国的思想家和诗人，研究荷尔德林、克莱斯特和尼采，为他们写作传记《同精灵的斗争》；他充满激情地为他所崇拜的作家写作传记《罗曼·罗兰》；他研究精神科学，研究现代心理学的奠基者——催眠术发明者梅斯默尔、"基督科学"的创始人玛丽·贝克-艾迪、精神分析大师弗洛伊德，为他们作传《精神疗法》；他研究人类历史当中一系列最富戏剧性的时刻和人物，写作历史传记《人类的群星闪耀时》……

这些传记都是可以传世的著作，它们记录着人类的奋斗和抗争，记录着文明的进步与失落，记录着历史的必然与巧合，记录着一次次的革命风暴和一桩桩人类对自己犯下的罪恶。他想起在1926年，他接到苏联政府的邀请去莫斯科访问，他想起在莫斯科与一个倔强固执却胸怀宽广的名叫高尔基的人的促膝长谈。

就在他创作力最旺盛的时候，时局却开始一步步恶化，法西斯的势力在整个欧洲蔓延，特别是鄙视和驱逐犹太人的情绪开始在德国和奥地利扩散。他想起，1938年他携妻子来到英国，并加入了英国国籍，然而却深感他乡的陌生与孤寂；他们又远渡大洋来到号称人间天堂的美国，然而这里的纸醉金迷和庸俗无聊却让他难以忍受。他想起，他和妻子选择了巴西，这个世界上唯一一个法西斯的任何影响都无法波及的世外桃源。他想起，他在里约热内卢开始写作一部属于自己的传记《昨日的世界》，记录两次大战之间的欧洲，记录自己奔波忙碌而一再失落的生活。然而来自欧洲的消息始终缠绕着他的心，故乡在战火中燃烧，祖国饱受法西斯的摧残和蹂躏，他和妻子忍受不了这巨大的失落和痛苦。茨威格放弃了，放弃了为理想再做一次抗争，放弃了对光明茫无涯际的等待，放弃了自己的生命。

●弗洛伊德像

>>> 弗洛伊德

　　西格蒙德·弗洛伊德
(1856~1939),奥地利医生,
心理学家,精神病理学家,心
理分析理论（即弗洛伊德主
义）的创始者。著作主要有
《关于歇斯底里症的研究》
《释梦》《日常生活中的精神
病理学》《图腾与禁忌》《精神
分析学运动史》《群众心理学
和自我分析》等。

　　弗洛伊德的学说基础是
泛性欲观,认为人类行为的
原动力是性欲,性的本能决
定人的意识和一切社会活动,
他把性欲和情感提到心理学
的首要地位,他的学说又被
称为"享乐主义心理学派"。

拓展阅读:

《弗洛伊德论创造力与无意识》
　　　　中国展望出版社
《茨威格散文选集》
　　　　百花文艺出版社

◎ 关键词：代表作 老妇人 赌场 年轻人 自杀

自我的战争——《一个女人一生中的24小时》

　　《一个女人一生中的24小时》是茨威格小说的代表作，也是他受到
弗洛伊德精神分析理论影响后，创作出的一系列心理小说中最有分量的
一篇。

　　小说写"我"和一群在滨海度假的游客，就一位法国太太突然与相识
仅一天的一位年轻男子私奔之事正在各抒己见，"我"慷慨陈词地发表了
自己的见解。

　　"我"的一番议论引起了一位英国籍老妇人C太太的注意，她不停地
试探"我"，想知道这些看法是否出于"我"的本意，"我"的回答赢得了
她的信赖。于是在一个寂静的夜晚，她向"我"倾诉了一生中那激情澎湃
的24小时的经历。

　　C太太出身名门，在与丈夫相亲相爱地生活了23年后成了一个寡妇。
一次偶然的机会她来到了摩纳哥的蒙特卡罗赌场。C太太的一大嗜好就是
在赌场观察那一双双充满各种欲念的手。这时，她突然发现了一双充满激
情的手，在这双手上，她感觉到它的主人是个情感充沛的人。他的脸俊美
而清秀，表情生动而倔强，C太太看呆了，一个晚上她的双眼无法从他身
上移开，直到他输得精光走出了赌场，她才本能地意识到这位年轻人是带
着他的生命来此孤注一掷的。

　　她不自觉地跟了出去，在夜晚大雨滂沱中来到那个青年人面前。她塞
给他钱，催他去旅馆休息。但就在旅馆开门的一刹那，她的手被他紧紧攥
住，她毫无反抗地随他进了旅馆。一边是一个发现自己已濒临深渊急于抓
牢最后一点希望的人，一边是一个奋不顾身，拿出全部力量去拯救一个生
命的人。他们一起度过了一个非比寻常的夜晚。这一夜，她献出了自己所
有的一切。

　　次日，年轻人似乎被她拯救了，他们一起去教堂许了愿，他答应离开
此地返回家乡重新开始生活。这时，她已经明显意识到他的离开将令自己
伤心欲绝。失魂落魄中，她再一次来到赌场，想重温那美好的一幕。但在
赌场，她竟意外地又见到了那双手。原来，那个年轻人背弃诺言，又把自
己交给了命运的轮盘。她伤心欲绝。

　　她逃回了儿子的乡间别墅。多年之后，她在一个朋友嘴里得知那个年
轻人在蒙特卡罗自杀了。一个离奇的故事就此画上了一个大大的句号，沉
入了记忆的湖底。而C太太因为刚才对"我"的一番倾诉也感到心上轻快
了许多，甚至感到快乐了。

● 法王亨利四世

>>> 德国十一月革命

1918～1919年德国资产阶级民主革命。1918年11月3日，基尔港水兵拒绝执行反动当局的命令，举行起义，革命爆发。11月9日，柏林起义，德皇威廉二世逃亡，德意志帝国被推翻。社会民主党右派首领宣布成立"民主共和国"，在资产阶级支持下，建立临时政府。

次年1月，临时政府镇压柏林工人运动，杀害德国共产党领导人李卜克内西、卢森堡等人。2月成立魏玛共和国政府。5月，巴伐利亚苏维埃共和国被政府军镇压，革命失败。十一月革命加速了第一次世界大战的结束。

拓展阅读：

《亨利希·曼》

[德]克劳斯·施勒特尔

《剑桥插图德国史》

[加拿大]马丁·基钦

◎ 关键词：现实主义 强权政治 美国 共和国小说

批判纳粹的斗争——亨利希·曼

19世纪末20世纪初，德国出现了两位出色的现实主义文学家，他们就是曼氏兄弟：亨利希·曼和托马斯·曼，他们都是德国现代文学的扛鼎之人。其中弟弟托马斯·曼的成就更为突出。

亨利希·曼（1871～1950）生于吕贝克城一个富商家庭，父亲去世后家道中落，亨利希当过书店店员和印书馆职员，曾在慕尼黑念大学，后来到法国、意大利旅行，立志要写出伟大的文学作品。1894年后相继发表《在一个家庭里》《在懒人的乐园里》《垃圾教授》和《小城》等作品，走上批判现实主义的道路。

《垃圾教授》，又名《蓝天使》，是亨利希·曼早期的优秀作品。亨利希·曼在书中不仅讽刺了拉特如何趋炎附势，向上爬没有成功，反而身败名裂，而且通过其他人物如牧师、作家、参议员等，嘲笑了德意志帝国的奴隶主义。本书结构严谨精练，语言犀利、简洁、生动，笔调丰富多样，有时讽刺辛辣，有时慷慨激昂，有时愤懑不平，有时又悲切痛苦。

《小城》（1909）反映了第一次世界大战前意大利的生活，写一个剧团来到一座小城，因演出问题，引起两个资产阶级政党之间的斗争。在揭露资产阶级分子彼此恶毒倾轧的同时，作者颂扬了普通人民之间的友情。

1911年至1914年间，他完成代表作《臣仆》。《臣仆》是亨利希·曼"帝国三部曲"的第一部（另两部为《穷人》和《首脑》），也是最成功的一部。

1918年大战失败后，德国爆发了十一月革命，亨利希·曼对魏玛共和国寄予厚望，但随着纳粹的崛起，他的幻想逐渐破灭，开始猛烈抨击强权政治。其间创作了四部"共和国小说"，从不同角度描写了资产阶级社会的腐朽没落。1933年希特勒上台后，他被开除国籍，作品被焚毁，并被迫流亡法国。其后，他完成了长篇历史小说《亨利四世》，小说取材于16世纪法国宗教战争，以现实主义手法描写了法王亨利四世统一法国的业绩，作者塑造了一个代表人民利益和民族利益的领袖形象，这和法西斯分子把希特勒吹捧为德国人民的"领袖"形成了鲜明的对照。

1940年他流亡到美国，写了自传《对一个时代的观察》（1944）和长篇小说《呼吸》（1949）。1950年他准备回到德意志民主共和国，但因病在加利福尼亚逝世。

●萨拉热窝事件成为"一战"导火索

>>> 沙文主义

沙文主义原指极端的、不合理的、过分的爱国主义。如今的含义也囊括其他领域，主要指盲目热爱自己所处的团体，并经常对其他团体怀有恶意与仇恨。

18世纪末19世纪初，因法国士兵 N.沙文忠于皇帝，狂热拥护拿破仑一世的侵略政策，鼓吹法兰西民族是世界上"最优秀"的民族，主张用暴力建立大法兰西帝国而得名。沙文主义鼓吹本民族的利益高于一切，鄙视和排斥其他民族，煽动民族仇恨，主张征服和奴役其他民族，因而成为侵略性的、极端反动的民族主义。

拓展阅读：
《纳粹德国文学史》[英] 里奇
《德国现代短篇小说集》
新文艺出版社

◎ 关键词：德意志帝国 投机家 讽刺 笔调

讽刺的杰作——《臣仆》

《臣仆》是亨利希·曼最优秀的小说作品，写于1912～1914年，小说塑造了赫斯林这一德意志帝国忠顺臣仆的典型形象，对资产阶级社会进行了无情的揭露和批判。这部作品因讽刺帝国而遭禁，直到1918年十一月革命后才得以出版。

主人公狄德利希·赫斯林是一个小造纸厂老板的儿子，从小喜欢梦想，欺软怕硬，胆怯残忍。他读人文中学，上首都大学，获得博士学位，继承遗产，门当户对地结了婚——所有这一切都是德国中等资产阶层人物的必经之路。但是时代给他的思想打下了不可磨灭的烙印。他参加过反动学生组织"新条顿团"，沙文主义思想在他身上大大滋长。他当上工场主后，进一步接触社会生活的各个方面，干出一系列蛮横无耻的反动行径。

在政治上，赫斯林是一个投机家，他一面附和自由党人，一面又恭维保皇党人，目的都是要扩充自己的势力，追求金钱的利益。在两党斗争中，他最后倒向保皇党边，投靠贵族市长武尔科，当上了市议员，并和右翼社会民主党人勾结起来，互相利用，狼狈为奸。此后他更加飞黄腾达，成为帝国的一个忠诚臣仆。

赫斯林就此成为了德国帝国主义臣仆的典型形象。他恬不知耻地谄媚君主、巴结贵族，而帝国主义环境又给他的掠夺本能开辟了极其广阔的空间。他的极端利己主义的思想和性格从童年和青年时代起就产生了。他的一贯胆小而残忍，既害怕权势，又崇拜权势，在强者面前是奴才，在弱者面前是暴君，完全体现了当时德国帝国主义一切臣仆的特点。赫斯林有自己的箴言："凡是要践踏别人的人就得忍受别人的践踏，这是权力的铁的规律。"他在威廉一世纪念像揭幕典礼上的演讲，赤裸裸地表现了德国帝国主义的侵略野心，大量散播法西斯思想。通过赫斯林的发展过程，作者描绘了德国军国主义和帝国主义的狰狞面貌，同时也揭示了自由主义者的无能和社会民主党中工人贵族的蜕化。

《臣仆》在艺术上的主要特点是运用讽刺的笔调刻画人物形象，然后用这些形象进行深刻的揭露。作者广泛使用夸张和对比的手法，把主人公的内心世界和外形特征赤裸裸地暴露在读者面前。

完成《臣仆》以后，亨利希·曼写了两个续篇：《穷人》（1917）和《首脑》（1925）。这三部小说合称为《帝国》。

突破艺术的枷锁——现代主义文学

◎ 关键词：法西斯 人道主义 现实精神 瑞士

"尽头的书"——托马斯·曼

●参议员约瑟夫·麦卡锡

拓展阅读：

《托马斯·曼文集》
上海译文出版社
《托马斯·曼》宁瑛

托马斯·曼（1875~1955）是亨利希·曼的弟弟，他曾在慕尼黑高等工业学校旁听历史和文学史等课程，当过保险公司见习生和杂志编辑。1894年发表处女作中篇小说《堕落》，获得成功。1895~1897年和亨利希·曼一起住在意大利。

1901年，长篇小说《布登勃洛克一家》的发表使他一举成名。这部小说如同它的副标题"一个家族的没落"所显示的那样，以编年史的方式写了一个传统的资产阶级家族的没落，并以此来象征西方社会的危机。

第一次世界大战时期，托马斯·曼认不清帝国主义战争的本质，他认为从德国方面看这不过是一次"民族"战争。他把亨利希·曼的《左拉论》看作对祖国的背叛。他从狭隘的民族观点出发，和哥哥争论，发表了《一个不问政治的人的观察》（1918）。战后他写了长篇小说《魔山》（1924），揭露资产阶级寄生生活的空虚和腐烂，此时托马斯·曼的思想已经发生了根本转变。

30年代初，托马斯·曼预感到法西斯的威胁，发表了中篇佳作《马里奥与魔术师》（1930），对法西斯在意大利制造的恐怖气氛做了生动的描述。纳粹上台后，托马斯·曼因发表《理查德·瓦格纳的苦难与伟大》的著名演讲而被迫流亡国外。

托马斯·曼的书在德国被查禁，他的国籍和波恩大学荣誉博士学位被剥夺，但他并没有屈服，而是以著名的公开信表明了反法西斯的严正立场。流亡期间，他先后创作了《约瑟和他的兄弟们》四部曲（1933~1943）、《绿蒂在魏玛》（1939）、《浮士德博士》（1947）等杰作。

在他的小说中，资本主义社会暴露出种种无法医治的病症，已经走到了尽头，因此他把自己的小说称为"尽头的书"。他的思想主要源于德国18、19世纪进步的人道主义，并一生以维护这种人道主义传统为己任，他的创作始终保持着现实主义精神。他的小说结构严谨但写法上不拘一格，文字幽默且富有哲理，感情细腻而又奔放，尤以深刻的心理分析和多姿多彩的景物描写见长。

1929年，由于他在文学艺术领域里的杰出贡献，"主要是由于他的伟大小说《布登勃洛克一家》，它作为当代文学经典作品的地位一年比一年巩固"，从而获得了诺贝尔文学奖。

1944年，托马斯·曼加入美国国籍，但很快因反动的麦卡锡主义在美国日益猖獗而迁居瑞士。1955年8月12日，在接受世界各地庆贺他80寿辰之后，结束了他"史诗性的，而非戏剧性的生命"。

●1947年的托马斯·曼

>>> 第一次世界大战

第一次世界大战，是1914~1918年帝国主义国家两大集团——同盟国与协约国之间为瓜分世界、争夺殖民地和霸权而进行的首次世界规模的战争。

战争先在八个欧洲国家（德国、奥匈帝国及其敌对国英国、法国、俄国、比利时、塞尔维亚和黑山）之间开始，后来逐渐有38个国家15亿人卷入战争。战场遍及欧、亚、非三洲和大西洋、地中海、太平洋等海域。欧洲特别是法国战场是决定战争全局的主战场。海上则以北海为主战场。这场战争是欧洲历史上破坏性最强的战争之一。

拓展阅读：
《我的父亲：托马斯·曼》
[德] 艾丽卡·曼
《托马斯·曼中短篇小说全编》
漓江出版社

◎关键词：争议 寄生 战争 救星 精髓

深奥晦涩的梦幻世界——《魔山》

《魔山》是托马斯·曼最著名也最受争议的代表作。小说描绘了一群寄生的资产阶级，他们把帝国主义战争当作救星，用参加帝国主义战争作为摆脱无聊、病态生活的出路。

《魔山》把小说空间设在阿尔卑斯山达沃斯村的一所肺结核疗养院——"山庄国际疗养院"，这所疗养院也就是人们所说的"魔山"。

刚刚大学毕业的汉斯·卡斯托尔普从汉堡到疗养院探望表兄约阿希姆，在山上逗留期间，他被医生诊断患有肺结核病，于是在疗养院住了下来，一住就是七年。然而小说的叙述却非常怪异，在叙事的时间分配上很不平衡。小说共分七章，但前四章竟然只交代了汉斯在山庄疗养院最初三周的生活情况，叙述的节点也主要围绕着餐桌进行。由于山上实行一日五餐制，伴随而来的就是一种与正常社会生活完全不同的、极端琐屑的时间状态。

在这种怪异的叙述中，"魔山"上的种种奇怪现象也呈现在读者面前。疗养院里的环境是病态的，住在里面的形形色色的人也都过着一种病态的噩梦式的生活。他们都没有工作，没有婚姻，没有任何政治、经济活动，只靠股息和年金度日，百无聊赖，无所事事。外人要是落入这个世界，也会被这种噩梦般的病魔所袭，很难摆脱。汉斯初到魔山时还跟山下的世界保持联系，心中想着时间和山下的工作，孜孜不倦地学习各种科学知识，但是经历了表兄的死亡和爱情的波折以及思想的种种磨难之后，汉斯很快就忘记了时间，与周围的人们一样浑浑噩噩、麻木不仁地混日子，甚至一度迷恋招魂术。汉斯经过长期的迷悟，最后领悟到"人为了善和爱就不应该让死亡统治自己"，终于抛弃了等候死亡的思想，离开了疗养院，企图有所作为。但这时第一次世界大战的炮声已经打响，汉斯和其他青年一起，被送上了战场。

托马斯·曼在其自传中称这部作品是"教育小说"，它同时又是一部"时代小说"，是第一次世界大战前夕欧洲社会生活的百科全书。小说中的人物形形色色，都塑造得个性鲜明、栩栩如生。关于死亡、爱欲、生活的话题，关于文学和解剖学、病理学的论述，关于哲理的探讨，以及各式各样流行的社会思想，都在这群人的生活和交流中一一展现。也正是因为这些精彩的人物描写和思想荟萃，美国大作家刘易斯称《魔山》这部书是整个欧洲生活的精髓。

●黑塞像

◎ 关键词：德国 现实主义作家 自传性小说 诺贝尔奖

"心理的深度"——黑塞

赫尔曼·黑塞（1877～1962）是与亨利希·曼、托马斯·曼兄弟齐名的20世纪德国现实主义作家。

黑塞出生于德国西南部的小城卡尔夫的一个牧师家庭。自幼在浓重的宗教气氛中长大，1891年，他通过"邦试"，考入毛尔布隆神学校。15岁时因受不了神学院里令人窒息的宗教压迫，逃跑出来，自己谋生。这期间他游历许多城市，从事过多种职业。他学过修理钟表，当过书店店员，靠自修钻研文学，从事创作。

1904年创作的《彼得·卡门青特》是他第一部成功之作，这是一部以第一人称写成的自传体小说。作者提出了资产阶级社会中艺术家的命运问题：逃向自然还是投身到生活中去？黑塞对这个问题并没有明确答复。同年他与玛丽结婚，移居巴登湖畔，埋头写作。

1906年发表的长篇小说《在轮下》，仍带有自传性质，其中表达了对德国教育制度的抗议。这部作品容纳了黑塞自己少年时代的经历，指出了德国学校教育是统治阶级的工具、帝国的一根柱石，它毒害和摧残了青年人的心灵和身体。

1912年他到印度旅行，回来后迁居瑞士，1923年加入瑞士籍。第一次世界大战后，受到战争和家庭破裂的影响，黑塞的思想发生了明显的变化。他醉心于尼采哲学，求助于印度佛教和中国的老庄哲学，并对荣格的精神分析产生了深厚的兴趣。他试图从宗教、哲学和心理学方面探索人类精神解放的途径。他这一时期的作品充满了迷茫和彷徨。长篇小说《荒原狼》（1927）是他的代表作之一，揭露了人性中包含狼的天性。《纳尔齐斯和戈尔德蒙德》（1930）以14世纪的修道院为背景，塑造了纳尔齐斯（代表理性）和戈尔德蒙德（代表情欲）这两个性格各异、人生道路不同但又相辅相成的艺术形象。

从1931年起，日益猖獗的法西斯暴行使黑塞对现代文明产生了更为深刻的怀疑。《东方之行》（1932）是带有自传性质的小说。《玻璃球游戏》（1943）是黑塞最后一部长篇小说，也是他的一部力作。

黑塞被称为德国浪漫派最后一位骑士，这说明他在艺术上深受浪漫主义诗歌的影响。他热爱大自然，厌倦都市文明，作品多采用象征手法，文笔优美细腻。由于受精神分析影响，他的作品着重在精神领域里进行挖掘探索，无畏而诚实地剖析内心，因此他的小说具有心理的深度。1946年，黑塞"由于他的富于灵感的作品具有遒劲的气势和洞察力，也为崇高的人道主义理想和高尚风格提供一个范例"，而获诺贝尔文学奖。

>>> 荣格

荣格是瑞士精神病学家，他生于凯斯威尔的乡村。1900年获得巴塞尔大学医学博士学位。1902年又获得苏黎世大学医学博士学位，1905年任该校精神病讲师。后退职，自己开业。1906年他与弗洛伊德通信，翌年去维也纳会晤弗洛伊德，深受弗洛伊德的器重，1911年他们共同创立国际精神分析学会，荣格被选为第一任主席。不久与弗洛伊德在理论上发生分歧，1914年他离开弗洛伊德，创立分析心理学派。

主要著作有《力比多的转化和象征》《潜意识心理学》《心理类型》《分析心理学的贡献》《寻求灵魂的现代人》等。

拓展阅读：

《黑塞的智慧》林郁
《黑塞中短篇小说选》
上海译文出版社

突破艺术的枷锁——现代主义文学

◎ 关键词：寓言 知识分子 苦闷 心路历程 一流作家

人性与狼性——《荒原狼》

黑塞最著名的小说是《荒原狼》，这部小说以类似寓言的方式，深刻地展现了一代知识分子走投无路的精神苦闷。

主人公哈里·哈勒是富有正义感的作家，他与社会格格不入，内心充满矛盾。他试图在混乱的世界里寻求自我，但这样做的结果却是失去了工作和家庭，失去了自我的本来面目，成了一只生活在城市里的"荒原狼"。

黑塞用无与伦比的精美的语言和别具一格的构思方式向我们展示了一个艺术家苦难的心路历程。哈里·哈勒年轻时曾想有所作为，试图做一番高尚而有价值的事业。他富有正义感，具有人道主义思想。但在现实生活中，他的理想破灭了，社会道德沦丧，文化堕落，"在这个世界上，我没有一丝快乐，在这样的世界，我怎能不做一只荒原狼？"哈勒抛弃了社会公认的完全虚假的价值观，这样一来他要不就是成为一位圣贤，要不就是变成一个罪人。他放弃了作为一名作家的生活，在与海尔米娜这位具有象征意义，同时又是真实的女英雄的浪漫交往中体验了感官的愉悦。从这次经历出发，哈里进入了一个充满野性和同性恋的超现实主义式的幻想世界。就这样，哈里通过接触进而超越感官愉悦，改变了他的生活。

在小说中我们可以感受到那种来自黑暗社会的压抑。哈里·哈勒所象征的是人类社会进程中拥有完整心灵的群体。按照黑塞的解释，这种完整表现在一种对立的平衡，即所谓"人性"和"狼性"的共存。"人性"既代表了高尚与善良，也代表了循规蹈矩与弱小、虚伪这些个人向社会妥协的方面，而"狼性"则代表了原始的本能、粗俗和野蛮，也代表了朴实的本质以及赤裸裸的真实。但遗憾的是，这两者的闪光之处正在被弥漫在社会上的物质的欲望和虚假的道德一点点地吞噬，而两种本性的负面则越来越清晰地显示出来。

哈里·哈勒之所以能够从浑浑噩噩中醒来，用深深的绝望和永不休止的追问来面对社会，正是因为在他身上体现了这种高尚的"人性"和真实的"狼性"的结合，这种结合使他不堪忍受社会的虚伪，他充满了对永恒与不朽的渴求。然而对真实的呼唤和对世俗社会功利原则的唾弃使他只能成为社会的牺牲品，他的灵魂只能孤独地在地狱般阴暗的隧道中穿行。

《荒原狼》的成功，使黑塞一跃进入现代文学一流作家的行列，也引起了世界文学界的广泛注意。由于托马斯·曼的提名，诺贝尔奖委员会早在1931年就开始考虑黑塞。从那以后一直到授奖为止的15年间，他曾多次受到重新考虑，但普遍认为他的兴趣过分局限于自我个性的表现。不管怎样，黑塞对德国文学，乃至世界文学的贡献都是有目共睹的。

● 夜归 德国 齐克

>>> 黑塞《乡村之暝》

牧羊人领着羊群，
在寂静的小巷中穿行，
房屋们奄奄欲睡，
打起了盹，黄昏已临。
我是这城墙中，
唯一的异地客，此刻光阴，
我的心怀着沉沉悲音，
将杯中的憧憬，一饮而尽。
无论这路如何将我指引，
海角天涯都有炉火燃起，
只是我从未能体味，
什么是故乡与祖国母亲。

拓展阅读：

《黑塞散文选》
　　百花文艺出版社
《狼图腾》姜戎

突破艺术的枷锁——现代主义文学

●德国代表在投降书上签字

>>>"二战"德国投降

1945年4月，苏军统帅朱可夫指挥军队经过激战，逐渐逼近柏林并突破柏林防线。1945年4月30日，希特勒在越来越近的炮火轰鸣中自杀，当天晚间，苏军终于在德国国会大厦圆顶上升起了胜利的旗帜。5月2日，苏军彻底攻占柏林。此后，整个法西斯德国土崩瓦解。5月8日，德国宣布无条件投降。

1945年5月9日，是欧洲战胜德国法西斯纪念日。这是由美国总统杜鲁门代表美国、英国首相丘吉尔代表英国宣布的。第二次世界大战造成几千万人死亡的战火在欧洲战场终于熄灭了。

拓展阅读：

《伯尔中短篇小说选》
外国文学出版社
《伯尔生平与著作》
[德] 黄凤祝

◎ 关键词：反思战争 归来者 日耳曼语 诺贝尔奖

归来者的写作——伯尔

"二战"之后，德国国内变成了一片废墟，饱受战争苦难的人们艰难地维持着生活，而被法西斯推上前线的德国士兵们，纷纷回到了故乡，迎接他们的没有鲜花与荣誉，只有空旷的城市、荒芜的土地和没有保障的生活。这些经历过战争的归来者们回到了家乡，却找不到自己的位置，他们开始反思战争的目的，反思战争带给人们的苦难。这批人的文学创作被称为"归来者的文学"，或叫"废墟文学"。海因里希·伯尔是归来者中最有代表性的作家。

海因里希·伯尔（1917~1985）1917年12月21日生于科隆一雕刻匠家庭。1937年中学毕业后，曾在书店当学徒。1939年，他入科伦大学学习日耳曼语文学，同年应征入伍。伯尔先后随军到过法国、波兰、罗马尼亚、匈牙利等国。1942年与安奈玛莉·采希结婚，她后来成为伯尔文学创作的得力助手。1945年4月伯尔被俘，同年12月获释，返回家乡科隆。战后在科隆大学继续学习日耳曼语文学，并在他哥哥的木匠铺做工，后在科隆市统计局当过助理员。1947年伯尔开始发表短篇小说，1951年成为职业作家。

这一时期伯尔参加了"以探讨一切当代问题为宗旨"的"四七社"，并成为该组织的重要成员。这期间伯尔的创作主要取材于第二次世界大战，代表作品有短篇小说《火车正点》（1949）、长篇小说《亚当，你到过哪里？》（1951）和短篇小说集《流浪人，你若来斯巴……》（1950）等。这些小说揭露和批判了法西斯侵略战争，以被迫充当炮灰的普通德国士兵的遭遇，反映了德国人民的苦难。

50年代之后，伯尔创作进入一个新阶段，作品所反映的社会生活面更广阔，技巧也日趋娴熟。他的作品主要描写小商贩、小职员、孤儿寡妇等"小人物"在战后西德经济复苏过程中的痛苦挣扎与悲惨遭遇，表现他们的苦闷彷徨，揭露和鞭挞了战后西德社会种种不公正的现象，并批判了复辟军国主义的思潮。代表作有《一声没吭》（1953）、《九点半钟的台球》（1959）、《小丑之见》（1963）等。

1963年以后，伯尔的作品表现了西德社会在"自由""民主"的幌子下对"小人物"的迫害，他一改前期作品中的低沉、压抑的情调，对社会的罪恶表示强烈的愤懑。他连续发表了《莱尼和他们》（1971）、《丧失了名誉的卡塔琳娜·勃罗姆》（1974）和《监护》（1979）三部重要作品，通过小人物的不幸遭遇，展现德国战前、战争年代以及当前人们的生活风貌。这几部作品使伯尔的文学成就达到了新的高峰。

1972年伯尔被授予诺贝尔文学奖。

● "二战"中德军轰炸后的波兰华沙

>>> 西德

西德系指1949～1990年间存在于今日德国西半部、以西德之简称为人所熟知的德意志联邦共和国。建立于1949年5月23日，其初期范围包括"二战"后由英国、美国和法国所占领的德国领土。在1990年两德统一还都至柏林之前，西德的首都设置于波恩（Bonn）。

除了德国西部的领土外，东德境内、德国原本的首都柏林市区西半部在当时也属于西德领土，由于西柏林全境皆由东德领土包围，使得它成为一个孤立在别国家境内的飞地。在1989年11月9日柏林墙倒塌，西德与东德1990年10月3日统一成一个国家。

拓展阅读：

《纳粹德国文学史》[英]里奇
《一口气读完二战史》杨会军

◎ 关键词：高峰期 西德 风俗画面 现实主义 批判

战争的苦难——伯尔的小说创作

50年代开始，伯尔迎来了他创作的第一个高峰期。1953年出版的长篇小说《一声没吭》，以50年代初期西德经济复苏为背景，描写普通劳动者在饥饿线上的挣扎，表达了对他们的同情。他采用内心独白的手法，故事情节在平行、交替的心理活动中展开，细腻地表现了主人公鲍格纳夫妇的苦闷和彷徨。小说出版不久，被译成多种外文，从此在国际上闻名。

1954年，伯尔发表长篇小说《无主之家》。在这部小说中，作者采用多层次结构的手法，把五个人物的内心独白交织在一起，从不同的侧面反映了被战争夺去父亲和丈夫的孤儿寡妇以及生活无着的知识分子在战后的生活与心理状态。

60年代之后，伯尔的创作在反映社会的深度和广度上，都达到了前所未有的高度。1963年发表的长篇小说《一个小丑的看法》曾引起强烈反响。同样以内心独白的手法，描写一个滑稽演员在教会的迫害下，爱情、事业都遭到失败的故事，借以抨击天主教会的蛮横。1966年发表的长篇小说《一次出差的结局》是一部纪实小说。伯尔以新闻报道的形式，描写西德一个小城的木匠格鲁尔父子，由于捐税苛重而破产。作者强调他描写的事件是客观的真实。这部小说标志着他的创作有了新的转折。

1971年伯尔出版了《莱尼和他们》（又名《以一个妇女为中心的群像》）。这部书的思想内容和艺术手法都达到了伯尔的创作的顶峰。小说通过一个记者的明察暗访，呈现了女主人公莱尼的凄苦身世，时间跨度近半个世纪。小说主人公是一个善良、正直的劳动妇女，她由于不愿意按照资本主义的处世哲学生活而遭到迫害。作品中描绘了1936年至1966年德国社会的风俗画面，塑造了各种典型人物，从经济、政治、道德观念等方面对西德社会现状进行了全面批判。这部作品被誉为伯尔"小说创作的皇冠"。

另外两部力作《丧失了名誉的卡塔琳娜·勃罗姆》和《监护》，是两部题材相关的小说，是伯尔在遭到警方迫害与新闻界围攻后写成的。前者描写一个勤劳诚实、不入社会流俗的年轻女佣人，遭到新闻界的诽谤、侮辱，于忍无可忍之中开枪杀人。后者描写一个软弱而善良的报界百万富翁，陷入政敌与警察当局的圈套，被迫成为叛逆者。作者在这两部小说中都对西德新闻界和警察的不义之行进行了批判。

伯尔的小说创作遵循现实主义传统，比较真实地反映了西德战后发展各个阶段的重要现象。60年代之后，他更强调事件的客观真实性，多采用新闻纪实手法。由于他对战后德国状况深刻而生动的刻画，伯尔成为了德国战后作家中最早获得世界性声誉的一位。

● "一战"时一名德军士兵

>>> 雷马克的英语

一天，雷马克在路上遇到一位正在德国旅游的美国姑娘。当热情的姑娘得知他便是著名小说《西线无战事》的作者时，便用德语问他可曾访问过美国。雷马克回答说从未去过，姑娘便问他为什么。他回答说，因为他只会说几句英语。

"哪几句？"姑娘问。于是雷马克用颚音颇重的英语慢慢说道："您好！我爱你。原谅我。忘记我。请来一个火腿蛋。"

"哎呀，天哪！太棒了！"姑娘激动地大声说道，"就凭这几句话你就可游遍全美国。"

拓展阅读：
《雷马克文集》
上海译文出版社
《德国人怎么啦》
[美]赫尔曼·沃克

◎ 关键词：记者 反战精神 美国籍 小说 剧本

"战斗的和平主义者"——雷马克

1929年的德国，一个曾参加过"一战"的默默无闻的小记者雷马克，打算开始写作大战结束以来他一直在酝酿构思的小说《西线无战事》。他完全利用晚上的业余时间写作，对自己的小说也完全没有把握。他仅用六个星期就把小说写成了。可是，手稿却在抽屉里搁置了半年多，因为出版社不愿出版这部作品。后来，总算有家出版社把它接下来，先在《福斯报》上连载，随后又出单行本，想不到这部小说引起了轰动，第一年竟销售了120万册，又被译成多种文本，总发行量在500万册以上。一个无名的小记者，一跃而成为世界闻名的大作家。当时好莱坞俄裔美籍导演刘易斯·迈尔斯东读到了这本小说，被它所感动，立即把小说改编并搬上了银幕。

影片在德国的上映，引起了反动势力的极度恐慌。他们攻击作家在对待第一次世界大战问题上采取反英雄主义态度。德国电影审查机关也下达禁映令。原著的作者雷马克也遭到了厄运，小说被烧毁，本人被驱逐出境。

然而真正的艺术作品和它所承载的反战精神一样，是无法扑灭的。这部小说和电影在全世界范围内取得了广泛的好评，雷马克也成了和平主义作家的代表人物。

雷马克（1898~1970）生于德国奥纳布吕克市的工人家庭，18岁应征入伍，参加了第一次世界大战，在西线经历了许多战役，先后五次负伤。战后，他当过教师也做过石匠，后来凭借他聪明的头脑和还算漂亮的文笔成为了一个记者。20年代开始创作，他的小说《西线无战事》与《扬子江剪影》引起了巨大的反响。希特勒取得政权后，雷马克的作品被焚毁，并被剥夺德国公民权，1931年他被迫移居瑞士，1939年他流亡美国，1947年加入美国籍。

30年代，雷马克写了《归途》《三个伙伴》等作品。40年代，他的创作主要反映在法西斯统治下，德国青年一代所遭受的磨难和痛苦的精神状态。代表作有《流亡曲》《凯旋门》以及逝世后出版的《天堂里的阴影》。

"二战"后，雷马克往返于美国和瑞士之间。50年代，他创作的《生死存亡的年代》和《黑色的方尖碑》，以简练深沉的笔调描绘了法西斯给德国人民带来的灾难以及青年一代在生活道路上所做的痛苦探索。类似的作品还有小说《生命的火星》和剧本《最后一站》等。1970年，雷马克在瑞士逝世。

雷马克的作品，以冷静的笔调描写了战争的残酷和带给人们的巨大伤害，把呼唤和平、反对法西斯的侵略扩张当作自己创作的目的。

突破艺术的枷锁——现代主义文学

◎ 关键词：威廉二世 保罗 战争机器 蝴蝶

"就这样成了炮灰"——《西线无战事》

● "一战"时德军准备开赴西线

>>> 英德幸存老兵成为好朋友

据英国《观察家报》2006年10月29日报道，90年前，曾是"一战"西线战场上的"死敌"的现年110岁的英国老兵亨利·艾林汉姆和现年109岁的德国老兵罗伯特·米尔，在德国多特蒙德市附近的威顿镇，进行了一次特殊的聚会。这两个当年的"战场死敌"此时相聚到了一起，互相拥抱握手，成了一对朋友。

艾林汉姆说："我非常高兴能来这儿，我记得上一次来这儿是1919年，当时德国人对我非常好。"戴着一顶黑色贝雷帽的德国老兵米尔说："我们能够相聚真是太令人惊奇了。我认为每个人都应该成为朋友。"

拓展阅读：

《西线的胜利》（电影）
《第一次世界大战史》
萨那/孙成木等

第一次世界大战期间，德皇威廉二世的军队正在东、西两线与俄、法、英等国交战。战事十分紧张激烈。

在德国后方某个小城市里，一批青年学生在老年教师康托莱克的沙文主义煽动下，报名参军。年仅19岁的高中生保罗，一心想当个英雄。一起参军的还有他的朋友，一个叫贝姆的傻子，患有臆病。他们被分配在同一个部队里。受蒙蔽的青少年就这样成为士兵，他们离别家乡和亲人，去为军国主义卖命。

不久，经过训练后的保罗和他的同学们，被派往西线参战。这些青年从不知道战争是怎么回事，一上战场就遭到炮火猛烈的轰击，在隆隆的炮声下，他们都吓破了胆，有的哭了，有的尿湿了裤子。在杀气连云、白骨森森的前线，他们的理想和信念很快就被杀戮和死亡的现实全部摧毁。

几次战斗后，他们开始成为战争机器上的一个个零件。他们大声号叫着冲锋，失败了，退下来，然后再反攻。高度的紧张与恐惧中，贝姆真的发疯了。一次战斗中，保罗的一名战友腿被炸断，失去了年轻的生命，而另一名被化学毒气毒死。不仅如此，士兵们还要忍受阵地上的饥饿、潮湿、疾病和糟糕的天气。保罗失去了所有的英雄梦想，满心失望。

在一次进攻中，保罗在炮弹坑内，遇上了一个法国士兵，他害怕对方杀死自己，便先下手为强，一刀扎死了法国士兵。当他从法国士兵衣袋里看到其妻儿的照片时，不觉一愣，又看到被刺死者的惨状，他非常懊悔，甚至跪下来请求死者的灵魂能够饶恕他。

保罗在战斗中负伤住了院。伤愈后他请假回家乡探望母亲。病重的母亲见到平安归来的儿子，格外高兴却又充满离别的担忧。保罗又将回到前线。正巧，他路过母校，看到教师还在鼓吹战争，动员学生们参战。保罗厌恶战争，对他们的一举一动感到悲愤。

重返前线后，保罗发现连队来了一批新兵。而老兵只剩班长一人了。正当保罗和老班长热烈拥抱时，一架美国飞机扔下了一颗炸弹，弹片飞向老班长，他就这样死去了。

一天，双方停火了，西线异常平静。守候在战壕里的保罗，发现一只美丽的蝴蝶，当他爬出战壕捕捉蝴蝶时，突然一声枪响，保罗被法国兵的流弹击中而倒下。但是，在这天德军前线司令部的战报上，还是清楚地写着"西线无战事"。

雷马克眼中的战争，是毒气和炮弹，是坦克和火焰喷射器，是把刺刀插入敌国士兵的胸膛，是用手榴弹炸死未能逃脱的碉堡里的敌国士兵。

突破艺术的枷锁——现代主义文学

◎关键词：流亡 德国作家 反法西斯 汉学

生存的希望——《第七个十字架》

"二战"开始之后，大批流亡国外的德国作家，开始创作以反法西斯为主题的小说，安娜·西格斯就是其中的代表。

安娜·西格斯是德国女作家，原名内蒂·赖林，1900年11月19日生于德国西部美因兹一个古玩商和艺术鉴赏家的家庭。先后在科隆和海德尔堡大学学习语言、文学、历史、艺术史和汉学。1924年获博士学位。她在学习时期受到一些波兰、匈牙利等国的政治流亡者的影响，毕业后曾去欧洲一些国家考察社会问题，加深了对资本主义社会矛盾的认识。1928年，西格斯加入德国共产党。同年发表小说《圣巴巴拉的渔民起义》，获得克莱斯特奖金。

1933年，西格斯开始流亡生活，先在巴黎参加反法西斯书刊编辑工作，努力促进反法西斯作家统一战线的形成。1940年经法国马赛逃往墨西哥，在那里任《自由德国》杂志编辑和"海涅俱乐部"主席。西格斯在流亡期间完成的五部长篇和一些中、短篇小说，从不同角度表现了反法西斯这一主题。其中主要有《人头悬赏》(1933)、《二月之路》(1935)、《拯救》(1937) 等。

1942年创作的小说《第七个十字架》使西格斯开始享有国际声誉。小说写法西斯统治时期一个集中营七个囚徒越狱逃跑的故事。法西斯在营内竖起七个十字架，扬言要在短期内把他们抓回处死。其中的六人先后遇难，唯有格奥尔格·海斯勒在反法西斯战士们的掩护下，终于成功地逃出国境。第七个十字架永远空竖着，象征纳粹残酷统治的虚弱和不可避免的灭亡。

1947年，西格斯回到东柏林。1951年，她获国际和平奖金，1952年起担任德意志民主共和国作家协会主席，1978年5月改任名誉主席。

西格斯自幼喜好汉学，她在德国时就认识了我国早期留德的革命者胡兰畦，从而了解到很多中国革命的情况。1932年，西格斯写了长篇小说《战友们》，反映中国的革命斗争。她还写了随笔《计秒表》、轶事《驾驶执照》和报告文学《杨树浦五一节》。《计秒表》写中国游击队配合红军作战，击溃国民党军队的第三次"围剿"的故事。《驾驶执照》描写一个中国司机驾驶一辆载着三名日本军官的汽车开进长江的事迹，表现中国人民的抗日意志和革命英雄主义精神。她还发表有《向南方局递送新纲领》(1949)。1951年曾访问中国，回国后发表了游记《在新中国》。西格斯是第一批来到新中国交流，并热情歌颂共产党领导下的新中国建设的西方作家之一，是中国人民的朋友。

●希特勒和墨索里尼

>>> 胡兰畦

胡兰畦，女。四川成都人。1927年初入中央军事政治学校武汉分校女生队学习。曾任国民党中央妇女部干事。1930年赴德国留学。1933年因参加反法西斯活动被关进集中营，同年出狱。1934年到莫斯科，曾列席苏联第一次作家代表大会。1935年回国。抗日战争初期，组织上海劳动妇女战地服务团，任团长。后任广东难民妇女工作团副团长、贵州日报社社长。

新中国成立后，任北京工业学院图书馆副主任、四川省文史馆研究员，是第六届全国政协委员。著有《胡兰畦回忆录》。

拓展阅读：

《安娜·西格斯短篇小说集》
北京出版社
《独闯东柏林》（电影）

◎ 关键词：德国作家 但泽 诗歌 戏剧 标志

被遗忘的历史——格拉斯与《铁皮鼓》

● 《铁皮鼓》初版封面

君特·格拉斯是另一位具有世界影响的20世纪德国作家。格拉斯1927年10月16日出生在但泽（今属波兰）的一个小商人家庭，1944年应征入伍，次年受伤被俘，1946年被释放。战后回到家乡后，格拉斯当过农业工人、矿工、爵士乐乐手和石匠学徒。1949年至1953年，先后在杜塞尔多夫艺术学院和西柏林造型艺术专科学校学习雕塑和绘画，1955年他的诗歌《睡醒的百合》，获得南德电台诗歌比赛三等奖，虽然是很小的成绩，但这却鼓舞了格拉斯继续写作的信心。从1956年起，格拉斯成为职业作家，并加入了著名的作家团体"四七社"。

格拉斯的诗歌和戏剧创作都谈不上多么成功，但1959年他的长篇小说《铁皮鼓》却使他一举成名。这部书被誉为50年代西德小说的高峰，战后德国小说复活的标志。

小说主人公奥斯卡在娘胎里就会思考，一出生就会说话。三岁生日那天母亲送他一个铁皮鼓作玩具，而他的父亲马策拉特打算让他将来继承他们家的商店。奥斯卡因害怕长大成为千篇一律的成人而从地窖阶梯跌下致残，从此不再长高，成为了一个侏儒。但奥斯卡却有一项特异功能——能够用喊叫震碎玻璃。后来他的母亲食鱼中毒而死，马策拉特先生便找邻居的姑娘玛丽亚来帮助照顾商店和奥斯卡。

这时战争已经爆发，奥斯卡与玛丽亚发生关系使她怀孕，玛丽亚嫁给马策拉特并生下了儿子库尔特。恋爱失败的奥斯卡悄悄离家出走，带着他的铁皮鼓加入了一个侏儒组成的前线剧团在各条战线巡回演出。奥斯卡目睹了战争的狂热和德军的败退后，回到故乡。苏联红军找到了躲在地窖里的马策拉特一家，马策拉特匆匆撕下纳粹党徽扔掉，但奥斯卡当着苏军士兵的面把它塞给父亲，于是苏军士兵开枪打死了马策拉特。在埋葬马策拉特先生的墓地，奥斯卡自感对于母亲、父亲的死负有责任，决定抛下铁皮鼓，成长为大人。他在向西部迁徙的货车里由94厘米长到了121厘米，但却成了鸡胸驼背的畸形人。

战后初期，经济崩溃，投机盛行，奥斯卡先去当石匠学徒雕刻墓碑，后又当模特儿供画家们描绘世界的丑陋和病态，最后不得不重操旧业敲起了铁皮鼓，成为闻名天下的富有的铁皮鼓独奏艺术大师。然而"名利双收"的奥斯卡对于成人的生活日益厌倦，便制造假案让一个朋友告发他有杀人嫌疑，被法院强制送入精神病院。奥斯卡以此逃避尘世的喧嚣，但当小说结束时，谋杀案真相大白，30岁的奥斯卡又面临着进入尘世的矛盾。

>>> 格拉斯《下水礼》

如果那海鸥坚持，
我将会建造一艘船。
我将会很快乐，
在下水礼那天。
穿一件耀眼的衬衣，
或者连香槟也喜极而泣，
或者分泌着肥皂泡，
两者都不宜缺少。

谁会致辞？
谁能准确读出字句
而不会盲掉？
总统？
我将给你起个什么名字？
我该叫你作沉没的安娜
还是哥伦布？

拓展阅读：

《格拉斯文集》
上海译文出版社
《德国诗选》上海文艺出版社

●希特勒当上总理时的留影

>>> 纳粹党

德国法西斯政党，即民族社会主义德意志工人党。曾译为德国国家社会主义工人党（简称国社党）。纳粹是德语 Nationalsozialist（民族社会主义者）一词的缩写词 Nazi 的汉语音译。前身为 1919 年 1 月 5 日由 A.德莱克斯勒和 C.哈勒建立的德国工人党。1920 年 9 月 30 日，该党用德意志民族社会主义工人联盟的名义在慕尼黑登记。1921 年 6 月 29 日，A.希特勒任党的元首。1946 年 9 月 30 日被纽伦堡国际军事法庭宣判为犯罪组织。

纳粹党竭力宣扬种族优劣论、个人独裁论和生存空间论，为其侵略扩张和战争政策制造理论根据。

拓展阅读：

《纳粹党卫军的狼女》（电影）
《德国国家中篇小说选》
人民文学出版社

◎ 关键词：现实主义 "良心" "忠于职守" 法西斯

少年犯的回忆——伦茨与《德语课》

西格弗里德·伦茨是另一位优秀的现实主义德国小说家。

伦茨 1926 年 3 月 17 日生于东普鲁士马祖里地区的吕克。父亲是公务员。他曾加入希特勒的青年团，战争结束前夕被征入伍，在纳粹军队崩溃时逃往丹麦。战后在汉堡攻读英国文学、德国文学和哲学。1950 年任《世界报》副刊编辑。1951 年起成为职业作家，定居汉堡。

伦茨在艺术上反对"为艺术而艺术"的观点，同时也不赞成艺术为政治服务。他主张艺术应该为道德服务。他认为作家应该扮演社会的"良心"的角色，应是社会弊端和群众疾苦的知情人和代言人，不应该置身现实之外。伦茨初期的创作曾受托马斯·曼、陀思妥耶夫斯基、加缪、福克纳，特别是海明威的影响比较明显。

伦茨的处女作《空中群鹰》发表于 1951 年。而他的成名作是 1968 年发表的《德语课》，这部书是战后德国最受欢迎的小说之一。

这部小说取材于画家埃米尔·汉森在纳粹统治时期被禁止作画的真实事件，分析了长期被作为"德意志品质"来宣扬的"忠于职守"思想。少年教养所里的一个少年犯，在上德语课时，想起了父亲和自己经历的往事，于是将回忆写进作文里：他的父亲是一个警察，当时一位进步画家的画被禁毁，这位"忠于职守"却迂腐守旧的警察于是严格禁止画家作画，直到战后还在没收和焚毁他的画；而他却背着父亲帮助画家，一次警察准备去展览会上销毁作家的作品，他的儿子知道后连忙从展览会上偷走画家的画，而成为了"少年罪犯"被送进教养所。小说揭露了法西斯对社会的思想钳制，并批评了在法西斯统治下的执法者和所谓的"忠于职守"的品质。

伦茨的重要小说还有《与影子的决斗》，写于 1953 年。小说写一个德国上校重访非洲战场，受到良心谴责。《激流中的人》写一个老潜水员担心被辞退而涂改证件上的年龄反而被辞退。1958 年发表的《面包与竞赛》，写了一个运动员坎坷的一生。《满城风雨》则提出了战争罪责问题。1973 年创作的长篇小说《榜样》写三个教育工作者四处搜寻可以编入书中的"榜样"而不可得，而真正的榜样，则有待读者在生活中寻求。伦茨后期的力作《家乡博物馆》写一个地毯工人看到过去的纳粹省长被选为家乡博物馆的馆长后，亲手把博物馆付之一炬，表示他对历史的本质和意义的怀疑。

伦茨战后的长篇小说，在德语文学界产生了广泛的影响，而他的短篇小说、剧本和广播剧也深受各国读者喜爱。

● 劳伦斯像

>>> 《虹》被禁用真相

劳伦斯的第一部小说曾被禁，即劳伦斯1915年的著作《虹》。小说中的性描写十分频繁，这样就为小说的命运留下了隐患。

评论家在评价《虹》时，认为"大话连篇，冗长乏味，令人作呕"，"是一片单调的，阳物崇拜主义的荒原"。劳伦斯也因此背上了"黄色作家"的不实之名。这段冤案直到20世纪50年代末期才得到了昭雪。

拓展阅读：

《洛丽塔》[美] 纳博科夫
《劳伦斯作品精粹》
中国书籍出版社

◎ 关键词：争议 情爱小说 成名作 社会批判

饱受争议的作家——劳伦斯

英国文学进入20世纪后，涌现出了一大批优秀诗人、戏剧家和小说家，使英国成为世界现代文学另一个重要的发源地。然而英国文学20世纪的第一位重要作家，就是一个争议很大的人物，他就是著名的情爱小说家——戴维·赫伯特·劳伦斯。

劳伦斯1885年9月11日生于诺丁汉郡伊斯特伍德一个矿工家庭，父亲性情暴躁，父母婚姻不幸，母亲将感情寄托在儿子身上。劳伦斯16岁中学毕业后，当过屠户的会计，做过一家医疗器械厂的雇员。后来劳伦斯进入诺丁汉大学学习。1912年拜见一位教授时，爱上了教授的妻子，并与之私奔。从此他一生大部分时间在国外过着漂泊不定的生活。劳伦斯接触社会较广，对现实十分不满。1930年3月2日卒于法国尼斯的旺斯镇。

劳伦斯共有10部长篇小说。第一部是大学期间开始写作的长篇小说《白孔雀》。这部作品表达了作者对大自然蓬勃生机的礼赞，以及对畸形文明戕害人们天性的谴责。

1913年发表的、带有自传性质的《儿子和情人》是劳伦斯的成名作。小说写矿工沃特·毛瑞尔一家的痛苦与不幸。长年繁重的劳动和煤井事故使沃特身体残疾，脾气也变得粗暴。母亲出生于中产家庭，有一定教养。婚后夫妻不和，母亲开始厌弃丈夫，并把全部感情和希望倾注在孩子身上，由此产生畸形的母爱。她鼓动两个儿子离开矿区，另寻活路。长子威廉为伦敦律师当文书，但为了挣钱辛苦工作，最后劳累致死。而次子保罗和其母亲之间存在俄狄浦斯式的感情。保罗当了工厂的小职员，他跟两个情人克拉拉和米里艾姆之间有两种不同的爱。前者是情欲之爱，后者是柏拉图式的精神之恋。保罗在母亲的阴影之下，无法选择自己的生活道路。直到母亲病故后，他才摆脱了束缚，离别故土和情人，真正成人。

劳伦斯的两部重要的代表作分别是《虹》和《恋爱中的女人》，两部书是姐妹篇，主题是探索性爱的真谛。《虹》通过自耕农布兰文的三代家史，描写19世纪中叶以来大工业蚕食小农经济和古老秩序解体的过程中村民内心的矛盾，着重描绘了属于第三代的厄秀拉·布兰文的成长。《恋爱中的女人》探索了在荒芜冷漠的工业社会里建立完美的性爱关系和人际关系的可能性，作品对人物心理的刻画颇为深刻，并成功地塑造了工业巨子克立克的形象。这些作品反映了处于传统观念崩溃之际的人们对生活意义的探寻。

劳伦斯的作品曾经震动英国文坛。他的作品社会批判和心理探索并重，对资本主义工业化对人性摧残的揭露有较高的认识价值。

SONS AND
LOVERS

D·H·LAWRENCE

● 劳伦斯《儿子与情人》书影

>>> 劳伦斯《新升的月亮》

我看见在沙丘的后面
天空已被点燃
但是，当我穿过沙丘
看到对面的月亮
我感到愕然
因为金色的月亮正与黑暗
面对面进行交谈
沙滩边的小小的海洋
轻轻地拍岸
不敢妨碍
可我，突然
闯进月亮和夜晚的
秘密小天地
原来他俩正在相爱，她
仰望着夜晚，他甜蜜地亲吻
着她
于是世界容光焕发

拓展阅读：
《劳伦斯的诗》漓江出版社
《金瓶梅》明·兰陵笑笑生

◎ 关键词：情爱文学 巅峰 争议 人性 本能

自然主义的真实——《查太莱夫人的情人》

　　《查太莱夫人的情人》是劳伦斯的最后一部小说，也是他情爱文学的巅峰之作。劳伦斯对这部书倾注了巨大的感情和精力，希望能使之成为一部传世之作。1928 年，作者写《查太莱夫人的情人》时已经抱病多时，身体很差，但仍日夜批阅，三易其稿，足见这部备受争议的书，并不是一本趣味低下的色情文学。

　　小说描述了女主人公康妮感情出轨的经历。克利弗·查太莱本是拥有矿场和森林的英国爵士，但战争却给他留下了痛苦而永久的"纪念"。康妮日夜思念丈夫，可等丈夫回来，却发现他已经下肢瘫痪，并且失去了作为男人的能力。身体残疾的查太莱，忍受着精神上的屈辱，脾气也渐渐变得怪异。他要求康妮"去同别的男人生个孩子"，以便将来继承他的家业。康妮拒绝了他的要求，但却没法忍受越来越死气沉沉的家庭气氛，夫妻间的感情由于肉体的缺失而逐渐被欲望扭曲吞噬。

　　农场上的雇工梅勒斯是个粗鲁而健壮的男子，他和残废的查太莱形成了鲜明的对照：一个粗陋豪爽，一个却病态的细腻；一个骑在马背上，一个却成天蜷缩在电动轮椅里；一个身体像公牛一样强壮，一个却饱受肉体和心灵双方面的摧残。

　　康妮在一天天枯燥乏味而动荡不安的生活中，逐渐产生了摆脱现实的潜意识。终于有一天，她偶然而又必然地与梅勒斯相好了，犹如清泉注入干涸的土地，她的心灵得到了许久未有的慰藉，并且再也没法摆脱这份出轨的性爱。

　　康妮与梅勒斯相约出走了，但想象中的幸福并没有如期而至，康妮不得不忍受抛弃丈夫的良心谴责，而梅勒斯也并不是完美的。另一方面，失去康妮的查太莱，突然褪去了变态的精神外貌，而变成了一个可怜的遭人抛弃的残疾人。查太莱拒绝离婚，但也没有办法使他们屈服。他终于明白了，其实从自己受伤残疾的那一天起，他就永远地失去了妻子。三个人的生活不知会向何处去。

　　劳伦斯在小说中揭示了人性中的本能力量，其中描写男女主人公性爱的文字曾引起争论，在英国和美国遭禁 30 余年。小说语言优美，气势恢宏，然而色调黯淡，总有一丝淡淡的忧郁飘浮在字里行间。

●沃尔夫像

>>> 沃尔夫的自尽

《幕间》是弗吉尼亚·沃尔夫辞世之前的最后一部作品。1942年，当这部小说进展到约五分之一时，作家对在让波因茨宅一个干粗活的女仆说，十年前曾经有一位贵妇人在该处投水溺亡。那是一片浓绿的水，其间有无数鱼儿"遨游在以自我为中心的世界里，闪着亮光"。

此话似乎预示了一个不祥之兆。仅在小说完成一个月之后，也就是1941年3月28日，举世无双的沃尔夫在自己的口袋里装满了石头，投入位于罗德麦尔（Rodmell）她家附近的欧塞河（River Ouse）自尽了。

拓展阅读：
《英国文学史及选读》吴伟仁
《新编英国文学选读》
北京大学出版社

◎ 关键词：好莱坞电影 开创性 小说家 意识流

"时时刻刻"——维吉尼亚·沃尔夫

2003年，美国好莱坞制作的电影《时时刻刻》（Hours）在全球上映，并引起轰动，影片中的女主人公，因病体孱弱且精神崩溃，在河中溺水自杀了。这个主人公的原型就是20世纪最具开创性的小说家之一，英国女作家维吉尼亚·沃尔夫。

沃尔夫1882年1月25日生于伦敦的文学世家。父亲莱斯利·斯蒂芬是《国家名人传记大辞典》和《康希尔杂志》的编者，写过许多评论、传记和哲学文章，交往的都是文学界、学术界名流。她自幼深受这种环境的熏陶，熟悉这些生活优裕又富有文化教养的名流和他们的生活方式。这深深影响了她的精神世界，成为她日后所撰写的作品的主要内容。

虽然她从未上过正规的学校，但她所受的教育是多方面的，而且相当高深。她阅读了父亲的极为丰富的藏书，因而有较高的学识与素养，经常在寓所中款待文艺学术界人士，谈论艺术和哲学，力主反传统，从而形成了一个文学社团——布卢姆斯伯里派。社团的成员有传记作家利·斯特雷奇、小说家爱·福斯特、亨利·詹姆斯、诗人托马斯·艾略特，较晚的还有小说家衣修伍德等人。

1912年她和伦纳德·沃尔夫结婚，1917年夫妻俩成立了著名的"霍加斯出版社"，专门出版当时的新潮作家的作品。现代派诗人艾略特的作品与沃尔夫本人的小说均由该社出版。

沃尔夫本人的小说创作长于描写人物的内心世界，她认为小说反映的是人的潜意识活动，她蔑视传统的写实手法，要求小说创作有更大的自由度。为了达到这种创作的自由，她的小说完全放弃了戏剧化的情节进展和严整的时间结构，而是按照主人公的心理活动来调动写作，由此开创了20世纪现代派小说最重要的一种手法——意识流。

沃尔夫最早的一篇短篇小说，创作于1917年的《墙上的记号》即已使用"意识流"的技巧描写人物的内心活动。早期小说《雅各的房间》更加有意识地使用"意识流"，此后作者便抛弃了传统的注意行动的描写方法。强烈的抒情的诗歌风格是她的作品的又一个重要特点。她的最佳作品是《达洛卫夫人》《到灯塔去》《海浪》和《幕与幕之间》。此外还有《远航》《夜与日》《奥尔兰多》《年月》和一些短篇小说。

第二次世界大战波及英国后，沃尔夫情绪不安，身体状况恶化，她的住所遭到轰炸，同时她的婚姻也出现了严重的裂痕。1941年3月28日，维吉尼亚在离家不远的欧塞河投水自尽。

●公园 英国 帕斯莫尔

>>> 散文诗《灯塔颂》

傲笑山巅，闪耀光芒。海风狂吻着，磐石呵护着，朝迎晨霞，暮送夕阳，耸立在荒凉的岛屿，默默注视踏着万里波涛而来的巨轮，杜撰那美丽的传说。

你的根嵌入大地，海平面将你身躯拔高，日月星辰锻铸你的肌肉，风雨云雾坚固你的骨骼。于是，你以魁伟的英姿昂首挺胸，将航海安全揽入胸怀，为存在的意义找到了展示的空间，与大海演绎着浪漫的绝响——与画的融合，水与火的缠绵，抽象与具体的凝聚，内容与形式的和谐统一。（节选）

拓展阅读：

《灯塔颂》通俗文艺出版社
《飘落的心瓣》冯季庆

◎ 关键词：意识流小说 文学成就 奏鸣曲 独创性

意识流的先驱——《到灯塔去》

《到灯塔去》是沃尔夫意识流小说中最成熟的作品，代表了她的文学成就。小说描写兰姆西教授一家和几个亲密的朋友在第一次世界大战前夕于苏格兰西北沿海某岛度假的一段生活，而兰姆西夫妇多少有一些作者的父母的影子。作品的深度在于深入表现了人物的思想和感情的活动。人物并不多，但每个人都刻画得很细致，在生活中各有自己的位置，如作画的丽丽·勃里斯科便是作者刻画的独具匠心的旁观者。在这里，生活和人物似乎笼罩在一片透明的灵光之下。

小说采用奏鸣曲的形式，分为呈示部、展开部和再现部三个相连的层次。第一部"窗"，以兰姆西夫人为主题，主导旋律是"到灯塔去"，表现了兰姆西夫人的贤妻良母性格和乐善好施的品质。她用自己母性的光辉扫灭了人们心灵中的阴霾，使他们树立起生活的信心。她的心就好像海上的灯塔，为黑夜中航行的人们指引方向。

第二部"岁月流失"，以时间的流逝为主题。此时光阴已经是十年之后了，在这十年中，太多的事情发生了改变，第一次世界大战爆发了，兰姆西夫人去世了。她的八个女儿中，一个死于难产，一个死于战场。她的亲朋好友也都如落叶一般随风飘散了，昔日兰姆西夫人精心营造的宁静的生活遭到了破坏，以"到灯塔去"为象征的人们的理想，看起来是那样渺茫，似乎永远得不到实现的机会。

第三部"灯塔"，主题是对兰姆西夫人的回忆和追念。兰姆西夫人虽然已不在人世，但她的亲人和朋友却重新聚在了一起，她们在对她的深情怀念和回忆中，终于完成了她的夙愿——"到灯塔去"。这既是一次现实的航程，也是一次心灵的航程。而与此同时，画家丽丽·勃里斯科在兰姆西夫人精神的感召下，完成了她的以母子图为背景的绘画，这也是一次"到灯塔去"的心灵旅程。

维吉尼亚以她十分细致的高度的敏感，深刻辨尝、体验着每个人独有的生活经验与感受，在小说的内容和创作方法上进行新的探索，有很强的独创性。她所开创的细致的心理描写和"意识流"的创作方法，曾风靡一时。詹姆斯·乔伊斯、马塞尔·普鲁斯特和威廉·福克纳都用这种方法取得了重大成就。因此后人称维吉尼亚·沃尔夫为意识流小说的先驱。

●毛姆像

>>> 毛姆的风趣

毛姆在年老时曾有记者去访问他，想同他谈谈对于"死亡"的感想，被他挖苦了几句。他说"生"的问题还未料理清楚，哪里有时间谈"死"。

毛姆还说过这样一个笑话：在他80岁那年，有一家寿险公司的经纪人向他兜生意，寄给他一份人寿限数的统计表。他因为自己已经80岁，就查看80岁项下有什么解释，见他们所注的数字是：平均仍有五年零九个月可活。他说，他今年已经87岁了，超出他们的预算将近两年，实在很对不起那位统计专家。

拓展阅读：

《毛姆读书随笔》
　　　　上海三联书店
《毛姆传》［法］波伊尔

◎ 关键词：法国 自然主义 戏剧 短篇小说

小说家与剧作家——毛姆

索莫塞特·毛姆1874年1月25日出生在法国巴黎，父亲是律师。毛姆很小的时候，父母便相继去世，伯父把他接回英国，送入寄宿学校。中学毕业后，毛姆曾到德国海德尔堡大学读书。1892年至1897年在伦敦学医，并取得外科医师资格。他的第一部长篇小说《兰贝斯的丽莎》(1897) 即根据他作为见习医生在贫民区为产妇接生时的见闻，用自然主义手法写成。

第一次世界大战期间，毛姆作为军医赴法国参加战地急救队。不久之后，他进入了神秘的英国情报部门，在日内瓦收集敌情；后来又成了英国的秘密使节，出使俄国，劝阻俄国退出战争，与临时政府首脑克伦斯基有过接触。回国述职时，俄国爆发了十月革命。这一段间谍与密使的生活，后来被他写进了间谍小说《艾兴顿》(1928) 中。

1916年，毛姆去南太平洋旅行，此后多次到远东。1920年到中国，写了游记《在中国的屏风上》(1922)，并以中国为背景写了一部长篇小说《彩巾》(1925)。

当时毛姆最为看重的并非他的小说，他将大部分创作精力放在了戏剧上。1903年至1933年，他创作了近30部剧本，其中很多部深受观众欢迎。1908年，伦敦有四家剧院同时演出他的四部剧作，在英国形成空前盛况。毛姆的剧作以风俗喜剧为主，他的喜剧受王尔德的影响较深，一般都以家庭、婚姻、爱情中的波折为主题，给当时上流社会描绘了一幅幅风俗画，其中最著名的剧本是1921年上演的《圈子》。

毛姆最高的创作成就却体现在他的小说上。1915年，他推出了一部长篇小说力作《人性的枷锁》，这部带有自传成分的小说为毛姆赢得了大量的读者。

1919年，毛姆著名的长篇小说《月亮和六便士》问世。小说描写一个英国画家（以法国印象派画家保尔·高更为原型）来到南太平洋中的塔希提岛，与土著人共同过纯朴原始的生活，创作了不少名画。

毛姆受到莫泊桑的影响，擅长于写作短篇小说。他的短篇小说故事性强，情节曲折多变，但又不落窠臼。他曾写了100多篇短篇小说，涉及间谍、英国人在国内和海外的种种生活，其中以写英国人在海外的生活最富有特色。

毛姆的作品很受读者的欢迎，除在英、美畅销外，还被译成了多种外文。1952年，牛津大学授予其名誉博士称号。1954年，英国女王授予其"荣誉侍从"的称号，并成为皇家文学会的会员。1959年，毛姆做了最后一次远东之行。1965年12月16日于法国病逝。

● 哀歌 英国 赫普沃思

>>>《那种不安感》简介

《那种不安感》原名*That Uncertain Feeling*，主人公约翰·安纽林·路易斯在一个图书馆供职，生活拮据，却自命风流。他勾搭上了决定自己能否晋升的格露菲斯·威廉斯的夫人伊丽莎白，同时又对妻子吉茵心怀愧疚。再当他得知自己是由于上层人物的人事倾轧而得到职位时，决心不再当别人的棋子，携妻子"逃"到父亲处。可不久，他又遇到别的女人的勾引。本书妙语如珠，充满英国式的幽默，让人在忍俊不禁的同时陷入深思。

拓展阅读：

《英国文学简史》常耀信
《战后英国小说》张和龙

◎ 关键词：新流派 文学评论 社会下层 科幻 惊险小说

"愤怒的青年"——战后英国文学运动

"二战"之后，英国文学进入了又一个发展期，新流派的兴起和新一代作家的涌现是战后英国文学的重要特征，在这些流派和运动中，影响最大的要数"愤怒的青年"文学运动。

"愤怒的青年"这个称呼最早出现于 1951 年的文学评论中。"愤怒的青年"主要是指一些小说家和戏剧家，他们对中产阶级的道德与习惯不满，抨击严格的阶级等级划分，他们大多来自社会下层，同情劳动人民。1953 年，剧作家约翰·奥斯本发表了剧本《愤怒的回顾》，引起了巨大的社会反响。因此，"愤怒的青年"这个称呼也开始被广泛地使用。而奥斯本也被看成是这一文学流派的带头人。《愤怒的回顾》描写一个工人家庭出身、靠自学获得知识的青年吉米愤世嫉俗，憎恨冷酷的社会、无聊的生活、伪善的人们，愤怒地抨击周围的一切，但又不愿采取行动改革现实。

"愤怒的青年"的另一位代表作家是小说家约翰·韦恩。韦恩1926年生于斯托克，在工业区长大。他的童年生活在自传《轻快地奔跑》(1962) 中有生动的描述。1947 年从牛津圣约翰学院毕业后，当过大学讲师。1955 年后成为专业作家。他写作的题材范围很广，长篇小说、短篇小说、诗歌、剧本、文学传记等多种体裁他都尝试过，但成就最大的是小说。50 年代他以长篇小说《每况愈下》(1954) 闻名于世，小说描写一个中产阶级子弟在大学毕业后当杂工、小贩甚至沦为走私犯的经历，主人公一方面在战后万花筒般的社会里重新探索人生价值，一方面表现他内心的愤怒。韦恩坚持反映社会现实的优秀传统，在 1962 年出版了长篇小说《打死父亲》，反映了两代人的矛盾和种族歧视问题，塑造了黑人音乐家潘西·布莱特的动人形象。

艾米斯也是这一文学流派的出色作家，1922 年 4 月 16 日生于伦敦。他从小爱好文学。中学毕业后适逢第二次世界大战，他曾在军队服役。退伍后入牛津大学圣约翰学院专攻英国文学，1961 年开始专门从事文学创作。他的成名作是长篇小说《幸运儿吉姆》，小说用滑稽的讽刺笔触揭露了英国大学里的特权和伪善。1956年出版的《那种不安感》也是一部批评社会、表示"愤怒"的讽刺小说。

到了 60 年代，"愤怒的青年"开始变得不再愤怒，艾米斯把兴趣转向科幻和惊险小说。他自称是"邦德迷"，曾对英国当代惊险小说家伊恩·弗莱明所创造的间谍詹姆斯·邦德的形象做过论述，写有《詹姆斯·邦德的档案材料》一书。他还写有关于科幻小说的专著《地狱的新地图》等，还创作了科幻小说《改变》、神怪小说《绿人》和侦探小说《河边别墅的谋杀案》等。

突破艺术的枷锁——现代主义文学

◎ 关键词：文学艺术 高潮 流亡 自传体 独白

爱尔兰文学巨匠——乔伊斯

●乔伊斯像

>>> "布鲁姆日"的由来

1904年6月16日，因赴母丧从巴黎回到故乡已一年的乔伊斯，在都柏林的拿骚街上邂逅了一个名叫诺拉·巴纳克尔的美丽女子，几天后，他们就开始了约会。后来，他们跑到国外结了婚，生了一双儿女。为了纪念改变自己一生的这一天，乔伊斯就把《尤利西斯》的背景设在了1904年6月16日，由此形成了每年6月16日世界各地读者庆祝"布鲁姆日"的传统——这恐怕是世界上唯一一个以纪念一部艺术作品为目的的国际节日。

拓展阅读：

《乔伊斯》百家出版社
《乔伊斯短篇小说选》
　　　　湖南文艺出版社

20世纪，在欧洲一个从前不被人注意的国度，突然涌现出文学创作的浪潮，成为了现代世界文学的重镇之一。这个国度就是位于英格兰北部的爱尔兰。小说家莫尔、乔伊斯、戏剧家萧伯纳、奥凯西、辛格、贝克特、诗人叶芝、希尼都从这里走向世界。其中诺贝尔文学奖得主就有三位。其中爱尔兰文学最杰出的代表，还要数意识流小说巨著《尤利西斯》的作者——詹姆斯·乔伊斯。

詹姆斯·乔伊斯1882年2月2日生于都柏林一个穷公务员的家庭，父亲是税吏。乔伊斯从小在耶稣会学校受天主教教育，准备成为一名神父。但中学毕业前，思想成熟的乔伊斯开始同宗教信仰以及都柏林庸俗无聊的社会生活决裂，决心献身文学。1898年，他进入都柏林大学专攻现代语言，1902年毕业后赴巴黎学医。1903年，乔伊斯由于母亲病危暂时回乡，开始写短篇小说。

1904年，乔伊斯结婚后到意大利和瑞士旅行，并宣布"自愿流亡"，与天主教统治的爱尔兰彻底决裂。先后在罗马、的里雅斯特、苏黎世等地以教授英语为生，同时从事创作。

乔伊斯大半生流亡欧洲大陆，可是在他的小说中，题材与人物都集中在都柏林。他认为，只有彻底摆脱爱尔兰宗教、政治和社会生活的影响，他才能完全客观地描绘都柏林的生活。1914年乔伊斯发表了他的处女作，短篇小说集《都柏林人》。其中收录了15篇小说，描写的是都柏林下层市民的日常生活。作品通过日常生活的琐碎，揭示了理想的破灭和生活的灰暗。语气沉静，节奏平稳。

1916年创作的《青年艺术家的肖像》是他的一部自传体中篇小说，在这部小说中，乔伊斯初步开始尝试意识流的创作手法。小说通过主人公斯蒂芬·德迪勒斯的成长过程，描绘了现代艺术家与社会之间的关系：走向艺术即走向流亡的命运。乔伊斯运用内心独白的手法，通过主人公的内心活动来描绘他的经历和客观世界，并且以不同风格的语言表现幼年、童年、青少年等各个不同时期的思想感情。

1920年，乔伊斯为了更好地完成他一直在写作的巨著《尤利西斯》，辞去一切工作，迁居巴黎。1922年，乔伊斯的《尤利西斯》出版，受到广泛重视。这部小说奠定了乔伊斯在世界文学中的地位。

乔伊斯在晚年几乎双目失明，但仍然埋头写作，经过十几年的艰巨劳动，终于在1939年完成了最后一部长篇小说《为芬尼根守灵》。作者自称这是他的一部杰作。1941年1月13日，乔伊斯病逝。

● 《尤利西斯》封面

>>> 乔伊斯《常春藤日》

《常春藤日》描写的是爱尔兰独立运动领袖帕内尔逝世十周年纪念日那一天，他的一群"信徒"在一间办公室的谈话。这些人尽管衣领还插着象征独立运动的常青藤叶子，但他们早已背叛了帕内尔，背叛了他的理想。

小说仿佛一幅群像素描，三言两语间就将人物的精神面貌刻画得入木三分。作者在结尾处嵌入了一首自己少年时写下的悼念帕内尔的诗，使得这样一篇反映都柏林政治生活的"瘫痪"的讽刺性作品染上了一层沉痛、悲愤之色。

拓展阅读：

《乔伊斯精选集》
　　北京燕山出版社
《〈尤利西斯〉导读》陈恕

◎ 关键词：实验性 西方社会 意识流 随意性

心灵的返乡——《尤利西斯》

《尤利西斯》是乔伊斯的代表作，也是现代西方小说中最富实验性的作品之一，被认为是意识流小说的经典之作。

小说写的是利厄波尔·布鲁姆、他的妻子摩莉，以及青年知识分子斯蒂芬大约18个小时的经历，表达了作者对现代人精神空虚和道德堕落的看法。乔伊斯把小说的主人公和荷马史诗《奥德修纪》中的英雄尤利西斯（即俄底修斯）相比拟，把他在都柏林的游荡和尤利西斯的10年漂泊相比拟，而且全书18章——和《荷马史诗》中的情节相对应，通过全面的对比渲染了现代西方社会的腐朽与堕落，突出了人的渺小与悲哀。

布鲁姆是都柏林一家报纸的广告推销员，他是爱尔兰匈牙利裔犹太人，在都柏林整天忙碌，但是一无所获。他11年前丧子，现在性功能衰退，妻子和情人相会，他也无可奈何。作为犹太人，他到处受人欺凌，胆小如鼠，但同时自己又和别的女人鬼混，沉湎于酒色。在道德沦丧、家庭分裂的情况下，他飘零无依，备受精神折磨，在都柏林的中产阶级中很有代表性。斯蒂芬富有理想和激情，对人生和未来有美好的憧憬。他不满爱尔兰的现实，也不满父亲一味酗酒放荡，决心和国家、宗教以及家庭决裂。这两个人碰到一起，布鲁姆找到了精神上的儿子，斯蒂芬找到了精神上的父亲。小说中的摩莉对过去有美好的回忆，在性生活方面有过挫折，渴望健全的家庭和社会联系。这三个人物都陷入了无法解决也无法摆脱的矛盾之中，他们在这种毫无结果的混乱和绝境中消耗精力、浪费时间。小说用了大量的篇幅来描写布鲁姆的可怜又可鄙的处境，他妻子的耽于肉欲，以及斯蒂芬的自命清高、彷徨和玩世不恭。作品十分精细地表现了布鲁姆在外游荡的一天生活，象征性地表现出现代人到处漂流、无处安身的悲哀、绝望、孤独的处境。

在总体结构上，《尤利西斯》分为三部分。第一部分描写斯蒂芬寻找精神父亲的过程，对应俄底修斯之子远方寻父；第二部分讲述布鲁姆一天在都柏林的游荡，对应《奥德修纪》中俄底修斯10年的海上飘零；第三部分"回家"对应俄底修斯回家的经历。同时，作品后15章分别突出人体的一个器官，各章加以综合，就形成人的整体。多种文体、语言、声音和颜色等的运用，令人眼花缭乱，却又自成体系。

另外，小说成功地运用意识流的手法，将外部的现实和人物内部的意识、对过去的回忆、对现在的体验，以及对未来的幻觉，交织在一起加以描写，情节具有很大的跳跃性和随意性。富有成效的实验和创新，使得《尤利西斯》成为意识流文学首屈一指的经典作品。

●阿波罗的战车 法国 雷东

>>> 圣·埃克苏佩里的座机

1998年，一名渔夫在马赛附近的海中打捞上来一件刻有圣·埃克苏佩里名字的手镯，但却被人们疑为伪造。不过，一位名叫卢克·凡雷尔的专业潜水员却由此意识到自己可能在无意中发现过圣埃·克苏佩里座机的残骸。2000年5月，他宣布自己已经找到了飞机的残骸，并拍了照片作为证明。

在得到法国文化部批准后，人们打捞起了一些飞机残片并对之进行科学鉴证。关键的证据来自其中一块碎片：这块碎片上有洛克希德公司的系列号——2734L，与圣·埃克苏佩里座机的系列号恰好吻合。

拓展阅读：

《通向儿童文学之路》陈晖
《圣·埃克苏佩里小说选》
外国文学出版社

◎ 关键词：童话书 驾驶员 英雄主义 人生真谛

天上的"小王子"——圣·埃克苏佩里

20世纪90年代，一部奇妙的童话书突然出现在中国读者的面前。最初它的读者只是孩子们，但很快就有大批的年轻人开始沉迷于这部两个钟头就能读完的童话，渐渐地，中学生、大学生甚至老年人都开始喜欢这部书和它的作者。人们发现，这其实不是一个童话，而是一部可以从小读到老的书，而不同年龄经历的人，都能从这部书中得到不同的心灵感悟。

这部书名叫《小王子》，它的作者就是富有传奇色彩的法国作家——圣·埃克苏佩里。

圣·埃克苏佩里在20世纪的第一年里出生。年轻的埃克喜欢大自然，喜欢冒险，也喜欢冥想。20多岁时，埃克实现了自己的愿望，成为一名民航的驾驶员。1939年大战爆发后，他应征入伍，成为一名空军飞行员。当时的飞行条件很差，飞机经常出现事故，飞行员的工作非常危险。埃克在北非、南欧和地中海上空执行任务，曾多次因事故坠机落入荒野，甚至曾掉到方圆上千公里的沙漠的中心，但他多次化险为夷，神奇地生还。他根据自己和身边飞行员的经历开始创作小说，描写飞行员的生活和处在生命边缘的独特感受。

埃克的第一部作品《南方信使》是作者青少年时代的回忆和在毛里塔尼亚沙漠边缘任着陆站站长期间的见闻。小说《夜航记》和自传体小说《人的大地》是他的代表作，都以歌颂英雄主义和探讨人生真谛为主题，写飞行员艰苦创业和他们的英雄业绩。作者真实、生动而又精细地描绘了一般人从未见识过的天上人间的景物，刻画了许多崭新的人物形象。他的小说《空军飞行员》1941年在美国出版。1943年发表的《给一个人质的信》，强调个人的牺牲精神和人类利益的一致性。

这些取材独特而浪漫瑰丽的飞行员小说足以使埃克苏佩里成为一名优秀的作家，但真正让他永远地留在读者心中的作品，却是他创作的童话《小王子》。

《小王子》描写了一个来自外星球的纯真男孩和童心未泯的"我"相遇相识的故事。埃克苏佩里用诗一样美丽的语言描述了这个神奇的故事，并带给人们许多心灵的感悟，让人们在这部书中找到了丢失已久的真诚、善良和淳朴的感情。

1944年，浪漫而传奇的作家埃克苏佩里以一种最适合他的方式告别了这个世界。他在一次地中海上空的飞行中神秘地失踪，再也没有回来。他的儿童读者们说，他去了外星球，去找小王子了。也许这种纯真的猜想为他的童话《小王子》补充了一个美妙的结局。

● 普鲁斯特像

>>> 《追忆逝水年华》

我情意绵绵地把腮帮贴在枕头的鼓溜溜的面颊上，它像我们童年的脸庞，那么饱满、娇嫩、清新。我划亮一根火柴看了看表。时近子夜。这正是病羁异乡的游子独宿在陌生的客舍，被一阵疼痛惊醒的时刻。看到门下透进一丝光芒，他感到宽慰。谢天谢地，总算天亮了！旅馆的听差就要起床了；待一会儿，他只要拉铃，就有人会来支应。偏偏这时他还仿佛听到了脚步声，自远而近，旋而又渐渐远去。门下的那一线光亮也随之又消失。正是午夜时分。来人把煤气灯捻灭了，最后值班的听差都走了。他只得独自煎熬整整一宿，别无他法。（节选）

拓展阅读：

《普鲁斯特美文选》
  人民文学出版社
《普鲁斯特论》
  社会科学文献出版社

◎ 关键词：重病 回忆 现代小说 连贯性 革新

最漫长的写作与阅读——《追忆逝水年华》

20世纪的最初10年，在巴黎一所豪华的公寓里住着一个重病的青年，他平日极少出门，甚至不打开窗户和窗帘，在封闭的房间里过着"墓穴"一样的日子。他的吃饭穿衣都有人照料，除此之外，他全部的生活几乎就是回忆与写作。然而就在这个封闭的房间里诞生了20世纪法国文学最优秀的作品，也是世界文学中规模最宏大的一部现代小说——《追忆逝水年华》。

这个年轻的病人叫马塞尔·普鲁斯特，他1871年7月10日生于巴黎一个资产阶级家庭。他的父亲是医生，母亲是富有的证券经纪人的女儿。普鲁斯特自幼患哮喘病，终生为病魔所苦。

普鲁斯特中学毕业以后，在巴黎大学听柏格森讲授哲学，深受其影响。1895年他获文学学士学位。毕业后，他办过杂志，还在玛札里纳图书馆当义务馆员。他交游较广，并进入圣日耳曼区古老贵族世家的沙龙，与一些文艺界名流相识。他注意观察生活，积累素材，磨炼分析批判能力。他后来的作品基本取材于这个时期的经历。

这时期普鲁斯特开始写作，向杂志社投稿。1896年，将各处发表的纪事、随笔、故事等汇编成第一部作品《悠游卒岁录》出版。1896年至1899年，他写作自传体小说《若望·桑德伊》，但未完成，直到1952年由后人根据手稿整理发表。

1905年普鲁斯特的母亲去世，他感情上受到沉重打击，加之哮喘病日趋严重，怕风、怕阳光、怕室外噪声，只能幽闭在家中。1906年，他开始写作长篇小说《追忆逝水年华》，小说共分七大部，病中的普鲁斯特边写作边发表。1913年，小说第一部《斯万之家》完成后，作者自费印行，反应冷淡。1919年，小说第二部《在花枝招展的少女们身旁》出版后获得了龚古尔文学奖，作者因而成名。此后普鲁斯特夜以继日地工作，终于在逝世前将作品全部完成。

《追忆逝水年华》是一部奇妙的"大书"，由于篇幅太长，大多数读者都没有毅力完整地读完。但这部书实际上可以从任何一个地方开始阅读，也可以在任何一个地方结束，因为它的故事没有连贯性，中间充满了各种感想、议论、倒叙甚至离题的叙述，结构有如一株枝桠交错的大树。这部书全部内容都是普鲁斯特的回忆与感想，因此从任何一个地方进入，都可以走进作者的内心。

普鲁斯特的这部作品改变了人们对小说的传统观念，革新了小说的题材和写作技巧。

●捷克领导人杜布切克

>>> 扑灭"布拉格之春"

1968年，捷共中央第一书记杜布切克发起了"布拉格之春"改革，有脱离苏联控制倾向。苏军决定武装干涉。8月20日晚11时，布拉格机场接到一架苏联民航机信号"机械事故，要求迫降"，地面准许客机降落后，数十名苏军突击队员冲出机舱迅速占领并控制机场。一小时后，一辆苏联大使馆的汽车引路，苏军空降师直扑布拉格。

21日拂晓，苏军占领布拉格，逮捕杜布切克，控制了捷克全境。几十万捷军被全部缴械。至此，"布拉格之春"改革宣告流产。

拓展阅读：

《萨特精选集》
　　北京燕山出版社
《千面人萨特》
　　[法]索菲·里夏尔丹

◎ 关键词：文学家 阿尔萨斯 哲学思想 社会活动

存在的置疑——萨特与存在主义

对世界现代文学产生了最大影响的20世纪法国作家是存在主义文学家和哲学家让·保尔·萨特。

萨特1905年6月21日生在法属阿尔萨斯，父亲是个海军军官，但很早就去世了，萨特由外祖父抚养长大。萨特19岁进入巴黎高等师范学院攻读哲学，在这所法兰西文化巨人的摇篮中，萨特与尼赞、阿隆等人成为同学，这些思想界的风云人物成为萨特的终生朋友和对手。24岁时萨特通过中学教师就业考试，后在巴黎等地任中学哲学教师多年，这期间他结识了西蒙娜·德·波伏娃，二人成为未婚的终身伴侣。波伏娃也是重要的存在主义和女性主义的作家。1933年至1934年，萨特在柏林法兰西学院哲学系学习，受到海德格尔等存在主义哲学家的影响。

1937年，萨特发表处女作《墙》（后收入1939年出版的同名短篇小说集），这篇以西班牙战争为背景的小说体现了作者早期的哲学思想。1938年，萨特发表长篇小说《恶心》，这部作品为作者赢得更大的声誉。1939年第二次世界大战爆发，他应征入伍。1940年被德军俘虏，1941年获释后参加了法国地下抵抗运动。

1943年，萨特发表哲学著作《存在与虚无》，这本书成为存在主义的经典。1945年，他创办传播存在主义思想的杂志《现代》。40年代，萨特

在哲学上取得重大成就的同时，文学创作也达到了高峰。他先后写出了长篇三部曲《自由之路》以及剧本《苍蝇》《禁闭》《死无葬身之地》《恭顺的妓女》《肮脏的手》等重要作品。

萨特的小说中，事件的叙述往往和主人公的内心独白互相交织，在作品时间的处理上，讲求同时性。例如在长篇小说《缓期执行》中，他同时描写了约20处的人物活动情景。萨特的剧作也在一定程度上表现了他的存在主义思想。剧本《苍蝇》以俄瑞斯忒斯铲除篡位的暴君并为父报仇的古希腊传说为题材，阐明人要用意志和行动去争取自由，完成生存的使命。《密室》是阐述存在主义哲理的剧本，剧中塑造了三个死后不改生前本性、在阴间互相追逐的亡魂，在这部剧本中，萨特形象地阐释了他著名的"他人就是地狱"的哲学观点。

50年代起，他开始以较多的精力投入社会活动，如反对美国侵略朝鲜，谴责苏联出兵匈牙利，反对法国在阿尔及利亚的战争，抗议美国侵略越南，抨击苏联入侵捷克等。1973年后，他几乎双目失明，但仍积极参加社会活动。1980年4月15日，萨特逝世。

1964年，瑞典学院授予萨特诺贝尔文学奖。但萨特没有去领奖，因为保持平民立场的萨特"拒绝接受一切官方给予的荣誉"。

◎关键词：存在主义文学 日记体 罗康丹 反抗意识

孤独的现代人——《恶心》

●萨特像

>>> 萨特《肮脏的手》简介

《肮脏的手》讲述的是无产阶级的两位领导人路易与贺德雷在政治上有分歧，路易无法抗衡贺德雷的威望，也无法通过争取多数取胜，于是派雨果暗杀贺德雷。可是在雨果与贺德雷相处的日子中，他渐渐地被他的领导者的气质所征服，他想不思考，只服从命令、服从纪律，想无动于衷地杀人，但他还是办不到。一次偶然，他目睹到贺德雷竟正与自己的妻子亲吻，气愤的他杀死了贺德雷。

杀了贺德雷而入狱的雨果，在狱中收到了含毒的巧克力，侥幸未死，可是最后还是没有能够逃脱死神的追杀……

拓展阅读：

《萨特文集》秦天/玲子
《存在主义是一种人道主义》
上海译文出版社

萨特1938年发表的小说《恶心》是存在主义文学的著名篇章，萨特的文学创作，对于13—20世纪的法国文学都具有划时代的意义。

这部日记体小说通过主人公罗康丹对周围生活的感受和体验，表明了作者的存在主义观点。主人公罗康丹生活在一个污秽龌龊的世界里。在他的身边，人人都萎靡不振，浑浑噩噩，彷徨苦闷，无意义地活着。罗康丹年过30却仍未结婚，过着四处漂泊的生活。因对此感到厌倦而返回故里，来到布维勒城，住在一个旅馆里。为了证明自己的价值，他着手撰写18世纪法国阴谋家德·洛勒旁侯爵传记。他忙于钻图书馆，查阅资料，疲惫不堪。他发现自己过去确实喜欢过德·洛勒旁侯爵这个人物，但是随着研究的逐步深入，他只对一本本书籍感兴趣，然后，他的兴趣，或者说他工作的意义又开始转向一个个微小的细节，最终，他发现其实这一切都毫无意义，自己查看的书籍和心中的目标没有任何联系，各种书籍之间也没有任何联系，他没法描述自己在做什么，自己的目标是什么。

于是他开始转而关注自己的生活，他每日把发生的事情记下来，不放过任何线索和细节，如街道、人群、咖啡店、公园、大便纸、扑克牌、啤酒杯、各种人的脸等。所有这些事物，既不重要，相互之间也毫无联系，然而任何人都没有力量使这些无意义的琐事停止，哪怕一点点小的改变都不可能，这些事情就是这样存在着，彼此相逢相迎却不能沟通，既无规律可循，也没有因果关系。而自己和周围的世界也没有联系，自己也是一种无意义的存在。

这些感受恰恰代表了萨特的存在主义的世界观——"存在即虚无"。而任何认识到这个真理的人，都无法摆脱失去世界，失去一切意义而带来的孤独感。罗康丹就是这样的人，他厌恶身边的小市民，他们不懂生活真正的意义，一切行动都只不过在消磨时间；他厌恶那个宣称自己是人道主义的学者，他只知道按图书目录卡的字母顺序读书，真是愚蠢而又怪僻，然而他发现自己才是最值得厌恶的对象，他整天忙忙碌碌，不知在干些什么，他在无聊中与自己并不喜欢的旅店老板娘鬼混，却得知老板娘每天要换一个男人，他希望在情人安妮那里得到安慰和理解，但发现她已变成一个心灰意冷的粗笨女人。他没法停止自己这一切无意义的生活，于是这一切无意义的事情，开始在罗康丹的心里翻腾，令他感到不适，他感到想呕吐、恶心。

小说中既有作者对现实的感受与思考，也包含着他对现实的否定和反抗意识。

突破艺术的枷锁——现代主义文学

◎ 关键词：阿尔及利亚 戏剧 反法西斯 荒谬 英雄人物

荒谬的现实——加缪与《鼠疫》

●加缪像

>>> 历史上的鼠疫

　　鼠疫远在 2000 年前即有记载。世界上曾发生三次大流行，第一次发生在公元 6 世纪，从地中海地区传入欧洲，死亡近 1 亿人；第二次发生在 14 世纪，波及欧、亚、非；第三次是 18 世纪，传播到 32 个国家。其中 14 世纪大流行时波及我国。1793 年云南师道南所著《死鼠行》中描述当时"鼠死不几日，人死如坼堵"。

　　解放后，我国国内人间鼠疫已基本消灭，但自然疫源地依然存在。霸权主义者把鼠疫杆菌列为生物战剂之一，故防治鼠疫对我军国防和建设事业仍有非常重要的意义。

拓展阅读：
《加缪文集》译林出版社
《法国文学史》郑克鲁

　　由于萨特的文学和哲学贡献，存在主义成了世界文学的一个重要思想源泉，而存在主义的另一位重要作家加缪也在同一时代推出了他的文学力作。

　　阿尔贝·加缪 1913 年生于阿尔及利亚蒙多维城的一个农业工人家庭。父亲是法国人，1914 年在第一次世界大战中战死。加缪在阿尔及尔的贫民区依靠母亲艰难度日，他靠奖学金读完中学。1933 年后，他以半工半读方式在阿尔及尔大学攻读哲学，这期间他对戏剧产生了巨大的兴趣。1933 年希特勒上台不久，加缪参加了巴比塞等人倡导的反法西斯运动。1935 年秋，他加入法国共产党，在穆斯林居民区从事宣传工作。后因法共改变了对阿拉伯人的政策而于 1937 年愤然退党。他从 1935 年开始从事戏剧活动，曾创办剧团，创作剧本，并扮演过许多角色。戏剧在他一生的创作中占有重要地位。主要剧本有《误会》、《卡利古拉》、《戒严》和《正义》等。

　　1938 年，加缪开始新闻记者的生涯。1941 年法国沦陷后，他投身于抵抗德国法西斯的斗争，积极参加法国《战斗报》的地下抗敌活动。

　　40 至 50 年代是加缪创作的高峰期，他的几部重要作品，如中篇小说《局外人》、剧本《误会》、哲学论文集《西西弗的神话》、长篇小说《鼠疫》等都在这 10 年间产生。这期间的创作

也体现了加缪存在主义的思想。

　　同萨特一样，加缪也认为世界是荒谬的，人的生存状态以及人与其周围社会的关系也是不可理解的。他的代表作《局外人》就是反映这种"荒诞情感"的典型作品。《局外人》小说以一种不动声色的沉静语调为我们刻画了一个独特的人物莫尔索的形象及其荒谬的一生。莫尔索是阿尔及利亚一家法国公司的小职员，他性格孤独而冷漠，对周围的一切都毫无感觉，完全是一个"局外人"。莫尔索对母亲的死、对情人的爱、对优惠的职位、甚至对开枪杀人、坐班房、判死刑，都一概漠然处之。对他来说，大海、阳光似乎是唯一确实的存在，而炎热似火的太阳和海上泛起的狂风，使他感到天旋地转。他莫名其妙地扣动扳机，杀了人，走上了断头台。

　　加缪的另一部代表作《鼠疫》则在主题思想上变得更加积极。书中尽管同样描写世界和人的生存条件的荒谬，但却宣称人类不应该靠任何救世主，而应该自己团结起来向这个荒谬的世界开战。作者在小说中塑造了里约医生这样富于人道主义精神、为拯救人类生命敢于同"恶"进行顽强斗争的英雄人物形象。

　　1957 年，加缪获得诺贝尔文学奖。1960 年，他在一次车祸中不幸身亡。

●建设者 法国 莱歇

>>> 《窥视者》

阿兰·罗伯－格里耶的小说《窥视者》是继《橡皮》之后又一部标榜反传统的"新小说"派力作。作家将"窥视"作为人们观察生活、认识世界的一种方式，并进一步将"窥视"作为荒谬的、冷漠的当代西方世界的一种普遍的社会现象和人与人之间关系的一种状态。

因为通过作家的所谓"忠实"的记录，可使人看到当代西方社会满世界的人都在互相窥视，多么可怕！作家也将"窥视"作为反映现实生活的一种直接手段，作为捕捉人与物的存在的极为巧妙的方法，不失为高明之举。

拓展阅读：

《阿兰·罗伯－格里耶》罗歇
《罗伯-格里耶作品选集》
湖南美术出版社

◎ 关键词：文学流派 存在主义 主题 院士

"新小说"——罗伯－格里耶与《嫉妒》

存在主义之后，法国产生了另一个重要的文学流派——"新小说"派。这一流派产生于50年代中期，一批实验小说家不满足于小说技巧的"过时"，他们反对以巴尔扎克为代表的现实主义小说的观念，反对传统的以人物和故事为核心的小说结构，反对那种在传统小说中统治一切的人本主义，反对传统小说僵化的，主张革新语言，用冷静、准确、像摄影机一样的语言描绘事物。在社会思想上，他们也不同于存在主义作家。他们认为"世界既不是有意义的，也不是荒诞的。它存在着，如此而已"，"事物就是事物，人只不过是人"。"新小说"的代表作家有罗伯－格里耶、娜塔丽·萨罗特、米歇尔·比托尔和克洛德·西蒙等，其中罗伯－格里耶的创作取得了举世瞩目的成就。

阿兰·罗伯－格里耶1922年出生于法国的布列斯特，1945年从国立农学院毕业，成为法国殖民地水果及柑橘研究所的工程师，先后在摩洛哥、几内亚、拉丁美洲等地从事热带水果的研究工作。1951年，他在非洲得病，在回国治疗的途中，突然萌发了从事文艺创作的念头。他的第一部小说《橡皮》，就是在从非洲返航的轮船上开始构思创作的。1953年《橡皮》发表，引起了广泛的注意。自1955年起，罗伯－格里耶在法国午夜出版社担任文学顾问，专心致力于文艺创作。同年他发表小说《窥视者》，这部书获得1955年的"批评家奖"，罗伯－格里耶自此名声大振。

1957年，他的第三部作品《嫉妒》诞生了，这部作品较之前两部，"新小说"的特征更为明显。这部小说直接将读者置于主人公的视角上，全部文字都是这个人物的所见所闻。小说通过很多细节描写，让读者逐渐觉得自己所处的位置就是书中的主人公。这个主人公是一个丈夫，他注意的焦点始终在妻子和邻居弗兰克的相处上，他的观察精细入微，不漏过妻子的每个神态、表情、姿势、话语。这些都透露出一个事实，他在怀疑自己的妻子，他在嫉妒，而他观察到的现象也不外乎是日常生活中极为普通的事情。妻子怎样搭弗兰克的车进城，又怎样乘他的车回家，怎样抛锚，耽搁了一夜。这些在丈夫的心里形成了一个个疑问，他在脑海中分析和设想，这些情景和细节不断在他脑海里萦绕。但他似乎没有感情，也没有行动和言语，连明显的内心思想活动也没有表现出来，一切都像是用摄像机拍下来的，但一切镜头又都在回应着一个主题——嫉妒。

2003年3月25日，法国最高的文学艺术荣誉机构法兰西学院宣布，作家阿兰·罗伯－格里耶被选入学院，成为终身院士。

◎关键词：法国 女作家 自传性 意识流 手法

异域的爱情故事——杜拉斯与《情人》

● 1965 年在家中的杜拉斯

>>> 杜拉斯的初恋

1930 年，杜拉斯 16 岁。一天，她乘车从家里回西贡的寄宿中学。过湄公河时，一个中国男人主动找杜拉斯搭话，并用自己的私家车把杜拉斯送到了学校。这个男人叫李云泰——富商之子。他们俩就此相识，不久相爱。此后，杜拉斯经常与他在包厢里约会。

但李云泰的父母并不赞成这桩婚事，他们认为外国的女人是靠不住的。为此，他们在老家抚顺给李云泰找了一个姑娘，并急急忙忙地开始操办婚事。而杜拉斯也因为要回法国升学，不得不离开李云泰。一对异国鸳鸯就这样被拆散了。

拓展阅读：

《女友杜拉斯》

　[法] 米榭勒·芒梭

《杜拉斯文集》

　春风文艺出版社

"我认识你，永远记得你。那时候，你还很年轻，人人都说你美，现在我是特为来告诉你的，对我说，我觉得现在你比年轻时更美，那时你是年轻女人，与你那时的面貌相比，我更爱你现在备受摧残的面容。"这段话是法国女作家杜拉斯的小说《情人》中的经典对白。

玛格丽特·杜拉斯是 20 世纪最著名的女作家之一。1914 年玛格丽特生于法国殖民地越南南部的嘉定市，父母都是教师。她有两个哥哥。她在越南和柬埔寨长大、成家，并在那里开始文学创作。1943 年她用玛格丽特·杜拉斯的笔名发表了成名作《无耻之徒》。50 年代，她在法国进行创作，并为各种周刊和杂志撰稿，还参加了一些反对政府的抵抗运动。1959 年为阿伦·雷乃写了《广岛之恋》电影剧本。这部影片成为法国新浪潮电影的经典。杜拉斯也被认为是"新小说"派的代表作家。她一生创作了 20 多部小说，其中包括《平静的生活》《太平洋大堤》《昂代斯玛先生的午后》《直布罗陀海峡的水手》《洛尔·V.斯坦被劫持》《琴声如诉》《情人》《副领事》等。杜拉斯的小说神秘而柔美，往往充满了异域风情。其中最受欢迎的作品还是她自传性的小说《情人》。

在玛格丽特 16 岁那年，她在湄公河的渡轮上遇见了胡陶乐——一个来自中国北方的富有的男人。胡陶乐养活她全家，成了她第一个也是终生难忘的情人。两年后，她去巴黎学习法律，从此离开了印度支那。这段情感往事成为一个秘密，在她心里埋藏了整整 50 年后才向世人吐露。

《情人》一书是她在 70 岁的时候，超越似水年华的时间阻隔，倾注真情创作出来的。这部书用三个月的时间写成，原本是她应儿子让·马斯科罗的要求给家庭影集配的说明文字，后来在别人建议下作为一部小说出版。想不到在读书界引起一阵狂热，不久就销售了几万册。龚古尔文学奖评审委员会因为这部出色的小说，把这一年的奖授给了年近古稀的杜拉斯。此后，这部书更是畅销 250 万册，被译成 40 多种文字，征服了无数纯情读者的心。

《情人》描写了两个不同种族的青年男女的爱情故事，刻画了一个聪明、伶俐、敏感、倔强并且充满好奇地追求人生奥秘和爱情欢乐的少女形象。小说出色地运用了意识流的表现手法，通篇由一些时隐时现的片段构成，印象式的回忆、联想和场景交错出现，且夹叙夹议，交错使用了第一人称和第三人称的叙事角度。

1996 年，玛格丽特·杜拉斯逝世，享年 82 岁。

●《不能承受的生命之轻》封面

>>> 电影《玩笑》简介

一个年轻的大学生因为不想让女友在假期参加政治学习班，而在明信片上开了一个小小的玩笑，让他的一生付出了惨重的代价：开除党籍、开除学籍、被罚去矿区服苦役、在社会上遭受着"另类"的待遇。

15年后，世事沧桑，当这位大学生终于获释，巧遇曾迫害过他的党小组的组长时，他本想以勾引他的妻子来报复，没想到反而帮了这位另结新欢的小组长一个大忙，更荒谬的是这位小组长因为政治立场的转变成为了一个反斯大林主义的英雄。

拓展阅读：

《米兰·昆德拉作品全集》
上海译文出版社
《米兰·昆德拉小说艺术初探》
李雪梅

◎ 关键词：移居 小说创作 禁书 法语创作

忧患中的民族文学——米兰·昆德拉

在巴黎里特尔街的一座小阁楼里，已经75岁的捷克作家米兰·昆德拉和夫人维拉平静地生活着。自20世纪90年代从高等社会科学研究学院退休之后，昆德拉便很少参加社会活动，在家潜心进行法语小说的创作。

1929年4月1日，米兰·昆德拉，这位深受中国读者喜爱的捷克作家生于捷克第二大城市布尔诺。他的父亲是雅纳切克音乐舞蹈戏剧学院院长，一位音乐理论家。生长于一个小国在昆德拉看来实在是一种优势，因为身处小国，"要么做一个可怜的、眼光狭窄的人"，要么成为一个广闻博识的"世界性的人"。童年时代，昆德拉便跟随父亲学习钢琴和作曲，受过良好的音乐熏陶和教育。少年时代，他开始广泛阅读世界文艺名著。青年时代，写过诗和剧本，也画过画。1948年，19岁的昆德拉从布尔诺中学毕业后进入布拉格查理大学哲学院学习文学、美学和作曲。然而仅几个学期后，他毅然退学，进入捷克音乐舞蹈戏剧学院电影系学习，毕业后留校任教一直到1970年。用他自己的话说，"我曾在艺术领域里四处摸索，试图找到我的方向"。50年代初，他作为诗人登上文坛，出版过《人，一座广阔的花园》《独白》以及《最后一个五月》等诗集。但诗歌创作显然不是他的长远追求。当他在30岁左右写出第一个短篇小说后，他确信找到了自己的方向，从此走上了小说创作之路。

1967年，昆德拉的第一部小说《玩笑》在捷克出版，获得巨大成功，连出三版，印数惊人，每次都在几天内售罄。一年后这部小说在法国出版，法国著名文学评论家路易·阿拉贡为此书作序。《玩笑》奠定了昆德拉在捷克文学史上的地位。1970年，昆德拉出版短篇小说集《好笑的爱》，之后《生活在别处》与《告别圆舞曲》相继于1973年和1976年在法国面世。其中《生活在别处》获得了法国美第契文学奖。

1968年苏联入侵捷克后，《玩笑》被列为禁书。昆德拉失去了在电影学院的工作。他的文学创作难以进行。1975年，昆德拉接受了法国总统密特朗的邀请，移民法国，此后他越来越多地使用法语创作。

移居法国后，他很快便成为法国读者最喜爱的外国作家之一。他的绝大多数作品，如《笑忘录》《生命中不能承受之轻》《不朽》等都是首先在法国走红，然后才引起世界文坛的瞩目。他曾多次获得国际文学奖，并多次被提名为诺贝尔文学奖的候选人。

除小说外，昆德拉还出版过三本论述小说艺术的文集，其中《小说的艺术》以及《被贩卖的遗嘱》在世界各地流传甚广。

突破艺术的枷锁——现代主义文学

◎ 关键词：哲理小说 形而上学 选择 逃亡 存在主义

生命的四重奏——《生命中不能承受之轻》

●捷克人抗议苏联的占领

>>> 名作重译

南京大学外语学院副院长、博导许钧应上海译文之邀重新翻译《生命中不能承受之轻》(原书 1985 年韩少功根据英文翻译)这本书。在他的笔下，不仅内容换了一种风格，书名也变了样，改成了《不能承受的生命之轻》。

关于书名的改动，许钧说："两个书名看起来差不多，其实传递的意思不太一样。原书名'生命中'的范围太广，是一个总的概念，包括了死亡在内的一切东西，这么庞杂的内容很难在一本书中谈清楚。新书名中的'生命'二字单指生命本身，多出了许多的哲学意味。"

拓展阅读：

《米兰·昆德拉全集》
作家出版社
《米兰·昆德拉传》高兴

"也许最沉重的负担同时也是一种生活最为充实的象征，负担越沉，我们的生活也就越贴近大地，越趋近真切和实在。……相反，完全没有负担，人变得比大气还轻，会高高地飞起，离别大地亦即离别真实的生活。他将变得似真非真，运动自由而毫无意义。……那么我们将选择什么呢？沉重还是轻松？"

这段话是昆德拉在小说《生命中不能承受之轻》的开篇提出的一个问题。这是一部哲理小说，它完全背离了小说的传统定义，它不再通过故事情境本身吸引读者，而是用将读者引入哲理的思考之中，感悟作品中形而上的哲学妙境。

书中的人物都在不停地进行生命的选择，不停地寻找着生命的依据。托马斯先是背叛父母的意愿，选择离婚，不停地更换情人，又在众多情人中选择特丽莎作为自己的妻子，他在祖国沦陷时选择逃亡，最后又因特丽莎而选择回国。他拒绝在一张收回自己文章的声明上签字，这一选择导致了他的人生由高处下滑到深渊。后来他又拒绝在一张呼吁政府赦免政治犯的文书上签字。特丽莎背叛了母亲，选择出走。她选择了托马斯作为人生的彼岸。苏联入侵后，她用相机拍下很多照片，提供给外国记者。不久，她选择与托马斯一起逃亡，结果又意外地回国。最后，又与托马斯一起到了乡下。萨宾娜的选择则是不停地背叛，她甚至把祖父的礼帽作为性道具。她背叛了父母、丈夫、情人和她的同胞，四处漂泊，直到无从着落。在轻与重的选择中，她选择了轻。一向守旧的弗兰克，虽然最终也选择背叛家庭，但他又选择去了为了正义、公理和美好参加游行，后来进军柬埔寨，并死在那里。

这些人物的种种生命选择，充满了偶然与无奈，实际上不是他们在掌握命运，而是用各自的方式在时代与命运的洪流中漂流。因此他们的种种选择，都"轻"得失去了意义，不再称其为"选择"了，这就是一种"生命中不能承受之轻"。

在苏联入侵捷克的历史背景下，一代知识分子经历了理想的失落与现实的挫折，他们遇到了精神的危机，曾经在欧洲流行的存在主义的思想，在这里变相地复活了。在这部书中，我们可以看到存在主义的思想痕迹，而这种思想已经转变成了对生活中种种哲理问题的无目的的探索，如探索轻与重、探索"媚俗"等问题。这些探索并不以解决问题为目标，而仅仅是对现实的透视和对自身价值的寻找。

突破艺术的枷锁——现代主义文学

● 奥匈总参谋长康拉德视察前线

>>> 捷克斯洛伐克分裂

第一次世界大战结束，奥匈帝国解体之后，捷克与斯洛伐克联合起来，成立了捷克斯洛伐克共和国。第二次世界大战中，捷克斯洛伐克再一次沦为希特勒第三帝国的属国。"二战"以后，一直受苏联的严密控制。

冷战结束，获得了真正的解放与独立的捷克斯洛伐克，却面临着新的挑战。捷克与斯洛伐克民族之间的矛盾与摩擦越来越明显，越来越难以避免。经过艰难的协商、激烈的争论，1993年1月1日捷克斯洛伐克联盟共和国正式解体，分别成为今天的捷克与斯洛伐克两个独立的国家。

拓展阅读：
《哈谢克和〈好兵帅克〉》
蒋承俊
《哈谢克小说小品选》
外国文学出版社

◎ 关键词：捷克作家 讽刺笔调 小品文 政论

"聪明的傻子"——哈谢克与《好兵帅克》

哈谢克是 20 世纪另一位具有世界性声誉的捷克作家。

雅罗斯拉夫·哈谢克 1883 年生于布拉格一个穷苦教员家庭，童年生活凄苦。13 岁时父亲去世，他同母亲和弟妹靠别人施舍和乞讨度日。在上中学时，曾参加反对统治者的游行示威，而屡遭拘留和逮捕。后从商业学院毕业后，无固定职业，做过短期的编辑。后来他遍游全国，广泛地了解社会生活。1903 年至 1904 年间，他同无政府主义者有过接触，受到他们的影响。后在 1905 年捷克工人运动高涨的形势下，加入了捷克进步作家的行列。

第一次世界大战爆发后，哈谢克应征入伍，被奥匈帝国当局编入捷克兵团开赴俄国作战。十月社会主义革命爆发时，他在俄国参加了革命。1918 年 2 月，加入苏联红军，担任宣传鼓动工作，不久加入布尔什维克党。1920 年返回捷克，住在布拉格。1923 年 1 月 3 日，年仅 40 岁的哈谢克死于利普尼采城。

他于20世纪初开始文学创作。早期发表的短篇，大多以讽刺笔调揭露奥匈帝国的腐败和捷克资产阶级的虚伪，反映下层人民的悲惨遭遇。后来他写过不少小品文和政论。短篇小说《女仆安娜的纪念日》《得救》《巴拉顿湖畔》等，抨击了资本主义社会制度。他的短篇小说结构严谨，情节生动，语言朴实、简练，富于幽默感。他的创作的最大成就是长篇小说《好兵帅克》（全名为《好兵帅克在第一次世界大战中的遭遇》）。帅克的形象在他的早期创作中已出现过。1911 年 5 月，他写过五则以帅克为主要人物的短篇，但只是一般的反战故事，缺乏深刻的社会内容。长篇小说《好兵帅克》却是一部杰出的政治讽刺作品。

小说通过一位普通士兵帅克在第一次世界大战中的种种遭遇及他周围各类人物的活动，以寓庄于谐，含怒骂于嬉笑之中的绝妙手法，将残暴腐朽的奥匈帝国及其一切丑恶暴露在光天化日之下。《好兵帅克》一问世便在国内外引起了强烈的反响。半个多世纪以来，小说的主人公帅克不仅在他的祖国成了家喻户晓、人人喜爱的人物，在国外，《好兵帅克》已被译成 50 多种文字流传于世界各国。捷克著名作家奥布拉赫特把哈谢克称为"天才的作家"，斯诺则拿它与鲁迅的《狂人日记》相比较。法国小说家布洛克说："《好兵帅克》是当今最伟大的经典著作之一。假如捷克斯洛伐克只产生了哈谢克这么一位作家，他对人类就做了不朽的贡献。"

●斯特林堡像

>>> 斯特林堡的性格缺陷

有一次，斯特林堡和妻子陪几位朋友在海滩散步，妻子与其中的一位男士准备在海边拍一张合影，斯特林堡见状怒不可遏，硬是当着众多朋友的面把妻子从那位男士身边拉开，弄得妻子十分尴尬。他要求妻子只爱他一人，甚至不允许她爱他们的孩子。

斯特林堡知道自己的这些性格特征是病态的，他为此在公开场合竭力表白他的"正常"。有记者问他："你最讨厌什么样的男人？最喜欢什么样的女人？"他不假思索地回答："最讨厌心胸狭窄的男人，最喜爱有母爱之心的女人。"

拓展阅读：

《斯特林堡文集》
　　人民文学出版社
《斯特林堡戏剧选》
　　人民文学出版社

◎ 关键词：戏剧家 自然主义 典范

自然主义的舞台——斯特林堡

1912年5月14日，瑞典戏剧家斯特林堡逝世了。按照他本人的愿望，他的女儿格烈达把一直放在他书桌上的一个耶稣受难像轻轻地放在他的胸部。一年后，在他的坟墓前立起了一个黑色的十字架，而上面只有一句话："啊！十字架，问候你，我们唯一的希望！"

奥古斯特·斯特林堡是瑞典戏剧家，也是20世纪世界舞台上的第一位戏剧大师，他使自然主义和表现主义走进了戏剧，从而给舞台带来了翻天覆地的变化。斯特林堡1849年1月22日生在斯德哥尔摩。父亲是船舶经纪人。1867年，斯特林堡考入乌普萨拉大学，此后曾几度辍学。当过小学教师、报社记者，后在皇家图书馆充当管理员。他在大学时期开始写作剧本，其中反映冰岛神话时期的父女二人在宗教信仰上发生冲突的剧本《被放逐者》，得到国王卡尔十五世的赞赏，受到召见，并获得赏赐。以宗教改革为主题的五幕历史剧《奥洛夫老师》，是他在研究莎士比亚和歌德等人写作技巧的基础上创作的一部成功的剧本。这一阶段，斯特林堡的创作基本上没有脱离现实主义的道路。

1879年斯特林堡发表了长篇小说《红房间》。这是瑞典文学史上第一部带有自然主义色彩的作品。1888年，他的戏剧《朱丽小姐》上演并获得了成功，这是欧洲戏剧史上第一部真正成功的自然主义独幕剧，也成了自然主义戏剧的典范。

在1890年以后的七年中，经济的窘迫和婚姻上的不幸使他陷入了神秘主义。从1898年起，他的戏剧创作又进入了一个新的阶段，由自然主义转为表现主义以及象征主义，如剧本《到大马士革去》《死魂舞》和《一出梦的戏剧》。其中《一出梦的戏剧》用幻想的方式表达了作者寻求摆脱痛苦的愿望，但又充满由此痛苦而失去常态的绝望情绪。这部戏成为了欧洲表现主义文学的先驱。

斯特林堡一生共写过60多个剧本以及大量的小说、诗歌和关于语言研究的著作，留下书信7000余封。他的剧作从现实主义到自然主义，又从自然主义到表现主义和象征主义，对欧洲和美国的戏剧艺术产生了很大影响，对当时的电影事业的发展也起了推动作用。斯特林堡逝世后，人们在他晚年的居所建立了博物馆。1912年至1921年瑞典出版了《斯特林堡全集》55卷和《未发表的著作全集》两卷，后又出版了《斯特林堡书信集》。1979年又重新整理出版《斯特林堡全集》，并专门为他的著作编写了一部词典。

突破艺术的枷锁——现代主义文学

◎ 关键词：剧作家 传奇性 自然主义 经典剧目

被吓跑的剧作家——霍普特曼与《日出之前》

● 霍普特曼像

>>> 铁血宰相俾斯麦

俾斯麦（1815～1898），普鲁士王国首相（1862～1890），德意志帝国宰相（1871～1890）。执政期间采取"铁血政策"，故又有"铁血宰相"之称。1815年4月1日出身于容克世家，1898年7月30日卒于汉堡附近的弗里德里希斯鲁庄园。1862年9月，被普王威廉一世任命为首相，10月8日又被任为外交大臣。1871～1890年，俾斯麦成为德意志帝国的实际领导人。

俾斯麦执政后，进行大规模军事改革，建立了统一的德意志帝国。1890年3月被威廉二世解职。著有回忆录《思考与回忆》。

拓展阅读：

《霍普特曼戏剧两种》
　　　　上海译文出版社
《德国戏剧广告》
　　　　吕文强／夏燕靖

德国剧作家霍普特曼是世纪之初欧洲历史舞台上另一位戏剧大师。颇有传奇性的是，这位戏剧大师竟然在他的第一部戏首演时，被观众吓得跳窗逃跑。

盖尔哈特·霍普特曼（1862～1946）早期是德国自然主义运动的代表作家。他生于西里西亚，祖父当过织工。1884年他在柏林大学学习，接触到左拉和易卜生的作品，并结识了一些劳动者，同时他也和德国的自然主义作家来往。他的戏剧创作一开始就走上了自然主义的道路。

1889年10月20日，霍普特曼的第一部自然主义剧作《日出之前》在柏林自由剧院上演时，非常前卫的戏剧表演引发了拥护者和反对者的尖锐冲突，欢呼声和嘲笑声相杂，一幕甚于一幕。霍普特曼见势不妙，偷偷地从后台跳窗逃跑了。就在这部戏首演引发争议的同时，也受到了批评界的普遍关注，许多戏剧家给予霍普特曼以高度的肯定，经过时代的考验，这部戏成为了自然主义的经典剧目。

《日出之前》中的主人公青年洛特是个空想家，抱着改良社会的愿望，到一个矿区去了解生活。他和矿主克劳塞的女儿海伦娜相爱。当他知道海伦娜的家庭几代都是酒徒以后，便离开了她。剧本以海伦娜自杀告终。作者认为是酒精中毒的遗传导致了洛特和海伦娜的爱情悲剧。当时德国舞台上演出的多半是外国戏或历史剧，《日出之前》则反映了德国的现实生活。

19世纪末，德国工人运动高涨，俾斯麦被迫取消"反社会民主党人法"，社会民主党又在选举中获胜。无产阶级力量的增长对进步的资产阶级文学产生了影响，霍普特曼在这一巨大的政治潮流推动下也走上了现实主义的道路。他创作了《獭皮》《车夫汉色尔》《火焰》等一系列优秀的现实主义剧本。特别是他以1844年西里西亚织工起义为题材创作的剧本《织工》，具有划时代的意义。

喜剧《獭皮》（1893）通过警察局局长封·魏尔罕这个人物，揭露和讽刺了德意志帝国容克贵族及政府官吏的自满自负和愚昧刚愎。封·魏尔罕把盗窃獭皮的沃尔夫太太当作好人，拒绝考虑别人提供的破案线索，甚至当众为私买赃物的船夫乌尔柯夫辩护，因此案件始终未破。

1946年7月28日，这位文学巨匠与世长辞了。他一生写过40多部剧本和一些小说、诗歌。他的剧作从自然主义走到现实主义，后来又发展到象征主义和新浪漫主义。霍普特曼杰出的创作，使他生前获得国内外的众多荣誉和奖励，仅维也纳皇家学院就三次颁发给他格瑞帕泽奖，并于1912年获得了诺贝尔文学奖。

●布莱希特像

>>> 布莱希特《回忆玛丽安》

那是蓝色九月的一天，我在一株李树的细长阴影下静静搂着她，我的情人是这样苍白和沉默，仿佛一个不逝的梦。在我们的头上，在夏天明亮的空中，有一朵云，我的双眼久久凝视它，它很白，很高，离我们很远，当我抬起头，发现它不见了。自那以后，很多月亮悄悄移过天空，落下去。那些李树大概被砍去当柴烧了，而如果你问，那场恋爱怎么了？我必须承认：我真的记不起来，然而我知道你试图说什么。她的脸是什么样子我已不清楚，我只知道：那天我吻了她。

　　……

　　　　　　　　（节选）

拓展阅读：

《布莱希特与方法》
　[美] 詹姆逊
《布莱希特论》余匡复

◎ 关键词：先锋戏剧 桥派 间离效果 高峰

"现代戏剧之祖"——布莱希特

　　贝托尔特·布莱希特（1898～1956），生于巴伐利亚州的新型工业城市奥格斯堡。他在舒适安稳的家庭环境中长大，父亲是海德塞公司的职员，后成为造纸厂厂长。幼年的布莱希特很有文学天赋，在教会小学时最喜爱《圣经》课，欣赏其中引人入胜的故事，受此影响，18岁时他就写了第一个剧本《圣经》。

　　1908年，10岁的布莱希特进入巴伐利亚高级中学，他的成绩平平，只有作文能得高分。1913年和1914年，布莱希特在学生杂志上发表了诗歌《燃烧的树》和剧本《圣经》，这使他感到自己的天职就是当作家和艺术家。

　　1917年，布莱希特进入慕尼黑的路德维希·马克西米利克大学哲学系。当时的德国是先锋戏剧的中心，皮斯卡托及许多表现主义剧作家都在这里活动；同时又是现代派美术的中心，凯西奈尔等人在德累斯顿组织了著名的桥派，康定斯基等人在慕尼黑创建了"青骑士"。布莱希特深受这种先锋艺术空气的熏染，对于艺术创新有着巨大的热情。

　　1918年，布莱希特入伍当了一名卫生兵，写了著名反战诗歌《死兵的传说》。1919年他写作剧本《夜半鼓声》，1922年首次上演取得成功，获得了专为青年戏剧家设立的克莱斯特奖金。其后两年，布莱希特在柏林和慕尼黑从事戏剧创作和演出。1924年到柏林任德国话剧院艺术顾问，开始一些叙事性史诗剧的实验。

　　1927年，布莱希特加入皮斯卡托的戏剧顾问小组，作为皮斯卡托的助手工作了一年。1928年，他改写创作了《三毛钱歌剧》，这部戏是欧洲20世纪20年代最成功的戏剧，一举奠定了布莱希特作为剧作家和导演的重要地位。1929年，布莱希特在为歌剧《马哈哥尼城的兴衰》所写的说明中提出了他"叙事体史诗剧"理论主张的雏形。

　　1933年，布莱希特离开柏林，流亡捷克，后来辗转维也纳、巴黎、丹麦，1935年到莫斯科，尝试在社会主义国家里工作，但苏联对这批德国左翼知识分子始终持怀疑态度，皮斯卡托和他都无法立足。在苏联时，布莱希特看到了来访的梅兰芳的京剧表演，这给他的戏剧理论提供了一个很好的启发，他开始提出"间离效果"的理论主张。

　　1933年到1947年的流亡期间，是布莱希特戏剧创作的高峰。1948年后，布莱希特离开美国，满怀希望地回到社会主义的祖国——民主德国，在这里从事戏剧创作和实验工作。1956年，布莱希特带病坚持排练时，因心脏病突发而去世。

●《伽利略传》剧照

>>> 《巴黎公社的日子》

一

考虑到我们的软弱可欺，你们制定了奴役我们的法律。考虑到我们不敢再做奴隶，我们从此不再尊重法律。考虑到你们竟在使用大炮刀枪恫吓我们，我们就此决定：宁可死去也不愿再忍受那悲惨生活。

二

考虑到我们若是忍受，你们剥削我们就会忍受饥饿，我们肯定：那急需的好面包离我们不过一窗之隔，考虑到你们竟在使用大炮刀枪恫吓我们，我们就此决定：宁可死去也不愿再忍受那悲惨生活。（节选）

拓展阅读：

《布莱希特诗选》
　　湖南人民出版社
《德国文学史》冯至

◎ 关键词：成名作 伦敦 社会现实 人物塑造

冒险家的幸福生活——《三毛钱歌剧》

《三毛钱歌剧》是布莱希特的成名作。这部戏创作于1928年，讲述的是一个发生在20世纪20年代伦敦的故事。强盗头子"尖刀麦基"和乞丐王的女儿波莉秘密结婚了，把女儿视为资本的乞丐王皮丘姆认为自己蒙受了巨大损失，就向警察局检举了罪行累累的麦基。警察局长布劳恩和麦基有着特殊的友情，他通知麦基逃跑。麦基和波莉告别后，来到妓院，谁知一个妓女被皮丘姆的妻子收买，她告发了麦基。麦基被捕入狱。布劳恩的女儿露西也被麦基的魅力深深吸引，她帮助麦基越狱。皮丘姆以准备在女王举行加冕典礼时举行乞丐游行向布劳恩施加压力，无奈的布劳恩只得又一次下令拘捕麦基。麦基又一次在妓院里和妓女缠绵时被捉拿归案，这一次，麦基再也无力解救自己。麦基被捕的消息一传出，市民都来争看犯人，不准备去看就要举行的加冕礼了。为了不让女王穿过没有人群的街道，必须提前绞死麦基。正在这个紧急时刻，布劳恩以王室使者身份突然出现，宣布女王圣旨，赦免麦基，而且封他爵位、赐他府第和巨额年金。麦基带着两个漂亮的老婆——波莉和露西前往封地。全剧在众人的欢呼声中圆满收场。

该剧中三个主要人物是布莱希特戏剧画廊里的重要创造。"乞丐大王"皮丘姆是无赖、叫花子形象的高度概括，也是无耻"实业家"的漫画化。一般资本家通过剥削制造贫穷、制造悲惨，而皮丘姆更进一步，剥削贫穷，以悲惨形象作为商品。他拥有乞丐大军，这无疑也是一种特殊的垄断。布劳恩一身兼二者：执法者和枉法者。他既是老虎，又是绵羊。他的生存依靠这种双重人格，整个社会也同他一样依靠双重人格而存在。麦基是全剧的中心人物，他是一个拥有流氓势力的"实业家"。但是，他的特点不在于他是流氓，而在于他时时不忘记他的绅士架子。正是这个关键人物的成功塑造，才使该剧把矛头始终对准资产阶级社会。

《三毛钱歌剧》最触目惊心的可能是布莱希特的这两个独出心裁的安排：麦基在别人的马厩里举行婚礼，皮丘姆在他的铺子里准备乞丐示威。两大车偷盗来的家具杂物顿时布置出像样的排场——这十足是资产阶级靠劫夺发财的缩写。一大堆断肢折体的人当场制造出光怪陆离的景象——这充分展示了资本主义大规模制造肉体和精神上的畸形儿的现实。这就是叙事剧所特别提倡的"戏中有戏""像又不像"，其效果不在于耸人听闻，而在于发人深思——使观众不为舞台场景的逼真所迷惑，而是超出舞台，对于社会现实的离奇保持清醒的头脑。这正是布莱希特的用心所在、功力所在。

《三毛钱歌剧》演出轰动以后，德国即刻刮起了一股狂热的"三毛钱风"。许多人模仿歌剧中的人物和装束，破衣烂衫，恣意纵情。

突破艺术的枷锁——现代主义文学

◎关键词：叙事史诗剧 宗教战争 反人道 经典范例

战争寄生者——《大胆妈妈和她的孩子们》

● 《威斯特伐利亚和约》的签署

>>> 布莱希特与《中国诗》

布莱希特的诗集中有一组标题为《中国诗》(Chinesische Gedichte) 的诗歌颇为引人注目。这组诗歌包括六首中国古典诗歌，是布莱希特根据阿瑟·韦利 (1889~1966，英国汉学家) 翻译成英语的中国古诗转译成德语的。就德语译诗的风格分析，对表现主题较为重要的某些增删之处应出自布莱希特之手。

在这六首中国古诗中有四首唐代诗人白居易的诗，它们分别为《新制布裘》《买花》《寄隐者》和《黑潭龙》。其中《黑潭龙》属乐府体，其余三首属五言古体，它们在形式上全都具有中国古典诗歌对仗和押韵的特征。

拓展阅读：

《德国诗选》上海文艺出版社
《德国文化解读》邢来顺

《大胆妈妈和她的孩子们》是布莱希特的另一部代表作，也是体现他"叙事史诗剧"理论的最好的剧作。

剧本的背景是"三十年"宗教战争时期，主人公是一个绰号叫"大胆妈妈"的随军女商贩费尔琳。她是一个寡妇，有两个儿子和一个哑巴女儿。她带着孩子们和一车日用品货物跟随芬兰军团进发，为的是靠战争来发财致富。途中大儿子艾里夫遇到征兵被拐走，后来在军营中因为杀人掳掠有功而受赏。大胆妈妈得知以后，一时头脑发热，把二儿子施代兹卡也送进了部队，当了一名出纳员。不料施代兹卡被俘虏而丢失了200块金币，释放后被判处死刑。这一惨痛的悲剧没有使大胆妈妈清醒过来反对战争，她放弃了申冤的念头，而是带着唯一的女儿继续跟随军队做买卖。

大胆妈妈最害怕的事就是战争停止。1632年瑞典国王战死，出现了短暂的和平局面。大胆妈妈刚刚进了一批货，眼看就要血本无归。她感叹道："和平折断了我的脖子！"但她转念一想："虽然破产了，我还是喜欢和平的，至少我也算带着两个孩子活过了这次战争，现在我可以见到我的艾里夫了。"但是当艾里夫出现在她面前时，却变成了一个戴着手铐的罪犯，因为他在战乱中抢劫了一家农民还杀死

了一个女人。短暂的和平结束了，大胆妈妈重操旧业。1636年的一天，皇家军队威胁新教城市哈勒，大胆妈妈进城去买货了，一伙兵痞抓来一户农民，让他给带路进城，农民拒绝了他们。他们以杀死牲口相威胁，这时机智的哑女儿卡特琳爬上了马厩的房顶，在那里猛烈地击鼓，给城里的部队发信号。敌军命令卡特琳下来，她却拼命地击鼓，敌军开枪打死了卡特琳，但鼓声已经传到了城里，从那里发射的第一声大炮代替了最后一声鼓响。大胆妈妈埋葬了女儿，独自一人拉着大车，继续随军做她的买卖。

大胆妈妈虽然备受战争之苦，却始终也没有放弃依靠战争发财的念头。布莱希特遵循了"叙事史诗剧"的原则，尊重历史客观性，没有让事件发展超越人物本身所允许的范围，而只是让历史事件呈现在观众面前。

《大胆妈妈和她的孩子们》这部戏写于"二战"初期，作家力图通过这部戏来发出警告，呼吁德国人民，不要被许诺所迷惑，不要指望通过战争得到什么利益，不要对法西斯集团抱有任何幻想。舞台上大胆妈妈的盲目行为，使观众睁开了眼睛，目睹了战争带给世界的灾难，认识到了战争的反人道本质。这部戏是布莱希特戏剧创作的巅峰之作，是"叙事史诗剧"的经典范例。

◎ 关键词：瑞士 戏剧家 存在主义 专业写作 牺牲品

夸张的人间世界——迪伦马特与《老妇还乡》

●迪伦马特像

>>> 迪伦马特《诺言》

《诺言》塑造了一个有正义感的警察马泰依，他铁面无私，外表冷傲，内心却极富同情心。由于执法时不讲情面，得罪了许多人，在警界落落寡合。为了将凶犯捉拿归案，他放弃了自己的锦绣前程，但正义的行为却得不到社会的理解，最后弄得身败名裂，成为了一个悲剧角色。

《诺言》的价值在于，使读者通过阅读感受到正直而负责的警察的悲惨遭遇与可悲命运，这不仅从题材上突破了侦探小说的写作程式，而且其深邃的主题意向无疑提升了侦探小说的审美品格。

拓展阅读：

《迪伦马特小说集》
　　　上海译文出版社
《迪伦马特喜剧选》
　　　人民文学出版社

弗里德里希·迪伦马特（1921～ ）是瑞士戏剧家、小说家和评论家，是布莱希特之后又一位杰出的戏剧革新者。

迪伦马特生于瑞士伯尔尼州的科尔丰根一个牧师家庭，祖辈几代都居住在主要讲德语的伯尔尼州，那里出了好几位政治家和作家。他的父亲是牧师。1935年，迪伦马特随家庭迁往伯尔尼市，在那里读完中学。1941年起在苏黎世度过一个学期后，又返回伯尔尼城攻读哲学、文学和自然科学，同时对绘画颇感兴趣，创作了许多具有"怪诞"特征的美术作品。毕业后一度在苏黎世《世界周报》任美术和戏剧编辑。这时期他也写了一些尝试性的剧作和小说，后被收集在《城市》一书中。

青年时期的迪伦马特文学创作上主要受古希腊喜剧家阿里斯托芬的影响，哲学上接受了19世纪丹麦哲学家基克加德的存在主义学说，推崇表现主义艺术。1947年，迪伦马特的第一部剧作《立此存照》在苏黎世首演成功，他随后走上了文学创作道路，开始了专业写作生涯。1959年他获得西德曼海姆城颁发的席勒文学奖，1969年又获瑞士伯尔尼州文学大奖。

迪伦马特主要成就是戏剧，其中代表作有《老妇还乡》《物理学家》和《罗慕路斯大帝》《天使来到巴比伦》《弗兰克王世》等。他还写过一些戏剧理论著作，以《论喜剧》《戏剧问题》等文章建立了他的悲喜剧理论。迪伦马特的作品形式上看似荒诞、夸张，但并不晦涩，阐述了严肃的道德问题，主题思想明确，情节完整，戏剧冲突紧张，结构严谨而语言生动、幽默。

悲喜剧《老妇还乡》奠定了迪伦马特的文学地位。女主人公是亿万富婆，为了报复曾出卖她的旧情人，在离别45年后重返故乡。该剧讨论了欺骗、复仇等问题，抨击了金钱万能的严酷现实。《物理学家》是迪伦马特的另一代表作。主人公是个天才的物理学家，发现了一个可获取巨大能量的新原理。他不愿这一研究成果被人利用，成为毁灭人类的武器，便装疯躲进疯人院。为夺取成果，各国情报机关派人打进疯人院，却都落入女院长的圈套。剧本以疯人院象征当今西方世界，正直的科学家成了势力集团角逐的牺牲品。

他的重要剧作还有《密西西比先生的婚事》《天使来到巴比伦》等。迪伦马特的戏剧创作受布莱希特等人的影响，但又有很大不同。他采用荒唐、夸张的手法，以喜剧形式反映悲剧性社会问题，通过离奇的情节反映冷酷的社会现实。他的剧作把奇特的幻想、精妙的象征、深邃的哲理、怪诞的形式，熔铸成一个非常特殊的世界。这个世界看起来非常怪诞，又有其严酷的现实性，常常揭示了很多当代重大的社会现实问题。

突破艺术的枷锁——现代主义文学

●尤奈斯库像

>>> 犀牛

　　犀牛是陆生动物中最强壮的动物之一。约6000万年前犀牛就已出现。它们体长2～4米，重1000～3600公斤，是第二大陆生动物。犀牛脚短身肥，皮厚毛少，眼睛小，角长在鼻子上，白犀的角最长可达158厘米，一般为60～100厘米。它们胆小，爱睡觉，喜群居，小牛犊十分依恋母亲。

　　犀牛的皮肤虽很坚硬，但其褶缝里的皮肤十分娇嫩，常有寄生虫在其中，为了赶走这些虫子，它们要常在泥水中打滚抹泥。有趣的是，有一种犀牛鸟经常停在犀牛背上为它清除寄生虫。

拓展阅读：

《恋爱的犀牛》（话剧）
《法兰西院士就职演说》
　　　闫雪梅/吴康如

◎ 关键词：荒诞派戏剧 代表人物 虚构 漫画式

荒诞的空间——尤奈斯库与《犀牛》

　　20世纪中后期，荒诞派戏剧开始登上世界舞台。这种戏剧从内容到形式充满了实验性，常常打破传统戏剧的人物、情节、冲突、高潮的模式，突破现实世界的框架，在舞台上表现一种自成体系的艺术世界，用高度凝练的意象来表达作者的思想。这些戏剧常常具有荒诞离奇的情节和不拘一格的表演形式，它们不看重对生活的模仿，而在乎对理念的表达。

　　荒诞派戏剧最初的代表人物是法国剧作家尤奈斯库。

　　尤奈斯库1912年出生于罗马尼亚的斯拉提纳，父亲是罗马尼亚人，母亲是法国人。出生的第二年，他随父母迁居巴黎。1925年父母离婚后，他随父亲回到罗马尼亚，就读于布加勒斯特大学法语系。1938年，尤奈斯库获政府奖学金，赴法做法国文学专题研究，并入法国籍。

　　尤奈斯库从小就喜欢看戏，尤爱木偶戏。但是，尤奈斯库渐渐地对传统戏剧产生了反感情绪。他认为一切传统的优秀剧，包括从莎士比亚到布莱希特的一切作品，都使舞台与人生脱节。因此，他致力于写作"反传统戏剧"。1950年上演的《秃头歌女》是最初的荒诞派戏剧。剧中有一口大钟，它会不分场合地突然敲响，有时连敲数十下，有时甚至在演员念白时敲响，表现了一种无序和偶然的状态。1952年他上演了一部颇为感人的实验独幕剧《椅子》。

　　1960年上演的《犀牛》是尤奈斯库的代表作，也是荒诞派戏剧早期的杰出作品。作品围绕小公务员贝兰吉的一场荒诞奇遇展开。贝兰吉是一个社会下层人物，他对生活不满，对未来感到茫然，时常有一种莫名其妙的恐惧感、孤独感，但能保持独立人格。他偶然地变成了犀牛。犀牛刚刚在生活中出现，人们深为惊讶，或高谈阔论，或漠然置之。一旦变成犀牛成为风气，追随者便络绎不绝。这种异常的突变反而使贝兰吉头脑清醒起来，他一边挣扎，一边反抗，绝不随波逐流。然而，贝兰吉对"犀牛化"现象的反抗毕竟是悲观的、无力的，他的孤单的悲鸣和无力的挣扎并非人类的真正出路。

　　《犀牛》在艺术上不同于一般的荒诞戏剧，它有完整的故事情节，有矛盾冲突，也有高潮与结局，但题材是超现实的，内容是荒诞的。作者采用以假乱真的写真手法，通过艺术虚构，使剧中的故事显得真实可信，收到了极好的艺术效果。

　　尤奈斯库善于采用漫画式的夸张、荒诞不经的虚构和支离破碎的情节来揭示人生的荒诞、空虚和绝望。他的作品在欧洲、美洲和日本等地产生了广泛影响。

● 贝克特像

◎ 关键词：荒诞派 职业作家 精神领域 反传统

"等待戈多"——贝克特与《等待戈多》

50年代，当尤奈斯库在艰难地探索他的实验戏剧的时候，法国另一位荒诞派剧作家写出了一部至今仍令全世界的观众迷惑不解的奇妙的戏剧，这就是贝克特和他的《等待戈多》。

萨缪尔·贝克特（1906～1989）是荒诞派戏剧代表作家。他出生于爱尔兰首都都柏林的一个犹太家庭，父亲是测量员，母亲是虔诚的教徒。1927年毕业于都柏林的三一学院，获法文和意大利文硕士学位。1928年到巴黎高等师范学院和巴黎大学任教，结识了爱尔兰小说家詹姆斯·乔尹斯。精通数国语言的贝克特被分派做失明的乔伊斯的助手，负责整理《芬宁根的觉醒》手稿。1931年，他返回都柏林，在三一学院教法语，同时研究法国哲学家笛卡儿，获哲学硕士学位。1932年漫游欧洲，1938年定居巴黎。德国占领法国期间，他曾因参加抵抗运动，受到法西斯的追捕，被迫隐居乡下当农业工人。第二次世界大战结束后返回巴黎，成为职业作家。

贝克特用英、法两种语言创作戏剧、小说和诗歌。出版有诗集《胡罗斯考坡》、评论集《普鲁斯特》、长篇小说《莫菲》和《瓦特》、长篇三部曲《莫洛瓦》、《马龙之死》和《无名的人》等。在这些作品中，作者热衷于精神领域和心理状态的探索，表现人的内心孤独、人生的艰难和虚无。

50年代以后，贝克特主要从事戏剧创作。剧本《等待戈多》名震西方文坛。此后，他又写出《剧终》、《最后一盘录音带》、《啊！美好的日子》、《被逐者》、《喜剧》、《乔伊》、《来与去》、《俄亥俄即兴之作》和《摇篮曲》等剧作，在当时都产生很大影响。贝克特曾受但丁、笛卡儿和乔伊斯等人的思想影响，但他的创作更接近存在主义，主要表现人生的荒诞、客观世界的残酷和人无力拯救自己等主题。

《等待戈多》这部荒诞性戏剧的经典作品正体现了反传统的艺术主张。剧中的两个流浪汉爱斯特拉冈和弗拉季米尔，每天来到路口，坐在那里谈天说地，他们的谈话颠三倒四，不断重复，既无前因后果，又文不对题。他们来这里的目的据说是"等待戈多"，但却谁也搞不清"戈多"是谁，他究竟会不会来。每天晚上，一个小孩跑来跟他们说"戈多今天不来了"，于是他们第二天接着来"等待戈多"。

然而就是这样一部说不清楚的戏，1953年巴黎巴比伦剧院首演时竟连演300场，场场火爆！它自诞生开始就一直在全世界周游演出，经久不衰，它在世界著名的舞台上演出过，也在鱼目混杂的监狱里演出过，得到了不同的反响，却从来没有淡出过人们的视野。1969年萨缪尔·贝克特因《等待戈多》获诺贝尔文学奖。

>>> 贝克特的国别归属

评论界对于贝克特的国别归属问题似乎并未达成共识。从现有材料看，有三种看法：一是法国作家；二是英国作家；三是最为保险的说法，即爱尔兰作家，因为这是其祖国，他在该国出生、成长并接受教育。

贝克特后半生定居法国，却始终没有取得法国国籍。而由于贝克特使用法语而不是盖尔语进行创作，他的祖国爱尔兰也拒绝承认他的国民身份。以至于1969年当他获得诺贝尔文学奖的时候，他只能请自己的出版商代表自己去领奖。可也正因如此，贝克特的思维始终是欧洲的、国际的。

拓展阅读：

《贝克特选集》
　　　湖南文艺出版社
《贝克特肖像》
　　　上海人民出版社

突破艺术的枷锁——现代主义文学

◎关键词：先锋话剧 左派戏剧家 英雄主义 诺贝尔奖

革命的舞台——《一个无政府主义者的意外死亡》

●《一》剧剧照

>>> "梨园"的由来

　　戏曲界俗称梨园行。说起缘由，得从唐玄宗李隆基谈起。

　　据史载："玄宗既知音律，又酷爱法曲，选坐部伎子弟三百人，教于梨园。声有误者，帝必觉而正之，号皇帝梨园弟子。"梨园在当时长安禁苑中，公元714年设"梨园亭"供乐工演奏乐曲，宫女习舞演唱，有会昌殿为玄宗亲自按乐之所。当时还设有宫内梨园法部、梨花园、太常系统的梨园别教院、洛阳梨园新院等，所以乐工多出自梨园。

　　梨园，实际为我国第一座国立戏曲学校，后来逐渐演化成艺界的代称。

拓展阅读：

《梨园考论》李尤白
《达里奥·福戏剧作品集》
　　　　译林出版社

　　1998年，中国的北京，一出先锋话剧正在上演，戏的名字叫《一个无政府主义者的意外死亡》，导演孟京辉将这部戏鲜明地打上了自己风格的标签。

　　剧中的语言和内容竟然被改写得十分熟悉，几乎看不出这是一个意大利剧作家的创作。然而观众们还是在这部戏的演出过程中被孟京辉引领着，对这部戏的原作者——意大利左派戏剧家达里奥·福进行了一次精神上的膜拜。

　　1926年，达里奥·福出生在意大利北部的桑贾诺市，家境说不上富裕。据他自己说，他孩提时代就跟玻璃匠、渔夫、走私者的儿子毗邻而居，并与之打成一片。他曾先后在米兰布雷拉美术学院和工学院建筑系攻读，由于酷爱艺术，便毅然改行从艺。他先是同几位演员搭档，在咖啡馆和娱乐场所演出综艺节目。后来，他为广播和电视撰写和戏剧独白，又拍过电影，当过两年电影演员，最后终于全心投入了戏剧创作。

　　达里奥·福是个全才型的艺术家，他集编剧、导演和表演于一身，又擅长歌唱、器乐、舞蹈、舞台美术、服装设计等。他甚至亲自制作布景，设计演出服装和海报。1958年，他同出身梨园世家的著名演员弗兰卡·拉美结婚，共同创办了新舞台剧团。1970年，剧团因内部意见分歧而分裂，后来他们又联络了一些志趣相投的同行，创立了戏剧公社。

　　1954年演出的《一针见血》是达里奥·福的第一部剧作，它对装腔作势的说教和虚假的英雄主义进行了嘲讽，获得成功。《大天使不玩台球》讽刺政府官僚的败行劣迹。还有《他有两支长着白眼睛和黑眼睛的手枪》《总是魔鬼的不是》《高举旗帜和中小玩偶的大哑剧》《工人识字300个，老板识字1000个，所以他是老板》《滑稽神秘剧》《砰，砰，谁来了，警察》《被绑架的范尼尼》《拒不付款》《喇叭，小号和口哨》等作品，这些戏剧无一不是反映现实、揭露黑暗、针砭时弊之作。

　　1997年10月9日，瑞典皇家学院宣布，将当年诺贝尔文学奖授予这位意大利剧作家、导演和演员达里奥·福。

突破艺术的枷锁——现代主义文学

◎ 关键词：现代诗歌派 先驱 抒情体 象征派

"恶之花"——波德莱尔与《恶之花》

● 波德莱尔像

>>> 《月亮的哀愁》

今夜，月亮进入无限慵懒的梦中，像在重叠的垫褥上躺着的美人，在入寐以前，用她的手，漫不经心轻轻将自己乳房的轮廓抚弄，在雪崩似的绵软的缎子背上，月亮奄奄一息地耽于昏厥状态，她的眼睛眺望那如同白花盛开向蓝天里袅袅上升的白色幻象。

有时，当她感到懒洋洋无事可为，给地球上滴下一滴悄悄的眼泪，一位虔诚的诗人，厌恶睡眠之士，就把这一滴像猫眼石碎片一样闪着红光的苍白眼泪收进手掌，放进远离太阳眼睛的他的心里。

拓展阅读：

《波德莱尔散文选》
百花文艺出版社
《感应》[法] 波德莱尔

波德莱尔（1821～1867）是法国著名诗人，现代派诗歌的先驱，象征主义文学的鼻祖。

波德莱尔出生于巴黎，六岁丧父，七岁母亲改嫁，幼小的心灵从此蒙上一层阴影，产生了"永远孤独的命运感"。他生活漂泊无定，在巴黎路易大帝中学就读时成绩优异，但因为不遵守纪律被开除。成年以后，波德莱尔继承了生父的遗产，和巴黎文人艺术家交游，过着波希米亚人式的浪荡生活。在花花世界巴黎，他博览群书，生活浪荡，终至贫困潦倒。他决心以诗歌来探测存在的现象与真意，来完成至深的欲念与想望。他认为，诗人是通过想象看到了宇宙间事物的交感，洞察到了主观世界和客观世界相互"感应"，从而达到一个超越现实的世界，创作出一种抛弃浪漫主义的纵情吟叹的诗歌，使之成为对人的悲剧命运的抒情体。他的主要诗篇都是在这种内心矛盾和苦闷的气氛中创作的。

1848年巴黎工人武装起义，反对复辟王朝，波德莱尔走上街头，参加战斗。他从1841年开始诗歌创作，1857年发表传世之作《恶之花》。这是一部描写资本主义社会的丑恶、罪恶和世纪病的病态的艺术花朵，是一部艺术技巧十分高超而思想内容又极其丰富的作品，诗作想象奔放，构思精巧，格律严谨，形式完美，同它内容的悲观、苦闷形成鲜明的对比。从题材上看，《恶之花》歌唱醇酒、美人，强调官能陶醉，表现出诗人愤世嫉俗、对现实生活的厌倦和逃避。他揭露生活的阴暗面，歌唱丑恶事物，对客观世界采取了绝望的反抗态度。

他的诗是对资产阶级传统美学观点的冲击。他说："在这部残酷的书中，我注入了自己全部的思想、全部的心灵、全部的信仰以及全部的仇恨。"诗人写"恶"，反映了他对于健康、光明甚至"神圣"事物的强烈向往。正如高尔基所说，他"生活在邪恶中，却热爱着善良"。

波德莱尔不但是法国象征派诗歌的先驱，而且是现代主义的创始人之一。现代主义认为，美学上的善恶美丑，与一般世俗的善恶美丑概念不同。现代主义所谓美与善，是指诗人用最适合于表现他内心隐秘和真实的感情的艺术手法，独特地、完美地显示自己的精神境界。《恶之花》出色地完成了这样的美学使命。

突破艺术的枷锁——现代主义文学

●里尔克像

>>> 里尔克《秋日》

主呵，是时候了。夏天盛极一时。把你的阴影置于日晷上，让风吹过牧场。让枝头最后的果实饱满，再给两天南方的好天气，催它们成熟，把最后的甘甜压进浓酒。谁此时没有房子，就不必建造，谁此时孤独，就永远孤独，就醒来，读书，写长长的信，在林荫路上不停地徘徊，落叶纷飞。

拓展阅读：

《里尔克精选集》
　　北京燕山出版社
《里尔克的绝唱》
　　百花文艺出版社

◎ 关键词：奥地利 象征主义 泛神论思想 咏物诗

无尽地追寻人生——里尔克

波德莱尔之后，奥地利又产生了一位对现代诗歌影响巨大的诗人，他就是莱纳尔·玛利亚·里尔克（1875～1926）。

里尔克是一位从浪漫主义走向象征主义的诗人。里尔克1875年12月4日生于布拉格，父亲是铁路职员。他曾入军官学校学习，后在林茨商学院、布拉格大学等学校学习哲学、艺术史和文学史。1893年至1898年间，著有诗集《生活与诗歌》《祭神》《梦幻》《耶稣降临节》等，情调缠绵，富有波希米亚民歌风味。这一时期他最出色的作品是极富浪漫主义情调的情歌。

1897年里尔克结识女作家莎乐美，和她两次去俄国旅行，会见了列夫·托尔斯泰。这期间他创作了他的成名作《祈祷书》，这部作品情感炽烈，语言精练，富有音乐性，形成了里尔克的独特风格。《祈祷书》分为三部分：《修士的生活》《朝圣》《贫穷与死亡》。作品赞美单纯，赞美上帝，表现了作者的泛神论思想，同时也反映出资产阶级没落时期的精神矛盾。

1905年，里尔克结识罗丹，一度担任罗丹的秘书。这时的他深受法国象征主义诗人波德莱尔、魏尔伦、马拉美等人的影响，他的诗作改变了早期偏重抒发主观情感的浪漫主义风格，写了许多以直觉形象象征人生和表现自己思想感情的"咏物诗"，其中最重要的诗作是写于巴黎植物园的咏物诗《豹》。

晚年的里尔克生活中充满痛苦，他不断思索人生的意义。《杜伊诺哀歌》和《献给奥尔甫斯的十四行诗》即是这种痛苦思索的产物。前者收有10首哀歌，探讨人与世界的存在是否合理，以及生与死、幸福与痛苦的关系等问题。他认为世界充满苦难，人生空虚渺茫，只有死亡才是"欢乐的源泉"。后者收十四行诗53首，借希腊神话中的歌手奥尔甫斯入冥界寻妻失败的故事，讽喻了诗人对人生意义的无望追求。

里尔克的作品大多充满孤独、感伤、焦虑、惶恐的世纪末情绪和虚无主义思想，在艺术方面做了不少的探索和创新，对于20世纪上半叶西方文艺界和知识界有重大的影响。

● 艾略特像

>>>《风在四点骤然刮起》

风在四点骤然刮起

风在四点骤然刮起，撞击着
在生与死之间摆动的钟铃
这里，在死亡的梦幻国土中
混乱的争斗出现了苏醒的回音
它究竟是梦呢还是其他？
当逐渐变暗的河面
竟是一张流着汗和泪的脸时
我的目光穿越渐暗的河水
营地的篝火与异国的长矛一
起晃动。
这儿，越过死亡的另一河流
鞑靼族的骑兵摇晃着他们的
矛头。

拓展阅读：

《艾略特名著集》
　　　　机械工业出版社
《艾略特诗选》
　　　　北京燕山出版社

◎ 关键词：宗教诗歌 黑格尔 划时代 神话

象征与隐晦——托马斯·艾略特与《荒原》

托马斯·斯特恩斯·艾略特（1888～1965）是英国20世纪影响最大的诗人。

他出生于美国密苏里州圣路易斯。祖父是牧师，曾任大学校长。父亲经商，母亲是诗人，写过宗教诗歌。艾略特曾在哈佛大学学习哲学和比较文学，接触过梵文和东方文化，对黑格尔派的哲学家颇感兴趣，也受过法国象征主义文学的影响。1914年，艾略特结识了美国诗人庞德。第一次世界大战爆发后，他来到英国，赴伦敦入牛津大学学习希腊哲学，并定居伦敦，先后做过教师和银行职员等。1922年创办文学评论季刊《标准》，任主编至1939年。1927年加入英国籍。

艾略特从1909年开始诗歌创作，先后出版《普鲁弗洛克的情歌》《诗集》《荒原》《艾略特诗集》《东方贤人之旅》《灰色的星期三》《诗选》《四个四重奏》等。其中，《普鲁弗洛克的情歌》是早期诗歌的代表作。《荒原》产生于创作中期，是20世纪西方文学的划时代作品，现代主义诗歌的里程碑。《四个四重奏》是晚期诗歌的代表作。

艾略特的诗受法国象征派诗歌、文艺复兴后期英国剧作家和玄学派诗歌的影响，形象具体准确，思想和感情融合，用联想和暗示为联系，反映了20年代资本主义社会中存在的怀疑和幻灭的情绪，到了三四十年代又有向宗教中求解脱的倾向。

《荒原》（1922）是20世纪西方文学里一部划时代的作品，是现代派诗歌的里程碑，也是艾略特的成名作。全诗分5章。在第一章《死者葬仪》里，诗人以荒原象征战后的欧洲文明，它需要水的滋润，需要春天，需要生命，而现实则充满了庸俗和低级的欲念，既不生也不死；第二章《对弈》对照上流社会妇女和酒吧间里下层男女市民的生活，说明他们的生活同样低级和毫无意义；第三章《火诫》写情欲之火造成的庸俗猥亵，空虚而无真实的爱；第四章《水里的死亡》最短，暗示死是不可避免的，人们渴望的生命之水也拯救不了人类；第五章《雷霆的话》又回到欧洲是一片干旱的荒原这一主题，但对革命浪潮感到恐惧，宣扬宗教的"给予、同情、克制"。艾略特利用人类学关于神话传说的研究成果，大量引用或更改欧洲文学中的情节、典故和名句，用六种语言，以鲜明的形象并借暗示、联想和严密的结构，构成一部思想和情调一致的完整诗篇。全诗极少用韵，大多是有节奏的自由体，语言变化多端。但由于大量运用欧洲神话、宗教、历史、文化等方面的典故，使得全诗极难被读懂。

1948年，艾略特获得诺贝尔文学奖。

●叶芝像

>>> 叶芝《爱的悲哀》

麻雀吵闹在屋檐下面，
圆月与群星缀满了天，
树叶永久高唱的歌声，
掩去地球古倦的叫喊。
你带着悲哀的红唇来，
带着全世界泪水出现，
和她劳作的所有辛苦，
她无数年的烦恼疾患。
屋檐下的麻雀仗如何，
乳白的月银色的星盏，
和不安宁离别的高唱，
都因古倦的叫喊震颤。

拓展阅读：

《叶芝》傅浩
《叶芝抒情诗全集》
中国工人出版社

◎ 关键词：爱尔兰诗人 英雄传奇 民谣 哲理

爱尔兰的"文艺复兴"——叶芝

　　20世纪初，在爱尔兰兴起了一场民族的"文艺复兴"运动，这场运动使得爱尔兰从一个默默无闻的角色，一举成为了20世纪世界文学的重镇，而这场运动的领袖就是爱尔兰诗人威廉·勃特勒·叶芝。

　　叶芝（1865～1939）生于都柏林一个画师家庭，自小喜爱诗画艺术，并对乡间的秘教法术颇感兴趣。1884年就读于都柏林艺术学校，不久违背父愿，抛弃画布和油彩，专意于诗歌创作。1888年在伦敦结识了萧伯纳、王尔德等人。1889年，叶芝与女演员毛特·戈尼结识，戈尼是爱尔兰民族自治运动的骨干，对叶芝一生的思想和创作影响很大。1891年和1892年，叶芝与他人一同创建了伦敦爱尔兰文艺协会和都柏林民族文艺协会，成为爱尔兰文艺复兴运动的领袖。他的前期诗歌追求神秘和幻想的氛围，多以象征手法表现诗人向往古朴自然的思想，题材多取自爱尔兰英雄传奇和民谣，如《茵纳斯弗利岛》和《谁与弗格斯同去》等。

　　1896年，叶芝又结识了贵族出身的剧作家格雷戈里夫人，叶芝一生的创作都得力于她的支持。她的柯尔庄园被叶芝看作崇高的艺术乐园。他这一时期的创作虽未摆脱19世纪后期的浪漫主义和唯美主义的影响，但质朴而富于生气。

　　1904年后，他的诗歌走向坚实明朗的境界，写出了许多歌颂民族英雄的壮丽诗篇，同时更多地关注现实，如《库尔庄园的野天鹅》和《一九一六年复活节》等。晚年，他的创作更注重象征与现实的结合，形象富于质感，象征含义复杂，主题更加多样，爱情、历史、政治、哲学都是他的诗歌经常涉及的主题，诗情与哲理的完美结合形成了他的独具魅力的风格。诗集《塔楼》包括了他的一些著名诗歌。"塔楼"在叶芝后期诗歌中是一个突出的象征，象征着理智和灵魂的企望。而在《驶向拜占庭》和《拜占庭》等诗中，叶芝认为艺术和时间会带回失去的美。

　　1923年，叶芝由于他的"始终富于灵感的诗歌，并因为他以高度的艺术形式表达了整个民族的精神"而获得1923年度诺贝尔文学奖。

　　1939年，叶芝病逝于法国的罗格布鲁勒。

●爱尔兰古堡

>>> 希尼《饮水》

她每天来打水，每一个早晨，摇摇晃晃走来，像一只老蝙蝠。水泵的百日咳，水桶的声音，桶快满时响声逐渐减弱，宣告她在那儿。她那灰罩裙，有麻点的白搪瓷吊桶，她那嗓门吱吱嘎嘎地响就像水泵的柄。想起那些夜晚，满月飘过山墙，月光倒穿过窗户映落于摆在桌上的水杯。又一次我低下头伸嘴去喝水，忠实于杯上镌刻的忠告，嘴唇上掠过："毋忘赐予者。"

拓展阅读：

《希尼诗文选》
  作家出版社
《爱尔兰文学名篇选注》
  外语教学与研究出版社

◎ 关键词：爱尔兰文学 英语诗人 文学批评家 诺贝尔奖

最后一位大师——希尼

20世纪爱尔兰文学的最后一位大师是谢默斯·希尼，他是一位伟大的爱尔兰诗人，也是公认的当今世界最好的英语诗人和天才的文学批评家。

谢默斯·希尼1939年生于爱尔兰北部德里郡毛斯邦县一个虔信天主教的农民家庭。希尼自小接受正规的英国教育，1961年以第一名的优异成绩毕业于贝尔法斯特女王大学英文系。毕业后当过一年中学教师，同时大量阅读爱尔兰和英国的现代诗歌，从中寻找将英国文学传统和德里郡乡间生活经历结合起来的途径。1966年，以诗集《一位自然主义者之死》一举成名。1966年到1972年，希尼在母校任现代文学讲师，亲历了北爱尔兰天主教徒为争取公民权举行示威而引起的暴乱。

1969年，希尼写道："我感到迫切需要发现一片有力的领域，可以在不必背离诗歌的步骤和经验的情况下……把人类理性的景观也包揽进去，同时承认暴力中的宗教激情有其可悲的真实性和复杂性。"由此，我们可以看出希尼的创作已进入了一个新的阶段，他的努力甚至是冒着背上"叛徒"罪名的危险。既要有社会责任又要有创作自由，希尼在诗的愉悦与生活的见证之间走钢丝，他在一首诗中称"我既不是拘留者，也不是叛徒；一个内心的流亡者，留着长发，若有所思"。在诗与时代生活这条钢丝上，希尼以他惊人的平衡术，走出了一条"崭新而可怕的"布满荆棘的诗歌之路。

1969年，第二本诗集《通向黑暗之门》的发表，标志着诗人开始向爱尔兰民族历史黑暗的土壤深处开掘。1972年发表的诗集《在外过冬》，则是诗人基于爱尔兰的宗教政治冲突，寻求足以表现民族苦难境遇的意象和象征的结果。迫于政治压力，1972年，希尼携妻移居都柏林。此后发表的重要诗集有《北方》《野外作业》《苦路岛》《山楂灯》《幻觉》及《诗选》等。希尼的诗作纯朴自然，奔流着祖辈们的血液，散发着土地的芳香。他以现代文明的眼光，冷静地挖掘品味着爱尔兰民族精神。他虽有学院派的背景，却绝无学院派的那种孤芳自赏的情调。

希尼最优秀的诗作，还是那些细腻描写日常生活片段的诗。他的诗中常常出现童年的印象，他将自己的婴儿和儿童时期作为创作的重要源泉来挖掘。

希尼不仅是诗人，还是一位诗学专家。自1982年以来，他一直担任美国哈佛大学修辞学的客座教授，1992年至1994年还担任过牛津大学的诗学教授，先后发表诗学散文集《专心致志》《写作的场所》《舌头的管辖》《诗歌的纠正》等。

1995年，希尼荣获诺贝尔文学奖。

忧郁的土地——

俄罗斯文学

—— 俄罗斯文学和养育它的民族一样，走过了一条充满探索与困惑、希望与失望、激奋与悲凉的道路，而文学的创作者们则始终和这个饱经忧患的民族共命运。

—— 无数忧国忧民、感时伤势的俄罗斯作家和诗人，以真诚的血泪，艺术地记载了本民族曲折行进的艰难历程，表现了几代人的追求、痛苦、憧憬和幻灭，为民族的命运歌哭，喊出了俄罗斯母亲的心声。

—— 俄罗斯作家的劳动一直是富有创造性和实践性的，充满了个性的光辉和人格的力量。他们是精神历险者，是用各种方式（包括文学方式）影响着历史记忆和民族结构的实践主体。

忧郁的土地——俄罗斯文学

◎ 关键词：民族文学 语言 自由 浪漫主义 抒情诗

"俄罗斯人民的初恋"——普希金

● 普希金像

>>> **普希金的幽默**

普希金在成名以前，有一次参加了一个舞会。他看到一个非常漂亮的贵族小姐，于是上前去请她跳舞。漂亮的贵族小姐看不起这个当年名不见经传的年轻人，傲慢地拒绝了他的邀请，对他说："对不起，我是不跟小孩跳舞的！"

对这突如其来的无礼，普希金镇定自若，他笑着对贵族小姐说："哦，非常抱歉，我不知道你已经怀了小孩，那我邀请别人好了！"说完，很有礼貌地走了。

拓展阅读：
《普希金诗集》北京出版社
《普希金爱情诗选》
花城出版社

普希金之于俄罗斯，就如同莎士比亚之于英国，歌德之于德国，屈原之于中国一样，不仅是民族文学的代表，也是民族文化甚至全民族形象的代表。他被称作"俄罗斯文学之父""俄罗斯诗歌的太阳""俄罗斯民族语言的奠基人"，而其中最为浪漫最富有诗意的称呼是"俄罗斯人民的初恋"。

亚历山大·谢尔盖耶维奇·普希金，1799年6月6日诞生在莫斯科一个贵族地主家庭。他的伯父瓦西里·普希金是诗人，也是研究史诗《伊戈尔远征记》的专家。从小受文学的熏陶，普希金8岁就开始写诗，还跟随法国家教学习欧洲文化和语言，同时又从保姆那里学到丰富的俄罗斯人民语言。1811年，普希金随伯父去彼得堡，进入为贵族子弟新办的皇村学校。早期诗作《皇村回忆》《给利锡尼》《窗》等就是这时写的。老诗人杰尔查文对他极为赞赏，认为他"就是将来要接替杰尔查文的人"。1812年卫国战争激起了他的爱国热情。他所结识的一些后来成为十二月党人的禁卫军军官，特别是恰达耶夫，对他有很大的影响。他用诗歌《致恰达耶夫》表达了他对英雄的崇拜和对革命的热情。

十二月党革命失败后，普希金因创作歌颂自由的诗章而被放逐到南方。1824年8月，他又被押送到父亲的领地米海洛夫斯克村监管。这片土地激发了诗人的浪漫主义热情，丰富了他的诗歌题材。在这里，他创作了热情浪漫的叙事诗《高加索的俘虏》和200多首优美的抒情诗。

1830年普希金回到莫斯科，同年9月他前往下诺夫哥罗德办理接受他父亲领地的手续。正巧这时伏尔加流域瘟疫流行，交通封锁，他在波尔金诺村滞留达三个月之久。这是他的创作的黄金时期，后来被文学史家称为"波尔金诺的秋天"。他完成了《叶甫盖尼·奥涅金》最后两章，写出叙事诗《科洛姆纳的小屋》《别尔金小说集》和《吝啬的骑士》《莫扎特和萨列里》《石客》《瘟疫流行时的宴会》等四部小悲剧，童话诗《神父和他的长工巴尔达的故事》以及抒情诗多首。

● 1815年1月8日，普希金在公开学术演讲会上。

●普希金雕像

>>> 普希金的选择

普希金小时候诗写得特别有灵气，数学却相当糟糕。他在一次发现老师讲解的几道四则运算题的最终结果都是零之后，无论解答什么数学题目，甚至连题目都不看一眼，就在等号后面写上零。老师对这个毫无希望的孩子说："去写你的诗吧！数学对你来说就意味着是个零。"普希金最后选择了诗，他成功了。

这给我们的启示是：尺有所短，寸有所长，在任何情况下都不要忘记给孩子一些期待、一些鼓励、一些赏识，孩子们绝不会令人失望的，您也会在孩子成功的笑容里找到价值所在！

拓展阅读：

《普希金诗选》
　　　　浙江文艺出版社
《普希金小说集》
　　　　湖南人民出版社

◎ 关键词：诗体小说 典型 上层社会 贵族社会

"俄罗斯百科全书"——《叶甫盖尼·奥涅金》

在波尔金诺，普希金完成了他最重要的作品，诗体小说《叶甫盖尼·奥涅金》，全诗现存八章，历时八年陆续写成，采用的是普希金特有的"奥涅金体"十四行诗的形式。

小说描写了一个贵族青年奥涅金感到社交生活空虚无聊，就离开首都，来到乡间。他拒绝了外省地主的女儿达吉雅娜的爱情，却在决斗中杀死了追求达吉雅娜的军官连斯基。多年后，奥涅金漫游全国之后回到彼得堡，又遇见达吉雅娜，这时她已成为社交界的贵妇人。奥涅金突然发现了达吉雅娜的魅力，并为之倾倒，他主动追求她，但遭到拒绝。

奥涅金是俄国文学中第一个"零余者"的典型。他受过资本主义文明的熏陶，喜爱拜伦颂扬自由和个性解放的诗歌，并且对科学技术在农业上的应用发生兴趣。他也曾有过热烈的梦想，希望在俄国出现某些资本主义性质的变革。可他看见俄国的愚昧落后、墨守成规之后，就完全丧失了行动的勇气。在贵族环境中成长起来的他远离人民，精神空虚，生活缺乏目的。结果，热情消失，梦想破灭，只落得整天无所事事，沉溺于舞会、剧场、醇酒与美女之中，以填补自己内心的空虚。

作者认为奥涅金的怀疑和冷漠、连斯基的理想主义的热情，都无补于当时的实际。年轻时代的女主人公达吉雅娜才是普希金塑造的一个最为动人的形象，她具有俄国人民最为赞赏的精神丰富、道德纯洁和坚忍克制等美德。她不喜欢外省地主的平庸生活，爱读理查生和卢梭的作品，更珍爱俄国的自然景色，她生活在俄国民间传说和童话的幻想世界里。普希金强调她对奥涅金纯洁真诚的爱情和对普通人的尊重，用以和贵族上流社会相对照。但是后来她违却自己的心愿，嫁给一个年老的将军，成为彼得堡贵族沙龙的受人景仰的女主人，融入了腐朽的贵族社会。

这部诗体小说主要描述20年代俄国的上层社会生活，它以简洁的笔触表现了俄罗斯的民族习俗，讽刺了形形色色的城市贵族和乡村地主，画面比较广阔，细节描写精确，所塑造的人物及其环境都具有典型性，对俄国批判现实主义文学的确立起了很大作用。书中吸收了拜伦长诗的一些艺术技巧，运用大段的抒情插叙，诗句洗练流畅，富于变化。

忧郁的土地——俄罗斯文学

◎ 关键词：普加乔夫 农民起义 格利涅夫 决斗

贵族与农民——《上尉的女儿》

● 《上尉的女儿》插图

>>> 普希金《窗》

不久前的一个夜晚，
一轮凄清的明月
巡行在迷茫的云天，
我看见：一个姑娘
默默地坐在窗前，
她怀着隐秘的恐惧
张望山冈下朦胧的小路，
心中忐忑不安

"这里！"急急的一声轻唤。
姑娘手儿微微发颤，
怯怯地推了窗扇……
月儿隐没在乌云里边。
"幸运儿啊！"我惆怅万端。
"等待你的只有交欢。
什么时候也会有人
为我打开窗子，在傍晚？"

拓展阅读：

《普希金诗画集》
　　四川人民出版社
《普希金娜的故事》
　　[苏联] 库兹涅佐娃

1831 年普希金在外交部供职。他奉命编辑有关彼得大帝的史料。他在档案处研究文献时，被 18 世纪的农民起义领袖普加乔夫的事迹所吸引，于 1833 年 8 月前往奥伦堡一带，访问与起义有关的事情。同年 10 月他重到波尔金诺村，写成了《普加乔夫起义史》和以彼得大帝为题材的长篇叙事诗《青铜骑士》、中篇小说《黑桃皇后》。此外他还写了童话诗《渔夫和金鱼的故事》《死公主和七个勇士的故事》和关于普加乔夫起义的长篇小说《上尉的女儿》(1836)。

《上尉的女儿》的故事发生在 18 世纪 70 年代。贵族青年军官格利涅夫到边防炮台就职，中途为暴风雪所阻，偶然和落魄的农民普加乔夫结识，并送给他一件兔皮袄御寒。格利涅夫到炮台后，爱上了上尉司令的女儿玛莎，和她订了婚。

这时突然爆发了大规模的农民起义，起义军攻破炮台，杀死了司令等人。格利涅夫也被起义军俘获。可他没想到起义军的首领就是当年被他救过的普加乔夫。普加乔夫感念旧恩，把他释放，并成全他的婚事。然而起义最终被镇压了，格利涅夫受到怀疑，被政府逮捕。上尉的女儿玛莎只身前往彼得堡谒见女皇叶卡捷林娜二世，澄清了怀疑，格利涅夫遂被释放。此后格利涅夫再次和即将被处决的普加乔夫相遇，可惜他用尽力量也没法救这位重义轻生的好汉了。

这部小说以格利涅夫的个人命运为线索，通过第一人称的叙述，再现了普加乔夫暴动的历史事件。贵族社会一贯把普加乔夫丑化为无恶不作的强盗，而普希金在小说中却把普加乔夫写成一个勇敢机智、乐观豪迈、热爱自由、深受人民爱戴的农民运动领袖，同时还生动地描绘了这次运动的宏大规模和广泛的社会基础。

1831 年 2 月，普希金与冈察罗娃结婚，他的新娘是俄国著名的伯爵斯特罗加诺夫的私生女，也是当时彼得堡最美丽的女人。能和这位上流社会著名的交际花结婚，普希金将之看作人生的大幸，没想到这却成了他最大的不幸。1834 年法国波旁王朝的亡命者乔治·丹特斯男爵来到彼得堡，在俄国禁卫军骑兵团供职。他很快开始疯狂追求诗人的妻子。1836 年 4 月普希金创办《现代人》杂志。同年 11 月初他接到几封匿名信，对他进行侮辱和攻击。为了维护自己的荣誉，他向丹特斯要求决斗。决斗于 1837 年 2 月 8 日举行。普希金身受重伤，两天后逝世，年仅 38 岁。

●莱蒙托夫像

>>> 莱蒙托夫《帆》

在大海的蒙蒙青雾中
一叶孤帆闪着白光……
它在远方寻求什么?
它把什么遗弃在故乡?
风声急急,浪花涌起,
桅杆弯着腰声声喘息……
啊,——它既不是寻求幸福,
也不是在把幸福逃避!
帆下,水流比蓝天清亮,
帆上,一线金色的阳光……
而叛逆的帆呼唤着风暴,
仿佛唯有风暴中才有安详!

拓展阅读:
《莱蒙托夫诗画集》
　　四川人民出版社
《莱蒙托夫抒情诗全集》
　　译林出版社

◎ 关键词:民族诗歌 普希金 继承人 决斗

传奇的天才诗人——莱蒙托夫

　　一颗明星陨落了,另一个传奇却在悄然诞生。普希金去世后,年轻诗人莱蒙托夫继承了他的衣钵,继续将俄罗斯民族诗歌和语言发扬光大。

　　莱蒙托夫1814年10月15日生于莫斯科,父亲是退役军官。不到3岁时母亲便去世,他由外祖母抚养成人。莱蒙托夫自幼性格忧郁、孤僻。1828年他进入莫斯科贵族寄宿中学,开始写诗。1830年考入莫斯科大学,中途转至彼得堡近卫军骑兵士官学校。1829年至1832年间写了一些长诗和剧本,以及抒情诗300余篇,约占他全部抒情诗的四分之三。这些诗篇之中比较著名的有《乞丐》《天使》《帆》等。1834年毕业后他在骠骑兵团服役。1835年发表了长诗《哈吉·阿勃列克》和剧本《假面舞会》。

　　1837年2月普希金遇难,莱蒙托夫写了《诗人之死》一诗,指出杀害普希金的凶手就是俄国上流社会。作者愤怒地对这些屠夫说,他们虽然躲在法律的荫庇下,公论与正义都噤口无声,但是"神的裁判"在等着他们。诗人因此被流放到高加索。这篇诗震动了整个俄国文坛,他被公认为普希金的继承人。1838年4月莱蒙托夫从流放地返回彼得堡原部队。不久,他发表民歌体长诗《商人卡拉什尼科夫之歌》,赞扬不畏强暴的精神。《咏怀》一诗则谴责贵族青年缺乏思想,对生活采取冷漠态度。1839年发表歌颂叛逆精神的长诗《童僧》。1840年长篇小说《当代英雄》问世,作品成功地塑造了继奥涅金之后又一个"零余者"形象——毕巧林。

　　1840年新年,莱蒙托夫参加了一个贵族的假面舞会,写成《一月一日》一诗,引起宫廷贵族和上流社会的很大不满。同年2月因同法国公使的儿子巴兰特决斗,又遭逮捕。沙皇决定把他再度流放高加索。临行前他写了那篇有感于自己"永恒流浪"的沉痛的诗《云》。

　　莱蒙托夫回到高加索后,一些仇恨诗人的彼得堡贵族唆使青年军官马尔蒂诺夫与莱蒙托夫决斗,结果诗人饮弹身亡,年仅27岁。莱蒙托夫成熟期的创作活动只有短短四年,他的艺术天才没有得以充分发挥,正如高尔基所说:"莱蒙托夫是一曲未唱完的歌。"尽管如此,他仍然给我们留下了许多珍贵的诗篇,他的作品对俄国文学做出了巨大的贡献。作为诗人,他在普希金和涅克拉索夫之间搭起了承前启后的桥梁。

◎ 关键词：毕巧林 玛丽 宿命论者

"零余者"——《当代英雄》

●北方的民谣 俄国 科林

>>> 莱蒙托夫《十四行诗》

　　我怀着凋残的幻想，靠回忆生活，逝去年华的幻影蜂拥在眼前，你的形象在它们当中，像夜半朵朵的行云中辉耀着一轮明月。你的威力我有时感到沉重，你的微笑，你的使人心醉的双目像桎梏般把我的灵魂紧紧锁住，你并不爱我，这对我又有何用。你知道，对我的爱情你并不鄙弃，但你却冷冷地听取着它的哀乞，像一座大理石雕像，面对大海矗立着，——波浪在它脚前翻转不休，而它满面无情的严肃的神采，虽不想把它踢开，却总不理不睬。

拓展阅读：

《莱蒙托夫诗选》
　　时代出版社
《现代俄国文学史》
　　[美] 马克·斯洛宁

　　《当代英雄》是莱蒙托夫的代表作品。这部长篇小说于 1840 年 4 月出版，它在高加索广阔的背景上展开了主人公毕巧林的复杂的性格。

　　小说的主人公毕巧林是个 25 岁左右的沙俄军官，出生于彼得堡的名门贵族。他从小过惯了上流社会豪华奢侈的生活。后来，他对这种生活已感到厌倦，想寻求新的刺激，便到高加索军队去服兵役。他在那里认识了来自俄罗斯的公爵的女儿，公主一样优雅美丽的玛丽。毕巧林为了解闷，下决心要把玛丽夺到手。为此他向经常出入公爵夫人家的魏涅尔医生打听玛丽的情况，并使出他在上流社会学会的一套勾引女人的手段。起初，他尽量不在玛丽面前表现自己。甚至，他装得很傲慢、不礼貌。但在另一些场合下，他又夸夸其谈，弄得别人对他捉摸不透。毕巧林在玛丽面前，以讲自己生平奇遇和冒险故事去打动她，使她感到他是个不平凡的人。

　　玛丽逐渐对他有了好感，然而，毕巧林所做的一切纯粹是为了征服她、玩弄她，并不是为了爱情。而他的朋友、军官葛鲁式尼茨基却是真心真意爱着玛丽，为此，他向毕巧林提出决斗。决斗的条件很苛刻，双方都站在悬崖顶上开枪，相距只有六步远。只要一方受轻伤，就会从崖顶上掉入溪谷摔死。葛鲁式尼茨基在抽签时，抽中先射击。他本来可以把毕巧林打死，但在发射时，他不忍心打死朋友，一念之仁放了空枪。轮到毕巧林射击了，他要葛鲁式尼茨基向他请求饶恕。葛鲁式尼茨基不愿意承受这种屈辱。毕巧林开枪把他打下了山崖。

　　因决斗的事，毕巧林被放逐到偏僻的 N 要塞去。他狠心地离开已经深深爱上他的玛丽，来到 N 要塞。在那里，他又用欺骗的手段诱拐了当地土司的女儿贝拉。没过多久，毕巧林对贝拉的感情就冷淡下来。

　　有一次，毕巧林到哥萨克村子和军官们玩纸牌。他们讨论到命运和"定数"问题。毕巧林从中尉乌里奇苍白的脸上看出了"死亡的迹象"，于是断定他在本日内必死。乌里奇不信，与毕巧林打起赌来。乌里奇有意朝自己头部开枪，枪却未响。中尉赌赢了。可当他回家时却被一个醉鬼砍死了。那醉鬼住在村子尽头的一间房子里，人们都不敢前去捕捉他。毕巧林想去试试命运。他爬进醉鬼的房间里，醉鬼开枪但未击中。他就这样把醉鬼捉住了。从此，他更加相信命运的安排，成了一个彻底的宿命论者。就这样，毕巧林浪荡荒唐地度过了自己的一生。多年以后，他变得落魄而衰老，不久之后就默默无闻地死去了。

忧郁的土地——俄罗斯文学

◎ 关键词：寓言家 感染力 爱国主义 奇葩

生活与社会的寓言——克雷洛夫

● 克雷洛夫像

>>> 克雷洛夫的幽默

克雷洛夫长得很胖，他还爱穿黑衣服。一次，一位贵族看到他在散步，便冲着他大叫："你看，来了一朵乌云！""怪不得蛤蟆开始叫了！"克雷洛夫看着臃肿的贵族答道。

还有一次，他的朋友称赞他说："你的书写得真好，一版又一版，比谁都印得多。"

克雷洛夫笑着回答说："不，不是我的书写得好，是因为我的书是给孩子看的。谁都知道孩子们是很容易弄坏书的，所以印的版次就多了。"有人问他为什么选择野兽来写，他说："要知道，我的野兽能代表我说话。"

拓展阅读：

《克雷洛夫评传》
〔俄〕杜雷林
《克雷洛夫寓言》
江苏少年儿童出版社

著名的剧作家和寓言家克雷洛夫是19世纪初俄国另一位出色的文学家。

克雷洛夫1768年2月13日生于莫斯科一个清贫的军医官家庭。9岁丧父，成年后开始当小职员。1782年迁居彼得堡，任税务局办事员，同年写成第一部喜剧《用咖啡渣占卜的女人》，这部戏具有鲜明的民主思想倾向。他从此开始接近戏剧界，并推出了一系列剧作。1786年至1788年，他写出《疯狂的家庭》《前厅文人》《恶作剧的人们》等喜剧，讽刺首都贵族生活的空虚和放荡。

1789年，克雷洛夫创办了《精灵邮报》，1792年与人合办《观察家》杂志，以此为武器抨击君主的专制、农奴主的残酷、官吏的贪污和贵族的奢侈挥霍。由于这些激进倾向，两报刊先后被勒令停刊。1794年至1801年间他被迫离开彼得堡流亡外省，其间写作了滑稽悲剧《特鲁姆弗》讽刺保罗一世以及宫廷中流行的"德国热"。

1806年他回到彼得堡，开始致力于寓言故事的创作，同时还写了几个著名的喜剧，其中最优秀的是嘲笑俄国贵族盲目崇拜法国的《小时装店》。1812年起他在彼得堡公共图书馆任馆员近30年。1819年，克雷洛夫50岁时，为了能阅读古希腊诗人荷马的诗歌和《伊索寓言》的原文，他决心学会古希腊语，朋友劝他："人到50岁学外语是很困难的。"他回答说："只要有决心和毅力，任何时候学都不晚。"从此，他开始了刻苦的语言学习，后来甚至不得不佩戴眼镜。两年后，他熟练地掌握了古希腊语，能够很流利地读起《伊索寓言》的原文，这使他的朋友、古希腊语专家格涅季奇惊叹不已。

克雷洛夫的主要成就是他所写的寓言。克雷洛夫著有诗体寓言200多篇，这些寓言写的都是鸟虫鱼兽、山水花草，但都反映了现实生活，对读者极具感染力。他的寓言有的讽刺统治者的淫威、贪婪和残忍；有的讽刺统治者的走狗仗势欺人；有的揭露法庭的贪赃枉法、官僚的狼狈为奸以及人民的悲惨状况；还有的隐喻贵族和人民的关系及前者的寄生性质。

1812年卫国战争期间，他还创作了一些爱国主义的名篇，如《狼落狗窝》表明战争的人民性质和消灭敌人的决心，《乌鸦与母鸡》和《分红》鞭挞了与敌人同流合污的叛徒以及在国难中唯利是图的贵族和商人。此外，他还有些寓言针砭人们的懒散、虚荣、虚伪和胆怯等缺点和恶习。他用语简朴、幽默、风趣而吸引人，且吸收了大量民间谚语和俗语，使文章显得通俗生动而富有亲切感，现在他的寓言已被译成几十种文字在世界各地出版，成为了俄国文学的一朵奇葩。

◎ 关键词：现实主义文学 奠基者 诗体戏剧 思想斗争

"聪明误"——格里鲍耶陀夫与《智慧的痛苦》

●十二月党人博物馆

>>> 十二月党人

1825年12月14日是俄国最早的革命者在彼得堡枢密院广场上举事的日子。人们根据起义的月份，称这些革命者为十二月党人。起义失败后，许多十二月党人被流放西伯利亚服苦役。

十二月党人原本是俄罗斯帝国农奴制的受益者。他们是年轻的贵族，是沙皇制度的支柱，担任着沙皇政府各个行政机关和军队的领导职务，有着大好的前程。但是，他们认为压得人民喘不过气来的农奴制度是可耻的，自己所享有的种种特权是一种罪孽。于是，他们挺身而出，为废除农奴制和专制制度而斗争。

拓展阅读：

《白银时代俄国文学》
　[俄] 阿格诺索夫
《俄国文学史略》
　　　马晓翀/马家骏

与克雷洛夫同一时代的剧作家格里鲍耶陀夫，也是俄国现实主义文学的奠基者之一。

格里鲍耶陀夫1795年1月15日出生在莫斯科一个贵族家庭。他幼年聪颖好学，11岁即进莫斯科大学。六年的学习中，他先后修习了文学、法学和数理学三个系科的课程。格里鲍耶陀夫思想进步，大学时代就结识了一批后来成为十二月党人的革命青年，同诗人普希金也有交往。

1812年拿破仑入侵俄国，他作为志愿兵参军。五年后转入外交部供职。1818年夏被派往波斯任俄国外交使团秘书。1823年春回莫斯科度假，翌年完成了诗体喜剧《智慧的痛苦》（又译为《聪明误》）。1825年十二月党人起义失败后，他受到株连，失去人身自由半年多。1828年，沙俄政府再次派他出使波斯，被任命为全权大使，实际上是对他"政治性的流放"。1829年2月11日，俄国驻德黑兰大使馆遭到波斯人的袭击，格里鲍耶陀夫在混乱中惨遭杀害。

格里鲍耶陀夫的文学创作活动始于大学时代。先是创作诗歌，后致力于戏剧创作。1815年，他根据18世纪法国一个剧作家的作品改写了喜剧《年轻夫妇》，获得了成功。

从1818年起，他开始创作他的诗体戏剧《智慧的痛苦》，直到1824年才完成。这部喜剧深刻地反映了19世纪初俄国社会的尖锐思想斗争。一边是以专横、愚昧、因循守旧的莫斯科大贵族法穆索夫为首的一群贵族顽固派，另一边是进步、文明、渴望革新的贵族青年恰茨基。恰茨基是一个机智幽默但说话刻薄刁钻的青年军官，他爱上了贵族小姐索菲亚。但虚荣的索菲亚却已经移情别恋，爱上了伪君子莫尔恰林。莫尔恰林一边和索菲亚谈情说爱，一边却去勾引索菲亚的女仆丽莎，没想到被索菲亚无意中听到，对自己的选择悔恨不已。恰茨基厌烦了污浊的贵族生活，也承受不了失恋的打击，愤怒之下离开了莫斯科，只留下孤单而无助的索菲亚。

恰茨基是一位超脱于贵族生活之外的批判者，他到处与人辩论，舌战群顽，但终以势孤力单而失败，被人们当成了笑柄。他徒有智慧和口才，得到的却是"万般苦恼"。《智慧的痛苦》艺术技巧十分出色，其中的反面人物虽然很多，但个个性格鲜明。剧中语言把诗句和口语融为一体，生动传神，其中不少台词后来成为传诵不衰的成语。

●花 俄国 萨里扬

>>> **赫尔岑的幽默**

赫尔岑有一次应朋友邀请，去参加一个音乐会，可音乐会的节目刚演出不久，他便打起瞌睡来了。这时女主人过来推了赫尔岑一下，问他："先生，你不喜欢音乐吗？"赫尔岑摇了摇头，说："这种低级轻佻的音乐有什么好听的！"

女主人说："你说的什么呀？这里演奏的都是流行的乐曲呀！"赫尔岑反问女主人说："难道流行的东西都是高尚的吗？"

女主人不服气地说："不高尚的东西怎么会流行呢？"

赫尔岑风趣地对女主人说："那么，流行性感冒也是高尚的吗？"说完，就向女主人告辞回家了。

拓展阅读：

《赫尔岑传》商务印书馆
《赫尔岑论文学》
上海文艺出版社

◎ 关键词：进步思想 启蒙教育 哲学著作 回忆录

一生的回忆——赫尔岑

赫尔岑1812年4月6日出生在莫斯科的一个贵族家庭。在他出生的那年，拿破仑的铁骑踏入了俄国的领土。赫尔岑在具有进步思想的家庭教师的启蒙教育下，从小就向往自由，憎恨专制制度。1825年俄国十二月党人起义遭到镇压，对他影响很大。14岁的赫尔岑与挚友奥加辽夫在莫斯科城郊麻雀山上庄严宣誓，决心继承十二月党人的革命传统，"替那些被处死刑的人报仇"，为俄国人民的解放事业而献身。

1829年，赫尔岑进入莫斯科大学数理科学习，与奥加辽夫等人组织政治小组，研究社会政治问题，关心西欧革命运动，宣传资产阶级启蒙主义、空想社会主义思想。1833年，赫尔岑以优异的成绩毕业，并获硕士学位。他因计划出版宣传革命思想的刊物，于1834年和小组成员一起被捕，以"对社会极其危险的自由思想者"的罪名先后两次被流放。长达六年的流放生活使他亲眼目睹沙皇官僚机构的腐败和农奴制的残酷，坚定了他反对封建专政和农奴制的革命立场。

1836年起，赫尔岑以伊斯康捷尔的笔名发表文章。1842年他回到莫斯科，站在西欧派左翼立场，积极从事革命活动和文学创作活动。从1842年到1847年，他发表了一系列哲学著作。列宁称赞赫尔岑的哲学思想"达到了最伟大的思想家的水平"。

1847年3月，赫尔岑携全家来到孕育革命风暴的法国。10月，他赶到爆发民族独立运动的意大利。当他在罗马听到法国1848年2月革命的消息后，又日夜兼程赶回巴黎。他的革命活动招致反动势力的进一步迫害。法国政府搜捕他，沙皇政府不让他回国。1849年他来到日内瓦，全家加入瑞士国籍。1852年他侨居伦敦，创办《北极星》《钟声》等革命刊物。这些刊物通过各种渠道传入俄国，对俄国的革命运动起着很大的推动作用。这期间，他还写成回忆录《往事与随想》，这是世界文学宝库中的一颗明珠。

《往事与随想》是一部包含着日记、书信、散文、随笔、政论和杂感的巨型回忆录。全书共七卷，内容丰富，贯穿全书的中心线索是这位思想家一生对革命真理的不倦探索和对光明未来的坚定信心。全书文字生动活泼，富于感情，人物刻画鲜明、简练，善于通过细节描写概括深刻的内容。《往事与随想》在俄国乃至全世界自传体文学中都占有重要地位。赫尔岑以回忆录这种独特的文体立足于俄罗斯文学家之林。屠格涅夫认为"俄罗斯人中间只有他能这样写作"，"这种语言是有血有肉的东西"。

1870年1月21日赫尔岑病逝于巴黎。不久，他的骨灰被运到尼斯，安葬在他妻子的墓旁。

忧郁的土地——俄罗斯文学

◎关键词：现实主义作家 长篇小说 没落地主 保守因素

退化的贵族——冈察洛夫与《奥勃洛摩夫》

●冈察洛夫像

>>> 圣彼得堡

圣彼得堡，位于波罗的海芬兰湾东端的涅瓦河三角洲。整座城市由40多个岛屿组成，70多条天然河流和运河迂回其间，300多座桥梁将这座水城连成一片。

圣彼得堡始建于1703年，至今已有300多年的历史。市名源自耶稣的圣徒彼得。1712年，圣彼得堡成为俄国首都。其后200余年，它始终是俄罗斯帝国的心脏。1914年前一直称圣彼得堡，1914~1924年称彼得格勒，1924~1991年名列宁格勒，1991年复称圣彼得堡。

拓展阅读：

《冈察洛夫环球游记》
　　黑龙江人民出版社
《冈察洛夫精选集》
　　北京燕山出版社

伊凡·亚历山大罗维奇·冈察洛夫（1812~1891）是19世纪俄国重要的现实主义作家。1812年6月18日他出生在辛比匀斯克一个商人家庭，1834年毕业于莫斯科大学语文系。他在30年代开始创作，1842年所作特写《伊凡·萨维奇·波德查勃林》，运用自然派写实手法，是他早期较好的作品。

1847年他在《现代人》杂志上发表第一部长篇小说《平凡的故事》，描写一个在外省地主庄园中长大、爱好空想的贵族青年如何在彼得堡生活环境影响下，变成一个讲求实际的官吏和企业家的故事。这部小说得到别林斯基的好评。1852年至1854年，冈察洛夫随海军中将普佳京作环球航行。1858年出版《战舰巴拉达号》，生动地记述了欧亚一些国家的风土人情。1856年至1860年任图书审查官，对进步文学抱同情态度。1863年至1867年，任出版事业委员会委员。

冈察洛夫能够传世的作品是长篇小说《奥勃洛摩夫》。这部小说夸张地塑造了一个懒惰而懦弱的贵族知识分子的形象。这本小说分为四部：第一部用大量篇幅描写贵族地主奥勃洛摩夫躺在床上和沙发上，毫无作为；第二部写奥勃洛摩夫在童年的朋友、企业主希托尔兹的强迫下起了床，后来贵族少女奥尔迦爱上了奥勃洛摩夫；在第三部里，奥尔迦对奥勃洛摩夫完全失望，两人分手；在第四部里，希托尔兹和奥尔迦结婚，奥勃洛摩夫则和他的房东寡妇同居，最后死去。

奥勃洛摩夫从小有家奴服侍，后来拥有300多个农奴，从田庄可以得到大笔收入。和所有的农奴主一样，他以不为衣食奔走而自傲，以从不亲手穿袜子为荣。他懒惰麻木，整日昏昏欲睡，一生的大部分时间都在躺卧中度过。他甚至在梦中也梦见睡觉。作者把他写成一个极端无能的人，他没法把思想集中起来考虑任何实际问题，更不能克服常人看来微不足道的障碍，去处理一件日常生活中的具体事情。希托尔兹和奥尔迦用尽种种办法想使他振作一些，他却还是回复到终日躺卧的常态，蜷缩在房东寡妇为他安排的贵族式的平静和享乐中。作者借用希托尔兹的话说，奥勃洛摩夫毁于"奥勃洛摩夫性格"，即农奴制生活方式所养成的惰性。奥勃洛摩夫的形象标志着传统的"零余者"蜕化的极限，是一个没落地主的典型，同时也具有更大的概括性。

60年代阶级斗争的尖锐化使冈察洛夫世界观中的保守因素加强。他和屠格涅夫一起脱离《现代人》杂志，与民主阵营分道扬镳。冈察洛夫晚年写了一些短文、回忆录和文学评论。1891年9月27日，冈察洛夫在彼得堡逝世。

忧郁的土地——俄罗斯文学

◎ 关键词：民主主义诗人 叙事长诗 真理 斗争

"大河诗人"——涅克拉索夫

● 涅克拉索夫像

>>> 涅克拉索夫《母亲》

她深深沉浸在忧愁里，
三个孩子在她身边玩，
他们又吵闹，又淘气，
她却在沉思中悄悄喟叹：
"不幸的孩子，何必来人间？"
你们一踏上正直的道路，
就逃不脱厄运和灾祸！
苦难的母亲，别为他们哭，
别用哀伤遮暗他们的欢乐！
只要从小就告诉他们：
在这样的年代，这样的世纪，
荆冠是最值得追求的目的……

拓展阅读：
《论涅克拉索夫》魏荒弩
《涅克拉索夫诗歌精选》
北岳文艺出版社

继普希金和莱蒙托夫之后，俄国又诞生了一位伟大的诗人涅克拉索夫，他继承了俄罗斯诗歌光辉传统。

尼古拉·阿列克塞耶维奇·涅克拉索夫（1821～1878）是俄国的革命民主主义诗人。他1821年11月28日生于伏尔加河河畔的军官家庭。诗人的童年是在乡间度过的，农民的无权地位、伏尔加河上纤夫的艰苦生活，以及经常从门前通过的被解往西伯利亚的政治流放犯，都给他留下深刻的印象。

1838年，父亲把他送往彼得堡武备学堂，但他违背父亲的意志，径自到彼得堡大学去旁听。于是他的父亲断绝了对他的全部接济。从此，17岁的涅克拉索夫便不得不长期过着饥寒交迫的生活。但他始终没有放弃诗歌的探索和创作。1840年出版诗集《幻想与声音》，因缺乏独创性受到文学批评家别林斯基严厉的批评。他感到非常痛苦，一度中止写诗。1841年，他结识了别林斯基，在后者的帮助下，逐渐走上革命民主主义者和"真正的诗人"的道路。40年代写的《在旅途中》《摇篮歌》《故园》《秘密》《夜里我奔驰在黑暗的大街上》等诗，描述俄国下层人民的痛苦及其悲惨的命运。40年代末他已被称为有独创精神的民主主义诗人。

1847年起，涅克拉索夫主办《现代人》，积极从事编辑和诗歌创作活动。1848年法国大革命吓坏了俄国当局，沙皇政府于是按照尼古拉一世的命令，成立了专门审查进步刊物的委员会。《现代人》的出版一年比一年困难，但涅克拉索夫没有屈服，继续担任主编。1866年《现代人》被查封后，他又于1868年和谢德林一起主办《祖国纪事》，使它成为70年代进步阵营的喉舌。

六七十年代，涅克拉索夫的主要作品是叙事长诗。《严寒，通红的鼻子》描述一个农民在暴风雪中，在沉重的劳动下累倒病死，他的妻子负起赡养一家老小的重担，她在另一个严寒的冬天，在密林中打柴时也冻死了。另一首长诗《谁在俄罗斯能过好日子》是他的最著名的代表作，写七个贫苦的农民争论谁在俄罗斯能过好日子。有的说是地主，有的说是官僚、神甫、大腹贾、大臣、沙皇等。由于争执不下，便决定去漫游俄罗斯，亲眼看看谁是幸福的人。作者借用这个情节，广泛地描述了改革前后的社会生活，反映了农奴制改革前后俄国农民的贫困，揭露了沙皇、农奴主的残酷压迫，歌颂了人民对幸福和真理的渴望和斗争。

1877年12月，诗人逝去。因为涅克拉索夫的诗大多描写故乡伏尔加河沿岸的人民生活，因此被俄罗斯的读者亲切地称为"大河诗人"。

忧郁的土地——俄罗斯文学

●果戈理像

拓展阅读：
《给果戈理的一封信》
[俄] 别林斯基
《果戈理幽默作品选》
漓江出版社

◎ 关键词：文学宗师 小说 戏剧 浪漫主义

"含泪的笑"——果戈理

1809年4月1日，乌克兰波尔塔瓦省米尔戈罗德县大索罗庆采村一个地主家里诞生了一个男婴，爱好文艺、并写过几部喜剧的父亲瓦西里希望孩子将来能当官发财，然而他潜移默化地却给了孩子最早的文艺启蒙。最终，这个孩子成为了一代文学宗师，他将俄罗斯小说和戏剧推向了前所未有的高度，他就是尼古拉·瓦西里耶维奇·果戈理。

果戈理就读于涅仁高级科学中学时，受到十二月党人和普希金的诗篇以及法国启蒙学者著作的影响，还在业余演出中扮演过讽刺喜剧的主角。1828年底，他抱着去司法界供职的愿望赴彼得堡。次年发表长诗《汉斯·古谢加顿》。因长诗受到批评，果戈理从书店买回全部存书烧毁。自1829年底至1831年3月，他先后在彼得堡国有财产及公共房产局和封地局供职，亲身体验到小职员的贫苦生活。

1831年，他结识了普希金，在创作思想上受到普希金的重大影响。同年9月和次年3月先后发表的《狄康卡近乡夜话》第一集和第二集，被普希金誉为俄国文学中"极不平凡的现象"。这两部小说集将乌克兰的民间故事、童话、歌谣中的情节同乌克兰现实生活的描写交融在一起，以幽默的笔调嘲笑乡镇的统治阶层和黑暗势力，歌颂农民、工匠、哥萨克的勇敢机智，展现了富有诗意的乌克兰民族生活。作品里占主导地位的是浪漫主义倾向。

1834年果戈理在彼得堡大学教世界史，次年底离职，从此专事创作。1835年发表了中篇小说集《密尔格拉得》，包括四篇作品。其中《旧式地主》描述一对善良的地主老夫妻，他们除了吃，就是睡，此外对什么也没有兴趣。古老的宗法制庄园日渐荒芜，主人公们也无声无息地死去。《伊凡·伊凡诺维奇和伊凡·尼基福罗维奇吵架的故事》，写两个"体面"的绅士因为很小的事情结仇，成年累月地争吵和打官司。在这两篇小说中，果戈理以幽默讽刺的笔调描写了宗法制度下的地主的猥琐、庸俗而腐朽的生活，但也带有温情和留恋。别林斯基曾指出，"含泪的笑"是这些作品的独特的艺术风格。

同期发表的中篇小说集《小品集》以描写彼得堡生活的小说为主。《涅瓦大街》揭露了彼得堡贵族官僚社会的庸俗与空虚。《肖像》描写的是一个有才能的年轻画家因追求上流社会生活而毁了艺术才能，从而对金钱和权势主宰一切的彼得堡社会进行了批判。《狂人日记》对于被剥夺了一切的"小人物"、小官吏的悲惨命运表达深厚的人道主义同情，向巧取豪夺的"大人物"发出抗议。这三篇小说同后来发表的《鼻子》《外套》一起合成一组"彼得堡故事"。

● 《钦差大臣》插图

>>> 果戈理写《钦差大臣》

1835年秋天，果戈理去拜访普希金时，普希金讲了这样一个笑话："两年前，我到喀山一带搜集写作材料。路过奥伦堡附近的一个小县城时，那里的县长听说我是彼得堡去的，把我当作皇上派去的'钦差大臣'，拼命奉承巴结我，还向我行贿。我一再声明自己不是'钦差大臣'，等他们弄清了真相，对我的态度立刻不同了，像变成另外一个人似的。"

果戈理听后觉得这是个很好的喜剧素材。经过一番努力，1835年底，果戈理终于写成了五幕讽刺喜剧《钦差大臣》。

拓展阅读：

《官场现形记》清·李宝嘉
《果戈理选集》
人民文学出版社

◎ 关键词：讽刺喜剧 市长 现实主义 诽谤

官僚们的闹剧——《钦差大臣》

在写作中篇小说的同时，果戈理于1833年开始从事讽刺喜剧的创作。1836年4月，名剧《钦差大臣》首次在彼得堡亚历山德拉剧院公演。

故事发生在俄国一个偏僻的小城里，以市长安东·安东诺维奇为首的一群官僚，得悉钦差大臣要来私行察访的消息后，惊慌失措。而偶然路过的彼得堡低级官员赫列斯达可夫在城里花光了所有的钱，正在饥饿难耐之际，却由于他纨绔子弟的禀性和彼得堡式的派头，让官僚们误认为他就是钦差，争先恐后地巴结他，向他行贿。市长甚至要把女儿许配给他。赫列斯达可夫起初莫名其妙，后来就乐得以假作真，一边将这群诚惶诚恐的官僚戏耍得团团转，并大敲他们的竹杠，一边同时调戏市长的老婆和女儿。等他捞了一大笔钱财之后，就坐着市长的马车，得意地扬长而去。官吏们知道真相后，懊悔不及，哭笑不得。市长安东·安东诺维奇懊悔不已：

"我怎么会晕了头？瞎了眼？我这个老糊涂！老得发了昏，我这个大笨蛋！……"市长不住地骂着自己，"我做了30年的官，没有一个商人，没有一个包工头能骗得了我，连最狡猾的骗子也都被我骗过，就连那些一手瞒得过天下的老狐狸、老滑头，都逃不过我的手掌心，吃过我的亏，上过我的圈套，我

骗过三个省长……可没想到，今天却被这个小无赖给耍了，这个家伙哪一点像钦差大臣？！……这会儿那个丑小子正坐在我的马车上，让马脖子上的铃铛叮叮当当地响着在路上奔驰呢！他会把这件事传得天下皆知。甚至会被哪个无聊的文人写进喜剧里，让人们在剧院里嘻嘻哈哈地笑我们！你们笑什么？！我恨透了你们这帮丑文人，耍笔杆子的，我要把你们团成团，磨成粉，塞到魔鬼的帽子里去做里子！……"

然而咒骂也没有任何作用，紧接着就传来了真钦差到达的消息，喜剧以哑场告终。果戈理以卓越的现实主义艺术手法，刻画了俄国官场的典型形象，所有这些形象都异常真实地反映出俄国官僚阶层贪赃枉法、谄媚钻营、卑鄙庸俗等本质特征。而赫列斯达可夫则是一身染上彼得堡贵族官僚习气的外省青年，轻浮浅薄、爱慕虚荣、自吹自擂、厚颜无耻，在当时俄国社会具有典型意义。

《钦差大臣》的上演获得了巨大的成功，但果戈理却遭到反动贵族的诽谤，被迫出国迁居罗马。在起程前他获悉普希金在决斗中死去，极为震惊。他在创作上备受普希金的关怀，《死魂灵》的情节也是普希金提供的。他怀着悲痛的心情，倾注自己的全部心血，将《死魂灵》的写作当作执行普希金的"神圣遗嘱"。

●《死魂灵》插图

>>> 果戈理的修稿原则

果戈理的修稿原则是：他的每一篇稿子要修改八次。他说："……只有经过八次的亲手修改，工作才算完成，才能达到预想的效果。"

《钦差大臣》开头部分，市长的台词初稿这样写道："诸位，我请你们来，是因为我要告诉你们一件极不愉快的消息。我接到通知，一个秘密使者已经从彼得堡出来进行私访，他要来视察我们省会的所有民政机关。"定稿时，果戈理已改成："诸位，我请你们来，是因为我要告诉你们一件极不愉快的消息，钦差大臣快要到我们这儿来了。"

拓展阅读：

《死魂灵一百图》［俄］阿庚
《果戈理全集》
安徽文艺出版社

◎ 关键词：新型资产者 暴利 自然派 创始者

俄罗斯乡间风情画——《死魂灵》

1842年，果戈理在国外完成了他的著名小说《死魂灵》第一部。小说的出版，继《钦差大臣》之后再次"震撼了整个俄罗斯"。

书中主人公乞乞科夫是19世纪三四十年代俄国社会中从小贵族地主向新兴资产者过渡的典型形象。他在官场中混迹多年，磨炼了投机钻营、招摇撞骗的"天才"。当时俄国每10年进行一次人口登记，根据登记征收人头税。而在两次登记之间，有些农奴死后，地主没有报请注销，这些死了的农奴在法律上仍被认为是活人。而地主可以拿自己名下的农奴作抵押品向国家银行借款。乞乞科夫看出了其中的利益，决计到偏僻的省份，收购"死魂灵"来向银行贷款谋取暴利。

他来到某省省会，结交了许多官僚地主，接着遍访各地庄园，向形形色色的地主收购死农奴。结果乞乞科夫一下子变成了名义上拥有400个农奴的大地主。最后因一个卖主揭露内幕，乞乞科夫才狼狈地离去。

而乞乞科夫出身小地主，他认为金钱是生活的主宰，"朋友可以抛弃你，钱是永远不会抛弃你的"。从做小学生起一直到当官吏，他一

贯善于投机赚钱，巴结师长和上司。在官场中，他虽屡遭失败，但仍然执拗顽强，每次都从头做起，以达到发财的目的。乞乞科夫是从地主贵族过渡到资产者的新的社会典型。他既精通地主官僚社会的"人情世故"，又擅长投机钻营的发财之道，企图用体面的外表和甜言蜜语来掩盖卑鄙的灵魂。

在此后创作的《死魂灵》第二部中，果戈理虽然继续对专制农奴制社会做了一些批判，但同时也塑造了一些理想的、品德高尚的官僚、地主以及虔诚的包税商人形象。继续游历地主庄园的乞乞科夫，在他们的道德感召下，灵魂更新，改恶从善。作为一个现实主义艺术家，果戈理感到这些正面形象苍白无力，在1845年将手稿烧毁。

1848年春，果戈理在朝拜耶路撒冷之后回国，定居莫斯科。1852年3月4日逝世。在病危时，他再次烧毁了重写的《死魂灵》第二部手稿。

果戈理的创作奠定了19世纪俄国批判现实主义文学的基础，他是俄国文学中"自然派"的创始者。他的《钦差大臣》和《死魂灵》分别为俄国戏剧和小说艺术的发展做出了重要的贡献。

忧郁的土地——俄罗斯文学

●屠格涅夫像

>>> 屠格涅夫说真话

一天，一位大作家到屠格涅夫家做客。屠格涅夫的妈妈叫儿子朗诵一则这位先生写的寓言。屠格涅夫朗诵得很流利，也很动听。大作家很高兴，亲切地问："你喜欢我的寓言故事吗？"屠格涅夫认真地回答："喜欢。但是我更喜欢克雷洛夫的寓言。他写的寓言比你的更好！"大作家听后并未生气，从心里佩服这个孩子。

客人一走，屠格涅夫的妈妈训斥儿子不该当着大作家的面，说他的作品不如别人。屠格涅夫争辩道："克雷洛夫的寓言就是好！我怎么想，就怎么说，难道叫我说谎吗？"

拓展阅读：

《屠格涅夫散文选》
百花文艺出版社
《屠格涅夫代表作》黄源

◎ 关键词：农奴制 "新人" 贵族知识分子 保守

世纪末的忧郁病——屠格涅夫

与果戈理同时代的另一位杰出的俄国小说家屠格涅夫，是俄国文学史上最早受到欧美重视，产生世界性影响的作家。

伊凡·谢尔盖耶维奇·屠格涅夫1818年11月9日生于奥廖尔省一个贵族家庭。他自幼目睹母亲专横任性，虐待农奴，使他对农奴制产生厌恶，后来他立下誓言，表示决不同农奴制妥协。1833年进莫斯科大学语文系，一年后转入彼得堡大学哲学系语文专业，1837年毕业。1838年至1841年到德国留学，在柏林大学修习哲学、历史和希腊文、拉丁文。

年轻时的屠格涅夫曾醉心于浪漫主义诗歌，1842年底他认识了别林斯基，不久又同别林斯基周围的作家们交往，在西欧派思想的影响下开始了现实主义文学创作。

1847年至1850年，屠格涅夫在《现代人》杂志上陆续刊出了小说集《猎人笔记》。作者采用一个猎人到乡村行猎时所写笔记的形式，描述了农奴制度下的外省城镇和乡村各个阶层的生活，如不同类型的地主、农奴、磨坊主妇、县城医生、在草原上看守马群的农家孩子，直至脱离现实、脱离人民的贵族知识分子等。其中也有纯粹描绘大自然景色的抒情散文，如《树林和草原》。这部作品的题材多种多样，但大都贯穿着一定的反农奴制思想。这些作品触怒了沙皇政府，1852年借口他违反禁令发表悼念果戈理的文字，把他拘留一个月，并遣回原籍，迫使他在警察监视下，在自己的庄园斯帕斯克村居住了一年半。但不屈服的屠格涅夫在彼得堡的拘留所里又写了揭露农奴制的中篇小说《木木》，其中残暴的女地主形象就是以他自己的母亲为原型的。

50年代，屠格涅夫的主要作品是长篇小说。《罗亭》和《贵族之家》反映了三四十年代俄国社会特别是贵族知识分子的生活。罗亭是"零余者"行列中的新典型。屠格涅夫力求在50年代新的历史条件下，探索"零余者"性格的社会根源，评价三四十年代进步贵族知识分子的历史作用。

60年代，屠格涅夫从表现"零余者"转向描写"新人"。长篇小说《前夜》写贵族少女叶琳娜不满于平庸的贵族生活，渴望行动，但她苦于在俄国知识分子中找不到她的理想人物。直到后来她遇到保加利亚爱国志士英沙罗夫。这是一个把自己的一切都献给民族解放事业的青年。屠格涅夫在叶琳娜和英沙罗夫这两个人物身上寄托了自己的"新人"理想。

1862年，屠格涅夫发表了长篇小说代表作《父与子》。此后，屠格涅夫的政治观点转向保守。在他的创作中也更多地表现出他贵族自由主义的立场。

● 《父与子》插图

>>> 屠格涅夫的真诚

一个寒冷的冬夜，作家屠格涅夫从酒馆出来，在街角的转弯处，一双肮脏的手挡住了他的去路。可是屠格涅夫翻遍了口袋，一个铜板都没有找到，也没有怀表，甚至一方手帕也没有。屠格涅夫很是尴尬，他搓热了自己的双手紧紧地握住那双红肿肮脏的手，喃喃地说："请别见怪，兄弟，我也没有带。"

乞丐用他一双红肿的眼睛凝视着屠格涅夫，发青的嘴唇微笑着，吃力地说："兄弟，这也是一种施舍，我应该谢谢你啊！"

拓展阅读：

《屠格涅夫小说集》
　　　百花洲文艺出版社
《屠格涅夫文集》
　　　上海译文出版社

◎ 关键词：贵族 民主主义 冲突 景物描写

"站在未来的门口"——《父与子》

《父与子》是屠格涅夫最著名的长篇小说。书中叙述了贵族子弟阿尔卡狄·基尔沙诺夫大学毕业后，带着他的朋友、平民出身的医科大学生巴扎罗夫到父亲的田庄做客。子辈的代表、民主主义者巴扎罗夫坚强、沉着、自信，重视实际行动，专心科学实验。他不仅否定艺术、诗歌，而且否定日常生活中"公认的法则"，而父辈的代表则是贵族保守派阿尔卡狄的伯父巴威尔。

巴扎罗夫的民主主义观点，同基尔沙诺夫一家，特别是同巴威尔的贵族自由主义观点发生了尖锐的冲突，在这场冲突中巴扎罗夫占了上风。有一次，巴扎罗夫和阿尔卡狄到省城去参加舞会，遇见贵族寡妇奥津左娃，巴扎罗夫对她表达了爱慕之情，但遭到拒绝。最后巴扎罗夫回到父母家中，在一次解剖尸体的时候感染病菌而死。

巴扎罗夫是一个激进的民主主义者。他性格坚强，埋头工作，注重实干。在政治上，他反对农奴制度，批判贵族自由主义，否定贵族的生活准则；在哲学上，他是个唯物主义者，重视实践，提倡实用科学，但是他也受到虚无主义的影响。作者对巴扎罗夫的态度是矛盾的，甚至有时流露出对他的反感，还在作品下半部让他因爱情失败而变得怀疑、悲观，以致失去了志向和行动的勇气。屠格涅夫虽然表现了巴扎罗夫容易同农民、平民接近这一特点，但同时又强调他同人民之间的隔膜和对农民的轻蔑。在他和奥津左娃的那段插曲里，作者描写了爱好清静、生活懒散的贵族妇女奥津左娃，并着力渲染了巴扎罗夫内心的矛盾：他否定贵族的生活准则，却对这种生活不无欣赏；他否定感情，自己却又陷入爱情之中。因此这种"新人"并没有完全摆脱旧式贵族文化的熏染，只能算是"站在未来的门口"。

同巴扎罗夫形成鲜明对照的保守派贵族巴威尔认为，只有贵族才能推动社会进步，贵族制度是一个不可动摇的"原则"。阿尔卡狄的父亲尼古拉则是一个温和的自由主义贵族，他预感到本阶级将被淘汰，力图"适应"新生活的要求，带有浓厚的感伤情调。作者把这两个父辈人物写成落后于时代，再也不能推动俄国社会前进的人，但又在某些地方情不自禁地流露出对他们的同情。

屠格涅夫的小说中充满了大段的景物描写。这些描写能够刻画自然景色的瞬息万变，又能赋予诗意和哲理，有时还赋予象征意义。屠格涅夫的景物描写不仅是人物心境变化的反映，而且往往成为情节转折的契机。屠格涅夫是真正的语言艺术家，他对俄罗斯语言规范化做出了重大的贡献。其作品风格简洁、朴素、细腻、清新，富于抒情意味，同时他的忧郁的气质，又使作品带有一种淡淡的哀愁。

忧郁的土地——俄罗斯文学

●秋 俄国 列维坦

>>> 《在初秋的日子里》

在初秋的日子里,
有一段短暂而奇特的时光,
白昼像水晶般透明,
黄昏更是灿烂辉煌……
方才镰刀踊跃,谷穗倒卧,
而今极目四望一片空阔,
唯有那纤细的蜘蛛丝
在空闲的犁沟上闪烁。
空气更空旷,鸟声已绝灭,
但还未感风雪临近的威胁,
只有一片纯净温暖的蔚蓝
向正在休息的田野倾泻……

拓展阅读:

《丘特切夫诗选》
　　外国文艺出版社
《走近丘特切夫》徐稚芳

◎ 关键词:风景 哲理 纯艺术派 现实生活

爱情与风景——丘特切夫

　　丘特切夫是与莱蒙托夫、涅克拉索夫齐名的俄国诗人。他擅长描写自然,并在其中蕴含哲理。他用诗句来捕捉瞬息的印象,形成了独特的诗歌风格。

　　丘特切夫1803年生于一个古老的贵族家庭。16岁进入莫斯科大学语文系。1822年大学毕业后,他先后在俄国驻慕尼黑、都灵等地外交机关任职。在德国时曾与哲学家谢林和诗人海涅相识,哲学观点受谢林唯心主义影响,政治观点接近斯拉夫派,但因长期受欧洲影响而又有别于斯拉夫派。

　　他的诗歌创作被当时的人们视为"纯艺术派"。20~30年代,丘特切夫写了几十首抒情诗,其中优秀之作如《春雷》《不眠夜》《沉默吧》《海上的梦》《我记得那黄金般的时光》,等等。这些诗从构思、形象到诗歌的情调,都具有鲜明的独创风格。

　　1844年丘特切夫回到俄国,在外交部任职。直到此时,作为一个诗人,他还没有什么名气。1854年,屠格涅夫编辑出版了《丘特切夫诗集》,称赞他的诗歌有鲜明的思想和生动的形象,丘特切夫才为人们所熟知。

　　他的诗集第一次出版后,除屠格涅夫外,车尔尼雪夫斯基、陀思妥耶夫斯基也都发表了好评。杜勃罗留波夫认为,费特的诗只能捕捉自然的瞬息印象,而丘特切夫的诗则除描写自然外,还有热烈的感情和深沉的思考。丘特切夫的诗集于1868年第二次出版。他一生的诗作约有400首。早期个别的诗有明确的社会意义,其他大多为哲理、爱情、风景诗。他的诗有现实生活的基础。在表现自然风景方面,他善于刻画季节的变化和内心的感受。他的情诗描写细腻自然,又富于思考,如这首《我见过一双眼睛》:

我见过一双眼睛——啊,那眼睛
我多么爱它的幽黑的光波!
它展示一片热情而迷人的夜。
使被迷的心灵再也无法挣脱。
那神秘的一瞥啊,整个地
呈现了她深邃无底的生命
那一片柔波向人诉说着
怎样的悲哀,怎样的深情!
……

忧郁的土地——俄罗斯文学

●陀思妥耶夫斯基像

>>> 刑场上的特赦令

　　1849年12月22日上午7点，陀思妥耶夫斯基等21名因参加革命活动被判死刑的人士被押到谢苗诺夫校场，等待着死亡的到来。行刑的士兵举起枪，开始瞄准……突然，一个宫廷侍从武官来到刑场，制止了射击，传达沙皇的特赦令：陀思妥耶夫斯基由死刑改为四年苦役，流放西伯利亚。其他人也被特赦。

　　原来，军法会议处考军在复审判决时觉得死刑过重，上报沙皇尼古拉一世呈请减刑。沙皇为了表现自己的"恩典"，决定"从宽处理"。但为了在精神上俘虏这些人，才下令演出这场假处决。

拓展阅读：

《陀思妥耶夫斯基哲学》
　　[德] 赖因哈德·劳特
《陀思妥耶夫斯基》
　　[法] 阿尔邦

◎ 关键词：批判现实主义 空想社会主义 "小人物"

人生的关怀——陀思妥耶夫斯基

　　19世纪中期，果戈理与屠格涅夫都写出了优秀的长篇小说，然而他们的光彩却被两位更杰出的文学大师盖过。他们就是陀思妥耶夫斯基和列夫·托尔斯泰，他们两个人的双峰并峙代表了19世纪批判现实主义文学的最高成就。

　　费奥多尔·米哈伊洛维奇·陀思妥耶夫斯基1821年11月11日生于莫斯科一个医生家庭。父亲米哈伊尔在担任医官期间取得了贵族身份，成了一个小有田产的庄园主。陀思妥耶夫斯基幼年经常去田庄度夏，接触到了农奴制度的真实面貌。他的父亲因虐待农奴，在1839年被农奴殴打致死，此事给他留下了强烈的印象。

　　1843年陀思妥耶夫斯基从彼得堡工程学校毕业后，开始从事文学创作。40年代，他参加了反专制农奴制的进步小组，曾在小组中宣读别林斯基致果戈理的信，因此于1849年4月被捕。在法国资产阶级革命思潮影响下，他醉心于空想社会主义，参加了彼得堡进步知识分子组织的彼得拉舍夫斯基小组的革命活动，与涅克拉索夫、别林斯基过往甚密。

　　1846年，陀思妥耶夫斯基发表处女作《穷人》，继承并发展了普希金《驿站长》和果戈理《外套》写"小人物"的传统。从1848年创作的《白夜》开始，陀思妥耶夫斯基逐渐形成了挖掘病态心理、描写疯狂对象和渲染神秘气氛的小说风格。

　　1861年农奴制改革时期，陀思妥耶夫斯基发表了《被欺凌与被侮辱的》。这部长篇小说描写贵族资产者瓦尔科夫斯基公爵和一些受他欺凌的人们之间的冲突。公爵在青年时期为了夺取某工厂的财产，诱骗并遗弃了厂主的女儿，使她流落在彼得堡贫民窟。作者着重写了公爵和厂主女儿的私生女涅莉的悲惨命运和病态心理。此外，公爵为了使自己的儿子阿辽沙和富翁的女儿结婚，破坏了阿辽沙和管家的女儿娜塔沙的爱情，欺侮了管家一家人。小说对贵族资产阶级社会的罪恶进行了揭露，对被欺凌与被侮辱者寄予同情，充满阴暗、悲惨、呻吟的调子。

　　1866年发表的长篇小说《罪与罚》使陀思妥耶夫斯基获得了世界性的声誉。60年代末到70年代，陀思妥耶夫斯基的主要小说有《白痴》《群魔》《卡拉马佐夫兄弟》等。

　　陀思妥耶夫斯基的最后一篇作品是1880年1月他在普希金纪念像揭幕典礼大会上的发言。他承认俄国进步知识分子为人类幸福而斗争的崇高动机，但也认为他们脱离了祖国的"根基"，成了多余的人。1881年2月9日，陀思妥耶夫斯基在彼得堡逝世。

● 《罪与罚》英文版封面

>>> 文豪与癫痫病

在陀思妥耶夫斯基的作品中，常常出现对癫痫病患者发病前梦幻似的心理、发病时的可怕症状以及发病后的抑郁情绪的精彩描写，这一切，均来自作家自身精神和肉体的痛苦体验。从父亲去世，作家便有了癫痫病的前兆，加之50年代的苦役生活、60年代的家庭磨难，使他的健康状况每况愈下，病患几乎一周发作一次，口吐白沫，全身痉挛，然后又从痛苦的抽搐中醒来。

在《白痴》《卡拉马佐夫兄弟》中，主人公梅思金、斯米尔佳科夫都是癫痫病患者，其间不乏作家的影子。

拓展阅读：

《陀思妥耶夫斯基论》
　　[苏联] 叶尔米洛夫
《陀思妥耶夫斯基选集》
　　人民文学出版社

◎ 关键词：道德伦理　社会矛盾　流放　社会心理小说

一念之差——《罪与罚》

陀思妥耶夫斯基的代表作《罪与罚》(1866) 描写的是资本主义社会在道德伦理方面的深刻矛盾。

小说以主人公拉斯柯尔尼科夫犯罪及犯罪后受到良心和道德惩罚为主线，广泛地描写了俄国城市贫民走投无路的悲惨境遇和日趋尖锐的社会矛盾。作者笔下的京城彼得堡是一派暗无天日的景象：草市场上聚集着眼睛被打得发青的妓女、污浊的河水中挣扎着投河自尽的女工、穷困潦倒的小公务员被马车撞倒在街头、发疯的女人带着孩子沿街乞讨……法律系的高材生拉斯柯尔尼科夫被贫穷压得喘不过气来，因为无法维持最起码的生活，他被迫辍学，躲进那间与其说像房屋，不如说更像大橱或棺材的斗室，房东已经不再供给他饮食，还威胁要把他赶出去。然而拉斯柯尔尼科夫受到"超人"哲学的影响，自认为是天才并必将成为重要人物，他认为凡是左右历史的重要人物必定都犯有重大的罪行，而因为他们的伟大，使得他们的罪行不会受到惩罚，反而成为"壮举"。这种人物的典型代表就是拿破仑。拉斯柯尔尼科夫认为自己唯一缺少的就是那一次从犯罪到"壮举"的飞跃。

他遇到了一个善良的姑娘，醉汉马美拉多夫的女儿索尼娅，她为了维持一家人的生活，被迫街头卖淫。而同时，他也遇到了放高利贷的老太婆，她瞪大凶狠的眼睛，要榨干穷人的最后一滴血汗。于是拉斯柯尔尼科夫产生了要杀人的"思想"，他在这个老太太身上进行了自己的"飞跃"。起初他觉得"杀死这百无一用、像虱子一般的老太婆"算不了犯罪，然而后来逐渐受到"良心"的谴责，恐惧与悔恨折磨着他的神经，他陷入半疯狂的痛苦中。

与此同时，警长也将怀疑的目光对准了这个看上去很正派的大学生，拉斯柯尔尼科夫的谎言就要被揭穿，伏法只是早晚的事情。他终于发现自己并不是那种左右历史的重要人物，而只是一个要为自己的罪行负责的普通人。在索尼娅的劝说下，他最终放弃了挣扎，投案自首，同时也赢得了索尼娅的爱情，温柔的索尼娅陪同他去警察局自首，并且一起流放西伯利亚。

1866年《罪与罚》问世，给作者带来了空前的声誉。小说以社会犯罪及由此而引起的道德后果为题，描绘了当时俄国可怕的社会贫困和社会生活的无出路状态，显示了金钱对于各类人物性格的毁灭性的影响。作者同时也企图用主人公的"超人"哲学的破产，来证明任何以暴力消除邪恶的办法都不可行。人无法逃避内心的惩罚，在毁灭他人的同时也毁灭了自己。这是作者最富于社会历史含义的一部社会心理小说。

忧郁的土地——俄罗斯文学

◎ 关键词：弑父案 欲望 沙皇专制 二重性

"偶合家庭"的共同气质——《卡拉马佐夫兄弟》

● 《卡拉马佐夫兄弟》手稿

>>> 黑塞对文豪作品的评价

黑塞说："像《白痴》《罪与罚》和《卡拉马佐夫兄弟》这类书，在将来，当它们外在的东西全部老化后，它们将在总体上被人类所理解，就如同我们现在理解但丁的作品那样：在上百个个别的细节上，但丁的作品未必是明白易懂的，但它们永远是有生命的，并永远能让我们震惊不已，因为在他的作品上铭刻着世界历史上整整一个时代的艺术形象。"

拓展阅读：
《陀思妥耶夫斯基》[法]纪德
《陀思妥耶夫斯基》刁绍华

《卡拉马佐夫兄弟》是俄国大作家陀思妥耶夫斯基的最后一部长篇小说。它是根据一桩真实的弑父案写成的。

书中主要人物为旧俄外省地主卡拉马佐夫和他的儿子：德米特里、伊凡、阿辽沙及私生子斯麦尔佳科夫。陀氏塑造了一个身为人父但绝无亲情的老卡拉马佐夫。他的唯一信仰是欲望，而金钱是实现欲望的工具，他的一生就是贪婪和纵欲。人的肉体、理性和精神则分别由他的三个儿子来代表，其私生子则代表了被侮辱与被损害的。

老卡拉马佐夫在行将就木之年仍贪婪、好色，不仅霸占了妻子留给儿子们的遗产，而且还与长子德米特里为一个女人争风吃醋。德米特里对父亲恨之入骨，一再扬言要杀死他，并且有一天夜晚真的闯到父亲的窗下，掏出了凶器……是夜老卡拉马佐夫被杀死了，德米特里因而被拘捕。可实际上，真正的弑父者并不是德米特里，而是斯麦尔佳科夫。他是在伊凡"既然没有上帝，则什么都可以做"的"理论"鼓动下，为发泄自己在长期卑屈处境下郁积起来的怨毒情绪，为取得金钱，冷酷地谋杀了自己的父亲。事情的结局是悲惨的：德米特里无辜被判刑，斯麦尔佳科夫畏罪自杀，伊凡因内疚自责而精神错乱，阿辽沙撒手远行。这一"偶合家庭"的崩溃是分崩离析的沙皇专制社会的一个缩影。

作家是刻画心理活动的高手，比如对大儿子未婚妻的描写就充分印证了"爱情的十分之九产生于爱人本身，而只有十分之一来自于被爱者"。通过卡拉马佐夫家族的恩爱情仇和相关人物的纠葛，故事环环相扣，直到最后的高潮——卡拉马佐夫兄弟都被牵涉到其父的谋杀案中。而在法庭的辩护中，陀氏又不愧为心理分析的鼻祖。通过书中长老之口，陀氏认为当今世俗社会将自由曲解为扩大欲望的权力，而这种扩大的欲望导致了残暴、杀戮，泯灭了天良、仁爱和自尊。虽然最终卡拉马佐夫兄弟中的一人被流放，一人自杀，一人疯癫，小说的结尾毕竟还是给了我们光明的结局——那唯一的有信仰的小儿子与一群天真的孩子们手拉着手走向明天。

陀思妥耶夫斯基的心理描写有许多独特的创新，他擅长用各种形式揭示人物性格的二重性，揭示人心灵深处善与恶之间的不断斗争。小说中的魔鬼代表了伊凡心中最隐秘、"最卑劣最愚蠢的一个方面"，伊凡与魔鬼的对话是全书中最精彩的篇章之一。陀思妥耶夫斯基擅长写梦，德米特里的梦、伊凡的梦，都充满深刻的心理、哲学内容，富于象征性。后来的象征主义、表现主义等现代流派都从中汲取了养分。

●列夫·托尔斯泰像

>>> 托尔斯泰教子

托尔斯泰十分注意培养孩子的学习兴趣，尽管他写作的时间非常宝贵，但是从没忘记将部分时间奉献给孩子们，给他们讲故事，为他们绘画，回答他们提出的各种问题。

有一时期，孩子们对科幻作家儒勒·凡尔纳的作品很感兴趣，托尔斯泰就一本又一本地讲给孩子们听。他发现《环球旅游80天》这本书没有插图，为了帮助孩子们理解和进一步激发他们的兴趣，他竟然每天晚上用鹅毛笔亲自为这本书绘制插图。托尔斯泰的时间是宝贵的，但是他认为时间花在提高孩子的学习兴趣、激发孩子的求知欲方面是值得的。

拓展阅读：

《列夫·托尔斯泰童话》
中国妇女出版社
《列夫·托尔斯泰文集》
吉林人民出版社

◎ 关键词：贵族家庭 从军 平民思想

伟大与平凡——列夫·托尔斯泰

托尔斯泰生于图拉省亚斯纳亚·波良纳一个伯爵家庭，长大后承袭了爵位。托尔斯泰家是名门贵族，他自幼接受典型的贵族家庭教育。1844年他进入喀山大学学习，他不专心学业，却对哲学，尤其是道德哲学发生兴趣，喜爱卢梭的学说。在大学时代，他已注意到平民出身的同学的优越性，并对学校教育不满。1847年4月退学，回到亚斯纳亚·波良纳，这是他母亲的陪嫁产业，他的漫长的一生绝大部分时间都在这里度过。回到庄园后，他试图改善农民生活，因得不到农民信任而中止。1949年秋天，他为农民子弟兴办学校。

1852年他到高加索从军，参加过克里米亚战争中的塞瓦斯托波尔战役。1856年退役回家，此后直到他82岁去世，大部分时间都在自己的庄园中度过。主要是从事创作，也参加一些社会活动和农村改革，继续探索俄国社会的出路。

1862年9月，他同御医的女儿索菲亚·安德列耶夫娜结婚。在他一生中，他的夫人不仅为他操持家务，治理产业，而且为他誊写手稿，例如《战争与和平》就抄过多次。但她看重的只是作为大作家和大庄园主的托尔斯泰，而完全不能理解世界观激变后托尔斯泰的平民思想，夫妻关系不和造成了家庭的悲剧。

从70年代初起，"到民间去"等社会运动的兴起，使托尔斯泰开始了新的思想危机和新的探索时期。他惶惶不安，为自己所处的贵族寄生生活的"可怕地位"深感苦恼，不知"该怎么办"。他甚至藏起了绳子和猎枪，生怕自己为求得解脱而自杀。这些思想情绪在当时创作的《安娜·卡列尼娜》中得到鲜明的反映。

从此托尔斯泰厌弃自己及周围的贵族生活，不时从事体力劳动，自己耕地、缝鞋，为农民盖房子，摒绝奢侈，坚持吃素。他的文艺观也发生了改变，指斥自己过去的艺术作品包括《战争与和平》等巨著为"老爷式的游戏"，并把创作重点转移到论文和政论上去，以揭露地主资产阶级社会的种种罪恶。1881年因子女求学全家迁居莫斯科，他访问贫民窟，参加1882年莫斯科人口调查，深入了解城市下层生活；1891年，他给《俄国新闻》和《新时代》编辑部写信，声明放弃1881年后自己写的作品的版权；1891年至1893年和1898年，先后组织赈济梁赞省和图拉省受灾农民的活动；他在1898年决定将《复活》的全部稿费资助杜霍包尔教徒移居加拿大。

1910年11月20日，托尔斯泰走完了他最后的生命历程。

● 1967年《战争与和平》电影海报

>>> 托尔斯泰受教于父亲

托尔斯泰的父亲尼古拉是个喜爱读书的人，家里二楼的书房里，经常摆满了法国古典文学、俄国文学、历史以及科技等方面的书籍。尼古拉坚持教导托尔斯泰在上次所买的书未读完以前，绝不再买新书。这种信守虽然有点靠不住，但是托尔斯泰还是在父亲的教导下努力去遵循。

尼古拉最喜欢传记及诗，而托尔斯泰也常要求父亲讲故事或念诗给他听，于是尼古拉便朗诵普希金的诗给他听，然后让他也跟着朗读。可以说尼古拉对托尔斯泰的成长起到了十分积极的作用。

拓展阅读：

《列夫·托尔斯泰：启蒙读本》
海峡文艺出版社
《列夫·托尔斯泰故事集》
少年儿童出版社

◎ 关键词：俄法战争 青年贵族 安德烈 罗斯托夫

未来属于青年——《战争与和平》

1863年起，托尔斯泰停止办学，埋头于文学创作。60和70年代，他接连写出两部长篇巨著《战争与和平》和《安娜·卡列尼娜》。《战争与和平》以1812年俄法战争为背景，讲述了几个青年贵族的故事。

1805年，拿破仑在率兵征服欧洲后开始侵略俄国。青年公爵安德烈·保尔康斯基把怀孕的妻子交给父亲和妹妹玛莉亚后，就担任库图佐夫将军的副官，向前线出发了。他期望这次战争能为自己带来辉煌与荣耀。11月，安德烈所属的俄军在奥斯特里茨之役战败，他带着军旗独自冲入敌阵，不幸受了重伤。但当他突然抬头看见那永恒的蓝天时，不禁为那份庄严之美而深受感动，霎时觉得过去那些野心、名誉及心目中伟大的拿破仑，都变得微不足道了。

安德烈的好友彼尔是别祖豪夫伯爵的私生子，继承了伯爵身后的全部遗产后，他摇身一变成为莫斯科数一数二的资本家，当然也成为社交界的宠儿。居心叵测的监护人拉金公爵看上了这一点，便将貌美但品行不端的小姐爱伦嫁给了他。婚后不久爱伦与彼尔的好友多勃赫夫之间有暧昧风声传出，彼尔为了维护自己的名誉，便与多勃赫夫决斗，把对方打倒后，他旋即与妻子分居。从此以后，他陷于善恶与生死问题的困扰中，直至认识了

互助会的领导人后，才进入新的信仰生活里。

一直被认为已战死沙场的安德烈突然回到家中，妻子莉莎在产下一名男婴后去世，这使安德烈觉得自己的人生已告结束，便下定决心终老于领地。1807年6月，俄、法言和，和平生活开始了。1809年春天，安德烈被托罗斯托夫伯爵家的年轻小姐娜达莎深深地吸引了。他们互相约以一年为期，安德烈就出国去了。但年轻的娜达莎无法忍受寂寞，经不起彼尔之妻爱伦的哥哥阿纳托尔的诱惑，而擅自约定私奔，与安德烈的婚约即告无效。

1812年，俄、法两国再度交战，安德烈于多勃琪诺战役中身受重伤，而俄军节节败退，眼见莫斯科即将陷于敌人之手了。罗斯托夫家将原本用来搬运家产的马车，改派去运送伤兵，娜达莎于伤兵中发现将死的安德烈。她向他谢罪并热诚地看护他，但一切都是徒劳了，安德烈终于逃不过死神而去世了。彼尔化装成农夫，想伺机刺杀拿破仑，但却被法军逮捕，成为俘虏。其妻爱伦于战火中，仍继续其放荡行为，最后，因误服堕胎药而死。几番奋战后，俄国终于赢得胜利，彼尔于莫斯科巧遇娜达莎，两人相爱并结为夫妇。而安德烈的妹妹玛莉亚也与娜达莎之兄尼克拉结婚，组成一个幸福的家庭。

忧郁的土地——俄罗斯文学

● 《安娜·卡列尼娜》插图

>>> 平民化的托尔斯泰

1847 年托尔斯泰退学回家，在自己的庄园尝试改革。他去了庄园附近五个村子中最穷苦的一个，给贫苦农民送茅草、修房子。然而，这位年轻伯爵的梦想在俄国社会的现实面前成了泡影。不服输的托尔斯泰在 1859 年到 1862 年之间几乎中断了自己的文学创作，先后在自己的庄园及其附近农村为农民子弟创办了 20 多所学校。1861 年，托尔斯泰还担任起调解地主与农民之间纠纷的职责。这一期间同农民的频繁接触，为他后来世界观的转变奠定了基础。

拓展阅读：

《托尔斯泰的最后一年》
　　[苏联] 布尔加科夫
《俄苏文学史》曹靖华

◎ 关键词：批判现实主义 标志 伏龙斯基 基蒂 自杀

失落的追求——《安娜·卡列尼娜》

《安娜·卡列尼娜》的问世，是托尔斯泰的批判现实主义取得新发展的标志，也是他的世界观矛盾的更集中的表现。

安娜的丈夫卡列宁是彼得堡一个显赫的官员，比安娜年长许多，婚后的安娜过着相夫教子的平静生活。一次偶然的机会，安娜认识了青年军官伏龙斯基。在大家的心目中，伏龙斯基是年轻贵族小姐基蒂的理想结婚对象。此时，庄园主列文为了向基蒂求婚，从乡下赶到莫斯科来。但基蒂因被伏龙斯基迷住了，而拒绝了列文的求婚。可是，伏龙斯基却在看到安娜的一瞬间，即成为激烈恋情的俘虏，继而跟随安娜回到圣彼得堡。

起初，安娜一直压抑着自己的热情，但激情逐渐地冲垮了堤防，她终于不顾一切地和伏龙斯基结合了。不久，安娜怀了伏龙斯基的孩子。伏龙斯基要求她立刻与丈夫离婚，但安娜因舍不得长子谢辽沙而无法下定决心。有一天，安娜与丈夫卡列宁一起去看赛马，当她看到伏龙斯基在超越障碍中不慎摔下马时，因情急而失态引起丈夫的怀疑。终于在回家途中，安娜向丈夫坦白了一切内情。

由于失恋与悲伤过度，基蒂的健康每况愈下，因此，她前往德国的温泉区休养，待复原后回到俄国。而列文求婚被拒绝后回到乡下，表面上虽专心于农事，但心底的空虚却无法填补。而后，他在由欧洲考察农业问题的归途中，顺道至莫斯科，没想到在奥勃朗斯基家再度与基蒂相逢。他发觉自己对她的爱非但没有减退，反而因思念而变本加厉；而基蒂也为自己无礼的态度而深感歉疚，两人开始有了进一步的接触，不久，就在大家的祝福声中步上婚姻的红毯。

安娜虽已向丈夫坦白，但卡列宁因面子问题而迟迟不肯离婚。不久，她生下一名女婴，但却由于产褥热而感染重病。病危时，她请求丈夫与伏龙斯基和解，卡列宁亦因深受感动而答应原谅他们。此时，曾因绝望而拿枪自杀未果的伏龙斯基，于复原后得知将被派往别地，便去向安娜告别，见面后，两人再也无法抑制热情，终于放弃一切私奔到欧洲去了。经过一段很长的时间，他们才又回到俄国来，但是社交界人士仍不接纳他们，他们只好相携回到伏龙斯基的领地去过乡村生活。但是，一向活跃的伏龙斯基无法适应这种无聊的乡村生活，便逐渐借着贵族会的工作流连在外，顾不上家里的安娜。而安娜却只想牢牢系住伏龙斯基，她的真挚爱情与日俱增。伏龙斯基虽然像以前一样爱着安娜，但因她约束过紧，有时不免觉得她是个很大的负担。当安娜知道伏龙斯基的母亲为了使儿子过正常生活，而积极为他相亲，她的生存意志霎时消失，冲动之下卧轨自杀了。

忧郁的土地——俄罗斯文学

●契诃夫像

>>> 重量级大作家与小文章

契诃夫初学写作时，只是给彼得堡一家叫作《花絮》的幽默周刊写点小文章。他写了五年小文章，很多人都说他在文学创作方面是不会有什么成就的。有人说他写的小文章是雕虫小技，有人还说小文章轻飘飘的，不足挂齿，写长篇才有分量。契诃夫却不这么看，他说：小作品比大文章好，矫揉造作少，而又较易获得成功。

契诃夫成名之后，仍然极为重视写小文章。他曾说"我是极力拥护小作品的，要是叫我办一个幽默杂志，我会拒绝一切长文章。"

拓展阅读：

《契诃夫短篇小说精选》
漓江出版社
《契诃夫小说选》
人民文学出版社

◎ 关键词：短篇小说 民主主义思想 游历 社会责任感

不朽的戏剧大师——契诃夫

契诃夫对于俄国戏剧的贡献，不亚于莎士比亚之于英国，莫里哀之于法国。同时，他还是世界最优秀的短篇小说大师之一。

安东·巴甫洛维奇·契诃夫1860年1月29日生于罗斯托夫省塔甘罗格市。祖父是赎身农奴，父亲曾开设杂货铺。契诃夫的家里很穷，他从小就被送到杂货铺里当学徒，老板很凶，不仅让他干各种杂活，还经常打他、骂他，这段悲惨的生活给契诃夫留下了很深的印象，他后来写了短篇小说《万卡》，主人公"万卡"和他一样，受到老板的打骂，生活很悲惨，但对未来还抱有希望。1876年，因父亲破产，全家迁居莫斯科，只有契诃夫独自留在塔甘罗格，担任家庭教师以维持生计和继续求学。1879年进莫斯科大学医学系。1884年毕业后在兹威尼哥罗德等地行医，广泛接触平民和了解生活，这对他的文学创作有良好影响。1890年，他到库页岛考察苦役犯和当地居民的境况，对俄国的黑暗现实有了进一步的认识。此后他长期居住在乡村，并和高尔基建立了友谊。契诃夫具有资产阶级民主主义思想，渴望新的生活，但常常流露出对社会现象困惑不解的感伤情绪。

80年代中叶前，他写下大量诙谐的小品和幽默的短篇小说，很多是无甚价值的笑料和趣事，但其中也有一些比较优秀的作品，继承俄罗斯文学的民主主义优良传统，针砭当时社会的丑恶现象，如写卑躬屈节的小官吏（《在钉子上》《小公务员之死》《胜利者的胜利》）、凌辱弱者的士绅和老爷（《英国女子》）、见风使舵的奴才骨（《变色龙》）、专制制度的卫道士（《普里希别叶夫中士》）等形象，但他迫于生计和缺乏经验，往往只求速成和多产。1886年3月，名作家格里戈罗维奇写信要他尊重自己的才华，他深受启发，开始严肃对待创作。写于1886年的《万卡》《苦恼》和1888年的《渴睡》，表现了作家对穷苦劳动者的深切同情。

1888年10月，契诃夫获"普希金奖金"半数。这时的他已是5部短篇小说集的作者，声誉和地位的日益增高，使他强烈地意识到自己作为作家的社会责任感，开始认真地思索人生的目的和创作的意义。他说："自觉的生活，如果缺乏明确的世界观，就不是生活，而是一种负担，一种可怕的事情。"这种思想形象地表现在中篇小说《没意思的故事》里。

1890年4月至12月，体弱的契诃夫不辞辛苦，去沙皇政府流放犯人的库页岛游历，对那里的所有居民、"将近一万个囚徒和移民"逐一进行调查。库页岛之行提高了他的思想觉悟和创作意境。这时期最重要的作品是震撼人心的《第六病室》。这部中篇小说控诉监狱一般的沙皇俄国的阴森可怕，也批判了他自己不久前一度醉心的"勿以暴力抗恶"的托尔斯泰主义。

忧郁的土地——俄罗斯文学

● 《变色龙》俄文版封面

>>> 需要晓得自己的尊严

契诃夫有一次接到弟弟的信，信上自称是"你的渺小无闻的弟弟"。他立刻提笔在回信上写道："你为什么自称是'你的渺小无闻的弟弟'？你承认自己渺小吗？在人们当中需要树起自己的尊严。你又不是个骗子，你是个正直的人，对吧？那就尊敬自己是个正直的人吧，要知道正直的人并不是渺小的，不要把谦虚和妄自菲薄混为一谈。"

契诃夫不仅这样教育弟弟，他的许多作品中也提倡"人的尊严"，这对我们每个人都有很深刻的启示。

拓展阅读：
《契诃夫幽默短篇小说选》
云南人民出版社
《契诃夫》张秀章

◎ 关键词：医生 教员 警官 奴才嘴脸

奇异的世态人情——契诃夫的短篇小说

《小公务员之死》是契诃夫早期短篇小说的代表作。低级官吏切尔维亚科夫一天坐在剧院第二排座椅上，正拿着望远镜观看轻歌剧，突然间打了个喷嚏。他惊恐地发现坐在前排的是在交通部门任职的三品文官布里扎洛夫将军，他害怕唾沫星子喷到了将军，就连忙向将军道歉，反复地说客气话。可实际上将军对这么一点小事根本就没有在意，倒是切尔维亚科夫一再地婆婆妈妈弄得他不耐烦，他生气地训斥了切尔维亚科夫一句，却没想到把这个小小的芝麻官给吓坏了。第二天，切尔维亚科夫穿上新制服，刮了脸，去登门赔礼道歉。但终于引起了将军的厌烦，不再理他了。于是他惶惶不可终日，心中担惊受怕，忧恐难耐，最后竟然一命呜呼了。

《姚力奇》描写了一个年轻的医生姚力奇到外省某城行医，和当地的知识分子，城里"顶有修养、顶有才气的"屠尔金一家结交。这一家丈夫、妻子、女儿各有各的"艺术天才"。常常有客人来他们家欣赏表演，似乎一切都很美满，主人也自我陶醉。实际上主、客都是故作风雅，掩盖不住内心的空虚。庸俗琐屑的生活环境把姚力奇的热情和思想逐渐消磨掉。四年之后，他已经从一个有朝气的知识分子堕落为毫无理想、对平庸生活心满意足的资产阶级俗物了。

《套中人》写一个小城的中学古希腊文教员别里柯夫，他在晴天也穿着雨鞋，带着雨伞出门，习惯于把一切日常用具装在套子里面。他与世隔绝，好比一个装在套子里的人，却喜欢到处告密，危害了这个小城居民的自由，小城的生活因而变得死气沉沉。他也想到结婚，但害怕"生出什么事来"，久久不敢向女方求婚，后来看见她竟然骑自行车上街，认为太不体面，因此和她哥哥争吵，从楼梯上被推下来，不久即死去。

《变色龙》描写警官奥楚蔑洛夫在广场上处理一个人被狗咬伤手指头的案件。开头他摆出架势，扬言要给狗的主人一点颜色看看。突然有人说，这是某将军家的狗，话虽然还不肯定，但是已足以使他担惊受怕了。他急得浑身发热，连大衣都穿不住了，马上改换腔调，袒护起狗来。可是这时又有人说不是将军家的狗，他又改变了面孔。中间反复改变了几次。后来将军家的厨师走来，肯定地说将军家没有这样的狗，警官的态度顿时改变，断然宣布："这是条野狗！用不着白费工夫说空话了，……弄死它算了。"哪知道厨师的话还没说完，他接着说，狗不是将军家的，却是将军哥哥的。于是，他马上又换了一副脸孔，对那条狗赞不绝口，夸它机灵，能一口就咬破人的手指头。通过奥楚蔑洛夫态度的几次反复，作品生动地勾画出一个欺压百姓、阿谀权贵的奴才嘴脸。

忧郁的土地——俄罗斯文学

● 理想的乐土 俄国 巴克斯特

>>> 契诃夫火柴棍记笔记

契诃夫有一次乘马车出外旅行，同车的旅客在闲谈中说了一句很生动的话，引起了契诃夫的注意。他马上想到要把这句话记录下来，一摸口袋，啊！出门时忘记了把笔带在身上。正在为难之际，他突然灵机一动，拿出一根火柴将其划燃，随即吹灭，利用火柴棍上烧焦的余烬，将那位旅客的生动话语，记录在了自己的笔记本上。

创作确实是一项艰苦的劳动，它的艰苦性就在于任何时候都在思考创作问题。

拓展阅读：

《契诃夫手记》
湖南文艺出版社
《俄国文学史及其他》瞿秋白

◎ 关键词：库页岛 精神病 牢狱 专制 抒情心理小说

俄国最阴森的角落——《第六病室》

《第六病室》是契诃夫库页岛之行的产物。它描写一个发生在外省小城医院里的故事。

第六病室是专住"精神病患者"的。病室阴暗潮湿、臭气熏天、拥挤、混乱不堪，看门人像狱吏一样肆意殴打病人、克扣病人的食品。患者到了这里不但不能得到治疗，反而会遭到非人的虐待。医生拉京曾经对这种状况不满，但他信奉托尔斯泰的"不以暴力抗恶"的理论，不进行任何斗争，只是采取不闻不问的态度。一次，他值班巡视病室，结识了因反抗专制压迫而被关进来的"病人"格罗莫夫，两人谈得很投机。此后不久，拉京也被诬告为精神病人关进了第六病室，就像病人一样照例遭到看门人的毒打。这时拉京才醒悟过来，认识到不抗恶是错误的，但是为时已晚。他被打后，第二天就中风死去。

小说成功地描写了那间专横野蛮、阴森恐怖的第六病室，活像一座牢狱，仿佛是专制俄国的缩影。小说比作者以往的任何作品都更为深刻地揭露了沙皇俄国的黑暗反动。小说主人公格罗莫夫不是一个"精神病人"，人们认为他疯，只因为他老是说有人要逮捕他，而这种心理状态却是反动当局肆意逮捕所造成的社会现象。实际上他是一个清醒的人，不但感到社会像是"野兽一般的生活"，而且能在同拉京的争论中历数"不以暴力抗恶"的谬误："我们关在铁格子里面，长期幽禁，受尽折磨；可是这很好，很合理，因为病室跟温暖舒适的书房根本没有什么区别。好方便的哲学：不用做事，良心却清清白白，而且觉得自己是大圣大贤。"作品写这样一个很有思想的人竟遭到如此残酷的迫害，更显出了统治阶级的罪恶。医生拉京是个软弱的知识分子，他能看清社会的黑暗和不公正，但没有勇气起来斗争，只能逃避现实，苟且偷安，甚至还宣传说："痛苦是一种生动的观念，运用意志力量改变这个观念，丢开它，不诉苦，痛苦就会消灭。"小说的描写使人触目惊心，发人深思，激励人们起来和反动势力做斗争。小说发表后立即轰动了整个俄国。

契诃夫创造了一种风格独特、言简意赅、艺术精湛的抒情心理小说。他擅长截取生活的片段，凭借高度凝练的艺术细节对生活和人物作真实的描绘和刻画，从中展示重要的社会内容，抒发他对丑恶现实的不满和对美好未来的向往，把褒扬和贬抑、欢悦和痛苦之情融进作品的形象体系里。他认为："天才的姊妹是简练"，"写作的本领就是把写得差的地方删去的本领"。他提倡"客观地"叙述，说"越是客观给人的印象就越深"。他信任读者的想象和理解能力，主张让读者自己从形象体系中琢磨作品的含义。

忧郁的土地——俄罗斯文学

● 《樱桃园》剧照

>>> 契诃夫故居的"幸运"

1941年11月8日，德军占领了雅尔塔。为保护故居免遭抢掠，博物馆馆长——契诃夫的妹妹马莉娅决定留下来。当天，一个德军少校来到契诃夫故居。面对不速之客，马莉娅挺身而出，主动向他介绍了故居的情况，并强调说契诃夫的妻子是位有着德国血统的著名演员。这位军官听完马莉娅的介绍后，走出故居，在大门上写下了"这是冯·巴凯的财产"几个字。随后赶到的德国兵看到这行字，再也没有进门骚扰。在马莉娅的精心保护下，直到1944年4月16日德军撤退时，契诃夫故居的展品一件也未被损坏。

拓展阅读：

《回忆契诃夫》[俄]库普林
《契诃夫中短篇小说集》冯加

◎ 关键词：贵族庄园 崩溃 抒情心理 现实主义

"抒情喜剧"——《樱桃园》

80年代起，契诃夫开始了戏剧创作。他一共写了五部多幕剧。剧中的主角大多是外省的知识分子。《伊凡诺夫》写一个从热情奋发转变成苦闷颓唐的知识分子。《海鸥》描写两个想创造一番事业的演员和作家的不同结局。《万尼亚舅舅》写一个对"名教授"盲目崇拜者的绝望和一个想造福后代的乡村医生幻想的破灭。《三姊妹》描写憧憬美好生活的三个姐妹，都只有美丽的幻想而没有实际的行动。剧本写的这些人物大多是不关心政治的小资产阶级知识分子，反映了他们在革命前黑暗年代里的苦闷、彷徨、挣扎和追求，表现了他们正直、敏感和富于幻想的特点。作者同情他们的抱负不能实现的命运，但是没有指出他们脱离实际、脱离人民的弱点，因而也不能给他们指明出路。

抒情喜剧《樱桃园》是契诃夫最有名的一个剧本，描写了19世纪末20世纪初，俄国资本主义迅速发展，贵族庄园彻底崩溃的情景。朗涅夫斯卡亚和夏耶夫是两个旧式的贵族，崇尚空谈而不务实际，好幻想而没有实践能力，他们整天悠闲自在地消磨时光，可是灭亡的命运已在等待他们。他们对新形势毫无适应能力，结果这些寄生虫坐吃山空，荡光了家产，卖掉了樱桃园。取而代之的樱桃园新主人是商人和企业主陆伯兴。他精明强干，头脑清醒，拥有资本。他不顾什么美感，废弃古老庄园，兴建新别墅，完全从经济利益出发来考虑问题。所以，刚买下樱桃园，旧主人未走，他就已经动手砍樱桃树了。他是一个看见什么就吞什么的吃肉猛兽，而正是这个新起的资产阶级猛兽，吞吃了贵族的庄园。但是，以陆伯兴为代表的资产阶级并不是未来社会的主人，作者已经看到这一点。所以他在剧中塑造了平民知识分子特罗莫夫和安尼雅这新一代的正面形象。这也是作者对未来充满信心、把希望寄托于人民的体现。

契诃夫戏剧创作的题材、倾向和风格与他的抒情心理小说基本相似。他不追求离奇曲折的情节，他描写平凡的日常生活和人物，从中揭示了社会生活的重要方面。在契诃夫的剧作中有丰富的潜台词和浓郁的抒情意味，他的现实主义富有鼓舞人心的力量和深刻的象征意义。

1904年6月，契诃夫因病情恶化，前往德国巴登维勒治疗，7月15日在那里逝世，遗体被运回莫斯科安葬。

●高尔基像

>>> 高尔基因祸得"福"

　　一次，高尔基一边烧水一边读书，读得入了神，没有发觉水早就烧开了，结果把茶缸烧坏了。女主人抄起一根松木棍，把高尔基打得遍体鳞伤，以致不得不请医生来看。医生从他的背上拔出了十二根木刺，非常义愤地鼓动高尔基去告发。

　　女主人这时害怕了。马上说："只要你不去告发我，你提什么条件我都答应。"高尔基说："只要你允许我在干完活后可以读书，我就不去告发你。"

　　女主人极不情愿地答应了。这样，高尔基以皮肉受苦的代价，换来了读书的权利。

拓展阅读：
《高尔基的故事》孙士仪
《高尔基小说故事总集》
　　　　上海文艺出版社

◎ 关键词：无产阶级文学　英雄人物　强大力量　自传体三部曲

列宁主义的作家——高尔基

　　高尔基是世界无产阶级文学的第一个伟大代表，他的创作为苏联新时期的社会主义文学奠定了基础。

　　高尔基原名阿列克塞·马克西莫维奇·彼什科夫。1868年3月16日生于下诺夫哥罗德城（后用他的名字命名为高尔基市）。父亲是木匠，母亲是小业主的女儿。高尔基幼年丧父，寄居在经营小染坊的外祖父家里，只上到小学三年级，就因外祖父破产而辍学。他11岁开始独自谋生，做过装卸工、烤面包工人，还在轮船上做过仆役，在戏院里当过配角。

　　1884年，他离开故乡到喀山，做工之余，勤奋读书，并参加具有民粹派观点的知识分子的秘密自学小组。1888年至1889年和1891年曾两次到俄国各地游历。在这期间进行过一些秘密宣传活动，如在第比利斯参加进步工人与革命者秘密小组，在工人和农民中进行革命宣传。1889年10月被捕，获释后即一直处于警察的监视之下。他曾两度在南俄和乌克兰一带流浪，对于劳动人民的生活和愿望有很深入的了解。1892年开始发表作品。1898年，两卷集《随笔与短篇小说》出版，轰动俄国文坛，成为驰名欧洲的作家。

　　19、20世纪之交，高尔基写成了他最早的两部长篇小说《福玛·高尔杰耶夫》和《三人》。作品控诉了沙皇专制制度和资本主义社会的残忍和伪善，揭露出资产阶级知识分子和小市民的低级趣味、安于现状和卖身求荣，着重描写了工匠、农民等劳动者的生活境况和对社会的愤懑，以及城乡流浪汉的遭遇和追求。

　　高尔基在1905年的革命中加深了对无产阶级的历史作用及其英勇精神的认识。他深切地感到文学必须表现新的现实和新的英雄人物。1906年写成剧本《敌人》和长篇小说《母亲》。《母亲》是在1902年索尔莫沃工厂工人"五一"游行事件与1905年革命经验的基础上写成的。小说描绘了无产阶级革命斗争的壮丽图景，在斗争的发展与人物的成长过程中显示了社会主义理想改造现实的强大力量。

　　高尔基在两次革命之间的创作成果十分丰硕，反映的生活面极为广阔。《奥古洛夫镇》和《马特维·柯热米亚金的一生》是这一时期的代表性的小说。

　　苏联建国后，高尔基的创作迎来了高峰。他创作了自传体三步曲《童年》《在人间》《我的大学》，人物小说《列夫·托尔斯泰》和《列宁》，以及两部长篇巨著《阿尔塔莫诺夫家的事业》和《克里姆·萨姆金的一生》。

　　1936年6月18日，高尔基不幸逝世。

忧郁的土地——俄罗斯文学

●勃洛克（左）与楚科夫斯基

>>> 《一个黑衣人奔跑在大街》

一个黑衣人奔跑在大街
他熄灭了街灯，攀上了椅子
乳白色的黎明慢慢地走近
一起和这人在梯级上攀望
在有着柔和安详的影子那方
夜晚和路灯发出一丝丝黄光
梯级上是一片破晓时的朦胧
钻进了窗帘，钻进了门缝
唉，晨光中苍白的城市
黑衣人就在大街上哭泣

拓展阅读：

《勃洛克传》
　　[苏联] 图尔科夫
《勃洛克诗歌精选》
　　北岳文艺出版社

◎ 关键词：白银时代 灵感 爱国主义 象征派

象征主义诗人——勃洛克

由普希金、莱蒙托夫开创的俄国诗歌传统，一直在被后世的诗人们继承。到了20世纪初期，俄国突然出现了一大批天才诗人，他们创作了大量优秀的诗歌作品，其中足以傲立20世纪世界诗坛顶峰的诗人，就有勃洛克、阿赫玛托娃、茨维塔耶娃、曼德尔施塔姆、叶赛宁、马雅可夫斯基等多人。这个时代，俄罗斯诗歌又一次登上了辉煌的顶点，人们将之与产生了普希金、莱蒙托夫、涅克拉索夫的"黄金时代"相提并论，称为俄罗斯文学的"白银时代"。

勃洛克1880年生于彼得堡贵族家庭。父亲是教授，母亲是作家。勃洛克童年即开始写诗，受茹科夫斯基的浪漫主义和费特的"纯抒情诗"的影响。他1898年入彼得堡大学法律系，1901年转入语文历史系。1903年，勃洛克同著名化学家门捷列夫的女儿结婚。1903年开始在象征派杂志《新路》上发表诗作。1904年出版象征派诗作《美女诗草》，以神秘的形象的描绘，歌颂永恒的纯洁美丽的女性和"世界之灵"，展现了他最初的诗歌风格——孤独的灵魂对彼岸世界的向往。

1905年革命促使他的创作面向社会生活，写了《饱汉》《集会》《白雪假面》《抒情短诗》《雪地》等诗，表达对祖国对生活的热爱。勃洛克创作道路的转变，也是由于艺术自身的原因。艺术总是要通过形象来展现思想。象征主义所主张的灵感和幻想的领域毕竟是有限的，为了给自己的诗歌找到新的力量，勃洛克必须面向现实生活。

十月革命后，勃洛克从事文化宣传工作。在《知识分子与革命》一文中，他呼吁知识分子"以整个身体、整个心灵、整个意识谛听革命"，预言俄罗斯将成为一个伟大的新型国家。代表作长诗《十二个》反映十月革命的伟大风暴和新、旧两个世界的尖锐对立。政治抒情长诗《野蛮人》根据在国外旅行的见闻，揭示资本主义文明的丑恶本质，表达了诗人的爱国主义热忱和对帝国主义的仇恨，但有神秘主义因素，把东西方对立看作人种之争。勃洛克还参加了高尔基创办的"世界文学丛书"的出版工作和其他文学活动。

勃洛克是俄国象征派诗歌的积极代表，是俄国诗歌史上承前启后的大诗人。

● 月夜 俄国 克拉姆斯科依

>>> 《另一支短歌》

没有发的言
我不再重复，
种下一棵野蔷薇
纪念没有实现的会晤。
我们的会晤多么奇妙，
它在那儿闪光、歌唱，
我不想从那儿回来，
回到不知去向的场所。
欢乐对我是多么苦涩，
幸福代替了职责，
我和不该交谈的人
长时间地啰唆
让恋人们祈求对方的回答，
经受激情的折磨，
而我们，亲爱的，只不过是
世界边缘上的灵魂两颗。

拓展阅读：

《阿赫玛托娃诗文选》
安徽文艺出版社
《阿赫玛托娃传》汪剑钊

◎ 关键词：白银时代 自传 大病 诗歌道路 创作技巧

俄罗斯诗歌的月亮——阿赫玛托娃

有人这样评价：假如说普希金是俄罗斯诗歌的太阳的话，阿赫玛托娃就是俄罗斯诗歌的月亮。白银时代的众多诗人中，地位最为显赫的就要数女诗人阿赫玛托娃。

阿赫玛托娃继承了母亲的鞑靼族血统，她身材高大健壮，相貌也算不上美丽，看起来完全不像一位能写出那样柔美的诗歌的诗人。在自传中，阿赫玛托娃这样写道："我于1889年6月11日（新历23）出生于敖德萨。我的父亲是一名退伍的海军工程师。我一岁时，全家迁居到北方皇村。我在那里一直生活到十六岁。"阿赫玛托娃原姓高连科，由于父亲不愿意女儿从事文学活动，禁止她用"高连科"的姓氏发表作品。于是，她署上了原属鞑靼族的母亲家族的姓。阿赫玛托娃的童年并没有给她留下美好的回忆，在她的自述中，她的童年没有什么玩具，没有善良的阿姨，也没有吓人的叔叔，甚至没有同龄的玩伴，家里的书籍很少，仅有的诗集是涅克拉索夫的诗选。幸好她的母亲对诗歌尚有兴趣，偶尔还给孩子们朗诵一点涅克拉索夫和杰尔查文的诗歌，这成了她最初的文学启蒙。10岁时，阿赫玛托娃得了一场大病。令人诧异的是，就在那时，她

开始了诗歌写作，此后，她一直觉得自己的诗歌道路与那场疾病有着某种神秘的联系。

1910年，她与贵族诗人古米廖夫结婚，他们一起游历了许多国家，他们曾是阿克梅派的代表诗人。1912年，阿赫玛托娃的第一部诗集《黄昏》出版，获得了评论界良好的反应。诗歌语言简洁、准确，善于把抽象的感情用具体的细节来表达。

20年代初期出版了诗集《车前草》。她的诗多以短小精致的形式，袒露复杂的内心矛盾。20年代中期开始研究普希金的创作技巧。卫国战争时期创作过宣传勇敢精神的爱国主义诗篇。战后，她继续写作抒情诗，主要发表在《星》《列宁格勒》杂志上。

20年代以后，阿赫玛托娃开始进入了她生活中的低谷，首先是已经离异的丈夫古米廖夫被枪杀，随后她本人也受到了不公正的批判，被非正式地禁止在公开刊物上发表作品。但苦难和厄运并不能完全压倒阿赫玛托娃的创作冲动，反而成了她诗歌中最具精神深度的部分，帮助她走出了"室内抒情"的局限。50年代后期，她恢复名誉，晚期的诗歌有《没有主角的长诗》和《光阴的飞逝》等。

忧郁的土地——俄罗斯文学

◎ 关键词：教授家庭 硬胡桃 祖国 自杀

崛起的诗歌女神——茨维塔耶娃

● 拉多加湖 俄国 库茵之

>>> 茨维塔耶娃的作品

轻率！——是可爱的过失，可爱的旅伴和可爱的敌人！你把讥笑泼向我的眼睛，你把玛祖卡舞曲泼向我的脉管；你教会不去保存戒指，——无论命运让我和谁举行婚礼！凑巧从结局开始，而在开始前就已结束。

在我们无所作为的生活中，像茎秆和钢铁一样生存……
——用巧克力来疗治悲伤，对着过路人等微笑。

与阿赫玛托娃同时代的另一位杰出的女诗人是茨维塔耶娃，虽然她当时的名气不如前者，但随着时间的推移，越来越多的诗人和学者认为，实际上她的个人成就超过了阿赫玛托娃。

茨维塔耶娃1882年生于莫斯科一个教授家庭。她6岁便开始写诗，不到20岁就已成名。早期诗集有《黄昏纪念册》《神奇的路灯》《摘自两本书》《里程碑》等，这些诗逐渐形成了她诗歌的三大主题：爱情、俄罗斯和艺术。

她的第一本诗集《黄昏纪念册》就得到了当时俄国诗坛的权威勃留索夫和古米廖夫的赏识，但是在他们貌似奖掖后进的赞扬中，藏着一种战战兢兢的感觉，因为这个18岁的少女诗情的烈火，仿佛马上就要烧到他们高高在上的诗歌宝座。自信和傲气是茨维塔耶娃诗歌中体现出来的鲜明的主题形象，她有着强烈的爱和恨，她要用诗歌生硬的棱角来对当时很多女诗人的甜腻腻的、感伤主义的作品加以矫正。50年代的青年诗人叶甫图申科曾把茨维塔耶娃的性格比喻为一颗硬胡桃，说她全身都是尖角，好斗，好挑衅。

苏联卫国战争期间，茨维塔耶娃的丈夫艾伏龙参加了白军，战败后，茨维塔耶娃带着孩子千里寻夫，一家人定居在巴黎，直到1939年才回到祖国。国外流亡生活的寂寞和贫穷没有消蚀茨维塔耶娃身上的诗人气质，相反，写诗成了她唯一的安慰。20年代是她创作的丰收期，她的丧失祖国的痛苦与爱情的纠葛交织在一起，她的诗中出现大量的问号和惊叹号，反映了她内心的矛盾。在音韵、节奏、意象、句法上开始自成一体，别具风格。

> 你！我即使失去自己的这只手，——
>
> 哪怕是两只手！我也一定要用嘴唇
>
> 在断头台上签署：使我心碎断肠的土地——
>
> 是我的骄傲，是我的祖国！

她为祖国付出了泪水和感情，然而祖国欢迎她的却并不是鲜花和掌声。茨维塔耶娃在1939年回到苏联后不久，丈夫和儿子就被捕入狱。1941年卫国战争期间，茨维塔耶娃随着百姓被疏散到后方鞑靼自治共和国的叶拉布加市，她由于个人感情上的痛苦和对生活失去希望而自杀了。茨维塔耶娃诗歌的特殊气质和她对俄罗斯诗歌作诗法的更新和杰出成就，使她在诗歌史上占据了重要的位置。

忧郁的土地——俄罗斯文学

●马雅可夫斯基雕像

>>> 马雅可夫斯基的幽默

大画家列宾见过马雅可夫斯基之后，对诗人那一头漂亮的头发十分欣赏，想找个机会为他画像。1915年春，列宾正式与马雅可夫斯基约定时间，诗人欣然同意。可是，等到画像那天，马雅可夫斯基来到列宾的画室，却着实让画家吃惊不小。

原来，马雅可夫斯基剃了个光头，那一头秀发已经无影无踪。列宾为此惋惜不已。马雅可夫斯基却对列宾说："表现一个人内在的美比之外形的美更为重要得多。我剃了光头，就是为了要您更鲜明更突出地刻画自己内在的气质。"

拓展阅读：

《马雅可夫斯基诗选》
　　人民文学出版社
《马雅可夫斯基诗歌精选》
　　北岳文艺出版社

◎关键词：格鲁吉亚 未来派 诗歌阵营 信仰 危机

永不妥协的诗人——马雅可夫斯基

1893年7月7日，格鲁吉亚巴格达奇村一位守林员的家里出生了一个小男孩，他就是苏联著名诗人，一生坎坷而传奇的弗拉基米尔·马雅可夫斯基。

1906年因父亲去世，马雅可夫斯基随全家迁往莫斯科，并进入莫斯科第五中学学习。他开始阅读一些革命书籍，还接触了一些社会主义者。1908年初加入共产党，从事革命宣传工作，曾先后3次被捕，均因尚未成年而获释。

马雅可夫斯基虽然有一定的政治热情，拥护党，欢迎革命，但是又错误地认为党的工作会妨碍自己的学习和创作。1909年他停止了做党的工作。

1912年开始写诗，并加入了未来派的诗歌阵营。他与布尔柳克等人共同发表了俄国未来派的宣言《给社会趣味一记耳光》。十月革命前的代表作长诗《穿裤子的云》，对资产阶级的爱情、艺术、制度和宗教表示愤怒和抗议，号召人们进行反抗，预言革命即将到来。

十月革命的炮声使马雅可夫斯基重新认识了革命，他亲切地称之为"我的革命"。他写作了大量诗篇歌唱十月革命的伟大胜利，呼吁艺术家同革命相结合。1918年他写了《向左进行曲》，号召人民起来反对帝国主义的武装干涉，表达了自己对革命事业必胜的信念，同年还创作了诗剧《宗教滑稽剧》，这是革命后的第一出现代戏。

列宁和社会主义文艺领袖卢那察尔斯基认识到了马雅可夫斯基身上蕴藏的杰出才华和巨大能量，他们不断对他进行指导和帮助，引导他逐步走上正确的无产阶级文艺道路。1922年3月5日，他发表了讽刺官僚主义的短诗《开会迷》，列宁立即予以肯定，认为这首诗"在政治方面""是完全正确的"。列宁的批评与赞扬对他的思想成长和创作进步具有重要意义。1924年创作的长诗《列宁》歌颂了党在阶级斗争和生产建设中的伟大作用，表达了人民对共产党、对列宁的敬爱，被认为是社会主义现实主义诗歌的代表作。1927年，为庆祝十月革命10周年而写的长诗《好！》歌颂了社会主义共和国在斗争中诞生、成长和欣欣向荣，卢那察尔斯基称它是"十月革命的青铜塑像"。20年代末期马雅可夫斯基写了著名剧本《臭虫》和《澡堂》，揭露了社会主义主流意识形态灌输下，人民思想产生的一些问题，讽刺了官僚主义的作风。

马雅可夫斯基始终无法摆脱信仰上的危机，由于一些人的恶毒攻击、文艺界的派别斗争和个人思想上的矛盾，以及由于感情的纠纷，于1930年4月14日自杀了，年仅37岁。

忧郁的土地——俄罗斯文学

●二月的蓝天 俄国 伊·格拉巴里

>>>《拉起红色的手风琴》

拉起来，
拉起红色的手风琴。
美丽的姑娘到牧场上会情人。
燃烧在心中的苹果，
闪出矢车菊的光色
我拉起手风琴，
歌唱那双蓝色的眼睛。
闪动在湖中的缕缕波纹不是
霞光，
那是山坡后面你那绣花的围巾。
拉起来，拉起红色的手风琴。
让美丽的姑娘能听出情人的
喉音

拓展阅读：

《叶赛宁抒情诗选》
　　　上海译文出版社
《叶赛宁诗画集》
　　　四川人民出版社

◎ 关键词：抒情 革命 意象派诗歌 思想 危机

"沙甘奈呀，你是我的沙甘奈"——叶赛宁

　　叶赛宁 1895 年出生于梁赞省一个农民家庭。1904～1912 年读小学和教会师范学校，并开始写诗。1912 年赴莫斯科，当过店员、印刷厂校对员，兼修一所平民大学的课程，积极参与文学活动。1915 年去彼得堡，拜见著名诗人勃洛克、克留耶夫等人，1916 年初第一本诗集《扫墓日》出版。1916 年在白俄军队服役，1917 年二月革命后离开军队，加入左翼社会革命党人的战斗队。对于十月革命，他表示欢迎，他写了《变容节》《乐土》《约旦河的鸽子》《天上的鼓手》等著名诗作，以抒情的方式，抒发个人对革命的感受。

　　1919 年，叶赛宁参加意象派诗歌团体，并成为中心人物，写出《四旬祭》《一个流氓的自由》等作品。这也是他本人最为颓废的时期，他终日栖身于酒吧中，在迷醉的感觉里寻找着意象。这时他的诗歌也多以莫斯科小酒馆为题材，美化流浪者与无赖汉的颓废情绪。

　　1921 年叶赛宁离开意象派。他结识了来俄国献艺的美国著名女舞蹈家邓肯，两人很快相爱并结合，一起开始在世界各国漫游。叶赛宁不懂英语而邓肯不会俄语，两位艺术家语言不通，却有着独特的交流方式。然而在巡游中，不懂外语的叶赛宁越来越感觉到成了邓肯的附庸，而西方社会的市侩文化也使他更加想念祖国。

　　1923 年 10 月，叶赛宁回到俄罗斯，此后的两年是他诗歌创作的高峰期。他写出组诗《波斯抒情》、诗歌《安娜·斯涅金娜》、诗集《苏维埃俄罗斯》等。他的诗感情真挚，格调清新，描写了农村革命的广阔图景，塑造了建设新生活的战士的鲜明形象，渗透着歌颂革命与共产主义建设的思想。但叶赛宁的世界观是矛盾的。他未能从根本上了解革命和苏维埃制度，期望于革命能建立乌托邦式的"农民的天堂"。而当他接触现实生活，发现实际上幻想的天堂并不存在时，他的思想就不可避免地陷入了危机。

　　1925 年 9 月，叶赛宁第三度结婚，新娘是列夫·托尔斯泰的孙女。然而，他 11 月便因精神病住院治疗。此时他完成自我审判式的长诗《忧郁的人》，12 月 26 日写下绝笔诗，28 日拂晓在列宁格勒的一家旅馆投缳自尽了。

◎ 关键词：苏联 社会主义文学 尖锐性 哥萨克

震人心魄的笔墨——肖洛霍夫

●肖洛霍夫像

>>> 作家的经历与写作

　　肖洛霍夫自始至终参加了苏联卫国战争，在前线，他曾几次遇险。有一次他乘坐的汽车遭到敌机扫射，一颗子弹从左边射过，离他只差二三十厘米。斯大林格勒战役期间，有一次他乘坐的飞机在着陆时坠毁，他虽幸免于难，但是受了重伤，造成脑震荡和内脏错位。再有，他的母亲就是当敌机轰炸他家乡维辛克镇时在家门口被炸死的。

　　肖洛霍夫正是有了这样丰富的生活经历和刻骨铭心的感情，再加上杰出的艺术才华，才创作出震撼人心的战争小说，赢得千百万读者的心。

拓展阅读：
《肖洛霍夫》何云波
《肖洛霍夫文集》
　　　人民文学出版社

　　苏联社会主义文学最杰出的代表是小说家肖洛霍夫，他史诗般的小说创作将苏联文学推上了前所未有的高度。

　　米哈依尔·肖洛霍夫1905年生于顿河维辛克镇克鲁日林村的一个磨坊主家庭。1918年，在中学读书时因国内战争辍学。1920年至1921年担任卡尔金镇革命委员会办事员、武装征粮队员等。1922年去莫斯科，当守小工、泥水匠和会计等。1923年加入莫斯科共青团作家和诗人的文学团体"青年近卫军"。

　　1926年作品集《顿河故事》和《浅蓝的原野》出版。他的早期作品以顿河地区的国内战争和建立苏维埃政权的斗争为素材，通过简洁、生动的语言，离奇的情节和严谨的结构，揭示了国内战争时期哥萨克内部阶级冲突的尖锐性和悲剧性。

　　1926年肖洛霍夫开始构思长篇巨著《静静的顿河》，经过14年时间，四卷本分别于1928年、1929年、1933年、1940年出版。该作品和小说主人公在苏联引起多次争论，但由于它在苏联文学史上别开生面地反映了广阔的历史画面，生动真实地表现了哥萨克民族在1912年至1922年的动荡岁月中的历史，这部小说仍然获得了广泛的声誉，并于1941年获得斯大林奖金。在此期间，肖洛霍夫还发表了《被开垦

的处女地》的第一部（1932），第二部于1959年发表。小说描写了顿河格列米雅其村进行社会主义改造的急风暴雨般的历史变革，反映了贫农、中农和富农、潜藏的反革命分子两个营垒之间的错综复杂的斗争，表现了农民尤其是中农从个体经济走向集体经济的痛苦的转变过程，塑造了农业集体化的领导者、布尔什维克达维多夫以及中农梅谭尼可夫、狡猾阴险的富农奥斯特洛夫诺夫等典型形象，具有浓烈的生活气息。小说的成功使作家在苏联文学界地位进一步提高。

　　卫国战争期间，肖洛霍夫在前线任军事记者，写了许多随笔和短篇小说。1943年开始发表反映卫国战争的长篇小说《他们为祖国而战》部分篇章。1957年发表短篇小说《一个人的遭遇》。小说表现了主人公索科洛夫在战争中遭受的妻离子散、家破人亡的痛苦和他的刚毅精神，表现人在战争中的艰难历程和战争给人带来的悲剧。

　　1934年，肖洛霍夫成为苏联作家协会理事，1939年成为苏联科学院院士，1961年被选为苏共中央委员、最高苏维埃代表。1965年，"由于他在描绘顿河的史诗式的作品中，以艺术家的力量和正直，表现了俄国人民生活中的具有历史意义的面貌"，获得诺贝尔文学奖。

忧郁的土地——俄罗斯文学

◎ 关键词：两次革命 哥萨克 红军 白军

哥萨克人的血泪史——《静静的顿河》

● "二战"中勇猛的哥萨克骑兵

>>> 手稿揭秘文学史谜案

20世纪20年代末期，在小说《静静的顿河》第一部刚面世不久，围绕其著作权就产生了争议。1929年，苏联成立专门委员会调查此事，经过严格审查之后专家们一致认定《静静的顿河》当属肖洛霍夫所作。70年代，西方出现的《湍急的〈静静的顿河〉》一书使得小说著作权之争又变得扑朔迷离。

1999年底，高尔基世界文学研究所的专家在肖洛霍夫的密友库达绍夫后代之处，发现了该书手稿，专家在严格鉴定之后确认了手稿的真实性。至此，20世纪文学史上的一大历史谜案彻底结案。

拓展阅读：

《肖洛霍夫的秘密生平》
　　[俄] 瓦连京·奥西波夫
《20世纪俄罗斯文学》
　　[俄] 符·阿格诺索夫

长篇小说《静静的顿河》描绘了1912年至1922年间两次革命（二月革命、十月革命）和两次战争（第一次世界大战、国内战争）中的重大历史事件和顿河哥萨克在这10年中的动荡生活，广泛地反映了哥萨克独特的风土人情、哥萨克各个阶层的变化、广大哥萨克人在复杂的历史转折关头所经历的曲折道路，以及卷入历史事件强大旋涡中的主人公葛利高里·麦列霍夫的悲剧命运。

葛利高里·麦列霍夫是个年轻的哥萨克人，他爱上了邻居阿斯塔霍夫的妻子阿克西妮娅。其父为了遏止这种行为，便替他娶了一位富农之女娜塔莉亚为妻。贤淑的娜塔莉亚受到全家人的喜爱，但葛利高里已完全沉迷于阿克西妮娅的热情，他不顾一切地偕阿克西妮娅私奔了。他暂时在李斯特尼斯基将军的府里工作。娜塔莉亚在失望之余企图自杀，但未成功。不久，葛利高里即被征召入伍。第一次世界大战爆发，当他在前线出生入死时，在后方的阿克西妮娅却在少主人的诱惑下，陷入了缠绵的热恋之中。受伤返乡、得知此事的葛利高里，在愤怒之下便回到顿河岸的父亲家里。当他获得十字勋章，又重回战场时，娜塔莉亚已为他生下一对孪生儿子。

后来，俄国发生大革命，哥萨克族人都离开部队，回到自己的家乡，只有葛利高里加入红军，并担任队长，与白军作战，但不久又再度受伤返乡。内战风暴逐渐逼近顿河沿岸，哥萨克人掀起了独立运动，保卫家乡，抵抗红军。葛利高里无奈只好加入村人组成的军队。自此起，顿河即陷入持续展开的血腥战斗中，葛利高里的命运也像被顿河的强风吹拂般，无法安定下来。战后，在倾废的村庄中，他与阿克西妮娅重逢，两人也再度缠绵在一起。

不久，他以叛军师长的身份，率军与红军对抗。此时已怀身孕的娜塔莉亚得知丈夫的心又回到阿克西妮娅身上时，企图堕胎，却失败致死。后来，红军的势力如排山倒海般很快地控制了整条顿河，身为叛军的葛利高里只好带着阿克西妮娅，混在逃难的人群里逃亡，但逃至诺瓦洛西斯特时，不得不投降，再度为红军效力。

最后，当葛利高里由红军退伍，回到在逃难途中因患伤寒而返回村庄的阿克西妮娅身边时，却因他以前曾有反革命行为，而传出要逮捕他的风声，至此，他又逃亡加入匪徒组织，再度与红军对抗。可是此时的匪徒们已军纪散漫，在无可忍受之余，他决定带阿克西妮娅离开，寻找属于两人的新天地。他俩想趁着暗夜，骑马逃走，不料被红军发现，阿克西妮娅被子弹击中身亡。此时的葛利高里也丧失了活下去的希望，他辗转流落各地，最后，终于身心疲惫地回到顿河沿岸的家。

忧郁的土地——俄罗斯文学

◎ 关键词：争议 行医 中篇小说 白卫军 幻想

最荒诞的"真实"——布尔加科夫

●布尔加科夫像

>>> 邓尼金

邓尼金（1872~1947）出生在华沙郊区。第一次世界大战期间，历任旅长、师长。1916年秋任罗马尼亚方面军步兵第八军军长。

1917年二月革命后，出任资产阶级政府的最高统帅参谋长、西方面军和西南方面军司令，因参与科尔尼洛夫叛乱被捕。十月革命后越狱，与科尔尼洛夫等在北高加索组织"志愿军"。1918年4月任"志愿军"司令。同年秋，在协约国扶持下担任"南俄武装力量"总司令。1919年夏秋率领白卫军从南方北上，大举进犯莫斯科，10~11月被红军击溃，后流亡国外。1947年8月8日死于美国。

拓展阅读：

《布尔加科夫评传》
华夏出版社
《布尔加科夫戏剧三种》
厦门大学出版社

20世纪的苏联产生了很多经历坎坷、备受争议，却成就突出的小说家，如皮利尼亚克、布尔加科夫、普拉东诺夫、帕斯捷尔纳克、扎米亚京、索尔任尼琴，等等。而布尔加科夫就是他们中间的佼佼者。

布尔加科夫是苏联作家。他1891年出生于乌克兰基辅市一个教授家庭，自幼喜爱文学、音乐、戏剧，深受果戈理、歌德等的影响。1916年基辅大学医疗系毕业后被派往农村医院，当过几年乡村医生。后转至县城，在维亚济马市迎接了十月革命。

1918年布尔加科夫回基辅开业行医，经历了多次政权更迭，后被邓尼金分子裹胁到北高加索。对战争、流血、死亡和政权更迭的厌倦，尤其是内心对文学、戏剧的热爱，使布尔加科夫产生了一股强烈的驱动力。1920年，他弃医从文，开始写作生涯，同时为《汽笛报》工作，发表一系列短篇、特写、小品文，揭露并讽刺了不良社会现象，以幽默和辛辣的文风著称。

1924~1928年期间，布尔加科夫发表了一系列风格奇特、情节吸引人的中篇小说《孽卵》《魔障》《狗心》等。其中《孽卵》写一位科学家发明了一种"生命之光"，能迅速地促进动物的发育和繁殖。但这项尚未成熟的技术被不懂科学、急功近利的农场领导用于孵化小鸡，结果孵出来的却是生命力极强的蛇，毒蛇横行成灾，政府甚至动用红军骑兵灭蛇都无济于事。最后还是自然界拯救了无知的人类，一场寒流袭来，将蛇全部冻死了。《狗心》描述一个医生为一个垂危的病人换上了一颗狗的心，结果虽然挽救了这个人的性命，却使他越来越堕落卑贱，像狗一样不知廉耻。作者通过这种夸张离奇的科幻情节，讽刺了很多社会上存在的丑恶现象。此外，他这一时期的作品还有剧本《卓伊金的住宅》《紫红色的岛屿》等。

1925年，布尔加科夫发表了长篇小说《白卫军》，描写1918年基辅的一部分反对布尔什维克的白卫军军官的思想行动。1926年小说改编为剧本《图尔宾一家的命运》，上演获得成功，但也引起争论。1927年他的作品实际上已被禁止发表。1930年，在斯大林的亲自干预下他被莫斯科艺术剧院录用为助理导演，业余坚持文学创作，并重新开始写他一生最重要的长篇小说《大师和玛格丽特》直到逝世。其他著作有剧本《莫里哀》、传记体小说《莫里哀》等。

布尔加科夫的小说富于幻想，很多被人们当成科幻小说来读，但他的创作在思想上却有着鲜明的现实针对性，他毫不留情地揭露讽刺现实的阴暗面，对社会充满了悲观和义愤。而他的新颖的小说手法和独特的抒情方式则足以使他成为第一流的现代小说家。

忧郁的土地——俄罗斯文学

●十字架上的基督 德国

>>> 请求"处置"的导演

　　1930年3月28日,贫困潦倒的布尔加科夫给斯大林写了一封信,他说:"请求当个在编的普通配角演员;如果当普通配角也不行,我就请求当个管剧务的工人;如果连工人也不能当,那就请求苏联政府以它认为必要的任何方式尽快处置我,只要处置就行……"

　　虽然布尔加科夫在骄傲与克服饥饿之间显得困难重重,但他在"请求"的后面没有丝毫的乞讨,当他请求做一个管剧务的工人时,依然骄傲地说:"只要处置就行。"后来他真成了莫斯科艺术剧院的一名助理导演。

拓展阅读:
《布尔加科夫中短篇小说选》
中国文联出版社
《当代前苏联文学》马家骏等

◎ 关键词:奇异 象征意义 绝唱 魔王 撒旦 主题

飞在天上的玛格丽特——《大师和玛格丽特》

　　20世纪世界现代小说中诞生了很多奇异的作品,它们难以用传统的小说标准来衡量,思想容量丰富,内涵复杂,蕴含了耐人寻味的象征意义。布尔加科夫的代表作《大师和玛格丽特》就是其中的一部。

　　《大师和玛格丽特》是布尔加科夫呕心沥血12年,八易其稿的绝唱,这部书内容极其丰富,多种主题互相交织,充满时空的切换变化,融历史传统、宗教故事、神秘幻想、现实世界于一体,集幽默讽刺、滑稽可笑和深沉庄严于一身。

　　《大师和玛格丽特》穿插了两个故事,一个是魔王沃兰德重现人间,目睹了他的神秘威力的年轻诗人"无家汉"跑去报告政府,却没有人相信他似乎错乱的叙述,他被当成疯子关进精神病院。而在这里他遇到了一位"大师",大师是一个受到迫害的作家,他正在写一部关于耶稣和罗马总督彼拉多的小说,遭受了严重的批判。沃兰德带着他的猫助手又在莫斯科大显神通,他们在舞台上变出无数的钞票和洋装,让人们随意拿走。人们纷纷涌上前去,男的抢钞票,女的换衣服。可是最后钞票却像变戏法一样又变回成了废纸,时装也刹那间消失不见了,害得追时髦的贪心女士们穿着内衣在莫斯科的大街上乱窜。

　　沃兰德等一伙魔界的势力要召开盛大的撒旦晚会,他们邀请他们唯一赞赏的莫斯科人,"大师"的秘密情人玛格丽特参加,并赋予她会飞的魔力。玛格丽特飞到了迫害"大师"的文联领导的家,把那里砸了个稀巴烂,然后飞去参加了聚会。她为了对大师的爱情,甘愿变成巫女,经受住了魔王的考验,终于救出了"大师"与他团聚。魔王则和他的属下们在捉弄一番莫斯科的警察后,放了几把大火,腾空飞走了。

　　另一个故事是"大师"创作的小说的情节。讲述耶稣受难前,罗马总督本丢·彼拉多与他的接触。彼拉多本来不想处死耶稣,然而在祭司们的压力下,他还是判处了耶稣死刑。等他醒悟过来,为时已晚了,彼拉多的内心从此遭受折磨,一直过了2000年才得到解脱。

　　布尔加科夫通过两个完全不相关的故事,将历史、现实与魔界三重时空联系在一起,容纳了多种深邃的主题。小说体现出人类对摆脱世俗社会、追求精神道德实现和寻求内心升华的向往,以及对现实家园被无聊的政治和堕落的人性破坏的痛恨,甚至有基督与反基督的相生相克的探讨。

　　布尔加科夫一生走过了一条坎坷的艺术道路,他的作品在他创作的辉煌时期屡屡遭禁,20年不见天日,而面对这样的重压,他却没有屈服妥协,表现出了惊人的勇气。

● 农村姑娘 俄国 马利亚文

>>> 30年代苏联大清洗

1936~1939 年大清洗是斯大林从个人的动机出发，有计划、有组织对大批忠于苏维埃社会主义但对斯大林改革不满的人的镇压、消灭，使几百万优秀党的干部，还有其他被无辜牵连者牺牲。斯大林个人凌驾于全党、全国人民之上，对他的迷信与崇拜达到神化的地步。

大清洗之大、涉及面之广、危害之深，在历史上堪称空前，它是斯大林领导苏联时期最黑暗的一页。1938 年以后，因考虑到苏联人民的承受力已接近极限，同时大清洗的目的也已基本达到，所以镇压浪潮趋于缓和，也在不同程度上纠正了一些错误做法。

拓展阅读：

《前苏联大清洗内幕》
陈启能 等
《前苏联作家自述》
上海出版公司

◎ 关键词：奠基人 承前启后 大清洗

被枪决的作家——皮利尼亚克

在这些遭受了不公正的待遇的作家中，命运最悲惨的是皮利尼亚克，他为了自己的文学创作而失去了生命。

皮利尼亚克是苏联作家，苏联文学奠基人之一，曾在二三十年代的苏联文学史上占有重要地位，他丰富的文学创作对苏联文学起到了承前启后的作用。

鲍里斯·安德烈耶维奇·皮利尼亚克 1894 年出生于莫斯科省的莫扎伊斯克的一个兽医家庭。1920 年毕业于莫斯科商学院经济系。此后他曾先后到过德国、英国、日本和中国。十月革命后，他开始从事文学创作，写作小说和散文。早期的作品有短篇小说集《乘最后一班客轮》和短篇小说《野草》等。

1921 年，他的长篇小说《荒年》的问世使他一举成名，作品被译成多种文字广为传播。接着发表了短篇小说集《尼古拉娜·波索季亚哈》《英国的故事》，中篇小说《湿山萝花》《彼得堡的故事》《后母》《黑面包的故事》《大地》，长篇小说《机器和狼》。

1926 年作家发表了给他带来命运之劫的中篇《不落的明月》。由于作品委婉但清晰地影射了 1925 年苏联著名革命元勋伏龙芝元帅被斯大林暗中清洗、害死在手术台上的内幕，指出个人崇拜、个人凌驾于党之上的机制在苏联开始出现的征兆，而遭到猛烈抨击，刊登这部作品的杂志被全部没收。

20 年代后期他依然笔耕不辍，出版有短篇小说集《失去的时光》《东方的故事》，特写集《连水陆路》《日本太阳之根》，中篇小说《伊万——莫斯科》《中国的故事》等作品。

1929 年他的代表作、长篇小说《红木》在国外发表，又引起轩然大波，遭到猛烈批判。不过作家还被允许写作和发表自己的作品。1929~1930 年他的八卷集《作品集》陆续问世，1930 年发表长篇小说《伏尔加河流入里海》。他被允许出国，去了美国和日本，创作出有关美国的特写集《OK！》和关于日本的著作《石头与树根》。1936 年初作家出版了他在世时得以发表的最后一部作品、长篇小说《果实的成熟》。

大清洗的到来也使作家的厄运来临了。1937 年 10 月 28 日晚，皮利尼亚克被捕了，1938 年 4 月 21 日被错误地枪决。

忧郁的土地——俄罗斯文学

●阳光照耀的松树林 俄国 希施金

>>> 红木

红木为热带地区豆科檀属木材，主要产于印度，我国广东、云南及南洋群岛也有出产，是常见的名贵硬木。"红木"是江浙及北方流行的名称，广东一带俗称"酸枝木"。

根据国家标准，"红木"的范围确定为五属八类。五属是以树木学的属来命名的，即紫檀属、黄檀属、柿树属、崖豆属及铁力木属。八类则是以木材的商品名来命名的，即紫檀木类、花梨木类、香枝木类、黑酸枝类、红酸枝木类、乌木类、条纹乌木类和鸡翅木类。

拓展阅读：
《前苏联文化艺术词典》
王保士
《前苏联文化教育》张才兰

◎ 关键词：伏尔加河 古董家 复古派 荒诞不经

小城里的真实生活——《红木》

1928年，在伏尔加河河畔的一个小城里，有很多古老而珍贵的红木家具。帕维尔和斯捷潘兄弟俩是红木古董家。他们其实是新的复古派，是投机商，是好色之徒。十月革命风暴使往昔的贵族、庄园主威风扫地，贵重的红木家具、古董成了无用之物。于是他们到处收罗，低价买进，高价卖出，大发横财，成了新的资产阶级。两个被时代淘汰，却又凭借时代大发其财的小人，一路风尘来到这个被时代遗忘的小城收购红木家具。他们遇到了一个只有老两口和一个小女儿的家庭。老太太玛丽娅顺从、缄默、心地善良，老头雅可夫脾气古怪，喜欢谈他的文明史。女儿卡捷琳娜则是个无知的年轻女孩。

老头设宴招待，客人掏出白兰地助兴。老头告诉客人他在哪儿见过红木家具，该上哪儿收购古董，可自己的绝不出卖。接着，他向客人们谈起他自己琢磨的一套理论，他认为现在是体力劳动为主的时代，以后机器代替人，照看机器的都是工程师，无产者便没有了，无产阶级本身便不存在，无产阶级理论就要被人忘记。

老头的弟弟伊万是个老流氓无产者，他与他那帮蓬头垢面、衣衫褴褛的"共产主义者"住在砖厂的砖窑里，过着自己的军事共产主义生活。他们成天大谈理想和主义，在卸货劈柴的劳动和酗酒中建立了最为严格的兄弟般的团结，没有任何属于自己的东西，没有钱财，没有物品，没有妻子。

兄弟俩开始走门串户，收购古董。在者罗斯托夫街的梅什金寡妇那里他们以30卢布收购了瓷砖壁炉上的120块彩色瓷砖；在教堂广场上的一个半地下室里，他们用低价购得了养活一家八口人的寡妇奥莉加的一整套红木家具；在贵族老爷卡拉津……整个黄昏不时有人来敲玛丽娅家的窗户，恳求买下他们的旧书、旧灯、旧烛台。此刻，古董商正同卡捷琳娜和她的姑姑里玛的女儿克拉芙季娅，还有别的姑娘，在卡捷琳娜姑姑家花园里那个冷清的澡房里酗酒作乐。

故事围绕红木家具展开，展现了小城中的人们的种种生活。那种常常被苏联评论家称为"外省稀奇古怪的本性""那难以驾驭的力量"在作品中被表现得淋漓尽致。小城生活从许多荒诞不经的行为中给作品提供了曲折离奇的情节和别具一格的结构。这些荒诞不经的行为，人们在大城市里是做梦也想象不到的。但正是这些形似病态的乖戾行为更鲜明地表达出时代的特征，揭示出革命以其荡涤一切的力量，撕掉了形形色色人物体面漂亮的外衣，把他们细心包藏的恶习和不良影响暴露无遗。整个小说中没有一个能鼓舞人心的正面人物。

忧郁的土地——俄罗斯文学

●林中雨滴 俄国 希施金

>>> 乌托邦

乌托邦是托马斯·摩尔写的一部拉丁语的书的名字，全名为《关于最完全的国家制度和乌托邦新岛的既有益又有趣的全书》。它出版于约1516年。乌托邦的原词来自两个希腊语的词根：ou是"没有"的意思，另一个说法eu是"好"的意思，topos是"地方"的意思，合在一起是"没有的地方"或"好地方"的意思，是一种理想国，并非一个真实的国家，是一个虚构的国度。

今天乌托邦有一个更加广泛的意义。它一般用来描写任何想象的、理想的社会。有时它也被用来描写今天社会试图将某些理论变成实现的尝试。

拓展阅读：
《桃花源记》晋·陶渊明
《俄罗斯前苏联文学名著选读》
余绍裔/徐稚芳

◎ 关键词：反乌托邦 鼻祖 流放 科幻 社会讽刺

失去自由的人类——扎米亚京与《我们》

扎米亚京是另一位风格独特、成就杰出的小说家，他的长篇小说《我们》被认为是反乌托邦小说的鼻祖。

扎米亚京1884年生于没落的贵族家庭，年轻时在彼得堡工业学院学习造船，因参加1905年革命而被流放。十月革命之后，回到俄国的他成了一位作家，他参加了高尔基主持的《世界文学》的工作，并成为"谢拉皮翁兄弟"文学团体的艺术导师。但他的文学观点，特别是他的长篇小说《我们》不能见容于当时的苏联文坛。1931年，他再次被迫流亡国外，他曾给斯大林写信要求恢复自己的名誉，但是没有结果。

他驳斥了一些"左倾"的"运动家"对他的无知的批判："这场运动一直持续到今天，最终导致了我称之为妖魔化的后果：批评界将我视为苏联文学界中的魔鬼。既然向魔鬼吐唾沫被认为是行善，于是所有人都尽其所能地来唾弃我。在我出版的每一篇东西中都必定能找出点什么魔鬼般恶毒的阴谋。为此，他们甚至丝毫也不脸红地赐给我预言的天赋。我有一篇童话故事《上帝》发表在《年鉴》杂志上，这还是1916年的事。可某位批评家竟然能想方设法从中找出我'对转而实行新经济政策的革命事业的嘲讽'；在我于1920年完成的一部短篇小说《埃拉兹姆修士》中，另一位批评家发现了'一则讲述领袖们在实行新经济政策后变聪明了的讽喻故事'。不论我的任何一篇作品的实际内容如何，只要有我的姓名就足够为它们定罪了。"

他曾说："真正的文学只能由疯子、隐士、异教徒、幻想家、反叛者、怀疑论者创造，而不是那些精明能干、忠诚的官员创造。"而他这个天才的幻想家与反叛者最杰出的创作就是小说《我们》。

《我们》是一部融科幻与社会讽刺于一体的长篇小说。讲述"我"——未来的大统一王国的数学家、设计师的故事。大统一王国由大恩主领导，人们高度一致，都没有独特的姓名，只有编号。"我"是503。这个王国的人们连作息都严格按照王国发下的《作息时间戒律表》来进行。王国的人们也不可能自己去找对象，而是在统一领导下由王国的有关机构指定。给那些编号的男女发一种粉红色的小票，让他们凭票进行性生活。

在这个高度制度化的社会中，人们失去了最根本的自由，更可怕的是，他们失去了"自由"这个概念。由于503受到古书的异端邪说诱惑，以及克制不住自己体内的古老欲望的复苏，503的思想被国家护卫局侦破，最后被送进了一种称作"气钟罩"的刑具里处死……然而一些与众不同的人正在渐渐汇聚在一起，他们懂得自由的珍贵，他们要反抗大恩主的权威，一个的反抗组织正在形成……

忧郁的土地——俄罗斯文学

●桅杆树 俄国 希施金

>>> 特瓦尔多夫斯基日记

莫斯科知名的"瓦格里乌斯"出版社在诗人特瓦尔多夫斯基诞辰95周年(2005年)前夕出版了诗人日记,书名为《我独自冲锋》。

全书是由诗人的女儿瓦莲金娜和奥尔加编辑的,其中包括诗人在四年战争期间每天写的日记,以及写给妻子玛丽娅的信。据出版社透露,书中的资料从书刊检查角度看,这在从前是不可能公布的。专家们认为,特瓦尔多夫斯基如果没有前线记者的亲身经历和体验,也不可能塑造出长诗瓦西里·焦尔金人民士兵的形象。

拓展阅读:
《回眸前苏联文学》何云波
《前苏联文学反思》刘文飞

◎ 关键词：诗人 文学活动家 卫国战争 随军记者 争议

永远开心的战士——《瓦西里·焦尔金》

特瓦尔多夫斯基是苏联著名的诗人和文学活动家,他创作的长诗《瓦西里·焦尔金》深受读者的喜爱。

特瓦尔多夫斯基 1910 年生于斯摩棱斯克州的一个偏僻农村的铁匠家庭,童年生活贫苦,曾断断续续地在乡村小学读过书,他从小就对诗歌有兴趣。他作为农村通信员经常给斯摩棱斯克的报纸投稿。1936 年,他到莫斯科读书,三年后从莫斯科文史哲学院毕业。

1936 年,长诗《春草国》的出版使他一举成名,并于 1941 年获斯大林奖金。长诗通过对一个单干户中农尼基塔·莫尔古诺克从矛盾、彷徨到走上集体化道路的描写,展示了集体农庄制度的胜利。长诗赞美了农业集体化运动,揭示了苏联农民新意识的觉醒。

卫国战争开始后,作为诗人的特瓦尔多夫斯基感觉到自己的责任,他成为一名随军记者,不断地进行创作,来鼓舞人民的斗争意志。此时他创作了著名的长诗《瓦西里·焦尔金》。长诗由 30 首各自独立成篇的诗章组成,并保持了俄罗斯古典诗歌的传统风格,语言流畅,幽默生动。塑造了一个勇敢刚毅、活泼乐观、善于克服困难的英雄战士的形象,在他身上集中了使人民抗敌御侮、取得胜利的种种素质。它也深刻地表达了人民对战争的看法和人民在战争中的感情。

战后特瓦尔多夫斯基完成了长诗《路旁的人家》,通过描述战士安德烈·席符采夫与妻子安娜在战争四年中的经历,反映了千千万万苏联普通家庭在卫国战争中的悲惨命运。1962 年,他利用早已深入人心的战士瓦西里·焦尔金的形象,创作了长诗《焦尔金游地府》,描写焦尔金负伤后无意中来到阴曹地府。遇到种种奇怪的可怕现象,不堪忍受,终于想方设法返回到了人间。诗人借用讽刺揶揄、诙谐戏谑的手法抨击了斯大林时代苏联社会中的种种恶习。

特瓦尔多夫斯基在文学上主张"写真实"和"写普通人",他认为俄罗斯文学之所以赢得世界声誉,首先在于它"密切关注普通人",亦即关注"通常所称的'小人物'"。在他两度担任苏联作家协会主办的《新世界》杂志主编期间,大胆而独具眼光地发表了一些引起激烈争论的作品,如奥维奇金的特写《区里的日常生活》、爱伦堡的回忆录《人、岁月、生活》、索尔任尼琴的中篇小说《伊凡·杰尼索维奇的一天》和他本人的长诗《焦尔金游地府》等。这些争议作品的发表,也是特瓦尔多夫斯基作为文学活动家,对苏联文学做出的贡献。

忧郁的土地——俄罗斯文学

◎关键词：自杀 政治悲剧 里程碑 批判 人身攻击

被革命抛弃的人——法捷耶夫

●法捷耶夫像

>>> **法捷耶夫教子**

法捷耶夫的儿子舒拉在学校里学习的时候，功课不错，法捷耶夫很高兴。但是有一次，法捷耶夫在信中还是把舒拉责备了一番，责备什么呢？责备他不会劳动。法捷耶夫在信中说："我知道你自己不会钉纽扣、补衬衣上的窟窿，兴许连针都拿不像样的。"他还问舒拉："你在拆卸了自行车全部的零件后，会不会重新装配起来？"法捷耶夫估计，这得靠别人给他的儿子帮忙才行。

法捷耶夫考虑的问题是相当深远的，他觉得孩子们过得太舒适了，在无形之中，就会产生某些优越感。

拓展阅读：

《法捷耶夫评传》
　[苏联] 节林斯基
《法捷耶夫文集》
　　译林出版社

1956年5月13日，莫斯科郊外的作家村来了许多车：救护车、警车、克格勃的车。苏联作家协会主席、《青年近卫军》、《毁灭》两部小说的作者阿列克塞·法捷耶夫在这里开枪自杀了。刊登在苏联各大报纸的苏共中央的讣告中写道："法捷耶夫多年来身受嗜酒过度之苦，在抑郁状态中做出了反常之举，开枪结束了自己的生命。"作家的儿子在接受采访时说："这不是事实。"

一直担任苏联文艺界领导的著名作家法捷耶夫的死，实际上是颠倒的政治生活造成的又一次政治悲剧。

法捷耶夫1901年出生于农民家庭。父亲曾参加过革命活动。1912年至1919年在海参崴商业学校学习时，接近布尔什维克并参加革命活动。1918年入党。1919年至1921年在远东参加红军游击队，出席党的第10次代表大会，见到了列宁。从1927年起，一直在莫斯科专门从事文学运动，担任"拉普"（俄罗斯无产阶级作家协会）和全苏作协领导工作。

他早期作品如中篇小说《泛滥》《逆流》和长篇小说《毁灭》，是他亲身参加革命斗争实践的产物。它们都以国内战争为题材，以共产党员的战斗生活为主要描写对象。

1945年，法捷耶夫创作了堪称其里程碑的长篇小说《青年近卫军》，无论思想内容和艺术技巧，都堪称是战后苏联文学中最优秀的作品之一。

然而在30年代，作为"拉普"领导人的他，参与了对许多作家不公正的批判，造成很多优秀的知识分子遭到不公正的待遇，这虽然来源于上层政治的错误，但法捷耶夫也难以摆脱干系。到1956年许多作家被平反和恢复声誉之后，法捷耶夫遭遇了空前的压力。很多作家认为法捷耶夫在那次镇压中是有罪的，他没有利用自己的身份为这些作家提供保护。

斯大林死后，文化界纷纷揭发法捷耶夫并对他进行了人身攻击。平反带来的，是对另一批人的又一次不公正的批判。曾经认真地履行职责的法捷耶夫发现，他只不过是充当了革命的工具，而革命现在已无情地将他抛弃。所有一切都扭转了。法捷耶夫再也不是那个坚信党的方针正确的人了。1953年初秋，他向马林科夫和赫鲁晓夫递送了关于作家协会情况的三份报告。赫鲁晓夫读了报告，完全拒绝批评党的苏联文学方针，建议法捷耶夫疗养。从此，法捷耶夫被解除了作家协会的领导职务。

1956年5月13日，法捷耶夫在家中自杀，他留下的遗书直到1990年才被公开。

忧郁的土地——俄罗斯文学

●母亲与奔赴战场的孩子吻别

>>> 斯大林格勒战役

斯大林格勒战役是第二次世界大战中规模空前的战役。它以1942年7月17日德军开始进入顿河大河湾为起点，到1943年2月2日苏联军队全歼斯大林格勒地区的德军为结束，历时200天。战场总面积近10万平方公里。

在这次战役的高峰期，双方同时参加战斗行动的人员在200万人以上，出动了2000辆坦克，25万门大炮和2300多架飞机。

斯大林格勒会战结束后，苏军在南、北各路反攻作战中频频告捷，列宁格勒、顿河流域、北高加索等地的德军相继败退。从此，苏军掌握了战略主动权。

拓展阅读：
《苏联反法西斯战争小说史》
陈敬泳
《浴血斯大林格勒》
京华出版社

◎ 关键词：卫国战争 战壕 司令部

从"战壕"到"司令部"——战争文学创作

"二战"结束之后，很多参加过战争的作家纷纷拿起笔，描写战争的宏大场面，歌颂勇敢而坚强的俄罗斯人民。于是大量战争题材的文学作品涌现出来，成为50年代到70年代一个重要的文学创作主题。这些战争文学有所谓"战壕真实派"和"司令部真实派"之分，代表性的作家有邦达列夫、巴克兰诺夫、贝科夫、瓦西里耶夫，等等。

邦达列夫1924年生于一个职员家庭。卫国战争中当过炮兵指挥官。他1949年开始发表作品，大多以卫国战争为题材。50年代写的战争题材作品，如《最后的炮轰》，体现了新起的"前线一代"作家专写"战壕真实"的创作倾向。长篇小说《寂静》及续集《两个人》写个人崇拜在人与人的关系上造成的恶果，曾引起文学界的争论。长篇小说《热的雪》描写1942年底苏军在斯大林格勒西南大草原阻击德国坦克部队的浴血奋战，被认为是"战壕真实"与"司令部真实"相结合的代表作。长篇小说《岸》写作家尼基丁于卫国战争末期进驻德国，同当地少女艾玛相恋，70年代出访西德时又同她重逢的故事，宣传通过"东西方缓和与共处"达到人类所期待的"永恒和平"的"幸福彼岸"。小说获1977年度苏联国家奖金。他与库尔加诺夫等人合著的以反法西斯战争为题材的大型电影剧本《解放》获得了列宁奖金。80年代之后创作了描写第二次世界大战中苏军被俘人员在战后遭遇的长篇小说《抉择》。他曾担任苏联作协书记、俄罗斯联邦作协副主席。

巴克兰诺夫在卫国战争期间也参加了炮兵部队。1950年，他开始发表作品。他的小说大多以卫国战争为题材，擅长描写战争生活，表现普通人的内心世界。心理分析深刻，细节描写具体，是他许多作品的特点。1959年发表中篇小说《一寸土》，以炮兵连长的视角，描写了苏军在解放基什尼奥夫的战役中，与德军争夺一小块滩头阵地的战斗，逼真地再现了战斗场面，赞颂战士们平凡而伟大的功勋。《一寸土》成为苏联50年代文学中写"战壕真实"的代表作之一，并在文学界引起争论。战争题材的作品还有中篇小说《在斯涅吉列》《一死遮百羞》和长篇小说《四一年七月》《朋友们》《永远十九岁》等。

贝科夫是白俄罗斯作家，他中学毕业后进入艺术院校，战争爆发后参军入伍，曾当过步兵排、炮兵排的排长，作战勇敢，受到过嘉奖。他40年代就开始写作，但直到1962年发表《第三颗信号弹》后才成为知名作家。贝科夫擅长挖掘人物内心的隐秘，作品用第一人称叙述，将抒情和叙事结合在一起，取得了巨大的成功。

● 《这里的黎明静悄悄》剧照

>>> 《斯拉夫女人送行》

《斯拉夫女人送行》画于1974年。这是康斯坦丁·瓦西里耶夫根据同名歌曲绘制的油画。画中妻子送丈夫上前线，其实何止是送行，分明是送死。苏联1923年出生的男性战后活着的只有十分之一，但明知一去不返，红军战士仍然义无反顾，舍身报国，慷慨赴死。

作品的感染力在于战士及妻子甚至小女儿的眼里均闪烁着圣徒般的光芒，只是在战士家属紧抓披巾的手指上，显示出妻子的揪心。瓦西里耶夫是用光的大家，典型的俄罗斯风格，画风宗教色彩较浓，有相当深的俄罗斯圣像画功底。

拓展阅读：
《这里的黎明静悄悄》
　　　　（电视剧）
《绝境》[俄] 阿尔志跋绥夫

◎ 关键词：军人家庭 专职创作 卫国战争题材 成名作

"这里的黎明静悄悄" ——瓦西里耶夫

1924年，瓦西里耶夫出生在斯摩棱斯克一个军人家庭，从小受到部队生活的熏陶。在上九年级时，卫国战争爆发，他志愿奔赴前线。1943年负伤，伤愈后进装甲兵军事学院学习。1948年毕业，任工程师。1956年结束军人生涯，进了著名剧作家包戈廷的电影剧本写作讲习班，从此开始专职创作。瓦西里耶夫1954年开始发表作品，写过剧本、电影脚本和小说。作品题材广泛，主要包括卫国战争题材、当代生活题材、历史题材等，其中以卫国战争题材的作品成就最为显著。作者的成名作是中篇小说《这里的黎明静悄悄》。小说发表后被译成多种文字，并被改编成电影、话剧、歌剧、芭蕾舞，受到世界许多国家人民的喜爱。

1942年夏天，瓦斯柯夫准尉准备带领两个班的女高射机枪手驻扎在一个小车站旁的村子里。车站周围是战略要地，敌机经常来轰炸或骚扰。

一天清晨，班长丽达在邻近的树林里发现了空降的德寇。于是，瓦斯柯夫带领一支由丽达、冉妮娅、丽萨、迦尔卡、索妮娅等五个姑娘组成的小分队到林中去搜捕德寇。他们跋山涉水，通过泥泞的沼泽地，终于来到了远离驻地的山林。可就在这时，他们发现潜入的德国空降兵不是两名，而是整整16名！无奈之下，瓦斯柯夫派身体最棒的丽萨顺原路返回驻地去请求增援，因为她从小在森林长大，熟悉林路，深得准尉信任。准尉自己则带领剩下的四名女战士继续追踪、拖住敌人。可他们万万没有想到，平素做事麻利的丽萨，由于正沉浸在对准尉的朦胧爱情之中，过沼泽地时居然忘了使用那根拐棍，以致身体失去平衡，淹死在沼泽地里！

行军途中，瓦斯柯夫突然想起要用那袋有烟叶的荷包，那是女学生们绣了送给前方有功战士的，准尉很是珍惜。索妮娅自告奋勇地要求去找，结果被躲藏在树丛中的德寇残酷地用刀捅死。

迦尔卡由于极度惊慌，竟高叫着冲出隐蔽点，被德寇用冲锋枪扫死。冉妮娅为了掩护丽达与准尉，将敌人的火力引开，最后壮烈牺牲。班长丽达受重伤后不想拖累瓦斯柯夫，她托付瓦斯柯夫去找她儿子，随即开枪自杀。瓦斯柯夫满腔仇恨地直捣德寇在林中的扎营地，他缴了敌人的械，押着四个德国俘虏朝驻地走去。途中，他见到以少校为首的援兵迎面奔来，在欣慰中因伤口流血过多而晕倒了。

许多年之后，已白发苍苍，左手截去后安上假手的瓦斯柯夫带着已成长为青年军官的丽达的儿子来到当年战斗过的树林里，找到了当年这五个女兵的坟墓，给她们立了一块大理石的墓碑。

●白桦树 俄国 库茵之

>>> 索尔任尼琴文稿被毁

据《北京晚报》2005年10月21日报道，索尔任尼琴在俄罗斯的别墅日前发生了一场火灾，一大批文稿不幸被焚毁。这位苏联时期的不同政见者在那儿写下了一些著名作品，还存了一部分家庭文件。

别墅是在夜间起火的。据俄罗斯媒体报道，房子当时正被一名格鲁吉亚男子租用，因为用电不慎导致火灾。目前还不清楚作家有多少旧文件存放在那里，但据说那儿有一些关于作家生平的珍贵照片和资料。这所靠近莫斯科城外罗杰斯特沃村的乡间小别墅，是索尔仁尼琴1965年买下的。

拓展阅读：

《二十世纪俄罗斯文学词典》习绍华

《索尔仁尼琴的寂寞》孟冰纯

◎ 关键词：苏联文学界 斯大林 解冻 赫鲁晓夫时代

"解冻文学"——《伊凡·杰尼索维奇的一天》

斯大林时代结束之后，随着一批作家的平反和对斯大林的批判，苏联文学界出现了一股"解冻"的思潮，大量表现斯大林时代政治压迫的作品出现，这其中就包括获得了诺贝尔文学奖的索尔任尼琴的创作。

亚历山大·索尔任尼琴1918年生于北高加索的基斯洛沃茨克市。1924年，随寡母迁居到顿河上的罗斯托夫市。在这里，他读完了中学，考入罗斯托夫大学的物理数学系，1941年以优异成绩毕业。与此同时，酷爱文学的他还在莫斯科文史哲学院函授班攻习文学。

苏德战争爆发后，索尔任尼琴应征入伍，曾任大尉炮兵连长，两次立功受奖。1945年2月，他在东普鲁士的前线被捕，因为他在同一个老朋友通信中批评了斯大林，内务人民委员部以"进行反苏宣传和阴谋建立反苏组织"的罪名判处他八年劳改。刑满后被流放到哈萨克斯坦。1956年2月6日，苏联最高法院作出判决，给索尔任尼琴恢复名誉。索尔任尼琴被派到梁赞附近的小村庄当学校的物理教师，于是他在梁赞乡间开始了自己的回忆与创作。

1962年11月，经赫鲁晓夫亲自批准，索尔任尼琴的处女作中篇小说《伊凡·杰尼索维奇的一天》在《新世界》上刊出。这部苏联文学中第一部描写斯大林时代劳改营生活的作品，立即引起国内外的强烈反响。1963年，作者加入苏联作协。这以后，他又写了很多作品。

但随着政治风云变化，赫鲁晓夫时代之后，"解冻"思潮又被"回归"，政策冻结。索尔任尼琴的多数作品均未能在苏联境内发表。1965年3月，《伊凡·杰尼索维奇的一天》受到公开批判。

1967年5月，第四次苏联作家代表大会前夕，索尔任尼琴给大会写了一封公开信，要求"取消对文艺创作的一切公开和秘密的检查制度"，遭到当局指责。为了发表自己的作品，他将目光对准了资本主义世界。1968年，长篇小说《癌病房》和《第一圈》在西欧发表。1969年11月，索尔任尼琴被苏联作协开除会籍。

由于政治上的原因，西方对他的作品表现出火一般的热情和欢迎的态度。1970年，"因为他在追求俄罗斯文学不可或缺的传统时所具有的道义力量"，他被授予诺贝尔文学奖。但迫于形势，索尔任尼琴没有前往斯德哥尔摩领奖。1974年2月12日，他被剥夺苏联国籍，并遭驱逐出境。

索尔任尼琴再次回到祖国，已是20年后，1994年5月，他的流浪生活终于结束了。

忧郁的土地——俄罗斯文学

◎关键词：犹太家庭 处女诗 未来派 苏联社会 反感

错位的诺贝尔奖——帕斯捷尔纳克

●帕斯捷尔纳克像

>>>《就像火炉中青铜的灰》

就像火炉中青铜的灰，睡意朦胧的花园撒满甲虫。已经盛开的世界 与我和我的蜡烛挂在一条线上。

就像走进从未听说过的信仰，我走进这夜晚，陈旧发灰的杨树，遮住了月亮的界限。

这里，池塘像被发现的秘密，这里，苹果树像海浪一样低语，这里，花园像木屋悬挂在空中，而花园又把天空托在自己面前。

拓展阅读：
《帕斯捷尔纳克事件真相》
徐隆彬
《帕斯捷尔纳克诗选》
上海译文出版社

鲍里斯·列昂尼多维奇·帕斯捷尔纳克1890年生于莫斯科一个犹太家庭，父亲是著名的画家，母亲是很有才华的钢琴家，特殊的家庭环境，使他从小就受到多方面的艺术熏陶。少年时代的帕斯捷尔纳克，曾有幸先后邂逅了大文豪托尔斯泰和德语诗人里尔克。1909年，他进入莫斯科大学法律系，后转入历史哲学系。1912年，他又赴德国马尔堡大学攻读德国哲学。

帕斯捷尔纳克的处女诗作发表于1913年。1914年，他的第一部诗集《云雾中的双子星座》出版，最初的创作带有未来派的影子。后来他又出版了诗集《在街垒上》《生活啊，我的姐妹》《主题与变调》等，确立了他在诗坛上的地位。

十月革命后的苏联现实对帕斯捷尔纳克的创作影响很大。1926年，他写了成长诗《施密特中尉》，接着又发表了长诗《1905年》。诗人将视角转到现实与历史方面，在当时产生了广泛的影响。苏联反法西斯战争前夕，诗人完成了组诗《在早班车上》，文字风格趋向明朗。1956～1957年编著的《诗集》，则更为集中地表现了他早在《生活啊，我的姐妹》中确定的美学观点。

帕斯捷尔纳克在从事诗歌创作的同时，也陆续写了一些散文和小说。30年代初写了自传体小说《旅行护照》和诗集《重生》等，反对以暴力达到革命的目的，并希望"不受蒙蔽地"观察国家的生活和认识它的未来。1957年，他完成了长篇小说《日瓦格医生》。

日瓦格是一名莫斯科医生，自小失去父母，从小被寄养在远房亲戚家，长大后与养父的女儿冬尼娅结婚。第一次世界大战时他被征召服役，其间邂逅了命运坎坷的护士拉拉，两人产生了一段浪漫情缘。十月革命后日瓦格与妻儿团聚，但他又与拉拉相遇，于是旧情一发不可收拾。不久之后日瓦格被红军拘捕并予以放逐，迫使他离开了爱人。几年后，当日瓦格流落莫斯科时，他再次遇到了拉拉……

《日瓦格医生》一定程度上表现出对十月革命和苏联社会的怀疑和反感。这部对历史深沉思考的长篇小说在西方出版后，立即引起强烈反响，并于1958年获得诺贝尔文学奖。他的获奖，在苏联引起轩然大波，不仅作品受到严厉批判，作家本人也被开除作协会籍。有人甚至扬言取消作者的公民权，要将他驱逐出境。在这种情况下，帕斯捷尔纳克被迫拒绝诺贝尔文学奖，并写信给赫鲁晓夫，恳求不要对他采取极端措施。1960年，作家在孤独中病逝。

忧郁的土地——俄罗斯文学

● 冬季落日 俄国 瓦斯涅佐夫

>>> 吉尔吉斯共和国

位于中亚东北部,公元前3世纪已有文字记载。6~13世纪曾建立吉尔吉斯汗国。16世纪受沙俄压迫自叶尼塞河上游迁居至现居住地。1876年被沙俄吞并。1917年11月至1918年6月建立苏维埃政权。1924年10月14日成立卡拉吉尔吉斯自治州,属俄罗斯联邦。

1936年12月5日,吉尔吉斯苏维埃社会主义共和国成立,同时加入苏联。1991年8月31日,吉尔吉斯最高苏维埃通过国家独立宣言,正式宣布独立,改国名为吉尔吉斯共和国,同年12月21日加入独联体。

拓展阅读:
《艾特玛托夫》韩捷进
《艾特玛托夫小说集》
人民文学出版社

◎ 关键词:苏联文学 生活气息 浪漫主义 争论

苍凉的歌声——艾特玛托夫

艾特玛托夫是当代苏联文学中一位颇有影响的作家。他的作品洋溢着浓郁的生活气息和浪漫主义激情,具有鲜明的民族风格和强烈的抒情色彩,提出了尖锐的道德和社会问题。

钦吉斯·艾特玛托夫,吉尔吉斯族人,他1928年生于农牧民家庭,从小进入俄罗斯学校。他的父亲原本担任高级领导职务,1937年被无辜镇压。

艾特玛托夫1942年入中等畜牧学校。1952年开始发表作品。50年代,他曾写过不少短篇小说、中篇小说和特写,如《阿希姆》《面对面》等。1958年发表描写吉尔吉斯妇女争取恋爱自由的中篇小说《查密莉雅》,一举成名。这部作品连同《我的包着红头巾的小白杨》《骆驼眼》《第一位教师》等中篇小说,组成了一部歌颂爱情、友谊和献身精神的小说集《草原和群山的故事》,于1963年获列宁奖金。

1966年发表的中篇小说《永别了,古利萨雷!》揭示了吉尔吉斯现代社会生活的冲突和矛盾,标志着艾特玛托夫现实主义创作的成就,因他这部作品而获1968年苏联国家奖金。艾特玛托夫70年代的作品有中篇小说《白轮船》《花狗崖》等。这一时期的作品显露出作家艺术探索得到新倾向:主题思想上哲理性、寓意性的加强,创作方法上写实与假定性手法相交融。

80年代初,艾特玛托夫发表了第一部长篇小说《一日长于百年》,采用神话与现实交融的手法,并大胆引入科幻情节,表现出作者对人类命运的哲理性思考。这部多种素材、多种主题、多种语体交织而成的"交响乐式"的小说,获得了1983年度的苏联国家奖金。

1986年,艾特玛托夫又推出了一部长篇力作《断头台》,立即引起苏联读者与文学界的巨大关注。在他的许多作品中,动物的形象都极富特色,如《永别了,古利萨雷!》中的骏马、《白轮船》中的长角母鹿、《花狗崖》中的小花狗、《一日长于百年》中的骆驼等。在《断头台》中,作家是把两只狼作为贯穿作品始终的情节线索来描绘的。通过对它们的凄惨命运的叙述和细腻的心理刻画,来反衬人类的种种善与恶的行为。这是一部现实的、悲剧性的,同时又是抽象的、象征性的、具有全球意识的作品。

这部书反映了善与恶、美与丑的冲突,曾引起苏联文坛激烈的争论。

忧郁的土地——俄罗斯文学

● 花束、蝴蝶和鸟 俄国

>>> 空间站

空间站是能载人进行长期宇宙飞行的航天器，又称航天站或轨道站。空间站一般重达数十吨，可居住空间数百立方米。它基本上由几段直径不同的圆筒串联组成，分为对接舱、气闸舱、轨道舱、生活舱、服务舱和太阳电池翼等几个部分。

在空间站里，可以探测天体，研究天文，观察地球，勘测资源，加工新材料，试制新药品；为人们在空间长期居住、开展航天活动、开发太空资源提供场所。目前已发射的空间站有美国的天空实验室，欧洲空间局的空间实验室和苏联的"礼炮号""和平号"空间站等四个。

拓展阅读：

《艾特玛托夫作品精粹》
河北教育出版社
《载人航天知识200问》
尚增雨

◎ 关键词：忧患意识 现实 传说 虚幻 生存危机

生命的美丽——《一日长于百年》

《一日长于百年》是艾特玛托夫的代表作之一。小说的情节同时在现实、传说和科幻三个层面展开。

现实的层面主要讲述了三个主人公叶吉盖、卡赞加普、阿布塔利普以及相关人物的命运。叶吉盖和卡赞加普都是位于萨雷－奥捷卡大草原上的一个荒僻的铁路会让站的普通工人。构成小说情节主线的就是卡赞加普去世后，叶吉盖为其送葬的情景及其回忆。阿布塔利普命运坎坷，他参加过卫国战争，当过战俘，脱逃后在南斯拉夫游击队里屡立战功，战后当了教师。可战俘的经历使他一再受审，后冤死狱中。

传说的层面主要写了两个古老的传说。一是关于曼库特的传说。相传古代柔然人常用一种叫"戴希利"的酷刑，即用鲜血淋漓的骆驼头盖骨上的皮卡在俘虏头上，皮会越缩越紧，巨大的痛苦会使俘虏丧失记忆，成为只会听从主人摆布的奴隶——曼库特。有一位母亲历尽艰辛终于找到了被俘的儿子，可是儿子已变成曼库特，他在柔然人的唆使下用箭射死了自己的母亲。后来埋葬这位母亲的墓地阿纳贝特成了草原上受人景仰的地方。二是关于歌手赖马雷的悲剧，传说吟唱歌手赖马雷在老年时与一位姑娘相爱，这种爱情使他的生命重新恢复了勃勃生机，但也使他因此而受到兄弟和族人的摧残，人格受侮辱，感情被扼杀。

科幻的层面写的是在苏、美两国"均等号"空间站工作的两名宇航员与宇宙中具有高度文明的林海星人有了接触，两国政府害怕林海星人全新的道德观念对人类现存的意识产生巨大的冲击，为维护自身的利益，他们决定断绝两名宇航员的归路，并发射导弹群以防止林海星人进入地球。

这种多层次的结构安排虽繁复，但整体感和现实性都极强。作者力图从过去、现实、未来的辩证统一中获取更丰厚的生活容量，更有力地拓宽了对生活观照的幅度，以便从人与世界的多角度的联系中更深刻地表达作者对人类命运的强烈关注和哲理思考。

小说中某些人力图剥夺阿布塔利普记忆的权利，以及为此对他进行迫害，这与曼库特传说中的柔然人又何其相似。为防止林海星人进入，阿纳贝特基地被当作了导弹发射场。叶吉盖等人的送葬队伍被阻隔在铁丝网之外。通向墓地的路，也就是通向过去、通向历史的路，被某些现代的曼库特无情地截断了。具有高度物质文明和精神文明的林海星人的社会本应是地球人类寻觅的理想境界，但是斩断传统的人必然也不敢面对未来，他们切断了通向林海星的路，也就是切断了通向未来的路。小说以强烈的忧患意识揭示了人类面临的生存危机，激起了人类对自身命运的关注。

● 林边的花 俄国 希施金

>>> 普京为拉斯普京祝寿

2007年3月15日，俄罗斯大师级作家瓦连京·拉斯普京迎来了自己70岁的生日。生日前夕，俄总统普京签署命令，向作家颁发"对祖国的贡献"三级勋章，以表彰他长期以来的文学创作活动和为俄罗斯文学的发展做出的贡献。全俄东正教大牧首阿列克谢二世也向拉斯普京发去贺电。

为庆祝拉斯普京的70寿辰，俄罗斯文化界举行了多项活动，其中包括联邦出版和大众传媒署主办的"瓦连京·拉斯普京：与时代论战"圆桌会议、国家图书馆举办的拉斯普京作品回顾展，等等。

拓展阅读：

《幻想：拉斯普京新作选》
　　人民文学出版社
《拉斯普京小说选》
　　外国文学出版社

◎ 关键词：西伯利亚 "新浪潮" 乡村小说 创作高峰 散文化

西伯利亚的风——拉斯普京

瓦连京·格里高利耶维奇·拉斯普京1937年出生于西伯利亚伊尔库茨克州一个农民家庭。祖母是一位典型的俄罗斯妇女，温柔善良，任劳任怨，体现了传统的道德。作家日后塑造的一系列女主人公身上都能见到她的身影。

他的故乡在安加拉河边，这条河是他生命之源，也是他全部创作激情的源泉。拉斯普京原来的志向是当一名教师，一个偶然的机会改变了他的生活道路。在伊尔库茨克大学文史系学习期间，经友人介绍，他到当地的青年报社担任一份临时职务，数月后转为正式工作人员。后来成为著名剧作家的万比洛夫及舒加耶夫当时均在该报社工作。周围浓厚的文学气氛使他对文学产生了强烈兴趣。1959年毕业后，他也曾在伊尔库茨克和克拉斯诺亚尔斯克青年报社任编辑。

1961年，他在西伯利亚的文艺集刊《安加拉河》上首次发表短篇小说《我忘了问廖什卡》。1966年出版短篇小说特写集《远在天边》和《新城篝火》。作品大多以西伯利亚农村生活为题材，心理描写细腻，笔调清新，富于抒情色彩和哲理性。1967年他发表了他的成名作，短篇小说《玛丽娅借钱》，小说写主人公奔走借钱而到处碰壁，反映了现实生活中人与人之间冷漠无情的关系。

拉斯普京的创作高峰是在相对平稳的70～80年代，他迄今为止最好的作品都创作于这一时期。1974年发表的中篇小说《活着，可要记住》，通过一个农村妇女由于丈夫从部队开小差回来而引起的复杂内心活动，探讨一个人"活着是为什么"的问题，引起普遍注意和好评。女主人公娜斯塔霞的丈夫当了逃兵，回到家乡悄悄藏匿，要妻子为他提供生活必需品，作为妻子的本分和公民的义务之间产生了不可调和的矛盾，娜斯塔霞承受着心灵的重压，然而却身怀有孕，她不敢说出丈夫回来的秘密，又无法忍受人们鄙夷的目光，最后投河身亡。因为这篇小说，拉斯普京获1977年度苏联国家奖金，同时成为苏联"新浪潮"战争文学和乡村小说的代表人物。

其他作品还有中篇小说《最后的期限》《往返》和长篇小说《告别马焦拉》等。其中小说《火灾》使他第二次获得苏联国家文学奖。

苏联解体之后，他的文学创作的数量有所减少，作品的篇幅也都不太大，更为重要的是，作品中的情节因素似乎越来越淡化，面对自然的思索、面对现实的忧愤以及面对心灵的独语逐渐占据了越来越大的比重，拉斯普京开始走上一条散文化小说的创作道路。

◎ 关键词：寻根 小岛 水坝 生存环境 农村散文

"心灵与自然"——《告别马焦拉》

● 在森林中 俄国 希施金

>>>《告别马焦拉》(节选)

夜温暖而静谧，在别的地方夜大概是黑暗的。但在这里，在俯临大河的浩瀚的天空下，夜间却是看得见的，透亮儿的。周围静悄悄的，但在这睡意朦胧而充满活力的、河水般流动不息的寂静中，那上游近处岛岬边的潺潺流水声，那左边对岸的滩头风树响般的、模糊不定的哗哗水声，那晚来戏水的鱼儿偶尔弄出的短促的拍溅声——都清晰可闻。

拓展阅读：

《当代俄罗斯中短篇小说选》
　　人民文学出版社
《当代俄罗斯文学纪事》
　　张捷

拉斯普京的代表作《告别马焦拉》带有明显的"寻根"倾向，曾引起文坛的争论。

马焦拉是安加拉河上的一个小岛，岛上有一个同名的村庄。人们世世代代在这里休养生息，生存繁衍，老一辈对养育自己的土地有着深厚的感情。有一个春天到来的时候，岛上的人们发生了争论。因为在这个地方要建立一个水坝，水位要提高五十米，整个小岛就会被淹没，村庄将不复存在。年轻人兴高采烈，他们做梦都盼望过一种现代的繁华的都市生活，渴望到迪厅里蹦蹦跳跳，渴望看到城市的高楼大厦……作家肯定这一点，认为他们这种渴望是进步的。但是另一方面，他又肯定老年人的态度：他们不愿意离开马焦拉，这是他们祖祖辈辈生活的地方，这里的一草一木，他们是那样的熟悉。这里有他们祖先的坟地，有他们的初恋之地，有他们熟悉的一切。他们不愿背井离乡，到另外一个陌生的地方去，所以他们发生了争论。达莉亚大婶对她的孙子安德烈说："你们到那个大城市去，跟着机器后面跑，你们不嫌累吗？那种生活有什么好的？"她的孙子告诉她："成天待在马焦拉岛上，过这种落后的封闭的贫穷的生活，已经过够了。我愿过一种富裕的现代的生活。你们这种生活才不值得羡慕呢！"在这部作品里作家采取了两个维度，两个维度处于一种紧张的关系之中。作家是处于一种焦虑之中。现实如此，年轻人和老年人都要肯定，但是他们之间是对立的，而作家也为此感到尴尬和焦虑。

拉斯普京通过这种矛盾的现实状况，提出了一个重要的现实问题，在时代进步和社会变化的同时，不要忘记了人类生存的根基。这种根基既包括生存环境，也包括心灵环境。拉斯普京呼吁道："为了在文学里能够出现新的普希金、费特、屠格涅夫、蒲宁、普里什文、卡扎科夫和诺索夫这些俄罗斯大自然和心灵的歌手——难道我们所有的人今天不应当一起关心一下心灵和大自然的保护问题吗？"

拉斯普京的小说语言朴实清新，心理刻画细腻传神，充满了浓重的西伯利亚乡土气息和紧张的道德和哲理探索，代表了当前苏联农村散文的新水平。

忧郁的土地——俄罗斯文学

●游击队的母亲 白俄 沙维斯基

>>>《真不好意思华辞满篇》

……

真想叫语言沉郁简朴，
每个字都含辛茹苦。
真想学啊，想学涅克拉索夫，
瞧，他是多么深沉——

真不好意思满篇泪滴，
满篇是救苦救难的哀怜。
真不好意思线路全部接地，
如果地上毕竟有天。

真想叫语言富于神韵，
每个字都嘹亮而轻易，
真想学啊，想学普希金，
瞧，他是多么飘逸——

拓展阅读：

《叶甫图申科诗选》
　　太白文艺出版社
《俄罗斯当代小说集》
　　人民文学出版社

◎ 关键词：当代作家 响派诗歌 抒情诗 政治风波 经典

历史的见证人——叶甫图申科与《浆果处处》

叶甫图申科是苏联当代作家，他曾经以政治抒情诗人的身份活跃在60到70年代的文坛，是著名的"响派诗歌"的代表人物，而他更加深入人心的作品，则是他的小说创作。

叶夫根尼·叶甫图申科生于伊尔库茨克州济马镇。他曾在莫斯科高尔基文学院学习。16岁时发表第一首诗，此后常在报刊上发表诗作，他用诗歌的方式表达自己的政治抱负和情感，自称是"苏共二十大的产儿"。他的诗题材广泛，有抒情性和政论性。50年代和60年代写的《济马站》《恐怖》《婚礼》《娘子谷》《斯大林的继承者们》《布拉茨克水电站》等诗，反映了苏联批判个人崇拜后的社会思潮。

叶甫图申科的许多抒情诗主要写战后成长起来的一部分青年的生活及其思想情绪。70年代的作品，则侧重于历史题材，借用历史人物和事件描写俄国人民争取自由解放的愿望和斗争，如长诗《喀山大学》《伊凡诺沃印花布》等。

叶甫图申科青年时期一度经历了政治风波的侵袭，他出国访问期间，应外国文化人士的要求，写了一部自传体的回忆录《提前撰写的自传》，这部书真实地书写了那一代青年人对苏联政治生活的复杂感情，表现了知识分子的节操和抱负。这部作品受到了西方读者的热情欢迎。

70年代，经历了许多挫折的叶甫图申科在创作上也逐渐成熟了起来，他创作了一部无论对于他自己，还是对于苏联当代文学都很重要的小说《浆果处处》，深刻地表达了作者内心深深的忧患和朦胧的向往。

《浆果处处》描绘的画面非常广阔：从地球到太空，从历史到未来，叶甫图申科的"全球性思维"将整个世界容纳在自己的作品中，尖锐地提出当代人亟待解决的一系列迫切问题。小说没有完整统一的情节，贯穿全书的是作者对人类前途的关注与思考。

90年代苏联解体之后，思想界面临空前的危机。叶甫图申科在这时创作了一部非常独特的作品，将散文与小说结合在一起的长篇著作《不要在死期之前死去》。这部书穿插了作者自己在苏联剧变时的一系列活动与感想，同时叙述了一个以一名前足球运动员为主人公的虚构的故事。两个故事一实一虚，却同样表达了一种当代人面对社会剧变所特有的希望与失落并存、热情与苦闷交织的心态。

叶甫图申科用诗人的才华与感情，拿起小说家的笔，为时代书写了一曲曲悲歌。虽然他的作品目前还没有被很多的人认识到其价值，但这些优秀的作品，很可能在将来成为我们这个时代的文学经典。

大洋彼岸的歌声——

美国文学

—→ 美国是一个年轻的国家，它的历史要从 1776 年 7 月 4 日算起。作为历史的一个不可分割的组成部分，美国文学史也是从这一天开始谱写的。

—→ 美利坚民族的文化，实际上是欧洲文化的移植，文学和艺术绝大多数是欧洲的舶来品。殖民地时期美国仅有的几位诗人和民间作家，由于历史条件和自身生活的局限，没能写出具有美洲特色的作品。

—→ 独立之后，美国的文学开始摆脱殖民文化的桎梏。一批年轻的诗人曾预言，美国文学必将有一个灿烂的未来。他们满腔热情地为这个未来的灿烂文学增砖添瓦，贡献自己的聪明才智。

●尘土的色彩 美国 阿瑟·戴维斯

>>> 美国《独立宣言》

　　1776 年 6 月 7 日，在大陆会议的一次集会中，弗吉尼亚州的理查德·亨利·李提出一个议案，宣称："我们……这些联合殖民地从此成为、而且名正言顺地应当成为自由独立的合众国；它们解除对于英王的一切隶属关系，而它们与大不列颠王国之间的一切政治联系亦应从此完全废止。"6 月 10 日大陆会议指定一个委员会草拟独立宣言。

　　实际的起草工作由托马斯·杰斐逊负责。7 月 4 日《独立宣言》获得通过，并分送十三殖民地的议会签署及批准。

拓展阅读：

《华盛顿·欧文短篇作品选》
　　外语教学与研究出版社
《华盛顿·欧文见闻录》
　　彭燕郊

◎ 关键词：散文大师 美国文学 奠基作用 独立宣言

"美国文学之父"——欧文

　　华盛顿·欧文是美国文学史上第一位重要的作家，也是世界著名的散文大师，由于他的创作对美国文学的奠基作用，欧文被后人尊称为"美国文学之父"。

　　欧文 1783 年 4 月 3 日出生于纽约的商人家庭。他的父亲敬重华盛顿，因而给儿子也取名为华盛顿。欧文幼年时体弱多病，16 岁辍学，曾先后在几个律师事务所学习法律。1804 年因病赴欧洲休养，到过法国、意大利和英国，一度想成为画家。1806 年回国，先在弗吉尼亚州担任律师，后帮助他的两个哥哥经营进口生意。他对法律和经商之道都不甚精通。这时他与律师霍夫曼的女儿玛蒂尔达订婚，遗憾的是玛蒂尔达于 1809 年早死。后来欧文虽有过几次恋爱，却一直过着独身生活。

　　1807 年，他和哥哥威廉等人共同创办一份不定期刊物《杂拌》，开始了他的文学创作活动，显露出他的幽默、风趣和含蓄的讽刺才能。

　　欧文的第一部重要作品是 1809 年化名狄德里希·尼克尔包克尔所写的《纽约外史》。他自称主要目的在于"以逗趣的形式体现我们这个城市的传统，阐述本地人的脾性、风俗和特色，给本地的风光与场所以及熟悉的人物披上一层唤起想象力的怪念丛生的联想"。书中讽刺了荷兰殖民者在纽约的统治，驳斥了殖民主义者为奴役和屠杀印第安人所制造的荒谬的论据。这部作品受到欧美广大读者的欢迎。欧文的文笔优雅自然，清新精致，时常流露出温和的幽默。他能够在描写现实生活的细节中巧妙地体现他的幽默与幻想。英国小说家司各特说，他从未读过这样酷似斯威夫特的风格的作品。

　　此后 10 年中，欧文远离了创作，直到 1818 年生意失败，才重新提笔。1819 年，欧文陆续发表许多散文、随笔和故事，共 32 篇。于 1820 年结集为《见闻札记》出版，引起欧洲和美国文学界的重视。其中的散文《威斯敏斯特教堂》、短篇小说《瑞普·凡·温克尔》和《睡谷的传说》等，都是脍炙人口的不衰之作。欧文还在《英国作家论美国》一文中回答了一个英国作家以极为轻蔑的口吻提出来的问题："有谁会读一本美国的书呢？"欧文说："……荣誉和声望并不单靠英国的意见，广大的世界才能给一个国家的名誉做出公断。"有人认为欧文的这篇文章可以看成是美国文学的独立宣言。

　　欧文 1846 年回国，晚年在他曾经描写过的睡谷附近度过。这一时期他的主要作品是三部传记：《哥尔德斯密斯传》《穆罕默德及其继承者》和五卷本《华盛顿传》。欧文于 1859 年 11 月 28 日逝世。

●四座工厂 美国 德穆斯

>>> 爱伦·坡《静》

有某些质——某些无形体的东西，具有双重生命，就这样被造成一种孪生的实体，实体从物质和光中涌出，在实和虚中证明。有一种双重的静——大海和海岸——灵与肉。独自住在偏僻的地角。刚被草覆盖；某些庄严的祈祷，某些含泪的传说和人类的纪念 使他不可怕。他叫"永不复返"。他就是无形体的静：请别吃惊！他本身并不具有伤害人的力量；但假若命运（不济的命运！）让你把他的影子（精灵）碰上，（无名精灵所待之处人迹罕至）那就请你把你自己托付给上帝！

拓展阅读：

《爱伦·坡短篇小说》
青岛出版社
《爱伦·坡小说精选》
国际文化出版公司

◎ 关键词：侦探小说 鼻祖 "永不复返" 抒情诗

恐怖与荒诞——爱伦·坡

爱伦·坡是19世纪美国一位非常独特的作家，他被誉为西方侦探小说的鼻祖，他富于荒诞古怪内容和阴郁恐怖色彩的作品，至今仍被全世界的读者所喜爱。

爱伦·坡1809年1月19日生于波士顿。他的父母都是江湖艺人，在他幼年时就先后死去。1811年他由弗吉尼亚里士满商人约翰·爱伦收养，随爱伦夫妇去英国。1815年至1820年在伦敦郊区的小学受教育。回里士满后，进入弗吉尼亚大学肄业一年。爱伦·坡曾参加美国陆军，并被选送至西点军校。1831年因故被军校开除，在巴尔的摩、里士满、纽约与费城等地写稿，曾在《南方文学使者》《伯顿绅士杂志》参与编辑工作。

爱伦·坡热衷于创作抒情诗歌，他的诗中充满了古怪、奇特、病态的形象。坡的诗集有《帖木儿》《艾尔·阿拉夫》《诗集》。他强调写忧郁的情绪，著名的《乌鸦》一诗就是这方面的代表作。这首诗悲叹死去的爱人，流露了诗人阴郁的心理。诗中的乌鸦对诗人的一切提问都以"永不复返"作答，表达了一种绝望的情绪。这是他的诗歌的基调。

哦，我清楚地记得那是在萧瑟的十二月；

每一团奄奄一息的余烬都形成阴影伏在地板。

我当时真盼望翌日；——因为我已经枉费心机

想用书来消除悲哀——消除因失去丽诺尔的悲叹——

因那被天使叫作丽诺尔的少女，她美丽娇艳——

在这儿却默默无闻，直至永远。

坡的短篇小说具有更大的影响。他大约写了70篇短篇小说，收在《述异集》中。他自称他的小说的特点在于"把滑稽提高到怪诞，把害怕发展到恐惧，把机智夸大成嘲弄，把奇特变成怪异和神秘"。他的小说大致可分为恐怖小说和推理小说两类。前者包括《厄舍古厦的倒塌》《红色死亡假面舞会》《莉盖亚》《黑猫》《阿芒提拉多的酒桶》等；后者如《莫格街谋杀案》《被窃的信件》《马里·罗盖特的秘密》《你是那人》《金甲虫》等。其中《莉盖亚》被认为是他最好的小说。他的短篇小说继承了哥特式小说的阴森神秘，而具有独特的风格。故事大多发生在奇怪的地方，如倒塌的僧院、莱茵河上的城堡或黑暗的密室，衬以刻意渲染的朦胧或凄惨的气氛。男女主角都是旧日的贵族，他们博学多才，但是劫数难逃。

1835年，爱伦·坡与表妹维吉尼亚·克莱姆结婚。1847年，妻子病故，此后爱伦·坡精神日渐失常。1849年10月7日，他死于巴尔的摩。

◎ 关键词：巴黎 血案 杜宾 大猩猩 模仿

推理之祖——《莫格街谋杀案》

深夜，巴黎圣罗克匹城的人们被一阵凄厉的尖叫声惊醒，莫格街的巴奈家发生了血案，房子主人卡米耶·列士巴奈小姐和列士巴奈太太被杀。发生如此残暴的血案，警方因鲜见而感到很吃惊。警方虽做了多方调查，但没有发现重要线索。知识渊博的杜宾却对这件扑朔迷离的凶案产生了兴趣。

杜宾走访了街坊邻居，并对这幢房子各处做了仔细观察。在避雷针的柱脚下，他发现了水手常用以系头发的一小根缎带。根据缎带上打的结判断，只有马耳他商船上的水手才会打这种结。难道此案与马耳他商船的水手有关？但凶手如此残忍，简直非人所为，即便是体魄强悍的水手也难以作为。杜宾记起曾在书中看到一段对东印度群岛茶色大猩猩的叙述：这种动物体格魁伟，力大无比，生性残暴，又好模仿……于是，他有了主意。

杜宾在本地报纸的广告栏里刊出一个招领启事，特别引人注目，内容是这样的："××日清晨（正是凶杀案发生后的早晨），在林中寻得婆罗洲种巨型猩猩一头，据悉该猩猩系马耳他商船上一名水手所有。失主如能说清失物的情况，核对无误，即可领回。"

果然，不久有一水手模样的汉子前来。观察认领人的眼睛，可见有一种惶恐的神色。在杜宾的宽慰下，水手叙述了命案发生的经过。

那头猩猩是水手从东印度群岛带来巴黎打算卖掉的。途中，猩猩野性难伏，他常以鞭子压服。莫格街惨案发生的那天深夜，他见猩猩拿着剃刀，满脸泡沫地坐在镜子前模仿着刮脸。眼见这凶猛的巨兽拿着危险的凶器，他吓坏了，忙用鞭子吓唬它放下剃刀。但猩猩一见鞭子跳起便逃。猩猩逃到街上，水手紧追不舍。此时街上一片寂静，只有列士巴奈家四楼亮着灯火，猩猩看见避雷针柱杆，便顺着爬进了四楼窗内。水手也随后爬上，一到窗口往里一看，差点儿把他的魂吓掉。猩猩正揪住列士巴奈太太的头发，挥着剃刀在她脸上乱刮，然后将头发揪下几把扔在壁炉里；老太太惨叫着，拼命挣扎。猩猩继而铁臂一挥，差点儿把老太太的头给割下。卡米耶小姐早就吓昏了过去。接着猩猩又扑到姑娘身上，伸出爪子扼住她的脖子，直到断气，并将尸体硬塞进烟囱里。它转过身把老太太的尸体往窗外一扔，又在房里胡乱揭了一阵逃了出去。水手目睹此情景，生怕受牵连，再也不敢进房，赶紧逃回了家。

莫格街血案真相大白，无辜被关押的人当场获释。警方虽暗暗佩服杜宾神算，但总掩饰不住心头的羞愧，只能冷言冷语地说这是杜宾"狗拿耗子，多管闲事"，聊以自慰。后来，水手又亲自将猩猩抓到，卖给了动物园。

● 蓝色幻想曲 美国 霍夫曼

>>> 爱伦·坡《致海伦》

海伦啊，你的美貌对于我，就像那古老的尼赛安帆船，在芬芳的海面上它悠悠荡漾，载着风尘仆仆疲惫的流浪汉，驶往故乡的海岸。

你蓝紫色的柔发，古典的脸，久久浮现在波涛汹涌的海面上，你女神般的风姿，将我带回往昔希腊的荣耀，和古罗马的辉煌。

看，神龛金碧，你亭亭玉立，俨然一尊雕像，手提玛瑙明灯，啊，普赛克，你是来自那神圣的地方！

拓展阅读：

《爱伦·坡短篇小说集》
人民文学出版社
《爱伦·坡神秘小说》
上海文艺出版社

◎ 关键词：美国 马萨诸塞 家庭故事 温情

简单的幸福——奥尔科特与《小妇人》

● 《小妇人》插图

>>> 南北战争

南北战争，又称美国内战，是美国历史上唯一的一场内战。交战双方为美国联邦和美国南方邦联。战争的主题是奴隶制。实行奴隶制的 11 个南方州于 1861 年退出联邦，另立以杰斐逊·戴维斯为"总统"的政府，挑起战争。北方的亚伯拉罕·林肯总统为了统一而与南方交战，1865 年，南方叛军统帅罗伯特·李向联邦统帅尤里西斯·辛普森·格兰特投降，南北战争结束。

南北战争给美国带来的影响是很深远的，它为美国资本主义的发展扫清了道路。

拓展阅读：

《美国南北战争》罗瑞华
《美国文学简史》常耀信

美国马萨诸塞州康考德郡一座简陋的坟墓里，葬着一位了不起的女作家，她就是《小妇人》的作者奥尔科特。奥尔科特的父亲靠自学成为教师和学者，人称"康考德的圣人"。后来举家迁往康考德，过着自食其力的生活。

不久，奥尔科特一家平静而幸福的生活被南北战争打乱了。奥尔科特投身于华盛顿的一所医院里做护士工作，在那里她度过了一段紧张而难忘的时光，并对伤痛、疾病、性欲和死亡有了新的认识。不久，她因为健康原因回到家中，为了谋生，她干过许多职业，诸如家教、裁缝、女佣和杂志社编辑等。《小妇人》出版后，奥尔科特一举成名。这部小说讲述的是奥尔科特自己家庭的故事，以及她和她的姐妹们成长的历程，是一本很适合女孩子读的充满亲情和温情的书。

故事讲述南北战争时期一个普通的家庭，父亲上前线打仗，留下母亲和四个女儿：梅格、乔、贝思与艾美。大姐梅格性格贤淑、容貌美丽；老二乔以作家自况，也是小说中的主人公，她的性格有点像男孩，自尊，自重，喜爱写作，但并不得写作的法门，只是写些幽灵、公爵、棺木上的鲜血等无聊的作品；老三贝思，性格腼腆，容易害羞，神情宁静而深远，被父亲称为"小宁静"，是全家

的宠儿；最小的艾美是个标准的小美人，但是有一些自私和爱慕虚荣。父亲不在家的日子里，她们四个都在帮周围的邻居们做事贴补家用，家中自编自演的小话剧也照常进行着。圣诞节舞会上，梅格和乔认识了新搬到隔壁的"劳伦斯家的男孩"劳里。乔和劳里年龄相近，很快成了要好的玩伴。酷爱音乐的贝思则备受劳伦斯老先生的喜爱，经常被邀请到他们家弹钢琴。后来，老先生还把钢琴送给了贝思。

一天，她们收到一封电报，说爸爸重病住院，急需一笔钱治病。大家都很着急，妈妈借了一笔钱到华盛顿去了，四个姑娘都在想方设法为家里筹钱，乔甚至把自己美丽的头发卖了，这使其他人都很感动。妈妈不在的时候，贝思因为照顾邻居的小孩，得了猩红热；而梅格则受到劳里的家庭教师约翰的追求。终于爸爸的病有了好转，回到家中，欣喜地发现女儿们都长大了，成了地地道道的"小妇人"。梅格和约翰顺顺当当地走上了红毯。乔拒绝了劳里的求爱，远走他乡，开始了新的生活。在那里，她认识了新的朋友巴尔先生。身体一直不太好的贝思终于离开了大家。在英国重逢后，劳里和艾美相爱并结婚。而乔找到了适合自己的事业，情感也有了归宿。

●霍桑像

>>> 清教

清教是欧洲宗教改革时代后期在英国出现的一支新教教派。清教先驱者产生于玛丽一世统治后期，流亡于欧洲大陆的英国新教团体当中。清教的兴起则是在伊丽莎白一世时期。

清教徒只承认《圣经》是信仰的唯一权威，强调所有信徒无论平民还是国王在上帝面前一律平等。他们信奉加尔文"成事在神，谋事在人"的预定论。主张建立无教阶制的民主、共和的教会，反对国王和主教专权。赞许现世财富的积累，提倡节俭、勤奋的进取精神。这些观点反映了新兴资产阶级的愿望和意志。

拓展阅读：

《霍桑传》
[美]兰德尔·斯图尔特
《美利坚合众国文学史》
罗伯特·斯皮勒

◎关键词：心理小说家 宗教传统 矛盾 神秘色彩

"心理罗曼史"——霍桑

纳撒尼尔·霍桑是19世纪美国影响最大的浪漫主义小说家和心理小说家。1804年他生于美国新英格兰地区马萨诸塞州萨勒姆镇一个破落贵族的家庭。他们全家笃信基督教清教。父亲在他4岁的时候因病去世。萨勒姆浓厚的宗教气氛和激烈的宗教派别斗争以及霍桑一家的宗教传统都对霍桑的思想和后来的创作产生了极大的影响。

霍桑从小爱好文艺，大学毕业后曾两度在海关任职，1841年，他受到法国空想社会主义的影响辞职，加入超验主义者的乌托邦式公社——布鲁克农场，但同年便失望离开。1952年，他少年时代的同窗好友富兰克林·皮尔斯竞选总统，霍桑为其写作传记，皮尔斯当选总统后，他被委任为美国驻英国利物浦领事。

1850年他的代表作长篇小说《红字》发表，这部以殖民时期新英格兰生活为背景的小说，奠定了霍桑在美国文学史上的地位。1851年和1852年他又分别出版了两部"心理罗曼史"，即《有七个尖角阁的房子》和《福谷传奇》，前者以宗教迫害案为起点，描写了一个美国资产阶级家庭祖先谋财害命，其罪孽殃及子孙的故事，表现了罪恶代代相袭的悲观主义的思想；后者以他在布鲁克农场的经历为素材，描写了一群内心苦闷的上层知识分子，离开城市到农

村去组织村社，终因一事无成，失望离去的故事。1860年他又写了一部以意大利为背景的讨论善恶问题的长篇小说《大理石雕像》。

霍桑是一个思想上充满矛盾的作家。他的作品几乎全部取材于北美殖民地新英格兰地区的历史。在这些作品中清晰地体现了他的复杂思想和矛盾性格：一方面他猛烈抨击宗教狂热和教会的虚伪、专横，另一方面，他深受加尔文教的影响，相信"原罪"；一方面他接受爱默生的哲学观，相信在现实社会中存在着神秘的力量，另一方面他又受到宗教意识的控制，把加尔文教派的善恶观念当作认识社会的标准，探寻固有的"恶"，认为"恶"才是社会问题的根源；他记叙新英格兰殖民地人民的抗英斗争，又对社会改革、技术进步和废奴运动抱怀疑、抵触情绪；他对当时美国社会道德沦丧和资产阶级的伪善不满，但他又不想从根本上改变不合理的社会制度，只谋求社会道德的改进，宣扬上帝，主张道德的自我完善。艺术上，他擅长揭示人物的内心冲突和心理描写，想象丰富，常用象征手法，善于挖掘潜藏于事物深处的意义，作品带有浓厚的宗教气氛和神秘色彩，其文字较为晦涩，充满阴郁的调子。他称自己的作品是人的"心理罗曼史"，所以人们也常把他列为浪漫主义作家。

● 升起的太阳 美国 贝哲曼

>>> 波士顿

波士顿是美国最古老的城市之一，1630年由英国清教徒始建。港口距欧洲东海岸其他城市较近，海上贸易渐盛，促进了城市发展。18世纪中叶以前一直是英属北美最大城市和殖民统治中心。1770年发生英军枪杀当地平民的"波士顿惨案"。1773年出现反英抗税的"倾茶事件"。1775年4月，同样是在这里打响了美国独立战争的第一枪。

美国独立后，城市经济和海上贸易进一步发展。波士顿于1822年设市。19世纪30年代，铁路通达，工商业和文教事业均有较大发展。19世纪末完成后湾造陆工程，邻近郊区和城镇又相继划入，城区范围成倍扩大。

拓展阅读：

《霍桑短篇小说选》
　　美国纽约洛普出版公司
《美国文学简史与作品选读》
　　何木英

◎ 关键词：波士顿 牧师 通奸 复仇

罪恶与善良——《红字》

长篇小说《红字》是霍桑的代表作，它以17世纪英属殖民地波士顿的生活为背景，讲述了一个关于"通奸"的故事。

小说描写女主人公海丝特·白兰跟丈夫齐灵渥斯从英国移居当时尚属英国殖民地的波士顿。中途丈夫被印第安人俘虏。海丝特只身到达后，和当地的青年牧师丁梅斯代尔相爱并结合。这样的事情当然会被当地清教徒社会视为大逆不道，他们的恋情只能秘密地在地下进行。然而，海丝特怀孕了。当局和教会知道后，把海丝特抓起来，以通奸罪投入监狱，强迫她在胸前佩戴一个鲜红的象征耻辱的A字，这是英语女通奸犯的第一个字母。他们威逼利诱她说出"奸夫"是谁。她以极大的毅力忍受着屈辱，坚定地说："我永远不会说出孩子的父亲是谁。"

在她示众的时候，人群中有一个相貌丑陋的男人正用着阴晦的眼神注视着她，这个男人就是她失散了两年的丈夫齐灵渥斯。在他的眼里燃烧着仇恨的怒火，他要向海丝特·白兰及她的情人复仇。一天，丁梅斯代尔牧师正在沉睡，齐灵渥斯走了进来，拨开了他的法衣，终于发现了丁梅斯代尔牧师一直隐藏的秘密——他的胸口上有着和海丝特·白兰一样的红色A字。他欣喜若狂，精心地实施着他的复仇计划。他抓住丁梅斯代尔的负罪心理，折磨他的心灵。就在丁梅斯代尔牧师饱尝摧残的同时，他在圣职上却取得了辉煌的成就。公众的景仰加重了他的罪恶感，使他的心理不堪重负。终于，在一个漆黑的夜里，他梦游般走到了市场上的绞刑台上，发出一声悲痛的嘶喊。

海丝特出狱后，带着自己的女儿小珠儿靠针线技艺维持生活。小珠儿长成了一个美丽脱俗的孩子，有着倔强的性格和充沛的精力。七年过去了，海丝特终于用她的善良和包容改变了人们的想法。红字不再是罪过的标记，而是成了善行的象征。在一片森林里，海丝特重新见到了丁梅斯代尔，她告诉他齐灵渥斯就是她的丈夫，劝丁梅斯代尔带她离开这里。刚好有一艘停泊在港湾的船三天之后就要到英国去，他们决定坐这艘船返回欧洲。正当一切准备就绪的时候，他们得知齐灵渥斯也将搭这艘船回国，这让他们彻底绝望了。

丁梅斯代尔在一次成功的讲演后，拉着小珠儿和海丝特登上了绞刑台，在众人面前说出了埋藏在心底七年的秘密，而后在众人的惊惧声中辞世了。不到一年，失去生活目的的齐灵渥斯也死了，把遗产赠给了小珠儿。不久，海丝特带着小珠儿离开了这里。《红字》的故事渐渐变成了传说。

● 《朗费罗诗歌精选》封面

>>> 朗费罗《箭与歌》

我射支箭向天空，
掉到地上难寻踪；
因它飞得如此疾，
眼力难随其飞驰。

我对天空唱一曲，
歌掉地上难寻觅；
谁的视力敏而强，
能随歌儿去飞翔？

很久在棵橡树里，
发现未断之箭羽；
歌儿由始到终，
频频见之友心中。

拓展阅读：

《朗费罗诗选》晨光出版公司
《朗费罗作品选集》
中国文学出版社

◎ 关键词：民谣歌手式 诗人 抒情诗 乐观情绪 印第安

"民谣歌手"——朗费罗

19世纪中后期，美国产生了一位民谣歌手式的诗人，他在当时受到了美国文学界极高的尊崇，成为一个时代的骄傲。他就是诗人朗费罗。

亨利·伍兹沃斯·朗费罗1807年2月27日出生于缅因州波特兰城一个律师家庭。1822年他进入博多因学院，与霍桑是同班同学。毕业后去过法国、西班牙、意大利和德国等地，研究了这些国家的语言和文学。1836年开始在哈佛大学讲授语言、文学。他致力于介绍欧洲文化和浪漫主义作家的作品，成为新英格兰文化中心剑桥文学界和社交界的重要人物。

1839年出版第一部诗集《夜吟》，包括著名的《夜的赞歌》《生命颂》《群星之光》等音韵优美的抒情诗。1841年出版诗集《歌谣及其他》，其中有故事诗《铠甲骷髅》《金星号遇难》，也有叙事中含有简朴哲理的《乡村铁匠》《向更高处攀登》等。诗中充溢了奋发向上的精神和乐观情绪。这两部诗集在大西洋两岸风靡一时，朗费罗从此以诗人闻名于世。

朗费罗于1845年发表了诗集《布吕赫钟楼及其他》，其中包括《斯普林菲尔德的军火库》《桥》《努伦堡》和《布吕赫钟楼》等为人称道的佳作。1849年发表的《海边与炉边》则包含了诗人向读者宣告创作意图的《献辞》，以及通过造船的形象讴歌联邦的缔造的长诗《航船的建造》等。

朗费罗的主要成就，是创作了三部长篇"通俗史诗"：《伊凡吉林》、《海华沙之歌》和《迈尔斯·斯坦狄什的求婚》。《伊凡吉林》（1847）描写阿卡迪亚的一个和平的村庄遭到法国殖民者的焚毁，少女伊凡吉林及其未婚夫被迫离开家乡，流落失散，经过辗转寻觅，终于在死亡中团聚。这首诗采用六音步无韵诗体，着意描绘宁静的田园景色和劫后被拆散的恋人的痛苦。

1854年，朗费罗辞去哈佛大学教职，专事创作。次年发表《海华沙之歌》。这是采用印第安人传说而精心构思的长诗，写印第安人领袖海华沙一生克敌制胜的英雄业绩，以及他结束部落混战，教会人民种植玉米、清理河道、消除疾病等重要贡献。这是在美国文学史上描写印第安人的第一部史诗。

从1843年起，朗费罗夫妇在幽静的克雷吉别墅中度过了17年幸福的家庭生活。1861年他的夫人不幸被火烧伤致死，这使他无比悲痛。为了摆脱精神上的重负，他投身于但丁的《神曲》的翻译，还写了六首关于但丁的十四行诗，是他最佳的诗作。朗费罗晚年创作不辍，备受尊崇，牛津大学和剑桥大学曾分别授予他荣誉博士学位。1882年3月24日朗费罗逝世。

●《白鲸》封面

>>> 最大的海水鱼

1919年在泰国湾内捕到一条鲸鲨，长17.7米，重约40.5吨，是目前为止发现的最大的一条鱼。鲸鲨是鱼中之王，它那庞大的身躯，仅次于世界上最大的动物——蓝鲸。这样大的鱼，小木船遇到它，得退避三舍，不然的话，难免翻船。

在将近250种鲨鱼中，多数种类齿利性凶，游泳迅速，在海洋中横冲直撞，肆虐其他动物，有时还袭击人，但鲸鲨尽管是个庞然大物，却性情温和，无危害，只要不伤害它，它总是很有"礼貌"。据记载，国外还有潜水员骑在它的背上遨游海洋的。

拓展阅读：

《赫尔曼·麦尔维尔》
    [英] 莱文
《美国文学ABC》曾虚白

◎ 关键词：纽约 航海生涯 复仇 偏执狂

爱冒险的水手——麦尔维尔与《白鲸》

赫尔曼·麦尔维尔1819年8月1日生于纽约，他的祖先是苏格兰的一个名门望族，早在麦尔维尔祖父那一辈，就已经来了美国，并且参加了独立战争。本来，麦尔维尔是可以在上流社会中度此一生的，然而不幸的是，在他刚刚进入少年的时候，他的父亲经营的进出口生意破产了，家庭一下子从富裕堕入潦倒。15岁那年，麦尔维尔在维持了两年的学校生涯之后，不得不进入社会。他从银行职员做起，先后做过店员、农场工人和小学教师，尝尽了酸甜苦辣。

1837年，18岁的麦尔维尔怀着满腔的愤懑和对社会的抵触，逃上了一艘帆船，开始了他的航海生涯。1839年在一条去英国利物浦的商船上充当服务员。1841年他22岁时再度航海，在捕鲸船"阿古希耐号"上充当水手，航行于南太平洋一带。1842年7月，他离船时被南太平洋马克萨斯群岛有"食人生番"之称的泰皮族所俘虏。脱逃后于当年8月在一条澳大利亚商船上做水手，因违反纪律，被囚在塔希提岛。越狱后在当地各岛漫游，所闻所见后来写进他的《欧穆》一书中。11月，他到一艘捕鲸船上做投叉手。1843年8月又在一艘军舰上做水手，1844年10月在波士顿退伍。坎坷的经历、丰富的生活和强烈的思想构成了以后麦尔维尔写作生涯的基础。

麦尔维尔最初的两本书《泰皮》和《欧穆》，是根据他在泰皮和塔希提岛的见闻，经过艺术加工而写成的游记。《泰皮》脱稿后，出版商曾怀疑它的真实性，不肯接受，出版后也引起疑问。和麦尔维尔一起在泰皮人中间生活的同伴托比看到这部书，出来做证，怀疑才告消释。《欧穆》与《泰皮》内容大致相同，也很受欢迎。

《白鲸》的创作始于1850年2月，出版于1851年夏，那时麦尔维尔32岁。《白鲸》写捕鲸船"皮阔德号"船长埃哈伯一心要捕杀咬掉自己一条腿的凶残狡猾的白鲸莫比·狄克，在航行几乎整个世界、经历种种困苦之后，终于与莫比·狄克遭遇。经过3天追踪，最后用鱼叉击中白鲸，但船被白鲸撞破，埃哈伯被鱼叉上的绳子缠住，带入海中。全船的人落海淹死，只有水手伊希梅尔一人得救，故事就是由他叙述的。作者以白鲸的白色象征天真无邪和恐怖，以白鲸象征善与恶的混合，这也是人世的基本状况。埃哈伯想捕杀白鲸，最初出于复仇之心，以后成为痛恨邪恶的偏执狂，最后走向对宇宙或对自然规律的挑战。他和全船人员同归于尽是不可避免的结局。这部小说以充实的思想内容、史诗般的规模和沉郁瑰奇的文笔，成为杰出的作品。

◎ 关键词：蓄奴制 谴责 博爱精神 道德感召

道义的哗声——废奴文学运动

●关于旅行的梦 美国 伯尔吕克

>>> 《自由之歌》节选

行兮，楷彼海洋自由之波，
行兮，息彼风云与水之声。
生为英伦之子民兮，
男女永远无折磨。
浩浩长驱以汇海兮，
若无阻之江河，
自由若彼微风兮，
拂吾之身而过之。
速速赴彼祭坛兮，
奋起勇气与热情，
勿论男子与妇女兮，
深深各守其誓言！
愿自由之无疆兮，
永免暴力之侵凌！
……

拓展阅读：

《斯托夫人集》
　　生活·读书·新知 三联
书店
《美国内战》
　　[美] 布弗里·瓦德

废奴文学是美国文学史上一场重要的文学运动。19世纪30年代之后，北部进步人士的废奴热情越来越高涨，黑人的处境激起许多作家的同情，从爱默生、朗费罗到惠特曼等人，都写过反对蓄奴的诗篇。影响最大的作品是斯托夫人的小说《汤姆叔叔的小屋》，林肯称她为"发动了一次战争的小妇人"。诗人惠蒂埃抗议蓄奴制的诗篇数量最多，反映了19世纪废奴运动历次重大的斗争。废奴文学虽限于道义上的谴责，却推动了废奴斗争，在文学史上也是19世纪现实主义创作的先声。

约翰·格林里夫·惠蒂埃是美国废奴文学的代表性诗人。惠蒂埃生于马萨诸塞州黑弗里尔镇。他自幼务农，但读书甚多，深受英国文学，尤其是苏格兰诗人彭斯的影响。从1833年起，惠蒂埃在废奴主义者威廉·加里逊的影响下积极投入废奴运动，编辑报纸，撰写社论和小册子，同时写诗号召废除蓄奴制。诗集《在废奴问题进展过程中写的诗》和《自由的声音》，揭露了奴隶主的暴行和黑奴悲惨的命运。他的诗歌有强烈的战斗性，反映了美国废奴斗争中的重大事件，有如一部废奴运动的编年史。他写于内战时期的诗集《内战时期及其他》，歌颂了内战时期反蓄奴制斗争中的英雄主义精神，欢庆黑奴解放。

1859年左右，惠蒂埃又转而描写新英格兰农村的生活和景色，出版了诗集《包罗万象》《家乡民谣》等。他写高山、幽谷、海岸，写平凡的农村姑娘、赤脚少年，写日常生活琐事和古朴的风俗，文字不加雕饰，亲切幽默。惠蒂埃晚年还创作了一些宗教抒情诗，表达他的信念和怀疑，其中一些片段至今仍被采用为教堂的颂诗。惠蒂埃是坚定的废奴运动诗人，也是虔诚的教友派信徒。他的反对蓄奴的诗歌常用基督教的博爱精神谴责残害奴隶的行为，强调道德感召的力量。

斯托夫人是美国著名的女作家。她生于康涅狄格州。父亲是牧师。1832年她随父迁往辛辛那提市，担任教员。这座城市与南部蓄奴州仅一河之隔，她的一家曾积极参与援助逃亡奴隶的活动。她对黑人奴隶的遭遇十分同情，对奴隶制深恶痛绝。

1836年她与卡尔文·埃利斯·斯托教授结婚。1850年随夫迁至缅因州。1852年，她写的长篇小说《汤姆叔叔的小屋》问世。小说发表后在国内外引起强烈反响。1856年她发表了根据黑奴起义领袖德雷德·司各特的事迹写成的长篇小说《德雷德，阴暗的大沼地的故事》。此后，她还发表过一些描写新英格兰风土人情的小说，如《奥尔岛上的明珠》《老镇上的人们》等，以及描写新英格兰农民和渔民生活的短篇小说和散文。

● 《汤姆叔叔的小屋》插图

>>> 马克·吐温送领带

生活中的马克·吐温是一个十分风趣的人，他曾做过斯托夫人的邻居，常去这个前辈女作家那里谈话。有一次他去斯托夫人家里忘了打领带，回来后妻子埋怨他太失礼。

马克·吐温本不在意，但见妻子闷闷不乐，就赶快写了一封信，连同领带装在一只盒子里，让人送到斯托夫人那里去。信上写道："斯托夫人：给您送去一条领带，请您看一下。我今天早晨在您那里谈了大约30分钟话，请您不厌其烦地看它一下吧。希望您看过后马上还给我，因为我只有这一条领带了。"

拓展阅读：

《斯托夫人自然教子书》
中国妇女出版社
《玛丽：或美国的奴隶制》
[法] 古斯塔夫·博蒙

◎ 关键词：废奴文学 反奴隶制 斗争 自由

"最伟大的胜利"——《汤姆叔叔的小屋》

《汤姆叔叔的小屋》是废奴文学最为重要的一部作品，由于它深入人心的巨大影响，有力地推动了美国反奴隶制的斗争，后人将这部小说称为"文学史上最伟大的胜利"。

小说描写了美国肯塔基州的一个奴隶主谢尔比决定把两个奴隶卖掉：一个是汤姆，他是在谢尔比的种植场出生的，童年时就当伺候主人的小家奴，颇得主人欢心，成年后当上了家奴总管，忠心耿耿，全身心维护主人利益；另一个是黑白混血种女奴伊丽莎的儿子哈利。伊丽莎不是一个死心塌地听主人摆布的奴隶，当她偶然听到主人要卖掉汤姆和自己的儿子哈利后，就连夜带着儿子在奴隶贩子的追捕下跳下浮冰密布的俄亥俄河，逃到自由州，再往加拿大逃奔。她丈夫乔治是附近种植场地奴隶，也伺机逃跑，与妻子会合，带着孩子，历经艰险，终于在废奴派组织的帮助下，成功地抵达加拿大。

汤姆知道并支持伊丽莎逃走，但是他自己没有逃跑。由于他从小就被奴隶主灌输敬畏上帝、逆来顺受、忠顺于主人这类的基督教说教，主人要卖他抵债，他也没有怨言，甘愿听从主人摆布。后来他被转卖到新奥尔良，成了奴隶贩子海利的奴隶。在一次溺水事故中，汤姆救了一个奴隶主的小女儿，孩子的父亲圣·克莱从海利手中将汤姆买过来让他当了家仆，为主人家赶马车。汤姆和小女孩建立了感情。不久小女孩突然病死，圣·克莱根据小女儿生前愿望，决定将汤姆和其他黑奴解放。可是当还没有来得及办妥解放的法律手续时，圣·克莱在一次意外事故中被人杀死。圣·克莱的妻子没有遵从丈夫遗愿解放汤姆和其他黑奴，而是将他们送到黑奴拍卖市场。不幸的汤姆落到了一个极端凶残的"红河"种植场奴隶主莱格利手中。莱格利把黑奴当作"会说话的牲口"，任意鞭打，横加私刑。汤姆忍受着这非人的折磨，仍然没有想到要为自己找一条生路，而是默默地奉行着做一个正直人的原则。

这个种植场的两个女奴为了求生，决定逃跑，她们躲藏起来。莱格利怀疑汤姆帮助她们逃走，把汤姆捆绑起来，鞭打得皮开肉绽，死去活来。汤姆最后表现出了他对奴隶主的反抗，什么都没有说。在汤姆奄奄一息的时候，他过去的主人、第一次卖掉他的奴隶主谢尔比的儿子乔治·谢尔比赶来赎买汤姆，作为小谢尔比儿时的仆人和玩伴，汤姆已经无法领受他过去的小主人的迟来的援手，遍体鳞伤地离开了人世。乔治·谢尔比狠狠地一拳把莱格利打翻在地，就地埋葬了汤姆。回到家乡肯塔基后，小谢尔比就以汤姆大叔的名义解放了他名下的所有黑奴，并对他们说："你们每次看见汤姆大叔的小屋，就应该联想起你们的自由。"

●《欧·亨利短篇小说选》封面

>>> 曼哈顿

曼哈顿是纽约市的中心区，该区包括曼哈顿岛，依斯特河（即东河）中的一些小岛及马希尔的部分地区，总面积57.91平方公里，占纽约市总面积的7%，人口150万人。纽约著名的百老汇、华尔街、帝国大厦、格林威治村、中央公园、联合国总部、大都会艺术博物馆、大都会歌剧院等名胜都集中在曼哈顿岛，使该岛中的部分地区成为纽约的CBD。

曼哈顿CBD主要分布在该区内曼哈顿岛上的老城（Downtown）和中城（Midtown），著名的街区是格林威治街和第五大街。

拓展阅读：

《欧·亨利短篇小说选》
北京燕山出版社
《曼哈顿女佣》（电影）

◎ 关键词：曼哈顿 桂冠诗人 困顿 小人物 细节描写

"美国的莫泊桑"——欧·亨利

欧·亨利是美国最受欢迎的短篇小说作家之一，曾被评论界誉为"美国现代短篇小说之父"。

欧·亨利原名威廉·西德尼·波特，1862出生于北卡罗来纳州一个小镇。父亲是医生。15岁时，他在叔父的药房里当学徒。五年后去得克萨斯州一个牧场放牛。1884年后做过会计员、土地局办事员和银行出纳员。1896年，银行发现缺少一小笔款子，欧·亨利因涉嫌贪污而被传讯。他却偷偷地取道新奥尔良去拉丁美洲避难。

1897年，欧·亨利因回国探望妻子时被捕，被判处五年徒刑。在狱中曾担任药剂师，并开始以欧·亨利为笔名（原为狱中所用一本法国药典的作者的名字）写作短篇小说，于《麦克吕尔》杂志发表。

1901年，他因"行为良好"提前获释，来到纽约专事写作。他虽也与上流社会来往，但经常出入贫民公寓、小酒馆、下等剧场，自认为是纽约400万小市民中的一员，而不是400个富翁之一。由于他在纽约《星期日世界报》这类通俗报纸上发表作品，读者对象是小市民，这就影响了他创作的格调。他对社会与人生的观察和分析并不深刻，有些作品比较浅薄，但他一生困顿，常与失意落魄的小人物同甘共苦，又能以别出心裁的艺术手法表现他们复杂的感情。

欧·亨利创作的短篇小说共有300多篇，收入《白菜与国王》《四百万》《西部之心》《市声》《滚石》等集子，其中以描写纽约曼哈顿市民生活的作品最为著名。他将曼哈顿的街道、小饭馆、破旧的公寓的气氛渲染得十分逼真，故有"曼哈顿的桂冠诗人"之称。

他最出色的短篇小说可居于世界一流短篇小说之列。如《最后一片藤叶》感伤气氛浓厚，作者满怀深情地赞美了穷艺术家之间"相濡以沫"的友谊，突出地刻画了一个舍己为人、以自己的生命创作出毕生"最后的杰作"的老画家的形象。《没有完的故事》对大都会中挣扎谋生的弱女子表示了浓厚的同情。《带家具出租的房间》也是一篇哀婉动人的故事，作者用神秘的气氛渲染了一对爱人先后在同一个房间里自杀的悲剧。

从艺术手法上看，欧·亨利善于捕捉生活中令人啼笑皆非而富于哲理的戏剧性场景，用漫画般的笔触勾勒出人物的特点。他的文字生动活泼，善于利用双关语、讹音、谐音和旧典新意，妙趣横生。他还以准确的细节描写，制造与再现气氛，特别是大都会夜生活的气氛，使读者有亲历其境之感，因此，欧·亨利又被誉为"美国生活的幽默百科全书"。

●《麦琪的礼物》封面

>>> 赞美诗

基督教举行崇拜仪式时所唱的赞美上帝的诗歌。歌词内容主要是对上帝的称颂、感谢、祈求。现在多数赞美诗都有可供四部合唱的高音、中音、次中音、低音曲调，但早期的赞美诗无和声、无伴奏。现存完整的最早歌词是希腊文赞美诗，约写于公元200年之前，题为"放吧，喜悦之光"。

《旧约》中有1501首称为赞美诗的诗歌，共分为五部分，包括赞美上帝或求上帝赐福的圣歌。多数是犹太教徒在大礼拜堂中吟唱的。许多赞美诗都出自犹太国王大卫之手，还有些是可拉的儿子和摩西创作的。

拓展阅读：

《欧·亨利短篇小说精选》
人民文学出版社
《美国文学研究》梁亚平

◎ 关键词：警察 监狱 穷苦人 圣诞礼物 希望

"自由天堂"的荒诞现实——欧·亨利的短篇小说

《警察与赞美诗》是一个令人觉得可笑的故事。主人公苏贝在冬天即将到来的时候，开始为进入他的冬季寓所——布莱克韦尔监狱做出努力，使尽各种办法想让警察逮捕他。可是均未成功。正当他受到教堂中赞美诗的音乐的感化，决定放弃过去的生活，重新开始时，却被警察抓了起来，"如愿"地被送到了监狱里。作者用了一种轻松幽默的笔调描写了苏贝这个流浪汉为达到自己可笑的目的而做出的各种可笑的尝试。

《麦琪的礼物》是欧·亨利反映穷苦人生活的典型作品。圣诞之际，妻子麦琪忍痛卖掉了自己的一头秀发，为心爱的丈夫买了一条表链作为圣诞礼物相赠，而深爱着她的丈夫则卖掉了自己祖传的金表，为她买了装饰她那一头长发的发卡。他们互相赠送圣诞礼物时，却发现各自的礼物都已毫无实用价值，但却又是真正的无价之宝。贫穷夫妻间的真诚爱情和无私奉献尽在不言之中。

《带家具出租的房间》中，女房东珀迪夫人把房子租给了一个年轻姑娘，可是没想到姑娘在房间里打开煤气自杀了。珀迪夫人为了把这个不吉利的房间租出去，信口雌黄地编了一大套谎话欺骗来租房的青年男子。没想到那个在房间里用煤气结束了自己生命的姑娘，正是那个要租房的年轻人要找的心上人。年轻人发现了真相之后，绝望之下也以同样的方式结束了自己的生命。小说充分揭露了房东珀迪夫人的冷漠、虚伪和唯利是图，她丝毫不关心别人的生命与幸福，只想着多挣几个钱。

《最后一片藤叶》讲了一个忧伤而有希望色彩的故事。生病的女孩贝西认为自己将不久于人世了，她数着窗户对面在秋风中飘落的藤叶，她坚持认为，当最后一片藤叶凋落的时候，自己的生命也就到了尽头。然而每天早上，当病重的女孩紧张不安地向窗外看时，总能看到最后一片树叶还挂在枝头，她身上增添了力量，一个年轻的生命就在这样的鼓励中挺过了黑暗迎来了光明。而其实那篇叶子是一位从来没有出名的老画家，为了安慰这个女孩，爬上20多尺高的树藤画上去的，这是他最成功的作品，而当小女孩重获健康时，老画家已经因肺炎而去世了。

◎ 关键词：旧金山 职业作家 淘金 自传体小说

"美国的高尔基"——杰克·伦敦

● 29岁时的杰克·伦敦

>>> 杰克·伦敦的读书法

　　杰克·伦敦从来不愿让时间白白地从他眼皮底下溜过去。睡觉前，他默念着贴在床头的小纸条；第二天早晨一觉醒来，他一边穿衣，一边读着墙上的小纸条；刮脸时，看镜子上的小纸条；在踱步休息时，他一边回忆小纸条上的内容，一边到处寻找启发创作灵感的词汇和资料。不仅在家里是这样，外出时也一样。

　　正是由于杰克·伦敦锲而不舍地搜集、积累材料，一点一点地把材料装进了自己的脑子里，再加以灵活运用，他才写出了一部部光辉的著作。

拓展阅读：

《杰克·伦敦中短篇小说精选》
　　百花洲文艺出版社
《杰克·伦敦传》［美］斯通

　　杰克·伦敦1876年1月12日生于加利福尼亚州的旧金山。他的父亲是破产的农民，家庭非常贫困。他从幼年起就以出卖体力为生，曾去卖报、卸货。14岁进奥克兰罐头厂当童工。15岁时，他不顾政府的禁令，在旧金山港口非法捕蚝。后来，他当了水手，到过日本。回国后在黄麻厂和铁路工厂做工。曾参加失业工人组成的"工人军"进军华盛顿，要求改善生活条件。此后，他在美国各地流浪，曾被当作"无业游民"关进监狱，罚做苦工几个月。

　　1894年至1896年间，杰克·伦敦回到家乡。他一边读中学，一边工作，一度进入大学学习。1896年阿拉斯加发现金矿，他加入淘金者的行列，去加拿大克郎代克地区淘金，结果得了坏血症，空手而还。从此埋头读书写作，成为职业作家。

　　1900年至1902年发表《狼的儿子》等三部短篇小说集，在这些作品中，他揭露资本主义社会的弊端和罪恶，表达他对于人类美好生活的梦想。他还描写了淘金者和猎人以顽强的意志和毅力在严酷的环境中同大自然进行的艰苦斗争。

　　此后，他创作了两部描写动物的小说《荒野的呼唤》和《白牙》。《荒野的呼唤》描写一只名叫巴克的大狗与群狗斗争后，逃入原始森林，变成了狼。《白牙》描写一只狼在主人的训练下克服了野性，最后咬死主人的敌人，救了主人一命。这两部小说描写动物在保存自己、消灭敌人的斗争中表现了巨大的勇气。

　　19世纪90年代，杰克·伦敦参加社会主义运动，1905年以后参加社会党的活动。1905年至1910年期间他创作了一些优秀的现实主义作品，如长篇小说《铁蹄》和自传体小说《马丁·伊登》。《铁蹄》是政治幻想小说，写主人公安纳斯特·埃弗哈德领导工人对"铁蹄"——美国资本家的寡头政治进行斗争。小说控诉了资本家对工人的剥削和压迫，揭露出法庭、新闻、文艺、教会等机构充当统治阶级的工具的本质，描写"铁蹄"培养工人贵族，破坏工人的团结，政府军队镇压人民群众，以及人民群众在芝加哥举行推翻"铁蹄"的武装起义等内容。

　　杰克·伦敦创作的后期，为了经济上的需要，他写了不少迎合出版商的需要而粗制滥造的作品。1913年以后，他因经济上的挫折和家庭纠纷，精神受到严重打击，经常酗酒。1916年11月22日，杰克·伦敦服毒自杀。

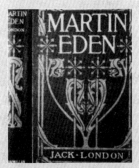

● 《马丁·伊登》英文版封面

>>> 杰克·伦敦的幽默

一天，美国作家杰克·伦敦收到了一位贵族小姐的求爱信："亲爱的杰克·伦敦，你有美好的名誉，我有高贵的地位，两者加起来，再乘上万能的黄金，足以使我们建立起连天堂都不能比拟的美满家庭。"杰克·伦敦在回信中写道："根据你列出的那道爱情公式，我看还要开平方才有意义，而我们两个的心就是它们的平方根；可是很遗憾，这个平方根开出来的却是负数。"

拓展阅读：

《杰克·伦敦小说选》
人民文学出版社
《杰克·伦敦小说作品集》
世界图书出版公司

◎ 关键词：自传体小说 水手 个人主义 现实主义

无奈的自我否定——《马丁·伊登》

自传体小说《马丁·伊登》是杰克·伦敦的代表作，它描写了一个出身劳动者的现实主义作家在资本主义社会中的命运。

21岁的水手马丁·伊登一次偶然地救了一个律师家的阔少爷，因此他被引进了律师家豪华的房子。在这里，他遇到了律师的女儿罗丝，马丁精力充沛、粗犷不拘的男性美深深地吸引了罗丝。马丁也因为罗丝的美丽外表和优雅举止而将她理想化，视其为自己终生追求的目标。为了配得上罗丝小姐，马丁决定做一名作家。他开始了艰苦地奋斗，除了去看望罗丝，一点消遣娱乐也没有。他每天伏案写作十多个小时，还要打短工挣钱谋生，有时穷得没饭吃。他没有灰心，尽管他的稿子全部被出版社退了回来。甚至当罗丝的父亲断然拒绝他，并命令罗丝和他断绝来往时，马丁仍然抱有希望。他忍受着旁人无法忍受的痛苦，终于奇迹般地赢得了成功。曾经鄙视他的人纷纷围绕在他身边吹捧奉承，罗丝小姐也哭泣着要求和他恢复关系。然而马丁跻身上流社会之后，却突然感到失落，他发现自己得到的一切却根本不是自己想要的。名与利不过是空虚，而罗丝小姐也并非心中那个纯洁的天使。他的精神崩溃了，于是用自杀结束了自己的一生。

马丁·伊登自称是个人主义者，信奉"捷足先登，强者必胜"的原则，而他在上流社会里看到的资产阶级各种人物全是势利的市侩，甚至他所爱的罗丝也使他失望。作者在小说中否定马丁·伊登的个人主义思想，把主人公的个人奋斗写成悲剧，对资本主义社会做了尖锐的批判。

罗丝小姐是杰克·伦敦人物画廊中很有特色的一个形象。这个受过高等教育的女性，最初留给马丁的印象是"甜美、敏感而温柔"，甚至被看成是"神性的纯洁和优美的结晶"。而实际上，她不可能摆脱她所身处的社会具有的庸俗、自私和狭隘。她对马丁的爱情确实有真诚的成分，然而也充满了经过包装的虚荣心和拜金主义，甚至还含有某种变态心理。她不可能满足马丁的理想，而只是让马丁深深感到了社会的欺骗。

《马丁·伊登》充分体现了杰克·伦敦的现实主义功力。他笔下的人物众多但都个性鲜明，有矫揉造作的小姐、饱食终日的阔少、装腔作势的法官、老谋深算的律师、自私自利的小商人、心地善良的洗衣妇等。这些阶级出身、文化背景、性格习惯都各不相同的人物，在伦敦的笔下全都栩栩如生，各具特色。其中主要人物马丁的塑造尤为突出，他的性格思想处在不停的变化之中，作者对他内心的挖掘、心灵历程的描述合理而细腻，因此具有很强的感染力。

●马克·吐温在家中

>>> 幸福的婚事

马克·吐温爱上了头发乌黑、美貌惊人的奥莉薇娅小姐，他们在1870年2月2日举行婚礼。

婚后不久，马克·吐温给友人写信，在信中，他不无幽默感地说："如果一个人结婚后的全部生活都和他们一样幸福的话，那么我算是白白浪费了30年的时光；假如一切能从头开始，那么我将会在牙牙学语的婴儿时期就结婚，而不会把时间荒废在磨牙和打碎瓶瓶罐罐上。"

拓展阅读：

《马克·吐温作品选》
　天津人民出版社
《马克·吐温中短篇故事全集》
　河北教育出版社

◎ 关键词：现实主义文学　西部特色　幽默讽刺　悲观情绪

讽刺妙手——马克·吐温

马克·吐温是美国19世纪末现实主义文学最杰出的代表作家，世界短篇小说之王。他原名塞缪尔·朗赫思·克莱门斯，1835年11月30日生在密苏里州佛罗里达镇，长在密西西比河上的小城汉尼拔。塞缪尔16岁时曾在他的哥哥欧莱思开办的报馆中充当排字工人，并开始学习写作幽默小品。

1867年，马克·吐温发表了成名处女作短篇小说集《加拉维亚县的跳蛙》。其中《加拉维亚县的跳蛙》根据一个流行已久的传说改写，生动地表现了当时尚在开发中的美国西部所特有的幽默风格，加上突出地运用口语的文风，风行一时，使他闻名全国。

此后，马克·吐温开始游历欧洲，期间发表五十多篇报道。其作品思想深刻，笔风清新生动，以幽默讽刺见长。

1870年，马克·吐温与纽约州一个资本家的女儿奥莉薇娅·兰登结婚。婚后居住在布法罗，自己编辑发行《快报》，一年后因赔钱过多而出让。1872年出版《艰苦岁月》一书，反映了他在西部新开发地区的生活经历，其中记载了一些奇闻逸事，特别是富有美国西部特色的幽默故事。

1876年，长篇小说《汤姆·索亚历险记》出版。它虽然是以密西西比河上某小镇为背景的少年读物，但深为各个年龄段的读者所喜爱。书中写淘气的汤姆和他的伙伴哈克贝利·费恩以及汤姆的女友贝姬·撒切尔的许多故事，不少是作者的亲身经历，有许多合乎孩子心理的有趣情节。

马克·吐温的另一部重要的小说《哈克贝利·费恩历险记》于1876年开始执笔，1884年出版。这部小说得到批评家的高度评价，深受国内外读者的欢迎。

1894年，马克·吐温的家庭遭到不幸：两个女儿一病一死，妻子的健康也恶化，他投资的生意也告破产。为了偿还债务，他外出旅行演讲，访问了夏威夷、新西兰、澳大利亚、印度和南美等地。1897年写成《赤道旅行记》。讽刺并谴责帝国主义对殖民地人民的压迫，反对帝国主义成为了他此后创作的中心思想。

1898年马克·吐温还清全部债务。1900年10月，在离开美国旅居欧洲近十年之后，他携全家回到美国，受到热烈欢迎，成为文艺界的领袖。1904年，他的妻子在意大利逝世。马克·吐温进入了事业的最后阶段。他早期作品中已有表现的对"人类"的悲观情绪，此时成了他一些作品的主调。在中篇小说《败坏了哈德莱堡的人》、散文《人是怎么回事？》、故事《神秘的来客》等作品中都有反映。晚年最重要的著作是他口述、由他的秘书笔录的《自传》，他于1910年4月21日去世。

◎ 关键词：姊妹篇 南北战争 哈克 吉姆

喜欢流浪的孩子——《哈克贝利·费恩历险记》

● 哈克贝利·费恩的形象

拓展阅读：

《马克·吐温幽默作品选》
人民文学出版社
《美国小说本土化的多元因素》
朱振武

《哈克贝利·费恩历险记》是《汤姆·索亚历险记》的姊妹篇，而思想内涵更为深刻。

故事发生在南北战争以前。在贫穷的圣·彼得士堡小村子里，汤姆·索亚和哈克贝利·费恩两个小顽童，在马库他耳洞窟内玩耍时，发现了凶恶的杀人犯英姜乔的尸骨和一大笔巨款。英姜乔把偷来的巨款藏在洞窟内，却因为找不到出口而在洞窟内活活饿死。汤姆和哈克发现巨款后一下子变成巨富，他们回到村子后就引起了一场骚动。哈克这个流浪的孤儿最后被道格拉斯寡妇收养并受到她的严厉教养。当然哈克的钱也被她收去了。

哈克住在道格拉斯家中，他不得不保持干净、整洁，始终都要听话，还得去上学。但是天生的野性使他无法忍受，所以他常离家出走。刚好这时有一位从没露面却自称是哈克的父亲的人，要带走哈克并要回那笔钱。哈克的父亲是个酒鬼和流氓。他每次酒醉后闹事，这让村人们大伤脑筋，最后终于答应让他带走哈克和那笔钱，可怜的哈克被父亲关在伊利诺州附近的一处古老的小木屋里，不过，这时候刚好是密西西比河的泛滥期，哈克就利用这个机会逃走了。他逃到杰克逊岛避难，在岛上他无意中遇见

黑人吉姆。吉姆是道格拉斯寡妇的妹妹的奴隶，他因为无法忍受沉重的工作而逃到杰克逊岛。他们两个人就一起躲在岛上。

为了帮助吉姆逃到自由区，他们就乘着竹筏驶向对岸。航行到半途之时，他们的竹筏和蒸汽轮船撞上了。哈克和吉姆掉到河里。哈克被一位富有的商人救起，但是随之卷入了纷争和枪击事件，在这一片混乱中他和吉姆再次见面。不过他们很不幸地被"年轻的公爵"和"老国王"两位郎中所骗。他们教哈克和吉姆到各城市去传教骗钱，或是耍宝、愚弄乡民以骗取他们的金钱，或是遇到有人死亡便到他家中诈骗钱财，这两位郎中对哈克和吉姆无所不用其极。后来哈克好不容易才逃回到船上，但是他却没找到吉姆。原来吉姆被"老国王"卖到菲尔富士农夫家。而菲尔富士的太太刚好是汤姆的叔母。哈克知道这件事后就和汤姆商量如何救出吉姆。经过一番惊险的行动，他们三个人终于逃出菲尔富士家。逃亡途中，汤姆的脚被枪击中，伤势很严重。由吉姆陪他到镇上治疗，一不小心吉姆又被捉走了。这个时候汤姆的叔母玻莉到镇上来。她带来消息说：道格拉斯寡妇的妹妹已经死了。她在遗嘱里恢复吉姆为自由身。

●德莱塞像

>>> 德莱塞《美国的悲剧》

长篇小说《美国的悲剧》(1925)通过一个穷教士儿子克莱特·格里菲斯，为追逐金钱财势堕落为蓄意杀人犯的故事，不仅揭示了利己主义恶性膨胀的严重后果，同时更揭露了金钱至上的美国生活方式对人的普遍的罪恶性腐蚀和毒害作用。这时期德莱塞受社会进化论和弗洛伊德心理分析学说的影响，且把它们运用于人物构思和心理刻画上，但他把他们跟社会环境紧密结合起来，并未陷入生物和情欲的泥淖，反使作品具有丰满的现实主义内容和巨大的艺术感染力。

拓展阅读：

《〈嘉莉妹妹〉新论》皮泽尔
《德莱塞小说故事总集》
上海文艺出版社

◎ 关键词：现代小说 先驱 悲惨故事

"人间悲剧"——德莱塞与《嘉莉妹妹》

西奥多·德莱塞（1871～1945）是美国现代小说的先驱和代表作家，被认为是同海明威、福克纳并列的美国现代小说的三巨头之一。他重要的作品有《嘉莉妹妹》及其姊妹篇《珍妮姑娘》、长篇小说《天才》《美国的悲剧》和现实主义巨著《欲望三部曲》（包括《金融家》《巨人》《斯多葛》）。《嘉莉妹妹》是德莱塞发表的第一部长篇小说，也是他的代表作。这是一个年轻的乡下姑娘在大都市中沉沦堕落的悲惨故事。

故事的女主人嘉莉，是个年轻漂亮的乡下姑娘。18岁的时候她带着对大都市繁华生活的幻想，前往芝加哥投奔她的姐姐，寻求新的生活。火车上，她结识了一个年轻的推销员杜洛埃，一个老于世故、油腔滑调的情场老手。他天花乱坠地向嘉莉描述了芝加哥的繁华生活。但是等嘉莉找到住在贫民区的姐姐后，发现这里并不像她想象的那样。

第二天，嘉莉出门找工作，四处碰壁。最后，她好不容易才在一家制鞋厂找了份工作，可不久就因为生病被辞退了。正当嘉莉心灰意冷的时候，她与杜洛埃不期而遇。杜洛埃对她大献殷勤。而她的姐姐家也因为事业不能收留她。嘉莉搬出姐姐家，和杜洛埃同居了。其实，杜洛埃并不是真心爱她，不过是玩弄女性罢了。后来，杜洛埃把嘉莉介绍给他的朋友、费莫酒店的经理赫斯渥。赫斯渥十分富有，他一见到嘉莉，就迷上了她的美貌。而嘉莉对他也颇有好感。不久，嘉莉偶然在一次游艺筹款活动中扮演了一个角色，由于她天生丽质，情感丰富并善于模仿，居然获得了成功。她与赫斯渥的关系越来越密切了，终被杜洛埃发觉，在经过一番激烈的争吵之后，杜洛埃一气之下离开了嘉莉，独自出走了。自由而孤独的嘉莉投入了赫斯渥的怀抱。

而他们的恋情遭到了赫斯渥妻子的疯狂报复。赫斯渥偷了家里的一万元钱，将嘉莉骗到了纽约。虽然对他的欺骗行为十分恼火，但是嘉莉还是接受了这样的安排，和赫斯渥结婚并在纽约定居下来。赫斯渥在芝加哥是一个了不起的人物，可是在纽约，只不过是沧海一粟。他找不到工作，投资的生意也失败了，最终，他自暴自弃地闯进赌场，很快就输得所剩无几。嘉莉无奈走出了家门，前往百老汇寻求职业，几经碰壁之后，她终于在加西诺戏院的合唱队谋到了个位置。由于嘉莉年轻貌美又有表演的天赋，她的事业居然一路上升，最后她听从女友的建议，抛弃了赫斯渥，搬出去与女友同住。

赫斯渥还是一事无成，最终死在乞丐收容所的黑屋里。嘉莉却真的走红了，但却感到空虚和寂寞。

大洋彼岸的歌声——美国文学

◎ 关键词：幽默讽刺 古怪 改造环境 顶峰 普利策文学奖

乡村走出的诺贝尔奖获得者——刘易斯

●刘易斯像

>>> 诺贝尔文学奖授奖辞

辛克莱·刘易斯是位美国人。作为一亿两千万人的代表之一，他开创了新的文风——美国式的风格。他要求我们体谅，这个民族尚不够完美，或者尚未融为一体，它仍处在青春期那烦躁不安的岁月中。

新型的伟大的美国文学，随着全国范围内的自我批判而开创起来。这是健康向上的征兆。辛克莱·刘易斯具备了上帝恩赐的天赋，不仅能用稳健的笔，而且用脸上的微笑和内心满怀着的青春活力，去发挥他那开拓创新的作用。（节选）

拓展阅读：
《美国小说发展史》毛信德
《剑桥美国小说新论》
英国剑桥大学出版社

辛克莱·刘易斯是美国第一位获得诺贝尔文学奖的作家，同马克·吐温一样，他也擅长创作幽默讽刺的作品。

刘易斯1885年2月7日生于明尼苏达的索克中心镇，他的童年是在痛苦和孤独中度过的，他被认为是个古怪的孩子，经常被同伴们玩弄和嘲笑。这段经历使他对小镇庸俗封闭的生活深恶痛绝。17岁时，他远离家乡到外地求学，经过半年预科学习，考入耶鲁大学。在耶鲁，他仍然是个局外人，这使他一度离开学校，去过厄普顿·辛克莱创办的社会主义居民试验区，后又重返学校。1908年大学毕业后，做编辑工作，并开始创作。1914年，他的第一部长篇小说《我们的雷恩先生》问世。1916年，他辞去编辑工作，专门从事写作。

1920年，他的长篇小说《大街》出版，引起巨大的反响。《大街》的女主人公卡罗尔与丈夫威尔·肯尼科特来到明尼苏达的戈弗草原，发现生活平庸而乏味，人们对新鲜事物怀有固执的偏见。卡罗尔立志改造环境，为沉闷的生活带来生气和乐趣，却遭到大多数人的抵制，她在失望中只身离开戈弗草原，来到华盛顿，但两年之后又随同前来找她的威尔回到戈弗草原，决心像大多数人一样地生活下去。

1922年，刘易斯又创作了长篇小说《巴比特》，不少评论家认为这部书是刘易斯文学创作的顶峰。主人公巴比特是个经营地产的掮客。他家境富有，追求享受。有一天他突然对一成不变的生活感到厌倦，想方设法去开辟新的生活天地。但他的行动遭到非议，他无力摆脱外界的压力，最后不得不回到原来的生活轨道上。

1925年，他推出了另一部力作《阿罗斯密斯》。这部小说反映了20年代美国医学界的状况。阿罗斯密斯曾在乡间行医，也曾在城市的卫生部门工作，都因工作不顺利先后离开。最后他来到纽约的玛格克学院，希望能够专心从事有益于人类的科学研究，但那里同样存在着竞争，人们对名利的追求使他感到压抑。后来有个地区发生传染病，他去试验他研究的噬菌体，不幸失败，妻子也在这时死去。他回到玛格克学院。由于不能忍受第二任妻子频繁的社交活动对他的干扰，他离开纽约，来到一个农庄，继续进行科学研究。《阿罗斯密斯》曾获1926年的普利策文学奖，但他拒绝受奖，以抗议保守派以前对《大街》的非难。

1930年，他获得了诺贝尔文学奖。30年代后，刘易斯的作品缺乏浓度，写作技巧也较前逊色。家庭烦恼使他晚年精神失常，1951年1月10日，他在罗马病逝。

●赛珍珠像

>>> 参观赛珍珠故居

1998年10月17日，美国前总统布什以个人身份访问中国，行程中一项重要安排就是专程前往南京，接受南京大学授予他的名誉博士后称号。在南京期间，他突然提出参观赛珍珠故居的要求。布什告诉陪同的中国朋友："我当初对中国的了解，以至后来对中国产生爱慕之情，就是受赛珍珠的影响，是从读了她的小说开始的。"中方人员专门为布什先生做了安排，满足了他的愿望。

赛珍珠故居是一座坐落在南京大学北园西南角的西式小洋楼，这栋小楼至今保存完好。

拓展阅读：

《赛珍珠的故事》刘宏伟
《一个真实的赛珍珠》怡青

◎ 关键词：中国 宗法制度 现代化进程 人道主义

"中国农民史诗"——赛珍珠与《大地》

赛珍珠是另一位获得了诺贝尔文学奖的美国作家，她的生活与创作和中国有着密不可分的联系。

她本名珀尔·赛登斯特里克·布克，赛珍珠是她给自己起的中文名字。她1892年出生于弗吉尼亚州西部，父母都是长老会国外传教组织指挥下的驻在中国的传教士，他们深受基督教旨主义的影响，具有理想主义和人道主义的观念，对赛珍珠的思想成长起了重要作用。她自小随父母来中国，在中国度过少年时代，她曾阅读中国的经书，受到中国古典文化的教育。

17岁时，赛珍珠回美国进弗吉尼亚州伦道夫·梅康女子学院攻读心理学，毕业后又来中国。1917年，她与传教士约翰·洛辛·布克结婚，从事传教工作。赛珍珠于1922年开始写作，由于她长期生活在中国，并广泛地接触中国的下层民众和上层人士，因而创作了许多反映中国社会生活的小说，著名的有《大地的房子》三部曲，包括《大地》《儿子们》《分家》。此外还有《母亲》《爱国者》《龙种》等。其中《大地》获美国普利策奖，被60多个国家翻译出版，是被翻译最多的文学作品之一。

《大地的房子》三部曲表现的是与大地和解的主题。作者显然欣赏宗法制度下中国农民日出而作、日落而息的生活方式，赋予那种生活方式以无限的诗意。她反对中国社会踏上现代化的进程，所以在第二部中，把向现代转型时期的中国描述成军阀割据，战乱不已。这与中国"五四"启蒙文学的主旋律相悖，却迎合了她本民族近代以来，在海外扩张中形成的对落后民族的浪漫幻想。1938年，由于"她对中国农民生活的丰富和真正史诗气概的描述，以及她自传性的杰作"，被授予诺贝尔文学奖。

1927年国民革命军北伐进入南京，她离开中国。1934年与布克离婚，1935年与约翰·戴公司总经理、《亚细亚》杂志主编理查·沃尔什结婚，并进入约翰·戴公司任编辑。以后在宾夕法尼亚州的农庄里从事写作。赛珍珠返回美国后，开始写作以美国生活为题的作品，发表过《这高傲的心》等，但成就远不如前。晚年完成了《新年》《梁夫人的三个女儿》等作品。

赛珍珠在传记文学方面也取得了较高的成就，她为纪念父母所写的两篇传记《放逐》《战斗的天使》受到读者的欢迎和重视。赛珍珠曾把《水浒传》译成英文，译名为《四海之内皆兄弟》。赛珍珠是位多产作家，一生共创作了85部作品，这些作品超越了种族界限，充满人道主义精神，已成为沟通东西方文明的桥梁。

●斯坦贝克塑像

>>> 将诺贝尔奖章遗赠母校

新华社北京 2005 年 10 月 30 日报道：1962 年诺贝尔文学奖得主、美国作家约翰·斯坦贝克的诺贝尔奖奖章及书信等遗物日前被正式捐赠给了美国名校斯坦福大学。

这批遗物中，除诺贝尔奖奖章外，还有已注销的诺贝尔奖奖金支票，以及斯坦贝克与已故摩洛哥王妃格雷丝、美国总统约翰·肯尼迪及美国大诗人卡尔·桑德堡等人的来往信件，具有十分重要的史料价值。斯坦贝克的遗孀伊莱恩十分支持斯坦贝克的这一做法，生前也曾明确表示要将丈夫的遗物捐给该校。

拓展阅读：
《斯坦贝克文集》
　　上海译文出版社
《斯坦贝克俄罗斯纪行》
　　重庆出版社

◎ 关键词：劳动人民 历史传奇 战场通讯 道德观念

"愤怒的葡萄"——斯坦贝克

另一位诺贝尔奖获得者，美国作家约翰·斯坦贝克是专门描写美国社会生活与价值观念的重要作家。

约翰·斯坦贝克 1902 年 2 月 27 日生于加利福尼亚州蒙特雷县塞利纳斯镇一个面粉厂主家庭，小时候生活在小镇、乡村和牧场，热爱乡野的自然风光。他在母亲熏陶下，早年就接触欧洲古典文学作品，深受希腊古典文学、《圣经》和 15 世纪英国传奇亚瑟王故事的影响。1919 年，进入斯坦福大学选修英国文学和海洋生物学课程，并从事各种体力劳动谋生。他曾修过公路，丈量过田亩，摘过水果，捕过鱼，与劳动人民有较多的接触，熟悉处于社会底层的人们，这对于他将来创作以他们为主人公，表现他们的善良、质朴的品格的作品创造"斯坦贝克式的英雄"形象打下了很好的基础。

他在大学学习期间开始写作，1929 年发表第一部长篇小说《金杯》，内容是 17 世纪海盗亨利·摩尔根爵士的历史传奇。此后他还创作了《天堂的牧场》《献给一位无名的神》《托蒂亚平地》《胜负未决的战斗》《鼠与人》等小说，都获得了好评。

1939 年发表的《愤怒的葡萄》是斯坦贝克的代表作，也是美国 30 年代大萧条时期的一部史诗。小说写俄克拉何马州佃农乔德一家在大企业的压迫下离开长期遭受干旱和尘暴的家乡，长途跋涉前往西部另谋生路。他们历尽千辛万苦，到达加利福尼亚州，却又陷入果园主剥削与压迫的罗网。他们奋起反抗，参加摘果工人的罢工斗争。它所反映的社会问题在美国人民中引起了十分强烈的反响。1940 年，这部书获普利策小说奖。

第二次世界大战期间，他到欧洲当过战地记者。他将大战期间所写的欧洲战场通讯，汇集为《从前打过一场战争》，于 1958 年出版。这一时期的小说有写挪威人民反抗纳粹侵略者的中篇小说《月落》、写蒙特雷地区"可爱的游民"的《罐头厂街》、写加利福尼亚一辆农村公共汽车上的乘客的遭遇的《任性的公共汽车》等。

斯坦贝克后期的主要作品是两部长篇小说《伊甸园以东》和《我们的不满的冬天》。前者写塞利纳斯山谷一个家族从美国内战到第一次世界大战的家史，用写实和象征的手法描绘善与恶之间的斗争；后者写一家小杂货店的一个新英格兰世家的后裔幻想自己抢劫银行的故事，用尖锐辛辣的幽默批判了美国社会虚伪的道德观念。

斯坦贝克一生写了 17 部小说和许多短篇故事、电影和电视剧本，以及一些非小说作品。1962 年获得诺贝尔文学奖。

●菲茨杰拉德像

>>> "爵士时代"

第一次世界大战以后，元气未伤的美国进入了历史上一个空前繁荣的时代。"美国梦"像一个在半空游荡的色彩斑斓的大气球，使一代美国人眼花缭乱，神魂颠倒。菲茨杰拉德说过："这是美国历史上最会纵乐、最绚丽的时代，关于这个时代将大有可写的。"他所大写特写的正是这个时代，并且将它命名为"爵士时代"，因此人们往往称他为"爵士时代"的"编年史家"和"桂冠诗人"。

拓展阅读：

《菲茨杰拉德研究》吴建国
《菲茨杰拉德小说选》
上海译文出版社

◎ 关键词：帝国主义战争 幻灭 爵士时代 印象式

"迷惘的一代"——菲茨杰拉德与《了不起的盖茨比》

"迷惘的一代"是第一次世界大战后出现在美国的一个文学流派。这个名词源出侨居巴黎的美国女作家格特鲁德·斯泰因。她有一次指着海明威等人说："你们都是迷惘的一代。"海明威把这句话作为他的长篇小说《太阳照常升起》的一句题词，于是"迷惘的一代"成了一个文学流派的名称。"迷惘的一代"作家的共同点是厌恶帝国主义战争，却又找不到出路。

弗朗西斯·斯科特·菲茨杰拉德就是"迷惘的一代"的代表作家之一。菲茨杰拉德1896年9月24日生于明尼苏达州圣保罗市的一个商人家庭。他年轻时试写过剧本，后考入普林斯顿大学，却因身体欠佳，中途辍学。

他1917年入伍后，虽终日忙于军训，但未曾出国打仗。1919年退伍后，菲茨杰拉德在一家商业公司当抄写员，业余致力于创作。他的创作倾向是表现第一次世界大战后年青的一代对美国所抱的理想的幻灭。

1920年，他出版了长篇小说《人间天堂》，从此出了名，小说出版后他与珊尔达·赛瑞结婚。婚后，他携妻寄居巴黎，结识了安德逊、海明威等多位美国作家。

1925年《了不起的盖茨比》问世，奠定了他在现代美国文学史上的地位，成了20年代"爵士时代"的发言人和"迷惘的一代"的代表作家之一。《了不起的盖茨比》表现了"美国梦"的幻灭。青年商人涅克·卡拉威在纽约结识一个邻居，名叫盖茨比。盖茨比在战争期间与涅克的表妹苔西相爱，但因为他当时贫穷，苔西嫁给了有钱的托姆，而托姆却另有所欢，苔西的生活并不幸福。战后盖茨比经营非法买卖致富，天天设宴以吸引苔西，后通过涅克的安排与苔西重温旧梦。托姆对此十分妒忌，利用一次车祸陷害盖茨比，将他置于死地。

1934年，菲茨杰拉德又推出了一部力作《夜色温柔》。这部小说成功地表现了上层资产者的自私与腐化，对主人公的沉沦满怀同情。

菲茨杰拉德成名后继续勤奋笔耕，但婚后妻子讲究排场，后来又精神失常，挥霍无度，给他带来极大痛苦。他经济上入不敷出，一度去好莱坞写剧本挣钱维持生计。1936年不幸染上肺病，妻子也一病不起，使他几乎无法创作，精神濒于崩溃，终日酗酒。1940年12月21日突发心脏病，死于洛杉矶，年仅44岁。

● 海明威像

>>> 海明威拒绝强制推销

美国有家服饰公司，为了招揽生意，一次给海明威送去一条领带，并附一封短信："我公司出品的领带，深受顾客欢迎。现奉上样品一条，请您试用，并望寄回成本费2元。"

过了几天，公司收到海明威的回信，外附小说一册，信里写着："我的小说深受读者欢迎，现附信奉上一册，请你们一读。此书价值3元，也就是说，你们还欠我1元。"

拓展阅读：

《海明威传》［美］贝克
《美国文化与外交》王晓德

◎ 关键词：芝加哥 "古巴"小说 迷惘 记者 美利坚民族

传奇文学家——海明威

欧内斯特·米勒尔·海明威，美国最伟大的小说家之一。他于1899年出生于芝加哥附近的一个医生家庭。受家庭的教育和熏陶，海明威从小喜爱打猎、艺术和旅行。他曾经参加过第一次世界大战，后来担任驻欧洲记者，并以记者身份参加了第二次世界大战和西班牙内战。1933年，海明威偕同他的第二任妻子鲍莉娜·普菲依费尔到古巴哈瓦那郊外的维西亚小庄园里定居。从此以后，他就一直居住在这个"美丽而不幸的长岛"。

海明威对古巴怀着深厚的感情："我深爱这个国家，感觉像在家里一样。一个人感觉像在家里一样的地方，除了他出生的故乡，就是他命运归宿的地方。"在那里他度过了他生命的最后22年，还创作了一系列以古巴为题材的作品，这些作品被称为"古巴"小说，其中最著名的就是《老人与海》。晚年的海明威疾病缠身，精神抑郁，1961年7月2日，他在维西亚小庄园的家中用猎枪结束了自己的生命，那时他才62岁。

海明威的文学创作是以20年代"迷惘的一代"文学为开端的。他写出了《在我们的时代里》《春潮》《没有女人的男人》和长篇小说《太阳照常升起》《永别了，武器》等作品。这一时期，西方世界旧的价值观已经破灭，新的价值观尚未形成，青年人在迷惘中沉沦，在沉沦中反叛。海明威这时期的作品都是以表现迷惘的一代为主题，长篇小说《太阳照常升起》更因写了一代美国青年人的迷惘而成了"迷惘的一代"这一文学流派的代表作。

30年代，海明威以记者身份参加了第二次世界大战和西班牙内战。正义的战争使他摆脱了迷惘和悲观，他以西班牙内战为背景的小说《第五纵队》《丧钟为谁而鸣》塑造了一批为人民利益而英勇战斗的反法西斯战士的形象。在短篇小说的创作上，海明威尊奉美国建筑师罗德维希的名言"越少，就越多"，提出了小说创作中"冰山理论"，要求只写出事物的八分之一，使作品精练、充实、含蓄、耐人寻味。根据这一理论，他发表了一些很出色的短篇小说，如《午后之死》《非洲的青山》《乞力马扎罗的雪》等。

"二战"后，海明威基本上都在古巴的维西亚小庄园里居住。他的创作也进入晚期，其代表作为《老人与海》，由于小说中体现了人在"充满暴力与死亡的现实世界中"表现出来的勇气而获得1954年的诺贝尔文学奖。这时期，他塑造了以桑提亚哥为代表的一系列"硬汉形象"，成为美利坚民族精神的象征。

海明威一生的创作在现代文学史上留下了光辉的一页。

● 首版《永别了，武器》封面

>>> 海明威：只有遗嘱了

一位参加竞选的爱达荷州州议员知道海明威威望很高，便想请他为自己写一篇捧场文章。海明威爽快地答应了。

第二天，议员便收到了海明威送来的一封信，拆开一看，却是海明威太太年轻时写给他的一封情书。

议员认为是海明威搞错了，便差人把信送回，并写了一张条子，重申务必请他帮忙。

一会儿，又有人给议员送信来了，打开一看，却是一张遗嘱。

议员感到蹊跷，便亲自问个究竟。这时，海明威故作无可奈何地说："对不起，我家里除了情书以外，只有遗嘱了。"

拓展阅读：

《永别了，武器》（电影）
《〈永别了，武器〉新论》
　　　唐纳森

◎ 关键词：反战题材 爱情故事 亨利 凯瑟琳

反战的歌声——《永别了，武器》

小说《永别了，武器》是海明威反战题材的代表作品。小说以作家当年亲身参加第一次世界大战的经历为素材，讲述了一个战火纷飞中的爱情故事。

第一次世界大战爆发了，年轻的弗雷德里克·亨利应征入伍。他是一个相貌英俊、身材高大的美国人，被派往意大利前线的一个战地救护队任中尉。亨利休假后返回前线，在一次进攻前夕，他的好友雷纳尔引荐他认识了一个英军医院的美丽护士凯瑟琳。两人一见如故。

凯瑟琳的未婚夫在一次战役中阵亡了，因此她更珍视人的生命，也为亨利的安全担心。借救护队往返于前线医院运送伤员的间隙，亨利常去看望凯瑟琳。随着战事的紧张，总攻就要开始了，出发前凯瑟琳将一枚圣像送给了亨利，期望能保佑他平安归来。

战场上，亨利的腿部受了重伤被送往野战医院，随后转入了米兰一所新设立的美国医院。几天后，亨利和奉命调到这家医院来工作的凯瑟琳不期而遇，意外的重逢使他们很快坠入了爱河。亨利因在英勇的战斗中受伤被提名授予银质奖章，在凯瑟琳的照料下他的伤也逐渐痊愈，他们的爱情也在逐渐加深。

夏去秋来，前线战争不断失利，亨利的伤口也已完全愈合，本来该归队的亨利又得了黄疸病，延长了假期。可是离别的日子终于还是来了，就在这节骨眼上凯瑟琳怀孕了。在一个阴雨绵绵的日子，凯瑟琳把亨利送上驰往前线的列车。亨利祈祷着："愿上帝保佑她和我的小凯瑟琳。"重新回到部队，亨利心里老是想到凯瑟琳，心里感觉空荡荡的，他越来越厌恶这场倒霉的战争。

气候越来越恶劣，战争的形势也越来越坏，他们经常到前沿阵地转运伤员。不久，他们的防线被德军突破。他们被迫撤退，亨利他们负责护送三辆救护车撤往波达诺涅，一路上苦不堪言，心中只想着快些见到凯瑟琳。

不巧的是，凯瑟琳两天前刚去了斯特雷扎。几经周折后，他们终于重逢了，劫后余生使他们真正懂得了爱情的分量和幸福的珍贵，他们决定隐居到乡下，但是仍旧躲不过米兰宪兵的追查，不得已他们逃往中立国瑞士。晚秋和冬天，亨利和凯瑟琳住在一家小旅店里，焦急地等待着孩子的降生。一个雨天，命运无情地夺走了凯瑟琳和婴儿的生命，将亨利一个人留在凄风苦雨中，漠然茫视悲凉的人生。

● 美国首版《老人与海》封面

>>> 这地方要改一下

海明威的儿子在回忆录中讲述了这样一段往事：

有一天早晨，我的爸爸说："你自己写一篇短篇小说，不要期望写得很好。"

我坐在桌边，用他的打字机，慢慢打出一篇小说，交给他。

他戴上眼镜读起来。我在一边看他有什么反应。

他读完很高兴："很好，孩子，写得很好，你很有想象力，可以得奖了！不过，这地方要改一下，应该把'突然之间'改成'突然'，用字越少越好，动作也会更紧凑……"

而真正可以得奖的是屠格涅夫。这篇小说是我抄的，在抄袭中，恰恰是把"突然"改成了"突然之间"。

拓展阅读：

《美国文化》孙维学
《自治：美国民主的文化史》
[美] 罗伯特·威布

◎ 关键词：诺贝尔文学奖 古巴 老渔夫 曼诺林

打不败的人——《老人与海》

《老人与海》是为海明威赢得1954年诺贝尔文学奖的作品，也是他最著名的小说之一。

小说主人公桑提亚哥是古巴的一个老渔夫，他年轻时非常出色，强健有力，他曾经和一个黑人比赛掰腕子，比了一天一夜，最后终于战胜了对手。到了晚年，他的经历和反应都不如从前，老婆死后，他一个人孤独地住在海边简陋的小茅棚里。

有一段时间，老渔夫独自乘小船打鱼，他接连打了84天，但一条鱼也没有捕到。本来一个叫曼诺林的男孩子总是跟他在一起，可是日子一久曼诺林的父母认为老头运气不好，吩咐孩子搭另一条船出海，果然第一个星期就捕到了三条好鱼。他和孩子是忘年交。老头教会孩子捕鱼，因为孩子很爱他。村里很多打鱼的人都因为老头捉不到鱼拿他开玩笑，但是在曼诺林的眼里，老头是最好的渔夫。他们打鱼不但是为了挣钱，而是把它看作共同爱好的事业。孩子每次见到老头每天空船而归，心里非常难受，总要帮他拿拿东西。

老人和孩子相约第二天，也就是第85天，一大早一起出海。在海上，桑提亚哥遇到一条很大的马林鱼，可是没想到那条大鱼力气太大了，拖着他的小船游了整整一夜，还没有死。这激起了他要向它挑战的决心。老人和大鱼的持久战又从黑夜延续到天明。大鱼跃起十几次后开始绕着小船打转。老人头昏眼花，只见眼前黑点在晃动，但他仍紧紧拉着钓丝。当鱼游到他身边时，他放下钓丝踩在脚下，然后把鱼叉高高举起扎进鱼身。大鱼跳到半空，充分展示了它的美和力量，然后轰隆一声落到水里，浪花溅满老头一身，也溅湿了整条小船。鱼仰身朝天，银白色的肚皮翻上来，从它心脏流出来的血染红了蓝色的海水。老头把大鱼绑在船边胜利返航。可是一个多小时后，鲨鱼嗅到了大鱼的血腥味跟踪而至，抢吃鱼肉。老头见到游来的鲨鱼的蓝色的脊背。他把鱼叉准备好，用绳子系住。待鲨鱼逼近船尾去咬大鱼的尾巴时，老头用刀杀死了两条来犯的鲨鱼，但在随后的搏斗中刀折断了，他又改用短棍。然而半夜里鲨鱼成群结队涌来时，他再也无力对付它们了……

船驶进小港时，人们看见小船后面拖着的硕大无朋的白色鱼脊骨。望着那副骨架，老人自问是什么打败了他，他的结论是："什么都不是，是我出海太远了。"第二天早上，孩子来看望老头，见到他疲倦得熟睡不醒时不禁放声大哭。老头醒来后，孩子给他端一杯热气腾腾的咖啡。两人相约过几天再一起去打鱼，孩子说他还有很多东西要学。孩子离去后，老头睡着了，他梦见了非洲的狮子。

●纳博科夫像

>>> 纳博科夫《斩首之邀》

纳博科夫于 1935 年用俄文写成了《斩首之邀》，然后由他本人和儿子德米特里翻译成英文，最初在巴黎的移民杂志《当代纪事》上连载，1938 年由书籍之家出版社出版。

小说的主人公辛辛纳特斯因为与周围庸俗的人们很不一样，所以被判处死刑。在监狱里等待行刑日的过程中，他一边忍受着死之将至的痛苦煎熬，一边又身不由己地沦为一场滑稽闹剧的主角。小说中光怪陆离且滑稽可笑的场面让人目不暇接。

《斩首之邀》是一部带给纳博科夫无尽声誉的杰作。

拓展阅读：

《洛丽塔》[美] 纳博科夫

《20 世纪美国文学选读》陶洁

◎ 关键词：复杂性 迷惑性 时空迷宫 禁书

诗人兼博物学家——纳博科夫

纳博科夫是一位风格独特的俄裔美国作家。他 1899 年出生于圣彼得堡一个贵族家庭，1919 年随父亲离开俄国，途经土耳其流亡西欧。纳博科夫在大学攻读俄罗斯语言文学和法国文学并获得学位，1922 年毕业后在柏林当过家庭教师、网球教练和电影配角演员，后从事俄语文学创作。1922～1937 年，他一直居住在柏林，1937 年去了巴黎，在纳粹德国入侵法国前移居美国，并于 1945 年加入美国国籍。

纳博科夫从 6 岁起就能说一口流利的英语，而且从 1939 年开始改用英语写作。从 1940 年开始，纳博科夫先后在美国斯坦福大学、康奈尔大学、哈佛大学等院校讲授俄罗斯和欧洲文学以及文学创作。他业余爱好收集蝴蝶等鳞翅目昆虫，曾担任过哈佛大学比较动物博物馆研究员，并发表过数篇学术论文。1959 年，他辞去了大学教职，并移居瑞士。

纳博科夫学识渊博，才华横溢，创作极其丰富，包括了诗歌、剧作、小说、传记、翻译、象棋与昆虫学方面的论文等大量作品。但他主要以小说闻名于世，他的主要作品《洛丽塔》《普宁》《微暗的火》《阿达》《透明物体》等都是脍炙人口的名篇。

纳博科夫认为，艺术最了不起的境界应具有异常的复杂性和迷惑性，所以他的作品致力于用语言制造扑朔迷离的时空迷宫，制造个人的有别于"早已界定"的生活与现实，显示出一种华美、玄奥、新奇的风格。此外，纳博科夫在昆虫学方面的兴趣和研究方式也使他的作品对事物的观察与描述显示出一种细致入微和精巧的特色。

《洛丽塔》是纳博科夫 60 岁时创作的，也是他最杰出的作品。这是一部描写主人公的畸形性爱取向的作品。创作《洛丽塔》时，纳博科夫在美定居不过 18 年，使读者特别惊异的是小说中表现出的作者对美国情景和俚语的熟悉，以及对 20 世纪 50 年代美国青少年情况的熟悉。不但如此，因为他来自欧洲，他对美国社会的看法又有特别的新鲜感。

《洛丽塔》在美国出版后，立即成为畅销书，于 1959 年 1 月上升至《纽约时报》畅销书榜的第一位。但当时多半的书评都把评论集中于所谓"洛丽塔事件"的纠纷，而不是它的文学价值。这样的宣传大大地提高了读者的兴趣，增加了《洛丽塔》的销路。

时至今日，《洛丽塔》已被公认为现代文学的经典之作。但是，在美国的一些图书馆，它还是被当作"禁书"看待。

●最后的华尔兹舞曲 美国

>>> 中国翻译《洛丽塔》

我国最早的《洛丽塔》中译本翻译者是中南大学外国语学院英语系主任黄健人教授。黄健人是在反复通读了六遍英文原著，弄懂了里面每一个生词的意思之后，才着手翻译的。

译这本书时，黄教授每天要查很多次词典，打很多电话向别人求教。因为纳博科夫的小说中长句特别多，有时一页纸上只有一个句子，句子里面又套着句子，翻译时要把句子拆开。最后翻译下来，数一下字数，23万字。1988年翻译出《洛丽塔》后，漓江出版社于1989年5月推出第一版，署名"黄建人"，即是黄健人的笔名。

拓展阅读：

华尔兹舞曲
《二十世纪美国文学导读》
张立新

◎ 关键词：精神崩溃 诱奸 情窦初开 罪恶 漂泊

畸形的恋情——《洛丽塔》

汉勃特出生于巴黎一个富裕家庭，自幼就没有了母亲，在父亲、姨妈及众多女性的宠爱下长大。十几岁时，他爱上了姨妈一个朋友的女儿安娜贝尔，在刚刚品尝到爱情的甜蜜后，安娜贝尔却不幸死于伤寒。

后来，汉勃特在伦敦和巴黎学习精神病学和英国文学。离开大学后，他虽然在不同的中学教过书，也在进行写作，但因为有足够的遗产，他过着懒散的追花逐柳的日子。他与一个波兰医生姿色平庸的女儿瓦莱莉娅结了婚，随后又因瓦莱莉娅不愿跟他一起去美国定居而离婚。

到了美国后，汉勃特以写作和学术研究为职业，生活稳定，但是对成年女性的厌恶和对"宁芙"们的强烈欲望却导致他精神崩溃，并最终进了疗养院。出院后他来到一个小镇拉姆斯戴尔，寄住在海兹夫人的家里。海兹夫人已经三十多岁，带着12岁的女儿洛丽塔独自生活。汉勃特一眼就发现了他的"宁芙理想的化身"——洛丽塔，为此，他滞留在这个乏味的小镇，开始寻找一切机会观赏、接近这个小女孩。当海兹夫人向他求爱时，为了得到作为继父所能施之于洛丽塔的那些不会被人非议的亲昵和爱抚，他抑制内心的厌恶与海兹夫人结了婚。但是当他还仅是梦想着谋杀海兹夫人时，后者却已从他的日记中发现了他的秘密。大为震怒的海兹夫人决心与他离婚，带着孩子避开这个魔鬼。可是愤激之下的她却不幸撞车身亡，没来得及将汉勃特的秘密告诉任何人。草率地料理了海兹夫人的丧事之后，汉勃特就以继父的身份从寄宿学校带出了洛丽塔，并且以各种手段诱奸了这个年仅12岁的情窦初开的小女孩。

从那以后，汉勃特就驾车带着洛丽塔在全国各地漫游。最后，汉勃特在比尔兹利安顿下来，他把洛丽塔送进了比尔兹利私立女子学校，相对安稳地享受着他那种罪恶的乐趣。然而好景不长，汉勃特发现他对洛丽塔的占有受到了威胁，于是匆匆地编造了一个借口又离开了比尔兹利，再度开始了公路上的漂泊生活。

汉勃特异乎寻常的敏感和疯狂的想象力使他对洛丽塔身边的每一个男性都醋意大发，然而，洛丽塔最终还是趁他生病之际逃离了他。自此以后，他的生活就被追踪与试图报复主宰了。数年后，正当他茫无头绪时，已经结婚并即将临产的洛丽塔写信向他求援。见到已长大成人的昔日"宁芙"，他做了最后一次努力：要她跟他走。被洛丽塔拒绝后，已处于疯狂状态的汉勃特枪杀了当初带洛丽塔逃走的剧作家克赖尔·奎尔梯，而后自入囹圄，并因发病在审判前死于狱中。

大洋彼岸的歌声——美国文学

●电影《乱世佳人》的剧照

>>> 《飘》的续集

美国女作家亚历山德拉·芮普利经过3年的辛勤笔耕，于1991年9月25日在40个国家同时出版发行她创作的《飘》的续集——《郝思嘉》。

原来，有一天，米切尔的两个侄子突然心血来潮，感到有必要找位作家创作《飘》的续集，这必须是一部他们能完全控制的上乘之作。于是，纽约威廉·莫里斯事务所受托于1986年组织了一次挑选作家的竞赛。在纷至沓来的成千上万名人中，莫里斯筛选出11名参加决赛，其中女性10名，男性1名。最后，57岁的芮普利获得了这一殊荣。

拓展阅读：

《玛格丽特·米切尔传》
[美] 安妮·爱德华兹
《米切尔与〈飘〉》王艳玲

◎ 关键词：南北战争 私奔 三K党 未婚夫 归属

"乱世佳人"——《飘》

美国女作家玛格丽特·米切尔一生只发表了《飘》这么一部长篇小说，却赢得了美国文学史上不朽的声誉和地位。

《飘》以南北战争为背景，讲述了佐治亚州塔拉庄园的大小姐斯嘉丽·奥哈拉传奇的情感经历。斯嘉丽是个天生丽质、极富魅力的姑娘，她听说自己的心上人阿希礼即将与表妹玫兰妮结婚，心中掠过了一个大胆的念头：她要在次日的宴会上夺回阿希礼，与他私奔。当她兴高采烈地把这个想法告诉阿希礼时，却被阿希礼拒绝了。因为阿希礼知道他们的性格彼此相反，生活在一起并不会幸福。但他们谁也没有想到，他们的这次不愉快的谈话被军火投机商瑞德·巴特勒听见了。斯嘉丽一气之下，去挑逗玫兰妮的哥哥查尔斯并接受了他的求婚。他们赶在阿希礼和玫兰妮之前举行了婚礼。

南北战争爆发了，青年们都参加了保卫南方的军队。查尔斯人伍后三个月就病故了。斯嘉丽成了寡妇，不久生下一个儿子，来到亚特兰大查尔斯的家中，与玫兰妮和白蝶姑妈住在一起。圣诞节时，阿希礼回家探望，返回军营前，斯嘉丽知道阿希礼是爱她的，但是他始终不肯承认，也不肯做对不起玫兰妮的事。临走时，阿希礼请斯嘉丽代为照顾玫兰妮。

亚特兰大马上就要被攻陷了，玫兰妮却怀孕即将分娩，斯嘉丽只得留下来陪伴她。不久，玫兰妮产下一子，她们冒着生命危险回到塔拉庄园。此时的塔拉庄园变得一片萧条，斯嘉丽的母亲去世，父亲精神失常，她只得承担起重整塔拉庄园的任务。

1865年春，战争以北方军队的胜利告终，阿希礼也回到家乡。为了保住塔拉庄园，斯嘉丽前往亚特兰大向狱中的巴特勒借钱，巴特勒却故意不借钱给她。斯嘉丽一怒之下嫁给了妹妹的未婚夫、小有产业的弗兰克，从而保住了塔拉庄园。斯嘉丽在亚特兰大经营了一家锯木厂，并借助玫兰妮的帮助说服阿希礼协助她开工厂。一次，在独自去锯木厂的路上，斯嘉丽遭到袭击，三K党要为她报仇，弗兰克和阿希礼也加入其中。结果他们遭到了北方军队的伏击，弗兰克被打死了。又成了寡妇的斯嘉丽被迫嫁给了巴特勒，心里却还在想着阿希礼。

玫兰妮病危的时候，斯嘉丽从她的口中得知巴特勒一直爱着她。她终于明白，她爱的并不是阿希礼，而是巴特勒。她匆忙赶回家中，企图挽回巴特勒的爱情。但是心灰意冷的巴特勒已经不愿意再相信她了，他同意给她自由，并离她而去。此时的斯嘉丽28岁，仍然年轻美丽，但她觉得自己在人生的道路上已经走了很久很久。她明白了自己感情的归属之后，决心不计代价，也要把巴特勒找回来。

● 福克纳像

>>> 密西西比州

密西西比州名称来自印第安语，其意义为"大河"，历史背景很复杂，其中有印第安人、西班牙人、法国人及英国人的文化。印第安人在雅助河流域，人口甚多。1540 年，西班牙人进入密西西比州。1699 年，法国人也来殖民。1716 年，英国开始殖民。1763 年英国占有密西西比州。1798 年成为美国领土。1817 年 12 月 10 日成为美国第 20 州。密西西比州别名叫作"木兰之州"，以木兰花为州花。

密西西比州西部的雅助河，是地形学上"衰弱河"的一个实例。它与密西西比河平行南流，已无侵蚀能力，通过长距离流动后，注入密西西比河。

拓展阅读：

《威廉·福克纳研究》肖明翰
《福克纳传》[美] 戴维·明特

◎ 关键词：虚构 意识流手法 对位结构 诺贝尔奖

失落的南方——威廉·福克纳

美国作家威廉·福克纳 1897 年生于密西西比州北部一个庄园主的后裔家庭。他们家族在南北战争后败落了，因此他对地主家庭盛极而衰过程中的种种变化十分熟悉。第一次世界大战时，福克纳在加拿大空军中服役。1925 年，他在新奥尔良结识著名小说家舍伍德·安德森，在安德森的帮助下，福克纳出版了小说《士兵的报酬》和《蚊群》。此后，他被文学评论界列入"迷惘的一代"。

从 1929 年出版第三部小说《萨托里斯》开始，福克纳进入了属于他文学天空。这是以虚构的约克纳帕塔法县为背景的第一部小说，被称为"站在门槛上"的书，它反映出福克纳此后的重要作品中将要出现的主调、题材、情绪与艺术手法。福克纳自称从此他发现他的"家乡那块邮票般小小的地方倒也值得一写，只怕一辈子也写不完"。他一生一共写了 19 部长篇小说和 70 篇短篇小说，其中绝大多数以约克纳帕塔法县作为故事发生的地点，人们称他的作品为"约克纳帕塔法世系"。这些小说主要写约克纳帕塔法县及杰弗逊镇属于不同社会阶层的若干家族几代人的故事，从美国独立之前直到第二次世界大战以后，出场的人物有六百多人，其中主要的人物在他的长篇小说与短篇小说中交替出现。小说中的故事之间互都有一些关系，每一部书既是一个独立的故事，又是整个"世系"中的一个组成部分。

1929 年出版的《喧哗与骚动》是福克纳最具声望的小说。书名出自莎士比亚的悲剧《麦克白》的台词"人生就像一个白痴讲的故事，充满了喧哗与骚动，而没有意义"。这部小说中，福克纳受弗洛伊德的精神分析和伯格森的时间哲学的影响，大胆地进行实验，采用意识流手法、对位结构、变形时间以及象征隐喻等手段，形成了一个独特而奇妙的文学世界，大大地突破了传统小说的结构手法。

此后的几年中，福克纳沿着自己开创的道路继续前进，先后推出了长篇小说《我弥留之际》《八月之光》和《押沙龙，押沙龙！》。《我弥留之际》故事与结构比较简单，但也蕴含了深邃的主题。《八月之光》是福克纳作品中最有感人力量的一部，通过一个被社会抛弃的混血儿、一个单纯无知的女性和一个人品有污点的教父这三个人物，来表现人性艰难的复归过程。《押沙龙，押沙龙！》则是在艺术手法上探索性最大的一部小说，它的主题来自《圣经》，具有一种原小说的结构特征，代表了福克纳在艺术技巧上的最高水平。

福克纳在 1949 年获得了诺贝尔文学奖。

●美国发行的纪念福克纳的邮票

>>> 《喧哗与骚动》（节选）

前面有一条小巷从路上岔了开去，我进入小巷。过了一会儿，我放慢速度，从小跑变成快走。小巷两边都是建筑物的背面——没有上漆的房子，晾衣绳上晾的颜色鲜亮刺眼的衣服更多了，有一座谷仓后墙坍塌了，在茂盛的果树间静静地朽烂着。那些果树久未修剪，四周的杂草使它喘不过气来，开着粉红色和白色的花，让阳光一照，让蜂群的叫声一烘托，显得挺热闹。我扭过头去看看。巷口那儿并没有人。我步子放得更慢了，我的影子在我身边慢慢地踱着步，影子的头部在遮没了栅栏的杂草间滑动……

拓展阅读：

《福克纳传》王宏图／陈磊
《福克纳短篇小说集》
译林出版社

◎ 关键词：自我封闭 潜意识 利己主义 基督门徒

"白痴讲的故事"——《喧哗与骚动》

福克纳的小说《喧哗与骚动》讲述的故事发生在19世纪末至20世纪20年代，共分四个部分，分别由四个人物叙述故事。

第一部分是"班吉的部分"。在这一部分中，福克纳强调了叙述者的视角对于小说叙述的重要作用，福克纳将读者置于一种对整个事情所知很少而且一无所能的地位。作者通过康普生的小儿子——白痴班吉的眼睛来了解故事的内容。小说以朦胧的意识流的手法，使读者体会到班吉所处的环境：母亲的冷漠和厌弃，父亲的自我封闭，姐姐的真诚的爱以及失去这份爱之后所感到的悲哀。至此我们已能发现家族的四个后代中，老二凯蒂心地善良，却是个浪荡的姑娘，而老四则是个白痴。

第二部分是"昆丁的部分"。昆丁是班吉的大哥，哈佛大学学生。他是"迷惘的一代"的典型青年。他本来就有悲观的倾向，在受到了父亲强烈的虚无主义哲学的影响后，渐渐地对生活失去了热情。这一部分中，福克纳特别强调了时间对于叙述的重要意义。福克纳将叙述时间做了强烈的拉伸，使昆丁的意识无限制地活跃在过去与现在，整个部分就是自杀前一天脑海中意识般的想象和感受的描写。小说中通过昆丁的现实生活，他的回忆、思考、梦呓与潜意识活动描述，继续描绘凯蒂。昆丁对妹妹凯蒂的感情已经到了不正常的地步，最终凯蒂的出轨行为和被丈夫遗弃的遭遇，使他受到沉重的打击，精神完全崩溃，最后投河自尽。

第三部分是"杰生的部分"。杰生是凯蒂和昆丁的弟弟，是个绝对的利己主义者。由于凯蒂使他不能谋得银行里的职位，他恨凯蒂和她的私生女小昆丁。作者通过杰生的大段独白，淋漓尽致地刻画了杰生自私卑下的精神状态。至此，我们知道家族后代中的老三虽健康地活着，却是一个毫无指望的无赖。

第四部分是"迪尔西的部分"。这部在叙述方式上基本恢复了正常的手法，所叙的事情发生在1928年的复活节。在这一部分里，作者通过对黑女佣迪尔西的描写来补述小说中没有交代清楚的情节。前面三个叙述者或是白痴，或是精神濒于崩溃的人，或是偏执狂。迪尔西可以说是书中唯一健康的力量。她的忠心、忍耐、毅力和仁爱与前面三个叙述者的精神状态恰成鲜明的对比，作者通过她体现了"人性的复活"的信念。凯蒂留下的私生女小昆丁几乎继承了凯蒂的放浪不羁，17岁的她跟一个流浪艺人私奔，还偷走了杰生视为命根子的钱财。康普生一家的自私自利，生活中没有爱，与基督临死时告诫门徒的"你们要彼此相爱"形成强烈的对比。

◎ 关键词：修道院 谴责战争 意识流 南方的女儿

"南方的女儿"——凯瑟琳·安妮·波特

●农村姑娘 美国 亨特

>>> 无政府主义

无政府主义（或安那其主义）是一系列政治哲学思想，包含了众多哲学体系和社会运动实践。它的基本立场是反对包括政府在内的一切统治和权威，提倡个体之间的自助关系，关注个体的自由和平等。它的政治诉求是消除政府以及社会上或经济上的任何独裁统治关系。

英语中的无政府主义"Anarchism"源于希腊语，意思是没有统治者。所以被翻译成中文时，根据这一最基本的特征译成"无政府主义"；也有文献音译为"安那其主义"。

拓展阅读：

《美国女作家作品选读》
秦小孟
《美国文学作品选读》汪泠

凯瑟琳·安妮·波特是美国最有影响的女作家之一。

波特1890年3月15日生于南方得克萨斯州印第安湾镇的一个名门世家。少女时代的波特曾在修道院里接受教育，然而她却丝毫不喜欢这种教育。16岁时，她从修道院出走，之后当过记者、演员、歌手、编辑与教员，后专门从事写作。30岁时开始发表作品，后来移居西欧，从事商业活动。经过两次不成功的婚姻后，波特一直过着独身的生活。晚年她在大学执教，直到1980年9月18日逝世。

她最早出版的短篇小说集《开花的紫荆树》中有不少篇幅是以20世纪20年代动荡的墨西哥为背景的，其中的《弃妇》写一个老妇人临终时的思想活动，回忆与现实交织在一起，老妇人倔强执着的性格表现得很突出，这是她运用"意识流"手法获得成功的一篇代表作品。

波特后来出版的作品有小说集《中午酒》《灰白马、灰白骑士》《斜塔》等。《中午酒》以美国南方的风土人情为背景，全书充溢着一种沉郁迷惘的气氛。小说写一个专以搜捕疯子为职业的人被雇用疯子的农场主杀死的故事，探讨了本性善良的人身上所暗伏的暴力倾向和自我欺骗。作者认为生活中善与恶、是

与非之间的界限有时是颇难划清的。这篇作品对人物内心的精彩刻画展现了波特的写作技巧。《灰白马、灰白骑士》带有一定的自传性质。小说描写第一次世界大战期间，一个女记者对帝国主义战争的反感。她爱上一个军人，不料瘟疫无情地夺取了爱人的性命。整篇作品的情节在往昔与现在、黑夜与白昼、梦幻与现实之间交替出现。小说运用了《新约·启示录》中骑灰色马的死神的典故，因此小说中充满了一种人无法与命运相抗衡的悲剧气氛，同时表达了作者对无谓的战争的谴责。这篇小说是波特最心爱的作品之一。

1962年，波特于1940年即已开始创作的长篇小说《愚人船》出版。她自称这是她写得十分费力的一部小说。这是一部寓言体小说，描写主人公从墨西哥到德国的一次旅行中发生的事。

波特还著有散文集《过去的时日》，记述她对几个作家的回忆以及她的创作体会。1977年，《千古奇冤》出版。作品记述了她20年代参加抗议处死无政府主义者萨柯－樊塞蒂一案的情况。1965年出版的中短篇小说集，获得1966年的普利策奖与美国全国图书奖。她本人也并被尊称为"南方的女儿"。

◎关键词：长篇小说 客轮 愚人 纠葛 二战

"大难临头之前的世界图景"——《愚人船》

●希特勒向人群致礼

>>> 希特勒上台

1932年的德国总统选举中，德共建议与社会民主党共同提名候选人来阻止法西斯上台，但被拒绝。社会民主党自己也不提名候选人。

德共的选举口号是："选举兴登堡就是选举希特勒，选举希特勒就是选举战争。"社会民主党的口号是："选举兴登堡就是打击希特勒"，其根据是两害相权取其轻。结果兴登堡当选，其后果被共产党不幸言中。

1933年1月30日，希特勒被兴登堡任命为德国总理，希特勒上台了。德国自此进入了法西斯专制时代，随之而来的是巨大的灾难。

拓展阅读：

《凯瑟琳·安妮·波特》
雷伊·B.小威斯特
《刺杀希特勒》（电影）

《愚人船》是美国女作家凯瑟琳·安妮·波特唯一的一部长篇小说。她从1940年就开始写作这部小说，到1962年出版，先后花费了二十多年时间。正如波特所言，这是她写的最费力的一部小说。

《愚人船》以1931年希特勒攫取政权以前，从墨西哥开往德国的一艘客轮为背景，叙述了船上许多不同种族、不同身份的旅客，在17天航行中所发生的形形色色的纠葛。描绘了一幅"大难临头之前的世界的图景"。

全书人物众多，有名有姓的主人公就有七十多个，作者把他们一个一个地推上舞台，让他们用各自的言行来表现自己"愚人"的一生。书中并无连贯的情节，高潮主要体现在西班牙舞女组织的一场假面舞会上。这场假面舞会把人们原有的虚伪的道德的面具全部剥得一干二净。

作者企图表明"恶"总是在"善"的妥协与默契之下得逞；人的天性是脆弱的，人有毁灭别人与自我毁灭的本能。波特将这艘船命名为"维拉号"（即真理），这艘船代表的就是人生。人生虽因种族、地位、身份的不同而有所差异，但同样像愚人一样充满了无意义的轮回。

小说实际上反映了第二次世界大战之前，人们对世界局势的忧虑和思索，以及当时的中产阶级对于法西斯主义的恐惧心理，从这一点来看，《愚人船》可以称得上是一部针砭时弊的醒世之作。

作为一个严肃深沉的作家，波特的创作从来不是为读者提供消遣的园地，她的主题始终没有离开罪愆、孤独、精神压抑、新旧文化的冲突、传统与变革的矛盾等。波特在80岁高龄时仍然坚持创作，努力创作着她的最后一部作品——以美国著名的萨柯－樊塞蒂冤案为题材的《没完没了的过错》。小说表现了这位女作家在人生的最后阶段，仍然具有强烈的正义感和对反动势力的不屈服的斗争精神。

波特的小说描写细腻，思想上有深度，文字考究，风格优美。批评家认为她在反映生活中人的孤独、苦闷、失意与得不到理解等问题时，既不采取愤世嫉俗的态度，也不表达廉价的感伤，而是以富有诗意的笔调含蓄地加以表达，以使读者对人生作进一步的思考。她的小说大多取材于她所生长的美国南方，尽管对于技巧和风格的要求限制了她的小说数量，但她的小说简练纯朴中蕴含着震撼人心的力量。

她被认为是继威拉·凯瑟之后最受欢迎的女小说家。

◎ 关键词：大器晚成 性描写 解禁 自传性质 意识流

崩溃的边缘——米勒与《北回归线》

美国作家亨利·米勒1891年生于纽约市一个德裔美国人家庭，父亲是裁缝铺老板，嗜酒成性。亨辛·米勒出生后不久，全家从曼哈顿搬到布鲁克林，居住在工人和小商小贩中间。

青少年时的米勒所处的家庭条件和社会环境都不十分优越，因此，亨利·米勒也没有受过很高的正规教育，他曾在纽约市立大学就读，但两个月后便辍学了。此后，他从事过水泥公司的店员、见习记者、洗碗工、报童、垃圾清理工、售票员、酒吧招待、码头工人、图书管理员、统计员、机械师、慈善工作者、保险费收费员、文字校对员等各种各样的工作，有的工作他干了甚至不到一天。丰富的生活经历为亨利·米勒的创作提供了广泛的素材。

米勒亦是20世纪30年代美国旅欧作家之一，1930～1939年旅居法国巴黎等地。米勒走上文学创作的道路显然比他的同时代美国作家要晚，而且成名也晚。年纪比他轻的海明威、福克纳、菲茨杰拉德等作家在20年代都已小有名气，或已有了相当的成就，而他那时候却还在为生活奔忙。他发表第一部作品时已经43岁，也可谓大器晚成。

然而他的第一部小说《北回归线》就惊动了出版界，因为书中的性描写太过露骨了，以至于英美等英语国家在十几年内没人敢出版这部书。米勒在英语国家也默默无闻，他的前三部作品《北回归线》《黑色的春天》《南回归线》最先都是在法国面世的。1944年，盟军来到巴黎时，英美军队的士兵在巴黎市场上发现了亨利·米勒的书，争相传阅，并把它们偷偷带回英美等国。亨利·米勒的作品意外地比那些流行的文学精英们的作品获得了更广泛的读者。但是，由于许多人仍然把亨利·米勒看作专写"淫秽作品"的作家，他的主要作品都无法在美国公开发表。后来，美国终于在1961年对《北回归线》解禁，允许它在国内公开出版。

米勒的小说大部分带有自传性质。他的代表作《北回归线》是根据他在巴黎的生活写成的。小说描写主人公放荡不羁的生活，刻画人物极为生动，对性生活的描写十分露骨。小说描写主人公在当教员期间由于感到生活枯燥而陷入精神崩溃的边缘。《北回归线》没有连贯的或贯穿始终的情节，也不标明章节（分为15部分），作者想到哪里便写到哪里，对素材从不作任何选择和梳理，有时兴之所至的大段议论反倒比漫不经心、娓娓道来的一则则逸闻趣事占去更多篇幅。作者的想象力异常丰富，往往由一件日常小事引出许多跳跃式的、不符合逻辑的、匪夷所思的联想，发出令人莫名其妙、甚至目瞪口呆的感慨。

● 北回归线标志塔

>>> 奇特的北回归线

北回归线是一条很奇特的地理标志线，它是指太阳直射地球表面的最北界线，位于北纬23.5度，是一个地理意义上的虚拟的线。从每年的3月21日前后，太阳步步北移，在每年的6月22日左右直射北回归线，这一天就是北半球的夏至日；到达北回归线后太阳回头往南，逐渐越过赤道，12月22日左右直射南回归线，此时为北半球的冬至日。到达南回归线后，太阳再次回头，每年这种现象循环往复。有人将这种现象戏称为"太阳的两次大翻身"。

拓展阅读：

《亨利·米勒》杨恒达
《当代美国文学》秦小孟

● 爱国者 美国 怀斯

>>> 魁北克省

　　魁北克省 (Quebec，简称魁省)面积154万平方公里，占加拿大国土总面积的五分之一。由于其居民多为法国后裔，故该省也是加拿大唯一以法语为官方语言的省份。魁北克南部边界和美国相接，西部达到渥太华河和安大略省，北以詹姆斯、哈得孙和昂加瓦三大海湾为界，东面是拉布拉多和圣劳伦斯湾。

　　魁北克土地约一半被森林覆盖，80%的人口生活在南部圣劳伦斯河沿岸地区，这里法国风情浓厚。魁北克有 10 个印第安民族和一个英纽特民族。这些原住居民总人数为72430人，约占魁北克省总人口的1%。

拓展阅读：

《贝娄短篇小说集》
　[美] 索尔·贝娄
《索尔·贝娄访问记》蒲隆

◎ 关键词：犹太人 自我意识 个人自由 精神危机

博学的犹太作家——索尔·贝娄

　　美国作家索尔·贝娄1915年生于加拿大魁北克省拉辛市的一个从俄国移居而来的犹太商人之家。他的童年是在蒙特利尔度过的，在他9岁时，全家移居美国芝加哥。

　　1933年，贝娄考入芝加哥大学。两年后，转入位于伊利诺伊州埃文斯顿的西北大学，获得社会学和人类学学士学位。同年赴麦迪威的威斯康星大学攻读硕士学位。第二次世界大战期间，他曾在商船队服役，战后在明尼苏达大学、纽约大学、普林斯顿大学和芝加哥大学任教。

　　1941～1987年的46年间，贝娄共出版了九部长篇小说。贝娄最早出版的《挂起来的人》《受害者》就获得了评论界的好评。1953年，《奥吉·玛琪历险记》的出版使他一举成名，奠定了他的文学地位。小说的主人公奥吉企图摆脱外界的控制，追求无限的自由，寻找支配自己的理想的本质。他害怕在一种不变的关系和环境中凝固僵化，又担心在不断的变动中失去生存的空间和意义。坎坷半世，奥吉仍然没有找到自己的"本质"。这部小说成为当代美国文学中描写自我意识和个人自由的典型之作。

　　此后，贝娄陆续出版了《雨王汉德逊》《赫索格》《赛姆勒先生的行星》《洪堡的礼物》等小说。这些作品揭露了中产阶级知识分子的精神苦闷情绪，从侧面反映了美国当代"丰裕社会"的精神危机。《赫索格》成成为美国轰动一时的畅销书。《赛姆勒先生的行星》借一位居住在纽约的纳粹集中营的幸存者的所见所闻，抨击了美国现代社会的混乱和疯狂。《洪堡的礼物》则描写了两代作家的成功与失败，反映了当代美国各阶层知识分子的精神感情和情操。

　　进入20世纪80年代，贝娄又创作了《院长的十二月》和《更多的人因伤心而死》两部长篇小说。《院长的十二月》以芝加哥和布加勒斯特为背景，将所谓的"自由社会"和"警察国家"加以比较。《更多的人因伤心而死》侧重揭示当代文明对人的生活的侵蚀。

　　贝娄集学者与作家于一身，一生获得无数的奖杯和殊荣。他曾三次获美国全国图书馆奖和一次普利策奖。1968年，法国政府授予他"文学艺术骑士勋章"。1976年，他因"对当代文化富于人性的理解和分析"而获得诺贝尔文学奖。

●远方的雷声 美国 怀斯

>>> 贝娄真正的妻子

1989年，74岁高龄的索尔·贝娄迎娶了比他小43岁的杰妮斯，这已经是贝娄第五次婚姻。这场"忘年交"不被多数人所看好，但它是最让贝娄心满意足的婚姻。

1994年，贝娄在加勒比海度假时误吃了有毒的鱼，病毒破坏了神经系统，他昏迷达五星期之久。他年轻的妻子几乎没日没夜地守在他身边，生怕她一离开，贝娄就会死去。在生命的濒死时分，贝娄深刻地领会到妻子和女人的含义，他说："直到我娶了杰妮斯，我才明白真正的妻子是什么样的。"

拓展阅读：
《〈赫索格〉的戏仿解读》
段良亮/单小明
《〈赫索格〉表现手法刍议》
夏政

◎ 关键词：知识分子 迷惘 人道主义危机 畅销书

生活的敌人——《赫索格》

1964年，贝娄发表了长篇小说《赫索格》，这是20世纪60年代美国最为畅销的小说之一，它真实地表现了中产阶级知识分子在现代社会中的苦闷与迷惘和资产阶级人道主义面临的危机。

赫索格是一位品格高尚、博学多识的大学教授，他为人谨慎，与人为善，但是现实生活却好像处处与他为敌，特别是妻子玛德琳和挚友瓦伦丁的忘情负义，使他最终发现，在现代社会中人的观念已发生了变化，人类所有的高尚的道德情操都被无情的现实击得粉碎。赫索格找不到精神支柱，失去了信仰，也失去了心理平衡。他发现，自己掌握的那些知识在现实生活中几乎是毫无用处，根本无法用它们来认识周围的世界和安排自己的生活，甚至不能帮助他认识自己的生命究竟在哪里。

赫索格是一个典型的现代西方高级知识分子，他既高居于社会的芸芸众生之上，又受到来自不同阶层的意识的冲击，他对资产阶级的生活堕落表示极大的厌倦，但在生活享受和物质追求上又离不开这个阶级所给予他的一切。因此，他焦虑再三地反省生活中失败的教训，试图找到一条虽然与现实妥协，但又能保持个人尊严的中间道路。

国外有些评论家把赫索格称为"精神过敏的俄底修斯"，尽管3000多年前的这位希腊将领的还乡传奇式经历与赫索格的人生旅程并无相通之处，但按其本质来说，都可以看成是对人类价值的追求。不过，俄底修斯胜利了，他最终赢得了家庭和幸福。而赫索格却失败了，他的悲剧是一切美国中产阶级知识分子精神空虚、生活飘零的必然结果。

《赫索格》中有大量人物的感觉、回忆、推测、意念、说理的描写，它们混杂在一起，主人公自始至终沉浸在杂乱无章的内心活动中。但是，贝娄却运用意识流的手法，较为清晰地叙述了人物、情景和主人公思想的变化，对人物的内心世界和现实世界都做了深入的探索。贝娄的意识流手法与乔伊斯、福克纳等人有一定的不同，乔伊斯等人由于过多地使用深层潜意识，再加上缺乏情节和鲜明的人物形象，往往使读者如坠云里雾中，难以消化理解。而贝娄的意识流手法则较为清晰明快，他从容自如地进出人物的内心世界，不露痕迹地揭示人物内心深处的隐秘，对人物的感情、性格和感受都做了精妙细致的分析。

《赫索格》寓意深刻，趣味高雅，出版之后便立即受到世界各国读者的欢迎，成为长久不衰的畅销书。

◎ 关键词：小说创作 潮流 神秘力量 黑色幽默

"黑色幽默"——《第二十二条军规》

●电影《第二十二条军规》剧照

>>> 《第二十二条军规》

大地笼罩在深深的寂静之中，似乎那些唯一能打破寂静的人全都被一种不可抗拒的、残忍无情的魔力降伏住了。牧师油然生出一股敬畏之感。他从来没有见到过如此阴森可怕的寂静场面。大约两百名精疲力竭、形容枯槁、无精打采的军人手里拎着降落伞袋，沮丧地、一动不动地趴在命令下达室外面。他们面无表情，一个个呆若木鸡，目光死死地盯着不同的方向。他们似乎不愿意离去，也不能够移动了。（节选）

拓展阅读：

《当代美国文学史纲》张锦

《美国文学选读》

杨岂深/龙文佩

"黑色幽默"是继"迷惘的一代"之后兴起的另一种小说创作的潮流。这种文学潮流的代表作品就是约瑟夫·海勒的《第二十二条军规》。

约瑟夫·海勒第二次世界大战期间曾任空军中尉，1950 年以后曾任《时代》和《展望》等杂志编辑，1958 年开始在耶鲁大学和宾夕法尼亚大学讲授小说和戏剧写作。他的成名作《第二十二条军规》为读者勾画出了一个光怪陆离、头绪杂乱的世界。在这个世界里，各种怪诞的事情不断发生，各种怪癖的人物不停地窜动，演出了一幕幕狂想型的人间闹剧。

一个美军轰炸机飞行中队在虚构的意大利附近的海岛上执行作战任务。约萨里安上尉千方百计想在战争中保命，同时又想在战争的恐怖和残酷中保持理智。他已经有了 50 次作战飞行的记录，他不想再飞了，但飞行中队的上校把停飞的次数从原来的 50 次增加到 55 次。而当约萨里安上尉快要接近它的时候，上校又将规定增加到 60 次。到最后，停飞次数已经增加到 80 次。约萨里安上尉想从军规中寻找能让他停飞的理由，但却失望地发现，荒唐却绝妙的第二十二条军规使他毫无机会。

这条军规规定，面临真正的、迫在眉睫的危险时，对自身安全表示关注乃是头脑理性活动的结果。例如，奥尔疯了，可以允许他停止飞行。只要他提出请求就行。可是他一提出请求，他就不再是个疯子，就得再去执行任务。倘若奥尔再去执行任务，那他准是疯了。如果他不再去，那他就没有疯。可是既然他没有疯，他就得去执行飞行任务。倘若他去执行飞行任务，他准是疯了，不必再去飞行。可是如果他不想再去，那么他就没有疯，他就非去不可。

在海勒的世界里，第二十二条军规是神秘的代名词，象征了一种具有超自然的、能操纵人类命运的神秘力量。这里既有现代官僚机器的异己力量，也包含了某些神秘的海勒所感到不可捉摸、无力把握的异己力量。对于海勒来说，美国政府只是一个穷兵黩武和对外进行侵略扩张的军事官僚集团。这样的集团无论对国内百姓还是对海外士兵都实行严密的控制，谁也摆脱不了那如同魔力般军规的约束。可见，第二十二条军规所造成的意境明显带有超现实的、永恒的色彩。因此"第二十二条军规"亦成为美语中形容无法摆脱的困境的俗语。

小说中的其他人物和事情也像这条军规一样显得荒诞而疯狂，几乎每个人都有一个相对独立的故事。

大洋彼岸的歌声——美国文学

●塞林格像

>>> 塞林格未发表的手稿

20世纪60年代中期以后，塞林格一直隐居在美国新罕布什尔州的康尼什(Cornish)小镇。30年来，塞林格至少写了15本书，未完成的手稿更是不计其数。

据说这些未出版的作品都是围绕塞林格发表的最后一部小说——《弗兰尼与卓埃》中的主人公格拉斯一家展开的。这些作品都被锁在一个大保险柜中，没有人知道塞林格准备如何处置。塞林格70年代的女友乔伊斯·梅纳德回忆录中也证实了这一点。根据她的回忆，塞林格每天都不停地写作，然后把手稿锁到保险柜里。这些手稿迄今为止都未发表。

拓展阅读：

《塞林格传》
　[美]保罗·亚历山大
《麦田里的守望者》
　[美]塞林格

◎ 关键词：第一人称 虚伪与欺骗 玩世不恭 意识流

时代青年的心声——《麦田里的守望者》

杰罗姆·大卫·塞林格于1919年新年这一天出生在美国纽约市一个犹太富商之家。塞林格15岁时被父母送到一个军事学校住读，在军校期间，塞林格有时打着手电在被窝里写作。1937年，塞林格去波兰学做火腿，不久回国继续读书，先后进了三所学院就读，但都未毕业。1942年从军，经一年多专业训练，前往欧洲做反间谍工作。

1946年复员回纽约后，塞林格专门从事写作。早在军校读书时，塞林格即练习写作。从1940年发表处女作到1951年出版长篇小说《麦田里的守望者》的11年间，塞林格发表短篇小说20多篇。《麦田里的守望者》的出版使塞林格一举成名。

塞林格在《麦田里的守望者》中创造了一种新颖的艺术风格。全书通过第一人称，以一个青少年的口吻叙述了自己被学校开除，并一直到被送进精神病院的两天内发生的故事。小说通过这个青少年的所思所想、所见所闻和行为举止批判了成人世界的虚伪面目和欺骗行径。

小说主人公霍尔顿是个性格复杂而又矛盾的青少年。他有一颗纯洁善良、追求美好生活和崇高理想的童心。他对那些热衷于谈女人和酗酒的人十分反感，对校长的虚伪势利非常厌恶，看到墙上的下流字眼便愤愤擦去，遇到修女为受难者募捐就慷慨解囊。他对妹妹菲芯真诚爱护，百般照顾。他常常做一个梦，梦见很多孩子在悬崖边的麦田里玩耍，而他是一个"麦田里的守望者"，当有孩子跑向悬崖时，他可以将孩子拉回来。这个梦代表了他的理想，在已经将自己糟踏的污浊世界中，他发出了"救救孩子"般的呼声。可是，愤世嫉俗思想引起的消极反抗，还有那敏感、好奇、焦躁、不安和想发泄、易冲动的青春期心理，又使得他不肯读书，不求上进，只知玩世不恭。他抽烟、酗酒、打架、调情，甚至找妓女。他觉得老师和父母要他读书上进，无非是要他出人头地，以便将来可以过上混账般的好日子。他认为成人社会里没有一个人可信，全是假仁假义的伪君子，连他唯一敬佩的老师也是个同性恋者。他看不惯现实社会中的那种世态人情，他渴望的是朴实和真诚，但遇到的全是虚伪和欺骗，而他又无力改变这种现状，因此苦闷、彷徨、放纵，甚至想逃离这个世界，到穷乡僻壤去装成一个又聋又哑的人。

小说风格平实简易，使用了淳朴的"生活流"和"意识流"的手法，它使好几代青年看到了自己的影子，引起了无数人内心的共鸣。

● 《土生子》封面

>>> 美国黑人人权运动

　　第二次世界大战后，美国黑人反对种族隔离与歧视，争取民主权利的群众运动蓬勃发展。1955年12月1日，亚拉巴马州蒙哥马利城黑人R.帕克斯夫人在公共汽车上拒绝给白人让座，被捕入狱。在青年黑人牧师M.L.金的领导下，全城5万黑人团结一致，罢乘公共汽车达一年之久，终于迫使公共汽车公司取消种族隔离制。1957年，金牧师及其支持者组成南方基督教领袖会议，将运动深入到南部生活的各个领域。美国黑人人权运动一浪高过一浪地开展起来。

拓展阅读：

《美国黑人运动史》龚念年
《〈土生子〉新论》金纳蓥

◎ 关键词：人权运动 黑人文学 赖特派 黑孩子

黑人文学的崛起——赖特与《土生子》

　　20世纪中期，随着黑人人权运动的兴起，黑人文学创作也呈现出繁荣景象。1940年，理查德·赖特的小说《土生子》为黑人文学赢得了世界性的声誉。

　　理查德·赖特1908年9月4日生于密西西比州纳切兹附近的一个种植园里，祖父是奴隶，父亲是种植园工人，母亲是乡村教师。幼年时的赖特进过孤儿院，曾在几个亲戚家寄养，15岁起独立谋生。

　　赖特从小深受歧视，对周围的白人世界怀着又恨又怕的心理。这种心理不仅在他的著名的自传《黑孩子》中有生动的体现，而且在他的小说中也有所反映。

　　赖特离家后，曾在孟菲斯、芝加哥等地从事各种体力劳动，同时勤奋自学，立志成为作家。他爱读德莱塞、刘易斯、安德森等现实主义作家的作品，深受他们的影响。美国经济萧条时期，赖特长期失业，对美国贫富悬殊、种族歧视的社会有了进一步认识，这促使他成为20世纪30～40年代美国左翼文学中所谓"抗议小说"的创始人之一。

　　1940年，他的代表作《土生子》问世，使他一跃成为享誉美国文坛的黑人作家。小说获得畅销，后又改编成戏剧在百老汇上演，并拍摄成电影。长篇小说《土生子》塑造了另一类黑人形象。它主要描写贫穷的黑人青年别格无意中杀死一个白人姑娘，企图焚尸灭迹，最后被捕，被判处死刑。别格是个与汤姆大叔截然相反的新的黑人形象，被白人看作"坏黑鬼"。他有复仇的怒火，敢于向现存的社会秩序挑战，甚至盲目行动。作者对别格怀着满腔同情，书中做了深入的剖析，指出别格的犯罪活动与社会制度有内在的联系，证明黑人的野蛮凶暴既非天性，也非民族性，而是美国社会制度所造成的。这部小说对后来的黑人文学创作产生了很大的影响，有些黑人作家追随赖特，被称为"赖特派"。

　　1946年，赖特迁居巴黎，于1960年11月28日去世。

　　赖特一生著有长篇小说五部，中短篇小说集两部，与人合写的剧本两部以及其他著作近十部，也发表过一些诗。他的突出的成就是小说创作。最早出版的《汤姆大叔的孩子们》小说集描写美国南部黑人遭受歧视和压迫的悲惨生活。小说中的主要人物虽有反抗精神，但仍不能改变被压迫的地位。在《土生子》之后，他又创作了长篇小说《今日的主》《局外人》和短篇小说集《八个男人》，这些小说是赖特侨居巴黎时所写，他企图通过这些作品"探索新的主题和哲学"。

◎ 关键词：黑人 女作家 民间传说 诺贝尔文学奖

黑人的美——托妮·莫里森与《最蓝的眼睛》

托妮·莫里森是新近在美国文坛崛起的黑人女作家，也是第一位获得诺贝尔文学奖的黑人女作家。

托妮·莫里森1931年生于俄亥俄州钢城洛里恩，父亲是工人，母亲在白人家帮佣，她在家中三个孩子中排行老二。为了逃避种族歧视，父母从俄亥俄州（美国中西部）迁徙到美国南方，之后又为了工作迁移到北方。

莫里森的父母都为黑人文化感到骄傲，她从小在家里学会无数的黑人歌曲，听过许多南方黑人的民间传说。在黑人文化的影响和熏陶下，她读遍了与此相关的书籍，尤其对文学有兴趣。小学一年级时，她是班上唯一的黑人，不过很能和白人孩子为友，直到开始交男朋友时她才感觉到种族歧视。后来，她先后辗转于霍华德大学和康奈尔大学念书。

1970年，她出版的第一部小说就赢得文学界和读者的好评。20世纪70年代起，她先后在纽约州立大学、耶鲁大学和巴尔德学院讲授美国黑人文学，1987年起出任普林斯顿大学教授，讲授文学创作。莫里森可以说是一位学者型的小说家。

莫里森的主要成就在于她的长篇小说。自1970年起，她一共发表了《最蓝的眼睛》《秀拉》《所罗门之歌》《柏油孩子》《宝贝儿》《爵士乐》等六部长篇小说。这些作品均以美国的黑人生活为主要内容，笔触细腻，人物、语言及故事情节生动逼真，想象力丰富。莫里森作品中的主要人物都是黑人妇女，但是作品的主题和感情的深度涉及更为广泛的层面，从而吸引更广泛的读者群。她的作品纠正了黑人妇女在白人社会里长期被扭曲的形象。她特别注重从美国黑人的多年奋斗史中挖掘黑人妇女作为母性的心理和感情的元素。

《最蓝的眼睛》是莫里森的成名作，对来自白人世界的宣扬黑人"身体美"的观念做了深刻的批判。小说描写一个黑人小女孩裘利从小就忍受父亲的责骂，并被酒醉的父亲强奸。裘利心灵遭受了创伤，为了寻求美好的生活，她迷恋起了白人的审美观念，日夜向上帝祈祷，赐给她一双最蓝的眼睛。然而当她的愿望实现后，不但没有摆脱生活的不幸，反而遭受了更大的痛苦。

西方评论界普遍认为莫里森继承了赖特和詹姆斯·鲍德温的黑人文学传统，她不仅熟悉黑人民间传说、希腊神话和基督教《圣经》，而且也受益于西方古典文学的熏陶。在创作手法上，她那简洁明快的手笔具有海明威的风格，情节的神秘幽暗又近似南方作家福克纳，同时还明显地受到拉美魔幻现实主义文学的影响，但莫里森更勇于探索和创新。1993年，莫里森获诺贝尔文学奖。

● 白衣女孩 美国 毛雷尔

>>> 托妮·莫里森获奖

1993年12月7日早上，托妮·莫里森正在伏案写作，一位朋友告诉她："你已经获得了诺贝尔文学奖。"据说她有好几个小时不敢相信这是真的。后来瑞典文学院诺贝尔奖委员会打电话正式通知她这一消息，告诉她随后将寄正式通知时，她急切地反问："为什么不给我发个传真呢？这样我就不会以为这是梦境了。"

授奖辞里这样写道：托妮·莫里森是第一流的文学艺术家。她的语言如诗一般璀璨。她深入到语言内部本身，力图将语言从种族的桎梏下解放出来。

拓展阅读：
《美国黑人文学批评理论》黄晖
《黑人的灵魂》[美]杜波依斯

●惠特曼像

>>> 惠特曼作品

　　一只沉默而耐心的蜘蛛，我注意它孤立地站在小小的海岬上。注意它怎样勘测周围的茫茫空虚，它射出了丝，丝，丝，从它自己之小，不断地从纱绽放丝，不倦地加快速率。

　　而你——我的心灵啊，你站在何处，被包围被孤立在无限空间的海洋里，不停地沉思、探险、投射、寻求可以联结的地方，直到架起你需要的桥，直到下定你韧性的锚，直到你抛出的游丝抓住了某处，我的心灵啊！

拓展阅读：

爱默生与惠特曼

《草叶集》[美] 惠特曼

◎ 关键词：诗歌 太阳 民主战士 续集 《草叶集》

"船长，我的船长"——惠特曼与《草叶集》

　　如果说普希金是俄罗斯诗歌的太阳，那么惠特曼就可以称得上是美国诗歌的太阳。他优美而奔放的诗歌创作，为美国在19～20世纪成为新兴的诗歌国度打下了坚实的基础。多少代的美国青少年都是在"船长，我的船长！"的热情吟诵中萌发了对诗歌最初的兴趣，或是在"我爱你，我不久就要死去"的浅吟低唱里产生了对感情隐约的萌动。

　　瓦尔特·惠特曼1819年5月31日出生于长岛。因家贫随父母迁居布鲁克林。青年时代的惠特曼曾在公立学校求学，当过乡村教师。他喜欢游荡、冥想，喜欢大自然的美景，但是他更喜欢城市和大街小巷，喜欢歌剧、舞蹈、演讲术，喜欢阅读荷马、希腊悲剧以及但丁、莎士比亚的作品。

　　1846～1848年，他担任《布鲁克林之鹰》的编辑，之后辞职帮助年迈的父亲承建房屋，经营小书店、小印刷厂。此时他的生活自由散漫，随意游荡，与少年时一样，尽情地和船夫、领航员、马车夫、机械工、渔夫、杂工等结交朋友。

　　1855年，惠特曼的诗集《草叶集》的第1版问世，起初共收诗12首，到出第9版时共收诗383首。其中最长的被称为《自己之歌》的那首诗共1336行，内容几乎包括了作者毕生的主要思想，是作者最重要的诗歌之一。诗中多次提到了草叶，惠特曼笔下的草叶象征着一切平凡、普通的东西和平凡的普通人。

　　南北战争期间，惠特曼作为一个坚定的民主战士，显示了他的深刻的人道主义本色。战争激烈进行时，他主动到华盛顿去充当护士，终日尽心护理伤病的兵士，以致严重损害了健康。他的生活十分艰苦，虽然借抄写度日，但却把节省下的钱用在伤病员身上。他当护士将近两年的时间中，接触了大约十万名士兵，有许多后来还一直和他保持联系。

　　战后，惠特曼在政府部门担任小职员。1865年，惠特曼在纽约自费印行他在内战后期写的诗集《桴鼓集》，共收入新诗53首。几个月之后，他又出版了一本续集，其中有悼念林肯的名篇《最近紫丁香在庭院里开放的时候》。

　　此后的20多年中，惠特曼一直在创作诗歌和散文，并不断补充和再版他的《草叶集》，直到1892年他去世的时候，一共出版了九版《草叶集》。

　　惠特曼是土生土长的美国作家，他并不崇拜古老的欧洲文明，而是全心全意为建立美国式的、民主的文学而奋斗。他诗歌的艺术风格和传统的诗体大不相同，他一生热爱意大利歌剧、演讲术和大海的滔滔浪声。西方学者指出，这是惠特曼诗歌的音律的主要来源。他只写过极少几首应用传统诗法的诗歌，如流行的悼念林肯的《啊，船长啊，我的船长！》。

●老年时的庞德

>>> 庞德《少女》

树长进我的手心，
树叶升上我的手臂，
树在我的前胸
朝下长，
树枝像手臂从我身上长出。
你是树，
你是青苔，
你是轻风吹拂的紫罗兰，
你是个孩子——这么高，
这一切，世人都看作愚行。

拓展阅读：
《庞德诗选：比萨诗章》
　　　[美] 庞德
《庞德与中国文化》陶乃侃

◎ 关键词：意象派诗歌 法西斯主义 中国古诗 李白

来自东方的意境——庞德与《在地铁车站》

这几张脸在人群中幻景般闪现；

湿漉漉的黑树枝上花瓣数点。

这不是节选，而是一首完整的诗歌。这就是意象派诗歌的标志性篇章——美国诗人埃兹拉·庞德的《在地铁车站》。

庞德1885年10月30日出生于美国爱达荷州的海利，16岁时进入宾夕法尼亚大学读书，1903年转入汉密尔顿大学，1905年又返回宾夕法尼亚大学攻读罗曼语言文学。

1906年，庞德去普罗旺斯、意大利、西班牙，回国后在印第安纳州的华巴施大学任教。数月后他被认为行为不检点而被辞退，于是离美赴欧。在伦敦结识了一批作家和诗人，他把自己和这些友人称为意象派诗人。1914年，庞德编成《意象派诗选》第一辑。此时，他已成为举世闻名的意象派诗人，著名作家乔伊斯和诗人托马斯·艾略特都曾受到过他的提携。

第二次世界大战期间，庞德公开支持法西斯主义。战争结束后，他被美军逮捕，押回本土等候受审。后因医生证明他精神失常，再加上海明威和弗罗斯特等名人的奔走解救，他最终只被关入一家精神病院。1958年，庞德结束了精神病院的监禁，重返意大利，直至去世。

庞德于1909年在伦敦出版《狂喜》及《人物》两本诗集。他在伦敦的演讲也辑成集子《罗曼斯精神》，于1910年出版。1915年，他出版了英译中国古诗，书名为《中国》。庞德对中国古诗有很深的研究，当庞德最开始接触到中国诗歌以及日本俳句时，东方诗歌中那种意象呈现的境界和韵外之旨的奇妙强烈地打动了他。这种意境美是当时的西方诗歌所不具备的。

基于这种感动，庞德对于中国及日本的诗歌产生了强烈的认同感。他曾以自己的审美标准选择翻译过许多中国诗歌，如李白的《长干行》、班婕妤的《怨歌行》等，以至于他的许多译稿都被误认为是他自己的作品。

也许是深受东方的影响，也许是自身有所感悟，庞德意识到，言辞总是难以"达意"，与其徒费心力来表现诗人的感受，不如就此罢手，将对于外部世界的第一感觉原封不动地呈现给读者。正是凭借这般东方诗歌的功底，正是在这种观念的支配激励下，庞德才敢于有意无意之间把古诗和俳句的形式与精神融于自己的创作之中，进而开创其所谓的"意象主义"。他提出，诗歌是"意象的呈现，而不是意象的使用"这条理论，对于西方现代诗歌的发展产生了重要的影响。

◎ 关键词：淳朴 现代派诗歌 美国本色 鼻祖

美国现代派诗歌的鼻祖——威廉·卡洛斯·威廉斯

● 东窗 美国 哈森姆

>>> 《无产者肖像》

一个高大的姑娘，没戴帽子
系着围裙

头发向后梳，站在
街头

一只脚只穿袜子，脚尖
踮在人行道上

手里拿着一只鞋，仔细地
往里瞅，

她拉出了鞋垫
寻找那个
扎痛她脚的钉子

拓展阅读：

《美国性情》张跃军
《哥伦比亚美国诗歌史》
　　[意] 帕里尼

20 世纪 50 年代之后，美国当代诗歌在经历了第一次世界大战前夕、"意象派"所代表的童年期、第一次世界大战到第二次世界大战之间的鼎盛期这三个阶段后，进入它开阔的中年。更年轻的诗人已不满于三四十年代那种学院气的沉思和玄想，而是想更深入到人们的日常生活中去解剖真实，逃避个性的"非个人化"原则已被更深地沉入诗人的自我所代替，诗歌体现出一种向淳朴的诗人内心复归的迹向。这种转变始于诗人威廉·卡洛斯·威廉斯。

威廉斯出生于美国新泽西州鲁瑟福德城的一个商人家庭。1906年，他从宾夕法尼亚大学毕业后，又去德国莱比锡大学进修。后回故乡行医，直到 50 年代才退休。威廉斯一直是一位儿科医生，只是业余从事诗歌创作，同时还写小说和评论。

威廉斯在文学创作上曾受大学时期的好友埃兹拉·庞德和其他意象派作家的影响，同时继承了惠特曼的浪漫主义传统，并在诗歌形式方面进行了实践，发展了自由诗体。但和庞德等许多去英国取经的诗人不同，威廉斯一辈子生活在新

泽西州的路特福德。也许，作为一个英国人的儿子，他比大多数美国诗人都更强烈地意识到去除英国诗歌的所有特征的必要性。他反对感伤主义的维多利亚诗风，坚持"美国本色"，力求用美国本土语言写作，很少使用普通读者所不熟悉的词汇。

1946年，威廉斯苦心创作的巨著《帕特森》第一卷问世。这部富于地域乡土色彩的史诗性作品，以新泽西州一个小城的历史和社会生活为背景，反映美国的文化和现代人的风貌。作者将自我与广袤的美国融为一体，显示了对经验吸收的仿佛毫无限制的能力，包容了各种各样的情感。可以说，《帕特森》首次将美国新诗带出了学者的书房，接近了普通的人群，结束了艾略特的现代派玄学诗统治英美诗坛半个世纪的局面。威廉斯提倡使用实际语言的节奏，废除尾韵和抑扬格及音节数量方面的限定，而在每行中以句子重音来求得节奏。

威廉斯的创作对于后来的"黑山派"诗歌和"垮掉的一代"诗歌产生了重要的影响，因此他被称为"美国现代派诗歌的鼻祖"。

◎ 关键词：集中营 超现实主义 打字机 城市诗人

"打字机键盘上的小丑"——肯明斯

当我的心上人来看我
这有点儿像音乐，更有点儿
像弯曲的色彩（比如橙黄）
衬着沉默，或者黑色……
我心上人的到来散发
一种美妙的气味弥漫我心
你应该明白当我转身发现她时
我最微弱的心跳怎样变得更轻

● 花园 美国 哈森姆

>>> 肯明斯《爱之咏叹》

爱情比忘却厚
比回忆薄
比潮湿的波浪少
比失败多
它是痴癫最疯狂
但比起所有
比海洋更深的海洋
它更为长久
它最明朗最清醒
比起所有
比天空更高的天空
更为不朽

拓展阅读：
《肯明斯诗歌中的偏离与连贯》
　　　　　　李冰梅
《美国诗坛顽童肯明斯》
　　　　　　余兴中

这首诗来自另一位重要的美国当代诗人爱德华·埃斯特琳·肯明斯。肯明斯1894年生于马萨诸塞州的坎布里奇，父亲是哈佛大学的教授和唯一的神教牧师。肯明斯自幼喜爱绘画和文学，他1915年从哈佛大学毕业，毕业演说的题目是"新艺术"，对现代艺术，主要是立体主义、未来主义的绘画作了大胆的肯定。

第一次世界大战期间，肯明斯曾参加救护车队，并在法国战地工作，他进过集中营，后用超现实主义手法把这段经历写进《巨大的房间》一书。

第一次世界大战结束后，肯明斯在巴黎和纽约学习绘画，并开始写诗。他发表的第一部诗集《郁金香与烟囱》收有短歌和歌咏爱情的十四行诗，以后陆续发表《诗四十一首》、《1922至1954年诗选》等12部诗集。1957年，他获得了博林根诗歌奖和波士顿艺术节诗歌奖。

肯明斯认为，在科学技术发达的时代，人们用眼睛吸收外界的事物比用耳朵多，因此他的诗歌是给人看的，而不是读的。他是提倡使用打字机进行诗歌创作的诗人之一，在文字组接上破费心思。

在奇特的形式外壳之下，肯明斯显示了卓越的抒情才能和艺术敏感。他的小诗，如《正是春天》《这是花园，色彩多变》勾画出儿童的天真形象，散发着春天的清新气息。他的爱情诗，如《梦后的片刻》《我从没去过的地方》在温柔中含有凄怨。他怀念父母的诗《如果有天堂，母亲（独自）就在那一方》也真挚感人。

肯明斯后期的诗歌常常采用街头巷尾的俚语方言创作，诗的社会性也有所增强。但他的题材仍不够广阔，始终缺乏思想深度，因此，评论界对他的诗历来都是毁誉参半。有人称他为"打字机键盘上的小丑"，指责他的诗是肢解了诗歌语言的"假实验"，但还有一些文学批评家却认为他是最有成就的城市诗人之一。

●金斯堡像

>>> 金斯堡《致林塞》

伐切尔，群星闪出
薄雾罩在科罗拉多的大路上
一辆汽车缓缓爬过平原
在微光中
收音机吼叫着爵士乐
那伤心的推销员点燃
另一支香烟
在另一座城市那是27年前
我看见你的墙上的影子
你穿着吊带裤坐在床上
影子中的手举起一支手枪
对准你的头
你的身影倒在地上

拓展阅读：

《当代美国诗人》
　［美］马克·斯特兰德
《美国诗歌赏析》姜涛

◎ 关键词：俄国移民 同性恋 《嚎叫》 "垮掉的一代"

"垮掉的一代"——金斯堡

艾伦·金斯堡1926年6月3日出生于美国新泽西州帕特森市的一个俄国移民家庭。母亲是个共产主义者，患有精神病，这让金斯堡的童年备受折磨。母亲的影响，加上自身的同性恋癖好，使他选择了"主动疯狂"的道路。在哥伦比亚大学读书时，他结识了高年级同学凯鲁亚克和从哈佛来的巴罗斯。他们意气相投，又都是同性恋者，他们同居在一起，整天谈论文学创作问题。

1948年，金斯堡大学毕业，之后就到处打零工。他因撞车坐过牢，因言行异常接受过精神治疗。无论在何种艰难、窘迫的情况下，他都没有放弃诗艺的探索和诗歌的写作。

1955年，金斯堡前往西海岸"呼吸更自由的空气"。他在旧金山结识了一些有相似思想倾向的文学青年。他们在一起酗酒吸毒，并由此找到"新的诗的灵感"。在充满传奇色彩的旧金山第六画室诗歌朗诵会上，金斯堡朗诵了《嚎叫》，自此以后，他成了公众人物，也把"垮掉派"推到了前台。《嚎叫》后来由意大利裔诗人劳伦斯·弗林格蒂的城市之光书店出版，一出版就立即引起轰动，在美国文坛上掀起一场轩然大波。有人斥之为"淫秽之

作"，甚至就此告到司法当局。但是，一些开明的评论家却认为《嚎叫》是"对社会的一种严厉批评，具有拯救社会的价值"。一年后，法院撤销了针对《嚎叫》的诉讼案。这场在美国轰动一时的诉讼案不但使名不见经传的金斯堡立时名闻遐迩，也使他及其朋友们的同类作品得以合法出版，正式宣告了"垮掉的一代"作家堂而皇之地登上美国文坛。《嚎叫》一书后来被一些评论家称为"美国新崛起的文学流派'垮掉的一代'的经典之作"，印行近四十万册，风靡美国和西欧。

金斯堡深受鼓舞，诗兴一发而不可收，先后出版了诗集《现实三明治》《星球消息》《飞机上的梦》。1973年出版的诗集《美国的堕落》中收录了不少反对美国侵越战争的诗作，第二年，这本书获得美国全国图书奖，他本人成为美国文学艺术院成员。通过这些作品，金斯堡进一步奠定了他作为"垮掉的一代"的代言人的地位，受到美国和国际文艺界的广泛关注。

金斯堡一直积极参与社会活动，直到1997年4月过世。从影响和成就来说，金斯堡是"垮掉的一代"的翘楚。而他的诗歌究竟具有什么样的社会和艺术价值，还有待未来文学史家和诗学家的评判。

大洋彼岸的歌声——美国文学

◎关键词：自然景色 风俗人情 戏剧独白 驻校诗人

"熟悉黑夜"——弗罗斯特

我早就已经熟悉这种黑夜。
我冒雨出去——又冒雨归来，
我已经越出街灯照亮的边界。
……
在更远处，在远离人间的高处。
有一樽发光的钟悬在天边。
它宣称时间既不错误又不正确，
但我早就已经熟悉这种黑夜。

●卡门 美国 萨金特

>>> 弗罗斯特《火与冰》

有人说世界将毁灭于火，
有人说毁灭于冰。
根据我对于欲望的体验，
我同意毁灭于火的观点。
但如果它必须毁灭两次，
则我想我对于恨有足够的认识
可以说在破坏一方面，
冰也同样伟大，且能够胜任。

拓展阅读：
《20世纪美国诗歌》[美] 比奇
《弗罗斯特诗选》
陕西人民出版社

这首《熟悉黑夜》是美国诗人罗伯特·弗罗斯特的代表作。弗罗斯特被称为"交替性的诗人"，意指他处在传统诗歌和现代派诗歌交替的一个时期，代表了现代派诗歌的一种风格。

弗罗斯特于1874年出生在加利福尼亚州一个教师家庭。他幼年丧父，母亲把他带到马萨诸塞州生活。母亲的苏格兰人的忠诚和虔诚的宗教信仰对弗罗斯特有很大影响，使他的作品既崇尚实际又富有神秘色彩。

弗罗斯特中学时代就对诗歌显露出浓厚的兴趣。1898年，弗罗斯特因肺病中断在哈佛大学的学业。此后他曾做过纺织工人、教员，经营过农场，并开始写诗。他徒步漫游过许多地方，被认为是"新英格兰的农民诗人"。

弗罗斯特的诗歌最初未在美国引起注意。1912年，弗罗斯特举家前往英国定居后，继续写诗，受到英国一些诗人和美国诗人埃兹拉·庞德的支持与鼓励，出版了诗集《少年的意志》与《波士顿以北》，得到好评，也引起了美国诗歌界的注意。1915年，弗罗斯特回到美国，在新罕布什尔州经营农场。他的诗名日盛，于1924年、1931年、1937年和1943年四次获得普利策奖，并在多所著名的大学中任教师、驻校诗人与诗歌顾问，晚年成为一个非官方组织的"桂冠诗人"。

弗罗斯特的诗歌在形式上与传统诗歌相近，但不像浪漫派、唯美派诗人那样矫揉造作。他不追求外在的美，往往以描写新英格兰的自然景色或风俗人情开始，渐渐进入哲理的境界。

弗罗斯特认为，对于一个诗人来说，大自然和宗教一样重要。他的创作力求用"旧形式表达新内容"，他学习浪漫诗人华兹华斯，用普通人的口吻抒发感情，描述日常生活的事件与场景。他还受英国诗人勃朗宁的影响，在诗歌中运用戏剧独白或对话的手法。他对大自然的描写颇具形而上的色彩和神秘主义色彩，不时体现出他的宗教信仰和价值观。

●阳台 美国 惠斯勒

>>> 布罗茨基《抒情诗章》

一
恰似一只杯子，
在停止喧哗的
大海的平面上
打下深刻的印记，
星星转移到
另外一个半球，
那里一片静寂，
唯有鱼儿在水中。
二
亲爱的，这里的
黄昏多么温暖。
鹦鹉的沉默
使寂静更显安谧。
月亮向灌木丛
倾泻自己的乳汁：
流落远方的身躯
呈现圣洁的轮廓。
(节选)

◎ 关键词：犹太家庭 街头诗人 社会寄生虫 劳改营

"几乎是一首悲歌"——布罗茨基

约瑟夫·布罗茨基1940年生于苏联列宁格勒的一个犹太家庭，父亲是摄影师。布罗茨基自小酷爱自由，因不满学校的刻板教育，15岁便退学进入社会。他先后当过火车司炉工、医院陈尸房工人、地质勘探队的杂务工等。布罗茨基在业余时间坚持写诗和译诗。

布罗茨基从1955年开始写诗，多数发表在由一些青年作家和艺术家所办的刊物《句法》上，并通过诗朗诵和手抄本形式流传于社会。布罗茨基卓越的诗才很快使他崭露头角，他被称作"街头诗人"，受到阿赫玛托娃和其他一些文化界人士的赏识。

1963年，他发表了早期创作的代表作《悼约翰·邓》，引起了巨大的争议。1964年，布罗茨基被法庭以"社会寄生虫"罪判处五年徒刑，送往边远的劳改营服苦役。服刑18个月后，在苏联一些著名作家和艺术家的干预和努力下被释放，并获准回到列宁格勒。从此，布罗茨基的作品只能在国外出版。1965年起，布罗茨基的诗选陆续在美国、法国、西德和英国出版，主要有《韵文与诗》《山丘和其他》《诗集》《悼约翰·邓及其他》《荒野中的停留》等。

1972年，布罗茨基被苏联驱逐出境。不久，他接受美国密执安大学的邀请，担任驻校诗人，开始了他在美国的教书、写作生涯。1977年，布罗茨基加入美国国籍。侨居国外期间，布罗茨基又以十多种语言出版了他的诗集，其中尤以《诗选》(1973)和《言语的一部分》(1980)影响为最大。此外，还有散文集《小于一》(1986)、《论悲伤与理智》(1996)等。在短短的十几年间，布罗茨基声名鹊起，成为当代最著名的诗人之一。

布罗茨基的诗充满了俄罗斯风味，特别是在定居国外之后，怀乡更成为他的诗歌主题之一。在艺术上，他始终"贴近两位前辈诗人阿赫玛托娃和奥登"，追求形式上的创新和音韵上的和谐。1987年，由于他的作品"超越时空限制，无论在文学上及敏感问题方面，都充分显示出他广阔的思想和浓郁的诗意"，他获得了诺贝尔文学奖。

●雾警 美国 霍麦

拓展阅读：
《布罗茨基传》刘文飞
《文明的孩子》[美]布罗茨基

●尤金·奥尼尔像

>>> 《潜水艇》

我的灵魂是一艘潜水艇。
我的灵感是鱼雷。
我将看不见的东西，
隐藏在生活的表层下面，
留心观望一艘艘船只，
一艘艘装载沉重呆笨的商船，
锈蚀斑斑、
积满油污的大帆船，
带着过度的自信，
艰难地行驶，太缓慢，
以至无所畏惧或惊奇，
被笑声似的波浪嘲笑，
轻慢的浪花嘲弄。
我要摧毁它们
因为大海美。
那就是为什么
我具有威胁性地
潜伏在绿色的底层。

拓展阅读：

《奥尼尔戏剧研究论文集》
郭继德
《毛猿》[美] 尤金·奥尼尔

◎ 关键词：剧作家 多产作家 普利策奖 表现主义

美国戏剧奠基人——尤金·奥尼尔与《毛猿》

尤金·奥尼尔1888生于纽约一个演员家庭，幼时跟随从事旅行演出的父亲在美国各地生活。1897～1906年曾在几个寄宿学校求学，后考入普林斯顿大学，但因酗酒闹事被开除学籍。在此后的冒险生活中，他曾到洪都拉斯淘过金，在非洲和南美当过水手，做过演员、导演、新闻记者、小职员等。1912年患肺结核住院期间，研读了自古希腊以来的戏剧经典作品，并开始戏剧创作，此后成为专业剧作家。

奥尼尔是位多产作家，他一生创作独幕剧21部，多幕剧28部。奥尼尔生前三次获普利策奖，在他死后的1956年，他的作品《长夜漫漫路迢迢》首次在瑞典上演，并再一次获得普利策奖。

《毛猿》是奥尼尔的代表作。它讲述了一个被美国工业社会所遗弃的人孤独而狂躁地努力寻求归属的故事，这是一出采用表现主义手法并取得巨大成功的戏剧。身强力壮的水手扬克，这个一向以为是自己开动着这条大轮船的司炉工，自从上流社会的阔小姐米尔德丽德幽灵般地突然闯进他的工作间观光之后，他内心的平衡、自信及乐观被打破了，扬克也第一次意识到自己在社会中的可悲处境，他的地位是这样低下，他引以为豪的体魄竟然遭到这位仙女般白人小姐的唾弃。屈辱与愤怒使扬克的精神受到莫大的伤害，他难以控制自己的情绪，他发誓要报复。他茫无目的地离开轮船进入城市，到处寻找他的生活地位，然而经过一系列痛苦的斗争，仍然找不到自己的容身之所。他四处碰壁之后到了动物园，见到猩猩，感到自己和它是同类，于是打开铁笼打算向它倾诉心怀，不料被猩猩开怀拥抱致重伤死去。

奥尼尔于1925年完成的《榆树下的欲望》则是他在创作中又一次取得的重要的现实主义成就。这个剧本描写的是一个资产阶级家庭争夺财产的故事。75岁的伊弗拉姆·卡博将前妻的田庄据为己有，希望他的新婚妻子艾比能够生一个孩子继承这一产业，艾比因此向卡博和前妻生的儿子埃本调情，两人生了一个孩子，同时也产生了真实的爱情。埃本向父亲说明了事情真相，卡博也向埃本透露艾比和他生的孩子将继承遗产，埃本大怒，艾比为了表明她对埃本的爱情，把孩子掐死。埃本不得不去报警，并承认自己也参与了这一罪行，和艾比共同接受法律的惩罚。

奥尼尔是美国戏剧史上的一座丰碑。他的成就使美国戏剧真正成为美国文学的一部分，在20世纪20～30年代达到前所未有的发展和繁荣局面，获得世界各国的广泛重视。1936年，奥尼尔获诺贝尔文学奖。

◎ 关键词：定时炸弹 百老汇 麦卡锡主义 庸俗戏剧

叙事剧的新开掘——阿瑟·米勒

●阿瑟·米勒像

>>> 百老汇

百老汇（Broadway）原意为"宽阔的街"，指纽约市中以巴特里公园为起点，由南向北纵贯曼哈顿岛，全长25公里的一条长街。它的中段一直是美国商业性戏剧娱乐中心，因而百老汇这一词汇已成为美国戏剧活动的代名词。

百老汇大街早在1811年纽约市进行城市规划之前就已存在，其中心地带是在第42街"时报广场"附近，周围云集了几十家剧院。在百老汇大街44街至53街的剧院称为内百老汇。内百老汇上演的都是经典和热门的商业化剧目。

拓展阅读：

《阿瑟·米勒论剧散文》
中国戏剧出版社
《推销员之死》
〔美〕阿瑟·米勒

阿瑟·米勒1915年10月17日生于纽约一个时装商人家庭，他的父亲在20世纪30年代初美国经济大萧条时期破产，因此，米勒中学毕业后便在一家汽车零件批发公司工作，两年后进入密执安大学学习戏剧创作。大学期间他写过四部剧本，并两次获奖。

第二次世界大战期间，阿瑟·米勒当过卡车司机、侍者和制盒厂工人，后来又在海军船坞厂做安装技工的助手，同时为电台写剧本。1944年，《鸿运高照的人》问世，这是他的第一部在百老汇上演的剧本。

1947年，米勒以剧本《全是我的儿子》而成名，获得纽约剧评家奖。这是一出易卜生式的社会道德剧，描写一家工厂老板在第二次世界大战时向军方交付不合格的飞机零件，以致包括他的幼子在内的21名飞行员坠机而死，他虽逃脱了法律的制裁，却受到良心的谴责。他认识到那些丧命的飞行员"全是我的儿子"，巨大的心理压力最终迫使他饮弹自尽。

1949年，米勒的代表作《推销员之死》获得纽约剧评家奖和普利策奖，并使他获得国际声誉。剧本叙述一个推销员因年老体衰被老板辞退，深受打击，最后为了使家庭获得一笔人寿保险费而在深夜驾车外出与人撞车身亡。这出戏揭露了美国流行的人人都能成功的神话，曾被美

国一家刊物称为"一枚被巧妙地埋藏在美国精神大厦下的定时炸弹"。

20世纪50年代初，美国麦卡锡主义兴起，米勒根据北美殖民地时代一桩"逐巫案"，于1953年创作历史剧《萨勒姆的女巫》（又名《坩埚》），以影射当时非美活动调查委员会对无辜人士的迫害。他因早期参与左翼文艺活动而一再受到众议院非美活动调查委员会的传讯。1956年，他因拒绝供认10年前曾和他一起开会的左派作家和共产党人的身份而被判"藐视国会"罪，处以罚金与一年徒刑，1958年，最高法院将这一罪名撤销。

1956年，米勒和妻子离婚，与好莱坞名演员玛丽莲·梦露结婚。1960年，他根据自己的短篇小说改编了电影剧本《不合时宜的人》，描写一群空虚、孤独而无所适从的人相互寻求安慰。当电影拍摄完成时，米勒却与梦露离婚了。此后，米勒又与女摄影师英吉保丽·莫拉斯结婚。1964年之后，米勒又发表了《堕落之后》《维希事件》《创世纪和其他》《美国时钟》等剧作。

米勒一贯反对西方商业化、纯娱乐性的庸俗戏剧，认为戏剧是一项反映社会现实的严肃艺术，舞台应该是一个比单纯娱乐更为重要的思想传播的平台，应为一个严肃的目标服务。他也一直在为了实现这个理想而奋斗。

●《推销员之死》剧照

>>> 阿瑟·米勒与中国

　　1978年，阿瑟·米勒到中国访问，中国政府安排曹禺接待他。米勒知道曹禺是中国的第一个剧作家，但曹禺对他说："你是美国的剧作家？我从来没有听说过你。"米勒觉得很奇怪，也感到不太高兴。为了弥补影响，黄佐临在上海告诉米勒说："我们很早就介绍过你，在内部刊物上刊登过你的剧本的故事梗概。"米勒听了很高兴，黄佐临就请他给中国观众推荐一出自己的戏，米勒推荐了《炼狱》(The Crucible)。1981年，这幕剧在上海人民艺术剧院上演，为了吸引观众，改名为《萨勒姆的女巫》。

拓展阅读：

《阿瑟·米勒剧本选》
中国戏剧出版社
《阿瑟·米勒评传》
[美] 伦纳德·莫斯

◎ 关键词：奸淫罪 女巫案 魔鬼 牧师 别有用心

群众的暴力——《萨勒姆的女巫》

　　《萨勒姆的女巫》的故事源自三百多年前马萨诸塞州萨勒姆小镇发生的一起女巫案。

　　正直的农夫普洛克托凭辛勤劳动经营着自己的土地，然而他的妻子却长期患病，夫妻间因此感情不合，长期分居。普洛克托按捺不住内心的情欲，与家中的婢女艾比盖尔通奸，被妻子发现后，将艾比盖尔赶出了家门。

　　一次，艾比盖尔和几个无知的女伴在森林里玩耍着召唤魔鬼，却被镇上的牧师撞到，几个女孩被吓坏了，以至于昏迷在床或者神志不清。人们以讹传讹，竟认为几个女孩是中了巫师或魔鬼的邪法。牧师为了维护自己的脸面与尊严，不惜将事情闹大，请来了对付魔鬼和巫术的"专家"黑尔牧师。黑尔牧师没能帮人们找出事情的真相，反而将魔鬼和女巫降临的恐怖消息带给了萨勒姆。

　　为了揪出混在人群中的女巫，人们组建了以副总督为首的临时法庭，临时法庭仅仅根据人们的互相指责就轻易给人定罪。几个女孩出于好玩，指控了各自讨厌的人，渐渐地，一种莫名其妙的心理暗示让她们自己都相信了自己的谎言。于是，迷信和愚昧笼罩在这个中了邪的小镇上空，任何胆敢对荒诞的审判提出异议的居民，都将面临被打成是"反对上帝的魔鬼"的危险。

　　短短几天内，上百名无辜的人被定罪为"将灵魂出卖给魔鬼"，而他们只要招认出魔鬼身边还有谁就可以躲过惩罚。正直诚实的人不愿撒谎而被送上绞首架，胆小的或别有用心的人则借机陷害别人。

　　阴险狡猾的艾比盖尔看到了机会，她趁机指控了普洛克托的妻子，妄图害死她后与普洛克托结婚。但普洛克托坚定地站在了妻子一边，他在法庭上不惜供认自己的奸淫罪以澄清事实，指控艾比盖尔的阴谋。他还试图证明所谓"女巫案"只是一个越闹越大的玩笑。但是已判处了上百人死刑的副总督已经不敢回头了，他拘捕了普洛克托，要求他承认"将灵魂出卖给了魔鬼"，想以名声最清白的普洛克托的供状了结这个血腥冤案。普洛克托经过了痛苦的思想斗争之后，不愿对自己的良心撒谎，不愿让自己的名誉蒙尘。他将供状撕得粉碎，并大声喊道："感谢你们，让我在普洛克托这个名字里，找到了一丝崇高。"

　　随着20世纪50年代以及那些恐怖经验的逐渐远去，这部作品被看成是"文化和历史的研究——它以过去的许多违法事例和恶魔般的错觉来解说美国性格。甚至按照罗伯特·阿·马丁的看法《萨勒姆的女巫》最终可能会成为阿瑟·米勒的不朽之作。

●田纳西·威廉斯像

>>> 未发表过的诗歌

一首田纳西·威廉斯从未发表过的诗歌被写在1937年的一份大学考试试卷里，2005年4月才被发现。

这首诗17行，标题为《蓝色的歌》，已被圣路易斯华盛顿大学获得。在20世纪20年代中期，田纳西·威廉斯在此学习时陷入了极深的忧郁，而后逃离了这座他蔑视的城市。这首诗是因他希腊文考试落败而作，用铅笔写在考卷里。圣路易斯华盛顿大学的大学教授和威廉斯研究专家亨利·席维博士说，这首诗表达了一种"个性的失落和绝对的彻底失望"。

拓展阅读：

《热铁皮屋顶上的猫》
[美] 田纳西·威廉斯
《田纳西·威廉斯》罗尼达

◎ 关键词：王牌剧目 戏剧界 同性恋 绝望 自甘堕落

实验戏剧（上）——《欲望号街车》

田纳西·威廉斯是美国有史以来最著名的戏剧家之一，他的代表剧作《玻璃动物园》《热铁皮屋顶上的猫》《夏天的突变》等，几十年来一直是美国戏剧中的王牌剧目。

1947年，他的新作《欲望号街车》在百老汇公演，引起轰动。它不仅成为当年普利策剧本奖的获奖剧目，还一举奠定了田纳西·威廉斯的美国戏剧界泰斗的地位。

《欲望号街车》的女主人公布兰奇·杜布兰娃出生在小城市洛雷尔的一个中产阶级家庭，从小对诗歌和艺术有着特殊的爱好。少女时代，她爱上了相貌英俊的男子阿兰·格雷。当她陶醉在和格雷新婚的幸福中时，格雷却总是显得忧心忡忡和闷闷不乐。有一次，两人应邀参加一个舞会，在舞会开始之前，布兰奇发现格雷和一个成年男子偷欢，她伤心欲绝。当格雷与她跳舞的时候，一直沉默的布兰奇冷冷地告诉格雷："我什么都看到了，我也知道你在做什么。我真为你感到羞耻。"舞会结束后，无地自容的格雷在羞愧中饮弹自杀。

格雷的死使布兰奇陷入了深深的自责和内疚中，她自甘堕落，成了一个放荡的女人，按她自己的话说，恐慌将她从一个男人的怀抱推向另一个男人的怀抱，甚至包括一个17岁的男孩。有人给她任教的学校写信，说她道德败坏，不适合做老师。因此，学校开除了她。当地的居民也以她为耻，没收了她的房产，让她滚出去，永远不要再回来。

失去生活来源的布兰奇被迫来到新奥尔良，投靠妹妹斯苔拉。斯苔拉的丈夫斯坦利·卡瓦尔斯是个年轻英俊但举止粗俗野蛮的工人，他和布兰奇从第一眼就互相瞧对方不顺眼。布兰奇很看不起斯坦利的粗鲁和卑微，甚至怂恿妹妹离家出走；斯坦利也打心眼儿里讨厌布兰奇的神经质和自以为是的搔首弄姿。邻居米契对布兰奇有一些好感，他的爱几乎燃起了布兰奇对新生活的希望。但是，斯坦利别有用心地向米契透露了布兰奇以前的放荡行为。米契心灰意冷，放弃了对布兰奇的追求。

布兰奇从此变得更加神经质和失魂落魄。在她最失望的时候，斯坦利买了一张单程车票，扬言要把她送回她最惧怕的洛雷尔去。布兰奇的精神最终全面崩溃了，她四处说斯坦利强奸了她，结果被送进了疯人院。

威廉斯本人也是同性恋者，在他的男友法兰克·梅洛去世之后，他失去了精神支柱，陷入了彻底的绝望中，常常用大量的毒品和酒精来麻醉自己。1982年，他以他和梅洛的爱情故事为素材，创作了最后一个剧本《有些迷茫，有些清爽》。一年以后，他被发现死在纽约的丽榭饭店的套房中。

● 白衣女子 美国 惠斯勒

>>>《匣子和毛主席语录》

　　台上放着一个匣子，坐着一位老妇人和一位中年妇人，在她们中间端坐着一位牧师。老妇人念诗，似乎是影射地坎坷的一生；中年妇人丈夫已死，感到自己老年将至，终日怕死亡的到来；匣子里时时播放一些毛泽东的著名言论。牧师则一言不发，有时摇头，有时点头。四人各说各的，即作者所谓各人在不同的环境说着不同的话。这种手法颇似英国H.彼特的《风景》。

拓展阅读：
《爱德华阿尔比传记》
　　　　欧阳傲雪
《美国戏剧史》
　　[美] W. 邓勒普

◎ 关键词：荒诞派 谩骂 羞辱 生理缺陷 怜悯

实验戏剧（下）——《谁害怕弗吉尼亚·沃尔夫》

　　爱德华·阿尔比是美国著名的荒诞派剧作家。他较为重要的作品有《贝西·史密斯之死》《沙箱》《美国之梦》《小艾丽斯》《微妙的权衡》等。创作于1962年的《谁害怕弗吉尼亚·沃尔夫》则是他最杰出的剧作。

　　这是一个几乎没有任何情节的三幕剧。历史系教授乔治娶了校长的比他大六岁的女儿玛莎为妻。婚后，他们住在一个叫新迦太基的大学村里。尽管已经结婚23年了，但是两人还是以互相谩骂和侮辱为人生一大乐事。一个周末的夜晚，两人从校长的晚会上回到家中，还不停地喝酒和谩骂。玛莎哼起在晚会上人们唱的一首童谣——"谁害怕大灰狼？"

　　深夜，门铃响了，新来的教员尼克和汉尼夫妇来拜访他们。客人一进屋就发现主人在唇枪舌剑地互相谩骂，感到很尴尬。乔治解释说这是"谩骂游戏"，并且邀请客人参加他们的游戏。在两个男人胡说八道的时候，玛莎带女客人汉尼到楼上洗手间，自己则去换衣服。过了一会儿，玛莎和汉尼回来了。玛莎换了一身很性感的衣服，并且称赞尼克的体魄，还故意引诱他，而她的目的只不过是要羞辱乔治。

　　玛莎为了激怒乔治，对客人说她原来要嫁给一个中学里的园丁，遭到父亲干预，后来遇到乔治，就嫁给了他。她的父亲想把乔治培养成接班人，而乔治却不争气，什么事也干不好。尽管乔治一再警告，玛莎还是一个劲儿地讲个不停。乔治气得砸碎了一个酒瓶，又唱起了"谁害怕弗吉尼亚·沃尔夫"，醉醺醺的汉尼也跟着唱，但是她突然想呕吐，玛莎和尼克把她送到楼上休息。一会儿，尼克和玛莎先后回来了，漫无目的的胡说八道又继续下去，玛莎继续羞辱乔治。乔治说玛莎今天晚上太过分了，声言要报复她，然后就出去了。过了一会儿，乔治拿着一束金鱼草从门外进来，他强迫大家一起玩"养孩子"的游戏，并且强迫玛莎讲孩子是怎样出生，怎样长大的。游戏玩到最后，尼克终于明白，这个"孩子"只是他们想象出来的。于是，客人起身告辞，乔治又唱起"谁害怕弗吉尼亚·沃尔夫"，玛莎回答说"我怕"。

　　原来，乔治事业上的一事无成和自己不能生育的生理缺陷是玛莎无法面对的两个可怕的现实。沉重的精神压力下，她变成了一个专横、暴戾、乖张和爱幻想的女人，她害怕弗吉尼亚·沃尔夫，实际上是害怕现实。丈夫最后把他们幻想中的"孩子"杀死了，也就是把她从幻想中解救出来。剧终时，这个爱折磨人的女人变成了需要同情和怜悯的可怜女人。

亚非拉的声音——

亚洲、非洲、拉丁美洲、大洋洲文学

→ 古印度人民创造的灿烂文明，对周边国家和地区影响深远。尤其是古印度文学，对东亚、西亚、中亚，甚至欧洲，产生过很大的影响。

→ 大化革新后，日本文学有了很大的发展。明治维新为日本资产阶级文学的产生和发展创造了条件，使日本最终跻身于文学发达国家的行列。

→ 在后殖民时代，非洲各国独立和政治纷乱的年代中，各种语言的民族文学相继崛起。反对殖民主义、焕发民族精神、歌颂非洲文化，成为这一时期整个非洲文学的主旋律。

→ 20世纪中叶，拉丁美洲文学全面兴盛，魔幻现实主义享誉世界，而民族性和世界性、土著主义和宇宙主义犹如当代拉美文学的两大染色体，始终交织在一起。

亚非拉的声音——亚洲、非洲、拉丁美洲、大洋洲文学

◎ 关键词：巴比伦文学 吉尔伽美什 传奇故事 瑰宝

世界上最早的史诗——《吉尔伽美什》

● 吉尔伽美什与狮子搏斗的浮雕

>>> 巴比伦王国

　　巴比伦王国是西亚巴比伦尼亚南部奴隶制城邦，以巴比伦城为中心。公元前19世纪中期，阿摩列依人在此建国，史称古巴比伦王国（约前1894~前1595）。其第六代国王汉谟拉比（约前1792~前1750）先后征服其他城邦，统一两河流域，建立了一个强大的中央集权制国家，成为西亚古代奴隶制国家的典型。

　　巴比伦王国所颁《汉穆拉比比法典》是古代西亚第一部成文法典。汉穆拉比死后，巴比伦逐渐衰弱，在公元前1595年为赫梯王国所灭。

拓展阅读：

《失落的文明：巴比伦》
　　陈晓红/毛锐
《永恒的伊甸园》白献竞

　　《吉尔伽美什》是古巴比伦文学的最高成就。全诗总共3500行，刻在12块泥板上。

　　从结构上看，分为前言和正文两大部分。前言主要描述了英雄吉尔伽美什其人其事。吉尔伽美什是乌鲁克国王，据记载，他三分之二是神，三分之一是人。大力神赋予了他完美的形体，天神舍马什赋予他超凡的美貌，还有其他诸神赋予他智慧、勇敢等世人无法具有的完美品质。

　　正文按情节发展可分为七个部分，讲述了吉尔伽美什的传奇故事。据记载，吉尔伽美什做了乌鲁克国王以后，性情暴戾，荒淫无度，弄得民不聊生。被折磨得痛苦不堪的百姓们只得去向天神哭诉，于是，天神创造了另一个英雄恩奇都，让恩奇都去制服吉尔伽美什。两位英雄打得天昏地暗，分不出胜负。最后，英雄惜英雄，他们结成了莫逆之交，一起做了许多有益于人民的事，其中主要有杀死保卫森林的怪物洪巴巴，反抗女神伊什塔尔、击毙女神派来的天牛等。

　　经过残酷的战斗，吉尔伽美什和恩奇都在天神的帮助下战胜了洪巴巴，救出了女神伊什塔尔。吉尔伽美什因此得到了百姓的敬佩。他的英姿使伊什塔尔萌生了爱慕之情，她充满激情地向英雄倾诉道："请过来，做我的丈夫吧，吉尔伽美什！请以你的果实给我做赠礼。你做我的丈夫，我做你的妻子。"女神还许诺给他无尽的荣华富贵。但是，吉尔伽美什不喜欢伊什塔尔，无情地拒绝了她，还历数了她的恶德，批评她水性杨花，到处留情，而且对自己的爱人很残酷。伊什塔尔遭到拒绝后，由爱生恨，跑到天上威胁天神安努放下天牛替她报仇。吉尔伽美什和恩奇都与天牛展开了殊死搏斗，最终除掉了天牛。但是，他们受到了天神安努的惩罚。恩奇都患上致命的疾病，离开了人世。挚友的去世使吉尔伽美什悲痛欲绝，同时也产生了对死亡的恐惧。

　　吉尔伽美什决心到人类的始祖乌特·纳比西丁那里去探寻永生的秘密。他历尽千辛万苦找到了乌特·纳比西丁。乌特·纳比西丁向他讲述了在人类经历大洪水的灭世灾难时，自己得到天神帮助而获得永生的经过。然而，乌特·纳比西丁获得永生的秘密对吉尔伽美什显然毫无用处，因为他再也不可能有这种机遇了。后来，吉尔伽美什得到的返老还童的仙草又不幸被盗，只得万分沮丧地回到了乌鲁克。最后，全诗以吉尔伽美什与恩奇都的灵魂对话而结束。

　　《吉尔伽美什》是目前发现的世界上最早的史诗，它不仅是东方文学的骄傲，也是世界文学的瑰宝。

亚非拉的声音——亚洲、非洲、拉丁美洲、大洋洲文学

●阿拉伯文版的《一千零一夜》

>>>《一千零一夜》在中国

据《〈一千零一夜〉的中译本》一文称，《一千零一夜》最早的中文译介出现在周桂笙的《新庵谐译》中，该书由上海清华书局在1900年出版。六年后，上海的商务印书馆在"说部丛书"中推出了奚若（伍光建）翻译的《天方夜谭》，成为最早的中译单行本，后来，岳麓书社在1987年将其重版。

"天方"的说法源于古代中国对阿拉伯的旧称，一说"天房"，因为故事是在夜里讲述，因此又称"夜谭"。

1998年，翻译家李唯中根据"布拉克本"全文译出《一千零一夜》，一套八册，由花山文艺出版社出版。

拓展阅读：
《阿拉伯文学大花园》薛庆国
《纵谈阿拉伯文学在中国》葛铁鹰

◎ 关键词：萨桑国 奇书 报复 讲故事 民间传说

世界最大奇书——《一千零一夜》

相传很久很久以前，在中国和印度之间有个叫萨桑国的岛国，国王叫山鲁亚尔。有一天，国王发现他的王后、侍女和奴仆们嬉戏取乐，于是雷霆大怒，把王后杀了，并发誓要对所有的女子进行报复。他决定每天娶一位女子，第二天就杀掉再娶。

国王的命令实施了三年，年轻女子不是被杀，就是外出逃命，整个国家再也找不到适龄的女子了，残暴的国王对宰相说如果找不到就杀了他。宰相忧心忡忡地回到家中，准备等候国王的处决。他的女儿山鲁佐德听父亲说明缘由后，便自告奋勇进宫嫁给国王。进宫后她请求国王让她见妹妹一面，国王同意了。山鲁佐德对妹妹说："妹妹啊，我给你讲个故事。可惜，明天国王就要把我杀掉了。"国王听到山鲁佐德见妹妹竟是为了讲故事，引起了他的兴趣。他便也跟着山鲁佐德的妹妹一起听故事。

山鲁佐德给妹妹讲了阿拉丁和神灯的故事，这是个非常引人入胜的故事，听完之后，国王意犹未尽。山鲁佐德趁机告诉国王，她还会讲很多很多比这个更有趣的故事。国王想，等她讲完故事再杀她也不迟。但是，山鲁佐德的故事太多了，讲了一夜又一夜，还是没有讲完。最后，国王终于被她的故事感动了，答应她不再杀害无辜的女子，并和山鲁佐德相亲相爱，白头到老。国王还命令史官记下山鲁佐德所讲的故事，命名为《一千零一夜》。

这是《一千零一夜》的引子，也是最大的故事框架，全书以此为线索串联起几百个互不关联的小故事。这些故事主要来源于古代波斯、埃及和伊拉克的民间传说，经过阿拉伯人的吸收、融化和再创作，从不同时期、不同角度真实生动地反映了阿拉伯的社会生活和风土人情。除《阿拉丁和神灯》外，还有《阿里巴巴和四十大盗》《巴格达窃贼》《渔翁的故事》，等等。

《巴格达窃贼》是一个流传极广的故事，故事的主人公虽然被叫作"巴格达窃贼"，但谁也不会把他当作小偷看待。他帮助国王与凶残的宰相斗争，被宰相的魔法变成了小狗。但他没有屈服，历尽艰险盗得佛眼，获得了飞毯，处决了宰相，拯救了国王。国王为了表彰他的功绩，要他当宰相。但是他热爱自由，不愿为官，在举国为国王归来欢庆的时候，驾起飞毯徐徐离去。这个故事生动地反映了人民群众憎恨恶势力的情绪和渴望有一个贤明的国君带领大家都过上幸福生活的朴素愿望。

《一千零一夜》深受世界人民的喜爱，享有"世界最大奇书"的美称，对世界各国文学都产生过巨大的影响。

亚非拉的声音——亚洲、非洲、拉丁美洲、大洋洲文学

◎关键词：输洛迦 史诗 蚁垤 流放 罗摩 贞节

印度的史诗——《罗摩衍那》

《罗摩衍那》是印度古代最著名的史诗，相传它的作者名叫蚁垤。

有一天蚁垤到河边沐浴，看见一对麻鹬在悄悄交欢，忽然一个猎人开枪将雄鹬射死，雌鹬在一边凄惨哀鸣。蚁垤心生怜悯，安慰母鹬，谴责猎人，他说："你永远不会，尼沙陀！享盛名获得善果。一双麻鹬耽乐交欢，你竟杀死其中一个。"说完后，他意识到自己说出的是诗，便对徒弟说道："我的话都是诗，可以配上笛子漫声歌咏，因为它产生于我的输洛迦（悲伤），就叫它输洛迦吧。"后来，大神梵天吩咐蚁垤用这种"输洛迦"诗体编写罗摩的故事，这就是《罗摩衍那》的由来。

《罗摩衍那》的书名意思是"罗摩的游行"或"罗摩传"，讲的是印度流传广泛的罗摩和悉多的故事。

传说阿逾陀城十车王有三个王后，三个王后给他生了四个儿子。长子罗摩娶了弥提罗国公主悉多为妻。当十车王年迈的时候，决定让罗摩继承他的王位，但是国王曾许诺满足二王后两个愿望，二王后吉迦伊在驼背侍女的煽动下，向国王提出她的两个愿望，一个要流放罗摩14年，另一个是要立她的儿子婆罗多为太子。十车王为了信守诺言，只得同意。罗摩为了保全父亲的信义，甘愿流放。他的妻子悉多、弟弟罗什曼那（小王后生的儿子）都甘愿陪同罗摩流放。

在流放期间，楞伽岛魔王罗波那劫走了悉多，悉多拼却性命保全了贞操。后来，罗摩与猴国结盟，在神猴哈奴曼和群猴的帮助下，战胜了罗波那，救出悉多。罗摩救出悉多后，怀疑她失去了贞节。悲痛欲绝的悉多为了证明自己的清白投身火海，火神将无辜的她托了出来。罗摩终于相信悉多是贞节的。

流放期满后，罗摩带着悉多和罗什曼那回到祖国，婆罗多欣然将王位让与罗摩。阿逾陀城在罗摩治理下出现太平盛世，但是百姓中传出怀疑王后悉多失去贞节的谣言。罗摩为了安抚百姓，忍痛将有孕在身的悉多遗弃在恒河岸边。蚁垤救下了悉多，安排她在净修林里产下一对双胞胎。在祭典上，蚁垤安排罗摩与双胞胎和悉多相认，并向罗摩说明悉多的贞节。但是，百姓仍然不肯相信。万般无奈下，悉多向大地母亲求救，说自己如果是贞洁的，请大地母亲收容她，大地顿时裂开，她纵身投进了大地的怀抱……

两千年来，《罗摩衍那》一直被印度人民广泛传诵，正如这部史诗中所预言的那样："只要在这大地上青山常在水常流，《罗摩衍那》这传奇，流传人间永不休。"

●罗摩（左）和他的兄弟的雕像

>>> 孙悟空的原型

孙悟空的身世原本在《西游记》中"历历可考"，但胡适对此有不同看法，他说："我总疑心这个神通广大的猴子不是国货，乃是一件从印度进口的。也许连无支祁的神话也是受了印度影响而仿造的。"他在印度最古老的史诗《罗摩衍那》中找到一个神猴哈奴曼，认为这才是孙悟空最早的原型。

史学大家陈寅恪以《贤愚经》作为复证，他发现"大闹天宫"的故事，本来源自两个绝不相干的印度民间故事，传入中国后，佛经传播者在讲说时有意无意中将二者合一。

拓展阅读：

《〈罗摩衍那〉初探》季羡林
《印度古代文学》黄宝生

亚非拉的声音——亚洲、非洲、拉丁美洲、大洋洲文学

◎ 关键词：苏菲主义 训诫式 愚昧 典范

波斯的歌者——伊朗诗人萨迪

●波斯坦大洞内部的浮雕

>>> 萨迪《人生在世》

人生在世都难免一死,
但求美好名声永垂青史。
假如死后芳名不留人世,
生命之树岂不成了枯枝?
死后留下大桥,水中驿站,
你的名字也会千古流传。
生前若不能遗爱于人间,
死后谁来祈祷将你怀念?

拓展阅读:
《伊朗文学论集》
　　陶德潜/何乃英
《伊朗当代文学》
　　[伊朗] 萨贝基

　　12世纪末到13世纪上半叶是伊朗的多事之秋,这期间外族入侵,战祸连年。伊朗古代文学史上最著名的大诗人萨迪就是生活在这段时期。他出生于南方名城设拉子,父亲是伊斯兰教苏菲派传教师。他少年丧父,家境贫困,后经人相助,到巴格达著名的尼采米亚大学学习伊斯兰教义和文学。蒙古军入侵波斯后,他被迫离开家乡,开始长达三十多年的苏菲巡游苦行生活。他的足迹西至埃及、马格里布、阿比西尼亚（今埃塞俄比亚）,东至伊拉克、巴尔赫、印度和中国的新疆。他一路上沿街行乞,聚众讲道,宣传苏菲主义。重返故乡设拉子时,他已进入中年。此后,他隐居乡里,潜心著述。丰富的生活阅历给他的文学创作积累了宝贵的经验。

　　萨迪的代表作是《蔷薇园》和《果园》。《蔷薇园》是一部散文作品,叙述中既有无韵散文,也有韵文,还插入了几句诗,借以点明主题和加强效果。《果园》则完全是诗。虽然这两部作品都是道德训诫式的,但是诗人通过自己的经历和逸闻趣事来讲道理,读起来并不使人感到枯燥乏味。例如在《蔷薇园》中,他劝人们要坚忍,不能急躁,他写道:"事业常成于坚忍,毁于急躁。我在沙漠中曾亲眼看见,匆忙的旅人落在从容者的后面,疾驰的骏马落后了,缓步的骆驼却不断前进。"

　　《蔷薇园》的主要内容是故事和奇闻逸事,这些故事揭露了现实社会的虚伪和黑暗,歌颂了人民的善与美。它以凝练而精确的语言,表达出深刻的人生哲理,阐明了穆斯林的道德信条和行为规范,充满着智慧的光芒和炽热的宗教情感。在《蔷薇园》的一个故事里,他写一个国王得了不治之症,要用人的胆汁下药。国王选中了一个少年,给了少年的父母一些钱,使他们同意杀掉他们的儿子。法官也引经据典说:"以臣民的性命保全国王,全然合法。"正当刽子手准备动手取胆的时候,少年仰天苦笑,说:"父母是爱护儿女的,法官是为民申冤的,国王是主持正义的。如今父母为了一点小惠把我断送,法官判我死刑,国王也只愿自己死里逃生。除了真主以外,谁还能护庇我呢?"国王听了很受感动,就把少年放了。诗人对上层宗教人士的愚昧也进行了辛辣的嘲讽,一个故事写一个圣徒在接受国王召见的时候,为了抬高自己的身价,服用使人变瘦的药物,结果中毒送命。

　　几百年来,萨迪作品的语言一直是波斯文学的典范,他被誉为"波斯古典文坛最伟大的人物",他的作品对后世影响很大,被译成几十种外国文字,受到读者的赞誉。

亚非拉的声音——亚洲、非洲、拉丁美洲、大洋洲文学

◎ 关键词：歌德 孔雀文 沙恭达罗 戒指 大自然

"迦梨女神的奴隶"——迦梨陀娑

若想说出春天的花朵和秋天的果实，
若想说出人心中的所有爱慕和喜悦，
若想说出高天和大地，只用一个词，
沙恭达罗啊！只要提你的名字便说尽了一切。

●印度桑奇第一东门

>>> 迦梨陀娑的生卒时间

关于迦梨陀娑生卒时间这个问题，印度学者和其他国家的学者曾做过大量的考证工作，但始终是众说纷纭，莫衷一是。

现在一般学者所承认的说法是，迦梨陀娑生活在古典梵文文学黄金时代的笈多王朝。他的剧本《优哩婆湿》可能影射着一个叫作"超日王"的国王的名字。这与大家所公认的传说是相符合的。但是笈多王朝有两个超日王：一个是旃荼罗二世，另一个是塞犍陀笈多。从各方面来看，后者的可能更大一些。因而他的生年大概可以推定为公元330~432年之间。

拓展阅读：

《迦梨陀娑诗歌戏剧选》
[印] 迦梨陀娑
《古印度神话故事》
唐孟生/晏琼英

这是德国诗人歌德的诗句，他所赞美的"沙恭达罗"是印度古代最著名的戏剧《沙恭达罗》的女主人公。戏剧的作者迦梨陀娑是印度古代最著名的诗人和剧作家，据说他创作了30部戏剧，而一般学者认为属于他的只有7部，其中《云使》和《沙恭达罗》是他的代表作。

"沙恭达罗"在梵语中是孔雀女的意思，这个剧本写的就是国王豆扇陀和孔雀女沙恭达罗的爱情故事。一天，英俊的国王豆扇陀到野外去打猎。为了追赶一只梅花鹿，他骑马追到了一个很远的净修林中。在这里，他遇见了净修林主人干婆的养女沙恭达罗。两人一见倾心，私下成了亲。豆扇陀返回王宫的时候，指着天地发誓，沙恭达罗是和他的国家一样珍贵的宝贝，他回家后就派人来接她，并留下一只戒指做纪念。豆扇陀走后，沙恭达罗日夜盼望，但总也不见他的身影。刻骨的相思让她神思恍惚，她失魂落魄般地看着豆扇陀留下的戒指，对别的一切都心不在焉，因此得罪了一位爱发脾气的仙人。仙人发出诅咒，说沙恭达罗的情人一定会把她忘掉。沙恭达罗的女友听到诅咒后，十分焦急，赶紧恳求仙人的宽恕，仙人将诅咒改为，只有豆扇陀看到他留给沙恭达罗的戒指时，才会记起他们之间的爱情。

沙恭达罗怀孕了，她的养父派人送她到城里去和豆扇陀团聚。在去王宫的路上，沙恭达罗不小心把豆扇陀留给她的戒指滑落到河里。到了王宫，豆扇陀果然不认沙恭达罗，还说沙恭达罗说谎话污蔑他的名声。正当伤心欲绝的沙恭达罗走投无路时，天空中闪起了一道金光，把沙恭达罗接到天上去了。

不久，一位渔夫捉了一只红色的鲤鱼，发现鱼肚子里有一枚刻有国王名字的戒指，就把戒指献给了豆扇陀。豆扇陀看到戒指，立刻恢复了所有的记忆，他非常懊悔遗弃了沙恭达罗，整天对着她的画像以泪洗面。天神看了很不忍心，就把他也接到天国。在天国，豆扇陀、沙恭达罗和已经出生的儿子幸福地团圆了。他们的儿子就是印度民族的祖先，也是印度传说中最早的一个国王。

沙恭达罗是这个剧本中最可爱的人物形象，她温柔美丽，纯洁善良，和自然中的一切和谐融洽地生活在一起，是真正的大自然的女儿。所以，她不光俘获了豆扇陀的心，也赢得了后世万千读者的喜爱。

亚非拉的声音——亚洲、非洲、拉丁美洲、大洋洲文学

●泰戈尔像

>>> 泰戈尔诗节选

我的情人的消息
在春花中传布。
它把旧曲带到我的心上。
我的心忽然披上了
冀望的绿叶。
我的情人没有来，
但是她的抚摸在我的发上。
她的声音在四月的低唱中
从芬芳的田野上传来。
她的凝注是在天空中，
但是她的眼睛在哪里呢？
她的亲吻是在空气里，
但是她的嘴唇在哪里呢？

拓展阅读：
《论泰戈尔的政治思想》
　　　　　林语堂
《泰戈尔诗集》
　　　　北京出版社

◎ 关键词：泰戈尔　亚洲作家　反对封建主义　独立

印度文学之父——泰戈尔

　　泰戈尔是印度文学史上最著名的诗人，是第一个获得诺贝尔文学奖的亚洲作家。1861年，他出生在加尔各答市一个富裕而且充满文化气息的家庭。他的祖父生活奢华、乐善好施，是当时商业时代的"王子"。他的父亲性格内省慎思、温文尔雅，对吠陀和奥义书很有研究，生活方面也简朴单纯，博得了"大圣人"的美称。泰戈尔是这位"大圣人"最小的儿子。

　　泰戈尔多才多艺，一生创作了50多部诗集，10多部中、长篇小说，100多篇短篇小说，20多个剧本，1500多幅画，还创作了大量的歌曲和文学、哲学、政治方面的论著。在这卷帙浩繁的文学作品中，诗歌和小说的成就是最显著的。

　　他的诗歌《吉檀迦利》翻译成英文之后，得到欧美国家评论界极高的赞誉，并为他赢得了1913年的诺贝尔文学奖。但是，就在他的文学生涯到达最高峰的时候，英国殖民当局与印度的矛盾到了白热化的阶段。震惊世界的阿姆里特沙惨案发生后，泰戈尔愤然退掉了英国政府授予他的爵位，开始把主要的精力投注在追求祖国独立、寻求民族出路的事业上。

　　泰戈尔的小说基本上都是以反对封建主义为主题的，大多批判封建婚姻制度和种姓制度。前期小说的主人公大多是受苦受难的底层妇女，作家对她们在封建婚姻制度下的种种不幸表示了深切的同情。小说《摩诃摩耶》写一个24岁的姑娘摩诃摩耶和青年罗耆波真心相爱，但她的家庭却强迫她同一个病得快要死掉的老婆罗门在火葬场上举行婚礼。婚后第二天，她就成了寡妇，按照当时的规矩，她将要和她的丈夫一起火葬。火葬的时候，天空突然降下暴雨，摩诃摩耶幸运地没有被烧死，但是她美丽的脸庞上留下了难以治愈的烧伤的疤痕。她逃到了罗耆波家里，但是她要他发誓永远不打开她的面纱，才答应和情人在一起生活。后来，在一个月夜，罗耆波忍不住偷看了她的脸，她发现后，一句话也没有说，头也不回地出走了。

　　小说《沉船》是泰戈尔的代表作品之一。写大学生罗梅西爱上了他同学的妹妹汉娜丽妮，但不得不遵从父命与一位不相识的姑娘成亲。在结婚的那天，他所乘坐的船发生事故。事故发生后，他救了一个穿着新娘服装的姑娘，以为她就是他将要娶的妻子。就在他们感情日增之时，罗梅西发现她不是撒西娜，而是另一起沉船事故的幸存者，名叫卡玛娜。为了卡玛娜的名誉，罗梅西保持了与卡玛娜名义上的夫妻关系，并把她送进寄宿学校念书，后来罗梅西与汉娜丽妮偶然相遇。他与汉娜丽妮相爱却不能结合，与卡玛娜结合却不能相爱，几个青年备受爱情的折磨，反对封建婚姻制度的主题又一次得到重申。

亚非拉的声音——亚洲、非洲、拉丁美洲、大洋洲文学

●纪伯伦像

>>> 纪伯伦《雨之歌》

我从湖中升起，借着太阳的翅膀翱翔。一旦我见到美丽的园林，便落下来，吻着花儿的芳唇，拥抱着青枝绿叶，使得草木更加清润迷人。

在寂静中，我用纤细的手指轻轻地敲击着窗户上的玻璃，于是那敲击声构成一种乐曲，启迪那些敏感的心扉。

我是大海的叹息，是天空的泪水，是田野的微笑。这同爱情何其酷肖：它是感情大海的叹息，是思想天空的泪水，是心灵田野的微笑。（节选）

拓展阅读：

《先知》[黎巴嫩] 纪伯伦
《纪伯伦的诗——先知经典》
哈尔滨出版社

◎关键词：旅美派 阿拉伯文学 奠基人 新文学道路

黎巴嫩文坛骄子——纪伯伦

20世纪20年代初，阿拉伯近代文学史上第一个文学流派"旅美派"（即"阿拉伯侨民文学"）曾闻名全球。被称为"黎巴嫩文坛骄子"的纪伯伦就是这个流派的代表人物之一。他既是诗人又是画家，同时，还是阿拉伯现代小说和艺术散文的主要奠基人，20世纪阿拉伯新文学道路的开拓者。

纪伯伦于1883年出生在黎巴嫩北部山区的一个农民家庭，那里秀美的风光赋予他与生俱来的艺术气质，他12岁随母亲移居美国，15岁只身返回祖国，学习阿拉伯民族文化，了解阿拉伯社会，为以后的创作打下了坚实的基础。纪伯伦19岁时创办了《真理》杂志，由于抨击时弊，触怒了当局，被开除教籍并驱逐出境，被迫返回美国。一年后，母亲生病去世，他以写文卖画为生，挣扎在生活的底层。1905年，他有幸得到资助赴巴黎学画，并得到罗丹等艺术大师的指点。1911年，他再次返美后长期客居纽约，从事文学与绘画创作，并领导阿拉伯侨民文化运动。1931年，纪伯伦被病魔夺去生命，享年48岁。

纪伯伦是位热爱祖国、热爱人类的艺术家。在生命的最后岁月，他写下了传遍阿拉伯世界的诗篇《朦胧中的祖国》，讴歌他热爱的祖国"您在我们的灵魂中——是火，是光；您在我的胸膛里——是我悸动的心脏"。爱与美是纪伯伦作品的主旋律。他曾说："整个地球都是我的祖国，全部人类都是我的乡亲。"他反对愚昧和陈腐，他热爱自由，崇尚正义，敢于向暴虐的权力、虚伪的圣徒宣战。他不怕被骂作"疯人"，呼吁埋葬一切不随时代前进的"活尸"，也反对无病呻吟，夸夸其谈，主张以"血"写出人民的心声。

纪伯伦的前期创作以小说为主，几乎全用阿拉伯语写作，后期创作则以散文和诗为主，大都用英文写作，再翻译成阿拉伯语。散文诗集《先知》是纪伯伦步入世界文坛的顶峰之作，曾被译成二十多种文字在世界各地出版，被美国人称为"东方赠给西方的最好礼物"。

在东方文学史上，纪伯伦的艺术风格独树一帜。他的作品既有理性思考的严肃与冷峻，又有咏叹调式的浪漫与抒情。他善于在平易中发掘隽永，在美妙的比喻中启示深刻的哲理。另一方面，纪伯伦风格还见诸他极有个性的语言。美国人曾称誉他"像从东方吹来横扫西方的风暴"。

早在1923年，纪伯伦的五篇散文诗就由茅盾先生介绍到中国。1931年，冰心翻译了《先知》，使中国读者能够进一步了解纪伯伦。近些年来，我国又陆续翻译出版了一些纪伯伦的作品，受到广大读者的喜爱。这位黎巴嫩文坛骄子在中国拥有了越来越多的知音。

亚非拉的声音——亚洲、非洲、拉丁美洲、大洋洲文学

● 《春香传》剧照

>>> 李成桂改国号为朝鲜

7世纪中期，朝鲜半岛上高句丽、百济、新罗三国鼎立局面结束，新罗统一了朝鲜半岛，并由奴隶社会过渡到封建社会。

10世纪前期，高丽王建再次统一朝鲜半岛，改国号为高丽。

1388年，高丽将领李成桂发动兵变，经几度废立，自掌大权，并于1392年9月28日登上王位，改国号为朝鲜，李成桂即朝鲜王朝创建者，庙号太祖。他在位时，推行科田法，奖励农业，广设学校，并与中国的明朝交好。

拓展阅读：
《朝鲜、韩国当代文学史》
金柄珉
《朝鲜古典文学史》文日焕

◎关键词：海誓山盟 艺妓 反封建 口口相传 控诉

永远的春香——《春香传》

春香的故事在朝鲜是家喻户晓的。春香是一名改籍的艺妓的女儿，她姿容绝代且自幼刚强有志，气量过人。清明游春时，她在广寒楼巧遇两班翰林之子李梦龙，两人一见钟情，春香留给他一句谜语"大雁随鱼飞，蝴蝶随花舞，小蟹随贝居"，李梦龙左思右想，终于猜到谜底，晚上前去与春香相会，二人私下订下婚约。尽管地位悬殊，两人的感情却日益加深。然而，过了不久，李梦龙父亲因为政绩显著，调任京师，李梦龙必须离开南原赶赴汉城。他们不得不依依惜别。临别时，李梦龙海誓山盟，说等他通过了殿试，就正式娶春香进门，并接她到汉城。

李梦龙走后，新任南原使道卞学道垂涎春香美貌，搬出法律条文"一入娼门则永世为妓"诬陷春香是妓女，强迫春香为其守厅（守厅是做妾之意，但又不是正式之妾），春香宁死不屈，卞学道恼羞成怒而毒打她，并以莫须有的罪名将她投入牢狱。性命垂危的春香唯一的信念和依靠就是李梦龙临别的誓言。幸好李梦龙在京应试中举，任全罗御使，暗察南原。他查明卞学道作恶的真相，微服亲赴卞学道的寿宴，宴席上他给卞学道写下一首讽刺诗："金樽美酒千人血，玉盘佳肴万姓膏。烛泪落时民泪落，歌声高处怨声高。"随后，李梦龙将卞学道革职惩处，带着春香共赴京师。

当李梦龙在"娶艺妓之女做妾，不但败坏门庭，而且一定要断送前程"的封建家训面前动摇的时候，春香就愤怒地说："你休以为春香是个贱女，因而任意抛弃"，并进而斥责不合理的等级制度"贵族两班，个个狠毒！恨哉！恨哉！尊卑贵贱，委实可恨！谁都愿天下有情人终成眷属，不承想世界上竟有这等狠毒的两班"。当被卞学道迫害入狱时，春香悲愤地谴责"使道士大夫，不把四政司，不知四十八方南原百姓的苦，但知枉法去徇私"，并且表示"愿得七尺剑，刺杀贼谗奸"。

春香的控诉和愿望表达了当时朝鲜人民对封建制度久积的愤懑和仇恨。春香就从一个单纯争取个人爱情自由的形象发展到反对封建制度和官僚暴政的形象，成为当时朝鲜人民的思想、意志和愿望的代言者。可以说，小说中的春香不仅是追求自由爱情的杜丽娘，更是反抗封建制度和暴政的朝鲜版窦娥。

春香的故事一直在民间口头流传。据说，故事最早产生于14世纪的高丽时代，经过四五百年的口口相传，终于在19世纪初的时候由文人整理加工，形成一部完整的文学作品。小说《春香传》分上、下两卷，把故事的背景定在摇摇欲坠的李朝统治时期，加重了反封建的色彩。

亚非拉的声音——亚洲、非洲、拉丁美洲、大洋洲文学

●战争中失去家园的朝鲜人民

>>> 东京大地震

　　1923年9月1日11时58分，一场以东京的相模湾浅海底为震源、震级为7.9级（一说为8.1级）的大地震袭击了东京及其周边地区，并殃及全国。大地震又引起火灾、海啸和泥石流，日本全国陷入巨大灾难中。这是日本明治时代以来伤亡最惨重的一次地震，也是世界历史上伤亡最大的十次地震之一。

　　在这次大地震中，东京城内85%的房屋毁于一旦，横滨96%的房屋被夷为平地，整个大东京地区死亡和失踪者人数超过14万人，负伤的超过20万人。

拓展阅读：

《朝鲜现代文学史》何镇华
《李箕永创作研究》李相泰

◎关键词：救国理想 革命意识 无产阶级 勋章

朝鲜无产阶级文学的代表——李箕永

　　李箕永于1895年出生在朝鲜忠清南道牙山郡一个贫苦农民家庭，他幼年丧母，青少年时代也颇为不幸。18岁那年，他被迫离开故乡，到南朝鲜流浪。这期间，他生活在最底层的劳动人民之中，亲身体验到亡国奴的悲惨命运。这段悲惨的生活经历促使他决心为祖国的独立而斗争。

　　1922年，他怀着救国理想到日本去半工半读。在日本，他接触到宣传马列主义的书籍、俄罗斯优秀文学作品和苏维埃无产阶级文学作品，尤其是读过高尔基的作品之后，开始树立革命的人生观。

　　1923年9月1日，东京发生大地震，有八十余处地方同时起火。当时的日本统治者别有用心地把这场地震引起的火灾说成是"不逞鲜人"放火所致，对无辜的旅日朝鲜人进行血腥大屠杀。李箕永目睹祖国同胞惨遭杀戮，于9月30日愤然回国。

　　李箕永的文学创作生涯始于1924年春，那一年他发表了《哥哥的密信》。作品通过一对中学生兄妹日常生活中的一些矛盾和冲突，以富于戏剧性的结构，辛辣地批判了哥哥男尊女卑的封建思想，具有鲜明的民主主义倾向。他这一时期的代表作是《贫穷的人们》和《民村》，在这两篇作品中，作家以20世纪20年代的朝鲜农村为背景，反映了贫苦农民的悲惨遭遇和反抗精神，塑造了一批具有革命意识的先进知识分子的形象。

　　1931年和1934年，日本当局对朝鲜无产阶级文艺工作者进行大搜捕，李箕永两度被捕，并被拘禁了一年多。出狱后，他仍然坚持爱国主义和无产阶级立场进行文学创作。日本败亡前夕，李箕永避居江原道金刚郡所属的一个山村里务农，直到1945年8月朝鲜解放。

　　朝鲜解放后，李箕永积极参加创建北朝鲜文学艺术总同盟的工作。1948年春至1949年，李箕永创作了解放后的第一部长篇小说《土地》。这部小说成功地塑造了翻身农民郭巴威的形象，并通过这一形象反映出解放前后朝鲜农民所经历的深刻变化。

　　50年代，李箕永又创作了史诗般的宏大巨著《图们江》三部曲。这部小说从19世纪末20世纪初的爱国义兵斗争，一直写到朝鲜解放，再现了朝鲜半个世纪的历史。

　　李箕永不仅是著名作家，还是杰出的社会活动家，曾任朝鲜最高人民会议副议长、朝鲜作家同盟委员长等职务。鉴于李箕永为朝鲜人民所做的贡献，朝鲜劳动党和共和国政府曾授予他劳动勋章和国旗勋章。

亚非拉的声音——亚洲、非洲、拉丁美洲、大洋洲文学

◎ 关键词：流亡 苏联红军 奇袭普天堡 游击队 牺牲

朝鲜人民的诗人——赵基天与《白头山》

● 金日成像

>>> 普天堡战斗

1937年6月2日晚上10点，朝鲜人民革命军在金日成的领导下，奇袭了普天堡的警察驻所。当时，朝鲜人民革命军还根据情报，猛烈攻击集结在山林保护区的日军，日军毫无准备，被打得大败。战斗以朝鲜人民军的胜利而结束。金日成同志向在街道上欢呼的人民发表了《为祖国的光复顽强斗争》的历史性演说。

普天堡战役是朝鲜结束亡国历史、实现祖国光复中起决定作用的转折点之一。

拓展阅读：

《朝鲜在战斗》[朝鲜] 赵基天
《赵基天论》[朝鲜] 李贞求

赵基天生在朝鲜咸镜北道会宁郡的一个贫农家庭。他的父亲因不堪忍受压迫和剥削，携全家流亡到西伯利亚。所以，赵基天在苏联接受了学校教育。1945年8月，赵基天随苏联红军参加了消灭日本关东军的战斗。不久，又随苏联红军与朝鲜人民并肩作战，解放北朝鲜。

在解放后的日子里，赵基天积极投身于社会主义新文化的建设事业。1947年，赵基天发表了著名的长篇叙事诗《白头山》，它以1937年6月金日成游击队奇袭普天堡为基本情节，描写了金日成将军领导下的一支游击队与日本帝国主义进行斗争的历史。

金日成是诗歌着力最多的人物。他在日本帝国主义铁蹄下度过了苦难的童年，备受凌辱的生活激发了他的民族意识和阶级觉悟，为了争取祖国的解放，他奔上白头山，走上武装斗争的道路。在他身上既集中地表现了游击队战士的典型特征，又体现出他作为指挥员的政治素养。他经常读马列经典，每天总要读上好几段，无论是行军打仗还是治理国家，不论是消极绝望还是喜悦乐观，他都没有放下书。

奇袭普天堡是全诗的一个高潮。游击队战士在金日成的率领下，向东南前进，无论高山还是峻岭，无论路途遥远还是沟壑纵横，都阻挡不了他们的前进，终于胜利打垮了普天堡的日军。

哲浩是长篇叙事诗的另一个主人公，也是在严峻的游击战争中成长起来的无数革命战士中的代表。他年纪不过25岁，却已是金日成的亲密战友和得力助手。他勇敢机智，成功地完成了各项任务。就在奇袭成功的时候，一颗流弹击中了哲浩的心脏，哲浩倒下了，他为祖国的解放献出了自己年轻的生命。

诗歌还成功塑造了很多游击队战士的形象。花粉是在抗日斗争中成长起来的贫农姑娘的形象，母亲在日寇屠刀下惨死，在普天堡战斗中，她协助哲浩做了大量工作，最后跟随游击队奔上白头山。16岁的游击队员英男是朝鲜无数革命少年的代表。他性格爽朗，爱笑，爱唱民歌《阿里郎》。他在执行任务时受了重伤，临死前还举起两个拳头高呼"战斗到底，朝鲜独立万岁"。

1951年7月夜，当美帝国主义轰炸平壤时，赵基天不幸牺牲，年仅39岁。他牺牲时，怀里还紧抱着未完成的诗稿《飞机猎手》。

亚非拉的声音——亚洲、非洲、拉丁美洲、大洋洲文学

◎ 关键词：古典文学 出嫁 成人仪式 多情好色

日本文学的妖艳之花——《源氏物语》

● 《源氏物语》中的插图

>>> "物语"的含义

日文"物语"一词，意为故事或杂谈。物语文学是日本古典文学的一种体裁，产生于平安时代，10世纪初，在日本民间文学基础上形成，并接受了中国六朝、隋唐传奇文学的影响。

在源氏物语之前，物语文学分为两个流派，一为创作物语，如竹取物语、落洼物语，这一流派的作品纯属虚构，具有传奇色彩；一为歌物语，如伊势物语、大和物语等，这一流派的作品以和歌为主，大多属于客观叙事或历史记述。这些物语脱胎于神话故事和民间传说，是向独立故事过渡的一种文学形式。

拓展阅读：

《日本古典文学读本》刘瑞芝
《日本古典文学史》高文汉

长篇小说《源氏物语》代表着日本古典文学的最高成就。这部小说成书于11世纪初，作者是紫式部。

《源氏物语》共54卷80余万字，以源氏这个主人公贯穿全篇。源氏的生父是桐壶帝，他的生母出身于没落贵族门第，受到其他妃嫔的嫉妒与欺压，产下一子不久就郁郁死去。桐壶帝十分宠爱这个幼子，为了让他不受皇族权势派欺负，赐姓源氏。源氏美貌绝伦，而且诗歌、音乐无不精通。12岁时，他举行了成人仪式，娶左大臣的女儿葵上为妻。

他生性多情好色，从17岁起便放浪逐香猎艳于裙钗之间。有一次，他到家臣家中去，看中了家臣年轻的后母空蝉，闯入闺房奸宿一宵。从此空蝉拒绝再见他，但空蝉那种娴雅风度使源氏终生念念不忘。不久，源氏又沾惹已故皇太子的妃子六条御息所，同时与夕颜偷情。源氏还与他的后母——桐壶帝的妃子藤壶女御发生了不正当的关系，女御因此怀孕生下一子，就是后来的冷泉帝。后来，源氏又爱上一个流落的贵族幼女，亲自把她教养成人，待葵上死后，纳她为正妻，这就是紫上。

源氏21岁晋升为近卫大将。次年，桐壶帝让位给源氏之兄朱雀帝（右大臣之女弘徽殿女御所生），从此，右大臣家强执掌权柄，左大臣及源氏一派失势。源氏与朱雀帝的宫中女官、右大臣第六女胧月夜发生了关系，触怒了右大臣及其女儿弘徽太后，被迫退隐到须磨，后来又到明石。两年后被赦免回京。这时朱雀帝退位，源氏与藤壶女御的私生子冷泉帝继位，源氏被任为内大臣，左大臣也晋升为摄政大臣，从此左大臣及源氏一派权势大盛。后来冷泉帝得知源氏是自己生父，想让位给他，源氏不肯，便做了太政大臣。

40岁时，源氏修筑了两座府第，在府第中划出许多区域，将过去与他相好的十多个妇女收养在里边，他经常与这些妇女赠歌酬答，留恋缠绵。朱雀帝退位后准备出家，将小女儿女三宫嫁给源氏。源氏辞退不得，只好将女三宫迎娶过来。女三宫身份高贵，使得源氏的正妻紫上十分不安，源氏周旋其间，甚感苦恼。女三宫与内大臣之子柏木（即源氏死去的正妻葵上的侄儿）偷情，并生下一子。源氏发觉后，联想到自己过去与藤壶女御的往事，内心十分痛苦。以后，柏木为此事郁郁病死，女三宫也落发为尼。

源氏的正妻紫上守着好色而多情的丈夫，身心俱感疲惫，她几次请求出家，源氏不许，终于在源氏51岁时病死了。源氏思念紫上，痛感人生虚幻，经常想到出家。这样的生活过了几年，源氏也死去了。

●二叶亭四迷像

>>> 明治维新

1868年3～4月，明治政府先后颁布了《五条誓文》和《政体书》，提出推行资本主义新政的基本方针，1868～1873年间开展了大刀阔斧的维新运动。

维新运动的主要内容是：收回封建地主领地、取消封建身份级制、扶植资本主义工商业、破除封建主义旧文化。这些有利于发展资本主义的改革措施，使日本走上了资本主义道路，摆脱了沦为殖民地的危机，由一个落后的封建国家，逐步转变为独立的资本主义强国。

拓展阅读：

《浮云》[日]二叶亭四迷
《日本近代文学名作鉴赏》
谭晶华

◎ 关键词：儒家思想 口语 世态炎凉 多余人 奠基者

日本近代文学的先驱——二叶亭四迷

二叶亭四迷是日本小说家、翻译家，出生于1864年，原名长谷川辰之助，二叶亭四迷是他的笔名，意为"你给我死掉算了"。这个笔名表示了他对社会现实的不满和愤慨。他出身世家，从小接受汉学教育，受到中国儒家思想的影响。他的青少年时期是在明治维新的"开化革新"的气氛中度过的。当时沙皇俄国向亚洲扩张，引起日本朝野的愤慨，他在爱国激情的感召下，多次报考陆军士官学校，但未被录取。1881年，他考入东京外国语学校俄文科学习俄语，阅读了很多19世纪俄国优秀作家的作品，接触到革命民主主义思想，对他的人生观与文艺观的形成起了决定性的作用。

1887年，二叶亭四迷用现代口语创作了长篇小说《浮云》，揭开了日本近代文学的第一页。这部小说描写了一个名叫内海文三的知识青年的命运。内海文三被录用为政府的下级官吏，本想克己奉公，奉养老母，和意中人结合。但是他又不屈从日本封建官僚的压迫，不愿与现实妥协，结果受到排挤，丢了官职，意中人也被人夺走。小说揭露了明治时代官场的黑暗和世态的炎凉，批判了卖身求荣的知识分子的卑鄙无耻以及小市民贪财附势的庸俗心理。

此后，二叶亭四迷认为"文学不是大丈夫的终身事业"，停止了文学创作活动，曾当过内阁官报局翻译，陆军大学和东京外国语学校教授，大阪《朝日新闻》记者和中国清朝的北京警务学堂的干部。直到1906年，他才发表第二部长篇小说《面影》。这部小说描写一个中年知识分子入赘某家为婿，和妻子感情不和，却与守寡回家的妻妹产生了爱情。这种爱情为家庭和社会所不容，他抛下情人和家庭到中国流浪，最后变成穷愁潦倒的酒鬼。

1907年，二叶亭四迷发表最后一部长篇小说《平凡》。小说故意模仿风行一时的自然主义风格，用第一人称叙述了一个平凡人的一生。主人介从小受到家庭的溺爱，青年时和一个富家女相爱，经历了一生难忘的初恋，后来写了一两部应时的作品，博得一点小名气后和公寓的女佣人厮混在一起。最后，他决心放弃过去的生活，老老实实娶妻、生子、奉母，了此平凡的一生。作品夹叙夹议，对当时的社会风气和文学状况进行冷嘲热讽。

二叶亭四迷被认为是日本近代文学的第一个奠基者。他的三部小说以现实主义手法，塑造了对现实不满、遭到社会恶势力的排挤和打击的知识分子的形象，他们软弱无力，缺乏斗争勇气，最后对人生感到幻灭，是特定的日本半封建时代下的"多余人"。1908年，二叶亭四迷赴俄国彼得堡任《朝日新闻》特派记者。1909年病死于回国途中。

亚非拉的声音——亚洲、非洲、拉丁美洲、大洋洲文学

●森鸥外像

>>> 未公开书简被发现

2005年11月，在森鸥外次女、日本著名散文家小堀杏奴（1909~1998）的遗宅中，发现了大量森鸥外晚年写给家人、好友的书简约100封，还有他亲自为女儿编写的教科书等约20册。

据杏奴的长子小堀一郎称，在整理母亲遗物时，偶然发现了这批珍贵的史料书简。除去书简和自编教科书之外，同时发现的还有森鸥外临终前写作的和歌（日本诗的一种）、杏奴生前未发表的散文《晚年的父亲》以及超过250封森鸥外死后家人与永井荷风等大文豪之间的通信。

拓展阅读：

《森鸥外精选集》
　　　北京燕山出版社
《日本文学简史》
　　　叶渭渠/唐岳梅

◎关键词：军医 浪漫主义文学 博物馆 历史小说

日本浪漫主义文学的先驱——森鸥外

森鸥外是日本近代文学的又一先驱人物。他本名叫森林太郎，号鸥外，别号观潮楼主人、鸥外渔史，1862年出生在日本石见（今岛根县）鹿足郡一个藩主侍医家庭，从小受到良好的国学、汉学和兰学（江户时代中期以后由荷兰传入日本的西方学术）教育。从东京第一大学医科学校毕业后，森鸥外在日本陆军任职，做过陆军军医。1884年，森鸥外赴德国留学，留学期间，他广泛阅读欧洲古今名著，深受唯心主义思想的影响，并接受哈特曼的美学思想，这种思想最终成为他后来从事文学创作的思想依据。回国后，历任军医学校教官、校长、陆军军医总监、陆军省医务局长等职。

森鸥外留学归来后，以启蒙家的姿态开始文学活动。他翻译西方著名作家歌德、莱辛、易卜生等人的作品，同时创办《栅草纸》等文学刊物。他于1890年发表的处女作《舞女》，连同他的《泡沫记》和《信使》被认为是日本浪漫主义文学的先驱之作。

1910年前后，森鸥外写了《青年》《雁》等取材于现代生活的小说。《雁》是作者这一时期创作的艺术成就较高的作品，描写明治年间一个贫苦的少女沦为高利贷主的情妇。她渴望摆脱这种屈辱的境地，暗自爱上一个每天从门前经过的大学生，但由于一个偶然的原因，失去了表白爱情的机会，她追求幸福的努力终于化为泡影。小说对少女的不幸满怀同情，但却把这种不幸归结为偶然性的恶作剧，最后用一只碰巧被飞石击毙的雁来象征她的命运。

1910年，日本政府制造了"大逆事件"，加强了对文化界的专制，森鸥外开始转向历史小说的创作。他把自己的历史小说分为"遵照历史"和"脱离历史"两类。前者完全依据史料写作，后者则借助历史事件的描述来表达自己的理想和信念。他的短篇历史小说《阿部一家》就属于"遵照历史"的历史小说，小说描写阿部一家由于未被允许为藩主殉死而受到歧视，最终满门被杀。这部小说揭示了封建殉死制度的虚伪、腐朽和惨无人道的实质。短篇小说《高濑舟》属于"脱离历史"的历史小说。小说写一个犯人在囚船上讲述自己的经历。犯人的弟弟不堪贫病折磨，他在弟弟的恳求下帮助弟弟结束了生命，因而被判罪流放。他认为囚徒的生活比他原来的境遇还优越，所以处之泰然，这就更加深入地揭示了封建幕府时期社会底层人民的生活惨状。

晚年的森欧外担任过皇家博物馆馆长、帝国美术院院长的职务。据说，住在皇家博物馆附近的居民，每天早上在天蒙蒙亮时，就会看到身着军装的森鸥外骑马出现在皇家博物馆前。

亚非拉的声音——亚洲、非洲、拉丁美洲、大洋洲文学

●芥川龙之介像

>>> 芥川奖介绍

芥川奖是日本文艺春秋社为纪念已故作家芥川龙之介，于1935年设置的纯文学奖，目的在于奖掖文坛新人。芥川奖每年2月和8月评选、发奖两次。第二次世界大战期间一度中断，战后于1949年恢复。每半年自评选委员会从各报纸杂志上发表的无名作家和新作家的作品（包括小说、戏剧）中选出一至两篇，先在《文艺春秋》杂志上发表，然后发给奖品和奖金。

芥川奖评选委员会由与文艺春秋社渊源较深的有成就的著名作家、评论家组成，获奖者有"登龙门"之称。

拓展阅读：

《芥川龙之介集》
　　山东文艺出版社
《罗生门》（电影）

◎ 关键词：古典文学 黑泽明 军国主义 芥川文学奖

日本最重要的文学奖——"芥川奖"

芥川龙之介生于东京，本姓新原，出生后九个月时被过继给舅父做养子，改姓芥川。芥川家世代在将军府任文职，明治维新后，养父在东京府任土木科长，养父母精通诗书琴画，家庭里有浓厚的传统文化艺术气氛，芥川因此自幼便受到古典文学的熏陶。

1915年，芥川发表《罗生门》，当时并未引起文坛重视。很多年以后，这篇小说被日本的大导演黑泽明改编之后搬上银幕，终于享誉世界。1916年发表的《鼻子》受到大文学家夏目漱石的赞赏，给了芥川很大的鼓舞。随后，《芋粥》和《手绢》接连问世，从而奠定他了作为新进作家的地位。

芥川早期的作品以历史小说为主，借古喻今，针砭时弊，有的取材于封建王朝的人和事。如《罗生门》和《鼻子》等都是根据古代故事改编，揭露现实中很风行的利己主义；《地狱图》写一个服务于封建公侯的画师为了追求艺术上的成就而献出女儿和自己的生命，抨击暴君把人间变成了地狱。有的取材于近世传入日本的天主教的传教活动，如《烟草和魔鬼》《信徒之死》《众神的微笑》等。有的描述江户时代的社会现象，如《戏作三昧》《某一天的大石内藏助》等。有的描绘明治维新后资本主义上升时期的日本社会，如《手绢》《舞会》等。还有一部分取材于中国古代传说，如《女体》《黄粱梦》《英雄器》《杜子春》《秋山图》等。

俄国十月革命后，日本无产阶级文学开始萌芽，此时的芥川也在时代的影响下，着重写反映现实的作品。《桔子》歌颂了淳朴善良的农村姑娘，《秋》表现现代男女青年的精神苦闷。此外，还有刻画少年心理的《手推车》，描写农村人与人之间关系的《一块地》，嘲讽乃木希典的《将军》，批判军国主义思想、对下层士兵寄予同情的《猴子》和《三个宝》。

芥川晚期的作品反映了他对黑暗的社会现实的幻灭感。1927年初发表的《玄鹤山房》，通过描写老画家之死，揭露家庭内部的纠葛，反映了人生的惨淡和绝望心情，暗示旧事物的衰亡和新时代的来临。《河童》通过虚构的河童国抨击人吃人的资本主义制度。遗作《齿轮》和《某傻子的一生》则生动描述了作者生前的思想状态。

1927年，芥川龙之介在精神极度苦闷中服毒自杀，去世时年仅35岁。在12年的创作生涯中，他写下了148篇小说和大量的小品、随笔、评论、诗歌等。为了纪念芥川龙之介在文学上的成就，1935年，《文艺春秋》杂志社设立以他的名字命名的"芥川文学奖"，多年来，它一直是奖励优秀青年作家的最高文学奖。

●鹰山水图 日本 雪村

>>> 日本热海

日本热海属于富士火山带，它是由于长年火山活动而形成的土地。早在一千多年前，海底涌出了温泉，海水都成了热水，所以人们把这里称为"热海之崎"。

热海温泉主要是"弱食盐泉"，泉内含有和海盐类似的食盐。洗过温泉后，皮肤上会留下盐分，具有很好的保湿效果，所以，温泉浴后不会感到冷。其发汗功效可促进人体的新陈代谢，因此对风湿症、神经痛、皮肤病、妇女病及内脏疾病有疗效。在江户时代，幕府的将军曾专门派人把温泉水运到江户和京都供他们享用。

拓展阅读：

《日本文学史》
　　李光泽/卜庆霞
《现代日本小说集》止庵

◎ 关键词：写实主义　薄情寡义　文学交流　金钱

《金色夜叉》的作者——尾崎红叶

尾崎红叶是日本小说家，本名德太郎，生于1867年，父亲是一位象牙雕刻师。尾崎红叶参与文学活动很早，在他读大学预科时，便和山田美妙等人成立了文学社团"砚友社"，极力推崇写实主义。在这期间，他们出版了日本近代文学史上最早的同人杂志《我乐多文库》。

1888～1890年，尾崎红叶在帝国大学法科和文科学习，后来辍学，之后便专门从事文学创作。1889年，尾崎红叶发表短篇小说《两个比丘尼的色情忏悔》并一举成名。后来又在《读卖新闻》做文艺栏编辑，同时继续进行文学创作。

尾崎红叶早期的创作深受古典作家井原西鹤的影响，其后风格不断变化，创作了中篇小说《香枕》《三个妻子》和长篇小说《多情多恨》。但是，真正给他带来巨大声誉和成功的要数在《读卖新闻》上连载的长篇小说《金色夜叉》。

《金色夜叉》是他最著名的小说作品，描写了一个爱情在金钱面前抗争与妥协的凄惨故事。这部小说以恋爱与金钱为中心，描绘了众多上层社会和下层社会的人物形象及其生活状态，是明治时代最受读者欢迎的小说之一，还被改编成戏剧和电影。小说的女主人公阿宫的父亲为了报恩，收养了男孩间贯一，并把阿宫许配给间贯一。然而，正当间贯一和阿宫建立了深厚的感情时，阿宫的父母却嫌贫爱富，要把阿宫嫁给银行家的儿子富山，在虚荣心的驱使下，阿宫也接受了父母的安排。间贯一不愿相信阿宫是这样薄情寡义的人，一路追随阿宫来到热海岸边。阿宫最终还是嫁给了富山，只能偶尔通过望远镜看看间贯一，而她写给间贯一的请求原谅她的信也被间贯一烧掉了。最后，间贯一把一切的根源归罪于金钱，做了放高利贷者。

后来，尾崎红叶因胃癌去世，《金色夜叉》还没有写完。尽管这只是个"未竟稿"，但是在报纸上连载期间，便已经受到了无数读者的追捧。在尾崎红叶死后，这部小说还是深受读者的喜爱。

身为"砚友社"的代表人物，尾崎红叶的身边还聚集着德田秋生、泉镜花等几位学生，尾崎红叶给予了这些后起之秀们极大的帮助和提携。尾崎红叶的创作采用白话文体和现实主义相结合的方法，对日本近代文学的发展做出了一定的贡献。

尾崎红叶在潜心创作的同时，还翻译、改编了大量欧洲文学作品，促进了日本文学和欧洲文学的交流。

亚非拉的声音——亚洲、非洲、拉丁美洲、大洋洲文学

● 夏目漱石像

>>> 《心》精彩语句选

可怜的我，对于要接近自己的人，发出一种警告，不要过来，表示自己不值得别人接近，仿佛在拒绝别人的热情，在蔑视别人之前就先蔑视自己了。

过去屈尊在他面前的回忆，接下便把脚踏在他的头上，我就是为了不受将来的屈辱，才要拒绝现在的尊敬。

他眼里呈现出的色彩既非冷淡，也非漫不经心，而是要从乌黑的瞳孔里闪出带反感的电光来。他为了竭力掩盖这种电光，才不得已在这种锐利的光芒上覆盖着冷淡和漫不经心的伪装。

拓展阅读：
《夏目漱石小说选》
湖南人民出版社
《中国印象记 满韩漫游》
中华书局

◎ 关键词：养子 精神痛苦 自传体 长篇小说 胃病

樱花下的大师——夏目漱石

夏目漱石原名金之助，漱石是他的号。他 1867 年生于江户城（现东京）一个街道小吏家庭，2 岁时被送给姓盐原的街道小吏当养子，10 岁那年，养父母离婚，夏目漱石又回到生父身边。夏目漱石成名后，养父的无理纠缠仍给他造成巨大的精神痛苦，他把这些人生经历写进了1915年发表的自传体小说《道草》中。

1893 年，夏目漱石以优异的成绩从东京帝国大学英文科毕业，之后从事教育工作，并且积极参加俳句革新运动。1900 年，夏目漱石被派往英国伦敦留学，由于经济困难和人地生疏而备受冷遇和歧视。回国之后，夏目漱石在东京第一高等学校任教，同时进行文学创作。

1905 年，夏目漱石发表了长篇小说《我是猫》，小说以独特的艺术形式和强烈的讽刺风格，揭露了资本主义社会的种种罪恶。这部小说给他带来了很高的声誉。1906年发表的中篇小说《哥儿》描写了一个青年知识分子哥儿半年的教学生活，批判了教育界的腐败风气。主人公哥儿是个憨厚笃实、疾恶如仇的"江户儿"，他对学校种种腐败现象表示不满和抗争，遭到奸诈的校长、教务长及走狗的捉弄和欺侮，他联合正直教员堀田将可恶的教务长和图画教员痛打了一顿，发泄了自己的愤恨。哥儿性格鲜明可爱，深得广大读者的喜爱。

1908~1910年，夏目漱石又接连发表了表现明治时期知识分子自我觉醒和成长的长篇小说《三四郎》《其后》和《门》。《三四郎》描写一位淳朴的农村青年怀着对生活和爱情的美好幻想来到东京上大学，半年的大学生活使他领悟到生活的艰辛和无奈，他深爱的美弥子又把他遗弃，更使他感到幻想的破灭。《其后》塑造了一个具有叛逆精神的富家子弟代助。代助的父亲是一个典型的政商，思想顽固守旧。代助生活优裕，无所事事，与社会、家庭格格不入，在遇到已经为人妻的旧日恋人三千子后，旧情复燃，不顾社会的压力和家庭的反对，要与三千子结婚，但是他又无力离开家庭自寻生计，因此陷入深深的痛苦与矛盾中。《门》描写一个居住在穷街陋巷的小官吏宗助的生活。家庭生活和朋友妻子御米对他的爱情不但没有让他感觉充实，反而折磨着他的精神，使他失望、苦闷和孤独。他寻求精神的解脱，到镰仓参拜佛门，却遭到寺院方丈的拒绝。他觉得自己是一个"站在门旁等待日落的不幸的人"。

1916 年，夏目漱石开始创作小说《明暗》，但不幸胃病恶化，只写了"暗"的部分就去世了，留给日本文坛一个遗憾。

亚非拉的声音——亚洲、非洲、拉丁美洲、大洋洲文学

● 《我是猫》中的插图

>>> 猫的趣闻

在埃及首都开罗，有一个名叫齐亚的 63 岁的退休公务员，他爱猫如命，一共养了 18 只猫，他与这些猫亲密无间，就像一家人。当齐亚逝世后，他的 18 只宠儿竟然围在尸体的旁边做守护神，整天不吃不喝，还不断地发出声声哀鸣。

一周以后，屋内发出了臭味。当警察赶来，准备搬走齐亚的遗体时，这些猫儿一起扑向警察，并伸出利爪疯狂向警察袭击。双方对峙了 2 小时之久，齐亚的尸体才被搬走。不过，警方发言人称，表面看来齐亚属于自然死亡。

拓展阅读：

《我是猫》（歌曲）
《日本近代文学史》谭晶华

◎ 关键词：自命清高 势利小人 挖苦嘲弄 众生百相

咱家是猫——《我是猫》

"咱家是猫。"

这是夏目漱石的成名作《我是猫》的开场白。没错，这部小说的主人公是一只货真价实的猫咪，但是它又与其他的猫咪有所不同——它具有人的思想意识，看得多了，听得多了，它的嬉笑怒骂竟也被写成了文章。

这部小说由夏目漱石多年积愤郁结而成，他化身成故事中的猫，作为故事的叙述者和评论者。小说通过猫的见闻和感受，刻画出明治时期日本社会的众生百相：猫的主人穷教师苦沙弥及其一家的平庸、琐细的生活，苦沙弥和他的朋友迷亭、寒月、东风、独仙等人故作风雅的无聊姿态，等等。小说还巧妙地把邻家金田小姐的婚事引起的纠葛作为主线贯穿其中。资本家金田的妻子为了选择女婿到苦沙弥家里打听理学士寒月的情况，但苦沙弥却有些傲慢，不大理睬她，于是招来了金田夫妇的肆意迫害。他们先是指使一伙人污辱谩骂苦沙弥，接着唆使苦沙弥的同事刁难报复他，以后又买通落云馆的顽皮学生闹事，折腾得苦沙弥不得安宁。这还不算，最后还叫苦沙弥过去的同学规劝、恐吓苦沙弥。

金田老爷是小说刻意挖苦嘲弄的对象。他靠高利贷起家，是"穷凶极恶，又贪又狠"的大资本家。他发财致富的"秘诀"是"要精通三缺"，即缺义理、缺人情、缺廉耻。他"把鼻子、眼睛都盯在钞票上"，只要能赚钱，什么事也干得出来，连"猫"也觉得金田是"最坏的人类"。小资本家铃木藤十郎虽然是学子出身，但唯财是命，甘当金田老爷的走狗，丝毫不顾念同学之情，两次来到苦沙弥家，做金田老爷的暗探，是典型的势利小人。然而，这些人却能在金钱万能的社会里呼风唤雨、为所欲为。

当然，作家也通过"猫"的视觉刻画了以苦沙弥为首的明治时期知识分子的群像。他们正直、善良，不与败坏的社会风气同流合污。穷教师苦沙弥"从当学生起就讨厌资本家"；美学家迷亭机敏多智，锋芒毕露，一有机会便嘲讽金田、铃木，使他们陷入窘态；理学士寒月不贪图富贵，拒绝做金田家的女婿。然而，他们又有着种种弱点。苦沙弥软弱、无能，每次与金田斗争都摆出雄壮的架势，但"一交锋就成了银样的枪"了；迷亭玩世不恭，还爱故弄玄虚、哗众取宠。他们自命清高，但是却过着无聊、庸俗的生活，为了填补生活的空虚，只好卖弄知识和嘲笑世俗，以此故作风雅。

小说以猫的出生为开头，以猫喝了啤酒掉进水缸淹死为结束。虽然没有完整曲折的故事情节，但是语言诙谐幽默，读来让人忍不住发笑，是一部可读性很强的小说。

亚非拉的声音——亚洲、非洲、拉丁美洲、大洋洲文学

●川端康成像

>>> 想逃避获奖的作家

1968年10月17日，川端康成在家中刚吃完早餐，外国通讯社的记者打电话告诉他，斯德哥尔摩决定授予他诺贝尔文学奖。

川端康成在得到这一消息后，第一个反应竟是对妻子说："不得了，到什么地方藏起来吧！"他惊慌失措，因为害怕受到喧嚣和干扰。

妻子说："有了正式的通知，今天无论怎样都必须和新闻记者见面，这是人世间一般的礼貌。"川端康成只好照办。然而面对获奖，他只是淡淡地说："是运气好，是我的运气好。我的文学，只是所谓感觉的东西。"

拓展阅读：

《雪国》[日] 川端康成
《川端康成研究》乔迁

◎ 关键词：诺贝尔奖 新感觉派 精神痛苦

日本第一个诺贝尔文学奖得主——川端康成

1899年，在日本大阪府三岛郡丰川村大字宿久庄降生了一个弱小的婴儿，他的诞生，给这个没落的贵族家庭带来了一线希望和喜悦。这个婴儿就是日后为日本赢得第一个诺贝尔文学奖的文学大师川端康成。

在川端康成不到两岁的时候，父母就因病双亡。少年时代，祖母和姐姐又相继去世。后来，相依为命的祖父又离他而去。不幸的经历使他和他的文字都具有一种忧郁和感伤的气质。

川端康成在少年时就对文学表现出浓厚的兴趣和极高的天赋。从1916年开始，他就在当地报纸上发表了一些作品，又在杂志上发表了小说《肩扛老师的灵柩》。1917年3月，川端康成中学毕业后，考取了东京第一高等学校。在东京，他开始直接接触日本文坛和正在流行的俄罗斯文学，这使他眼界大开。他在《校友会杂志》上发表了习作《千代》，以淡淡的笔触讲述了他同三个都叫千代的姑娘的感情故事。

在现实生活中，成年后的川端康成一共接触过四位名叫千代的女性，他对她们都产生过感情。其中，伊豆的舞女千代和岐阜的千代激起他巨大的感情波澜。伊豆的舞女千代是川端康成到伊豆半岛旅行途中结识的。受人歧视的舞女遇到友善的青年学生，开始了一段纯洁的带着淡淡爱恋的友谊。这段故事后来被写进川端康成的成名作《伊豆的舞女》中。岐阜的千代原名伊藤初代，是川端康成刚上大学时在一家咖啡馆里相识的，不久，他们订了婚。后来女方以发生了"非常"的情况为由，撕毁了婚约。这段失败的恋爱给川端康成原本就敏感的心灵留下了久久未能愈合的伤痕。

1924年，川端康成大学毕业后，正式开始了文学创作生活。他积极与横光利一等人发起新感觉派文学运动。然而，新感觉派显然是不适合他的，后来他公开表明不愿意成为新感觉派的同路人，决心走自己独特的文学道路。事实证明他所选择的道路是正确的。他的创作获得了巨大的声誉，先后获得过菊池奖、艺术院奖等众多奖项。

1961年，日本政府为了表彰他的文学成就，授予他第21届文化勋章。1957年，西德政府颁发给他歌德金牌。1960年，法国政府授予他艺术文化勋章。1968年，他又以《雪国》《古都》《千只鹤》三部代表作，为日本赢得了第一个诺贝尔文学奖。

然而，隐藏在荣誉背后的精神痛苦从来没有在川端康成的内心消减过。1972年4月16日，川端康成在家中自杀，未留下只字遗书。一代大师用生命实践了他在1962年就说过的"自杀而无遗书，是最好不过的了。无言的死，就是无限的活"。

亚非拉的声音——亚洲、非洲、拉丁美洲、大洋洲文学

●日本发行的纪念川端康成的邮票

>>> 艺妓

艺妓（汉语也作艺伎）是一种在日本从事表演艺术的女性工作者。工作内容除为客人服侍餐饮外，还要在宴席上以舞蹈、乐曲、乐器等表演助兴。

艺妓在东京等关东地区被称为"芸者"，见习阶段称"半玉"。在京都、大阪等关西地区则称为"芸妓"（或写作"芸子"），见习阶段称"舞妓"（或写作"舞子"）。而在明治时期以后，"芸妓"这种读法越来越普遍，成为现代标准日语读法。艺妓在原则上是艺术表演者，并不从事性交易。

拓展阅读：
《艺妓回忆录》（电影）
《日本当代小说选》文洁若

◎ 关键词：雪景 艺妓 哀伤 现实美 理想美

美丽而哀伤的经典——《雪国》

1968年，《雪国》一书因其"以敏锐的感受及高超的叙事技巧，表现了日本人的内心精华"而获得诺贝尔文学奖，川端康成成为第一个获此殊荣的日本作家。

《雪国》文字优美，字里行间透着淡淡的忧伤和挥之不去的虚无感。北国独有的雪景、年轻艺妓的身姿体态和音容笑貌辉映成趣，将日本民族所特有的美感发挥得淋漓尽致。

小说的主人公岛村是个坐食祖产、游手好闲的富家子弟，但是他对艺术有自己的感悟，也研究一些欧洲舞蹈。他从东京来到多雪的上越温泉旅馆，认识那里的艺妓驹子。驹子年轻貌美，弹得一手好三弦，还坚持写日记。她虽然沦落风尘，但是内心深处还是渴望得到真正的爱情。她欣赏岛村的学识和风度，对他是有感情的。岛村也比较欣赏驹子，但是他对感情看得没有驹子那么重，相反，他把驹子这种认真的生活态度和真挚的情感都看作是"一种美的徒劳"。无奈的驹子也只得对岛村的态度表示理解，要求他一年来一次就成，甚至也可以带夫人一起来。

岛村一共来过雪国三次，每次都要驹子作陪。在他第二次去雪国时，在火车上看到一位年轻貌美的姑娘在精心照料一位患病的男青年，姑娘名叫叶子，青年名叫行男。当时已是黄昏时分，车窗外夜幕降临在皑皑雪原之上，姑娘的影子映在车窗上，显得美丽而富有诗意。岛村百无聊赖地把脸贴近车窗，装出一副观赏黄昏景色的模样，长时间透过车窗偷看叶子的容颜。后来，岛村得知叶子原来是驹子的三弦师傅家的人，行男则是三弦师傅之子。他还听说三弦师傅活着的时候，曾有意让驹子和行男结婚，后来，行男生病，驹子为给行男治病当了艺妓。然而，驹子后来的言行都让人觉得她对行男没有任何感情。在岛村第二次离开雪国时，驹子到车站相送，叶子跑来告诉驹子行男马上就要死了，哀求驹子前去看看，驹子无情地拒绝了。当岛村责备她冷酷的时候，她解释说她不愿看一个人的死。

行男死后，叶子希望岛村带她离开，因为她恨驹子，但是后来又放弃了，还要求岛村好好对待驹子。最后，在岛村第三次离开雪国之前，剧场失火，叶子从二楼上掉下来，疯狂地冲上去救护她的却是驹子……

川端康成笔下的女性如同他描绘的雪国，是美丽而哀伤的。如果说驹子是血肉鲜活的现实美，那么叶子则是作者理想美的极致。相比之下，作者显然对叶子倾注了更多的情感。所以，小说以叶子在车窗上纯美的影子开始，又以叶子在大火中凄美的凋零结束。

亚非拉的声音——亚洲、非洲、拉丁美洲、大洋洲文学

● 四季山水图 日本 雪舟

>>> 赵典《悼小林多喜二》

紫暮枪起东水，
小林此去无回。
何惧虎豹裂痕催，
素手长衣冷对。
斗士浩然而去，
后人心若寒锥。
今宵独酒欲行杯，
和饮英雄血泪。

拓展阅读：

《小林多喜二》张朝柯
《为党生活的人》
　　[日] 小林多喜二

◎ 关键词：日本共产党 革命作家 工人阶级 鲁迅

无畏的战士——小林多喜二

　　小林多喜二1903年出生在日本北部一个贫穷的佃农家庭。在他4岁时，一家人迁到北海道的港口小樽，投靠开面包作坊的伯父，勉强维持生活。

　　小林多喜二从小就参加劳动，过着半工半读的生活。小学毕业后，在伯父的资助下，上了小樽高等商业学校。毕业后，在当地一家银行做职员。1929年发表小说《在外地主》，揭露银行勾结地主剥削农民的罪行，被银行开除。1930年迁居东京，成为职业作家和革命家。次年参加日本共产党，成为革命作家组织的主要领导人。

　　小林多喜二早期主要作品有《泷子及其他》和《牢房》等，描写工人和劳动妇女面对残酷的政治压迫和经济剥削而奋起反抗的故事。发表于1928年的《一九二八年三月十五日》是小林多喜二第一部成功之作，也是日本无产阶级文学中具有划时代意义的作品。

　　《一九二八年三月十五日》发表以后，小林多喜二成为著名的革命作家，因而受到反动当局的监视，然而他毫无畏惧，更加积极地投身革命运动。1929年创作了中篇小说《蟹工船》。这部小说描写被骗到"蟹工船"上参加季节性捕蟹和制造罐头的工农群众，在监工的迫害和非人的劳动中逐步提高觉悟，奋起斗争的故事。最后，斗争取得了暂时的胜利，可是在渔船回到港口之后，反动的监工浅川引来帝国军舰镇压工农群众。斗争以失败告终。这部小说笔力雄劲，语言生动，日本工人阶级不畏强暴、敢于斗争的伟大气魄跃然纸上。

　　《为党生活的人》是小林多喜二的最重要的一部作品。当时，日本帝国主义者对外发动侵华战争，对内加强法西斯镇压。小林多喜二被迫转入地下斗争，一面提防敌人搜捕和叛徒告密等"交叉火力的进攻"，一面在百忙中挤时间创作小说。《为党生活的人》成功塑造了一个坚强无畏的共产主义战士的光辉形象，在某种意义上讲，是小林多喜二一生的战斗生涯的总结。由于种种原因，这部小说在小林多喜二牺牲后才得以发表。

　　1933年2月20日，在一次秘密活动时，小林多喜二不幸被捕，当晚就被迫害致死。这一血腥的事件震怒了世界各地的进步作家。当时，鲁迅闻得噩耗，立刻代表中国人民发去唁电，在唁电中鲁迅充满感情地说："中日两国人民亲如兄弟，资产阶级欺骗人民，用血在我们中间制造鸿沟，并且继续制造。但是无产阶级和它的先锋队正在用自己的血消灭这道鸿沟，小林多喜二的死，就是一个明证。这一切我们是知道的，我们不会忘记，我们正在坚强地沿着小林多喜二同志的血路携手前进。"

亚非拉的声音——亚洲、非洲、拉丁美洲、大洋洲文学

● 《丰饶之海》封面

>>> 日本自卫队

日本自卫队组建于1954年7月1日。根据日本《和平宪法》第九条及相关国际条约的规定：日本的军事实力只能维持在自卫所需的水平，总兵力不得超过10万，军舰数量不得超过30艘，总排水量不得超过10万吨，不能拥有航母及核动力潜艇，作战飞机数量不得超过500架，不得拥有远程轰炸机，不得发展弹道导弹技术。

日本自卫队由首相领导，而管理则由防卫厅负责。防卫厅下设陆上自卫队、海上自卫队、航空自卫队，以及一个类似参谋长联席会议的幕僚会议。

拓展阅读：

《金阁寺》[日] 三岛由纪夫
《三岛由纪夫传》唐月梅

◎ 关键词：自卫队 武士道 绑架 自杀 盾会

日本传统文学的骄子——三岛由纪夫

三岛由纪夫于1925年出生在东京一个官僚家庭，原名平冈公威，三岛由纪夫是他的笔名。三岛由纪夫在上中学之前一直与职掌家族大权的祖母同住，因为过分的保护与管教，构成他贫弱的体质与孤独、甚至有点女性化的人格。在喜好文学的母亲的鼓励下，从小就打下了了小说方面的基础。

12岁起，三岛由纪夫便在杂志上发表《酸模》等习作。1940年，三岛由纪夫发表了诗歌《山栀》，后来又发表了《十五岁诗集》。

1944年，三岛由纪夫出版短篇小说《百花怒放的森林》。从此，他正式进入专业作家的领域。1946年，在川端康成的推荐下，三岛由纪夫的《烟草》发表，三岛由纪夫终于获得晋身文坛一员的资格。

1947年，三岛由纪夫进入大藏省工作。1948年9月，他从大藏省辞职，做了专职作家。之后，他发表了第一个长篇小说《盗贼》。1949年又出版了《假面的告白》，这是三岛由纪夫以专业作家的身份出版的第一本小说。1950年，三岛由纪夫出版长篇小说《爱的渴望》。之后他开始尝试以真实发生的社会事件作为创作对象，这类作品有长篇小说《青色时代》。

三岛由纪夫在戏曲方面也有高度的兴趣。他曾编写过《彩虹》《火宅》《灯台》等戏曲剧本。除了剧本创作外，三岛由纪夫还经常当电影演员。在1951年8月上映的《纯白之夜》中，三岛由纪夫担任了特别演出。

1951年，三岛由纪夫发表了长篇小说《禁色》的第一部与《夏子的冒险》。因为《禁色》的男主角是个同性恋者，舆论认为，这是三岛由纪夫本人在性方面的影射。1952年，三岛由纪夫完成了《禁色》和《秘乐》的第2部。1953年年底，凭借《潮骚》获得了第一届新潮社文学奖。1957年，又凭借《金阁寺》获得第八届读卖文学奖的大奖。

然而，三岛由纪夫对日本传统的武士道精神和严厉的爱国主义深为赞赏，对日本战后社会的西化和日本主权受制于外国的现状非常不满。1968年，三岛由纪夫组织"盾会"，声称要保存日本传统的武士道精神并且保卫天皇。

1970年11月25日，三岛由纪夫带领四名"盾会"成员在陆上自卫队总监部绑架了总监，然后在总监部阳台向自卫队官兵发表演说，呼吁"真的武士"随他发动兵变，但是没有人响应。三岛由纪夫只得退入室内并切腹自杀。

三岛由纪夫是日本影响力最大的作家，也是一个在政治思想上谬误多端，在艺术上的成就又不容抹杀的复杂人。只有冷静而客观地看待他的死，才能正确认识他的文学成就。

亚非拉的声音——亚洲、非洲、拉丁美洲、大洋洲文学

◎ 关键词：作家天王 新人类 文化 愤怒 挥霍

畅销作家天王——村上春树

●村上春树像

>>> 早稻田大学

早稻田大学是日本最负盛名的大学之一。1882年，伴随着"学问要独立"的宣言，早稻田大学的前身——东京专门学校诞生在东京郊区的一片稻田里，到今天已经发展成为一所完整的综合性大学。

早稻田大学共有四处校园，由地处东京市中心西北部新宿附近的西早稻田校园（本部）、户山校园、大久保校园和30公里以外的所泽校园构成。一百多年来，早稻田大学为日本培养了众多的政界、经济界和文化界的著名人士，如石桥湛山、松下幸之助、北原白秋、坪内逍遥等。

拓展阅读：

《海边的卡夫卡》
  [日] 村上春树
翻译家林少华

村上春树是日本最畅销的作家天王，平均每15个日本人中就有一个人买他的《挪威的森林》。他在很多国家都拥有庞大而狂热的读者群，他的小说和他关于美食的见解是所谓的"新人类"们装点门面和表明身份的常用语，他对爵士乐、摇滚乐的精通痴迷是全世界皆知的秘密。"村上春树"，已经是一种文化、一种现象的代名词，而不单纯是一个名字。

村上春树1949年出生在日本兵库县，1967年考入早稻田大学戏剧系。当时正是日本学生运动风起云涌的时候，美国音乐是那时代的潮流和时尚，一代愤怒的青年公然挑战日本战后的体制、传统的观念，在堕落与理想、颓废与崇高交织的混乱中挥霍着青春，放逐着梦想。20世纪60年代是新旧交替的年代，是混乱昂扬的年代，也是激情燃烧的年代。在这样的背景下，村上春树度过了他的青春岁月。后来，他曾经怀着复杂的感情说自己是"60年代的孩子"。

大学期间，村上春树结了婚，还开了一家爵士乐酒吧，同时从事文学创作。1979年，他的第一部小说《且听风吟》得到当年日本的群像新人奖。村上春树从此踏上文坛，并且迅速以他特有的忧伤和浪漫的格调引起旁人的注意。随后，他又发表了《1973年的弹子珠》《寻羊冒险记》《世界尽头和冷酷仙境》《舞！舞！舞！》《奇鸟形状录》等作品，掀起"村上迷"的热潮。其中，《挪威的森林》被视为村上的巅峰之作，截至1996年，仅在日本就已售出700万册。此外，村上春树还热爱美国文学，先后翻译过菲茨杰拉德、雷蒙德等人的小说。

村上春树热爱音乐，在他的小说里，读者随处可以发现20世纪60～70年代在美国乐坛上风靡一时的音乐及音乐家的名字，如鲍勃·迪伦、披头士、约翰·柯川、格伦·古尔德，等等。小说《挪威的森林》就是以披头士的一首歌曲命名的。

村上春树于1999年发表的《斯普特尼克恋人》是村上春树的另一部长篇小说。斯普特尼克即Sputnik，是苏联1957年发射的世界上第一颗人造卫星的名称，意为"旅伴""伴随者"。出版于2007年的《海边的卡夫卡》讲述的是一个15岁的少年的故事。他幼年被母亲抛弃，又被父亲诅咒，他决心要成为"世界上最顽强的少年"。他沉浸在深深的孤独中，并辍学出走，一个人奔赴陌生的远方。

亚非拉的声音——亚洲、非洲、拉丁美洲、大洋洲文学

● 《挪威的森林》封面

>>> 村上春树的经典语录

他想把胸中的感念告诉对方：我们的心不是石头。石头也迟早会粉身碎骨，面目全非。但心不会崩毁。对于那种无形的东西——无论善还是恶——我们完全可以互相传达。

死并非生的对立面，而是作为生的一部分永存。

时代如流沙一般流动不止，我们所站立的位置又不是我们站立的位置。

拓展阅读：

《世界尽头与冷酷仙境》
〔日〕村上春树
《挪威的森林》（歌曲）

◎ 关键词：披头士 自传性质 自杀 迷失 失魂落魄

感伤的青春恋曲——《挪威的森林》

《挪威的森林》原本是披头士乐队的一首歌曲的名字。后来，人们更多的是通过村上春树的同名小说知道这首曾经传唱的歌曲。据说，截至1996年，《挪威的森林》在日本已经售出700万册，差不多每15个日本人之中便有一个曾经购买此书。这部带有自传性质的小说是村上春树最负盛名的作品，讲述了一段哀婉动人的爱情故事。

小说以第一人称的叙述展开主人公渡边同两个女孩间的爱情纠葛。直子原是渡边高中挚友木月青梅竹马的女友，后来木月没有任何征兆地自杀了，也没有留下任何遗言。一年后，渡边同直子不期而遇，爱上了直子的渡边陪着她日复一日地在落叶飘零的东京街头漫无目的地游逛，或一前一后，或并肩行走。在直子20岁生日的晚上，两人发生了性关系，不料第二天直子便不知去向。几个月后，直子来信说她住进一家远在深山里的精神疗养院。渡边前去探望时发现直子更加迷人，开始带有一种成熟女性的丰腴与娇美。晚上虽同处一室，但渡边约束了自己，两人只是静静地相处。分手前，渡边表示他会永远等待直子。

返校不久，由于一次偶然相遇，渡边开始与低年级女生绿子交往。绿子同内向的直子截然相反，她就像迎着春天的晨光蹦跳到世界上来的一头小鹿，充满了生命的活力，渡边与她也发生了关系。这期间，渡边内心十分苦闷彷徨，一方面念念不忘直子缠绵的病情与柔情，另一方面又难以抗拒绿子大胆的表白和迷人的活力；一边是直子的多愁多病、柔情似水，另一边是绿子的野性未脱、活力四射。忧郁的少年迷失在两位少女之间。不久，直子自杀的噩耗传来，渡边发现直子根本就没有爱过他，他开始失魂落魄地四处徒步旅行。

渡边去探访了直子的病友玲子，玲子给了他温柔的抚慰，同时鼓励他勇敢地探索此后的人生。"咱俩这就给直子举行葬礼。"玲子说，"举行个不凄凉的葬礼。"玲子拿起吉他弹起了披头士乐队的《挪威的森林》《昨日》《太阳从这里升起》等歌曲。最后渡边与玲子也有了性关系。

故事的末尾，渡边打电话给绿子，绿子问他"你现在在哪里"，一句简简单单的"在哪里"一下把渡边给问住了。"我拿着听筒扬起脸，飞快的环视电话亭四周。我现在在哪里？我不知道这里是哪里，我全然摸不着头脑。这里究竟是哪里？目力所及，无不是不知走去哪里的无数男男女女。我是在哪里也不是的处所连连呼唤绿子。"

小说就这样结束了。

亚非拉的声音——亚洲、非洲、拉丁美洲、大洋洲文学

◎ 关键词：芥川奖 新文学 旗手 心理阴影 悲观

荣耀再次降临——大江健三郎

● 大江健三郎像

>>> 浅沼稻次郎遇刺

1960年10月12日，曾经两度访华的日本社会党委员长浅沼稻次郎在东京发表演说，呼吁"尽快使日中邦交正常化"。浅沼稻次郎话音未落，一名右翼分子突然跳上台，将一把利刃刺入他的心脏，浅沼稻次郎当即倒在血泊之中。周恩来总理获悉后，致电吊唁浅沼稻次郎先生。

浅沼稻次郎于1957年率社会党亲善使节团访问中国，并同中国人民外交学会签署了以促进恢复中日邦交、反对制造两个中国阴谋为主要内容的共同声明。1959年访华时，在反对"两个中国"的问题上态度更加明确。

拓展阅读：

《为什么孩子要上学》
[日] 大江健三郎
《大江健三郎口述自传》
新世界出版社

大江健三郎是日本当代最负盛名的作家，也是获得诺贝尔文学奖的第二位日本作家。他出生在爱媛县森林峡谷间的一个小山村，，他在家中七个孩子中排行第三。家乡优美的自然环境、古老的民间习俗，对他后来的创作颇有影响。

大江健三郎于1954年考入东京大学法文系，大学期间，他热衷于阅读萨特、加缪、福克纳和安部公房等人的作品。1957年5月，大江健三郎在《东京大学新闻》上发表小说《奇妙的工作》，8月发表小说《死者的奢华》，这篇小说不仅成为日本文学界最为推崇的"芥川文学奖"的候选作品，还受到文坛大师川端康成的肯定和称赞。大江健三郎作为学生作家开始登上日本文坛。1958年，《饲育》和《在看之前便跳》等短篇小说发表，其中《饲育》获得第39届"芥川文学奖"，这位少年成名的学生作家成了文学新时期的代表。没过多久，他的第一部长篇小说《摘嫩菜打孩子》问世，更是将他推在了新文学旗手的位置上。

1959年，大江健三郎大学毕业，之后发表了长篇小说《我们的时代》。小说描写一个迷惘的大学生想自杀又没有勇气的故事，小说所表现的是第二次世界大战以后"垮掉的一代"的精神风貌，标志着大江健三郎开始从性意识的角度来观察人生，试图表现都市青年封闭的内心世界。

同时，大江健三郎积极参加"安保批判之会""青年日本之会"的活动，明确表示反对日本与美国缔结安全保障条约。还曾作为第三次日本文学家访华代表团成员，与野间宏等访问中国。1961年，大江健三郎以日本社会党委员长浅沼稻次郎遭右翼青年刺杀事件为题材，创作并发表了《政治少年之死》等作品，因此遭到右派势力威胁。

1963年，大江健三郎的长子大江光出世了，年轻的作家还没来得及品尝初为人父的喜悦，就被告知儿子先天缺损头盖骨，脑组织外溢。经过治疗虽然使儿子免于夭折，但却留下了无法治愈的后遗症。这无疑给大江健三郎的心理蒙上了巨大的阴影。也是在这一年的夏天，大江健三郎去广岛参加了原子弹在广岛爆炸的有关调查，走访了许多爆炸中的幸存者。这两件都与死亡相关联的事给他带来了极为强烈的震撼。他随后发表了《个人的体验》和《核时代的森林隐遁者》等一系列以残疾人和核问题为主要题材的作品，对战争给人类带来的苦难进行了文化的思考和历史的拷问，具有较浓厚的人道主义倾向。长篇小说《洪水涌上我的灵魂》，更是宣扬人类在核武器发展、公害严重的时代已日暮途穷、无法生存下去的悲观思想。

◎关键词：中年男女 相爱 浪漫 死亡 感情纠葛

日本情爱文学经典——渡边淳一的《失乐园》

● 《失乐园》封面

>>> 推销《钝感力》

2007年5月30日下午,日本著名作家渡边淳一在上海书城签售其新作《钝感力》。

据渡边淳一介绍,在日文中有"钝感"一词,却无"钝感力"。"钝感力"可直译为"迟钝的力量",为作者新造,是其最新人生感悟。在作者看来,"钝感力"作为一种为人处世的态度及人生智慧,相比激进、张扬、刚硬而言,更易在目前竞争激烈、节奏飞快、错综复杂的现代社会中生存,也更易取得成功,并同时求得自身内心的平衡及与他人和社会的和谐相处。

拓展阅读:

《走近渡边淳一》沈悦苓
《日本当代文学研究》何乃英

中年男女久木祥一郎和松原凛子相爱了,然而他们的感情却遭到他人的非议,因为他们都已经拥有各自的婚姻。私家侦探尾随拍照、工作受到影响、妻子要离婚、女儿不谅解、母亲斥之为"淫妇",久木祥一郎一方面承受着巨大的压力,另一方面对松原凛子的爱却越来越难以割舍。松原凛子的丈夫出于忌妒和仇恨,把一封内容很不堪的告密信寄到了久木祥一郎公司董事长的手里,使他受到了类似处分的外调。

然而,当爱情达到一定温度时,外界的压力不仅当不了灭火器,反而变成了助燃剂,爱火在一个狭窄的空间里燃烧,空气一旦燃尽,那就只能窒息死亡。当松原凛子在极度欢娱后要求和久木祥一郎一起死的时候,他很平静地答应了。最后,他们喝下掺了毒药的香槟酒,相拥着慢慢堕入死亡,以至于死后还保持着相互拥抱、肌肤相接的姿势。他们留给家人的只是一张字条,上面写着"请原谅我们最后的任性。请把我们两人一起下葬,别无他求"。

小说的尾声一反浪漫而暧昧的叙事风格,极其详细地写下了法医对两具尸体的检验报告。

这是被称为"日本现代情爱文学大家"的渡边淳一的代表作《失乐园》的故事情节。因为涉及"中年情感危机""婚外情"等敏感话题,小说一直备受争议。小说在美国出版时,渡边淳一受邀到哈佛大学访问,当时有一个学生这样问他："为什么你小说中的主人公如此相爱,最后还是走向死亡？他们为什么不能结婚呢？"渡边淳一回答："如果结了婚,他们就会变成一种平淡的男女关系,不再有那种燃烧的热烈的情感。我觉得那是非常令人恐惧的,所以就让他们死掉了。"

渡边淳一在从事文学创作之前,是一位整形医生。1965年,他以第一人称写就的心理分析小说《化妆》获新潮同人杂志奖。1969年,另一部小说《光与影》为他赢得直木文学奖。这部小说的成功给了他巨大的信心,他从此弃医从文,专事写作。

渡边淳一的作品多涉情爱,多数描写中年人的感情纠葛,代表作品有《如此之爱》《男人这东西》《为何不分手》《泡沫》《雁来红》《化身》等。《化身》也是以描写中年人感情危机著称的小说。50多岁的男人秋叶大三郎爱上一个20多岁的吧女雾子。于是倾尽自己的爱情和财力,使雾子从一个吧女蜕变成一个大都市高雅出色的女性。最后,羽毛已丰的雾子却离开了他,留给他一句"男人不是上帝,不能要求男人来拯救自己"。失去一切的秋叶大三郎只能徘徊在漫无边际的回忆中。

亚非拉的声音——亚洲、非洲、拉丁美洲、大洋洲文学

●站着的吹笛人 青铜 尼日利亚

>>> 索因卡《乌札麻》

汗水是大地之酵母
不是贡品，丰盛的大地
从未向耕稼之苦索求供奉
汗水是大地之酵母
不是被迫来向养尊处优的神衹
贡献的祭品
你，黑色的大地的双手释放
希望，脱离死亡的桎梏
挣脱土生的教条
教条比死亡更恐怖，
饥渴不知餍足的
啃啮人性，教条的草芥秣料
汗水是酵母，面包，乌札麻

为土地所有，所治
所想，大地是全人类。

拓展阅读：

《森林之舞》（戏剧）
《二十世纪非洲文学》
伦纳德·S.克莱因

◎ 关键词：黑非洲文学 反种族歧视 新型戏剧 缺席审判

"非洲莎士比亚"——索因卡和《森林之舞》

黑非洲指的是撒哈拉沙漠以南的非洲部分，包括东非、西非、赤道非洲和非洲南部及诸岛的绝大多数国家。因当地居民主要是黑色人种，故一般称之为黑非洲。这些地区的各个民族历史命运相似，文化发展相通，与沙漠以北的阿拉伯人等白种人迥然有别。所以，这些地区的文学通常被称为黑非洲文学。

1986年，尼日利亚作家沃尔·索因卡因其"广阔的文化视野和富有诗情画意的遐想影响了当代戏剧"而获得诺贝尔文学奖。黑非洲文学又一次受到世人的注目。

这位被称为"非洲莎士比亚"的诗人和剧作家1934年出生在尼日利亚西部的一个小城里。他的父亲是一家教会学校的校长，因此，他受到了西方和非洲传统文化双重的教育。20岁时，索因卡赴英国利兹大学攻读文学戏剧，毕业后在伦敦皇家宫廷剧院任剧本编审。他经常举办专场朗诵会，朗诵反种族歧视的诗歌。他创作的几个戏剧也都是反映尼日利亚在殖民统治下的悲惨状况。

1960年，尼日利亚宣布独立。索因卡立刻放弃了国外优越的生活回国，组织创建了尼日利亚国家剧院，并在庆祝尼日利亚独立时，创作了

《森林之舞》等四部戏剧，震动了世界剧坛。《森林之舞》是融会了尼日利亚乡土气息与民族风格的新型戏剧，具有民族特色的狂歌欢舞表达了尼日利亚人民获得自由的喜悦心情和对未来美好生活的向往。

然而，独立后的尼日利亚人民并没有获得他们盼望已久的自由和富强。军事独裁者发动内战，控制了国家政权。处于内乱旋涡地带的索因卡立刻放下手中的笔，投入到阻止内战的活动中，结果被军政府逮捕入狱。索因卡把自己两年的铁窗生活的观察和体验写在卫生纸上，后来的作品《疯子与专家》和《死人：狱中杂记》都是来自当时的记录。

1969年，索因卡流亡欧洲。但是无论在国内还是在国外，他都一直关注非洲尖锐的政治问题与社会问题，写了不少时事讽刺剧，在国际上产生很大影响。

20世纪90年代，索因卡定居美国。1995年，尼日利亚军政府野蛮地判处尼日利亚爱国剧作家肯·萨罗·维瓦死刑。消息传到美国，索因卡悲愤不已，写下了《一个大陆揭开的伤口》，以萨罗·维瓦一案为线索，揭发并抨击了尼日利亚军人统治下的日益恶化的人权状况。因此，索因卡本人也被尼日利亚军政府缺席判处死刑。

◎ 关键词：左翼 悲剧 种族隔离 史诗创作

"南非的良心"——纳丁·戈迪默

● 津巴布韦希约纳族的鸟神雕像

>>> 戈迪默遭抢劫

据英国《星期日泰晤士报》2006年10月29日报道：10月26日，南非诺贝尔文学奖得主、82岁的老妇纳丁·戈迪默遭到抢劫，并被锁在自家的储藏室内。勇敢的她因为拒绝交出结婚戒指而遭到歹徒的殴打。

约翰内斯堡警方发言人称，三名抢匪26日闯入纳丁·戈迪默的家，将她与女佣挟持。由于戈迪默拒绝向抢劫者交出结婚戒指，她遭到了歹徒的殴打。最后，她和女佣被歹徒关进了库房。尽管女佣设法按下报警按钮，但歹徒已在保安赶来之前逃之夭夭。

拓展阅读：

《戈迪默短篇小说集》
[南非] 纳丁·戈迪默
《活在南非》 刘雪

纳丁·戈迪默1923年生于南非约翰内斯堡附近的矿山小镇斯普林斯。戈迪默从小喜欢读书，深受美国左翼作家厄普顿·辛克莱的影响，较早地意识到了南非种族隔离制度的不公正。她在30岁的时候，发表第一部长篇小说《说谎的日子》，被《纽约时报》称赞为"堪与弗吉尼亚·伍尔夫的作品媲美"。从此，戈迪默开始了职业写作的道路。

戈迪默虽然是移民的后裔，出身白人家庭，但是她的作品充满了反种族主义倾向。在小说《博格的女儿》中，女主角罗莎·博格的父亲被迫害死在狱中，罗莎本来可以远离南非这个伤心的地方，但是对那块土地的依恋使她继承父亲的事业，最后被逮捕入狱。

《我儿子的故事》中，戈迪默以一个黑人小孩的视角叙述了一个在种族主义制度下由政治狂热造成的家庭悲剧。主人公索尼本来是个出色的小学教师，也是一个好丈夫和好父亲。但是在现实的种族隔离制度下，索尼产生了政治上的觉醒，成了激进分子。他带领学生们示威游行，被教育当局革除了教职，从此成了专业的反种族隔离活动家。索尼的妻子是一位美貌温顺的女人，在索尼入狱之后她去探监，夫妇俩除了家务事无话可谈。而为某一人权组织工作的白人女子汉娜却

能用暗语向索尼传递情报，还知道他出狱后会"欣然迎接战斗"。处于政治狂热中的索尼被她的理解深深地感动了，出狱后不久便与之成为情人。从此，自由之爱和婚姻家庭发生了激烈的冲突，最终导致索尼一家的悲剧。索尼和汉娜一起去看电影被儿子威尔撞见了，猜疑、怨恨由此开始。索尼失去了儿子的爱；女儿贝比由于不堪家庭的特殊氛围和严酷的社会现实，企图自杀，被救下来后偷越国境参加了自由战斗队；妻子也因相似的原因参加了革命，最后被捕入狱。尽管都成了革命同志，索尼与妻子和女儿之间的隔膜却永远难以消除。

1981年，戈迪默因其"壮丽宏伟的史诗创作对人类的贡献"而成为非洲第三个诺贝尔文学奖得主。获诺贝尔文学奖后，她把一部分奖金捐给南非作家协会。多年来，戈迪默一直热心于帮助和扶植黑人青年作家。

戈迪默的主要作品有短篇小说集《六英尺土地》《星期五的足迹》《不是为了出版》《利文斯通的伙伴们》等，长篇小说有《陌生人的世界》《爱的时机》《已故的资产阶级世界》《尊贵的客人》《自然资源保护论者》《博格的女儿》《七月的人民》《士兵的拥抱》《大自然的游戏》《我儿子的故事》等。

亚非拉的声音——亚洲、非洲、拉丁美洲、大洋洲文学

◎ 关键词：政治雄心 第一线 结构现实主义 得奖专业户

"站在第一线的作家"——巴尔加斯·略萨

●秘鲁风光

>>> 巴尔加斯·略萨登台

据智利《三点钟报》报道，2006年12月13日，略萨应智利天主教大学之邀出演《谎言的真相》。此前，《谎言的真相》已被搬上西班牙和秘鲁的舞台。报道援引略萨的话说："我从来没有登台演出过。登台表演让我这个70多岁的人感到紧张。"

略萨表示，戏剧曾是他的"初恋"，但他年轻时秘鲁的戏剧创作环境有限，剧本几乎没有可能被搬上舞台。他说，就因这个缘故，"我才开始写小说"。

拓展阅读：

《巴尔加斯·略萨传》赵德明
《秘鲁文学》刘晓眉

巴尔加斯·略萨于1936年出生在秘鲁的阿雷基帕市。他不但是当代世界文坛很有影响力的小说家，而且还很有政治雄心。1976年，他被选为第41届国际笔会主席，1990年，略萨竞选总统失败。自1993年起移居西班牙并获西班牙国籍，他经常在英国伦敦居住，从事自己所酷爱的文学创作。

这位享有国际声誉的小说家从20世纪70年代起，一直是诺贝尔文学奖候选人之一，他的作品在西方和东方都很有影响，他还喜欢对国际大事（尤其是拉丁美洲的事务）发表言论。因此有人说他是站在第一线的作家。

略萨的小说内容广泛，对现实主义小说的革新产生了较大影响，在作品结构上有自己的特点，所以现在一般都把他看作是结构现实主义作家。同时，他又是20世纪60年代拉丁美洲文学"爆炸"的主将之一。

他的主要作品有《胡利亚姨妈与作家》《绿房子》《世界末日之战》《酒吧长谈》《潘达雷昂上尉与劳军女郎》等。

他的长篇巨著《小山羊的节日》揭露了拉丁美洲过去与现在形形色色的独裁者的嘴脸。

1988年，略萨发表中篇小说《继母颂》。故事讲述保险公司的经理利戈贝托给13岁的儿子阿尔丰索找来一位名叫卢克莱西娅的继母。小小年纪的阿尔丰索性情精灵，他利用继母试图建立良好家庭气氛的愿望，不断地与年轻美丽的继母撒娇、耍赖、时喜时怒，以此发展和深化二人的关系。终于有一天，这个少年偷吃了上帝的"禁果"，与卢克莱西娅发生了性关系。事情发生后，阿尔丰索竟然用作文和提问题的方式，把这个"绝密"情况透露给了利戈贝托。利戈贝托听罢极为震怒，一气之下把卢克莱西娅赶出了家门。故事到此结束。

这个故事的内容与略萨1997年发表的颇具争议的小说《情爱笔记》是相关的。这一次，阿尔丰索不再担任"破坏家庭"的角色，而是由他来牵线搭桥促成了父亲和继母的和好。

虽然略萨至今与诺贝尔文学奖无缘，但他却是名副其实的得奖专业户。他是西班牙塞万提斯文学奖和阿斯图里亚斯王子文学奖得主，还是拉美最高文学奖——罗慕洛·加列戈斯文学奖的第一个获得者。2000年，略萨获得了西班牙颁发的梅嫩德斯·佩拉约国际奖。古巴作家巴勃罗·阿曼多称略萨"是位伟大的作家，一位站在第一线的小说家""他的几部小说是我们世纪的'重头'著作"。

亚非拉的声音——亚洲、非洲、拉丁美洲、大洋洲文学

●加西亚·马尔克斯像

>>> "生辰问题"

为马尔克斯写传记的作家达索·萨尔迪瓦在谈到马尔克斯的生辰时说，马尔克斯于1927年3月6日8点30分出生在哥伦比亚马格达莱纳省的一个依山傍海的小城镇。当时他的外祖父尼古拉斯（马尔克斯）正要去做早晨8点钟的弥撒。

但是，之前人们都说他生于1928年，这是一种误解。萨尔迪瓦还援引马尔克斯家属的话说，多年以来，之所以都说马尔克斯生于1928年，大概是想将他的生辰与哥伦比亚北部香蕉种植园工人遭到大屠杀的那一年联系起来。大屠杀罪已被写进他的闻名于世的小说《百年孤独》里。

拓展阅读：

《加西亚·马尔克斯传》
　　陈众议
《拉美文学辞典》傅景川

◎ 关键词：记者 魔幻现实主义 孤独 拉美文学

"拉丁美洲的弑神者"——加西亚·马尔克斯

加西亚·马尔克斯1927年出生于哥伦比亚马格达莱纳省阿拉卡塔卡镇。他的父亲是个电报报务员兼顺势疗法医生。马尔克斯8～13岁时是在外祖父家中度过的，外祖父当过上校军官，性格善良、倔强，思想比较激进，外祖母博古通今，善讲神话传说及鬼怪故事，这些对马尔克斯有着深刻的影响。

13岁时，马尔克斯迁居首都圣菲波哥大，就读于教会学校。18岁进入国立波哥大大学攻读法律，并加入自由党。1948年，哥伦比亚发生内战，保守党与自由党互相残杀，全国大乱，马尔克斯只得中途辍学。两党之间的斗争和杀戮给他留下了深刻的印象，在他以后的文学作品中屡有体现。不久，他进入报界，任《观察家报》记者，同时从事文学创作。1954年起，他任《观察家报》驻欧洲记者。1961年起，他任古巴拉丁美洲社记者。1961～1967年，他侨居墨西哥，从事文学、新闻和电影工作。

1967年，马尔克斯发表长篇小说《百年孤独》，给世界文坛带来魔幻现实主义的飓风。从此，他以魔幻现实主义文学大师闻名于世，他所代表的当代拉美文学也终于在世界文坛有了一席之地。1972年，马尔克斯获得委内瑞拉加列戈斯文学奖，1982年又获得了诺贝尔文学奖。

1975年，马尔克斯发表了长篇小说《家长的没落》。他运用多人称独白叙述主人公暴君尼卡诺尔的身世，以夸张虚构、嘲讽挖苦的笔调，淋漓尽致地刻画了一个当权二百多年的暴君的形象，无情地抨击了拉丁美洲的独裁统治。1985年，他的迄今为止篇幅最长的小说《霍乱时期的爱情》问世，再一次轰动世界。1989年3月，又一部长篇小说《迷宫中的将军》面世，这部小说的主人公是拉丁美洲近代史上一个叱咤风云的真实的人物、南美殖民地独立战争的领袖西蒙·玻利瓦尔。小说通过描述玻利瓦尔生命中最后的生活历程，表现了马尔克斯数十年文学创作所一贯坚持的描写拉丁美洲的孤独及其人民多舛的命运这一主题。

马尔克斯是一个多产的作家，他的重要作品还有长篇小说《枯枝败叶》（1955）、《恶时辰》（1961）、《没有人给他写信的上校》（1961）、《一件事先张扬的凶杀案》（1981），短篇小说集《蓝宝石般的眼睛》（1955）、《格兰德大妈的葬礼》（1962），电影文学剧本《绑架》（1894），文学谈话录《番石榴飘香》（1982），报告文学集《一个海上遇难者的故事》（1970）、《米格尔·利廷历险记》（1986）等。

著名作家巴尔加斯·略萨在考察了马尔克斯的文学创作历程以及他的作品之后，称他为"拉丁美洲的弑神者"。

◎ 关键词：孤独 魔幻 布恩迪亚家族 鸿篇巨制

20世纪最重要的小说——《百年孤独》

● 《百年孤独》封面

>>> 《将死》

加西亚·马尔克斯的小说《将死》描写的是和麦德林贩毒集团同样气焰嚣张的卡利贩毒集团，如何捡起埃斯科瓦尔一伙的衣钵卷土重来的故事。

这个贩毒集团通过走私毒品非法致富，制造汽车爆炸事件等，犯下一系列罪行。这伙作恶多端的毒贩分子在1995年下半年先后被政府缉拿归案。

加西亚·马尔克斯在《将死》里，把这个毒贩集团的头目被捕归案的情形描写得淋漓尽致，将他们的犯罪行为揭露得体无完肤，实在大快人心。

拓展阅读：

《我们看拉美文学》
云南人民出版社
《拉美文化与现代化》
钱明德/金计初

1965年，40岁的加西亚·马尔克斯举家迁入墨西哥城，开始闭门撰写《百年孤独》。1967年5月，小说由阿根廷负盛名的南美出版社出版，初版8000册，两周后即告售罄，在三年半的时间内，印数即达50万册。

小说描写了布恩迪亚家族七代人的传奇经历，通过哥伦比亚农村小镇马孔多从荒芜的沼泽中兴起、发展、鼎盛，再到最后被一阵旋风卷走的故事，再现了19世纪初到20世纪上半叶哥伦比亚乃至整个拉丁美洲100多年的历史演变和社会现实。马孔多是哥伦比亚的缩影，也是整个拉丁美洲的缩影。

小说从何塞·阿卡迪奥·布恩迪亚和表妹乌苏拉结婚开始。由于乌苏拉害怕生下长猪尾巴的孩子，因此结婚一年多一直拒绝与布恩迪亚同房。布恩迪亚因此遭到邻居阿吉拉尔的嘲笑，他愤而杀死了阿吉拉尔，却长期受到死者鬼魂的困扰，被迫离开了村子，外出寻找安身之所，最后定居在一片滩地上。马孔多100余年的历史由此开始。

这个家族每一个成员的人生经历差不多都可以用孤独和魔幻来形容。

第一代布恩迪亚后来精神恍惚、疯疯癫癫，被绑在庭院中的栗子树上过了半个世纪，最后孤独地死去。第二代奥雷连诺上校年轻时身

经百战，却不知为谁卖命。退休后他把自己反锁在屋子里制作小金鱼，做好化掉，化掉再做，"连内心也上了门闩"。第三代的阿玛兰塔阴险地破坏别人的幸福，又冷酷地拒绝自己的求婚者。她整天为自己织尸衣，孤独地等待死神召唤。第四代俏姑娘雷梅苔丝根本就"不是这个世界的人"，她每天都在浴室冲洗身子，几小时几小时地打发时间，最后"抓住一条床单飞上了天"。第六代的奥雷连诺·布恩迪亚爱上了他的姑姑阿玛兰塔·乌苏拉，他们结婚后生了个有猪尾巴的婴儿。阿玛兰塔·乌苏拉由于产后失血过多而死，孩子则在父亲外出的时候被蚂蚁拖到洞穴里吃掉了。奥雷连诺·布恩迪亚平时喜欢钻研早年吉卜赛人梅尔加德斯留下的用梵语写的关于他家族历史的"羊皮书"手稿。他一直看不大懂，最后猛然明白了，最关键的几个字是："这个家庭的第一个人将被绑在树上，而最后一个人将被蚂蚁吃了。"这时刮起一阵旋风，小镇消失了，家族也消亡了。小说到此结束。

这部小说被誉为"再现拉丁美洲历史社会图景的鸿篇巨制"和"20世纪最重要的小说"，是马尔克斯的代表作，也是拉丁美洲魔幻现实主义文学作品的代表。它不光为马尔克斯赢得了1982年的诺贝尔文学奖，也成就了魔幻现实主义文学不朽的声誉。

亚非拉的声音——亚洲、非洲、拉丁美洲、大洋洲文学

●南美洲出土的恰克摩尔神陶塑

>>> 《一件事先张扬的凶杀案》

《一件事先张扬的凶杀案》写的是加勒比海沿岸一个村庄的男青年被杀害的故事。美丽的安赫拉·维卡略被丈夫发现不忠后，将她送回了父母家里。她的双胞胎哥哥逼她说出破坏其贞节的人，而她为了保护她真正爱的那个人，就说是"圣地亚哥·纳塞尔"。因为她以为她的两个哥哥绝对不敢对纳塞尔怎么样。

可恰恰相反，她的哥哥用杀猪刀把纳塞尔活活砍死了。而杀害纳塞尔之前，还到处张扬他们要杀他，除纳塞尔本人外，不少人都知道这个消息，但没人制止他们，悲剧终于发生了。

拓展阅读：

《诺贝尔奖的幽灵》
中央编译出版社
《外国文学史》李伟昉

◎关键词：情书 执着 忠贞不渝 情欲 爱情誓言

老式的幸福的爱情故事——《霍乱时期的爱情》

1982年的诺贝尔文学奖为马尔克斯带来了巨大的声誉，同时也带来了无尽的困扰。面对汹涌而至的鲜花，马尔克斯选择了隐居，他前往卡塔赫纳岛，用两年半时间完成了堪称传世经典的巨著《霍乱时期的爱情》。这是一部关于爱情的故事，是作家关于爱情的思考的结晶，它的出版轰动了整个世界，引发了人们对情欲的执着、人性的贪婪和爱情的永恒的思索。

小说的主人公是一个名叫阿里沙的电报员，他在送电报时遇见13岁的女孩费尔明娜，一眼就爱上了她。他给她写了一封30页的情书，开始了终其一生的苦恋和追求。阿里沙的情书打动了少女的芳心，他们开始通过书信谈恋爱。费尔明娜甚至同意跟他结婚，"好的，我同意结婚，如果你答应不逼着我吃茄子的话"。这一虚幻的承诺给少年阿里沙带来了欢乐和力量，推动了他的现实生活。他几年如一日地辛勤工作，并不断得到提拔，攒钱准备买房子结婚，同时与心上人继续通信，商量婚礼的细节。

费尔明娜的父亲很反对两人的恋情，带着费尔明娜远行，试图让她忘掉那穷小子。远行并没有阻断费尔明娜的恋爱，她偷偷地跟阿里沙通电报，阿里沙的电报总是跟踪着他们的旅行线路，有时甚至提前到达，他们发誓一见面就马上结婚，不管在什么地方、以何种方式。沉浸在爱情中的费尔明娜甚至为参加舞会这样的小事也专门发电报征求"未婚夫"的意见。然后，阿里沙通过六个转换台通知她：你可以参加舞会。

两年以后，费尔明娜回到原来的城市，看见真实的阿里沙，"一对冷冰冰的眼睛镶嵌在一张苍白的脸上，嘴唇因害怕而僵化"，刹那间她失望了，她否定了爱情，对阿里沙说："请你忘了吧。"这时候，她手里还捏着刚刚购买的双人床单。

对爱情失望的费尔明娜嫁给了英俊、富有的乌尔比诺医生，跟他一起度过了50年琐碎而幸福的婚姻生活。而在这半个世纪的漫长时光里，阿里沙在数不清的女性肉体上寻找和迷失，却还为费尔明娜保持着所谓的"精神上的童贞"。费尔明娜的丈夫乌尔比诺在八十多岁的时候死去，在他的葬礼上，阿里沙来到刚刚丧偶的老太婆费尔明娜面前，试图唤醒她心中遥远而灰色的记忆，他对她说："半个多世纪以来，我一直在等待这样的机会，以便再一次向你重申我永远忠贞不渝的爱情誓言。"此时，阿里沙已经是一家很大的船运公司的老板，他把公司最大的一艘船"新忠诚号"挂上代表霍乱的黄旗子（按规定，挂霍乱旗子的船只是不能靠岸的），带着费尔明娜开始了他们永不结束的纯粹的爱情旅行。

◎ 关键词：先锋派文学 超现实主义 婚姻 日内瓦

"作家们的作家"——博尔赫斯

●博尔赫斯像

>>> 博尔赫斯《余晖》

日落总是令人不安
无论它浮华富丽还是
一贫如洗，
但尚且更加令人不安的
是最后那绝望的闪耀
它使原野生锈
此刻地平线上再也留不下
斜阳的喧嚣与自负。
要抓住这紧张而奇异的光
是多么艰难，
那是个幻象，
人类对黑暗的一致恐惧
把它强加在空间之上
它突然间停止
在我们觉察到它的虚假之时
就像一个梦破灭
在做梦者得知
他正在做梦之时

拓展阅读：

《阿根廷文学》盛力
博尔赫斯书店

博尔赫斯是阿根廷诗人、小说家和翻译家。他1899年出生于布宜诺斯艾利斯一个有英国血统的律师家庭，1914年随全家前往欧洲，定居日内瓦，后来又随全家移居西班牙。在西班牙时，他时常同一些极端主义派的青年作家交往。1921年，博尔赫斯返回布宜诺斯艾利斯，创办了《棱镜》《船头》杂志，介绍欧洲的先锋派文学，宣传欧洲最流行的超现实主义文学运动。

1923年，博尔赫斯自费出版诗集《布宜诺斯艾利斯的激情》，此后又相继出版了几本诗集和散文集。1935年出版短篇小说集《恶棍列传》，以其独特的写作风格引起文学界的极大关注，从此奠定了他在阿根廷文坛上的地位。

1937年，博尔赫斯在布宜诺斯艾利斯市立图书馆谋得一等助理职位。1946年，因为在反对庇隆的宣言上签名，博尔赫斯被革除图书馆中的职务，后被委派担任市场家禽稽查员这一滑稽的职务。博尔赫斯毫不犹豫地拒绝了这个新的任命，并发表公开信表示抗议。庇隆政府倒台以后，博尔赫斯先后担任过阿根廷作家协会主席、国立图书馆馆长、布宜诺斯艾利斯大学教授等职务。其中，他在国立图书馆馆长的位置上干了18年之久。

博尔赫斯还获得过阿根廷国家文学奖、西班牙福门托奖和塞万提斯奖。虽然他没有获得过诺贝尔文学奖，但智利的诺贝尔文学奖得主巴勃罗·聂鲁达却认为他是"影响欧美文学的第一位拉丁美洲作家"。虽然他离美国很遥远，但有个美国文学的研究者以博尔赫斯之前和博尔赫斯之后两个阶段来划分美国的文学。阿根廷全国文化委员会曾拒绝授予博尔赫斯国家文学奖，到头来阿根廷文学在世界上的声名却几乎全是博尔赫斯一个人赢得的。由于他对其他作家的影响以及其他作家对他的学习和模仿，他曾被人们称为"作家们的作家"。

作为诗人和小说家，博尔赫斯的一生可谓硕果累累和成就非凡，即使晚年双目失明，他仍以口授的方式继续创作。然而，他的婚姻生活并不像他的文学生涯这样顺畅如意。他长期独身，由母亲照料他的生活起居。

博尔赫斯一直到68岁时才与孀居的埃尔萨·阿斯泰特·米连结婚，但是这段婚姻只维持了三年。母亲逝世后，他终于认定他的日裔女秘书玛丽亚·儿玉为终身伴侣。1986年，他和玛丽亚·儿玉在日内瓦结婚。婚后不久，博尔赫斯就在日内瓦逝世了。

●《博尔赫斯小说集》封面

>>> 博尔赫斯《谜语》

此刻吟唱着诗篇的我明天将是那神秘的，是死者。

居住在一个魔法与荒漠的星球上，没有以往，没有以后，没有时辰。

神秘主义者如是说。我相信我不配进入地狱或天堂，但我不作预言。我们的历史像普洛透斯的形体一样变幻无常。

是什么漂泊不定的迷宫，是什么光辉的盲目之白，将成为我的命运，当这场冒险的结局交付给我奇特的死亡的体验？

我要畅饮它清澈的遗忘，永远存在；但决不曾经存在。

拓展阅读：

《博尔赫斯与虎》林一安
《博尔赫斯谈艺录》
[阿根廷] 博尔赫斯

◎ 关键词：绕口令 侦探小说 迷宫 时间 神秘色彩

迷宫般的小说——《小径分岔的花园》

据说，《小径分岔的花园》是一本"关于无限的书的迷宫的书"。这句诠释听起来更像是绕口令。

创作于1941年的《小径分岔的花园》是博尔赫斯同名短篇小说集中最著名的一篇，也是人们最容易想起来的博尔赫斯的一篇小说。这篇小说篇幅很短，而且采用了很奇特的侦探小说的形式。

小说虽然很短，但是故事情节很复杂。第一次世界大战中，中国青岛大学前英语教师余准博士做了德国间谍，遭到英国军官马登的追踪。他躲入汉学家斯蒂芬·艾伯特博士家中，见到了小径分岔的花园。余准杀害了艾伯特博士，随后被马登逮捕。叙述中的"我"（也就是余准）被判绞刑，但是也"很糟糕地"完成了任务。原来，他之所以杀害艾伯特博士，是为了通知柏林方面，艾伯特（城市名）是英军的炮兵阵地。柏林方面看来是破解了这个谜，因为他们轰炸了艾伯特，但是却没有人知道"我"的无限悔恨和厌倦。小说就这样结束了。

博尔赫斯真实的用意显然不在此。他用"小径分岔的花园"造了一座迷宫，又借角色的语言宣布"写小说和造迷宫是一回事"，但下面的话才揭示了小说的主题：由相互靠拢、分歧、交错或永远不干扰的时间织成的网络包含了所有的可能性。博尔赫斯将关于时间相对性

的深奥、复杂的哲学问题诉诸小说这一艺术形式，充分显示了他过人的智慧和非凡的文学才能。

关于博尔赫斯小说对"时间"的探讨，陈凯先先生说："否认时间的继续，否认'我'、否认宇宙，这都是表面上绝望的表现和神秘的安慰。我们的命运并不因为它不是真实的而令人毛骨悚然。我们的命运之所以可怕正因为它是实实在在的现实。时间是构成我的物质，时间是吞噬我的河流，而我正是这条河流；时间是摧毁我的老虎，而我正是这只老虎；时间是焚烧我的火焰，而我正是这火焰。世界的可悲在于它是真实的，我之所以可悲正因为我是博尔赫斯。"

博尔赫斯其他重要作品有诗集《布宜诺斯艾利斯的激情》(1923)、《面前的月亮》(1925)、《圣马丁牌练习簿》(1929)、《阴影颂》(1969)、《老虎的金黄》(1972)、《深沉的玫瑰》(1975)，短篇小说集《恶棍列传》(1937)、《阿莱夫》(1949)、《死亡与罗盘》(1951)、《布罗迫埃的报告》(1970) 等。除了创作以外，他还翻译了卡夫卡、福克纳等人的作品。

博尔赫斯的作品文体干净利落，文字精练，构思奇特，结构精巧，小说情节常在东方异国情调的背景中展开，荒诞离奇且充满幻想，带有浓重的神秘主义色彩。

● 墨西哥的陶塑女像

>>> 胡安·鲁尔福《电影诗》

你们会说我真愚蠢，
为命运哀伤并不聪明，
在这块僵硬的土地上，
命运已忘掉我们。

要使人们习惯挨饿，
确非是件容易事情。
尽管有人会争辩说，
若将饥饿在许多人中分摊，
轮到的也只是小小的一份，
实际上却并非如此，
我们这儿的这些人，
都已饿得半死半生，
连我们饥饿而死，
也没有土地葬身。
……
（节选）

拓展阅读：

《佩德罗·巴拉莫》
　　[墨西哥] 胡安·鲁尔福
《20世纪墨西哥文学史》
　　陈众议

◎ 关键词：编辑 出版社 想象力 魔幻现实主义

魔幻现实主义的先驱——胡安·鲁尔福

　　1961年7月，加西亚·马尔克斯带着年轻的妻子和年幼的孩子来到了墨西哥——胡安·鲁尔福所居住的城市，在这里找到了一份工作。此时，马尔克斯已经出版了《枯枝败叶》，并且开始在拉美文坛崭露锋芒。他自认为对墨西哥的文学十分了解，可是他不知道有胡安·鲁尔福这样一个作家。直到有一天，他读到同事给他的《佩德罗·巴拉莫》，他如被雷击一般震惊并且感动了。他真诚地赞扬这篇小说是"以西班牙文写出的最美丽的小说之一"。

　　这位让马尔克斯感念终生的作家胡安·鲁尔福于1918年出生在墨西哥哈利斯科州的一个庄园主家庭，在后来的大革命中家境败落，幼年丧父，在体弱多病的母亲的照料下步入毫无色彩的童年，不久母亲也去世，鲁尔福被孤儿院收留。他没有上过正式的大学，只是旁听过大学的文学课。

　　为了谋生，年仅17岁的鲁尔福不得不到国家移民局谋个差事养家糊口。从1945年开始，他先后担任一些书报杂志的编辑。1962年起，他在墨西哥土著居民研究所任出版社社长。然而，正是这个一生以公务员为主要职业的人，对文学创作始终抱着极大的热情，并且取得了极高的成就。

　　1942年，鲁尔福出版了第一部短篇小说集《生活本身并非那么严肃》，随后又陆续发表了一些以哈利斯科地区农村生活为题材的短篇小说。这些小说大都表现墨西哥农村的贫穷落后的现实状况和富者的为富不仁、贫者的救死不赡。还有一部分描写墨西哥革命，比如《孤独的夜晚》、《烈火平原》和《我们分到了土地》。前两篇描写的是农民起义军的惨败和革命理想的破灭，第三篇写革命"胜利"后，农民们只不过分到了一片寸草不长的干渴贫瘠之地。

　　1955年，鲁尔福发表中篇小说《佩德罗·巴拉莫》，这成了鲁尔福的代表作品。小说借助一个破败村庄中各种鬼魂的对话、独白和梦境，揭露了庄园主的罪恶和墨西哥农村贫穷落后的生存状况。小说打破了传统小说的创作手法，以超凡的想象力创造了一个生与死、人与鬼、现实与梦境相结合的光怪陆离的艺术世界。这篇小说为魔幻现实主义竖起一面大旗，后起之秀风起云涌，其中就有马尔克斯这些享誉世界的大师。

　　鲁尔福不是一个多产的作家，他的一生只为我们留下了30万字左右的作品。但是，他这30多万字对拉美文坛乃至世界文坛的意义却是不同凡响的。他可谓是文坛上以少胜多的典范。

亚非拉的声音——亚洲、非洲、拉丁美洲、大洋洲文学

●阿斯图里亚斯像

>>> 危地马拉

　　危地马拉位于中美洲北部，全境三分之二为山地和高原。西部有库丘马塔内斯山脉，南部有马德雷山脉。西部和南部属火山带，有火山30多座，塔胡穆尔科火山海拔4211米，为中美洲最高峰。北部有佩滕低地，太平洋沿岸有狭长的沿海平原。主要城市多分布在南部的山间盆地。

　　危地马拉是古代印第安人玛雅文化中心之一。1524年沦为西班牙殖民地；1821年9月15日摆脱西班牙殖民统治，宣布独立；1822~1823成为墨西哥帝国的一部分；1839年再次独立。1847年3月21日危地马拉宣布建立共和国。

拓展阅读：

《危地马拉传说》

[危地马拉]阿斯图里亚斯

《绿色教皇》

[危地马拉]阿斯图里亚斯

◎ 关键词：超现实主义 印第安 外交官 玛雅文化

危地马拉小说家——阿斯图里亚斯

　　安赫尔·阿斯图里亚斯是危地马拉小说家、诗人，生于危地马拉城，父亲是法官，母亲是小学教师。他的父亲因不满总统卡夫雷拉的独裁统治而遭到杀害，在阿斯图里亚斯的心里埋下了仇恨专制和阴谋的种子。父亲遇害后，阿斯图里亚斯全家被迫迁入内地，在这里，阿斯图里亚斯接触到了土生土长的印第安居民，并了解了他们的生活和现实，熟知印第安人的风俗观念。

　　1923年，阿斯图里亚斯大学毕业，选择了与父亲一样的职业——律师。不久，因同军方势力发生矛盾，阿斯图里亚斯被迫移居法国。在法国期间，他一面研究古印第安文化，一面从事超现实主义文学创作。1930年，他发表了处女作《危地马拉传说》，小说用超现实主义的笔法描绘了印第安古老的传说，被认为是拉丁美洲第一本带有魔幻现实主义色彩的短篇小说集。阿斯图里亚斯也成为危地马拉"魔幻现实主义"文学的先驱人物。

　　1933年，阿斯图里亚斯回到了日思夜想的祖国，在乌维科的独裁统治下生活了11年。1944年，乌维科政府垮台，他被阿雷瓦罗政府任命为外交官，从此积极参与政治活动。在1944~1954年，阿斯图里亚斯的文学创作活动达到高潮，先后发表了《总统先生》《玉米人》《疾风》《绿色教皇》等四部长篇小说和

《云雀的鬓角》《贺拉斯主题习作》等两部诗集。其中，《总统先生》获得空前热烈的反响，使他成为危地马拉最受瞩目的作家。

　　1954年，阿雷瓦罗的继承人阿本斯被美国暗中支持的武装力量推翻，阿斯图里亚斯被迫再次流亡国外，在阿根廷侨居八年。这期间，除了从事文学创作外，他还参加世界和平运动。1956年，阿斯图里亚斯曾应邀来中国参加鲁迅逝世20周年纪念大会。

　　1965年，阿斯图里亚斯荣获苏联列宁和平奖金。1966年，他又被蒙地内格罗的中立派政府起用，担任驻法大使。1967年，"由于其出色的文学成就，他的作品深深植根于拉丁美洲印第安人的民族气质和传统之中"，阿斯图里亚斯荣获诺贝尔文学奖。1974年6月9日，他在西班牙首都马德里的一家诊所里与世长辞，终年75岁。

　　阿斯图里亚斯的作品大致分为三类。一类是以《玉米人》为代表的反映本土天主教文化和玛雅文化混合氛围下的农民生活的作品；一类是带有浓厚民俗神话色彩的政治控诉小说，以20世纪50年代发表的三部曲《强风》、《绿色主教》和《死不瞑目》为代表；另一类是介乎两者之间，比如《总统先生》，是拉美古老的神话与现实相融合的作品。

◎ 关键词：阴谋 爱情的力量 望眼欲穿 总统 情妇

阴谋与爱情——《总统先生》

● 《总统先生》书影

>>> 危地马拉内战

危地马拉于1960年爆发内战。此后，政府军与反政府游击队组织兵戎相见36年，导致17万人死亡，4万人失踪，一百多万人沦为难民，国家经济每况愈下，人民生活困苦不堪。

政府和反政府组织从1987年开始和平谈判，历时10年才最后达成在全国实现永久和平的协定。1996年12月29日，危地马拉政府与反政府组织全国革命联盟签署《永久和平协定》，宣告结束在这个中美洲国家长达36年的内战。

拓展阅读：
《玛雅文化消失之谜》陈福
《未解之谜全记录》刘莹

《总统先生》讲述的是一个关于阴谋与爱情的故事，也是一个血泪交织的故事。

阴谋开始于一场意外的死亡。总统的亲信帕拉莱斯·松连特上校因为嘲笑一个名叫佩莱莱的乞丐被打死。他的暴死为总统排除异己提供了良机。于是，一个天大的阴谋在总统的精心策划下开始了。

首先，警察局逮捕了案发时在现场的乞丐们，严刑拷打，逼迫他们承认凶手不是佩莱莱，而是德高望重的卡纳莱斯将军和卡瓦哈尔硕士。然后，总统召来他的另一个亲信安赫尔，命他悄悄给卡纳莱斯透露风声，诱骗他潜逃。安赫尔通过卡纳莱斯的女儿告诉他当局将于第二日逮捕他，劝他连夜出走。卡纳莱斯权衡再三，接受了安赫尔的建议。入夜，安赫尔带着几个地痞流氓来到卡纳莱斯家附近，准备导演一出夜闯私宅行窃的闹剧，掩护卡纳莱斯出逃，还打算假戏真做，抢走卡纳莱斯美丽的女儿。但是，他们发现总统派他"通风报信"是打算趁卡纳莱斯逃跑时将其击毙。为此，安赫尔心中怏怏不快，决心不顾后果助卡纳莱斯脱险。

安赫尔带领众人切断卡纳莱斯家的电源，卡纳莱斯趁乱逃走，而他的女儿卡米拉则被安赫尔转移到一个秘密的藏身之处。卡米拉受了刺激，大病一场，奄奄一息。安赫尔在照顾她的过程中逐渐对她产生了真挚的爱情。最后，他按照一位懂得奇术的长者的提示，在卡米拉的病榻前同她举行婚礼，期望借助爱的力量战胜死神。奇迹果然发生了，卡米拉一天天好起来，终于完全康复。

总统得知消息后召见安赫尔，一方面警告他已有杀身之祸，另一方面却让各大报纸刊登有关婚礼的消息，并谎称他们是在总统宫邸，在总统亲自主持下举行了盛大的结婚仪式。卡纳莱斯成功出逃后，在农村举起义旗，得到受苦的广大贫民的热烈响应。但是，当他从报纸知道了女儿的婚事，气得一命呜呼，起义军也随之瓦解。

不久，安赫尔听到许多流言，说他暗地里反对总统，支持卡纳莱斯的起义。安赫尔连忙去找总统辩白。总统假装重用他，却暗中用计将他打入地牢。

安赫尔在地牢中受尽折磨，但却凭借爱情的力量顽强地活了下来。卡米拉在家中望眼欲穿等候丈夫的消息，结果始终杳无音信。不久她生下一个男孩，由于生活无着，被迫移居乡下。一个"犯人"被投进了安赫尔的牢房，他别有用心地向安赫尔透露：卡米拉因被他遗弃，怀恨在心，情愿做了总统的情妇。安赫尔听罢，万念俱灰，竟然气绝身亡。这个"犯人"也是总统先生派来的。

亚非拉的声音——亚洲、非洲、拉丁美洲、大洋洲文学

● 墨西哥的大地女神巨像

>>> 玉米

　　玉米,亦称"玉蜀黍""包谷""包芦""珍珠米"等。据考证,玉米原产于南美洲。早在7000年前,美洲的印第安人就已经开始种植玉米。由于玉米适合旱地种植,因此,西欧殖民者侵入美洲后,将玉米种子带回欧洲。之后,玉米在亚洲和欧洲被广泛种植。大约在16世纪中期,中国开始引进玉米,18世纪又传到印度。到目前为止,世界各大洲均有玉米种植,其中北美洲和中美洲的玉米种植面积最大。

　　在世界各类作物中,玉米的种植面积和产量美国第一,中国次之,巴西居第三。

拓展阅读:

《拉美文化璀璨之谜》龙芳
《拉美文化的面貌与精神》
　　　　　王松霞

◎ 关键词:烧山 玉米 付诸一炬 咒语 复仇

复仇的故事——《玉米人》

　　伊龙大地是土著印第安人生活繁衍的地方,山下的西班牙人和印第安人的混血后裔——拉迪诺人计划放火烧山,种植并出售玉米。印第安人的传统观念认为,人是玉米做的,卖玉米就是出卖自己的子孙。因此,印第安人部落的酋长加斯巴尔·伊龙率众奋力阻止拉迪诺人烧山,吓得拉迪诺人不敢出村。

　　随后,冈萨洛·戈多伊上校率领骑警队开进村子,准备消灭印第安人。托马斯先生本是印第安人,后来和绰号叫"狐狸精"的拉迪诺人瓦卡·玛努埃拉结了婚,搬到拉迪诺人的村子里。戈多伊上校把一瓶毒药交给瓦卡·玛努埃拉,要她找机会毒死印第安酋长。在酋长的一次野宴上,瓦卡·玛努埃拉偷偷把毒药放到了酋长的酒里。酋长饮下毒酒,五脏如焚,连忙跳进大河,痛饮河水,清洗肠胃。骑警队趁机袭击了印第安人,把他们消灭得一干二净。酋长从水中出来后,看见自己的部落惨遭屠戮,投河自杀。酋长死后,部落的萤火法师登上伊龙群山,发出咒语,誓报血海深仇。

　　托马斯先生的独生子马丘洪外出求亲,在途中遭到成千上万只萤火虫的袭击,失踪了。拉迪诺人开始进山毁林开荒。他们欺骗托马斯先生说,他的儿子会出现在大火之中。念子心切的托马斯先生同意他们烧毁大片山林,但他却始终没有见到儿子。几个月后,玉米快结棒了,感到受骗的托马斯先生在一天夜里偷偷烧了玉米地。拉迪诺人辛勤劳动的成果付诸一炬。骑警队赶来时,大火已无法扑灭,他们和村民因一言不和,发生械斗,双方都有死伤,托马斯夫妇在大火中丧生。萤火法师的第一次复仇计划成功了。

　　在特朗希托斯村,娅卡大妈身染重病,她的儿子们焦急万分。萤火法师告诉他们,想治好母亲的病,就要砍下萨卡通全家人的脑袋。几个兄弟杀死了萨卡通一家老小八口人,母亲的病也痊愈了。原来,正是萨卡通出售了杀害酋长的毒药。萤火法师的第二次复仇计划也成功了。

　　人命案发生以后,戈多伊上校赶去处理。返回时,路经阴森恐怖的腾夫拉德罗谷,先是被怪圈困住,又被大火烧死。萤火法师的最后一次复仇计划也成功了。

　　就在萨卡通全家遇害的时候,一个小女孩儿躲在床下,幸免于难。瞎子戈约·伊克把她救出,给她起名叫玛丽娅·特贡。玛丽娅·特贡长大后嫁给了戈约·伊克,为他生下两个孩子。

　　时光荏苒,戈约·伊克历经波折,最终带着妻儿回到家乡,继续种植玉米。

亚非拉的声音——亚洲、非洲、拉丁美洲、大洋洲文学

◎ 关键词：文学协会 反法西斯 参议员 诺贝尔奖

外交官诗人——聂鲁达

● 南美洲出土的山岳镫形壶

>>> 爱情的十四行诗选

你要记着那座奇兀的山崖，搏动的芬芳香气向那里攀登，时不时有一只鸟儿身上穿着流水和迟钝：冬天的服装。

你要记着大地的赏赐：强烈的馥郁气味，黄金的泥土，灌木丛生的草地，疯狂的根子，犹如利剑的魔法的尖刺。

你要记着你身上披的枝条，带着寂静的阴影和流水的枝条，如同起泡沫的石块一样的枝条。

那一次真是前所未有，永远难忘：我们到那里去什么也不盼望，我们在那里却得到了盼望着的一切

拓展阅读：

《漫歌集》[智利] 聂鲁达
《李肇星诗集》文汇出版社

聂鲁达原名内夫塔利·里加尔多·雷耶斯，1904年出生在智利一个铁路工人家庭。他少年时代就喜爱写诗，并起了"聂鲁达"这样一个笔名。16岁时，他在特穆哥城的赛诗会上获得头奖，被选为该城学生文学协会的主席。

1921年，聂鲁达在首都圣地亚哥的师范学院攻读法文。1923年8月，他出版了第一部诗集《黄昏》。但是真正使他在文坛上成名的作品，是1924年出版的《二十首情诗和一支绝望的歌》。

大学毕业之后，聂鲁达先后被派往亚洲、拉美和欧洲的一些国家任驻外领事、大使等职。他从1936年开始在马德里任职，这期间，他与西班牙一些著名诗人交往甚密，这些人的创作风格对聂鲁达产生了潜移默化的影响。西班牙内战爆发不久，诗人洛尔加被法西斯分子杀害了。聂鲁达为好友的去世感到非常悲愤，对西班牙人民反法西斯战争深表同情。由于这个原因，智利政府免去了聂鲁达的职务，并让他回国。后来，智利人民阵线在大选中获胜，聂鲁达于1939年重返欧洲，在巴黎任驻西班牙流亡政府的领事。

1945年，聂鲁达被选为参议员，并于当年7月加入智利共产党。

后来，由于智利政局发生变动，聂鲁达于1949年2月逃亡国外，不久被选进世界和平理事会，并获斯大林国际和平奖金。1953年，聂鲁达回到祖国。阿连德当选智利总统后，任命他为驻法大使。

聂鲁达在游历了南部亚洲之后，创作了长诗《地球上的居所》，抒写他的所见、所闻、所感。在任驻西班牙领事期间，他写了著名长诗《西班牙在我心中》。在1940~1943年间，聂鲁达先后写了《献给玻利瓦尔的一支歌》《献给斯大林格勒的情歌》等很多优秀诗篇，出版了《葡萄园和风》《在匈牙利进餐》《沙漠之家》等诗集。

聂鲁达最著名的诗集是《漫歌集》（又译《诗歌总集》），其中包括曾单独发表过的长诗《马楚·比楚高峰》、《伐木者，醒来吧》和《逃亡者》等。这部诗集是聂鲁达在思想和艺术上取得的最高成就，是一部拉丁美洲的史诗。

聂鲁达的诗语言精练，格调清新，风格独特。1971年，因为"他的诗歌具有自然力般的作用，复苏了一个大陆的命运和梦想"而被授予诺贝尔文学奖。第二年，聂鲁达因病逝世。1974年，他的遗著《我的生活经历》出版。

亚非拉的声音——亚洲、非洲、拉丁美洲、大洋洲文学

●埃及金字塔

>>> 尼罗河

尼罗河位于非洲东北部，是一条国际河流。尼罗河发源于赤道南部东非高原上的布隆迪高地，干流流经布隆迪、卢旺达、坦桑尼亚、乌干达、苏丹和埃及等国，最后注入地中海。支流还流经肯尼亚、埃塞俄比亚和刚果(金)、厄立特里亚等国的部分地区。干流自卡盖拉(Kagara)河源头至入海口，全长6670公里，是世界流程最长的河流。流域面积约287万平方公里，占非洲大陆面积的1/9以上，入海口处年平均径流量810亿立方米。

尼罗河主要支流有阿丘瓦河、加扎勒河、索巴特河、青尼罗河和阿特巴拉河等。

拓展阅读：

《塔哈·侯赛因传》
[黎巴嫩] 穆·米尔沃
阿拉伯数字的故事

◎ 关键词：盲童 文艺批评家 民族主义 人道主义

阿拉伯文学泰斗——塔哈·侯赛因

塔哈·侯赛因是埃及现代著名作家和文艺批评家，被人们誉为"阿拉伯文学泰斗"。

塔哈1889年出生于尼罗河左岸小城马加加附近的乡村，父亲是制糖厂的小职员。由于家境贫寒，塔哈3岁时患眼疾未得到很好的治疗，导致双目失明。但他自小聪明好学，记忆力强。1902年，13岁的塔哈来到开罗，入爱资哈尔大学预备部学习。

1914年，塔哈被派到法国蒙彼利埃大学留学，1915年12月转入巴黎大学文学院。在那里，塔哈结识了一位品格高尚的法国姑娘，后来他们结婚了，她给了塔哈很大的帮助。

1919年10月，塔哈回到埃及，在文学院讲授古希腊史、罗马史和法国近代文学。在这期间，他写了《希腊剧诗选》和《雅典人的制度》，向埃及人介绍希腊的古代文明。

塔哈的小说表达了他的民族主义和人道主义的理想。长篇小说《鹧鸪的鸣声》描写了埃及的游牧民、农民和城市下层人民的生活。在这部小说中，他写了一个游牧人的姑娘与城市小知识分子由于社会地位的不同，不能幸福地结合的故事。鹧鸪鸟和小说中的人物遭受着同样的痛苦，发出凄凉的哀鸣。小说《山鲁佐德之梦》通过古代民间故事集《一千零一夜》的主人公山鲁佐德和山鲁雅尔的故事，提出当代的各种现实问题和阶级、制度的问题。小说《苦难树》塑造了一个埃及家庭三代人的生动形象，反映出理智和科学的思想与陈腐习惯势力之间的尖锐斗争，也描写了埃及的贫穷阶级和他们遭受的苦难，以及他们又是如何把希望寄托给命运和宗教信仰的过程。《世上受苦人》描写了埃及人民在封建王朝和政治腐败时期所遭受的黑暗统治，展示了当时埃及社会的现实。此外，他还写了许多历史传记小说，出版了许多散文集和有关文艺批评的论文集。

塔哈的代表作《日子》是一部自传性的长篇小说，分上、中、下三部。这部小说通过主人公塔哈对童年和青年时代的回忆，反映了20世纪初埃及一部分具有新思想的知识分子同伊斯兰教经院教学之间的斗争。小说的第一部记述作者童年时期的家乡生活，第二部记述了作者在爱资哈尔大学8年的学习生活，第三部记述了塔哈进入新式大学后的喜悦心情。在小说中，我们可以看到塔哈从一个可怜的盲童变为一代文坛宗师的成长过程，还可以看到作者对西方文明的向往和追求。

亚非拉的声音——亚洲、非洲、拉丁美洲、大洋洲文学

◎ 关键词：深痛巨创 家世史 神父 爱情 惩罚

澳大利亚文学的经典——《荆棘鸟》

● 《荆棘鸟》封面

>>> 澳大利亚土著居民

澳大利亚最早的土著居民在最近的一次冰期时来到澳洲大陆，当时的海平面较低，因此他们能够通过大陆桥和小片的水域来到这里。随着冰川消融，海平面再次上升，大陆被完全隔离。最初，人们沿海岸和河流定居，后来逐渐移居到大陆各地。欧洲殖民者于 1788 年到达澳大利亚，将土著部落赶离他们的领土。

今天，澳大利亚约有 25 万土著居民，多数居住在城市，尽管种族歧视仍存在，但土著居民已开始受益于政府救助，并已经开始设法维护他们的权益。

拓展阅读：

《当代澳大利亚诗歌选》
〔澳〕约翰·金塞拉
《澳大利亚文学论集》胡文仲

有那么一只鸟，它一生只唱一次歌，但是那歌声比世上一切生灵的歌声都优美动听。从离开巢穴的那一刻起，它就在寻找着荆棘树，直到如愿以偿，才歇息下来。然后，它把自己的身体扎进最长、最尖的荆棘上，便在那荒蛮的枝条之间放开了歌喉。在奄奄一息的时刻，它超脱了自身的痛苦，而那歌声竟然使云鹊和夜莺都黯然失色。这是一曲无比美好的歌，曲终而命竭。然而，整个世界都在静静地谛听着，上帝也在苍穹中微笑，因为最美好的只能用深痛巨创来换取……

这是澳大利亚著名作家考琳·麦卡洛的小说《荆棘鸟》的题记中的一个美丽故事，也是小说名字的由来。

小说讲述的是克利里家族传奇式的家世史，贯穿其中的却是克利里家唯一的女儿麦琪与神父拉尔夫的爱情故事。故事开始时，麦琪是个 4 岁的小姑娘，正在为得到了梦寐以求的布娃娃而感到高兴。麦琪 10 岁的时候，全家从新西兰迁居澳大利亚的德罗海达牧羊场，去"继承"麦琪的姑母玛丽·卡森夫人的财产。在那里，麦琪遇上了那个近乎完美的男子——拉尔夫神父。作为天主教的神父，拉尔夫是不能对人间的女子有爱欲的。于是，他在年幼的麦琪身上倾注了所有的感情。麦琪一天天长大，他们的感情

也在悄悄地深化和升华。这一切被玛丽·卡森看在眼里，引起她极大的嫉恨。

麦琪 17 岁的时候，玛丽·卡森去世了，留给拉尔夫一个艰难的选择：选择麦琪还是选择玛丽·卡森 1300 英镑的遗产。贪欲最终战胜了爱情，拉尔夫接受了玛丽·卡森"捐赠"给教会的财产，得到了升迁，离开了德罗海达。

在一次大风暴引起的大火中，麦琪失去了父亲和一个哥哥。拉尔夫赶回来处理事故，情动之下他吻了已经长大成人的麦琪，但随后表示，他虽然爱他，却永远不能做她的丈夫。

不久，拉尔夫升任主教，麦琪则嫁给了剪毛工卢克，并且开始了新的生活。麦琪其实并不爱卢克，嫁给他只是因为他长得像拉尔夫。麦琪生下女儿后，一个人到孤岛上闲住。已经当上大主教的拉尔夫难以控制对麦琪的思念，赶到孤岛上和她一起度过了难忘的几天。之后，拉尔夫到罗马赴任，麦琪则怀着拉尔夫的孩子回到了德罗海达。

他们的孩子丹尼尔长大后，一心想成为一名神父，无奈的麦琪只好把他送到拉尔夫那里。丹尼尔因为救人淹死，伤心欲绝的麦琪告诉拉尔夫，丹尼尔是他的孩子。拉尔夫悲痛欲绝，感到这是上帝对他的惩罚……